SILVIA HEID

Flammen über dem Taubertal

ZEITEN DES AUFRUHRS Unterfranken, Sommer 1524. Die junge Madlen, leibeigene Magd auf der Burg Vogtsberg, trägt schwer am Makel ihrer Herkunft: Da ihre früh verstorbene Mutter dem »Fahrenden Volk« entstammte, ist Madlen auf der Burg eine schutzlose Außenseiterin und muss Hohn, Beleidigung und gar Gewalt erdulden. Als sie in Verdacht gerät, mit dem Teufel im Bunde zu stehen, bleibt Madlen nur die Flucht aus dem Dorf und vor ihrem Leibherrn. Mit Hilfe des heruntergekommenen Landsknechts Fulk gelangt sie nach Würzburg, wo sie als Magd eines Apothekers ein neues Leben beginnen will. Im Haus ihres Meisters begegnet sie dem Ritter Florian Geyer, der im aufziehenden Bauernkrieg zum Anführer der aufständischen Taubertaler wird. Als ihr Leibherr sie in Würzburg ausfindig macht und sie zur erneuten Flucht zwingt, wird Madlen unaufhaltsam in den Strudel der Ereignisse gezogen. Inmitten des Blutvergießens kämpft sie um Freiheit, Selbstbestimmung und ihre große Liebe …

Silvia Heid, geboren und aufgewachsen in Nürnberg, lebt mit ihrer Familie am Rande der Fränkischen Schweiz. Sie arbeitete viele Jahre in der Touristikbranche und interessiert sich bereits seit Jugendtagen für die Geschichte ihrer Heimat. Die Begeisterung für das Erzählen und Erlebbarmachen dieser Geschichte brachte sie zum Schreiben. »Flammen über dem Taubertal« ist ihr erster Roman.

SILVIA HEID

Flammen über dem Taubertal

Historischer Roman

GMEINER

Bei Fragen zur Produktsicherheit gemäß der Verordnung über die allgemeine Produktsicherheit (GPSR) wenden Sie sich bitte an den Verlag.

Im Ehnried 5, 88605 Meßkirch
Telefon 07575/2095-0
info@gmeiner-verlag.de

1. Auflage 2025

Lektorat: Daniel Abt
Satz: Mirjam Hecht
Umschlaggestaltung: U.O.R.G. Lutz Eberle, Stuttgart
unter Verwendung einer Bilder von: © https://commons.wikimedia.org/wiki/File:Entrance_to_Kobolzeller_(i.e._Kobolzeller_Tor),_Rothenburg_(i.e._ob_der_Tauber),_Bavaria,_Germany-LCCN2002696189.jpg und Lance Reis / unsplash
Druck: CPI books GmbH, Leck
Printed in Germany
ISBN 978-3-8392-0875-5

Kapitel 1

Vogtsberg, Frühjahr 1524

Endlich war es still.

Vorbei das gequälte Stöhnen und Ächzen, das schließlich zu Schreien geworden war, vorbei das geduldige Murmeln der alten Frau … ebenso vorbei wie der grausame Schmerz, der Madlen zu zerreißen gedroht hatte.

Übrig blieb Stille.

Madlen sank zurück, fühlte, wie die Erschöpfung sie niederdrückte. Für einen Moment schloss sie die Augen. Ihr gemarterter Leib hieß die Ruhe willkommen, doch ihr Verstand war immer noch wach. Wach genug, um ihr die beunruhigende Erkenntnis einzuflüstern: Diese Stille war nicht gut – ganz und gar nicht gut.

Angst kroch ihr in die Glieder, noch bevor sie die Stimme der alten Grethe hörte: »Das Kindlein … es atmet nicht, Lenchen!«

Madlen kämpfte gegen die bleierne Schwere an, die sich ihrer bemächtigen wollte. »Dann tu was, Grethe, tu was«, keuchte sie.

»Ich hab's versucht, Lenchen. Es tut mir leid …«

Madlen stemmte sich von ihrem Lager hoch, fühlte die Nässe zwischen ihren Schenkeln, die Spuren der Geburt. Das Herz hämmerte wild in ihrer Brust, als sie die Arme ausstreckte nach dem winzigen blutverschmierten Menschlein, das Grethe in ihren knochigen Händen hielt.

»Das kann nicht sein! Gib es mir, Grethe, es kann nicht sein!«

Das Gesicht der alten Frau schien noch faltiger als sonst, ihre Stimme klang müde. »Der Herr hat's genommen, dein Kindlein«, sagte sie leise. »Es gibt nichts, was wir tun können.«

Die Tränen kamen unvermittelt, unaufhaltsam liefen sie über Madlens Gesicht, doch sie merkte es kaum, so sehr mühte sie sich, nach dem leblosen Kind zu greifen.

Grethe zögerte, dann trat sie näher und reichte ihr den kleinen Leib. »Es ist ein Mädchen«, sagte sie. »Ein schönes kleines Engelein, dem Herrn im Himmel eine Freude.«

Madlens Hände glitten über den winzigen Körper, betasteten das Gesichtchen, das ein wenig bläulich schien. Es war in der Tat ein Mädchen, ein wunderschönes kleines Mädchen.

Das nicht lebte.

»Das kann nicht sein, Grethe«, schluchzte sie erneut. »Es darf noch nicht in den Himmel! Der Herr darf's mir nicht nehmen – es ist doch alles, was ich hab!«

Die alte Grethe schüttelte traurig den Kopf, sah zu, wie Madlen ihr Kind an sich drückte und wiegte, als könnte sie die kleine Seele so zurückgewinnen.

Für lange Minuten erfüllte nur Madlens verzweifeltes Schluchzen die Hütte, ehe es mit einem Schmerzenslaut abbrach. Madlen krümmte sich erneut zusammen, das tote Kind an sich gepresst. »Grethe!«

Die Hände der alten Frau glitten unter die Decke, suchten den Leib der jungen Mutter, tasteten, drückten. »Du musst noch einmal pressen, Lenchen, ein letztes Mal!«, befahl sie.

Und Madlen gehorchte, so wie sie es stets getan hatte in den vergangenen endlosen Stunden. Der Schmerz war so schnell vorüber, wie er gekommen war, und Grethe barg einen seltsamen blutigen Klumpen in ihren Tüchern.

»Lieber Herr Jesus, was ist das?«, keuchte Madlen.

»Es ist alles gut, Lenchen«, kam die Antwort, doch natürlich war nichts gut und Madlen wusste das.

»Das ist die Nachgeburt, sie muss mit dem Kindlein den Leib verlassen, sonst vergiftet sie deinen Körper!«

Madlen starrte die alte Frau entsetzt an, die das Bündel mit dem Klumpen nahm und sich anschickte, die Hütte zu verlassen. Als Grethe sich durch die niedrige Tür duckte, rief sie ihr nach: »Grethe, was tust du?«

Die alte Frau drehte sich um. Im flackernden Licht des Torffeuers wirkte ihr zerfurchtes Gesicht unwirklich wie das einer Zauberin. »Die Nachgeburt muss vergraben werden, mein Kind, so ist es Brauch, um Unheil abzuwenden!«

Madlen erwiderte nichts, sondern drückte den leblosen Körper ihres Kindes fester an sich. *Unheil?*, dachte sie bitter. *Welches Unheil soll mir denn noch widerfahren? Das Schlimmste ist doch schon geschehen …*

Während sie den schlurfenden Schritten der alten Grethe lauschte, durchfuhr sie ein Schauder.

Denn bis zum heutigen Tag hatte sie dieses Kind nicht gewollt. Zu Anfang hatte sie gar darüber nachgedacht, es wegmachen zu lassen – obwohl es eine Todsünde gewesen wäre. Kindsmörderinnen wurden ertränkt, das Gesetz kannte da keine Gnade. Sie war zurückgeschreckt vor diesem furchtbaren Schritt und hatte das Kind ausgetragen, sie hatte erduldet, dass ihr Leib von Monat zu Monat unförmiger wurde und die Blicke der Dörfler verächtlicher.

Sie waren schon immer überzeugt davon gewesen, dass Madlen nichts taugte. Eine Dirne sei sie, nicht überraschend bei dem Blut, das durch ihre Adern floss. Die Mutter, so hieß es, war nicht besser gewesen: ein Weib aus dem Fahrenden Volk, das Madlens Vater Georg verhext hatte, sodass er sie, toll vor Liebe, zu seinem Eheweib genommen hatte.

Gar schlecht war es ihm bekommen! Das »braune Weib«, wie sie ihre Mutter abfällig nannten, hatte ihm nur ein einziges Kind geboren und war an den Pocken gestorben, als

Magdalena kaum vier Jahre alt gewesen war. Aus Kummer darüber hatte sich ihr Vater der Trunksucht ergeben. Als er anderthalb Jahre später im Suff ertrank, musste seine Schwester das kleine Waisenkind wohl oder übel in Obhut nehmen. Sie war eine hartherzige und mürrische Frau, die aus ihrer Verachtung für den Spross dieser in ihren Augen sündhaften Ehe keinen Hehl machte.

Madlen hatte kaum Erinnerungen an ihren Vater, und an ihre Mutter erinnerte sie sich noch weniger. Sie wusste – man hatte es ihr oft gesagt und stets mit einem geringschätzigen Unterton –, dass sie das Aussehen ihrer Mutter geerbt hatte, die dichten schwarz glänzenden Haare, die großen dunklen Augen, die Haut, die selbst im Winter ihre zarte Bräune behielt … und wenn sie sich hin und wieder im Wasser des Brunnens oder des Flüsschens betrachtete, stellte sie sich vor, ihre Mutter blickte sie von der glänzenden Wasseroberfläche an.

Was hätte sie wohl gesagt, wenn sie ihre Tochter jetzt sehen könnte? Auf einem Strohsack in einer Köhlerhütte, mit schweißverklebten Haaren und tränenverschmiertem Gesicht auf blutfleckigen Tüchern, das winzige tote Kindlein an ihre Brust gedrückt.

Ich habe kein Unrecht getan, Mutter.

Und doch sah Madlen, als sie die Augen zusammenpresste, um zu verhindern, dass die Tränen weiterströmten, das fleischige Gesicht des Dorfpfarrers vor sich, der sie mit seinem stechenden Blick fixierte. Schon als kleines Mädchen hatte sie geglaubt, dass die schwarzen Augen Vater Anselms tief in jede Seele blicken konnten, jeden noch so flüchtigen sündigen Gedanken entdecken, jede Lüge, jede Begierde.

Kein Unrecht, Magdalena Böckler? Kein Unrecht, behauptest du? Du, die du wochenlang gebetet hast, der Herrgott möge die Frucht deines Leibes von dir nehmen?

Madlen stöhnte gequält auf.

Ja, es stimmte, aber was war mit der Sünde, die Hans Eberlin begangen hatte, als er ihr in jener Nacht im Mai aufgelauert hatte? Als er sie in die verfallene Scheune gezerrt und ihr Gewalt angetan hatte?

In ihren Albträumen meinte sie noch immer, das Blut auf ihren Lippen zu schmecken, die Hand zu spüren, die ihr Gesicht ins Heu presste. Sie hatte versucht, sich zu wehren, doch seiner Kraft hatte sie nichts entgegenzusetzen gehabt. Mühelos hatte er ihren Rock hochgeschoben und sein hartes Glied in ihren Unterleib gestoßen. Das duftende Heu hatte ihre Schmerzensschreie erstickt.

Als er schließlich von ihr abließ, lag sie lange reglos, lauschte den Schritten, die sich entfernten, den Rufen des Käuzchens im nahen Wald, dem Rauschen des Windes in den Bäumen und den Ritzen der morschen Holzwände.

»Das wird dich lehren, mich nimmer abzuweisen, du braune Schlampe!«, hatte er geknurrt.

Und abgewiesen hatte sie ihn von da an nicht mehr, sie hatte erduldet, dass er sie über Wochen immer wieder missbrauchte. Sie hatte nicht gewusst, an wen sie sich um Hilfe wenden sollte, denn sie war nur eine Magd in der Burgküche, ohne einen Vater oder einen Bruder, der für ihre Ehre eingetreten wäre … und Hans Eberlin, ihr Peiniger, war der Hauptmann der Burgwache.

Als ihr Leib für jedermann sichtbar angeschwollen war, hatte er sie endlich in Frieden gelassen, sich gar bemüht, nicht mehr in ihrer Nähe gesehen zu werden, denn wenn allzu offensichtlich gewesen wäre, dass das Kind, das Madlen trug, von ihm war, hätte man am Ende noch von ihm erwartet, das braune Weib zu ehelichen.

Madlen drückte einen Kuss auf das feuchte, kühle Köpfchen ihres Kindes.

Niemals wäre ich sein Weib geworden, selbst wenn er es gewollt hätte. Gebettelt und gestohlen hätte ich für dich, mein Kind, um dich vor dem Hungertod zu bewahren. Doch der Herr hat es anders bestimmt.

Ein Scharren an der Tür kündigte Grethes Rückkehr an.

Madlen schaute ihr entgegen, da kam ihr ein furchtbarer Gedanke. »Grethe, mein Kindlein, es ist nicht getauft!«, rief sie angsterfüllt. »Es wird auf ewig verdammt sein!«

Die alte Frau schüttelte den Kopf. »Es ist beim lieben Gott«, erklärte sie ruhig.

»Es ist nicht getauft!«, wiederholte Madlen panisch. »Wie kann es da bei Gott sein, die arme kleine Seele, der Teufel wird …«

Sie verstummte, als der zornige Blick der alten Frau sie traf.

»Unfug!«, schalt Grethe, die Schärfe in ihrer Stimme erschreckte Madlen. »Der Herr ist barmherzig und gut. Dein armes kleines Mädchen wird einen Platz unter seinen Engeln finden, egal, was die Pfaffen sagen, sorge dich nicht.«

Madlen starrte sie an, schockiert und ungläubig, bis die Worte allmählich in ihr Bewusstsein sanken, warm und tröstend. Wie gerne wollte sie Grethe glauben.

Der Zorn wich aus den Zügen der alten Frau, als sie an das Lager herantrat und sich auf dem Schemel niederließ, auf dem sie all die Stunden bei Madlen gesessen hatte. »Wir müssen dein Kindlein begraben, Lenchen.«

Madlens Augen füllten sich erneut mit Tränen. »Marie«, brachte sie hervor.

Grethe runzelte die Stirn.

»Marie«, wiederholte Madlen eindringlicher. »Sie soll Marie heißen. Wie die gütige Muttergottes, die sie hoffentlich in Liebe zu sich nimmt.«

»Marie«, sagte Grethe mit einem Nicken. Sie betrachtete das Kind in Madlens Armen, und Madlen drückte ihre Tochter fester an die Brust. »Lass sie mir noch ein bisschen, Grethe. Bis die Sonne aufgeht. Ich bitte dich.«

Madlens Tochter fand ihre letzte Ruhestätte unter weiß blühenden Buschwindröschen und Walderdbeeren.

Sie hatten Marie gewaschen und in saubere Tücher gewickelt, so sauber, wie die Tücher in Grethes ärmlicher Hütte eben sein konnten. Madlen hatte ihre Tochter voller Staunen betrachtet und gestreichelt, diesen winzigen und doch so vollkommenen Körper, die Finger und Zehen, das Gesichtchen, den feuchten schwarzen Haarschopf. Schwarze Haare wie sie selbst. Wie ihre Mutter. Sie fand ein wenig Trost darin, dass Marie nicht den blonden Schopf ihres verabscheuungswürdigen Vaters geerbt hatte. Eine kleine Gnade, die der Herrgott ihr gewährte.

Grethe bestand darauf, eine besonders tiefe Grube auszuheben, in der das sorgsam eingewickelte Bündel verschwand. Sie wollte sichergehen, dass keine wilden Tiere den Leichnam ausgruben.

Als Madlen ein Holzkreuz aus Ästen am Grab anbringen wollte, wehrte die alte Frau ab. Man konnte nie wissen, wer über ein solches Zeichen stolperte. Sie einigten sich darauf, das ärmliche Kruzifix zwischen die Blumen zu legen, halb verborgen unter den Blättern.

Zuletzt sprach Grethe ein Gebet und Madlen ließ ihren Tränen freien Lauf.

Sie fühlte, wie ihre Beine zitterten. Ein ums andere Mal drohte Schwindel sie zu erfassen. Sie versuchte, es vor Grethes scharfem Blick zu verbergen. Die Geburt hatte sie arg geschwächt, und sie spürte, dass sie noch immer blutete, wenngleich weniger stark als zuvor. Aber um nichts in der Welt hätte sie es Grethe allein überlassen, ihr Kindlein beizusetzen.

Nimm meine kleine Marie zu dir, liebe Muttergottes, flehte sie stumm. *Nimm sie in Güte und Barmherzigkeit bei dir auf und gib ihr die Liebe, die ich ihr so gerne gegeben hätte.*

Bei der Erinnerung daran, wie es ihr gegraut hatte, als sie ihre Schwangerschaft nicht länger hatte leugnen können, überkam sie tiefe, heiße Scham. Das unschuldige Wesen, das sie in ihrem Leib getragen hatte, konnte nichts dafür, dass es in Sünde und Gewalt gezeugt worden war. Es hatte wie alle anderen Kinder die Liebe und Wärme einer Mutter verdient. War Maries Tod die Strafe für ihre bösen Gedanken, für ihre Ablehnung, ja ihren Ekel?

Madlen wurde schwarz vor Augen, ihre Beine wollten sie nicht mehr tragen. Sie spürte Grethes festen Griff, der verhinderte, dass sie taumelte, und staunte nicht zum ersten Mal über die Kraft, die die alte Frau besaß.

»Du musst ruhen«, befahl sie und schob Madlen zurück in Richtung der Hütte.

Madlen ließ es geschehen und setzte vorsichtig einen Fuß vor den anderen. Ihr Körper war nahe daran, den Dienst zu versagen. Das hatte sie mit ihren neunzehn Jahren bisher nie erlebt. Trotzdem murmelte sie: »Ich muss zurück, Grethe. Zurück zur Burg. Man wird mich suchen, Berthe wird zornig sein, wenn …«

»Du musst ruhen«, beharrte Grethe. »Das dicke faule Weib wird wohl ein paar Tage ohne dich auskommen!«

Ein paar Tage? Madlen wurde bang ums Herz. Berthe war die Köchin, für die sie arbeitete, eine bärbeißige Frau, die in der Burgküche ein strenges Regiment führte.

Vorsichtig ließ Madlen sich auf Grethes Strohlager nieder. Ihr Unterleib schmerzte, und als sie ihn betastete, wunderte sie sich darüber, wie geschwollen ihr Leib noch immer war, obwohl das Kindlein ihn verlassen hatte.

»Dein Körper muss sich erst daran gewöhnen, dass er wieder leer ist«, erklärte Grethe, die sie beobachtet hatte. »Sorg dich nicht, in wenigen Wochen wirst du wieder rank und schlank sein wie zuvor.«

*

Und doch nie mehr dieselbe.

Grethe seufzte leise. Sie fragte sich, welches das bessere Los für die junge Frau gewesen wäre: ein uneheliches Kind aufzuziehen oder es auf diese Weise zu verlieren. Innerlich verfluchte sie den Kerl, der Madlen das angetan hatte.

Madlen hatte ihr gegenüber den Namen des Kindsvaters nie genannt, wohl aber, dass sie nicht aus freien Stücken bei ihm gelegen hatte. Für Grethe war das nichts Neues. Oft waren es die hohen Herren, die ihre vermeintlichen Rechte bei den einfachen Mädchen geltend machten – manche von ihnen hatten zumindest genügend Ehrgefühl, um für ihre Bastardkinder und deren Mütter zu sorgen. In Madlens Fall schien es anders zu sein.

Natürlich war Madlen nicht wie andere junge Frauen. Sie war seit früher Kindheit Waise und, was schwerer wog, ihre Mutter war eine Fremde gewesen, eine vom Fahrenden Volk. Einem Volk, das aus Dieben, Bettlern und Halunken bestand, wie jeder anständige und gottesfürchtige Mensch zu wissen glaubte. Madlen galt weniger als die anderen Mädchen im Dorf.

Grethe runzelte die Stirn, während sie die junge Frau betrachtete.

Es gab dennoch wohl kein Weib in Vogtsberg, das Madlen nicht das einzig Wertvolle neidete, was sie besaß: ihre Schönheit. Eine fremdartige, verwirrende Schönheit zwar, aber eine, die die Blicke der Burschen und Männer auf sich zog, die Begehren weckte und die Gedanken zur Sünde lenkte.

Madlen schien sich dessen nicht bewusst zu sein. Eitelkeit war ihr fremd. Sie war ein scheues, in sich gekehrtes Geschöpf, fleißig und von rascher Auffassungsgabe, etwas, das vor allem Berthe sehr zugutekam. Die Köchin war eine dicke, griesgrämige Frau, die seit dem Tod ihres Mannes, eines der Burgknechte, dem Wein mehr zugetan war, als ihr guttat. Ihre Kochkünste hatten darunter gelitten, und sie hätte sich sicherlich den Unmut der Herrschaft zugezogen, wenn Madlen keinen so hervorragenden Dienst leisten würde. Die Herrschaft wusste das nicht, Berthe jedoch sehr wohl, und das war auch der Grund, warum Madlen nicht in Schimpf und Schande davongejagt worden war, wie es ledigen Müttern häufig geschah. Die Köchin hatte über Madlen gewacht und den anderen Mägden verboten, ihr übel nachzureden. Dass das aus purem Eigennutz geschah und nicht aus mütterlicher Zuneigung, war nicht von Bedeutung. Auf die Zuneigung einer Frau wie Berthe konnte Madlen verzichten, nicht aber auf eine Kammer zum Schlafen, ein sicheres Zuhause und genug zu essen aus der Burgküche.

Du hättest keine bessere Küchenmagd finden können, du faules Weibsstück, dachte Grethe. Sie ließ ihren Blick abermals über die junge Frau wandern, die nun auf den Strohsack zurückgesunken war, die Augen geschlossen. Das Torffeuer war herabgebrannt. Das Licht des grauen Morgens kroch allmählich durch das einzige Fenster in die Hütte und ließ das Gesicht der Schlafenden geisterhaft bleich erscheinen.

Sie hat viel Blut verloren, dachte Grethe. *Ich werde ihr einen Trank aus Brennnessel und Vogelmiere brauen, damit sie zu Kräften kommt. Und etwas Bier zur Stärkung wird nicht schaden.*

Schwerfällig stand sie auf und schlurfte zu der Ecke, wo sie, verborgen hinter zwei Säcken, ein kleines Fässchen Bier aufbewahrte, ihren Notvorrat. Viel war es nicht. Sie durfte nicht vergessen, den jungen Michel bei Gelegenheit zur Burg zu schicken, um Nachschub zu holen. Sie würde ihm ein Beutelchen mit Kräutersud für Berthes Verdauung mitgeben. Das sollte der Köchin einen Krug Bier wert sein.

Als sie sich mit einem Ächzen wieder auf dem Hocker neben Madlen niederließ, spürte sie die Hand der jungen Frau, die nach der ihren griff.

»Grethe?« Madlens Augenlider flatterten. »Grethe, was soll nun werden?«

Grethe nahm die kalte Hand in ihre, barg sie darin wie einen zarten kleinen Vogel, der gewärmt werden musste. »Schlaf erst einmal, Lenchen. Du musst dich ausruhen. Danach sehen wir weiter.«

Madlen antwortete mit einem Seufzen. Ihre Hand wurde schlaff.

»Schlaf, Lenchen ...«

Während sie Madlens ruhiger werdenden Atemzügen lauschte, runzelte Grethe bekümmert die Stirn.

Ich wünschte, ich wüsste, was nun werden soll, armes Kind. Grethe musste nachdenken. Der Tod des Kindleins würde Madlens Los nicht erleichtern, dessen war sie sich sicher. Die Leute würden reden, würden ihr scheele Blicke zuwerfen, mehr noch als zuvor. Das Schlimmste aber wäre, wenn die Leute Angst bekämen. Angst und Verachtung, Misstrauen und Aberglauben ergaben ein böses, unheilbringendes Gemisch.

Ein tödliches Gift.

Kapitel 2

»Wird Zeit, dass du hier wieder aufkreuzt!«, knurrte Berthe und packte den Brotteig mit ihren kräftigen Händen, als wäre er ein Halunke, dem sie den Hals umdrehen wollte. »Drei Tage lang musste ich mich mit diesen nichtsnutzigen Faulpelzen herumschlagen.« Indes sie den Teig bearbeitete, warf sie einen grantigen Blick zu Liese, der zweiten Küchenmagd, und dem Küchenjungen Kaspar, einem schlaksigen Bengel von etwa zwölf Jahren. Die beiden machten missmutige Gesichter. Madlen konnte sich gut vorstellen, dass Berthe ihren Ärger darüber, ohne sie auskommen zu müssen, in den vergangenen Tagen an den beiden ausgelassen hatte.

Die Frage war allerdings, wer von den dreien der größte Faulpelz war. Madlen bezweifelte, dass die Köchin während ihrer Abwesenheit willens gewesen war, sich von ihrer großen Leidenschaft, dem Weinkrug, fernzuhalten.

Madlen strich ihren fadenscheinigen Rock glatt und schob eine widerspenstige Strähne unter ihre Haube, ehe sie an den schweren Eichentisch trat, auf dem zwei Enten lagen, die es zu rupfen galt.

Berthe schnaubte und hörte mit dem Teigkneten auf. Ihr Blick wanderte erneut von Madlen, die sich wortlos die erste Ente vornahm, zu den beiden anderen, die reglos dastanden und Madlen anstarrten, als wäre sie ein Geist. »Habt ihr nichts Besseres zu tun, als in die Gegend zu glotzen?«, schimpfte sie. »Was ist mit dem Ofen? Ist er angeschürt? Hat der Nichtsnutz Holz geholt, wie ich ihm aufgetragen habe?«

Kaspars Gesicht nahm einen Rotton an, der verriet, dass

er nichts dergleichen getan hatte. Er lief rasch hinaus, gefolgt von Liese, die, wie Madlen vermutete, ebenso versäumt hatte, den Ofen anzuschüren.

Nun da sie in der Küche allein waren, richtete Berthe ihre kleinen scharfen Äuglein auf Madlen, die mit gesenktem Kopf weiterarbeitete. Madlen wusste, dass die alte Grethe den Bauernjungen Michel zu Berthe geschickt hatte, während sie in Grethes Hütte darniederlag. Jedoch wusste sie nicht, was Grethe dem Bengel aufgetragen hatte, und auch nicht, was der möglicherweise bis zu seiner Ankunft in der Küche vergessen hatte. Aber sie war sich sicher, dass Berthe vom Tod des Kindleins erfahren hatte.

So war sie nicht überrascht, als die Köchin brummte: »Hast dein Balg also verloren, Madlen?«

Madlen nickte stumm.

Die Köchin fügte hinzu: »Glaub mir, s'ist besser so! Wie hättest so ein Kind mit durchfüttern sollen, hm?«

Madlen sah auf. Zu ihrer Überraschung entdeckte sie in Berthes sauertöpfischem Gesicht eine Spur von Mitgefühl.

»Mir sind alle gestorben«, murmelte die Köchin. »Damals, als wir die Pocken hier hatten. Drei Bälger und der Mann. Das war zu der Zeit, als auch deine Mutter gestorben ist.« Sie schnaufte und griff entschlossen in den Brotteig. »Der Herr gibt es, der Herr nimmt es! So heißt es doch? Und wart's ab, er macht dir gewiss bald ein neues, der lüsterne Bock, wennst ihn lässt!«

Mit offenem Mund starrte Madlen die dicke Frau an. Von wem sprach sie? Wusste sie, wer sie geschwängert hatte? Sie hatte es niemandem erzählt, nicht einmal Grethe, und es war stets im Verborgenen geschehen ... in der Scheune, in der Turmstube, in einem Gebüsch an der Burgmauer ...

Berthe verzog den Mund zu einem Grinsen. »Hast geglaubt, ich seh das nicht, was?« Sie schüttelte den Kopf.

»Bin vielleicht alt und fett geworden, aber blind bin ich nicht! Wie der Eberlin dir nachgestiert hat, war nicht zu übersehen. Der nimmt sich, was er will. Das war immer so!«

»Das ist vorbei!«, stieß Madlen hervor, selbst überrascht von der Heftigkeit ihres Ausbruchs. »Der wird mich nie wieder anfassen, eher schneid ich ihm sein ... sein Ding mit dem Küchenmesser ab!« In diesem Moment hatte sie absolute Gewissheit: Hans Eberlin würde niemals mehr seine Begierde an ihr stillen. Eher würde sie sterben.

Berthe aber brach bei ihren zornigen Worten in schallendes Gelächter aus. »Das würd ich zu gern sehen, Mädchen – aber glauben tu ich's nicht! Der Eberlin ist nicht umsonst Hauptmann der Wache geworden. Und du bist nicht das erste Weibsstück, das er besteigt, ohne zu fragen.«

Madlen biss sich auf die Lippe und starrte die Köchin wütend an. »Ich bin kein Stück Vieh, mit dem man machen kann, was man will!«, protestierte sie. »Was, wenn ich zu Herrn Botho gehe? Wenn ich ihm sage, dass sein Hauptmann ...«

Berthe fiel ihr ins Wort. »Bist du närrisch? Was glaubst du, was der Herr macht? Wem wird er wohl glauben? Der wird seinem Hauptmann nichts am Zeug flicken, eher jagt er dich vom Hof!« Ihre Mundwinkel hoben sich zu einem bitteren Lächeln. »Oder er holt dich zu sich, um sein eigenes Bett zu wärmen, wer weiß?«

»Berthe!« Madlen war schockiert.

»Was für ein dummes Kind du doch bist!«, spottete die Köchin. »Glaubst du, dem Herrn reicht die knochige, ach so fromme Friedlinde, um seine Lenden zu kühlen?«

Madlen spürte, dass ihr die Röte ins Gesicht stieg. »Wie kannst du so von der Herrschaft sprechen, Berthe?«

Berthe gab einen verächtlichen Laut von sich, ehe sie sich wieder auf ihren Teig konzentrierte.

Während Madlen sich der Ente widmete, erschien das Bild der Herrin Friedlinde vor ihrem inneren Auge, blass und unscheinbar, mit einer spitzen Nase und tief liegenden Augen, das Haar stets makellos unter ihrer seidenen, strengen Haube verborgen. Neben ihrem Gemahl Botho mit seiner kräftigen untersetzten Statur und dem dichten rotblonden Haar und Bart wirkte sie fast engelhaft.

In der Tat war Friedlinde für ihre Frömmigkeit bekannt, böse Zungen lästerten, sie verbringe weit mehr Zeit mit ihrem Kaplan als mit ihrem Ehegatten, und sie hatten dabei wohl nicht Unrecht. Madlen wusste, dass sie ihrem Mann sieben Kinder geboren hatte, von denen aber – ein herber Schlag für den Herrn von Vogtsberg – lediglich zwei Töchter überlebt hatten. Ungeachtet des jungen Alters der beiden schmiedete der Burgherr, wie es hieß, bereits eifrig Pläne, die Mädchen vorteilhaft zu verheiraten. In Anbetracht der armseligen Mitgift handelte es sich dabei um kein leichtes Unterfangen.

Botho von Vogtsberg war Herr über eine unbedeutende Burg, einen guten halben Tagesritt von Würzburg entfernt, sowie über das dazugehörige Dorf, ein paar Wälder und wenig ertragreiche Ländereien. Er lebte in der Burg, die schon bessere Zeiten gesehen hatte, seit Langem über seine Verhältnisse, weshalb er ständig versuchte, das Letzte aus seinen Bauern herauszupressen. Beliebt machte ihn das nicht. Gerade jetzt, wo die Unzufriedenheit unter der einfachen Bevölkerung im Reich wuchs und die Lehre des Doktors Luther die Menschen ermutigt hatte, gegen ihr erbärmliches Los und die Allmacht der Kirche und des Adels aufzubegehren. Auch in Vogtsberg schwelte der Groll gegen den rücksichtslosen Herrn. Selbst Madlen war dies nicht entgangen.

Als sie ein Kind gewesen war, hatte es in Württemberg bereits einen Aufstand gegen Herzog Ulrich gegeben. Die Aufständischen hatten sogar die Stadt Stuttgart bedroht.

Gerüchte von den Ereignissen waren bis nach Franken gelangt, allerdings auch von dem blutigen Ende, das die Aufrührer letztlich ereilt hatte.

Dennoch gärte die Unzufriedenheit im Volk, simmerte vor sich hin wie Suppe über einem Herdfeuer. Überall zogen Prediger durchs Land, Lotterpfaffen und entlaufene Mönche, die allen, die es hören wollten, von der Lehre Luthers erzählten, von der Verderbtheit der römischen Kirche und der Gnade und Gerechtigkeit des Allmächtigen. Flugblätter mit aufrührerischem Inhalt machten die Runde, und wenngleich die meisten einfachen Menschen des Lesens nicht mächtig waren, so fand sich stets jemand, der die Schriften vorlas. Die Welt, wie sie seit Menschengedenken gewesen war, schien zu erbeben.

»Träumst du oder was ist los?« Berthes barsche Stimme riss Madlen aus ihren Gedanken, und sie merkte, dass sie versonnen auf die fertig gerupfte Ente in ihren Händen gestarrt hatte. Hastig nahm sie sich das zweite Federvieh vor, doch Berthe bedeutete ihr innezuhalten.

»Sieh lieber nach, ob die zwei Faulpelze den Backofen draußen gut vorgeheizt haben, damit das Brot rein kann!«, befahl sie. Die Köchin hatte bereits mehrere große Laibe geformt, die darauf warteten, gebacken zu werden.

Nickend wischte Madlen ihre Hände an der Schürze ab und eilte hinaus. Eine missmutige Liese und ein gähnender Kaspar standen beim Ofen, der immerhin glühte. Als sie Madlen sahen, wechselten sie einen vielsagenden Blick. Kaspar spuckte aus.

Madlen ignorierte die verächtliche Geste. Die beiden waren ihr nie wohlgesonnen gewesen. Liese neidete Madlen die Blicke, die die jungen Männer ihr zuwarfen, und Kaspar ärgerte sich darüber, dass sie ihn zuverlässig bei jedem Versuch zu faulenzen erwischte.

»Ist der Ofen heiß genug?«, fragte Madlen streng.

Liese sah sie trotzig an. »Hab gehört, sie haben dir ein Wechselbalg untergeschoben«, erwiderte sie frech.

»Was sagst du da?« Madlens Magen verkrampfte sich.

»Ein Wechselbalg«, wiederholte Liese. »Ein totes Balg.« Sie stemmte die Hände in die Hüften und trat näher. »Wie hat es ausgesehen? Die Leute sagen …«

»Du redest dummes Zeug, Liese!«, fiel Madlen ihr ins Wort. Sie bemühte sich, ihre Stimme fest klingen zu lassen.

Liese ließ sich nicht einschüchtern. »Drüben im Wald bist verschwunden. Warst bei dem seltsamen Köhlerweib. Es heißt, sie braut Zaubertränke. Lehrt sie dich das? Und plötzlich ist dein Kind tot …« Sie schnaubte verächtlich. »Wetten, die Alte hat's den Feen gebracht und die haben dir ein Wechselbalg untergejubelt? Ich hab immer gewusst …«

»Hör auf, solchen Unsinn zu behaupten!«, fuhr Madlen sie an. »Wenn Vater Anselm das hört, lässt er dich die ganze Nacht auf dem Kirchenboden knien und Rosenkränze beten!«

Liese presste die Lippen aufeinander, widersprach jedoch nicht. Sie wusste zu gut, was Vater Anselm von lästerlichem Geschwätz hielt.

Madlen atmete innerlich auf, doch im nächsten Moment erstarrte sie.

Mehrere Männer traten vom Torhaus in den Hof, Waffenknechte, Männer, die sie kannte. Vor allem den einen vierschrötigen mit den struppigen blonden Haaren, der ungeniert zu ihr herüberstarrte. Hans Eberlin.

Madlen fühlte, wie Abscheu sie durchlief und ihr Übelkeit verursachte. *Er kann mir nichts tun*, suchte sie sich zu beruhigen. *Er hat mich nicht mehr angefasst, seit meine Schwangerschaft sichtbar war, nun bin ich eine unreine Frau, mein Wochenfluss ist noch nicht vorüber. Selbst wenn er wollte, er dürfte mich nicht berühren, so ist die Sitte. Aber der Wochenfluss wird irgendwann versiegen. Was wird dann geschehen?*

Als hätte er ihre Gedanken gelesen, verzog Eberlin das Gesicht zu einem Grinsen. Er blieb kurz stehen und betrachtete sie abschätzig. Der Ekel schnürte ihr die Kehle zu.

Niemals mehr wird er mich anrühren. Lieber sterbe ich … oder er!

Erschrocken über ihre eigenen Gedanken raffte sie ihren Rock und eilte zurück in die Küche zu Berthe, die ihr mit gerunzelter Stirn entgegensah. »Was ist jetzt?«

Madlen starrte sie ein paar Herzschläge lang verwirrt an.

Als die Köchin knurrte: »Gütiger Himmel, bin ich eigentlich nur von Schwachköpfen umgeben?«, begriff sie, dass Berthe an den Backofen dachte.

»Der Ofen ist heiß«, sagte sie hastig und griff nach den fertig geformten Laiben.

Berthe winkte ab und rief nach Kaspar. »Das kann der Bengel machen«, erklärte sie. »Du solltest die Ente ausnehmen und würzen, ehe sie auf den Bratspieß kommt. Und Liese soll sich um das Gemüse kümmern.« Sie klatschte den Mehlstaub von ihren Händen. »Ich werde mal nachschauen, was wir in der Vorratskammer haben.«

Madlen griff sich eins der scharfen Messer und machte sich an die Arbeit. Vielleicht sollte sie ein solches Messer an sich nehmen. Sie schauderte. Das würde sie zu einer Diebin machen … aber würde Berthe das Fehlen überhaupt bemerken?

Doch, das würde sie, ermahnte sich Madlen in Gedanken. Berthe war faul, trunksüchtig und schwatzhaft, dennoch schaffte sie es, über ihre Küche und ihre Vorratskammer zu wachen wie über ihren Augapfel. Einmal hatte sie Kaspar mit dem Besenstiel verprügelt, weil er sich zwei Äpfel genommen hatte. Wenn Madlen ein Messer stahl, würde es nicht bei einer

Tracht Prügel bleiben. Es war nicht unüblich, dass Dieben ein Ohr abgeschnitten oder sogar eine Hand abgehackt wurde.

Madlen betrachtete ihre blutigen Hände.

Was würde erst geschehen, wenn sie es wagte, sich mit einem Messer gegen die Übergriffe des Hauptmanns zur Wehr zu setzen?

Erneut jagte ein Schauer über ihren Rücken, und sie begriff, dass es unmöglich war. Selbst wenn sie geschickt und mutig genug wäre – sie war nur eine Frau, und dazu eine Leibeigene.

Niemals durfte sie es wagen, die Hand gegen einen Freien zu erheben.

Niemals.

Kapitel 3

Grethe behielt recht. Es dauerte einige Zeit, bis der Wochenfluss versiegt war. Madlens Körper hatte seine frühere Straffheit zurückgewonnen. Ihr Bauch war nicht mehr schlaff und überdehnt wie eine leere Hülle, sondern beinah so flach wie vor der Schwangerschaft. Dennoch war sie nicht mehr dieselbe und würde es nie mehr sein.

Der Verlust des Kindleins brannte wie eine offene Wunde in ihrem Herzen, und Madlen fragte sich, ob sie jemals heilen würde. Wie konnten andere Frauen mit einem solchen Verlust leben? Frauen wie Berthe oder Herrin Friedlinde und die zahllosen anderen, die ihre Kinder hatten begraben müssen.

Madlen verbarg ihren Schmerz hinter einer verschlossenen Miene, so wie sie es immer getan hatte, wenn die Dörfler sie verspottet hatten. Sie wusste, dass man über sie sprach. Die Mär vom Wechselbalg machte die Runde, vermutlich von Liese in die Welt gesetzt. Madlen spürte es an den Blicken und an dem Getuschel, wenn sie vorüberging. Die Leute gingen ihr aus dem Weg, manche schlugen heimlich das Kreuzzeichen, aber niemand sprach es offen aus.

Madlen versuchte, darüber hinwegzusehen. Sie hatte genug Arbeit in der Küche und war jeden Abend erschöpfter, als sie es sich eingestehen wollte. Wenn sie endlich auf ihr Schlaflager im Gesindequartier sank, schlief sie allem Kummer zum Trotz ein, kaum dass ihr Kopf das Kissen berührte.

Die Köchin Berthe widmete sich weiter ihrem Weinkrug, jedoch nicht, ohne ihren Mägden genaue Anweisungen zu geben, welche Speisen die Herrschaft wünschte, wie viele Brote gebacken werden sollten, wie viel Schinken geräuchert, wie viele Honigtöpfe eingelagert.

Madlen oblag es, Liese und Kaspar zur Arbeit anzuhalten, doch die beiden gebärdeten sich aufmüpfiger als zuvor. Madlen ahnte, dass sie ihr die Erschöpfung anmerkten und spürten, wie schwer es ihr fiel, sich gegen die Sticheleien und Widerworte zur Wehr zu setzen. Lieses Blicke waren verächtlicher, als sie es je gewesen waren, und wenn Herrin Friedlindes Zofe vorbeikam, um Aufträge der Herrin auszurichten, steckten die beiden Frauen die Köpfe zusammen und tuschelten. Dann wusste Madlen, dass über sie geredet wurde, und sie wusste auch, dass das nichts Gutes verhieß.

An einem sonnigen Maitag, einige Wochen nach Maries Geburt erschien die Zofe mit einer Nachricht in der Küche. »Die Herrin Friedlinde wünscht, dich zu sehen, Magdalena Böckler«, erklärte sie ohne Umschweife.

Madlen ließ vor Schreck beinah den Kochlöffel in den Eintopf fallen, der in einem großen Kupferkessel über dem Herdfeuer köchelte. »Mich?«

Die Zofe, Agatha war ihr Name, betrachtete sie mit unverhohlener gehässiger Zufriedenheit. »Spreche ich undeutlich?«, fragte sie spitz.

Madlen schluckte. »Natürlich nicht ... ich bin nur überrascht!«

Sie hatte die Burgherrin in ihren Gemächern bislang selten aufsuchen müssen, um Speisen aus der Küche zu bringen, wenn Agatha oder der Küchenjunge verhindert waren. Dabei waren nie mehr als kurze Worte gewechselt worden. Dass Herrin Friedlinde sie zu sehen wünschte, war höchst ungewöhnlich, und Madlens Magen wurde flau. Sie versuchte, das beklemmende Gefühl abzuschütteln. Nachdem sie ihre klebrigen Hände gereinigt und die Schürze abgelegt hatte, schob sie hastig ein paar vorwitzige Haarsträhnen unter die verrutschte Haube zurück.

Agatha betrachtete sie mit hochgezogenen Brauen. Ihr hocherhobenes Kinn verriet, wie sehr sie sich über Madlen erhaben fühlte, als die beiden Frauen den Burghof überquerten und auf den Palas zuhielten.

Madlen blieb einen Schritt hinter der Zofe, als sie die Treppe zu den Frauengemächern emporstiegen. Das Herz klopfte ihr bis zum Hals, und als Agatha die Kemenate betrat und laut erklärte: »Hier ist sie, Herrin!«, musste Madlen den Impuls unterdrücken davonzulaufen. Sie trat an der Zofe vorbei in den Raum, der vom Morgenlicht, das durch zwei schmale Fenster mit grünlichem Butzenglas einfiel, nur wenig erhellt wurde. Im nächsten Moment sah sie sich Herrin Friedlinde gegenüber.

Die Herrin der Burg saß auf einem Stuhl aus dunkel glänzendem Holz mit einer hohen, kunstvoll geschnitzten Lehne, eine Stickarbeit auf dem Schoß, in der Madlen glaubte, ein Altartuch zu erkennen. Nicht ein einziges Haar entwischte der straff sitzenden Haube. Ihr schmales Gesicht wirkte blass über dem Kragen ihres schlichten dunklen Kleides, als sie den Kopf hob und Madlen anblickte.

»Guten Morgen, Herrin«, sagte Madlen vorsichtig und machte einen ungelenken Knicks.

»Tritt näher, Mädchen!« Friedlinde machte eine ungeduldige Bewegung mit der Hand. Die blassblauen Augen musterten sie forschend, und Madlen senkte unwillkürlich die Lider.

»Im Dorf spricht man von dir, Magdalena Böckler«, hörte sie die Burgherrin mit strenger Stimme sagen. »Ich konnte nicht umhin, davon zu hören, und was ich hörte, gefällt mir nicht.« Madlen sah auf und bemerkte, dass Friedlinde die Stirn runzelte. »Man erzählt sich, du hättest draußen im Wald ein Kind geboren … ein Wechselbalg.«

Madlen starrte die Edelfrau mit offenem Mund an. In ihrem Kopf rasten die Gedanken, doch sie brachte kein Wort heraus, und es ziemte sich auch nicht, der Herrin zu widersprechen.

Was für ein abergläubischer Unsinn! Was für eine Boshaftigkeit! Sie rief sich Maries kleines Gesichtchen in Erinnerung, die zarte, kalte Haut unter ihren streichelnden Händen. Schmerz und Empörung wallten in ihr auf und schnürten ihr beinah die Luft ab.

»Das alte Köhlerweib, diese Kräuterhexe, soll dir geholfen haben«, ergänzte die Burgherrin.

Madlen schluckte. Was sollte sie antworten? Was sollte sie dieser Frau erzählen von den Qualen, die sie durchlitten hatte, und von dem grausamen Schmerz, als sie begriffen hatte, dass das Kindlein in Grethes Händen nicht mehr lebte. Sie räusperte sich und sagte leise: »Die Leute erzählen viel wunderliches Zeug. Mein Kind, meine kleine Tochter, kam tot zur Welt. Ihr wisst, Herrin, wie oft dergleichen geschieht …«

Friedlindes Mund bekam einen harten Zug.

»Wunderliches Zeug, sagst du, Mädchen?« Es war eine Männerstimme, die aus der Zimmerecke hinter Madlen erklang und sie herumfahren ließ.

Vor Schreck hätte sie beinahe einen Schrei ausgestoßen. Sie hatte die Gestalt, die reglos im Schatten verharrte, nicht bemerkt. Nun trat der Mann ins Licht, und Madlen erkannte den Burgkaplan Vater Laurentz, einen dünnen kleinen Mann im dunklen Priestergewand. Mit seinem kahlem Kopf und der gekrümmten Nase erinnerte er Madlen an einen Geier.

»Wunderliches Zeug«, wiederholte er und fixierte Madlen mit seinen merkwürdig wässrigen Augen. »Du solltest nicht von Dingen sprechen, von denen du nichts verstehst. Ein jeder weiß, dass Satan und seine Helfershelfer niemals ruhen, und uns, den Dienern des Herrn, obliegt es, sie zu entlarven.« Er leckte sich über die Lippen. »Und sie zu vernichten.«

Madlens Herz setzte einen Schlag aus. Sie wusste nicht, ob er eine Antwort von ihr erwartete, doch sie hätte ohnehin kein Wort herausgebracht. Stumm und reglos stand sie da. Ein unheilvolles Schweigen breitete sich aus.

»Man erzählte mir, deine Mutter war eine Frau aus dem Fahrenden Volk«, sagte Herrin Friedlinde unvermittelt. »Ist das wahr?«

»Sie ist gestorben, als ich noch sehr klein war«, erklärte Madlen hastig. »Ich erinnere mich kaum an sie.«

Friedlinde legte den Kopf schief und betrachtete sie misstrauisch. »Es heißt, sie hatte das zweite Gesicht.«

Madlen wurde kalt. »Davon weiß ich nichts, Herrin«, sagte sie tonlos.

Friedlindes Miene verdunkelte sich. Abrupt stand sie auf, und Madlen wich unwillkürlich einen Schritt zurück. Sie bemerkte, dass die Herrin und der Kaplan einen Blick tauschten. Die Kälte kroch durch ihre Glieder, und sie musste all ihre Selbstbeherrschung aufbringen, um nicht zu erzittern.

»Ich habe dich nicht bei der Pfingstmesse gesehen«, sagte die Herrin.

Madlen stockte der Atem. Worauf wollte Friedlinde hinaus? »Ich bin eine gute Christin«, beteuerte sie mit fester Stimme und spürte plötzlich neben der Furcht noch etwas anderes. Etwas Erstaunliches. Zorn. »Ihr wisst selbst, dass Wöchnerinnen die heilige Kirche nicht betreten dürfen, solange sie unrein sind!« Ihre Worte klangen schärfer, als sie beabsichtigt hatte.

Friedlindes Augen weiteten sich ob dieser Dreistigkeit. Doch es war der Priester, der sprach. »Mäßige dich, Weib! Es steht dir nicht an, zu deiner Herrin in solch aufsässigem Ton zu sprechen!«

Die Hitze schoss Madlen ins Gesicht. Sie senkte den Kopf und biss sich auf die Lippe. Sie hatte lediglich die Wahrheit gesagt.

Friedlinde gab ein Seufzen von sich. »All das gefällt mir nicht«, erklärte sie, und Madlen wusste nicht, ob sie mit ihr oder dem Kaplan sprach. Sie wagte nicht, den Kopf zu heben.

»Mir gefällt es ebenso wenig«, pflichtete Vater Laurentz ihr bei. »Ich schlage vor, das tote Balg zu untersuchen, vielleicht kann man feststellen … nun ja … von welcher Art es ist!«

Madlen traute ihren Ohren nicht. Das konnte nicht sein Ernst sein. Wollten sie ihr totes Kindlein wieder ausgraben? Beim bloßen Gedanken erfasste sie das Grauen, ein bitterer Geschmack breitete sich in ihrem Mund aus.

Friedlinde schien der Gedanke ebenfalls nicht zu behagen. »Das scheint mir verfrüht, Vater. Ich möchte zuerst mit meinem Gemahl darüber sprechen. Wir erwarten ihn in den nächsten Tagen zurück.« Sie seufzte abermals. »Er soll entscheiden, was zu tun ist.«

Vater Laurentz hüstelte. »Wie Ihr wünscht, edle Dame.« Er richtete seinen fahlen Blick auf Madlen. »Geh zurück an deine Arbeit, Weib.« Seine Nasenflügel bebten, und Madlen fühlte sich an einen Hund erinnert, der Witterung aufgenommen hatte. »Wir werden herausfinden, was es mit dem toten Balg auf sich hat. Und mit dir!«, schloss er grimmig.

Madlen spürte seinen bohrenden Blick im Rücken, während sie nach einem unbeholfenen Knicks den Raum verließ. Die Sonne schien ihr ins Gesicht, als sie auf den Burghof hinaustrat, aber sie fühlte die Wärme nicht. Die Worte des Kaplans hallten in ihrem Kopf wider und ließen sie frösteln.

In der folgenden Nacht wurde Madlen von einem schlimmen Traum heimgesucht, in dem gesichtslose Gestalten den Waldboden rund um Grethes Hütte umgruben. Sie selbst stand stumm vor Entsetzen daneben, unfähig, sich zu bewegen oder auch nur ein Wort des Protestes von sich zu geben. Schließlich schrie eine der Gestalten triumphierend auf und hielt ein kleines Bündel in die Höhe. Als sie es aufwickelten, lag darin nicht Marie, sondern ein kleines Lamm mit zwei Köpfen.

Mit einem erstickten Schrei fuhr Madlen von ihrer Pritsche hoch, sie zitterte am ganzen Körper. Es dauerte eine Weile, bis sich ihr Herzschlag und ihr keuchender Atem beruhigt hatten und sie begriff, dass sie nur geträumt hatte.

Ihr dünnes leinenes Hemd war nass von Schweiß.

Als ihr Kopf klarer wurde, erinnerte sie sich, ein solch absonderliches Geschöpf einmal gesehen zu haben, auf einem Bauernhof im Nachbardorf. Zusammen mit ein paar anderen neugierigen Kindern hatte sie sich dorthin geschlichen und beobachtet, wie der Pfarrer und die entsetzten Bauern das tote Tier verbrannten. Der Pfarrer hatte Weihrauch verteilt und Gebete gen Himmel geschickt, um die Dämonen zu verbannen. Gerüchteweise hatte man einige Zeit später eine Frau gefangen und totgeschlagen, der man vorwarf, die Schafe des Bauern verhext zu haben. Madlen war noch klein gewesen und ihre Erinnerungen verwischten sich. Aber der Anblick des grässlich deformierten Wesens hatte sich in ihr Bewusstsein eingegraben, und nun, da sie verängstigt und zitternd in der Dunkelheit lag, stand ihr das Bild allzu deutlich vor Augen.

Marie war nicht entstellt, redete sie sich zu. Marie war einfach tot gewesen – wunderschön, aber tot, aus welchem Grund auch immer. Grethe hatte ihr die Ursache nicht erklären können. *Manche Kindlein hören einfach auf zu leben, ehe sie das Licht der Welt erblicken,* hatte sie gesagt. *Es ist Gottes Wille, wenn so etwas geschieht, und wir Menschen können ihn nicht ergründen. Wir müssen es hinnehmen. So ist der Lauf der Welt.*

In der Stille der Nacht flüsterte eine böse Stimme in Madlens Kopf: *Die Leute werden behaupten, du wärst eine Hexe.*

Das ist Unsinn, wehrte sie die Furcht ab. Warum sollte irgendjemand so etwas glauben?

Dann erinnerte sie sich an die feindseligen Blicke von Liese und Kaspar und meinte wieder, die scharfen Worte des Kaplans zu hören: *Wir werden herausfinden, was es mit dem toten Balg auf sich hat.*

Und plötzlich ahnte sie, dass es nicht darum ging, was klar und schlüssig war. Es ging darum, was sich in den Köpfen der Leute abspielte. Was man sie glauben machte und was sie glauben wollten.

Sie zog die Decke bis zum Hals und rollte sich zusammen wie ein Kind.

Lieber Gott, was soll ich tun?

Sie starrte in die Dunkelheit, lauschte den vertrauten nächtlichen Geräuschen in der Gesindekammer: dem Schnarchen der alten Mechthild, die mit ihr das Bett teilte, und dem gelegentlichen Murmeln und Schmatzen von Liese auf der Pritsche gegenüber. Aus der Ecke, wo die dicke Berthe schlief, war hin und wieder ein Brummen zu hören.

Madlen kannte diese Frauen seit Jahren. Glaubten sie allen Ernstes, Madlens Kind sei ein Wechselbalg gewesen? Hatte Liese diese Geschichte selbst erfunden? Die Küchenmagd war nicht die Hellste, daher lag die Vermutung nahe, dass sie Zeug nachplapperte, das sie irgendwo gehört hatte. Letzten Endes war egal, woher das Gerede kam. Entscheidend war, ob die Herrin und der Kaplan ihm Glauben schenkten … und das war nicht auszuschließen.

Sie musste etwas tun. Sie musste Grethe um Rat fragen.

Kapitel 4

Als der Morgen graute, stieg Madlen den schmalen, steinigen Pfad zum Dorf hinab, der am versteckten Seitentor begann. Am Tor stand der alte Jakob, schlaftrunken auf seinen Spieß gestützt, und nickte ihr zu. Sie hatte diesen Ausgang gewählt, da sie fürchtete, am Haupttor Hans Eberlin zu begegnen, dessen schamlose Blicke immer dreister wurden.

Das Krähen des Hahns begleitete sie, als sie zu der ärmlichen Bauernkate am Dorfrand lief, in der Michels Familie wohnte. Ein grauer Schatten löste sich aus dem Dämmerlicht und sprang auf sie zu, gottlob, ohne zu bellen … der Hund kannte Madlen und begrüßte sie sabbernd und schwanzwedelnd. Wo der Hund war, konnte Michel nicht weit sein. Tatsächlich entdeckte sie ihn, auf einem Ballen Heu an der Hauswand, sein bevorzugter Schlafplatz, den er mit dem Hund teilte. Madlen wusste, dass Michel, wann immer das Wetter es zuließ, im Freien schlief. Die muffige, finstere Kate, die er mit den Eltern und fünf Geschwistern teilen musste, war dem Jungen ein Graus. Nun rappelte er sich verschlafen auf und rieb sich die Augen. Rasch kauerte Madlen sich neben ihn, während sie die Liebesbeweise der feuchten Hundezunge mit einer Hand abwehrte.

»Madlen?«

»Schsch, Michel, du musst mir helfen!«, flüsterte sie und drückte dem Kind eine Münze in die Hand. »Bring Grethe Nachricht von mir. Sag ihr, sie soll ins Dorf kommen! Ich muss mit ihr sprechen!«

Michel sah sie aus verschlafenen Augen an, und Madlen fragte sich, ob er begriffen hatte, was sie von ihm verlangte.

Der Hahn krähte erneut, lauter diesmal. Der Tag brach an, sie durfte keine Zeit verlieren. »Michel«, begann sie von Neuem und zuckte zusammen, als vom Eingang der Bauernkate eine schärfere Stimme echote.

»Michel!«

Der Junge wurde schlagartig wach. »Das ist Mutter«, murmelte er, und Madlen wusste, dass es zu spät war für weitere Erklärungen.

»Ich muss mit aufs Feld«, seufzte Michel. Offenbar sah er die Enttäuschung auf ihrem Gesicht, denn er fügte hinzu: »Heut Mittag kann ich's versuchen. Zur Grethe zu laufen, mein ich. Wenn's dir so wichtig ist.«

Madlen nickte. »Das ist es, Michel. Ich würde selbst gehen, aber Berthe lässt mich nicht. Wenn ich von der Arbeit wegbleibe, wird's mir schlecht bekommen.«

»Michel? Wo steckst du?«

Die Stimme der Bäuerin klang gereizt, und Michel rappelte sich hoch. Der Hund sprang ausgelassen um ihn herum.

»Ich verlass mich auf dich, Michel.« Bevor Michels Mutter aufmerksam werden konnte, wich Madlen in die morgendliche Dunkelheit zurück.

Mit gerafftem Rock stieg sie wenig später den Pfad zur Burg hinauf.

Der alte Jakob runzelte die Stirn, als er das kleine Tor auf ihr Klopfen hin öffnete. »Hast wohl einen Buhlen im Dorf, Mädel?«, brummte er und beäugte sie missbilligend. »Bist du nicht gescheiter geworden? Willst du noch mal mit dickem Bauch herumlaufen?«

Madlen schoss die Röte ins Gesicht, und sie war dankbar für das morgendliche Dämmerlicht. »Ganz gewiss nicht, Jakob, was denkst du von mir!«, protestierte sie mit gedämpfter Stimme.

Jakob schnaubte durch die Nase. Er war ein ehemaliger Landsknecht, der seit einem Feldzug gegen die Türken ein steifes Bein hatte, daher fielen ihm zumeist unwichtige Aufgaben zu wie die Bewachung des Ausfalltors. Als Wachtposten am Haupttor war er dem Hauptmann nicht ansehnlich genug. Nun verengten sich seine Augen, als er Madlen ansah. »Da ist aber nichts andres im Gange, will ich hoffen? Es treibt sich allerhand Gesindel herum, Aufrührer und Ketzer und diese Kerle vom Bundschuh … halt dich bloß von denen fern, Mädel, sonst findest du dich schwuppdiwupp mit einem Strick um den Hals am Baum wieder!«

Madlen erschrak. »Solche Leute kenn ich nicht, Jakob, ich schwör's!«

Jeder wusste, dass der Bundschuh, der geschnürte Schuh des einfachen Mannes, das Symbol der aufständischen Bauern aus dem Württembergischen war. Ein Symbol, das immer öfter auch in Franken auftauchte, gemeinsam mit Männern, die zum Widerstand gegen die weltlichen und geistlichen Herren aufriefen und von Freiheit und Gleichheit predigten. Aufwiegler, denen Kerkerhaft und möglicherweise der Tod drohten, wenn sie erwischt wurden. Dennoch wurden es immer mehr.

Jakob schaute bekümmert drein. »Die sind überall, Madlen, glaub mir, musst aufpassen! Was soll aus dieser Welt nur werden?«

War die Welt jemals besser?, fragte sich Madlen. *Als die Türken Jakob das Knie zerschossen und die Pocken mir die Mutter raubten und der Berthe die ganze Familie?*

Sie schüttelte die Beklemmung ab, die sie ergriffen hatte, und sagte: »Mach dir keine Sorgen, Jakob. Es wird schon alles gut.«

An Jakobs Gesicht konnte sie ablesen, dass er ebenso wenig daran glaubte wie sie selbst.

Madlen wartete vergebens auf eine Nachricht von Michel oder Grethe, und ihre Unruhe verstärkte sich, je weiter der

Tag fortschritt. Grethes Hütte lag südlich der Burg in einem größeren Waldstück, das sich an Felder und Weiden anschloss. Wahrscheinlich war es Michel nicht gelungen, den wachsamen Augen seiner Mutter zu entrinnen. Er war erst neun oder zehn Jahre alt, aber ein aufgeweckter Bursche und so zuverlässig, wie ein Kind in diesem Alter nur sein konnte.

Das Warten machte Madlen unruhig, und bis zum Nachmittag hatte sie sich zweimal beim Gemüseputzen in die Hand geschnitten. Berthe sah sie scharf an. »Wenn du nicht aufpasst, hast bis zum Abend einen Finger weniger!«, mahnte sie.

Madlen biss sich auf die Lippe und umwickelte die blutende Hand mit einem Tuchfetzen.

»Ist was geschehen?«, wollte die Köchin wissen.

»Nein, nichts.« Madlen bemerkte, dass Liese, die Holz im Herd nachlegte, zu ihnen herübersah.

Alle auf der Burg wussten, dass Herrin Friedlinde Madlen zu sich bestellt hatte, doch was vom Inhalt des Gespräches durchgesickert war, konnte Madlen nicht sagen.

»Ich habe nur schlecht geschlafen.«

Liese gab einen abfälligen Laut von sich und erntete dafür einen tadelnden Blick von der Köchin.

»Kümmere dich …«, hob Berthe an und brach ab, als eine untersetzte Gestalt mit einem Helm auf dem Kopf im Eingang zur Küche erschien. Einer der Waffenknechte.

»Reiter kommen!«, verkündete er und grinste, als die Frauen ihn erschrocken anstarrten. »Herr Botho kehrt zurück, und wie's scheint, bringt er Gäste mit. Es wird wohl ein größeres Mahl geben!« Mit diesen Worten griff er sich ein Stück Brot vom Tisch und verschwand, ehe Berthe ihm eine Standpauke halten konnte.

»Gäste?«, murmelte die Köchin. »Wer mag das sein?«

Liese und Madlen tauschten verwunderte Blicke. Gäste bedeuteten Aufregung und mehr Arbeit, jedoch auch eine

Abwechslung vom täglichen Einerlei. Und sie brachten Neuigkeiten aus der Welt.

Berthe klatschte in die Hände und beide Frauen zuckten zusammen.

»Los jetzt, was steht ihr faul herum, ihr dummen Dinger! Holt den guten Schinken aus der Kammer und mehr Rüben und Kohl! Wir brauchen den großen Kessel!« Sie stemmte die Hände in die Hüften und sah sich um. »Wo ist Kaspar, der Nichtsnutz? Er soll uns ein paar Hühner fangen!« Berthe runzelte die Stirn und drehte sich zu Madlen um. »Such den Burschen! Und sieh zu, dass du herausfindest, wie viele Gäste zu erwarten sind.«

»Das kann ich …«, rief Liese rasch, doch Berthe schnitt ihr mit einer unwirschen Geste das Wort ab.

»Kohl und Rüben holen, hab ich gesagt, und den Schinken! Keine Widerworte!«

Madlen eilte in den Burghof, wo das Gesinde aufgeregt durcheinanderlief. Man hatte das große Tor geöffnet, und sie sah, dass Eberlin und seine Männer Aufstellung genommen hatten, um den Herrn und seine Begleiter willkommen zu heißen. Am Eingang zum Palas war Herrin Friedlinde erschienen, an ihrer Seite die Zofe und Vater Laurentz.

Bald wird sie ihrem Gemahl von dem Wechselbalg erzählen, dachte Madlen beklommen und hielt Ausschau nach Kaspar. Der Junge war nirgends zu sehen. Madlen suchte in jedem Winkel, bis Hufschlag zu vernehmen war. Im nächsten Moment trabten mehrere Reiter durch das Tor, an ihrer Spitze unverkennbar Botho von Vogtsberg. Er trug Helm und Brustpanzer, sein Umhang aus dunkelblauer Wolle bauschte sich im Wind. An seiner Seite ritten seine beiden Waffenknechte, dahinter folgten zwei Männer, die Madlen nie zuvor gesehen hatte. Beide trugen Reiseumhänge aus bestem Tuch und auf dem Kopf federgeschmückte Barette nach der Art wohlhabender Kaufleute.

Als die Reiter ihre Pferde im Hof zügelten und sich aus dem Sattel schwangen, sah Madlen, dass einer der Fremden älter und wohlbeleibt war, der andere erschien ihr wie ein jüngeres Abbild des ersten. Vater und Sohn. Unwillkürlich tat sie es den anderen nach und trat näher heran. Die bedrückte Anspannung, die sie seit dem Gespräch mit der Herrin erfüllt hatte, löste sich ein wenig, und sie ließ sich von der allgemeinen Aufregung anstecken.

Zwei Knechte nahmen die Pferde der Ankömmlinge entgegen, und Madlen hörte, wie der Ritter mit donnernder Stimme nach seinem Burschen rief. An die beiden Fremden gewandt verkündete er: »Seid willkommen auf der Burg Vogtsberg, werte Herren! Man wird Euch ein reichliches Mahl und guten Wein servieren, auf dass Ihr Euch von den Anstrengungen der Reise erholen könnt.« Botho machte eine einladende Handbewegung und schaute hinüber zu seiner Gemahlin, die die Szene mit sauertöpfischer Miene beobachtete. Friedlinde liebte keine Überraschungen dieser Art und auch keine Festmähler, die viel Geld kosteten und für gewöhnlich in hemmungslose Gelage ausarteten. Zumindest würde sie heute keine Gelegenheit haben, mit ihm über das tote Kindlein zu sprechen, und Madlen blieb mehr Zeit, Grethe um Rat zu fragen. Falls sie denn irgendwann auftauchte.

Botho stieg die Freitreppe hinauf und begrüßte sein Weib mit einem kurzen Neigen des Kopfes. Es war unschwer zu erraten, was Herrin Friedlinde ihrer Zofe zuflüsterte, da Agatha schnellen Schrittes den Burghof durchquerte und auf die Küche zuhielt. Als sie Madlen erblickte, blieb sie stehen.

»Die Herrschaft wünscht ein reichliches Mahl für die Gäste. Sag das dem dicken Weib und auch, dass sie sich beeilen soll. Schickt den Burschen mit Wein – aber nicht das saure Zeug, sondern den guten aus Würzburg!« Sie betrachtete Madlen mit gerümpfter Nase und fügte in gehässigem Ton hinzu: »Du wirst später zum Bedienen gebraucht. Sieh zu, dass du ein sauberes Gewand trägst, damit du der Herrin keine Schande machst.«

»Wenn ich dir nicht sauber genug bin, kann ich gern Liese hochschicken«, erwiderte Madlen mit unbewegter Miene. Einen Wimpernschlag lang genoss sie Agathas erschrockenen Gesichtsausdruck. Jeder wusste, dass Liese ebenso ungeschickt wie faul war. Sie hatte es einmal fertiggebracht, Herrn Botho eine Schüssel mit heißer Suppe über das Bein zu schütten, was der Ritter ganz und gar nicht gut aufgenommen hatte.

»Es wird wohl gehen«, zischte die Zofe und drehte sich auf dem Absatz um.

Madlen suchte weiter nach Kaspar. Sie entdeckte ihn bei den Waffenknechten, wo er in ein Gespräch mit einem der Männer vertieft war, die Botho begleitet hatten, sodass er ihr Nahen zu spät bemerkte. Schnell packte sie ihn am Arm.

»Sieh zu, dass du ein paar Hühner fängst, vier oder fünf – die Gäste sollen nicht darben! Und dann rasch zur Berthe, sie braucht dich!« Sie funkelte ihn an. »Und wag es nicht, dich zu verdrücken, sonst versohlt sie dir den Hintern, dass du tagelang nicht sitzen kannst!«

Kaspar zog eine Grimasse. »Du hast mir gar nichts zu sagen … Hexe!«

Er besaß immerhin den Anstand, zu erröten und sich aus dem Staub zu machen, nachdem er es ausgesprochen hatte. Das Wort schien in der Luft hängen zu bleiben und Madlen stand starr vor Schreck da. Der Waffenknecht gaffte sie an. Seine Miene verriet Abscheu und eine Spur von abergläubischer Furcht.

Am liebsten hätte Madlen Kaspar geohrfeigt und den Knecht gleich dazu, aber was hätte das geändert? Etwas Böses braute sich um sie zusammen, und sie konnte nur hilflos zusehen.

Als eine große Hand sich um ihren Oberarm schloss, schrie sie erschrocken auf. Sie wusste, wer es war, noch ehe sie in das verhasste Gesicht des Hauptmanns sah.

Er zog sie beiseite und raunte ihr zu: »Gib acht, Weib, die Leute reden über dich!«

Sie zwang sich, seinem Blick nicht auszuweichen und ihre Furcht zu verbergen. »Das weiß ich wohl, Eberlin!«, entgegnete sie trotzig. »Dabei solltet gerade Ihr wissen, welch abergläubische Lügen das sind. Das Kindlein, das mir gestorben ist, war Euer Fleisch und Blut!«

Eberlin starrte sie mit einer Mischung aus Verachtung und Groll an. »War es das?«, schnaubte er. »Vielleicht hast du noch andere Buhlen gehabt, wer weiß?«

Zorn und Ekel schnürten Madlen die Kehle zu, die Furcht war plötzlich wie weggeblasen. Sie beugte sich vor und spie die Worte aus: »Andere Buhlen? Ihr wart es, der mir die Unschuld geraubt hat, das wisst Ihr sehr wohl!«

Auf seinem kantigen Gesicht erschienen rote Flecken. Er setzte an, etwas zu sagen, doch Madlen nutzte seine Verblüffung, um sich aus seinem Griff zu winden und ihn wegzustoßen. Er machte keinen Versuch, ihr zu folgen, aber sie spürte seinen feindseligen Blick im Rücken.

Kapitel 5

»Solche Dreistigkeit! Hat man dergleichen schon gehört?« Das Gesicht des Kaufmanns war gerötet, gleichermaßen vor Empörung und vom Alkoholgenuss. Er beugte sich vor und stützte die Ellenbogen auf den schweren Eichentisch. »Den Zehnten abschaffen wollen diese Kerle, das ›alte Recht‹ wiederherstellen! Was soll das heißen? Wollen sie alle Obrigkeit abschaffen?«

Botho von Vogtsberg nahm einen tiefen Schluck aus seinem Weinpokal. »Dummes Bauernvolk«, grunzte er. »Überall das gleiche Gerede. Mit dem Schwert dreinschlagen sollte man!«

Der Kaufmann nickte bekräftigend. »Gottlob hat sich der Nürnberger Rat nicht einschüchtern lassen!«, erklärte er. »Einen Wirt und zwei Tuchknappen hat man hingerichtet, da gab es kein Zaudern. Wo kämen wir hin, wenn jeder Bauer sich weigerte, seine Abgaben zu zahlen?« Er hob seinen Pokal und schwenkte ihn in Richtung Madlen.

Gehorsam kam sie seiner Aufforderung nach und versuchte, seinen Blick zu ignorieren, der ungeniert auf ihren Ausschnitt gerichtet war, während sie ihm nachschenkte.

Ruprecht Geßlinger, so lautete sein Name, war ein erfolgreicher Tuchhändler aus Würzburg und auf dem Rückweg von einer langen Reise, die ihn bis nach Böhmen geführt hatte. Sein Sohn Johannes hatte ihn begleitet, und beide schwärmten von der Qualität und Schönheit der Stoffe, die sie erworben hatten.

»Sogar der Fürstbischof von Würzburg, ein Mann von erlesenem Geschmack, zählt zu unseren Kunden«, betonte

Geßlinger mit einem lauernden Seitenblick auf Herrin Friedlinde.

Madlen unterdrückte ein Schmunzeln. Der Kaufmann hatte keine Ahnung davon, dass er sich an der Herrin die Zähne ausbeißen würde. Davon abgesehen, dass sich der Wohlstand der Burgherren in Grenzen hielt, interessierte sich Friedlinde nicht für edle Kleider und anderen Tand. Im Gegenteil, Eitelkeit und Prunksucht widerstrebten ihr zutiefst. Die Befriedigung, die sich andere Frauen durch Schmuck und Kleider verschafften, fand Friedlinde im Gebet.

Madlens Blick huschte zum Ende der Tafel, wo Vater Laurentz saß und Gerstensuppe löffelte. Man hatte ihn zum Mahl eingeladen, sicher auf Betreiben der Herrin, denn Madlen wusste, dass Botho keinen großen Wert auf die Anwesenheit des Kaplans legte. Als ob er ihren Blick gespürt hätte, sah Vater Laurentz auf und starrte Madlen aus kalten Augen an.

Ein Schauer lief ihr über den Rücken, und sie wandte sich rasch ab.

»Dieser vermaledeite Doktor Luther hat dem Volk solche Ideen in den Kopf gesetzt!«, sagte Geßlinger gerade. »Man hätte den Ketzer auf dem Scheiterhaufen verbrennen sollen, am besten gleich nach dem Reichstag zu Worms. Das hätte Kaiser und Kirche viel Ärger erspart. Jetzt geistern seine ketzerischen Hirngespinste durchs Land, seine Anhänger drucken Flugschriften über Flugschriften und das dumme Volk lässt sich aufstacheln.« Der Kaufmann rülpste und lehnte sich in seinem Stuhl zurück. Sein Wams aus hellgrünem Brokat mit den modisch geschlitzten Ärmeln, aus denen das feine, zartweiße Hemd hervorquoll, spannte sich bedrohlich über seinem stattlichen Bauch. Wie auch sein Sohn war er äußerst elegant gekleidet, die dunklen Kniehosen aus bester Wolle, die Strümpfe sogar zweifarbig, gelb und grün.

Madlen hatte Mühe, ihr Staunen zu verbergen. Es kamen nicht allzu häufig Gäste nach Vogtsberg und wenn, dann waren sie nicht so vornehm gewandet wie diese beiden Kaufleute. Sie konnte nicht umhin zu bemerken, wie unscheinbar und armselig der Burgherr und seine Frau in ihren schlichten Gewändern neben den Fremden aussahen.

Die Stimme des Kaplans riss sie aus ihren Gedanken. Bislang hatte er sich nicht am Gespräch beteiligt, nun sagte er: »Das Böse kommt in vielerlei Gestalt zu uns. Daher sagt der Apostel Paulus: Ziehet an den Harnisch Gottes, damit ihr bestehen könnt gegen die listigen Anläufe des Teufels.« Ein seltsamer Glanz trat in seine wasserhellen Augen. »Lasst uns die Handlanger Satans vernichten mit Feuer und Schwert!«

Kalte Angst drückte Madlens Kehle zu, als der Priester sie ansah. Unwillkürlich wich sie einen Schritt zurück in den Schatten.

Friedlinde bekreuzigte sich, während Geßlinger stirnrunzelnd von einem zum anderen schaute. »Feuer und Schwert werden wir wohl brauchen, wenn diese Unruhen um sich greifen«, erklärte er schließlich. »Der Ketzer Luther ist nicht einmal der Schlimmste!« Er griff sich einen weiteren Hühnerschlegel. Ehe er genussvoll hineinbiss, fügte er hinzu: »Habt Ihr schon von Thomas Müntzer gehört, diesem wahnwitzigen Prediger?«

»Der Aufrührer aus dem Thüringischen?«, fragte Botho.

»Ebender«, bestätigte der Kaufmann. »Er predigt in Allstedt wider die Kirche und die Obrigkeit, von Woche zu Woche wird er dreister, und der Kurfürst lässt ihn gewähren, wie er auch Luther gewähren lässt! Kein Wunder, dass das Volk unruhig wird. Solche Hetzreden fallen bei den Tölpeln auf fruchtbaren Boden.«

»Stellt Euch vor, er hält die heilige Messe sogar in deutscher Sprache!«, ergänzte sein Sohn angewidert. »Das tut nicht einmal Luther! Und im Chor, so sagt man, lässt er Frauen singen – hat man so etwas schon gehört?«

Friedlinde presste erschrocken die Hand auf den Mund.

»Die Leute laufen ihm in Scharen zu, heißt es«, schloss Johannes Geßlinger.

»Ein Werkzeug des Teufels!«, ließ sich Vater Laurentz vernehmen. »Wie kann ein Kurfürst solches erlauben? In welcher Zeit leben wir? Noch vor Kurzem wären solche Aufwiegler auf dem Scheiterhaufen ...«

Bothos Faust landete krachend auf dem Holztisch und beendete den Redefluss des Kaplans.

Madlen, die wie alle anderen zusammengezuckt war, wusste, dass ihm die Litaneien des Priesters in gleichem Maße zuwider waren, wie sie seine Gemahlin entzückten.

»Und brennen wird er, der Aufwiegler, denkt an meine Worte!«, verkündete Botho und leerte den Rest seines Weinpokals in einem Zug. »Doch nun zu einer Angelegenheit von größerer Wichtigkeit, denn sie betrifft möglicherweise auch uns. Der Überfall auf Euch.«

Madlen zog scharf die Luft ein. Welcher Überfall? Aus den Augenwinkeln bemerkte sie, dass Friedlinde und der Kaplan angespannt wirken.

Ruprecht Geßlinger legte den abgenagten Hühnerknochen auf seinen Teller und warf einen Blick in die Runde. »Heckenreiter«, sagte er grimmig. »Sie lauerten uns an der Straße nach Gaukönigshofen auf. Eine ganze Bande, gewiss ein halbes Dutzend.« Er wechselte einen kurzen Blick mit seinem Sohn, und Madlen vermutete, dass die wahre Zahl der Angreifer niedriger lag. Johannes Geßlinger nickte schweigend und sein Vater fuhr fort: »Bewaffnet mit Schwertern und Spießen. Ihr Anführer hielt mir die Klinge an die Kehle und forderte meine Börse. Was sollte ich da tun? Ich gab sie ihm und mein Sohn tat es mir nach.« Er verzog schmerzlich das Gesicht. »Wohlgefüllte Börsen waren es, Herr Botho, prall mit Münzen von unseren erfolgreichen Geschäften in Böhmen. Mein einziger Trost ist, dass ich in Nürnberg weitere Einkäufe getätigt habe und die Ware erst später geliefert wird. So ging nicht alles verloren.«

Botho lauschte den Worten des Kaufmanns, wobei sich seine Miene zusehends verfinsterte. »Placker!«, knurrte er nun. »Und das so nah an Vogtsberg! Wo kommen die her? Mir ist kein Raubritternest in unserer Gegend bekannt.« Er kratzte sich den Bart.

»Aus dieser Gegend waren sie gewiss nicht«, meinte Johannes Geßlinger. »Ihr Anführer sprach in der Art der Schwaben, möchte ich meinen. Die anderen schienen mir Landsknechte zu sein, umherstreunendes Volk, dem man den Sold schuldig geblieben ist. Von dieser Sorte gibt es derzeit leider genug.«

»Ein großer Bursche mit langen schwarzen Haaren und ebensolchem Bart im Harnisch eines Ritters«, berichtete Ruprecht Geßlinger. »Wenn ich ihm schon einmal begegnet wäre, wüsste ich das. Diese hässliche Fratze vergisst man nicht.«

»Er trägt eine Narbe von einem Schwerthieb im Gesicht. Fehlte nicht viel und er hätte ein Auge verloren.« Der jüngere Geßlinger führte seinen Weinbecher zum Mund und nahm einen Schluck.

Madlen bemerkte, dass sie den Atem angehalten hatte. Placker, wie man die Räuber aus dem niederen Ritterstand nannte, gab es leider vielerorts, und für die reisenden Kaufleute waren sie eine ständige Bedrohung. Daher war man dazu übergegangen, in großen Gruppen zu reisen, begleitet von bewaffneten Söldnern. Selbst diese Kaufmannszüge wurden immer wieder Ziel von Überfällen räuberischer Banden, weil sie besonders reiche Beute versprachen.

»Träumst du, Mädchen?«

Madlen erschrak, als der jüngere Kaufmann sie ansprach. Ungeduldig hielt er ihr seinen Pokal hin. In ihrem Krug befanden sich nur noch wenige Tropfen.

»Verzeiht, gnädiger Herr, ich muss den Krug nachfüllen«, stammelte sie verlegen.

Botho sah auf und richtete seinen glasigen Blick auf Madlen. »Beeil dich, Mädchen!«, befahl er. An die Kaufleute gewandt sagte er: »Nehmt von dem Honigkuchen, gute Herren – ein Leckerbissen von unserer Köchin, er wird Euch munden!« Er griff beherzt zu und schob sich ein Stück des Gebäcks in den Mund, das er danach mit einem großen Schluck Wein hinunterspülte.

Ein Leckerbissen von Eurer Küchenmagd, dachte Madlen bitter. Sie bemerkte, wie Friedlinde ihren Gatten mit einem missbilligenden Blick betrachtete, den er geflissentlich ignorierte.

Der lange Tisch war beladen mit Speisen. Berthe hatte die Vorratskammer regelrecht geplündert, um ein Mahl zu servieren, das den Gästen angemessen war. Das Fass mit dem besten Frankenwein war angezapft worden, die feinziselierten Pokale und die guten Zinnteller standen anstelle des üblichen Tongeschirrs auf dem Tisch. Der schmiedeeiserne Leuchter, der über dem Tisch hing, war mit sechs neuen Bienenwachskerzen bestückt worden.

Dennoch wusste Madlen – und die Herrin wusste es auch –, dass alles, was sie aufboten, nicht ausreichte, die beiden Herren aus Würzburg auch nur im Geringsten zu beeindrucken. Trotzdem spürte sie einen leisen Anflug von Stolz, als sie beim Hinausgehen beobachtete, wie Ruprecht Geßlinger sich nach dem Verzehr eines großen Stücks Honigkuchen genüsslich die Lippen leckte.

Die Treppe zum Weinkeller war nicht beleuchtet und Madlen musste einen Kienspan anzünden, um die Steinstufen vor sich zu erkennen. Langsam tastete sie sich hinunter und fand das Fass mit dem Würzburger Wein. Der beste, den die Burg Vogtsberg zu bieten hatte.

Sie dachte an die Schilderung des jungen Geßlingers und stellte sich das Gesicht des Plackers vor, entstellt von einem Schwerthieb. Ein Schauder überlief sie, und sie eilte die Treppe mit raschen Schritten wieder hinauf, den gefüllten Krug an ihre Brust gepresst, den brennenden Kienspan in der anderen Hand.

Als sie, oben angekommen, den Span löschte, bemerkte sie eine Bewegung im Schatten und hätte um ein Haar vor Schreck den Krug fallen lassen. Im nächsten Moment erkannte sie das hellgrüne Wams und wusste, wen sie vor sich hatte.

»Hab ich dich erschreckt, Mädchen? Das war nicht meine Absicht.« Ruprecht Geßlinger trat näher und ließ seinen Blick über sie gleiten. »Ein ... nun ja, menschliches Bedürfnis trieb mich hinaus.«

Madlen starrte ihn an. Hatte er sich hier im Gang erleichtern wollen? Der Weg ins Freie wäre nicht schwer zu finden gewesen, er war an dem Streifen Abendlicht zu erkennen, der am Ende des Ganges hereinfiel. Sie ahnte, dass er nicht die Wahrheit sprach. Er war ihr gefolgt.

Seine Augen ruhten auf ihrem Ausschnitt und der Wölbung ihrer Brüste unter dem hellen Mieder. »Welch hübsches Ding du doch bist! Wo hat der Ritter dich aufgetrieben?«

Madlen wich zurück, bis sie das raue Mauerwerk im Rücken spürte. Furcht und Zorn stiegen in ihr auf und ließen sie erzittern. Nahm es denn kein Ende? Erst Eberlin und nun dieser feiste Kaufmann! Hatte er gehofft, sie im Weinkeller zu erwischen und unter ihre Röcke zu gelangen, wie der Hauptmann es so manches Mal getan hatte?

Madlen wusste, dass es nicht viel Zeit brauchte, bis ein lüsterner Mann seine Befriedigung hatte. Ein paar schnelle

Stöße, das Weib gegen die Wand gedrängt, die Hand auf ihren Mund gepresst, um sie am Schreien zu hindern ... Ein säuerlicher Geschmack breitete sich in ihrem Mund aus. Mägde wagten es zumeist nicht zu schreien, häufig waren sie Leibeigene, ihrem Herrn nach seinem Gutdünken ausgeliefert.

Geßlinger streckte die Hand aus und berührte ihren bloßen Hals, dort, wo er in die Schulter überging. Am liebsten hätte sie die unverschämte Hand weggeschlagen, aber sie traute sich nicht.

»Wo kommst du her, Mädchen? Du erinnerst mich an die Frauen der Osmanen, die ich einst in Konstantinopel sah, wundervolle Geschöpfe ... nur leider waren die meisten vor den Blicken der Männer verhüllt!« Er leckte sich über die Lippen, wie er es nach dem Genuss des Honigkuchens getan hatte.

Bin ich nicht mehr als ein Honigkuchen?, dachte Madlen bitter. *Ein Leckerbissen für einen lüsternen Herrn?*

»Mein Herr wartet auf den Wein!« Sie löste sich aus ihrer Starre und schaffte es, mit einer geschickten Drehung unter dem Arm des Tuchhändlers durchzutauchen, ohne dabei einen Tropfen des guten Rebensaftes zu verschütten. »Verzeiht, Herr.«

Sie fühlte ihren Puls rasen, während sie mit gespielt gleichmütiger Miene den Rittersaal betrat, um den Herren und Dame Friedlinde die Becher mit Wein zu füllen.

Ruprecht Geßlinger kam wenig später ebenfalls herein. Mit herrischer Geste winkte er sie zu sich heran, und als sie den Wein in seinen Pokal goss, fühlte sie seine dreiste Hand an ihrem Hinterteil.

Unvermittelt schrie er auf: »Grundgütiger! Wie ungeschickt du bist, Weib!« Ein Schwall tiefroten Weines ergoss sich über das feine grüne Wams, und Geßlinger sprang erbost von seinem Stuhl.

Aller Augen richteten sich voll Entsetzen auf Madlen. Einzig Friedlinde presste abermals eine Hand auf ihren Mund, und Madlen schien es, als würde sie ein unziemliches Grinsen verbergen.

Madlen selbst rief übertrieben laut und jammervoll: »Verzeiht mir, gnädiger Herr! Bitte verzeiht mir!«

Geßlingers Gesicht war rot angelaufen vor Zorn. Er sah aus, als wollte er sie ohrfeigen, was ihm bei der Leibeigenen eines anderen Herrn eigentlich nicht zustand.

Botho von Vogtsberg wiederum war so verdattert, dass ihm die Worte fehlten. Der reichliche Weingenuss schien seine Sinne benebelt zu haben, sodass er Madlen nur stumm anglotzte.

Schließlich war es Friedlinde, die Madlen anfuhr: »Scher dich hinaus, dummes Ding, und sieh zu, dass du die Zofe findest. Das Wams des Herrn Kaufmann muss gesäubert werden!«

Madlen stellte den Krug auf den Tisch und knickste hastig. »Sehr wohl, Herrin!«

Sie floh hinaus und erst im Dämmerlicht des Ganges gestattete sie sich ein Grinsen. Die Selbstzufriedenheit hielt jedoch nur kurz an, denn sie begriff, wie töricht sie gewesen war. Man würde sie bestrafen, wahrscheinlich würde sie die Rute spüren, schmerzhafter an ihrem Hinterteil, als die unverschämte Hand des Kaufmanns gewesen war. Und das nur um eines allzu kurzen Triumphes willen.

Mit einem Seufzen wandte sie sich zur Treppe, die in das obere Stockwerk zu den Frauengemächern führte. Dort würde sie Agatha finden, die das Gemach der Herrin für die Nacht vorbereitete.

Als sie den Treppenabsatz erreicht hatte, fühlte sie, dass etwas ihren Rock streifte. Ein Körper schmiegte sich an ihr Bein. Sie unterdrückte einen Aufschrei, dann nahm sie das leise Hecheln des Hundes wahr. Das war keiner der Jagdhunde des Burgherrn. Die befanden sich im Zwinger an der inneren Burgmauer. Es war Michels Hund.

Madlen beugte sich herab und fuhr mit der Hand über den struppigen Pelz des Tieres. »Was machst du denn hier, Hund?«

Wenn der große Graue einen Namen hatte, so hatte sie ihn nie gehört. Aber eines war gewiss: Wo der Hund war, war Michel nicht weit. Und tatsächlich schälte sich seine schmale Gestalt aus dem Schatten.

Madlen atmete erleichtert aus. »Michel, wo bist du gewesen?« Sie hätte den Jungen am liebsten geschüttelt. »Ich warte den ganzen Tag auf Nachricht von dir!«

Michels Blick flackerte unruhig. »Es tut mir leid«, murmelte er und schlug die Augen nieder.

Madlen musterte besorgt die schmale, kleine Gestalt des Jungen. »Ist mit dir alles in Ordnung? Du bist doch wohlauf?« Als er zögerte, nahm sie ihn bei den Schultern. »Michel, sprich mit mir, was ist geschehen? Wird Grethe ins Dorf kommen?«

»Ich bin wohlauf«, murmelte er. »Doch du ... Grethe sagt, du musst zu ihr kommen, unbedingt! Sogleich!«

Madlen starrte das Kind verwirrt an. »Aber, Michel, du weißt, dass ich hier nicht wegkann. Ich hab's dir gesagt. Berthe lässt mich nicht, und jetzt sind auch noch Gäste hier, die bedient werden müssen!«

Michel schüttelte beharrlich den Kopf und sah sie aus flehenden Augen an. »Du musst!«, wiederholte er. »Grethe hat's gesagt. Du musst!«

Madlen seufzte. Der Bursche schien nicht zu begreifen. Dennoch war da in seinem Blick etwas, das sie beunruhigte, eine verzweifelte Entschlossenheit.

Der Hund, der zu spüren schien, dass etwas Wichtiges vor sich ging, drängte sich winselnd an das Kind.

Michel gab sich einen Ruck. »Grethe sagt, du sollst kommen und nicht mehr zurückschauen. Genauso hat sie es gesagt. Nicht mehr zurückschauen.«

Madlen wurde kalt. In diesem Moment ahnte sie, dass sie an einem Wendepunkt in ihrem Leben stand. Wenn sie tat, worum Grethe sie bat, würde es kein Zurück geben. Sie würde ihre bisherige Welt verlassen und in eine ungewisse Zukunft aufbrechen.

Nicht mehr zurückschauen.

Ihr schwindelte, als stünde sie vor einem Abgrund, der sich urplötzlich vor ihr aufgetan hatte.

Wenn sie zu Grethe fortlief, würde sie etwas für eine Leibeigene Unerhörtes tun: Sie würde sich mutwillig den Anordnungen der Herrschaft widersetzen. Das würde eine harte Strafe nach sich ziehen, Prügel mit der Rute wären harmlos dagegen.

Vor ihrem inneren Auge tauchte das Verlies der Burg auf, ein abscheulicher, finsterer und modrig stinkender Kellerraum. In ihrer Kindheit war dort ein aufsässiger Knecht eingesperrt gewesen, in Eisen geschlagen, monatelang. Als er wieder ans Tageslicht kam, war er fast erblindet und schwachsinnig geworden.

Wenn sie fortlief, durfte sie nicht mehr zurückkommen. Das war es, was Grethe mit ihren Worten gemeint hatte.

Das ist unmöglich, dachte sie, von jäher Furcht ergriffen. Vater Laurentz drängte sich in ihre Gedanken und die Gerüchte vom Wechselbalg. Und der Scheiterhaufen, auf dem die Hexen verbrannt wurden.

Der Hund drückte seine feuchte Schnauze an ihre Hand und riss sie aus ihren Gedanken. Ihr blieb nicht viel Zeit. Sie schaute in Michels flehende Augen und entschied sich.

Kapitel 6

Madlen war so lange und so schnell gelaufen, wie sie konnte. Sie hatte die Wiesen und Weiden im letzten Abendlicht überquert und den Waldrand erreicht, ohne stehen zu bleiben. Irgendwann waren das Brennen in ihrer Lunge und das Stechen in ihrer Seite so schlimm geworden, dass sie innehalten musste und nach Atem rang. Das Laufen hatte sie vom Nachdenken abgehalten, doch nun, da sie keuchend dastand und sich umsah, wurde ihr klar, dass es eine Gefahr gab, die sie bei ihrem überstürzten Aufbruch nicht bedacht hatte. Das Tageslicht hier im Wald war fast zur Gänze geschwunden. Die dicht an dicht stehenden Bäume und Sträucher verloren ihre Umrisse und verschwammen zu einer undurchsichtigen dunklen Wand. Nicht mehr lange, und es wäre völlig finster.

Madlen aber war den Weg zu Grethes Hütte noch nie bei Nacht gegangen. All die Wegpunkte, die für sie bei Tag so leicht zu finden waren, lösten sich in der Dunkelheit auf und entzogen sich ihrem Blick. Sie sah sich um und spürte die eisigen Finger der Angst, die nach ihr tasteten.

Was, wenn sie sich verirrte? Es gab vielerlei Getier in einem Wald wie diesem, Füchse, Wildschweine, Wölfe …

Mit zitternden Fingern befühlte sie das Messer, das in ihrem Gürtel steckte, das Messer aus Berthes Küche. Sie hatte es mit zum Rittersaal genommen, um Fleisch und Käse zu zerteilen und Brot zu schneiden. Als sie die Entscheidung zur Flucht getroffen hatte, befand es sich noch immer an ihrem Gürtel und sie hatte es bei sich behalten. Kam es auf ein Vergehen mehr an? Wenn man sie erwischte und zur Burg zurückbrachte, war ohnehin alles verloren.

Madlen holte tief Luft.

Das durfte nicht geschehen.

Natürlich hatte die Dunkelheit ihr Gutes. Es war unwahrscheinlich, dass man sie in der Nacht suchen würde. Warum sollte man Knechte oder gar Männer der Burgwache in die Finsternis hinausschicken, um eine verschwundene Küchenmagd aufzuspüren? So viel war sie nicht wert. Zumindest redete sie sich das ein.

Als ihre Augen sich an das Dämmerlicht gewöhnt hatten und das Seitenstechen nachgelassen hatte, folgte sie dem Lauf des Bächleins, das sich zwischen Farn und bemoosten Felsen durch den Wald schlängelte. Sie wusste, dass sie den Bachlauf bald verlassen und tiefer in den Wald hinaufsteigen musste, dorthin, wo einige Felsen sich wie steinerne Riesen aneinanderdrängten. Vom Bach aus würde sie die Felsen in der Nacht nicht sehen können. Und auch den weiteren Weg nicht.

Sie fühlte Panik in sich aufsteigen, zwang sich jedoch trotzdem, weiterzugehen, bis ein Geräusch sie erstarren ließ. Etwas folgte ihr. Leichte, gleichmäßige Schritte, die näherkamen, ein Rascheln im Unterholz. Kein Pferd und auch kein Mann.

Ein Wolf.

Madlen umklammerte den Griff des Messers und drehte sich langsam um. In der Nachtschwärze versuchte sie, den Verfolger auszumachen, doch es war vergebens. Sie entdeckte den Schatten erst, als er bereits auf sie zuschoss.

Madlen schrie.

»Madlen!«

Ein pelziger Körper prallte gegen Madlens Brust und sie fiel rücklings gegen den Stamm einer mächtigen Eiche.

»Madlen!« Ein zweiter Schatten, klein und schmal, kam in ihr Blickfeld.

»Michel!«

Die Pfoten des Hundes rissen an Madlens Mieder, die feuchte Zunge fuhr über ihr Gesicht. Vor Erleichterung wusste sie nicht, ob sie lachen oder weinen sollte.

»Wulf, lass sie! Wulf!« Michel war heran und schob seinen allzu stürmischen Freund beiseite.

Madlen schnappte nach Luft. »Gütiger Herr Jesus, was macht ihr denn hier?«

»Du würdest dich verlaufen«, sagte Michel lakonisch. »Es ist fast dunkel. Wir konnten dich nicht allein lassen.«

Allmählich beruhigte sich Madlens Herzschlag und sie konnte klarer denken. »Aber, Michel, wie kannst du nur! Du solltest nach Hause gehen! Deine Familie wird dich suchen und …«

»Die merken gar nicht, dass ich fort bin«, erklärte der Junge. »Solange ich morgen früh da bin und mit aufs Feld geh, ist alles in Ordnung.«

»Deine Mutter …«, setzte Madlen betroffen an, doch Michel schüttelte den Kopf.

»Die ist froh, wenn einer weniger seinen Löffel in den Topf steckt.«

Damit hatte er vermutlich recht. Michels Eltern waren arme Bauern. Dennoch verspürte sie einen schmerzhaften Stich bei den Worten des Jungen. Sorgte sich nicht jede Mutter um ihre Kinder, auch wenn sie noch so arm war?

Sie atmete tief durch. Trotz allem fühlte sie eine gewisse Erleichterung, als der Junge meinte: »Wulf kann uns zu Grethe führen. Hab keine Angst!«

Es schien absurd, dass die Worte eines höchstens zehnjährigen Kindes im nächtlichen Wald sie beruhigten, aber Madlen bezweifelte nicht, dass er recht hatte. Der Hund würde selbst bei Nacht mühelos den Weg zu Grethes Hütte finden.

»Lass uns gehen, Michel!« Madlen blickte unwillkürlich über die Schulter in die Dunkelheit. Vielleicht gab es weitere Verfolger.

Michel schien ihre Unruhe zu spüren und bückte sich zu dem Hund, um ihm etwas zuzuflüstern, woraufhin Wulf sich umwandte und lostrabte, die Nase dicht auf dem Boden. Madlen und Michel folgten ihm.

Nach einer Weile verlor Madlen jegliches Zeitgefühl. Einige Male stolperte sie über Wurzeln oder Sträucher, doch der weiche Waldboden verhinderte, dass sie sich verletzte. Ihre Schläfen pochten, Gedankenfetzen jagten sich ... *Was tue ich hier?*

Allem haftete etwas Unwirkliches an, als wenn sie sich durch einen Traum bewegte.

Das leise Knurren des Hundes ließ sie erstarren. Aus dem Augenwinkel nahm sie wahr, dass Michel neben ihr ebenfalls stehen geblieben war und zu ihr herübersah.

Erneut knurrte der Hund, etwas lauter.

Dann konnte auch Madlen es hören: ein Schnauben und Rascheln in der Dunkelheit.

Pferde. Eine kleine Hand tastete nach der ihren, zog daran.

»Wir sind fast da ...«, wisperte Michel, doch Madlen war unfähig, sich zu bewegen. Bei Grethe gab es kein Pferd.

Das Kind zerrte ungeduldig an ihr. »Komm, Madlen ...«

»Michel, warte!« Madlens Stimme war ein atemloses Flüstern. »Da sind Pferde ... wem gehören die Pferde?«

Michel zögerte, ehe er leise sagte: »Den Männern.«

In Madlens Kopf wirbelte alles durcheinander. Sie schaute von Michel zu dem knurrenden Hund und anschließend nach vorn in den Wald, wo sie nun einen schwachen Lichtschein erkennen konnte. Eine furchtbarer Verdacht raubte ihr den Atem. Hatte der Junge sie in eine Falle gelockt? Sie wollte es nicht glauben. Gelähmt vor Angst starrte sie auf den Lichtschein, der allmählich näherkam.

Eine Fackel. Fackeln bewegten sich nicht von allein.

Schließlich sah sie den Mann, groß und breitschultrig, das unruhige Licht tanzte über sein bärtiges Gesicht und ließ den

Harnisch aufblitzen, der seinen Oberkörper bedeckte ... und das Schwert, das er in der Hand hielt.

»Bist du das, Junge?«

»Ja, Herr!«

Madlen schnappte nach Luft. *Lauf*, flüsterte eine Stimme in ihrem Kopf. *Lauf, ehe es zu spät ist!* Doch wohin sollte sie laufen? Um sie herum war der finstere Wald. Und es war ohnehin zu spät.

Ungläubig beobachtete sie, wie der Hund zu knurren aufhörte und auf den Mann zulief, der sich zu ihm herunterbeugte und ihm über den Kopf streichelte, während er mit zusammengekniffenen Augen umherblickte.

Michels Hand zog nochmals an ihrer, und sie riss sich in jähem Zorn los.

»Was hast du getan, Michel!«, zischte sie. »Wo hast du mich hingeführt?«

Michel antwortete nicht.

Stattdessen gab der Mann ein kurzes raues Lachen von sich. »Das ist also das Mädchen! Brav, Junge!«

Er kam mit langsamen Schritten näher, den Blick auf Madlen gerichtet.

Furcht und Verzweiflung loderten in ihr auf, und in hilfloser Wut fuhr sie den Fremden an: »Ich weiß nicht, was Ihr von mir wollt und wie Ihr Michel dazu gebracht habt, mich hierherzulocken! Wer seid Ihr überhaupt?«

Ihr Ausbruch schien den Mann zu amüsieren. »Hierherzulocken, sagst du, Mädchen? Mir scheint, du bist genau da, wo du hinwolltest ...«

Er war nicht weiter als drei, vier Schritte von ihr entfernt, nah genug, dass sie im Licht der Fackel sein Gesicht sehen konnte. Und die lange, hässliche Narbe, die sich von seiner linken Schläfe dicht am Augenwinkel vorbei bis zu seinem Unterkiefer zog.

Kapitel 7

Ein paar Herzschläge lang glaubte Madlen, der Waldboden würde sich unter ihr bewegen. Bis ihr klar wurde, dass sie es war, die schwankte, indes vor ihren Augen das Gesicht des Fremden und die Fackel mit den nächtlichen Schatten verschmolzen.

Der Mann stieß einen überraschten Laut aus und sprang auf sie zu. Sie spürte den harten Griff seiner Hand um ihren Oberarm, ehe sie an seinen Körper gepresst wurde und den kalten Stahl des Harnischs an ihrer Haut fühlte.

»Nimm die Fackel, Junge«, wies er Michel an, der hastig zugriff, den Blick erschrocken auf Madlen gerichtet.

Im nächsten Moment fand Madlen sich auf den Armen des Mannes wieder, der sich mitsamt seiner Last umwandte und durch den Wald stapfte, als wöge sie nicht mehr als ein Sack Mehl.

»Lasst mich los!« Madlen begann zu zappeln.

Sie wäre ihm am liebsten mit den Fingernägeln durchs Gesicht gefahren, doch der Griff, mit dem er sie festhielt, war eisenhart. Ein Grinsen teilte den dichten schwarzen Bart. »Was für ein Täubchen!«, sagte er unbeeindruckt von ihrer Gegenwehr.

Madlen sah, dass seine Augen so dunkel waren wie sein Bart. Die Schilderung des Kaufmanns kam ihr wieder in den Sinn: *ein großer Bursche mit langen schwarzen Haaren und ebensolchem Bart … er sprach in der Art der Schwaben …*

Es gab keinen Zweifel. Sie war in der Gewalt des Plackers, der die beiden Geßlingers ausgeraubt hatte.

Ihr schwindelte von Neuem, und ihr Kopf sank für einen Moment gegen die Schulter des Mannes, ehe sie eine Frauenstimme rufen hörte: »Lenchen! Dem Himmel sei Dank! Du bist hier!«

Vor ihr schälten sich die Umrisse von Grethes Hütte aus der Dunkelheit, beleuchtet von einem Lagerfeuer, an dem zwei weitere Männer saßen. Die Pferde, die Madlen zuvor gehört hatte, standen einige Schritte entfernt an einen Baum gebunden. Es waren drei.

Grethe eilte mit ausgestreckten Armen auf sie zu ... eine unwirklich anmutende Erscheinung im Licht der Flammen.

Der Placker blieb stehen und stellte Madlen auf die Füße. Sofort stieß sie ihn von sich und wandte sich Grethe zu. Die alte Frau fasste sie an den Armen, ein erleichtertes Lächeln erschien auf dem zerfurchten Gesicht. »Lenchen! Endlich!«

Madlen fehlten die Worte. Sie schaute zu den Männern am Feuer, die ebenfalls herüberstarrten, dann hinter sich zu Michel und dem Hund, die ihnen gefolgt waren. Michel hielt den Kopf gesenkt, Wulf hatte sich neben ihm niedergelassen und beobachtete sie gespannt. Madlen konnte sich des Eindrucks nicht erwehren, dass der Hund genauso schuldbewusst dreinsah wie sein junger Herr.

Der hochgewachsene Mann trat neben sie und sie musterte ihn vorsichtig. Im Lichtschein des Feuers sah sie, dass seine Kleidung schmutzig und abgetragen war, dennoch war es nicht die Kleidung eines gemeinen Räubers oder Landstreichers. Der Harnisch mochte dunkel und verbeult sein, die hochschaftigen Lederstiefel abgestoßen, die Reithosen fleckig ... aber es war die Gewandung eines Mannes von Stand. Eines Mannes, der einst von Stand gewesen war, berichtigte sie sich verächtlich, der sich für das Handwerk eines Räubers entschieden hatte.

Und was bist du selbst, Magdalena Böckler? Ein Weib, das

einmal Küchenmagd auf einer Burg gewesen ist und nun … eine flüchtige Leibeigene?

Sie merkte, dass der Mann sie beobachtete, und fühlte die Röte in ihre Wangen steigen, eine Röte, die im Licht der Flammen zum Glück nicht zu sehen war.

»Nun, Mädchen, gefällt dir, was du siehst?«, fragte er mit unverhohlenem Spott.

Madlen errötete heftiger, bevor Grethe sie aus der Verlegenheit rettete und sie am Arm nahm, um sie näher zum Feuer zu ziehen.

»Hab keine Angst, mein Kind, ich werd's dir erklären …«, begann sie, aber Madlen fiel ihr ins Wort: »Erklären, was du mit diesen Wegelagerern zu schaffen hast, Grethe? Denn nichts anderes sind diese Männer, ich weiß es!«

»Wegelagerer?«, ließ sich der dunkelhaarige Mann neben ihr vernehmen. Er lachte. »Harte Worte, Mädchen!« Zu Madlens Entrüstung deutete er eine spöttische Verbeugung an.

»Ich sollte mich vorstellen: Ritter Fulk von Weilingen.« Seine dunklen Augen funkelten. »Sohn eines gevierteilten Vaters und Erbe einer geschleiften Burg.«

Die Leichtigkeit, mit der er die Grausamkeit aussprach, ließ Madlen einen Schauer den Rücken hinablaufen. Ein paar Herzschläge lang war es still. Dann lachte der Mann trocken auf, und seine Gefährten fielen in das Lachen ein.

Grethes Finger gruben sich fester in Madlens Arm. »Lass mich erklären«, beharrte sie. »Du brauchst keine Angst zu haben, das sind gute Männer. Sie werden uns helfen.«

»Gute Männer?«, wiederholte Madlen fassungslos. »Das sind Räuber, Grethe!«

Grethe warf ihr einen scharfen Blick zu. »Das mögen sie geworden sein, Kind… Das Schicksal ist nicht immer gnädig zu den Menschen, gerade in diesen Zeiten. Das weißt du selbst am besten.«

Der Tadel saß. Madlen presste die Lippen zusammen.

Grethe fuhr fort: »Dort drüben sitzt Veit Wentzel, der Sohn meiner jüngeren Schwester. Er ging als Landsknecht fort, um sein Glück zu machen, und kämpfte für die Kaiserlichen im Land der Welschen. Ich habe ihn seit vielen Jahren nicht gesehen.«

Der Mann, von dem sie sprach, erhob sich und trat näher. Mit Befremden sah Madlen, wie er fast liebevoll den Arm um Grethes knochige Schultern legte. Er hatte schulterlange blonde Locken und einen ebenso blonden Bart, der lange nicht mehr gestutzt worden war. Auch sein Gesicht wurde von Narben verunziert, jedoch nicht so schlimm wie das des Ritters von Weilingen. Im Gegensatz zu dem Ritter trug er keinen Harnisch, sondern die Gewandung eines Landsknechts mit den bunten geschlitzten und gebauschten Hosen und einem farbenfrohen, aber verschmutzten Wams.

»Wir kamen mit der Schneeschmelze zurück über die Alpen«, erklärte er, halb zu Madlen, halb zu seiner Tante. »Verdingten uns beim Schwäbischen Bund, doch da war's nicht besser als bei den Kaiserlichen.« Er gab ein abfälliges Schnauben von sich. »Mit großen Versprechungen sind sie schnell dabei, die hohen Herren, aber ihre Kassen sind leer nach all den Kriegen. Sie sind uns den Sold schuldig geblieben. Da muss man sehen, wo man bleibt, wenn man nicht hungern will!«

»Also überfallt ihr ehrbare Kaufleute, die durchs Land reisen?«, entfuhr es Madlen.

Die beiden Männer wechselten einen Blick.

Mit dem leisen Spott in der Stimme, den Madlen bereits kannte, antwortete Fulk: »Zeig mir einen ehrbaren Kaufmann, Mädchen.«

Madlen erinnerte sich an Geßlingers dreiste Hand an ihrem Hals und später an ihrem Hinterteil. Sie war sich sicher, dass sie nicht die erste und nicht die letzte Magd war, die er bedrängt hatte. Die dunklen Augen des Plackers bohrten sich in die ihren, und sie hatte das merkwürdige Gefühl, dass er ihre Gedanken erahnen konnte.

»Keiner von diesen feisten Pfeffersäcken wird verhungern, weil wir ihn um seine Börse erleichtert haben.«

»Es ist Unrecht«, sagte sie trotzig und hielt seinem Blick stand. »Wenn man Euch ergreift, wird man Euch foltern und hängen.«

»Vielleicht sogar vierteilen«, versetzte er trocken, und sie fragte sich abermals, wie er, falls man seinen Vater tatsächlich auf diese grauenvolle Weise hingerichtet hatte, so leichthin davon sprechen konnte. Sein vernarbtes Gesicht blieb unbewegt.

Was verbarg sich hinter dieser ungerührten Miene, welches Leid hatten diese harten, dunklen Augen gesehen? Und welches Verbrechen hatte sein Vater begangen, dass er zu solch einem Tod verurteilt wurde?

Grethes Stimme holte sie zurück ins Hier und Jetzt. »Hört auf, so zu sprechen!«, sagte sie und wandte sich zu Madlen. »Diese Männer werden dich von hier fortbringen. Du kannst ihnen vertrauen, so wie ich es tue.«

Vertrauen? Das war das Letzte, was Madlen in den Sinn kam, wenn sie den Placker ansah. Sie schluckte heftig. »Fortbringen? Wohin?«

Statt einer Antwort nahm Grethe ihre Hand, sanft und beruhigend, wie man es bei einem Kind tat. Es bedurfte allerdings mehr als eines Händedrucks, um Madlens Bestürzung zu vertreiben. Dennoch ließ sie sich von Grethe näher zum Feuer führen und einen Becher gewärmtes Bier in die Hand drücken, von dem sie zaghaft ein paar Schlucke nahm.

Der dritte Mann, ebenfalls wie ein Landsknecht gewandet, beobachtete sie schweigend. Sie sah, dass er älter war als seine beiden Begleiter. Seine dunklen Haare, die er im Nacken zusammengebunden hatte, waren von grauen Strähnen durchzogen. Er sah fremdländisch aus, entfernt erinnerte er sie an die Männer des Fahrenden Volkes, dessen Blut in ihren Adern floss.

Fulk trat näher und hockte sich ans Feuer. Er hatte ihren Blick bemerkt. »Mein Freund hier ist mir aus dem fernen Italien gefolgt. Seinen Namen kann keiner hierzulande aussprechen ... daher nennen wir ihn einfach den Welschen.«

Der Mann bestätigte die Worte mit einem kurzen Nicken, ehe er sich wieder seinem Becher zuwandte.

»Setz dich, Madlen, und iss etwas. Du hast einen langen Ritt vor dir.« Grethe nötigte sie mit dem Druck ihrer Hand auf der Schulter, sich neben den Welschen zu setzen.

Als sie saß, fiel Madlen auf, wie erschöpft sie war, körperlich und seelisch. Am liebsten hätte sie sich neben dem Feuer ausgestreckt und die Augen geschlossen. Nicht mehr nachdenken, nicht mehr sprechen ... und nicht mehr diese Männer sehen, deren Gegenwart sie zutiefst aufwühlte und denen sie vertrauen sollte.

Der Welsche hielt ihr ein Stück Brot hin. »Besser, du isst etwas«, sagte er. Die Worte klangen seltsam weich und melodisch aus seinem Mund.

Sie nahm das Brot mit einem dankbaren Kopfnicken und biss hinein, bemerkte, dass sie nicht nur müde, sondern auch ausgehungert war. Die Männer hatten gut gespeist, die Reste eines gebratenen Tieres lagen auf einer Holzplatte etwas abseits, vermutlich ein Reh. *Wilderer also auch noch,* dachte sie. Nicht dass es noch einen Unterschied machte.

Der Mann neben ihr zog die Platte mit dem Fleisch heran. »Nimm«, ermunterte er sie.

Madlen nahm sich ein Stück von dem Fleisch und schob es in den Mund. Ihr schien, als hätte sie nie etwas Köstlicheres gegessen. Kauend sah sie dabei zu, wie Grethe Michel zum Feuer holte und ihm ebenfalls Brot und Braten anbot, was der Junge gierig verschlang.

Der Hund hatte sich an Fulks Seite niedergelassen und fraß dem Placker aus der Hand. *Hunger treibt Tiere wie Menschen zur Unterwürfigkeit*, stellte Madlen fest, aber insgeheim wusste sie, dass es mehr war. Der Hund hatte Vertrauen zu Fulk. *Ich sollte mir ein Beispiel an ihm nehmen*, dachte sie, während sie den Mann verstohlen musterte. Die Haare fielen ihm über die Schultern herab, schwarz und glänzend wie sein Bart. Er lächelte, während er den Hund kraulte, und das Lächeln ließ sein vernarbtes Gesicht sanfter, jünger erscheinen.

Madlen schluckte den Rest des Fleisches hinunter und suchte Grethes Blick. »Kann ich mit dir sprechen, Grethe?«

Grethe nickte wortlos, und Madlen folgte ihr, als sie langsam zur Hütte hinüberging. Außer Hörweite der Männer flüsterte sie: »Grethe, wohin sollen mich diese Männer bringen?«

Die alte Frau streckte die Hand aus, um Madlen mit ihren Fingerspitzen über die Wange zu streichen. Sie antwortete mit einer Gegenfrage: »Was ist geschehen, dass du mich so dringend sprechen wolltest?«

Madlen schluckte. Das Raubvogelgesicht von Vater Laurentz tauchte vor ihrem inneren Auge auf. »Die Herrin ließ mich gestern rufen«, sagte sie tonlos. »Sie hat das Gerede der Leute gehört. Man erzählt sich, mein Kind wäre ein Wechselbalg gewesen.« Sie erschauerte. »Sie haben mich befragt, Grethe, der Kaplan und die Herrin. Sie wollen womöglich das Kindlein ausgraben, um zu sehen … von welcher Art es war.« Bei der bloßen Vorstellung verspürte Madlen ein Würgen im Hals. Sie richtete ihren flehenden Blick auf Grethe. »Wie können sie so etwas tun! Wie können sie das glauben!«

Ihre Worte kamen so heftig, dass die Männer vom Lagerfeuer herüberschauten.

Grethe wiegte den Kopf. Sie sah nicht überrascht aus, und Madlen begriff, dass sie dergleichen erwartet hatte. »Ich wusste, dass du fortmusst, Lenchen«, sagte die alte Frau endlich. »Dummheit und Angst und Aberglauben sind eine zerstörerische Mischung. Ich habe das schon einmal erlebt.« In ihren Augen flackerte kurz etwas auf, eine schmerzhafte Erinnerung. Dann lächelte sie Madlen aufmunternd an. »Dein Weg ist ein anderer, Mädchen. Glaub mir.«

Madlen runzelte die Stirn, unsicher, was Grethe ihr damit sagen wollte.

Die Miene der alten Frau war unergründlich. »Du musst Vertrauen haben«, mahnte sie. »Die Männer werden dich nach Würzburg bringen. Es gibt dort einen Mann namens Konrad Veltlin, einen Apotheker. Wenn er erfährt, dass ich dich schicke, wird er dich in seinem Haus aufnehmen, sei gewiss.«

Madlen wusste nicht, wie ihr geschah. Würzburg. Ein Apotheker. Ein fremdes Zuhause.

»Aber ich will nicht fort, Grethe«, murmelte sie und schämte sich dafür, dass sie wie ein weinerliches Kind klang. »Ich habe Angst ...«

»Es ist keine Schande, Angst zu haben, mein Kind«, sagte Grethe leise. »Aber du darfst niemals zulassen, dass die Angst dich lähmt. Sieh ihr ins Gesicht, Lenchen, und spring einfach!«

Madlen sah die alte Frau verwirrt an. Wovon sprach sie? Wohin sollte sie springen? Sie drehte und wendete die seltsamen Worte in ihrem Kopf, da wanderte ihr Blick unbewusst hinüber zum Feuer und fand den Mann mit den schwarzen Haaren und der schrecklichen Narbe. Er beobachtete sie und machte sich gar nicht erst die Mühe, es zu verbergen.

Du musst Vertrauen haben.

Ich weiß nichts von diesem Fremden, dachte sie, *außer dass er ein Räuber ist und sein Vater eines grausamen Todes starb. Wie soll ich ihm da vertrauen?*

Dann fiel ihr Blick auf den Hund, der seinen Kopf auf Fulks Oberschenkel gelegt hatte. Vielleicht lag sie falsch. Vielleicht hatte Vertrauen nicht so viel mit Wissen zu tun, wie sie glaubte, sondern vielmehr mit Instinkt.

Kapitel 8

Die Männer rüsteten sich zum Aufbruch, und Madlen nutzte die Gelegenheit, um Abschied zu nehmen. Sie hatte nichts, das sie zusammenpacken musste, bei ihrem überstürzten Aufbruch war ihr nur das geblieben, was sie am Leibe trug: ihre Kleidung, ein wollenes Schultertuch und das Messer, das sie an sich genommen hatte. Gottlob war es warm und trocken, sodass sie nicht frieren würde. Dennoch wünschte sie, sie hätte wenigstens ihren Beutel mit ein paar Habseligkeiten bei sich, vor allem das kleine Ledersäckchen mit den Münzen, die sie über die Jahre zusammengespart hatte, auch wenn es nicht viele waren. Sie war völlig mittellos und konnte nur hoffen, dass der Mann in Würzburg, von dem Grethe gesprochen hatte, tatsächlich so hilfsbereit war, wie ihre alte Freundin ihr versichert hatte.

Sie fand die Stelle mit den Buschwindröschen wenige Schritte von der Hütte entfernt und kniete nieder, um nach dem Kreuz aus Ästen zu tasten, das Maries Grab markierte. Mit bebenden Fingern strich sie über das Kreuz und flüsterte ein Gebet für ihr Kindlein, flehte um Erbarmen für die arme ungetaufte Seele. Sie hoffte aus tiefstem Herzen, dass Grethe recht hatte, wenn sie sagte, dass der Herr in seiner Güte ihre Tochter in sein Himmelreich aufgenommen hatte.

Tränen stiegen ihr in die Augen, als sie sich an Maries winziges Gesichtchen erinnerte. Sie wischte sie hastig fort. Die Männer sollten nichts von ihrem Verlust und ihrer Trauer bemerken.

Sie holte tief Luft, ehe sie sich erhob und die Blätter von ihrem Rock abstreifte. Das Knacken eines Astes ließ sie herumfahren. Sie erahnte den Mann mehr, als dass sie ihn sah, seine hochgewachsene Gestalt, der silbrig schimmernde Harnisch … Er war ihr gefolgt, hatte sie beobachtet. Glaubte er, sie wollte heimlich davonlaufen?

Madlen musste ein bitteres Lachen unterdrücken. Wohin sollte sie laufen? Sie saß in der Falle, war diesen Fremden auf Gedeih und Verderb ausgeliefert. Reglos blieb sie stehen und starrte dem Placker trotzig entgegen. Nach einigen Augenblicken wandte er sich ab und verschwand ohne ein Wort. Kurz darauf hörte Madlen ihn mit seinen Männern sprechen, ein Pferd wieherte. Es war Zeit aufzubrechen.

Als sie zurück zum Feuer kam, waren der Welsche und Grethes Neffe bereits aufgesessen, der Hund lief aufgeregt um die Pferde herum, und die beiden hatten Mühe, die nervösen Gäule zu zügeln. Fulk stand bei seinem Ross, einem riesigen Rappen, der Madlen nicht weniger bedrohlich vorkam als sein Besitzer. Sie schluckte, als sie begriff, dass sie mit ihm reiten würde.

Grethe, die ihr Zögern bemerkt haben musste, sagte aufmunternd: »Hab Vertrauen, mein Kind. Dir wird nichts geschehen.« Sie trat auf Madlen zu und machte über ihr ein Kreuzzeichen. »Gott behüte dich, Lenchen, auf dem Weg, der dir bestimmt ist.«

Und welcher Weg soll das sein? Madlens Kehle war wie zugeschnürt, und als Grethe sie umarmte, musste sie ein Schluchzen unterdrücken. »Werde ich dich wiedersehen, Grethe?«, flüsterte sie, obwohl sie die Antwort ahnte.

Grethe überging ihre Frage. »Sag Meister Veltlin, dass Margaretha Seiler dich schickt. Er wird sich erinnern.«

Etwas funkelte in ihren Augen, und Madlen öffnete den Mund, um zu fragen, aber der Placker kam ihr zuvor.

»Es ist Zeit«, sagte er knapp und hielt ihr die Hand entgegen.

Ehe sie reagieren konnte, drückte sich etwas gegen ihre Seite.

Michel hatte seine dünnen Kinderarme um Madlen geschlungen, und da brachen sich die Tränen ihren Weg, die ihr die Kehle zugeschnürt hatten. Für ein paar Sekunden vergrub sie ihr Gesicht in Michels zerzaustem Haarschopf, unfähig, ein Wort hervorzubringen.

Dann schob sie das Kind von sich und war mit zwei Schritten bei Fulk. Sie wusste, dass er die Tränenspuren auf ihrem Gesicht sehen konnte, doch er sagte nichts. Starke Hände umfassten ihre Taille und hoben sie auf das Pferd, bevor der Landsknecht sich selbst hinter ihr in den Sattel schwang.

Schweigend lenkten die Placker ihre Pferde in das Dunkel des Waldes. Das Rascheln im Unterholz verriet Madlen, dass der Hund neben ihnen herlief, bis ein scharfer Pfiff ertönte und das Rascheln sich entfernte.

Ich habe sie alle verloren, schoss es Madlen durch den Kopf. Sie grub die Zähne in die Unterlippe, um die erneuten Tränen zurückzudrängen, konnte jedoch nicht verhindern, dass sie einen erstickten Laut von sich gab.

Der Mann hinter ihr schlang einen Arm um ihre Taille, und Madlen versteifte sich unwillkürlich. Seine körperliche Nähe bereitete ihr Unbehagen. Er roch nach einer ungewohnten Mischung aus Leder, Rauch und Schweiß … und Mann. Sie versuchte, sich nach vorn zu beugen, um mehr Abstand zu gewinnen, aber auf dem Rücken eines Pferdes war das schwierig und äußerst unbequem. Als das Pferd im Dunkeln stolperte, rutschte sie gefährlich nach vorn und der Placker zog sie fester an sich.

Sie spürte sein Lachen in ihrem Rücken. »Es bringt nicht viel, jetzt schamhaft zu sein, Mädchen. Oder willst du über den Pferdehals absteigen?«

Madlen verbiss sich eine Antwort. Sie wusste, dass er recht hatte, aber sie fühlte, dass er die Situation genoss. Was sollte sie tun, wenn er übergriffig wurde? Wenn er sie am Ende vergewaltigte, so wie es der Hauptmann getan hatte? Es war gut möglich, dass die Männer sie aus diesem Grund überhaupt mitgenommen hatten. Veit Wentzel mochte Grethes Neffe sein – die alte Frau hatte jedoch selbst zugegeben, ihn seit Jahren nicht gesehen zu haben. Das Leben als Landsknecht hatte ihn sicherlich verändert, vielleicht gar verdorben. Grethe konnte nicht wissen, was für ein Mann aus ihm geworden war. Über den, den sie den Welschen nannten, hatte sie im Grunde gar nichts erfahren. Und Fulk selbst? In seinen Adern floss adeliges Blut, doch es war auch das Blut eines zum Tode verurteilten Verbrechers.

Madlen schauderte.

»Du kannst mir glauben, wenn ich dir versichere, dass dir von uns nichts Böses droht.« Fulks Atem war warm an ihrem Ohr. »Wir sind Placker, das gebe ich gerne zu. Aber wir sind keine Unmenschen.«

»War Euer Vater ein Unmensch?« Die Worte entfuhren Madlen, ohne dass sie es verhindern konnte.

Der Placker hinter ihr straffte sich, und augenblicklich wünschte sie sich, sie könnte die Frage zurücknehmen. Eine Weile blieb er still, ehe er mit heiserer Stimme sagte: »Mein Vater war ein Mann von Ehre. Ob du es glaubst oder nicht.« Er gab ein verächtliches Schnauben von sich. »Er hatte mehr Ehre als die meisten habgierigen Fürsten und Pfaffen.«

Madlen biss sich abermals auf die Lippe. So viele Fragen schwirrten in ihrem Kopf, aber sie verbot sich, sie zu stellen. Sie wollte ihn nicht reizen oder verärgern, und sie ahnte, dass hinter der rauen Fassade des Mannes eine bittere und grausame Geschichte verborgen lag. Eine Geschichte, die ähnlich schmerzhaft sein musste wie ihre eigene, doch sie wollte sie nicht hören. Nicht jetzt … vielleicht niemals.

Zu Madlens Erleichterung hüllte sich der Landsknecht in

Schweigen, und die Geräusche des nächtlichen Waldes, die Schritte der Pferde, hin und wieder ein leises Wiehern oder Schnauben waren die einzigen Laute, die zu hören waren.

Madlen dachte an Würzburg.

Sie war nie dort gewesen, aber sie wusste, dass es eine große, bedeutende Stadt war. Der Fürstbischof residierte dort in einer gewaltigen Festung hoch über dem Main, in Prunk und Überfluss. Bezahlt mit den Abgaben, die seine Schäflein schier erdrückten, so sagten böse Zungen, und vermutlich hatten sie recht. Was scherten das Leid und der Hunger des »gemeinen Mannes« solche hohen Herren? Immer neue Steuern und Abgaben ersonnen sie, nicht nur den Großen Zehnt gab es, sondern auch den Kleinen, dazu Gült und Ungeld, sogar im Todesfall mussten die Hinterbliebenen Abgaben entrichten. Konnte das wahrhaft göttlicher Wille sein?

Madlen erschrak selbst über ihre ketzerischen Gedanken. Dann wurde ihr bewusst, dass sie in den letzten Stunden so viele Grenzen überschritten hatte, dass es auf ein paar sündige Gedanken nicht mehr ankam. War sie besser als die Placker, mit denen sie unterwegs war? Eine entflohene Leibeigene, eine Diebin gar. Sie dachte an das Messer, das an ihrem Gürtel steckte. *Wenn sie mich erwischen und zurückholen, wird es mir schlecht ergehen.*

Der Arm des Plackers lag fest, beinah besitzergreifend um ihre Mitte. Würde er sie beschützen? Warum sollte er? Männer wie er kümmerten sich einzig um sich selbst und taten nur, was ihnen einen Vorteil brachte. Sie wunderte sich, dass es Grethe gelungen war, ihn davon zu überzeugen, Madlen nach Würzburg zu bringen, aber es hatte keinen Sinn, darüber nachzugrübeln. Früher oder später würde sie herausfinden, ob die Männer ihr Wort hielten und was sie tatsächlich im Schilde führten.

Madlen räusperte sich und nahm ihren Mut zusammen. »Wie weit ist es nach Würzburg?«

Der Mann hinter ihr blieb eine Weile stumm, und sie glaubte schon, sie hätte undeutlich gesprochen, da sagte er: »Ein guter Reiter würde es bis zum Mittagsläuten schaffen. Ich denke, wir sind vor Einbruch der Dunkelheit dort, rechtzeitig, bevor die Stadttore geschlossen werden.«

Die Antwort verwirrte Madlen. »Weshalb so spät?«

Er lachte glucksend. »Nun, Mädchen, einer der Gründe ist, dass wir dich dabeihaben. Mein guter Mars hier«, er beugte sich im Sattel vor, um dem Rappen den Hals zu klopfen, und sein Bart streifte Madlens Wange, »muss zwei Reiter tragen. Das allein wäre nicht so schlimm, denn du bist ein Leichtgewicht. Der Hauptgrund ist, dass wir nicht wie andere Reisende die Geleitstraße nehmen. Wir reiten querfeldein und umgehen Vogtsberg in einem weiten Bogen. Veit wird uns leiten, er stammt aus Giebelstadt und kennt sich hier aus.«

Madlen schluckte. »Ihr glaubt, sie werden mich suchen?«

Abermals lachte er. »Das kann ich nicht sagen, Mädchen. Gut möglich. Ich weiß nicht, wie wichtig du ihnen bist. Aber eines ist gewiss: Wenn wir auf jemanden treffen, der uns erkennt, wird man uns ergreifen. Und das würde ich gerne vermeiden.« Er beugte sich erneut vor. »Sollte es dennoch geschehen, rate ich dir, eine passende Geschichte bereit zu haben. Erzähl ihnen, wir hätten dich gegen deinen Willen verschleppt. So ist es mit Grethe und dem Jungen abgesprochen, falls jemand sie befragt.«

Madlen erschauerte. Natürlich würde man Grethe befragen, es war kein Geheimnis, dass sie beide sich nahestanden. Wie hatte sie das bei ihrer überstürzten Flucht nicht bedenken können? Und Michel? Sie hatten die Burg getrennt verlassen. Ob sie zuvor jemand zusammen gesehen hatte, wusste sie nicht.

Sie dachte an das Gesicht von Vater Laurentz, seine scharfen, bohrenden Augen, und begriff, dass ihre Flucht für den

Kaplan wie ein Schuldeingeständnis aussehen würde. Sie war sich sicher, dass er darauf bestehen würde, Grethe zu befragen.

Befragen ... oder vielmehr verhören? Sie fröstelte. Fulk spürte es und verstärkte den Druck seines Armes.

»Wer wird dich suchen, Madlen?« Seine Stimme klang plötzlich scharf. »Wenn wir dich beschützen sollen, müssen wir das wissen.«

Beschützen? Ein ungewohntes, warmes Gefühl flatterte in Madlens Brust. Seit dem Tod ihrer Eltern hatte es niemanden gegeben, der sie beschützt hatte. Nun ja, Grethe vielleicht ein wenig, doch allen Kummer, alle Gefahren hatte sie allein durchstehen müssen.

Würdet Ihr das tun?, fragte sie in Gedanken. *Würdet Ihr kämpfen für mich, wenn es sein müsste?* Ihre Erstarrung löste sich ein wenig.

»Wer, Mädchen?«

»Mein ... mein Leibherr«, murmelte sie. »Ritter Botho von Vogtsberg. Vielleicht schickt er seine Knechte, um mich zurückzuholen.«

Eberlin. Die verhasste Fratze ihres Peinigers stand vor ihr. Der Hauptmann der Burgwache würde sich der Aufgabe mit Begeisterung annehmen und sich, einem Bluthund gleich, auf ihre Spur setzen. »Und ... ein Mann«, fügte sie leise hinzu.

»Etwa der deine?«

»Nein!« Madlen schüttelte heftig den Kopf.

Sie spürte, dass Fulk auf eine Erklärung wartete. Die bloße Vorstellung, diesem Placker von ihrem Vergewaltiger zu erzählen, drehte ihr den Magen um. Schließlich sagte sie gepresst: »Ein Mann, der glaubt, sich nehmen zu können, was er will.« Unwillkürlich tasteten ihre Finger nach dem Griff des Messers. »Wenn er mich noch einmal anfasst, töte ich ihn.«

Sie zuckte zusammen, kaum dass die zornigen Worte ihr entschlüpft waren.

Der Mann hinter ihr lachte trocken. »Gut gesprochen, Mädchen. Aber lass dir sagen, das Töten ist nicht so einfach, wie man glauben möchte. Die Gemordeten verfolgen dich in deinen Träumen, Nacht für Nacht.« Nochmals lachte er, doch es war keine Heiterkeit in diesem Lachen. »Bis du dich an sie gewöhnt hast.«

Plötzlich wünschte Madlen, sie könnte sein Gesicht sehen, seine dunklen Augen, um einen Blick in sein Inneres zu erhaschen. Doch dazu hätte sie sich im Sattel umdrehen müssen und sein Gesicht wäre viel zu dicht vor ihrem gewesen. So flüsterte sie stattdessen: »Habt Ihr Euch daran gewöhnt?«

Seine Finger packten den Stoff ihres Rockes, pressten ihn zusammen. »Du solltest nicht so viel fragen, Mädchen. Versuch zu schlafen, wir haben einen anstrengenden Ritt vor uns.«

Schlafen? Wie sollte sie auf diesem Pferd und in Gesellschaft dieses Mannes schlafen? Sie würde sich an ihn lehnen müssen, an seine Brust sinken. Bei der bloßen Vorstellung verspürte sie Widerwillen.

»Es ist ganz einfach«, sagte Fulk von Weilingen trocken, als ob er wüsste, was in ihr vorging. »Du lehnst dich zurück, und ich sorge dafür, dass du nicht runterfällst.«

Kapitel 9

Madlen erwachte von einer Männerstimme dicht an ihrem Ohr.

»Es wird Tag. Wir rasten.«

Ein paar Herzschläge lang wusste sie nicht, wo sie war und wer zu ihr sprach. Dann fühlte sie den Bart an ihrer Wange, nahm den ungewohnten Geruch von Leder und Schweiß wahr und begriff. Der Placker hielt sie im Arm, ihr Kopf war an seine Schulter gesunken, das kalte Metall des Harnischs presste sich an ihre Schläfe.

Madlen riss die Augen auf. Das Gesicht des Mannes war nahe neben ihrem, sodass sie im fahlen Licht des beginnenden Morgens die schreckliche Narbe sehen konnte, die an seiner Wange im dunklen Bart verschwand. Die langen schwarzen Haare, die ihm bis über die Schultern herabhingen, kitzelten ihre Nase.

Mit einem Ruck fuhr sie hoch und fühlte erleichtert, dass sich sein Griff lockerte.

Sie sah, dass Veit und der Welsche abgestiegen waren und die Pferde hinter einen Schuppen führten, dessen Dach durchhing wie der Rücken eines alten Kleppers. Fulk schwang sich ebenfalls vom Pferd und dehnte die verkrampften Glieder, ehe er die Hände nach ihr ausstreckte, um sie herunterzuheben. Sie zögerte kurz, dann wurde ihr klar, dass sie weiß Gott wie lange in seinem Arm geschlafen hatte. Es war lächerlich, vor seinem Griff zurückzuschrecken.

»Warum rasten wir? Wo sind wir?«, fragte sie, als sie festen Boden unter den Füßen hatte.

Fulk grinste. »Im Gegensatz zu dir, hat von uns dreien keiner geschlafen. Ein wenig Ruhe wird uns guttun.« Er schaute sich um. »Dieser Schuppen sieht aus, als wenn er länger nicht mehr genutzt worden wäre, und er steht dicht am Waldrand, sodass man uns nicht bemerken wird.«

Madlen folgte seinem Blick. Die Vorstellung, sich mit den Räubern in der Scheune zu verkriechen, bereitete ihr Unbehagen. Die Erinnerung an eine andere, ähnlich verfallene Scheune stieg in ihr auf … ihr Gesicht, ins Heu gepresst von einer brutalen Männerhand, ein schwerer Körper auf ihr, der Schmerz in ihrem Unterleib …

Sie musste blass geworden sein, denn Fulk runzelte die Stirn und sagte: »Mädchen, wir haben nicht vor, uns mit dir im Heu zu vergnügen, mach kein so entsetztes Gesicht. Aber du musst in der Scheune bleiben, damit uns niemand sieht.« Er stieß mit dem Fuß gegen die schief hängende Tür und sie schwang mit einem Knarren auf. Drinnen war es finster und roch nach Stroh und Moder und nach etwas anderem, das Madlen sich lieber nicht genauer vorstellen wollte. Möglicherweise gab es totes Getier da drin, Mäuse, Vögel oder Ähnliches.

Sie verzog das Gesicht. »Es ist nur … ich muss …«, begann sie vorsichtig.

Fulk fasste sie ins Auge. »Dann geh.« *Aber versuch nicht wegzulaufen*, sagte seine Miene, und Madlen nickte stumm.

Die Männer machten keine Anstalten, ihr zu folgen, als sie die Hütte umrundete und sich hinter einem Gebüsch niederhockte. Um sie herum zwitscherten Vögel und begrüßten den neuen Tag. Sie blickte sich um und stellte fest, dass die Placker außer Sicht waren. Ein verwegener Gedanke schlich sich in ihren Kopf: Sie konnte weglaufen, jetzt gleich …

Einen Moment lang wurde das Verlangen schier übermächtig, bevor sich ihr Verstand zurückmeldete. Selbst wenn sie den Männern entwischte, wohin sollte sie fliehen? Sie hatte keine Ahnung, wo sie sich befand. Allein würde sie es kaum bis nach Würzburg schaffen, falls sie überhaupt dorthin wollte. Vielleicht streiften Eberlin und seine Waffenknechte schon durch die Gegend und suchten sie. Die Vorstellung, dem Hauptmann in die Hände zu fallen, ließ Madlens Atem stocken, und ihr wurde klar, dass sie die Gesellschaft des Plackers in jedem Fall der von Eberlin vorzog.

Mit einem Seufzer richtete sie sich auf und stapfte zurück zur Scheune. Als sie sich durch die niedrige Tür duckte, wäre sie beinah über den Welschen gestolpert. Er saß am Eingang, den Rücken gegen den Türstock gelehnt, und beobachtete die Umgebung. Schräg hinter ihm lagen die ausgestreckten Körper der beiden anderen Männer. Leises Schnarchen verriet Madlen, dass zumindest einer der beiden die Gelegenheit zur Ruhe sofort genutzt hatte.

»Du solltest auch schlafen«, riet der Welsche gleichmütig, ohne den Kopf zu drehen.

Sie betrachtete sein scharfes Profil und fühlte sich an einen Falken erinnert, der Ausschau nach Beute hielt.

»Ich bin nicht müde«, murmelte sie, hockte sich aber auf den Boden, wenige Schritte von ihm entfernt.

Er gab ein Grunzen von sich. »Hast geschlafen, ich weiß. Habe es gesehen.« Abermals wunderte sie sich über seine fremdartige Aussprache. Es klang beinah, als würde er die Worte singen statt sprechen. »Wir reiten lange. Ist besser, du versuchst zu schlafen.«

»Hm.« Sie warf einen Blick auf die beiden Männer hinter ihr. Inzwischen schnarchten sie in unterschiedlichem Rhythmus.

Der Welsche schien es bemerkt zu haben. »Ich wache. Später schlafe ich.«

Vorsichtig fragte Madlen: »Reitet ihr schon lange zusammen?«

Der Mann schwieg eine Weile, und Madlen fürchtete schon, zu vorlaut gewesen zu sein. Endlich antwortete er: »Fulk ist unser Hauptmann, ist er schon in Italia gewesen. Wohin er geht, folgen Veit und ich.« Er drehte den Kopf und fixierte Madlen mit seinen dunklen Augen. »Du siehst aus wie Frauen meiner Heimat. Woher kommst du?«

»Aus ... aus Vogtsberg«, entgegnete Madlen verwirrt. Dann wurde ihr klar, dass ihm diese Antwort nicht reichen würde, und sie fügte hinzu: »Meine Mutter war eine Fremde.«

In seinen Augen blitzte etwas auf. »Eine Frau aus Italia? Eine Welsche, wie ihr hier sagt?«

»N...nein. Sie war ... vom Fahrenden Volk.« Madlens Stimme klang belegt.

Der Welsche lachte. »Eine braune Frau, ja?« Er musterte sie mit Interesse. »Man sagt, sie können Zukunft sehen. Wirst du sie mir sagen?«

Erschrocken schüttelte Madlen den Kopf. »Die Zukunft? Niemand kann das. Es wäre ... Zauberei!«

Ihr kam in den Sinn, was die Herrin Friedlinde über ihre Mutter gesagt hatte. *Es heißt, sie hatte das zweite Gesicht.* Madlen schauderte. Würde dieses Gerede sie ewig verfolgen? Der Mann sah sie mit einem wissenden Grinsen an und plötzlich wallte heißer Zorn in ihr auf. »Nur weil ich anders aussehe als die Leute hier, bin ich noch lange keine Hexe!«, zischte sie. »Gerade du solltest das wissen!« Als sie ausgesprochen hatte, erschrak sie über ihre eigene Dreistigkeit.

Zu ihrer Überraschung brach der Mann erneut in Gelächter aus, was die Schlafenden dazu veranlasste, sich unruhig zu bewegen. »Wohl gesprochen, braunes Mädchen«, sagte der Welsche mit gesenkter Stimme und einem kurzen Blick auf seine Kumpane. »Und wahr dazu. Wir sind beide Fremde in diesem Land ... ich noch mehr als du, *cara*.«

Verdutzt starrte Madlen auf die schmutzige Hand, die er ihr entgegenstreckte.

»Gianbattista Cagliorini di Cabrese«, stellte er sich vor. »Aber ist in Ordnung, wenn du ›Welscher‹ sagst zu mir wie die anderen.«

Nach kurzem Zögern ergriff Madlen seine Hand. »Magdalena ist mein Name«, murmelte sie. »Und ich mag es nicht, wenn man mich braunes Mädchen nennt.«

Der Mann betrachtete sie ernst und sie entdeckte etwas in seinen dunklen Augen. War es Achtung oder gar Mitgefühl?

»Maddalena«, wiederholte er. Es klang aus seinem Mund wie eine Melodie, und Madlens Mund verzog sich gegen ihren Willen zu einem Lächeln. »Dann ich freue mich, *bella* Maddalena.«

Er fasste an seine Seite und brachte einen Trinkschlauch zum Vorschein, den er ihr anbot. »Ist guter Wein. Nicht so wie in Italia, aber gut genug.«

Madlen wollte ablehnen, aber ihr trockener Mund und ihr Durst ließen sie zugreifen. Sie nahm einen großen Schluck und fühlte den aromatischen, schweren Wein durch ihre Kehle rinnen. Eine leichte Benommenheit erfasste sie, gleichzeitig kam es ihr so vor, als hätte sie nie etwas Köstlicheres getrunken. Der Welsche nickte ihr auffordernd zu und sie trank weiter, beinahe gierig. Als sie ihm den Schlauch zurückgab, schwindelte ihr. Es war ein angenehmer Schwindel, der ihr das Gefühl gab, federleicht zu sein, losgelöst von allem Düsteren und Bedrohlichen. Sie rückte an die Wand der Hütte heran und lehnte sich zurück, genoss die Wirkung des Weines mit geschlossenen Augen.

Der Welsche gab ein leises Glucksen von sich. Sie spürte, dass er sie ansah, doch es war ihr gleichgültig. Die Müdigkeit kehrte zurück und zog sie in eine verlockende warme Umarmung, der sie sich bereitwillig ergab.

Irgendwann hörte sie Gemurmel. Jemand fragte: »Ist sie betrunken?«

Die belustigte Stimme des Welschen erwiderte: »Sie kennt guten Wein nicht … aber hilft gut zum Schlafen, Hauptmann!«

Ein Grunzen kam zur Antwort. »Solltest du auch tun, Welscher. Ich übernehme die Wache.«

Etwas raschelte, dann spürte sie den Körper eines Mannes neben sich und fuhr erschrocken hoch.

Es war Fulk. »Alles in Ordnung«, murmelte er.

Sonnenlicht fiel durch die Tür herein, Staubkörner tanzten in den Strahlen. Draußen erklang Hufschlag. Das Geräusch verjagte augenblicklich alle Müdigkeit aus Madlens Körper. Sie rappelte sich hastig auf, doch Fulk legte die Hand auf ihre Schulter und drückte sie nieder. Der Hufschlag entfernte sich.

»Wer …«, hob Madlen an, aber der Placker unterbrach sie: »Veit verlässt uns für kurze Zeit.« Als sie ihn verwirrt anstarrte, schüttelte er nur den Kopf. »Er reitet nach Giebelstadt. Hatte ich erwähnt, dass er von dort stammt?«

Madlen nickte.

»Er hat eine Schwester dort, die er aufsuchen will. Dabei wird er sich ein wenig umhören.« Fulks Blick wanderte über Madlens Körper, und sie öffnete den Mund, um aufzubegehren, da fügte er hinzu: »Er treibt einen Mantel für dich auf, eine ordentliche Haube und ein sauberes Kleid. Wenn wir dich bei dem ehrwürdigen Apotheker abliefern, solltest du nicht aussehen wie eine Landstreicherin.« Madlen wollte abermals protestieren und erneut schnitt Fulk ihr das Wort ab: »Er besorgt auch Proviant und Ausrüstung für uns. Wir haben vor Kurzem zwei reiche Pfeffersäcke um ihre Barschaft erleichtert, die leistet uns dabei gute Dienste.« Er grinste und sah für einen Moment trotz der schlimmen Narbe lausbubenhaft aus.

Unwillkürlich erwiderte Madlen das Grinsen, ehe es sie kalt durchfuhr.

»Was ist?« Fulk war ihr Erschrecken nicht entgangen. Er runzelte die Stirn.

»Diese beiden Kaufleute, ich bin ihnen auf der Burg begegnet«, erklärte sie hastig. »Mein Herr hat sie bewirtet ... ich musste sie bedienen. Sie erzählten, was ihnen zugestoßen war.«

Fulk zuckte die Achseln. »Und? Das überrascht mich nicht«, sagte er gleichmütig.

Madlen fuhr hastig fort: »Sie erzählten, dass sie aus Würzburg stammen. Sie reisen dorthin zurück.« Beinahe hätte sie nach seinem Arm gegriffen. »Was, wenn wir ihnen begegnen?« Sie schluckte heftig. »Wenn ... ich ihnen dort begegne?« Kalte Furcht erfasste sie. Die beiden Geßlingers würden sie wiedererkennen, daran bestand kein Zweifel. Sie würden die Büttel rufen, man würde sie ergreifen und nach Vogtsberg zurückschleppen, wo der Burgherr und Vater Laurentz ...

Fulks Finger gruben sich in ihren Arm, schüttelten sie leicht und holten sie in die Wirklichkeit zurück. »Du bist leichenblass, Mädchen«, stellte der Placker fest. Seine dunklen Augen suchten ihren Blick, hielten ihn fest. »Beruhig dich. Du warst noch nie in Würzburg, wie mir scheint. Dort leben einige Tausend Menschen, es ist eine große Stadt. Warum solltest du da ausgerechnet diesen beiden über den Weg laufen?«

Langsam atmete Madlen aus. Die Schreckensvision löste sich auf. Fulk hatte natürlich recht. Es war unwahrscheinlich, dass sie unter so vielen Menschen ausgerechnet den Geßlingers begegnete. Dennoch bestand die Möglichkeit, und das Wissen darum nistete sich in Madlens Bewusstsein ein.

Fulks Hand umschloss noch immer ihren Arm. »Warum sollten sie sich an eine Dienstmagd erinnern?«, fragte er.

Weil einer von ihnen mir nachgestellt hat und ich ihm Wein über sein feines Wams geschüttet habe. Madlen sprach es nicht aus. Sie wandte sich ab und entzog ihm ihren Arm.

Er ließ es wortlos geschehen und richtete den Blick wieder nach draußen, wo die Morgensonne die Wiesen und Felder glitzern ließ. »Diese verfluchten Pfeffersäcke müssten allerdings blind und schwachsinnig sein, um sich nicht zu erinnern …«

Madlens Kopf ruckte herum. Stirnrunzelnd musterte sie ihn, unsicher, ob sie recht gehört hatte. Doch er betrachtete eingehend die friedliche Landschaft, seine Miene war nicht zu deuten.

Kapitel 10

Das Warten auf Veits Rückkehr wurde für Madlen zur Qual. Sie war von Natur aus ein geduldiger Mensch, doch der Aufenthalt in der verfallenen Scheune mit ihrem Gestank nach Moder und Verwesung zerrte an ihren Nerven, und das beharrliche Schnarchen des Welschen machte es nicht besser.

Draußen schien die Sonne und der warme Frühlingstag lockte, aber Fulk hatte ihr verboten, ins Freie zu gehen. Sie wagte nicht, mit ihm darüber zu streiten, und zog sich schmollend ins muffige Halbdunkel zurück, wo sie nach kürzester Zeit von lästigen Mücken umgeben war. Fulk beachtete sie nicht und zeigte kein Interesse daran, mit ihr eine weitere Unterhaltung zu führen. Er beschäftigte sich mit seinem Schwert, einem Katzbalger, wie ihn die Landsknechte verwendeten. Er hatte ihn quer über seine Schenkel gelegt und bearbeitete ihn mit einem Schleifstein. Madlen, die ihm heimlich zusah, fiel auf, dass das Schwert in einem weitaus besseren Zustand war als der Rest seiner Ausrüstung, insbesondere die Kleidung. Das war nicht verwunderlich, wenn man bedachte, wie er seinen Lebensunterhalt bestritt.

Ihr dämmerte, dass es auch um ihre eigene Kleidung nicht zum Besten stand nach dem nächtlichen Marsch durch Dornen und Gestrüpp. Ihre einfachen Lederschuhe starrten vor Schmutz. Als sie ihr Mieder glattzog und über ihren Rock strich, ertastete sie einen langen Riss. Sicherlich waren dazu überall Flecken, die sie im Schatten der Scheune nicht sehen konnte.

Fulk hatte recht. Vor Meister Veltlin würde sie wie eine Landstreicherin erscheinen. Dass der Placker darüber nachgedacht hatte, überraschte Madlen. Doch es war nicht das erste Mal, dass sie ein Aufblitzen seines scharfen Verstandes bemerkt hatte.

Verstohlen lugte sie zur Tür.

Er hatte ihr halb den Rücken zugewandt, sodass sie seinen geneigten Kopf mit den langen dunklen Haaren sehen konnte und seine Hand, die den Schleifstein führte. Den Brustharnisch hatte er nicht abgelegt, nicht einmal zum Schlafen. Seit wann mochte er ein solches Leben führen? Ihr wurde bewusst, dass sie mehr über diesen Placker nachgrübelte, als es sich gehörte, und sie schalt sich selbst dafür.

Um sich abzulenken, nahm sie die ramponierte Haube ab und löste ihr Zopfband. Als sie durch ihre dichten schwarzen Haare fuhr, wünschte sie, sie hätte wenigstens einen einfachen Kamm, um sie zu entwirren. In ihrer Lage mussten die Finger genügen. Sie machte sich geduldig daran, die wirren Strähnen zu entflechten, um sie anschließend wieder in einen straffen Zopf zu zwingen.

Während sie die schmutzige Haube in den Händen drehte und wendete, nahm sie eine Bewegung wahr. Fulk hatte den Katzbalger beiseitegelegt und musterte sie. Ein Schatten fiel auf sein Gesicht, und Madlen fürchtete, dort den gleichen lüsternen Ausdruck zu finden, den sie so oft auf Eberlins Gesicht gesehen hatte. Ihr Herz schlug schneller und sie zog die Haube mit fahrigen Bewegungen zurück über ihren Kopf.

Auf dem Gesicht des Ritters erschien ein Lächeln. Er schüttelte fast unmerklich den Kopf, ehe er sich wieder seinem Schwert widmete. Madlen bemerkte, dass sie den Atem angehalten hatte. Die Gegenwart des Mannes machte sie im gleichen Maße nervös, wie sie sie beruhigte. Ein Teil von ihr fühlte, dass er es ernst meinte mit dem Versprechen, sie zu beschützen und wohlbehalten nach Würzburg zu bringen. Zugleich verwünschte sie ihn für seine Art, sie anzusehen, und für seine Fähigkeit, in sie hineinzublicken. Es kam ihr vor, als wären ihre Gedanken und Empfindungen ein aufgeschlagenes Buch für ihn, das er mit seinem leisen Spott kommentieren konnte.

Er ist viel herumgekommen, dachte sie. *Und vielen Menschen begegnet.*

Das war eine Erfahrung, die er Madlen voraushatte. Sie war nie weiter fortgekommen als bis zu einem großen Markt in Ochsenfurt, den sie in Berthes Begleitung besucht hatte. Ihr ganzes Leben hatte sie im Dorf und auf der Burg verbracht, unter Menschen, die selbst nie woanders gewesen waren, von der Herrschaft und dem Kaplan abgesehen. Die meisten Dörfler waren Leibeigene, sie lebten und starben auf dem Grund des Herrn, dem sie gehörten. Nicht einmal wenn sie heirateten, durften sie ihren Wohnsitz verlassen, die Heirat mit dem Leibeigenen eines anderen Herrn war verboten, im besten Fall nur mit viel Geld und der ausdrücklichen Erlaubnis des Leibherrn möglich.

Mit ihren neunzehn Jahren war Madlen alt genug, um Mann und Kinder zu haben, aber man hatte sie nie verheiratet. Das mochte daran liegen, dass sie immer schon fremdartig und abweisend gewirkt hatte und keiner der jungen Burschen ernsthaft an ihr interessiert gewesen war. Vielleicht war es auch der simplen Tatsache geschuldet, dass die Tante, die sie nach dem Tod ihres Vaters zu sich genommen hatte, Madlens Arbeitskraft im Haus nicht entbehren konnte.

Als Madlen auf die Burg kam, kaum siebzehn, wurde sie dem Sohn des Schmieds versprochen, doch der junge Mann kam kurz darauf bei einem Brand ums Leben. Schon damals hatten manche getuschelt, das braune Weib hätte ihn nicht zum Manne gewollt und daher mit einem Fluch belegt. Niemand wagte es, das laut zu sagen, und das Gerede legte sich rasch. In einem allerdings hatten die bösen Zungen recht gehabt: Madlen hatte den Burschen nicht gewollt und auch keinen anderen ... und ganz sicher hatte sie Hans Eberlin keine schönen Augen gemacht. Das hatte diesen Schandkerl allerdings nicht davon abgehalten, ihr Gewalt anzutun. Der Hauptmann konnte sicher sein, dass niemand ihn dafür zur Rechenschaft ziehen würde.

Ein Geräusch drang an Madlens Ohr, das nicht zu der ruhigen, von Insekten durchschwirrten Kulisse passen wollte. Fulk stand mit einer geschmeidigen Bewegung auf, den Katzbalger in der Hand. Dann wurde sie sich dessen gewahr, welches Geräusch sie aufgeschreckt hatte: Hufschlag.

Es wird Veit sein, dachte sie hoffnungsvoll, doch die Stimme, die erklang, war nicht die von Veit.

»Heda!«

Etwas klirrte. Stahl?

»Antworte, Bursche!«

Fulk blieb stumm. Er bewegte leicht die Arme, lockerte die Schultern unter dem Harnisch.

Der Hufschlag kam näher.

Madlens Herz pochte bis zum Hals. Sie wollte aufspringen, da sah sie aus dem Augenwinkel eine Bewegung im Schatten. Der Welsche war wach und gab ihr ein Zeichen, sich zurückzuziehen, weiter ins Dunkel. Sie nickte ihm zu und schlich tiefer in die Scheune.

Derweil hatten der oder die Reiter die Hütte fast erreicht. Ein Pferd schnaubte, Leder knarzte, als ein Mann sich im Sattel bewegte. Vermutlich hatte er das Schwert in Fulks Hand gesehen und wurde unruhig.

»Wer bist du, Kerl, und was machst du hier?«

Madlen hielt unwillkürlich den Atem an. Sie kannte die Stimme des Neuankömmlings.

»Das Gleiche könnte ich dich fragen.« Fulk machte einen Schritt zur Seite, sodass seine Gestalt die Tür besser ausfüllte.

Sie begriff, dass er sie und den Welschen verdecken wollte. »Ist das dein Land?«

Der andere antwortete mit einem abfälligen Laut.

Natürlich nicht, dachte Madlen bange. Diese Ländereien mussten dem Herrn von Giebelstadt gehören. Der Mann, mit dem Fulk sprach, kam jedoch nicht aus Giebelstadt. Es war Heinrich, ein Waffenknecht aus Vogtsberg. Einer von Eberlins Männern.

Madlen biss sich auf die Unterlippe, um die aufsteigende Panik zu unterdrücken. Es würde nicht helfen, wenn sie wie ein aufgeschrecktes Reh davonstürmte. Noch bestand die Hoffnung, dass sie nicht bemerkt wurde.

»Wir suchen jemanden«, sagte eine andere Stimme, die Madlen ebenfalls kannte.

Eberlin.

Ihre Beine gaben für einen Moment nach.

»Das ist mir gleich.« Ahnte Fulk, mit wem er sprach?

»Ein Weib. Eine Entlaufene.« Eberlin zögerte kurz, ehe er hinzufügte: »Manche halten sie für eine Hexe.«

»Auch das ist mir gleich.«

»Werd nicht frech, Bursche!« Die Stimme des Burghauptmanns wurde scharf. »Du weißt nicht, mit wem du sprichst.«

Fulk lachte trocken auf. »Allerdings. Ich warte immer noch darauf, dass du es mir sagst. Doch eines weiß ich mit Sicherheit.« Madlen sah, dass sein Körper sich straffte und seine Finger sich fester um den Schwertgriff schlossen. *Ein Wolf vor dem Sprung*, dachte sie unwillkürlich und erschauderte. »Ich bin ganz gewiss nicht dein Bursche.«

Bei aller Furcht, die sie empfand … was hätte Madlen darum gegeben, Eberlins Gesicht zu sehen! Vermutlich schnappte er nach Luft, denn er blieb stumm.

Ein metallisches Scharren ertönte, danach das Stampfen eines Pferdes, gefolgt von dem dumpfen Geräusch, das ein

Mann verursacht, der aus dem Sattel springt. Im gleichen Moment bewegte sich Fulk, der Arm mit dem Schwert schoss nach vorne. Der andere gab einen erstickten Laut von sich.

»Und du, *Bursche*«, der Placker dehnte das Wort voller Spott, »solltest so schnell wieder auf deinen Gaul steigen, wie du herabgesprungen bist.«

»Das lässt du wohl bleiben, Heinrich!« Eberlins Stimme war heiser vor Wut. Die nächsten Worte galten Fulk. »Du musst nicht ganz bei Trost sein, Kerl! Wir sind Männer von Botho von Vogtsberg. Wie kannst du es wagen, dein Schwert gegen uns zu erheben?«

Madlen schlang die Arme um ihren Oberkörper, um das Zittern zu unterdrücken. Wie viele Männer waren gekommen? Zwei, drei oder gar mehr? Würde Fulk gegen sie bestehen, falls es zu einem Kampf kam? Sie schaute hinüber zu dem Welschen, der sich lautlos in Richtung der Hüttenwand bewegte. Offensichtlich hatten ihn die Vogtsberger nicht bemerkt.

»Ich suche keinen Händel mit euch«, erwiderte Fulk. Er klang gelassen, und Madlen konnte sich vorstellen, wie zornig diese Tatsache Eberlin machen musste. Er war ein Mann, der es nicht gewohnt war, dass man sich ihm widersetzte. Wer ihn kannte, wusste um sein gewalttätiges Temperament und vermied eine Auseinandersetzung mit ihm. Aus diesem Grund hatte der Burgherr ihn zum Hauptmann der Wache gemacht.

Der Raubritter aber kannte ihn nicht.

Madlen schluckte. Es war zu spät, Fulk zu warnen. Sie konnte nur beten, dass Eberlin sich abwimmeln ließ, und wusste gleichzeitig, dass diese Hoffnung vergebens sein würde. Der Hauptmann würde sich niemals von einem dahergelaufenen Kerl demütigen lassen. Sie tastete nach dem Küchenmesser, das an ihrer Seite hing. Die Worte, die sie zu Fulk gesagt hatte, kamen ihr in den Sinn: *Wenn er mich noch einmal anfasst, töte ich ihn.* Wäre sie zu so etwas fähig? Ihr blieb keine Zeit, weiter darüber nachzudenken, denn in diesem Moment trafen vor der Scheune Schwerter klirrend aufeinander. Es hatte begonnen.

Der Welsche glitt zur Tür hinaus, das Schwert in der Hand, und die Vogtsberger schrien wütend auf, als er unerwartet zwischen sie fuhr. Fulk verschwand aus Madlens Sichtfeld. Sie rappelte sich hoch und lief zur Tür, presste sich gegen die Wand. Die Kampfgeräusche waren ganz nah, das Klirren der Klingen, das Keuchen und Fluchen der Männer. Jemand heulte vor Schmerz auf.

»Bastard!«, brüllte Eberlin. Er musste direkt auf der anderen Seite der Holzwand stehen, Madlen meinte, seinen schweren Atem zu hören. Wie von selbst wanderte das Messer in ihre Hand.

Das Wiehern und Stampfen der verängstigten Pferde mischte sich in die Geräusche des Kampfes und machte es ihr unmöglich, einzuschätzen, was draußen passierte. Sie unterdrückte den Drang, durch die Scheunentür hinauszublicken. Lautlos begann sie zu beten und brach sogleich wieder ab. Wie konnte sie es wagen, Gottes Beistand zu erflehen, wo sie selbst die Sünderin war, die Entlaufene, die sich der Herrschaft widersetzt hatte, und die Männer, um die sie bangte, Gesetzlose, Räuber … vermutlich gar Mörder!

Ein entsetzliches Geräusch von draußen ließ sie zusammenfahren, ein Schmerzensschrei, der in einem erstickten Gurgeln endete. Kälte erfasste sie. Jemand war gestorben.

»Erbarmen, Herr!« Sie erkannte Heinrichs Stimme.

Und die von Fulk, die zurückgab: »Nieder mit den Waffen, Mann! Dann könnt ihr euren Anführer aufs Pferd laden und verschwinden …«

Madlen stockte der Atem vor Erleichterung, für einen Moment musste sie die Stirn gegen die Holzbretter lehnen. Ein Splitter stach in ihre Haut, sie spürte es kaum.

»*Sbrigati, bastardo!*«

Den Worten des Welschen folgte das Ächzen und Keuchen von Männern, erneut schnaubte ein Pferd.

»Wenn ihr klug seid«, sagte Fulk scharf, »verschwindet ihr und kommt nicht zurück. Denn solltet ihr das tun, wird's euch ergehen wie diesem Großmaul da.«

Die Angesprochenen gaben keine Antwort, aber Madlen hörte, wie sich der Hufschlag entfernte. Sie wagte nicht, sich von der Stelle zu bewegen.

Nach einer Weile verdunkelte sich der Eingang zur Scheune und der Welsche sagte: »Du kannst herauskommen, *bella* Maddalena. Die Bastarde sind fort.«

Auf wackligen Knien bewegte sich Madlen zum Ausgang. Das Sonnenlicht nahm ihr für einen Moment die Sicht, bevor sie den Welschen erkannte, der einen Spieß und zwei kurze Schwerter aufgesammelt hatte. Er grinste ihr zu. »Brauchst dein Messer nicht, Maddalena. Ist alles gut.«

Zu ihrer Überraschung sah er bis auf eine Schramme an der Wange völlig unversehrt aus. Als sie sich umsah, bemerkte sie die große Blutlache auf dem niedergetrampelten Gras. Ein saurer Geschmack breitete sich in ihrem Mund aus. Sie wusste, wessen Blut es war, doch vermochte sie nicht zu sagen, was sie empfand. Grauen? Schuld? Erleichterung?

»Wir brechen auf.« Fulk kam um die Ecke der Hütte. Er hielt die beiden Pferde am Zügel. Sein Blick glitt über Madlen und blieb kurz an ihrem Gesicht hängen. Sie ahnte, dass ihre widerstreitenden Gefühle sich dort spiegelten.

»Ihr habt ihn … getötet?«, fragte sie, und ihre Stimme klang fremd und rau in ihren Ohren.

Die dunklen Augen des Plackers funkelten grimmig. »Hättest du es lieber selbst getan?«, fragte er zurück. Er betrachtete das Messer in ihrer Hand, und sie hätte es beinah fallen gelassen.

Ein paar Atemzüge lang hing Stille zwischen ihnen. Der Welsche durchbrach sie, indem er zu seinem Pferd trat und die erbeuteten Schwerter neben den Proviantsäcken am Sattel befestigte. Den Spieß behielt er in der Hand. Er stieg wortlos auf das Pferd und trieb es mit einem leisen Schnalzen der Zunge an.

Madlen machte einen zögernden Schritt auf Fulk und seinen Rappen zu. Auf seinem Gesicht waren Blutspritzer, ebenso auf seiner Kleidung, aber er wirkte unversehrt. Madlen war überrascht von der Erleichterung, die sie verspürte.

»Du kannst dein Messer wegstecken«, meinte er trocken.

Verlegen senkte sie den Blick und befestigte das Messer wieder an ihrem Gürtel. »Ich fürchte, ich hätte es nicht gekonnt«, murmelte sie.

»Vielleicht doch.« Fulk zuckte die Achseln. »Wenn der Hass stark genug ist.«

Madlen hatte das Gefühl, dass er von sich selbst sprach. Sein Gesichtsausdruck hatte sich verändert. Er sah müde aus. Und bitter. Als er die Hand ausstreckte, wich sie nicht zurück. Sein Daumen fuhr über ihre Stirn, bis zur Schläfe, die Berührung brannte auf ihrer Haut.

»Was hast du da drin angestellt?« Er betrachtete seinen Daumen.

Madlen sah das Blut, das er von ihrer Stirn gewischt hatte. Sie errötete. »Ein … ein Splitter, glaube ich. Ich habe es gar nicht gemerkt.«

Er zog seine Mundwinkel hoch. »Ich muss besser auf dich aufpassen, scheint mir.«

»Und ich muss Euch danken.« Madlen schluckte. »Ihr habt mich beschützt.«

Er antwortete nicht, sondern schwang sich auf den Pferderücken und reichte ihr die Hand, die sie ohne Zögern ergriff.

Kapitel 11

Die gleichmäßigen Bewegungen des Pferdes verstärkten Madlens Benommenheit. Zum ersten Mal war sie dankbar für die Arme des Plackers, die sie umschlangen, denn ihre Gedanken wirbelten durcheinander wie Herbstlaub im Sturm.

Eberlin war tot.

Und sie, Madlen, ritt in eine ungewisse Zukunft mit dem Mann, der ihn getötet hatte. Gütiger Gott, wie hatte es nur so weit kommen können?

Die Erinnerung stieg in ihr hoch, daran, wie Eberlin sie monatelang gedemütigt, entwürdigt und vergewaltigt hatte, ohne dass sie sich wehren konnte ... in der Scheune, im Turmzimmer, im Weinkeller, sogar im Burggarten hinter einer Hecke. Heiße Tränen traten ihr in die Augen, die sie mit einer hastigen Bewegung wegwischte. Sie hoffte, Fulk würde es nicht bemerken.

Die Wahrheit war: Sie war erleichtert, dass er tot war, und schämte sich zugleich dafür. *Ich bin nicht schuld an seinem Tod*, redete sie sich ein. Doch wäre sie nicht geflohen, hätte es das Aufeinandertreffen mit den Plackern niemals gegeben und Eberlin würde noch leben. Aber hatte der Hauptmann nicht selbst den Kampf herausgefordert?

Ich suche keinen Händel mit euch. Fulks Worte hallten in ihr nach. Nein, Eberlin war tot, weil er diesmal an den Falschen geraten war.

Verstohlen betrachtete sie die Hände des Plackers, eine ruhte auf dem Sattel, die andere auf ihrem Bauch. Er trug keine Handschuhe, und sie konnte die Schwielen und die schmutzumrandeten Fingernägel sehen, die Blutspritzer auf dem Handrücken. Dennoch verspürte sie keinen Widerwillen gegen die Berührung. Er hatte für sie gekämpft. Er hatte sie beschützt.

Ein ungewohntes, warmes Gefühl breitete sich in ihr aus.

»Der Mann, den Ihr getötet habt, war der Hauptmann der Burgwache von Vogtsberg«, hörte sie sich zu ihrer eigenen Überraschung sagen.

Fulk gab einen undefinierbaren Laut von sich.

»Sein Name war Eberlin, Hans Eberlin«, fuhr sie fort. »Und ich bin froh, dass Ihr es getan habt.«

»Er war der Mann, von dem du gesprochen hast.« Es war keine Frage, lediglich eine Feststellung. Er hatte es von Anfang an gewusst. »Der, der dich für sich wollte.«

Madlen zögerte. Dann sagte sie leise: »Nicht als sein Weib, falls Ihr das meint. Nur als seine Hure.« Sie holte tief Luft und fügte hinzu: »Er tat mir Gewalt an. Viele Male. Ich hasste ihn.«

Der Druck seiner Hand auf ihrem Bauch verstärkte sich.

»Ich bin genug Männern wie ihm begegnet«, sagte er düster. »Sie brauchen das Gefühl von Macht über andere, Schwächere. Wenn sie anderen Furcht einflößen, fühlen sie sich stark. Früher oder später treffen sie auf jemanden, der sich nicht einschüchtern lässt.«

»Jemanden wie Euch.«

Sie hörte ihn freudlos lachen. »Wäre er mit seinen Knechten abgezogen, hätte ich ihn nicht getötet.«

»Er wäre wiedergekommen, um Euch zu töten. Er hätte eine solche Schmach nicht hingenommen.«

»Vermutlich.« Fulk klang nicht so, als hätte ihm das Sorgen bereitet.

»Die Knechte werden dem Herrn von Vogtsberg Bericht erstatten«, sagte Madlen besorgt. Sie fühlte, wie die Beklommenheit nachließ. Das volle Ausmaß der Ereignisse sickerte allmählich in ihr Bewusstsein. »Er wird es nicht hinnehmen und uns jagen lassen.«

Zu ihrer Überraschung gab Fulk abermals ein kurzes Lachen von sich.

»Findet Ihr das lustig?«, fragte sie verärgert.

»Wir wurden bereits zuvor gejagt«, erwiderte er ungerührt.

Er hatte recht. Natürlich hatte er recht. Warum ärgerte sie diese Tatsache so? »Macht Euch das keine Angst?«

»Nein, Mädchen«, sagte er, und seine Worte klangen belustigt. »Wir haben die Kaufleute ausgeraubt und wurden gejagt, wir haben dich mitgenommen und wurden gejagt. Man gewöhnt sich daran, verstehst du?«

Sie wollte sich nicht daran gewöhnen. Das mochte ein Leben für einen Placker sein, aber nicht für sie. »Wie könnt Ihr so leben?«, sagte sie beinahe vorwurfsvoll.

Diesmal lachte er nicht. Seine Stimme bekam einen scharfen Unterton. »Wir haben uns das nicht ausgesucht. Das Leben fragt nicht nach unseren Wünschen, das solltest du selbst wissen.«

Madlen wurde heiß ob dieser Zurechtweisung. Er hatte recht. Schon wieder. Da fiel ihr etwas ein. »Veit? Was ist mit Veit?« In der Aufregung hatte sie ihn ganz vergessen. Bestürzt drehte sie sich im Sattel um.

Das erwies sich als Fehler. Fulks bärtiges Gesicht war plötzlich dicht vor ihrem, die furchtbare Narbe ganz nah. Doch sah sie nur seine Augen, diese unergründlichen, schwarzen Augen … dunkle Seen in einem entstellten Gesicht. Was hatte das Leben ihm angetan, dass er zu einem solchen Mann geworden war, einem Placker, einem Getriebenen?

»Veit wird uns finden«, meinte er gleichmütig und unterbrach ihre Gedanken. »Mach dir darum keine Sorgen.«

Madlen schluckte.

»Wenn er zur Hütte zurückkommt …« Sie brach ab, weil sie an die Blutlache dachte. Ein Schauder überlief sie. Rasch wandte sie sich ab.

»Er wird sehen, dass es einen Kampf gab. Dann wird er sich auf unsere Spur setzen.«

»Wird er nicht glauben, dass Ihr tot seid?«

Fulk prustete. »Veit kennt mich lange genug, um zu wissen, dass ich nicht so leicht zu töten bin. Glaub mir, Mädchen, er wird uns suchen und er wird uns finden.«

Und genauso kam es.

Veit tauchte so unvermittelt hinter ihnen auf, dass Madlen beinah aufgeschrien hätte. Seine beiden Gefährten schienen nur mäßig überrascht. Veit trieb sein Pferd neben Fulks Rappen, und nachdem sie ihn kurz über die Geschehnisse ins Bild gesetzt hatten, berichtete er: »Habe die Kerle gesehen und auch das Pferd mit dem Toten drauf. Ich hielt mich verborgen, auch wenn die beiden sicher nicht auf einen neuen Kampf aus waren.« Er fasste Madlen neugierig ins Auge. »Scheinst recht begehrt zu sein, meine Schöne. Hätte nicht gedacht, dass sie so weit nördlich nach dir suchen …«

Fulk unterbrach ihn ungeduldig. »Was hast du in Erfahrung gebracht? Wie ist die Lage in Würzburg?«

»Der Fürstbischof regiert mit harter Hand, anders als sein Vorgänger, der angeblich sogar den Doktor Luther auf den Marienberg eingeladen hat. Die Ketzer sind ihm ein Dorn im Auge. Jedoch habe ich mir sagen lassen, dass der Herr von Giebelstadt den Lehren von Luther zugeneigt ist.« Er wiegte den Kopf. »Man sagt, er sei ein guter Herr, der Ritter Geyer von Giebelstadt. Sogar seine Bauern halten große Stücke auf ihn.«

Fulk gab ein Schnauben von sich. »Warum soll er anders sein als die anderen? Blutsauger sind sie alle.«

Veit grinste. »Man könnte meinen, du hast dein eigenes adliges Blut vergessen!«, versetzte er, und Madlen stimmte ihm insgeheim zu. Er redete weiter: »Er ist nur wenig jünger als ich, der Ritter Florian. Ich erinnere mich an ihn aus der Zeit, als wir beide Kinder waren. Hoffärtiges Gehabe war ihm damals schon fremd.«

Fulk sah aus, als ob er das bezweifelte, aber er sagte nichts.

»Als junger Mann war er in England am königlichen Hof«, erzählte Veit weiter. »Seitdem habe ich ihn nicht mehr gesehen. Als er zurückkehrte, hatte ich mich bereits den Landsknechten angeschlossen. Meine Schwester sagt, er ist ein gerechter Herr und behandelt seine Bauern gut.« Er zwinkerte Madlen zu. »Hat sich mit den Stiftsherren aus Würzburg vor Jahren so heftig gestritten, dass die Pfaffen ihn exkommuniziert haben!«

Exkommuniziert? Madlen erschrak über dieses unfassbare Wort. Aus der Kirche ausgestoßen? Undenkbar! Sie starrte Veit so entgeistert an, dass der Landsknecht lachen musste, was Madlen noch mehr entsetzte.

»Mädchen, man könnte meinen, dir wäre der Beelzebub selbst erschienen! Der Ritter Florian ist nicht der Erste und nicht der Letzte, den die Mutter Kirche ausgestoßen hat.«

»Seiner Seele droht die ewige Verdammnis«, stammelte Madlen und merkte selbst, wie lächerlich dieser Satz in den Ohren ihrer Begleiter klingen musste. Hatten Männer wie sie nicht ebenfalls längst ihr Seelenheil verwirkt?

Tatsächlich bemerkte Fulk mit leisem Spott: »Für eine Frau, die man verdächtigt, eine Hexe zu sein, bist du sehr um das Seelenheil dieses Mannes besorgt.«

Madlen fühlte, wie ihr abermals die Röte in die Wangen stieg. »Und wenn Ihr dieses Hexengerede glaubt, dann seid Ihr abergläubischer, als ich dachte«, entgegnete sie mit einem zornigen Blick über die Schulter.

Fulk starrte sie an. In seinen Zügen lag eine Mischung aus Verärgerung und Staunen, und Madlen wunderte sich über sich selbst. Wie hatte sie solch freche Worte von sich geben können? Seit sie von Vogtsberg fortgelaufen war, begann eine Veränderung mit ihr vor sich zu gehen. Ihre Zunge schien es eilig zu haben, ihre Gedanken hinauszuposaunen, ehe ihr Verstand sie bremsen konnte. Vermutlich war es die Gesellschaft der Gesetzlosen, die dazu führte, dass sie ihre angeborene Scheu verlor.

»Ich glaube weder an Hexen«, sagte Fulk mit kühler Stimme, »noch an die ewige Verdammnis, mit der die Pfaffen uns ständig drohen, nur um uns noch mehr abpressen zu können. Und das solltest du auch nicht, Mädchen.«

»Darüber hinaus«, ergänzte Veit fröhlich, wenngleich er ein wenig vorsichtig von Fulk zu Madlen schaute, »befindet sich Ritter Florian in bester Gesellschaft, denn hat man nicht inzwischen ebenso den Doktor Luther exkommuniziert?«

Madlen wandte sich ab und richtete ihren Blick zwischen die Ohren des Pferdes. Ihr schwirrte der Kopf von all diesem Gerede über Verdammnis und Exkommunikation, und ihr dämmerte allmählich, dass sie sich nicht nur in Gesellschaft von Räubern, sondern auch von Ketzern befand. Kein guter Katholik hätte derart abfällig über die Kirche und ihre Vertreter auf Erden gesprochen.

Unauffällig schielte sie nach dem Welschen, der eine Pferdelänge vor ihnen ritt. Er stammte aus den italienischen Landen, wo die Päpste residierten. Teilte auch er diese ketzerischen Ideen? Der Mann sah stur geradeaus und schien nicht die Absicht zu haben, sich an der Unterhaltung zu beteiligen.

»Das hat man allerdings«, vernahm sie Fulk. Er neigte sich ein wenig vor, sodass sie seine Stimme nah an ihrem Ohr hörte. »Und wisst ihr, was Luther getan hat? Er warf das päpstliche Schreiben kurzerhand ins Feuer, vor aller Augen!«

Madlen sog erschrocken die Luft ein. Davon hatte sie nicht gehört, wohl aber von den neuen Ideen, die der streitlustige Doktor der Theologie verbreitet hatte und die in Teilen der Bevölkerung großen Anklang fanden. Auch in Vogtsberg sprach man von den Lehren des Reformators. Im Jahr zuvor war einer jener Wanderprediger ins Dorf gekommen, die derzeit das Land durchzogen, aus den lutherischen Schriften zitierten und die armen Bauern aufzuwiegeln suchten. Madlen selbst hatte seine Reden nicht gehört, aber sie wusste, dass nicht wenige der Dörfler ihm gelauscht hatten, zumindest bis Kunde von der Aufwiegelei bis zum Burgherrn gedrungen war. Der Prediger entkam den Waffenknechten mit knapper Not, doch die Saat war gesät.

»Ihr sprecht, als ob Ihr ein Anhänger des Doktor Luther wärt«, murmelte sie.

»Und wenn es so wäre?«

Sein Bart kitzelte ihr Ohr, und sie wusste, dass er sich einen Spaß daraus machte, sie zu schockieren. Ebenso wie er wusste, dass es sie nervös machte, wenn er ihr so nahe kam, obwohl er ihr merkwürdigerweise keine Furcht mehr einflößte. Die Nervosität kam von etwas anderem, das sie nicht zu benennen wusste.

»Was mich betrifft«, ergriff Veit das Wort, »so bin ich überzeugt, dass Luther recht daran tut, die Sittenlosigkeit der Kirche anzuprangern. In Rom wird geschachert und betrogen, gehurt und gemordet, und die hiesigen Kirchenherren sind keinen Deut besser. Während die armen Leute nicht wissen, wie sie ihre Kinder sattkriegen sollen, leben die Pfaffen im Überfluss und denken sich immer neue Steuern aus, um ihre Verschwendung zu finanzieren!« Er spuckte verächtlich aus. »Ablassbriefe verhökern sie an die armen Menschen, ziehen ihnen die letzten Heller aus der Tasche!«

Fulk gab ein zustimmendes Brummen von sich. »Die Narren glauben, sich vom Fegefeuer freikaufen zu können«, sagte er. »Dabei sind es die verkommenen Pfaffen und hohen Herren selbst, die Angst vorm Fegefeuer haben müssten. All ihre Reichtümer würden nicht ausreichen, um sich davon freizukaufen, das versichere ich euch!«

»Habt Ihr nicht gesagt, Ihr glaubt nicht ans Fegefeuer?«, entfuhr es Madlen.

Die vorwitzige Bemerkung brachte ihr ein glucksendes Lachen von Veit ein, der Mann hinter ihr lachte nicht.

»Manchmal scheint es mir, als wäre die wahre Hölle nicht im Jenseits«, sagte er düster, »sondern hier auf Erden.«

Kapitel 12

Im rosigen Licht des Frühlingsabends lag Würzburg vor ihnen.

Ein Flickenteppich aus Weinbergen und Wiesen bedeckte die Hänge der umliegenden Hügel, durchzogen von einem Netz aus Fahrwegen und Pfaden, auf denen selbst in den Abendstunden Menschen und Karren auf das Stadttor zustrebten.

Sie hatten den Main nahe des Dorfes Randersacker überquert und näherten sich der Stadt auf Veits Anraten aus südöstlicher Richtung entlang des Flusses durch die grasigen Auen. Die Menschen, die ihnen begegneten, warfen ihnen misstrauische Blicke zu und hielten Abstand.

Als die Stadt mit ihren beeindruckenden Mauern und Türmen noch etwa eine halbe Meile entfernt war, brachte Fulk seinen Rappen zum Stehen. Die beiden anderen taten es ihm gleich, und Madlen fühlte ihre Anspannung wachsen. Sie schluckte die Fragen hinunter, die ihr auf der Zunge lagen, und ließ ihren Blick von den Wällen der Stadt hinübergleiten zu der gewaltigen turmbewehrten Festung, die hoch oben über dem Main thronte.

Die Festung Marienberg, so hatte Veit sie genannt … die Residenz des Fürstbischofs.

Ein Schauer rann ihr über den Rücken. Der Himmel über der Festung hatte eine rötliche Färbung angenommen, die Türme ragten dunkel, spitz und drohend empor. *Ein blutiger Himmel*, dachte sie und schrak zusammen, als sich die Hand des Plackers auf ihrem Bauch leicht bewegte.

»Du wirst von nun an mit Veit reiten«, sagte er unvermittelt. »Er bringt dich in die Stadt.«

Madlen fuhr herum. Sie hob an, um etwas zu sagen, blieb jedoch stumm. Warum verstörte sie die Aussicht, ohne diesen Mann weiterzureiten, so sehr? Er beunruhigte sie, er war ein Räuber, ein Ketzer womöglich, und sie konnte froh sein, von seiner Gesellschaft befreit zu werden. Aber das war sie nicht.

Sie schaute zu Veit. Er sah genauso überrascht aus, grinste sie allerdings freundlich an. Fulks Hände umfassten ihre Taille, und er hob sie vom Pferd, als wöge sie nicht mehr als ein Kind.

»Kommt Ihr nicht mit uns?«, wagte sie nun doch zu fragen.

Sie war auf eine spöttische Antwort gefasst, aber Fulk betrachtete sie ernst.

Beklommen presste sie den Beutel mit ihren wenigen Habseligkeiten an die Brust. Er enthielt ihre schmutzigen alten Kleider. Bei der letzten Rast hatte Veit ihr ein Bündel mit Kleidung überreicht. Nun trug sie einen neuen, sauberen Rock, eine ordentliche Bluse mit einem Mieder darüber und einen einfachen grauen Wollumhang. Ihre dunklen Haare und die Schramme auf ihrer Stirn waren unter einer schlichten weißen Haube verborgen. Sie sah nicht mehr aus wie eine zerzauste Herumtreiberin, sondern wie die brave junge Magd, die sie bis vor Kurzem gewesen war.

»Zusammen mit Veit wirst du kein Aufsehen erregen«, erklärte Fulk. »Die Torwächter werden euch für ein junges Paar halten, das vielleicht von einem Schäferstündchen zurückkommt. Der Welsche und ich kommen einzeln nach. Das ist sicherer … für den Fall, dass jemand mein Gesicht kennt.«

Madlen starrte auf die Narbe. Er hatte recht – sein Gesicht war eines, das man nicht leicht vergaß. Gleichzeitig wurde ihr bewusst, dass der Anblick der Narbe für sie seinen Schrecken verloren hatte.

»Wie werdet Ihr uns finden?« Madlen bemerkte, dass sie wie ein verunsichertes Kind klang.

»Der Dom«, schaltete Veit sich ein. »Er ist nicht schwer zu finden, man kann die Türme von Weitem sehen. Kommt zum Seitenportal. Dort werde ich mit dem Mädchen warten.« Er streckte ihr die Hand entgegen und half ihr auf sein Pferd. Unwillkürlich schaute sie zu Fulk, als wollte sie sich versichern, dass alles in Ordnung war.

Sie sah ihn lächeln. Diesmal war es kein ironisches Lächeln, es lag eine ungewohnte Wärme darin, und sie erinnerte sich daran, wie er den Hund gestreichelt hatte. Er nickte Veit zu, woraufhin dieser dem Pferd die Hacken in die Flanken drückte. In gemächlichem Tempo ritten sie durch die Mainauen auf Würzburg zu.

Madlen unterdrückte den Wunsch, sich nach Fulk umzusehen, und fasste stattdessen die Mauern der Stadt ins Auge. Sie verspürte eine merkwürdige Mischung aus Furcht, Neugier und Hoffnung.

Würzburg.

Sie war fast am Ziel, doch hatte sie keine Vorstellung davon, was sie hinter diesen Mauern erwartete. Wer war dieser Meister Veltlin, in den Grethe so viel Vertrauen setzte? War er alt oder jung, wohlhabend oder arm? Das war alles bedeutungslos, sofern er zumindest freundlich war. Sie betete, dass er es sein möge. Denn es würde sehr viel Freundlichkeit erfordern, eine flüchtige Leibeigene bei sich aufzunehmen, die er nie im Leben gesehen hatte. *Sag Meister Veltlin, dass Margaretha Seiler dich schickt. Er wird sich erinnern.*

Die Worte der alten Grethe hatten sich in ihr Gedächtnis gegraben. Woran sollte er sich erinnern?

Mit jedem Schritt des Pferdes schienen die Stadtmauern wuchtiger und beeindruckender zu werden. Das Tor, auf das sie zusteuerten, schien von besonderer Bedeutung zu sein, es gab nicht nur ein mächtiges Vorwerk, sondern es führte sogar eine mit Flügelmauern bewehrte Brücke darauf zu. Offenbar war die Stadtmauer von einem Graben umgeben. Die hölzernen Torflügel standen offen, Waffenknechte mit langen Spießen und glänzenden Brustharnischen standen zu beiden Seiten, misstrauisch beäugten sie die Leute, die in die Stadt strebten. Hin und wieder hielten sie jemanden auf, um ihn zu befragen, oder hoben die Plane eines Karren an, um die Fracht zu inspizieren.

Madlens Kehle fühlte sich trocken an. Sie begriff, warum Fulk entschieden hatte, sich von ihnen zu trennen. Sie würden ihn niemals einlassen. Im nächsten Moment tadelte sie sich selbst. Der Mann war ein Räuber, sie hatte nichts mit ihm zu schaffen. Es konnte ihr gleichgültig sein, wo er blieb und was mit ihm geschah. Ihrer beider Wege hatten sich gekreuzt, nun trennten sie sich wieder – und das war gut so.

Warum fühlte es sich nicht so an?

»Ich will dir nicht zu nahe treten, Mädchen«, sagte Veit unvermittelt in ihre wirren Gedanken hinein, »aber es könnte nicht schaden, wenn du dich ein wenig an mich schmiegst, sobald wir näher ans Tor kommen.«

Madlen erstarrte.

Er schien es zu spüren und beeilte sich hinzuzufügen: »Sie werden nicht so genau hinsehen, wenn wir wie ein Liebespaar wirken, so wie Fulk gesagt hat. Spiel ihnen ein bisschen was vor, nur für eine kurze Weile.«

Madlen biss sich auf die Lippe. Sie war froh, dass er ihren Gesichtsausdruck nicht sehen konnte. Die Vorstellung, mit Veit zu tändeln, verursachte ihr Übelkeit. Dennoch war nicht von der Hand zu weisen, dass er recht hatte.

Sie richtete den Blick auf das Tor und die Wächter, die nur noch einen Steinwurf entfernt waren, während sie sich hinter einem Karren einreihten, der bereits auf die Brücke gefahren war. Schauten sie ihnen nicht schon misstrauisch entgegen? Langsam ließ sie sich zurücksinken gegen Veits Brust, spürte das lederne Wams, viel weicher als Fulks Harnisch, und drehte ihren Kopf, um ihre Wange an seine Brust zu schmiegen. Er roch nach Schweiß und Leder, wie Fulk gerochen hatte ... und wie Eberlin. Etwas schnürte ihr den Hals zu, sie schluckte es hinunter und schloss die Augen.

Würde es ihr jemals gelingen, die Erinnerung an den Hauptmann zu verdrängen und sich aus freien Stücken an einen Mann zu schmiegen, zärtlich und neckisch wie andere Weiber es taten? Eberlin war tot, aber was er ihr angetan hatte, würde für immer auf ihrer Seele lasten. *Mein Herz hat Narben*, dachte sie traurig. *Ebenso schlimme Narben wie Fulks Gesicht.*

Veit umfing sie mit den Armen, und sie versteifte sich.

»Heda! Ihr zwei!«, erklang die barsche Stimme des Torwächters.

Sie zuckte zusammen und wollte sich umdrehen, doch Veits fester Griff hinderte sie daran. Er beugte sich herunter und flüsterte ihr ins Ohr: »Bleib ruhig!« Sein Mund drückte sich an ihre Schläfe, und erneut musste sie den Drang bezähmen, sich gegen die Zudringlichkeit zu wehren, ihn wegzustoßen, zu strampeln und zu zappeln.

»Kannst wohl die Finger nicht von ihr lassen, was, Bursche?«

»Musste sie ihrer Hausherrin entführen«, erwiderte Veit überschwänglich. »Aber das war's wert, kann ich euch sagen, Männer!«

Bellendes Gelächter erscholl.

»Dann bring sie flugs heim, damit die Herrin euch am Ende nicht beide verdrischt!«, scherzte eine raue Stimme.

»Lasst uns ein, mein Freund, wir haben's eilig!«, gluckste Veit und beugte sich nochmals zu Madlen, um sie zu küssen.

Sie drehte schnell den Kopf weg, was neue Belustigung bei den Waffenknechten auslöste. Aus dem Augenwinkel sah sie, wie einer von ihnen mit seinem Spieß Richtung Tor wies. Veit ließ sich nicht lange bitten und trieb das Pferd an. Im Vorbeireiten nickte er den Wächtern einen Gruß zu.

Sie waren in der Stadt.

Kapitel 13

Veit neigte sich ihr zu, und sie fühlte seine Lippen an ihrer Schläfe. »Hättest dich nicht so zu verkrampfen brauchen«, murmelte er spöttisch. »War doch ganz einfach. Wie wär es jetzt mit einem Kuss zum …«

Madlen riss den Kopf rasch zur Seite und er verstummte. »Lass mich in Ruhe!«, fauchte sie und stemmte sich gegen seine Umarmung. »Es gibt keinen Kuss, weder jetzt noch später! Schlag dir das aus dem Kopf!«

Veit seufzte und lockerte seinen Griff. »Du bist reichlich spröde, Mädchen«, knurrte er. »Ein bisschen Dankbarkeit könnte man erwarten – ohne uns wärst du noch im Wald bei Vogtsberg oder zurück in der Burg und würdest die Rute spüren.«

Madlen schluckte. Zweifellos hatte er recht. Dennoch verspürte sie Zorn darüber, dass er glaubte, sich solche Freiheiten herausnehmen zu dürfen. »Dankbar bin ich wohl«, entgegnete sie etwas weniger scharf. »Aber wenn du mich für ein liederliches Weib hältst, irrst du dich!«

»Ein Kuss macht kein liederliches Weib aus dir«, brummte Veit verdrossen. »Sei's drum, lass uns nicht streiten. Wir müssen Grethes Apotheker finden, am besten, ehe es dunkel wird.«

Sie folgten der breiten ungepflasterten Straße, die links und rechts von Häusern gesäumt war.

Die meisten waren weit davon entfernt, beindruckend und prächtig auszusehen, man konnte erahnen, dass einfache Leute hier wohnten, Weinhäcker vielleicht oder Tagelöhner. Dennoch kam Madlen aus dem Staunen nicht heraus. Nie zuvor hatte sie so viele Häuser gesehen. Je weiter sie vorankamen, desto öfter erblickte sie größere Gebäude, die Höfe wohlhabender Bürger, wie es schien. Manche waren von Mauern umgeben, Portale führten in die Innenhöfe hinein, und Madlen konnte ab und zu einen Blick durch ein geöffnetes Tor erhaschen.

Ein unangenehmer Geruch hing in der Luft, nach Dung, Unrat und zu vielen Menschen. Hin und wieder erschnupperte sie den Duft von frisch gebackenem Brot, der ihren leeren Magen knurren ließ. Um sich von ihren Gelüsten abzulenken, sog sie die Eindrücke der Stadt in sich auf.

Obwohl es bereits dämmrig wurde, herrschte auf der Straße reger Betrieb. Mägde, Knechte, Handwerker und Tagelöhner, daneben gut gekleidete Bürger, sie alle waren auf dem Weg nach Hause. Dazwischen drängten sich Menschen mit Handkarren, Berittene auf nervös tänzelnden Pferden, Ordensleute in bodenlangen Gewändern, streunende Kinder, Hunde und Kleinvieh, sogar das eine oder andere Schwein flitzte durch die Gasse.

Madlen rang nach Luft. Der Anblick so vieler Menschen raubte ihr beinahe den Atem, in ihrem Kopf begann sich alles zu drehen. War ihr damals Ochsenfurt laut und belebt vorgekommen, so war Würzburg es noch um ein Vielfaches mehr. Von Tausenden Menschen hatte Fulk gesprochen. Das war über ihre Vorstellungskraft gegangen. Nun sah sie mit eigenen Augen, dass er die Wahrheit gesagt hatte. In einem Anflug von Panik wünschte sie sich nach Vogtsberg zurück, in die gewohnte und vertraute dörfliche Abgeschiedenheit, dorthin, wo sie jeden kannte, wo jeder Neuankömmling Aufsehen erregte. Hier in der Stadt eilten die Leute an ihnen vorbei, nur selten warf jemand einen Blick auf den blonden Landsknecht mit den »zerhauenen« Hosen, wie man sie nannte, und die junge Magd in ihrem grauen Umhang.

Landsknechte waren nicht selten in der Stadt, manchmal auf der Suche nach Arbeit, häufig nach einem Wirtshaus, Wein und willigen Schankmägden. Manchmal suchten sie auch einfach Streit.

Veit zügelte das Pferd vor einem Krämerladen und rief dem Besitzer einen Gruß entgegen.

Der Krämer hob den Kopf und musterte die Fremden misstrauisch. »Was gibt es?«

»Wir suchen einen Apotheker«, erklärte Veit ungeduldig. »Meister Veltlin ist sein Name. Kannst du mir sagen, wo wir ihn finden?«

Der Mann schüttelte abweisend den Kopf und verriegelte die Fensterläden an seinem Geschäft.

Beim nächsten erging es ihnen genauso, und Madlen begann zu fürchten, dass der Apotheker fortgezogen oder vielleicht gar verstorben sein könnte. Grethe hatte ihn sicher seit Jahren nicht gesehen. In der Zwischenzeit konnte viel geschehen sein. Womöglich suchten sie nach einem Geist und alles war vergebens!

Veit fragte beharrlich weiter, und bei einem Korbmacher hatten sie endlich Erfolg.

»Was wollt ihr von ihm?«, fragte der Mann vorsichtig.

»Das geht …«, hob Veit an, doch Madlen kam ihm zuvor.

»Man sagte uns, seine Heiltränke und Salben sind die besten weit und breit!«, erklärte sie und schenkte dem Korbmacher ein unschuldiges Lächeln. »Mein … Gefährte hier erhofft sich Linderung für ein hartnäckiges Leiden.«

Der Blick des Mannes huschte von Veit zu Madlen und zurück. Veit machte ein verdrossenes Gesicht und schwieg.

»Der Meister hat seinen Laden in der Sterngasse, nicht weit vom Dom.« Noch immer sah der Mann etwas argwöhnisch drein. »Er hat einen guten Ruf. Ich hoffe, ich muss nicht bereuen, dass ich euch zu ihm geschickt habe …«

»Gewiss nicht, Meister«, beeilte Madlen sich, ihn zu beruhigen. »Habt Dank für Eure Hilfe und einen gesegneten Abend!«

Als der Korbmacher außer Hörweite war, gab Veit ein verärgertes Schnauben von sich.

»Der Kerl wird denken, ich hätte die Franzosenkrankheit«, brummte er. Als Madlen ihn verwirrt ansah, fügte er hinzu: »Grundgütiger, man könnte meinen, wir hätten dich aus einem Nonnenkloster geholt, Mädchen. Weißt du denn gar nichts von der Welt?« Er schüttelte verständnislos den Kopf. »Ihr Dörfler seid wahrlich ein unwissendes Volk! Die Franzosenkrankheit holt man sich bei den liederlichen Weibern – wie du sie nennst –, und manch einer verreckt jämmerlich daran! Gottlob hab ich sie mir bislang nicht eingefangen …« Er nahm einen Arm von Madlen, um sich zu bekreuzigen.

Vielleicht solltest du künftig darauf verzichten, bei den liederlichen Weibern zu liegen, schoss es Madlen durch den Kopf, aber sie behielt die Worte für sich.

Die Straße öffnete sich zu einem Platz und vor ihnen tauchte das größte Gotteshaus auf, das Madlen je gesehen hatte. Mit aufgerissenen Augen starrte sie auf das beeindruckende Kirchengebäude, das den Platz beherrschte. Vier hohe, spitze Türme reckten sich in den Abendhimmel, die goldenen Sonnenstrahlen ließen die grauen Schieferdächer erglänzen. Sie hatten sich dem Dom von der östlichen Seite genähert und so wölbte sich ihnen der Chor entgegen, flankiert von zweien der schlanken Türmen. Dahinter breitete sich das mächtige Querschiff aus, an das sich ein Anbau anschloss, vermutlich beherbergte er ein Kloster.

Madlen legte den Kopf in den Nacken und folgte der Linie der Türme mit den Augen. Es kam ihr vor, als wollten sich die Spitzen geradewegs in den Himmel bohren.

Veit schien ebenfalls beeindruckt, er zügelte das Pferd und verharrte eine Weile in schweigender Betrachtung des Bauwerks.

Als die Glocken zu läuten begannen, fuhr Madlen heftig zusammen und Veit packte sie fester, als fürchte er, sie würde vom Pferd fallen. »Es läutet zur achten Stunde«, murmelte er. »Die Leute werden ermahnt, nach Hause zu gehen, ehe es dunkel ist. Wir müssen uns beeilen, deinen Apotheker zu finden.«

»Sollten wir nicht auf den Hauptmann und den Welschen warten?«, fragte Madlen verwirrt. »Am Seitenportal des Doms hast du ihnen gesagt?« Die Aussicht, mit Veit allein nach dem Apotheker zu suchen, war ihr unangenehm.

»Der Apotheker wird nach Einbruch der Dunkelheit keinem Fremden mehr öffnen, wenn er vernünftig ist«, versetzte Veit und trieb sein Pferd an.

»Ich möchte auf den Hauptmann warten«, beharrte Madlen, selbst überrascht von ihrem Eigensinn. Sie blickte über die Schulter und sah, dass Veit die Stirn runzelte.

»Wer weiß, ob sie ihn einlassen!«, gab er zurück. »Und was soll ich dann heute Nacht mit dir anfangen? Die Scharwächter würden dich aufgreifen und mitnehmen, das willst du gewiss nicht!«

Er hatte recht. Bei seinen Worten verspürte Madlen ein unruhiges Ziehen im Magen. Dennoch sagte sie: »Bitte lass uns warten. Nur ein wenig.«

»Was für ein dickköpfiges Weibsbild du bist!«, sagte er kopfschüttelnd. »Mir scheint, du vermisst die Gesellschaft des Hauptmanns! Dann warten wir eben. Sag nicht, ich hätte dich nicht gewarnt …«

Madlen drückte sich hinter Veit eng an die Holztür des Seitenportals. Es war inzwischen dunkel, in den Fenstern der umliegenden Häuser schimmerte Lichtschein auf, vereinzelt wurden Laternen entzündet.

Allmählich wurde ihr bewusst, dass Veit recht gehabt hatte, und sie bereute ihre Starrköpfigkeit. Fulk und der Welsche waren nicht aufgetaucht, stattdessen hörte sie den fernen Ruf eines Nachtwächters. Anständige Frauen trieben sich nicht bei Dunkelheit in den Gassen der Stadt herum, sie waren längst zu Hause, kümmerten sich um Mann und Kinder und sorgten für das Nachtmahl.

Natürlich war Madlen nicht der Inbegriff einer anständigen Frau, nicht nach dem, was in den vergangenen Stunden geschehen war. Dennoch wollte sie nicht auf eine Stufe gestellt werden mit den Dirnen, die bei den Schenken oder schäbigen Gasthöfen herumlungerten und den Männern schöne Augen machten.

Sie zog ihren Mantel enger um ihre Schultern und betrachtete Veits breiten Rücken. Er lehnte an der Mauer des Portals, sodass seine Gestalt Madlen vor neugierigen Blicken verdeckte. Wenn bald ein Nachtwächter oder Büttel des Weges kam, würde ihnen das jedoch nicht viel nützen.

Madlen holte Luft und sagte: »Es tut mir leid. Du hattest recht, und ich bringe dich in Gefahr …«

Veit wandte sich halb um und zu ihrer Verwunderung entdeckte sie ein Grinsen auf seinem bärtigen Gesicht.

»Du irrst dich«, sagte er und trat beiseite, um den Blick auf den Platz freizugeben.

Zwei Reiter kamen näher. Madlens Herz tat einen Sprung.

»Du hast uns lang warten lassen, Hauptmann«, begrüßte Veit seine beiden Kameraden.

Fulk schwang sich aus dem Sattel und trat auf sie zu.

Madlen konnte nicht verhindern, dass sich ein erleichtertes Lächeln auf ihrem Gesicht ausbreitete. Sie sah das Aufblitzen seiner Zähne in dem dunklen Bart, ehe er sich seinen Gefährten zuwandte.

»Sucht einen Stall für die Pferde«, sagte er. »Dann wartet auf mich in der Schenke in der Büttnergasse, oberhalb des Spiegeltors … Veit, du kennst sie, nicht wahr?« Als Veit nickte, fuhr er fort: »Ich kümmere mich um das Mädchen und den Apotheker.«

Madlen mühte sich, das Lächeln zu unterdrücken, was ihr schlecht gelang.

»Du findest den Apotheker in der Sterngasse«, erklärte Veit mit einem Seitenblick auf Madlen. »Wir haben uns bereits erkundigt.«

Fulk zog die Augenbrauen hoch. »Umso besser. Lasst uns keine Zeit mehr verlieren.«

Er drückte Veit die Zügel des Rappen in die Hand und wandte sich Madlen zu. Zu ihrer Überraschung bot er ihr den Arm, wie es ein Ritter bei einer Dame tun würde, und sie nahm ihn.

Sie überquerten den Platz neben dem Dom, und Madlen war sich seiner körperlichen Nähe so sehr bewusst, wie sie es auf dem Ritt durch Wald und Flur gewesen war, doch sie spürte keinen Widerwillen. Im Gegenteil, nach dem nervenaufreibenden Warten war seine Gegenwart tröstlich. Noch nie hatte ihr jemand auf diese Weise Geleit angeboten. Sie fühlte sich gleichermaßen verwirrt und geschmeichelt.

»Wisst Ihr den Weg?«, fragte sie, um sich von ihren Überlegungen abzulenken.

»Ungefähr«, antwortete Fulk trocken.

Sie warf ihm einen überraschten Blick zu. »Ihr wart schon häufiger in Würzburg?«

»Das eine oder andere Mal.« Seine Augen funkelten. »Aber ich hatte bislang nie Anlass, einen Apotheker aufzusuchen.«

Madlen sah zu Boden und spürte, wie ihre Wangen sich röteten, als sie sich an das Gespräch mit Veit über die Franzosenkrankheit erinnerte … und über die liederlichen Weiber. Ganz gewiss wusste der Mann neben ihr mehr über diese Weiber und wo sie zu finden waren als über den Laden eines Apothekers. Ungewollt stieg die Vorstellung in ihr auf, wie er bei einer dieser Frauen lag, und sie musste schlucken.

»Ich werde dich sicher abliefern, keine Angst«, sagte er.

Hatte sie seinen Arm fester gepackt? Sie nickte stumm.

Ein älteres Paar kam ihnen raschen Schrittes entgegen, die Frau musterte sie im Vorbeigehen prüfend. Madlen war froh über die Dunkelheit, die Fulks abgetragene Kleidung verbarg, seine Narbe und seine Waffen waren allerdings gut sichtbar. Was die Leute wohl dachten? Ein umherziehender Kriegsmann und seine Metze? Merkwürdigerweise fühlte sie keine Scham, sie hatte vielmehr das Gefühl, während ihrer Reise hinter seine abschreckende Fassade geschaut zu haben. Was sie dort gesehen hatte, war weit weniger furchterregend. Sie griff seinen Arm fester. Er war ein guter Mann. Sie hatte genug schlechte Männer getroffen, um das zu erkennen.

»Da ist es.« Fulks Stimme holte sie aus ihren Grübeleien und sie sah auf.

Sie standen vor einem schmalen Fachwerkhaus mit einem Erker, der über dem hölzernen Eingangstor auf die Gasse hinausragte. Eine herabhängende Laterne brannte flackernd, sodass man das Schild über der Tür erkennen konnte. Es zeigte einen goldenen Stern.

»Die Sternenapotheke?« Sie blickte Fulk fragend an und er nickte.

Das Fenster neben der Tür war bereits mit einem Fensterladen verbarrikadiert, doch hinter den Butzenglasscheiben im Obergeschoss schimmerte Licht. Fulk trat vor und klopfte gegen die Tür, erst einmal, dann mehrmals und lauter. So laut, dass hinter ihnen eine Stimme schimpfte: »Was ist das für ein Lärm? Sollen wir die Büttel rufen?«

Madlen fuhr herum. Aus einem geöffneten Fenster beugte sich eine Frau heraus und im selben Moment öffnete sich vor ihnen die Tür. Ein dunkelhaariger junger Mann in Arbeitskittel und Kniehosen stand vor ihnen und machte ein missmutiges Gesicht. Bei Fulks Anblick weiteten sich seine Augen, der Ärger wich dem Erschrecken. Dennoch sagte er trotzig: »Kommt morgen wieder. Der Laden ist geschlossen.«

»Wir müssen Meister Veltlin sprechen«, sagte Fulk. Er streckte den Arm nach Madlen aus, um sie näher heranzuholen. Der Ausdruck im Gesicht des jungen Mannes veränderte sich. Er bedachte Madlen mit einem verächtlichen Blick.

»Wenn du glaubst, dass der Meister deiner Metze hilft, ein ungewolltes Balg loszuwerden, liegst du falsch! Derlei Mittel verkauft er nicht«, sagte er zu Fulk.

Madlen erstarrte. Doch als sie merkte, wie Fulk neben ihr scharf den Atem einzog und sich anspannte, griff sie hastig nach seinem Arm.

»Nicht, Fulk!«

Fulk fuhr herum, und sie bemerkte, dass sie ihn mit seinem Namen angesprochen hatte ... zum ersten Mal.

»Nicht!«, sagte sie abermals, sanfter, und wollte sich zu dem jungen Mann drehen.

Der aber hatte die Gelegenheit erkannt und versuchte, ihnen die Tür vor der Nase zuzuschlagen. Fulk war schneller. Sein Bein schoss nach vorn, der Stiefel schob sich zwischen Tür und Rahmen. Der junge Mann riss erschrocken die Augen auf.

Madlen grub ihre Finger in Fulks Oberarm und schob sich näher an ihn heran. Sie hörte das Klappen einer Tür im Obergeschoss und handelte, ohne nachzudenken.

»Bitte hol Meister Veltlin«, sagte sie lauter, als es erforderlich gewesen wäre. »Es ist wichtig. Sag ihm, dass Margaretha Seiler uns schickt.«

Der junge Mann und Fulk sahen sie verwundert an. Ein paar Herzschläge lang herrschte Stille. Dann erklang eine Stimme aus dem oberen Stockwerk.

»Lass sie ein, Christoph!«

Kapitel 14

Der Mann, der sie in der schlichten holzgetäfelten Stube im Obergeschoss empfing, war alt und gebeugt, einige wenige schlohweiße Haare umkränzten sein ansonsten kahles Haupt. Seine stahlblauen Augen jedoch waren noch nicht vom Alter getrübt, scharf und klar richtete er sie auf Madlen.

Sie schluckte bei dem Gedanken daran, welchen Anblick sie dem Mann boten: zwei Fremde – ein junges Weib im Gewand einer Magd an der Seite eines heruntergekommenen, aber gefährlich aussehenden Kriegers. Jeder anständige Bürger hätte sie davongejagt.

Madlen verspürte einen Anflug von Panik, da sie nicht darüber nachgedacht hatte, wie sie den Apotheker dazu bewegen sollte, sie bei sich aufzunehmen. Dass man ihr ein Wechselbalg angedichtet und sie als Hexe verdächtigt hatte, waren vermutlich keine Dinge, die ihn gnädig stimmen würden. »Habt Dank, dass Ihr uns anhört«, sagte sie hastig und knickste unbeholfen. »Und verzeiht die späte Stunde, doch wir … ich brauche Eure Hilfe.« Sie suchte nach Worten, bis der Apotheker sie unterbrach.

»Mein Geselle hat euch bereits gesagt, dass es bei mir keine Tränklein oder Kräuter gibt, mit denen eine Frau sich ihrer Leibesfrucht entledigen kann«, sagte er warnend. »Auch nicht, wenn Margaretha euch schickt. Dennoch wüsste ich gerne, in welcher Beziehung ihr zu ihr steht.«

Madlen starrte ihn erschrocken an. »Aber nein … ich bin nicht …«, stammelte sie und brach ab, als sie den Druck von Fulks Hand an ihrer Schulter spürte.

»Tatsächlich irrt Ihr, Meister Veltlin«, sagte der Placker mit ruhiger Stimme. »Grethe bat mich, diese junge Frau sicher zu Euch zu bringen. Sie steht ihr sehr nahe. Und Ihr könnt gewiss sein, sie trägt kein Kind unter dem Herzen, weder von mir noch von einem anderen.«

Konrad Veltlin musterte den Landsknecht. Fulk war schwerlich ein Mann, der auf den ersten Blick vertrauenerweckend wirkte.

Zu Madlens Überraschung nickte der alte Mann.

»Nehmt Platz«, lud er sie bedächtig ein. »Ihr habt gewiss eine Geschichte zu erzählen.«

Madlen fand sich an Fulks Seite auf der hölzernen Eckbank neben dem Kachelofen wieder, während Veltlins Geselle Christoph ihnen mit mürrischer Miene die Becher mit Wein füllte und einen Teller mit Brot und Käse auf den Tisch stellte. Der Meister dankte ihm mit einem kurzen Nicken. »Lass uns allein, Christoph.«

Der junge Mann runzelte die Stirn. »Seid Ihr sicher, Meister? Ihr kennt diese Leute nicht ...« Sein Gesichtsausdruck verriet, dass er damit rechnete, im nächsten Moment ausgeraubt zu werden.

Der alte Mann lächelte milde. »Ich bin mir sicher, Christoph. Nun geh.«

Christoph schien nicht überzeugt, aber die Stimme des Meisters duldete keinen Widerspruch, und so zog er sich mit einem kurzen Neigen des Kopfes zurück, seine Schritte verklangen auf der Holztreppe.

Veltlin hob seinen Becher und ermunterte seine Besucher, es ihm gleichzutun. Über den Becherrand hinweg betrachtete er Madlen mit ernster Miene. Seine Stimme klang nicht unfreundlich, als er sagte: »Nun, ich bin gespannt, was du zu erzählen hast, junge Frau.«

Madlen nahm einen kleinen Schluck. Ihre Hand mit dem Becher zitterte, und sie stellte ihn rasch zurück auf den Tisch. Fulk neben ihr schien vollkommen entspannt. Er hatte seine langen Beine unter dem Tisch ausgestreckt, trank mit Genuss und nahm sich Brot und Käse. Dabei streifte seine Hand die von Madlen und sie verstand die Aufforderung.

Es war an ihr zu erzählen. Wie viel sollte sie preisgeben? Sie schaute unsicher zu Fulk. Was wusste der Placker? Was hatte Grethe ihm erzählt? Natürlich war es müßig, jetzt darüber nachzugrübeln. Meister Veltlin wartete. Ihr blieb keine Zeit.

»Mein Name ist Magdalena, Herr. Magdalena Böckler«, begann sie zögernd. »Ich bin … das heißt, ich war Küchenmagd auf der Burg Vogtsberg … und Ihr sollt wissen, dass ich nichts Unrechtes getan habe.« Madlen verdrängte die Stimme in ihrem Innern, die ihr vorwarf, dass ihre Flucht sehr wohl ein Unrecht war. Sie hielt den Blick gesenkt, ihren Becher mit beiden Händen umklammert und erzählte, erst langsam, dann immer offener. Von der Geburt ihres toten Kindes, von Grethe, die ihr beigestanden hatte, von dem bösen Gerede über den Wechselbalg, von der Befragung durch die Burgherrin und den Kaplan, von ihrer Angst und davon, wie sie zu Grethe geflüchtet war.

Von den Plackern, die sie dort erwartet hatten, sagte sie nichts, ebenso wenig von dem Kampf an der Scheune. Sie fühlte die Blicke der Männer, die auf ihr ruhten, doch keiner von beiden unterbrach sie. »Grethe meinte, ich wäre auf der Burg nicht mehr sicher, und schickte mich hierher, nach Würzburg. Sie hoffte, dass Ihr mir Zuflucht gewährt …«, schloss sie.

Stille folgte ihren Worten.

Fulk hatte sich nach vorn gebeugt und die Ellenbogen auf den Tisch gestützt. Es war unmöglich zu sagen, ob er die Geschichte bereits gekannt hatte und ob er sie glaubte. Aber viel wichtiger war, was Konrad Veltlin davon hielt. Sie sah in das Gesicht des alten Mannes, der sich versonnen den Bart zupfte.

Schließlich fragte er: »Demnach bist du eine Entlaufene, sehe ich das richtig?«

Madlens Hände krampften sich um den Becher. »Ja, Herr«, erwiderte sie tonlos.

»Hm.« Veltlin wiegte nachdenklich den Kopf. »Und Ihr, Landsknecht, wo kommt Ihr ins Spiel?«

»Ich brachte sie hierher«, erwiderte Fulk knapp.

»Das sehe ich.« Veltlin zog die Brauen hoch.

Fulk zuckte die Achseln und nahm einen Schluck aus seinem Becher. »Grethe bat uns darum«, sagte er trocken. »Mein Weggefährte Veit ist der Sohn ihrer Schwester. Daher rasteten wir an ihrem Haus.«

»Und wer seid Ihr, wenn ich fragen darf?« Der Apotheker ließ sich nicht so leicht abspeisen.

Fulks Mundwinkel verzogen sich zu einem Schmunzeln. »Reisende«, gab er einsilbig zurück.

»Reisende Landsknechte«, stellte der alte Mann fest. »In wessen Diensten?«

Fulks Augen wurden schmal. »Wie das so ist bei uns Landsknechten«, erklärte er. »In den Diensten dessen, der uns am besten entlohnt. Nur müssen wir denjenigen noch finden.« Er sah Veltlin herausfordernd an.

»Mit Verlaub: Ihr sprecht nicht wie ein gewöhnlicher Landsknecht«, versetzte der Apotheker. »Ihr seid ein Mann von Adel, möchte ich wetten.«

»Und Ihr, Meister Veltlin, seid ein Mann mit guter Beobachtungsgabe«, gab Fulk zurück, und Madlen fragte sich, ob der Apotheker die scharfe Note hinter den lässig hingeworfenen Worten hörte.

Sie blickte angespannt von dem alten zu dem jüngeren Mann, und ohne lange nachzudenken, legte sie ihre Hand auf die von Fulk, sanft und nur für einen kurzen Moment. Es genügte, dass er herumfuhr. In seinem Gesicht las sie Verwunderung.

An den Apotheker gerichtet sagte sie mit fester Stimme: »Dieser Mann gab Grethe sein Wort und er brachte mich sicher hierher. Er hat mich beschützt, als wir angegriffen wurden. Mehr brauche ich nicht von ihm zu wissen.«

Konrad Veltlin betrachtete sie grübelnd, ehe er einen Schluck aus seinem Weinbecher nahm. »Ihr wisst, dass es unter Strafe steht, entlaufene Leibeigene zu verstecken«, sagte er. »Wenn jemand dich bei mir findet …«

»… könnt Ihr sagen, Ihr hättet es nicht gewusst«, warf Fulk ein. »Sie hätte es Euch nicht gesagt. Ihr seid ein ehrbarer Mann, man wird Euch Glauben schenken.« Er sah zu Madlen. »Ohnehin ist es unwahrscheinlich, dass jemand sie in Würzburg suchen wird. Vogtsberg ist mehr als einen halben Tagesritt entfernt. So wichtig ist sie nicht, dass der Burgherr Männer bis hierher schicken würde.«

Madlen starrte ihn an. Fulk mochte recht haben. Aber vielleicht war Eberlin dem Burgherrn so wichtig, dass er nach seinem Mörder suchen lassen würde.

Der alte Mann legte die Fingerspitzen aneinander. »Ich kann nicht sagen, ob ihr mich belügt oder die Wahrheit sprecht, doch in meinem Leben habe ich gelernt, dass man manchmal keine andere Wahl hat, als auf seine Gefühle zu vertrauen, wie es die Tiere tun.« Auf seinem zerfurchten Gesicht erschien ein mildes Lächeln. »Ich werde dich nicht fortschicken, Mädchen. Wie es der Zufall will, ist meine alte Magd vor wenigen Wochen an einem Fieber gestorben. Ich kann jemanden brauchen, der mir den Haushalt führt. Wenn du Küchenmagd warst, wirst du mir sicher von Nutzen sein.«

Madlens Herz begann, vor Freude schneller zu schlagen. Einen Moment lang fühlte sie sich beinah schwindelig vor

Erleichterung. Sie öffnete den Mund, um etwas zu sagen, aber Veltlin winkte ab und wandte sich stattdessen dem Placker zu.

»Ihr könnt gewiss sein, dass Euer … Schützling … hier gut aufgehoben ist«, sagte er ruhig, aber in seiner Stimme schwang noch etwas anderes mit, eine verborgene Aufforderung, und Fulk verstand.

Er leerte seinen Weinbecher und erhob sich. »Ich werde mich nun verabschieden. Ihr seid ein gütiger Mann, Meister Veltlin«, sagte er. »Grethe wusste das.«

Der Ausdruck im Gesicht des Apothekers veränderte sich für einen winzigen Moment.

Fulks Blick suchte den von Madlen, und er nickte ihr zu, ehe er zur Tür trat. »Leb wohl, Mädchen.«

Ein dicker Kloß hatte sich in Madlens Kehle gebildet. Sie hätte etwas sagen sollen, ihm danken, aber irgendwie schien ihr das nicht genug, und deshalb schwieg sie.

Stumm und hilflos sah sie ihm nach, als er sich bückte, um durch die niedrige Tür der Stube hinauszugehen.

»Sieh mich nicht so verschreckt an, Bursche, dein Meister ist noch gesund und munter!«, hörte Madlen ihn spöttisch sagen und wusste, dass er mit Christoph sprach.

»Willst du ihm nicht Lebwohl sagen?«, fragte der Apotheker, der sie offenbar beobachtet hatte.

Madlens Starre löste sich. »Ja!« Sie sprang auf und stieß dabei ihren Becher um. Der Rest des roten Weines rann über die Tischplatte. »Verzeiht! Ich werde das sogleich …«

Veltlin schüttelte den Kopf. Draußen verklangen Fulks Schritte auf der knarrenden Treppe.

»Wenn du dem Landsknecht etwas sagen willst, solltest du dich beeilen, Magdalena, sonst ist er fort.«

Sie hastete hinaus und wäre um ein Haar mit Christoph zusammengestoßen, der sie verärgert anstarrte. Unten schlug die Tür zu. Sie ließ den jungen Mann stehen, raffte ihren Rock und lief hinunter. Es war draußen vollkommen dunkel, einzig die Laterne am Eingang spendete einen schwachen Lichtschein. In diesem Licht stand der Placker mit dem Rücken zu ihr, den Blick zum Nachthimmel erhoben.

»Wonach sucht Ihr dort oben? Nach einem Stern, der Euch den Weg weist?«

Fulk fuhr herum; als er Madlen erblickte, hellte sich seine Miene auf. »Hat dir schon mal jemand gesagt, dass du für eine Magd ein recht vorlautes Mundwerk hast, Mädchen?« Das belustigte Funkeln seiner Augen nahm seinen Worten die Härte.

»Habe ich Euch gesagt, dass ich auch einen Namen habe?«, entgegnete sie.

Er grinste. »Madlen«, sagte er langsam, als ließe er den Namen auf seiner Zunge zergehen. Dann kehrte der gewohnte Spott in seine Stimme zurück. »Nun, Madlen, was gibt es noch?«

Sie ignorierte den spöttischen Klang. »Ich habe versäumt, Euch zu danken, Fulk von Weilingen.«

Er setzte zu einer Antwort an, verstummte jedoch, als sie die Hand hob und sie sanft auf seine unversehrte Wange legte. »Ihr seid ein guter Mann. Gott möge Euch auf Eurem Weg behüten, wo immer er Euch hinführt.«

Fulk erstarrte unter der Berührung. Das Licht der Laterne malte Schatten auf sein vernarbtes Antlitz, und Madlen sah, dass es einen anderen Ausdruck trug … weder Spott noch Verwunderung, stattdessen etwas Tiefergehendes, Schmerzliches.

Verlegen zog sie ihre Hand zurück. »Lebt wohl!«, murmelte sie, aber als sie sich zur Tür wandte, hielt er ihren Arm fest.

»Gott hat vor langer Zeit aufgehört, mich zu behüten«, sagte er rau. »Und ich habe aufgehört, mich nach seinen Geboten zu richten. Damit sind wir quitt, findest du nicht?«

Madlen sah ihn betroffen an. »Wie könnt Ihr so etwas sagen!«, brach es aus ihr heraus, aber er schüttelte nur müde den Kopf. »Ich bin kein guter Mann, Madlen.«

Mit diesen Worten beugte er sich zu ihr herunter, und für einen Augenblick verkrampfte sie sich, denn sie befürchtete, er wollte sie küssen. Doch er drückte nur zart die Lippen auf ihre Stirn, wie man es bei einem Kind tat. Ihre Haut kribbelte, und für einen Moment schloss sie die Lider. Als sie sie wieder öffnete, sah sie seinen Rücken, der in der Dunkelheit der Gasse verschwand.

Madlens Beine waren schwer, als sie die Treppe ins Obergeschoss hinaufstieg. Sie fühlte sich müde und zugleich aufgeregt, wohl wissend, dass sie im Begriff war, ein neues Leben zu beginnen. Der Apotheker hatte sie aufgenommen. Grethe hatte recht behalten.

Sie schickte ein stummes Gebet für die alte Frau gen Himmel. Die Sorge darüber, was in Vogtsberg geschehen sein mochte, als man ihre Flucht bemerkt hatte, legte sich mit einem Mal schwer auf ihre Seele. Wenn Grethe und dem Jungen etwas zugestoßen war, würde sie sich das nie verzeihen.

Aus der Stube im Obergeschoss drangen Stimmen und rissen sie aus ihren Gedanken.

»Das kann nicht Euer Ernst sein, Meister!« Es war Christoph, der sprach, und Empörung klang aus seinen Worten. »Ihr wollt die Metze dieses Kriegsknechts in Eurem Haus aufnehmen?«

»Mäßige dich, Christoph!«, erwiderte Konrad Veltlin mit strenger, aber ruhiger Stimme. »Es steht dir nicht zu, meine Entscheidungen infrage zu stellen.«

»Meister …« Christophs Protest erstarb, als Madlen die Tür zur Stube öffnete.

Das Herz schlug ihr bis zum Hals, doch sie sah dem jungen Mann trotzig ins Gesicht. »Ich bin nicht seine Metze!«, erklärte sie mit bebender Stimme.

Christophs Gesicht war rot, eine Zornesfalte hatte sich zwischen seine Augenbrauen gegraben. »Was solltest du sonst sein?«, schnappte er. »Weiber von deiner Sorte gibt es genug … ziehen mit den Landsknechten durch die Gegend und …«

»Genug jetzt!« Konrad Veltlin stemmte sich aus seinem Stuhl hoch. Seines hohen Alters und seiner geringen Körpergröße zum Trotz strahlte er eine solche Autorität aus, dass der junge Mann verstummte und den Kopf senkte. »Dies ist noch immer mein Haus, und ich treffe hier die Entscheidungen. Magdalena wird hierbleiben als unsere neue Magd.«

Madlen sah, dass Christophs Gesicht einen noch dunkleren Rotton annahm, dennoch blieb er stumm.

»Bring sie hinauf in Annas Kammer«, sprach der Apotheker weiter. »Ich werde mich zur Ruhe begeben, es war ein langer Tag.« Er richtete seinen Blick auf Madlen, einen freundlichen und zugleich mahnenden Blick, den sie verstand: Er gab ihr eine Chance, doch falls sie ihn täuschte, würde ihm das nicht entgehen.

Madlen bekümmerte das nicht. Sie war vielmehr erleichtert, keinen verwirrten Greis vorgefunden zu haben, sondern einen alten Mann mit scharfem Verstand. Sie würde alles tun, um sein Vertrauen und seine Großzügigkeit zu verdienen.

Was sie beunruhigte, war die Feindseligkeit, die ihr aus Christophs Augen entgegenblitzte. Sie wollte keinen Feind … alles, wonach sie sich sehnte, war ein wenig Frieden und Sicherheit. Sie unterdrückte den Drang, den Gesellen anzulächeln, weil sie wusste, dass er es nur als ein Lächeln des Triumphs gedeutet hätte.

Schweigend folgte sie ihm, als er die Treppe ins Dachgeschoss emporstieg und sie in eine enge Kammer führte. Im schwachen Licht einer Kerzenlampe konnte sie eine schmale Bettstatt, ein Tischchen und eine Truhe erkennen. Es gab ein kleines Fenster, das von einem Laden verschlossen wurde.

Christoph hielt ihr die Lampe vor die Nase, sodass sie von der Kerzenflamme geblendet wurde und ihn nicht sehen konnte. »Ich weiß nicht, was ihr ihm erzählt habt, du und der Kriegsknecht«, zischte er, »aber ich kann dir versichern, ich werde achtsam sein. Und wenn du auch nur einen Pfennig oder einen schrumpeligen Apfel an dich nimmst, wirst du es bitter bereuen, Metze!«

Die giftigen Worte ließen Madlens Kehle eng werden, gleichzeitig fühlte sie, wie der Zorn in ihr aufstieg ... der gleiche Zorn, den sie empfunden hatte, als die Herrin und der Kaplan sie befragt hatten und der Kaufmann sie begrapscht hatte. Dieser Zorn ließ sie den Arm mit der Lampe beiseiteschieben, sodass sie dem jungen Mann ins Gesicht schauen konnte. »Dem Himmel sei Dank, dass dein Meister bei klarem Verstand ist, denn du scheinst es nicht zu sein!«, fauchte sie. »Ich bin keine Metze. Wag es nicht noch einmal, mich so zu nennen! Ich werde dem Herrn eine gute Magd sein, du wirst sehen. Drum halte deine böse Zunge im Zaum, Bursche!«

Seine Augen weiteten sich, erschrocken über ihre Dreistigkeit. Er öffnete den Mund, um etwas zu sagen, schloss ihn jedoch gleich wieder. Mit einem wütenden Schnauben drängte er sich an Madlen vorbei durch die Tür und stapfte die Stiege hinunter.

Madlen blieb im Dunkeln zurück. Es störte sie nicht, sie hatte genug gesehen, um sich in der Kammer notdürftig orientieren zu können. Behutsam tastete sie sich zu dem Tischlein, auf dem eine Kerze stand, daneben lagen Zunderbüchse und Feuerstein. Oft genug hatte sie auf der Burg im Dunkeln damit hantiert, und es dauerte nicht lang, bis die Kerze brannte und sie sich in ihrem neuen Zuhause umsehen konnte.

Eine Kammer allein für sich – solchen Luxus hatte sie nie gehabt. In der Kate ihrer Tante, wo sie aufgewachsen war, hatten sich vier Kinder ein Bett geteilt, und in der Gesindekammer der Burg hatte die alte Mechthild mit Madlen auf der Pritsche geschlafen.

Die Dachkammer war eng und roch nach Holz und Moder, auf dem Bett lag eine ordentliche Matratze und eine Wolldecke darauf. Der Anblick erinnerte Madlen daran, dass sie seit zwei Tagen kaum geschlafen hatte. Zuletzt in der Scheune … wo Fulk neben ihr gewacht hatte. Sie verspürte ein schmerzliches Ziehen in der Brust, fast so, als würde sie den Mann vermissen. Um sich abzulenken, fasste sie nach dem Riegel des Fensterladens und schob ihn zurück. Hier oben gab es im Gegensatz zu den unteren Stockwerken kein Fensterglas, und die frische Nachtluft umwehte sie. Wenn sie sich auf die Zehenspitzen stellte, konnte sie hinunter auf die Gasse schauen, wo der Lichtschein der Laterne schimmerte.

Die Gasse war menschenleer.

Hatte sie erwartet, den Placker dort unten zu entdecken? Wie töricht sie war!

Entschlossen zog sie den Fensterladen zu. Von heute an begann ein neues Leben für sie, und die Begegnung mit Fulk von Weilingen war eine Episode, die bald in Vergessenheit geraten würde. Zumindest hoffte sie das.

Kapitel 15

Madlen erwachte beim Morgengrauen. Zuerst wusste sie nicht, wo sie war, aber als sich ihre Augen ein wenig an das Dämmerlicht gewöhnt hatten, kehrte die Erinnerung zurück. Sie war in Würzburg, im Haus von Meister Veltlin.

Von draußen klang zaghaftes Vogelgezwitscher herein, irgendwo krähte ein Hahn. Im Haus war es still. Gerne hätte sie sich noch ein Weilchen unter der Decke verkrochen, doch wenn sie eine gute Magd sein wollte, durfte sie nicht den Anschein von Faulheit erwecken.

Rasch kleidete sie sich an, flocht ihr Haar zu zwei dicken Zöpfen und verbarg es unter ihrer Haube. Gerne hätte sie sich Gesicht und Hände gewaschen, aber der Waschkrug, den sie in der Ecke fand, war leer. Sie musste nach einem Brunnen suchen, vielleicht gab es einen im Hof. Gestern Abend hatte sie nicht auf solche Dinge geachtet.

Ihr wurde bewusst, dass sie sich zum ersten Mal in ihrem Leben in einer Umgebung befand, die ihr völlig fremd war. Sie wusste nichts über dieses Haus und ebenso wenig über diese Stadt, abgesehen von dem wenigen, das sie gestern auf dem Weg hierher gesehen hatte. Sie kannte niemanden außer dem Meister und Christoph. Ein beklommenes Gefühl breitete sich in ihr aus. Entschlossen schüttelte sie es ab und machte sich auf den Weg nach unten.

Als sie leise die Tür zur Küche öffnete, die sich, wie sie vermutet hatte, im Erdgeschoss befand, direkt neben dem kleinen Eingangsbereich, drang ein Geräusch an ihr Ohr. Sie schob die Tür ganz auf und blickte auf den Rücken eines Jungen, der vor dem Herd kniete und damit beschäftigt war, das Feuer anzufachen. Er war so in seine Aufgabe vertieft, dass er Madlens leise Schritte nicht gehört hatte.

»Guten Morgen«, sagte sie vorsichtig, um ihn nicht zu erschrecken.

Vergebens. Der Junge fuhr herum, das Holzscheit, das er gehalten hatte, entglitt ihm und fiel mit einem Poltern auf den Dielenboden.

»Gütige Maria!«, stammelte der Junge und starrte Madlen aus weit aufgerissenen Augen an. Er war kaum dem Knabenalter entwachsen, dreizehn oder vierzehn vielleicht, soweit Madlen das im dämmrigen Licht erkennen konnte. »Gütige Maria«, wiederholte er und bekreuzigte sich hastig.

Im grauen Morgenlicht musste ihre unscharf erkennbare Gestalt im Türrahmen auf den Jungen wirken wie eine Geistererscheinung. Entschlossen trat Madlen auf den Küchentisch zu, auf dem eine schwach flackernde Kerzenlampe stand. Sie hob das Licht zu ihrem Gesicht, damit der Junge sie besser sehen konnte.

»Verzeih, wenn ich dich erschreckt habe«, sagte sie ruhig. »Ich bin die neue Magd.«

Der Mund des Jungen klappte auf und wieder zu.

»Ich heiße Madlen«, sagte sie und lächelte ihm aufmunternd zu.

Ihr Lächeln riss ihn aus seiner Schreckstarre. Er kam auf die Füße und betrachtete sie verwirrt. Schließlich stotterte er: »Aber wann ... seit wann ... ich habe dich nicht gesehen.«

»Ich kam gestern Abend in Würzburg an«, erklärte Madlen wahrheitsgemäß. »Bist du der Küchenjunge?«

Er runzelte die Stirn. »Nein.« Er klang entrüstet. »So etwas gibt's hier nicht. Ich bin der Lehrbube von Meister Veltlin. Er hat mir gestern einen freien Abend gegeben, deshalb muss ich dich verpasst haben ...« Nach einer kurzen Pause fügte er hinzu: »Seit die alte Anna gestorben ist, schür ich an und bereite das Frühstück für den Meister und Christoph.«

»Na siehst du, das werde von nun an ich übernehmen«, sagte Madlen betont fröhlich.

Sie bückte sich, um das Holzscheit aufzuheben, und nahm dem Jungen den Schürhaken aus der Hand. Er ließ es geschehen, während er sie noch immer mit großen Augen anstarrte.

»Hast du einen Namen, Lehrjunge?«, wollte sie wissen.

»Barthelmess heiß ich«, antwortete er und kratzte sich verlegen am Kopf. »Aber alle sagen Barthel zu mir.«

»Darf ich's auch sagen?«

Trotz des schwachen Lichts konnte Madlen erkennen, dass er errötete. »Oh, ja natürlich, Jungfer …«

»Bitte sag Madlen zu mir«, unterbrach sie ihn.

Das Feuer hatte begonnen, munter zu flackern, und sie sah sich in der Küche um.

»Du musst mir helfen, Barthel. Ich möchte euch das Frühmahl zubereiten. Wo gibt es einen Brunnen, aus dem ich Wasser holen kann?«

Barthels Züge hellten sich auf und Madlen konnte sehen, wie die Unsicherheit von ihm abfiel und jugendlichem Eifer Platz machte.

»Der Meister hat einen eigenen Brunnen hinten im Hof, ich zeig ihn dir. Kannst du melken? Wir haben hinten zwei Ziegen, die Milch geben.«

»Natürlich kann ich melken!« Jetzt war es Madlen, die entrüstet klang. »Ich bin in einem Bauernhaus aufgewachsen.«

»Wie ich sehe, hat Barthel dich schon eingewiesen«, bemerkte Konrad Veltlin beim Morgenmahl.

Madlen konnte sehen, dass es ihm schmeckte, er füllte seine Schüssel bereits zum zweiten Mal nach. Sie hatte sich besondere Mühe gegeben, die Ziege gemolken, die Milch erwärmt und die Hirse weich kochen lassen. Am Ende hatte sie alles mit etwas Birnenmus verfeinert, das sie im Küchenvorrat entdeckt hatte.

An der Seite des Apothekers saß Christoph, der missmutig seinen Brei löffelte und es vermied, Madlen anzusehen. Eine Nacht Schlaf hatte sein Misstrauen ihr gegenüber nicht gemindert, und auch ein wohlschmeckendes Frühstück schien nichts zu bewirken. Madlen verkniff sich ein Seufzen.

Sie hatte sich zurückziehen wollen, als die Männer zu essen begannen, denn sie hatte gesehen, dass es genug zu tun gab. Der Hof musste gefegt werden, Ziegen und Hühner gefüttert, die Zimmer gelüftet und vieles mehr. Sie hätte außerdem gern die Küche durchstöbert und eine Bestandsaufnahme der Vorräte gemacht. Doch Meister Veltlin hatte darauf bestanden, dass sie sich zu ihnen setzte und gemeinsam mit ihnen das Morgenmahl einnahm. Madlen war derlei nicht gewohnt, in Vogtsberg hatte sie stets mit dem Gesinde gespeist. Verunsichert saß sie am Tisch und schob zaghaft ein paar Löffel Brei in den Mund.

Der junge Barthel neben ihr war mit dem gesunden Appetit eines Heranwachsenden gesegnet und schlang sein Frühstück hinunter, als hätte er tagelang Hunger gelitten. Im Gegensatz zum missgelaunten Christoph strahlte er über das ganze Gesicht, und Madlen entging nicht, dass seine leuchtenden Augen immer wieder auf ihr ruhten. *Zumindest einen Freund habe ich hier im Haus*, dachte sie, wenngleich sie seine offenkundige Verehrung ein wenig verwirrte.

»Ich kann sie überall herumführen, Meister – im Haus und in der Stadt, wenn Ihr erlaubt!«, bot er eifrig an.

Der Apotheker wirkte amüsiert. »Dafür wird genug Zeit sein, Barthel, denn Magdalena wird bei uns bleiben. Wenn dein Mahl beendet ist, solltest du deinen Pflichten in der Werkstatt nachkommen!« Er sah Madlen an. »Ich selbst werde Magdalena auf meinem Gang zum Markt mitnehmen. Es ist ein schöner Morgen, ein Spaziergang wird uns beiden guttun.«

Er wollte in Ruhe mit ihr sprechen, das verstand sie sogleich. Ihr Herzschlag beschleunigte sich und sie schenkte dem alten Mann ein scheues Lächeln.

Christoph erhob sich abrupt. Er fasste Barthel streng ins Auge und machte eine auffordernde Kopfbewegung zur Tür hin, woraufhin der Junge widerstrebend den Löffel sinken ließ und ebenfalls das Frühmahl beendete.

Stumm beobachtete Madlen, wie die beiden die Stube verließen. Als die Schritte auf der Treppe ins Erdgeschoss verklangen, stand sie rasch auf und räumte die Schalen und Löffel zusammen. Die Stimme des Apothekers ließ sie innehalten.

»Er wird sich an dich gewöhnen«, sagte er. »Gib ihm etwas Zeit.«

Einen Moment lang überlegte Madlen, ob sie ihm von Christophs Drohung am vergangenen Abend erzählen sollte, dann nickte sie nur. Was hätte es gebracht? Vielleicht hatte der Meister recht, und Christoph würde sich an sie gewöhnen und sie als Mitglied des Haushalts akzeptieren. Er war jung und hitzköpfig und das Zusammentreffen mit Fulk war nicht gerade harmonisch verlaufen.

Fulk.

Sie wandte sich schnell ab und trug das Geschirr hinunter in die Küche, damit Veltlin ihr Erröten nicht bemerkte. Wo Fulk wohl war und wie er die Nacht verbracht hatte? Sie schalt sich eine Närrin, weil sie überhaupt einen Gedanken an ihn verschwendete. Sie würde ihn nicht wiedersehen.

Sie ging zurück in die Stube, um die Schüssel mit dem Rest des Breis zu holen, und sah, dass der Apotheker sich ebenfalls erhoben hatte. Er war zum Fenster getreten und schaute auf die Gasse hinaus. Einen aberwitzigen Moment lang fürchtete Madlen, er hätte dort unten den Placker entdeckt. Dann sagte er: »Wenn du in der Küche fertig bist, brechen wir auf. Der Markt ist nicht weit von hier.«

Es dauerte nicht lang, bis sie zusammen auf die Gasse hinaustraten, die jetzt im Licht der Morgensonne lag. Es war warm. Die Gasse war ähnlich belebt wie die Straße gestern bei ihrer Ankunft in Würzburg, heute war Madlen allerdings in Begleitung eines offensichtlich bekannten Bürgers der Stadt. Sie spürte die neugierigen Blicke der Leute und verwünschte sich dafür, den Umhang mit der Kapuze nicht angelegt zu haben. Verlegen versuchte sie, sich einen Schritt hinter dem Apotheker zu halten und den Kopf zu senken.

Meister Veltlin erwiderte die Grüße der Vorübergehenden freundlich und blieb hin und wieder stehen, um ein paar Worte zu wechseln.

»Endlich habt Ihr Ersatz für die Anna gefunden«, konstatierte eine beleibte Dame in einem nachtblauen Gewand, deren Haupt eine etwas altmodische Kugelhaube zierte. Sie musterte Madlen prüfend, ehe sie hinzufügte: »Ein hübsches Mädchen, Meister Veltlin. Gebt acht, dass sie Euch nicht mit dem erstbesten jungen Burschen davonläuft!«

Madlen blieb der Mund offen stehen, doch sie verkniff sich eine empörte Erwiderung.

»Madlen ist ein ebenso hübsches wie kluges Mädchen«, entgegnete der Meister mit leiser Ironie. »Sie ist viel zu gescheit, um auf den Erstbesten hereinzufallen, seid gewiss, gnädige Frau.« Er tippte sich grüßend an sein Barett, ehe er seinen Weg fortsetzte.

Madlen musste sich beeilen, um mit ihm Schritt zu halten. »Das könnt Ihr nicht wissen«, sagte sie ein wenig außer Atem.

Er blieb stehen und wandte sich ihr zu. »Was?«

»Nun … dass ich gescheit bin«, erklärte sie.

Der alte Mann schmunzelte, und sie musste unwillkürlich ebenfalls lächeln. »Glaub mir, mein Kind«, sagte er, »ich bin lange genug auf dieser Welt, um die Menschen ein wenig einschätzen zu können. Denkst du, ich hätte dich sonst als meine Magd aufgenommen?«

Sie starrte ihn an. »Ich denke, Ihr habt es wegen Grethe getan.«

Er zog die Augenbrauen hoch. »Auch Grethe ist eine kluge Frau, so viel steht fest. Ist es denn wahr, was der ... Landsknecht sagte? Dass ihr euch nahesteht?«

Madlen schluckte beim Gedanken an die alte Frau. Leise sagte sie: »Grethe hat sich um mich gesorgt. Niemand sonst hat das getan, versteht Ihr? Ich hatte keine Großmutter und keine Mutter ... und keinen Vater. Nur die Tante – und die mochte mich nicht.« Sie sah ihm tapfer ins Gesicht. Diesen Teil hatte sie bei ihrer gestrigen Erzählung ausgelassen. »Meine Mutter war eine vom Fahrenden Volk. Eine braune Frau, versteht Ihr. Die Leute im Dorf verachteten sie ... und ich habe ihr Aussehen geerbt, jedenfalls sagt man das.«

»Was ist mit ihr geschehen?«

»Die Pocken. Sie starb, als ich noch klein war.«

Er nickte bedächtig. »Damals sind viele gestorben. Auch in Würzburg. Ich selbst hatte das Glück, dass ich zu jener Zeit in Augsburg weilte.« Er betrachtete Madlen nachdenklich. »Und dein Vater?«

Sie sah zur Seite. »Er ertrank etwas später.« Sie brachte es nicht über sich, zu erzählen, dass er nach dem Tod seines Weibes zum Säufer geworden war. »Ich wuchs bei der Schwester meines Vaters auf. Sie verachtete mich ebenfalls.«

»Und Grethe?«, fragte er, ein wenig zu schnell.

»Grethe verachtet niemanden wegen seines Aussehens oder seiner Herkunft«, antwortete Madlen. »Sie hat ein großes Herz.«

»Das ich gebrochen habe.« Die Worte kamen rasch, gemurmelt, und Madlen meinte fast, sich verhört zu haben. Der alte Mann straffte sich. »Erzähl mir von ihr, ich bitte dich«, sagte er lauter. »Geht es ihr gut?« Etwas flackerte in seinem Blick. Sie begriff, dass er ihre Antwort gleichermaßen ersehnte und fürchtete.

Ob es Grethe gut ging? Madlens Magen zog sich zusammen. Die Wahrheit war: Sie hatte keine Ahnung, was nach ihrer Flucht in Vogtsberg passiert war. »Ich hoffe, dass ihr nichts geschehen ist. Sie lebt allein draußen im Wald, in einer alten Köhlerhütte, seit ich denken kann.« Der Apotheker hing an ihren Lippen, doch er unterbrach sie nicht. »Ihr Mann, der Köhler, ist vor vielen Jahren bei einem Brand im Kohlenmeiler gestorben. Ich habe ihn nicht gekannt. Grethe ist im Dorf als Kräuterfrau bekannt und hat manchem Kindlein auf die Welt geholfen …« Madlen musste blinzeln, der Gedanke an Marie trieb ihr die Tränen in die Augen. Zu ihrer Überraschung fühlte sie die Hand des alten Mannes an ihrer Schulter und die tröstliche Geste gab ihr die Kraft weiterzusprechen. »Sie lebt von dem, was die Leute ihr dafür geben. Es ist nicht viel, aber sie muss keinen Hunger leiden.«

Im Gesicht des Meisters las Madlen Schmerz … und Schuld. »Ich danke dir«, sagte er leise. »Du musst wissen, ich habe Grethe seit vielen Jahren nicht gesehen. Ich wusste nicht, was aus ihr geworden ist.«

Tausend Fragen wirbelten durch Madlens Kopf. Sie sprach keine davon aus, und der Apotheker schien ebenfalls nicht willens, mehr zu erzählen.

In ihr Gespräch vertieft, hatte Madlen nicht auf die Umgebung geachtet. Überrascht stellte sie fest, dass sie weitergelaufen waren und eine breite, gepflasterte Straße erreicht hatten, die von allerlei Marktständen und Buden gesäumt wurde.

Es herrschte reges Treiben, Kerzenzieher, Schuster, Bäcker und vielerlei andere Händler und Handwerker wetteiferten lautstark um ihre Kunden. Die Menge der Menschen, das Stimmengewirr und die intensiven Gerüche machten Madlen benommen. Verwirrt blieb sie stehen.

Meister Veltlin lächelte. Er wies mit dem Arm die Straße hinauf, wo Madlen zu ihrer Überraschung die imposanten Türme des Doms erblickte, vor dem sie gestern gestanden hatte. Im vollen Tageslicht schien ihr das Gotteshaus noch beeindruckender.

»Ist das die Marktstraße?«, fragte sie den Meister ein wenig atemlos.

Er nickte.

»Nicht die einzige, aber hier findest du viele Händler«, erklärte er. »Die Würzburger nennen diese Straße ›an den Greden‹, der Stufen wegen, die hoch zum Dom führen. Die Marktfrau, zu der wir heute gehen, hat ihren Stand woanders, du wirst es gleich sehen.«

Sie setzten ihren Weg fort, überquerten die breite Marktstraße und gelangten durch eine kurze Gasse wiederum auf einen offenen Platz. Auf der gegenüberliegenden Seite erblickte Madlen eine weitere prächtige Kirche mit einem beeindruckend hohen Glockenturm, deren Größe zwar nicht mit dem Dom wetteifern konnte, wohl aber deren Schönheit. Hohe Lanzettfenster wechselten sich mit eleganten, schlanken Streben ab, in deren Nischen steinerne Figuren standen.

Meister Veltlin bemerkte Madlens Staunen und erklärte: »Das ist die Kapelle der heiligen Mutter Maria. Manche nennen sie auch die Ritter-Kapelle, denn die ritterliche Gesellschaft mit dem Fürspang hat sie zu seinem Sitz erklärt. Die Kräuterfrau, die ich aufsuchen möchte, hat ihren Stand in der Nähe des Südportals. Von dort kannst du die wundervollen

Figuren sehen, die der begnadete Meister Riemenschneider geschaffen hat. Aber halt dich in meiner Nähe, damit du mir nicht verloren gehst …«

Auch hier herrschte emsige Betriebsamkeit. Bauern und Knechte schleppten Säcke oder schoben beladene Karren, Bürgerfrauen und Mägde begutachteten die Auslagen verschiedener Händler und feilschten um die Preise. Gelegentlich drängte sich ein Berittener rücksichtslos durch die Menschenmassen und zwang die Leute auszuweichen.

Inzwischen fühlte sich Madlen wie erschlagen von all den Eindrücken. Sie stolperte hinter dem Apotheker her, bemüht, nicht den Anschluss zu verlieren, was nicht einfach war, denn der Meister war von kleiner Gestalt und Madlen wurde oftmals beiseite gedrängt. Einmal fühlte sie gar eine dreiste Hand an ihrem Hinterteil und hörte eine Stimme sagen: »Hoppla, meine Hübsche!« Als sie herumwirbelte, war der Übeltäter bereits verschwunden.

Sie näherten sich dem Südportal der Kirche, von dem Meister Veltlin gesprochen hatte, und der Anblick des prächtigen Torbogens raubte Madlen den Atem. Steinerne Verzierungen und Verschnörkelungen schmückten den Spitzbogen und ließen Madlens Blick nach oben wandern, zu einem Steinbild, das eine knieende Mariengestalt zeigte, die im Begriff war, von Engeln gekrönt zu werden.

Von Ehrfurcht erfasst blieb Madlen stehen. Fast wäre sie auf die Knie gesunken, was die Menschen um sie herum befremdlich gefunden hätten. So sprach sie das Gebet, das auf ihre Lippen drängte, nur im Geiste. *Heilige Muttergottes, nimm die unschuldige Seele meines Kindleins zu dir … und bitte für mich Sünderin, die ich bin …*

Sie sah zwei wundervoll gearbeitete Steinfiguren, die rechts und links des Portals unter einem steinernen Baldachin angebracht waren. Adam und Eva in ihrer Nacktheit, bedeckt nur von einem Feigenblatt. Wie lebensecht die Figuren waren, wie liebreizend und sanft ihre Gesichter, wie schlank und biegsam die Glieder. Madlen bezweifelte, je etwas Vollkommeneres gesehen zu haben.

»Das Werk von Meister Til.« Der Apotheker war neben sie getreten. »Er war einmal Erster Bürgermeister und ist noch immer Mitglied des Oberen Rates.«

»Nie habe ich etwas Schöneres gesehen«, murmelte Madlen.

Der alte Mann lächelte milde. »Es gibt auch nicht viel, das sich mit den Werken des Meisters vergleichen ließe«, sagte er. Dann wies er auf die Krämerstände, die sich an die Mauern der Kirche reihten wie Vogelnester. »Dort drüben ist der Stand der Kräuterfrau. Ich werde dich ihr vorstellen, als meine Magd wirst du häufig ihre Kundin sein.«

»Ich wüsste gerne, nach wem du Ausschau hältst.«

Madlens Kopf ruckte herum. Ihr Weg hatte sie von den Marktständen, wo sie außer einem halben Dutzend Kräuterbunde Rüben, Lauch und Zwiebeln erstanden hatten, zurückgeführt über die Marktstraße bis zum Rathaus, das einen beeindruckenden Turm aufwies. »Grafeneckart« hatte Meister Veltlin ihn genannt und ihr erzählt, dass der Name von einem Grafen herrührte, der darin gewohnt hatte und ermordet worden war.

Sie hatten die große steinerne Mainbrücke mit dem Brückenhaus erreicht und zuvor an einer Garküche zwei Fleischpasteten gekauft. Der Duft der Pastete ließ Madlens Mund wässrig werden, doch die unerwartete Bemerkung des alten Mannes erschreckte sie.

»Was meint Ihr?«

Der Meister war stehen geblieben, die scharfen blauen Augen bohrten sich in die von Madlen. »Glaubst du, ich merke nicht, wie du über die Schulter schaust, wie du dich an jeder Straßenecke umdrehst? Wen suchst du? Den Mann, mit dem du zu mir gekommen bist?« Seine Stimme war streng.

Madlen durchrann ein kalter Schauer. Der Meister traute ihr nicht. Aber es wäre töricht gewesen, zu erwarten, dass der alte Mann ihr gänzlich ohne Vorbehalte begegnete. Dennoch tat es weh, auf diese Weise verhört zu werden. Sie zögerte einen Moment, dann entschied sie, offen zu sprechen. »Ich fürchte, jemandem zu begegnen. Und es ist nicht der Landsknecht, der mich zu Euch begleitete.«

»Wer dann?«, fragte Veltlin knapp.

»Zwei Kaufleute, die ich vor zwei Tagen auf der Burg Vogtsberg traf«, antwortete sie ehrlich. »Sie erzählten, dass sie aus Würzburg stammen, und ich habe Angst, ich könnte ihnen über den Weg laufen.«

Der Meister runzelte die Stirn. Dann stellte er die gleiche Frage wie Fulk: »Weshalb sollten diese Herren sich an eine Magd erinnern?«

»Einer von ihnen ... nun ... er stellte mir nach. Daraufhin goss ich Wein über sein Wams. Ich fürchte, darum wird er sich an mich erinnern ...«

Der Apotheker starrte sie ein paar Augenblicke lang an, dann begann er, herzhaft zu lachen. Als Madlen ihn verwirrt ansah, sagte er: »Du bist wahrhaft ein besonderes Mädchen! Kein Wunder, dass Grethe dich ins Herz geschlossen hat. Du bist nicht dreist, aber du hast Mut! Das gefällt mir.« Er strich sich durch den Bart, immer noch schmunzelnd. »Sag, wer sind diese Kaufleute?«

»Ruprecht Geßlinger und sein Sohn«, erwiderte Madlen zögernd.

»Der Tuchhändler?«

»Ihr kennt ihn?«

»Das tue ich, wenngleich ich wenig mit ihm zu schaffen habe. Ich habe keinen Bedarf an edlen Stoffen und Gewändern, weißt du?«

Madlen betrachtete sein schlichtes Wams und die dunklen Kniehosen, die grauen Strümpfe und die braunen Kuhmaulschuhe, in denen seine Füße steckten. Das schwarze Barett war ebenfalls schlicht und ohne den beliebten Federschmuck. Sie fragte sich kurz, ob er sich keine vornehmere Kleidung leisten konnte, kam jedoch zu dem Schluss, dass er dergleichen einfach nicht für wichtig hielt.

»Jedenfalls solltest du wissen«, fuhr Veltlin fort, »dass Kaufmann Geßlinger einen Hof in der Sander Vorstadt besitzt, nicht im Domviertel wie viele andere wohlhabende Würzburger. Deine Erledigungen werden dich selten in diese Gegend führen, du brauchst dich also nicht zu sorgen. Zumal der Herr Kaufmann nicht allzu oft zu Hause anzutreffen ist, denn er betreibt Fernhandel und ist zumeist auf Reisen.« Er zwinkerte Madlen zu. »Wenn du achtgibst, den beiden nicht gleich in den nächsten Tagen zu begegnen, werden sie dich bald vergessen haben.«

Madlens Anspannung ließ nach. »Das hoffe ich«, murmelte sie. »Ich möchte Euch nicht in Schwierigkeiten bringen, Meister Veltlin. Ihr seid sehr gütig zu mir.«

Ein Ausdruck von Trauer huschte plötzlich über das Gesicht des alten Mannes. »Mag sein, dass der Herrgott mir Gelegenheit geben wollte, eine alte Schuld abzutragen«, sagte er leise, und erneut drängten sich Fragen auf Madlens Lippen.

Doch wieder verbot sie sich, ihre Neugier zu stillen. Der Tag würde kommen, an dem sie ihn fragen konnte, wenn das Vertrauen zwischen ihnen gewachsen war.

Kapitel 16

»Ihr wart lange fort, Meister.« Christophs Tonfall war vorwurfsvoll, es klang fast so, als ob er mit einem Knaben spräche, der die Lateinschule geschwänzt hatte.

Madlen wunderte sich über das dreiste Verhalten, das der Geselle seinem Meister gegenüber an den Tag legte – und über die Gelassenheit, mit der Veltlin darauf reagierte. Bei Berthe hatte es keine Widerworte gegeben, und falls doch, hatte es Ohrfeigen gehagelt.

»Man hat nach Euch gefragt«, fuhr Christoph fort.

Der Geselle warf Madlen einen argwöhnischen Blick zu, der verriet, dass er ihr die Schuld an der langen Abwesenheit des Apothekers gab. Damit lag er nicht falsch. Sie waren über die steinerne Mainbrücke spaziert, wo man zu Madlens Erstaunen Brückengeld bezahlen musste, und waren anschließend unter der Festung am Flussufer entlang geschlendert, um die Schiffer beim Ein- und Ausladen ihrer Fracht zu beobachten.

»So?« Konrad Veltlin nahm das Barett vom Kopf und klopfte den Staub ab. »Konntest du helfen?«

Christoph runzelte die Stirn. »Die Magd des Messerschmieds bat um einen Aufguss gegen Husten, und die Frau des Ratsherrn Feurer kaufte Latwerge und Konfekt«, berichtete er mürrisch. »Und der Knecht von Kaufmann Gutbrod brachte die Nachricht, dass die Gewürzlieferung morgen erwartet wird.«

Die Miene des Apothekers hellte sich auf. »Das ist eine erfreuliche Nachricht«, erklärte er, während er dem Gesellen die Kräuter aus Madlens Korb reichte. »Du weißt, was mit den Kräutern gemacht werden soll, Christoph. Nimm Madlen mit in die Offizin, damit sie sich umsehen kann. Ich begebe mich fürs Erste in mein Arbeitszimmer.« Er nickte Madlen zu, ehe er sich auf den Weg ins Obergeschoss machte.

Christoph starrte sie unfreundlich an. »Da der Meister es erlaubt – komm mit mir«, sagte er schroff. »Aber merk dir eines: Die Offizin zu betreten, wenn keiner von uns dabei ist, ist dir nicht gestattet. Wir arbeiten dort mit Substanzen, die giftig sind, manchmal reicht es, wenn man sie einatmet, um jämmerlich zugrunde zu gehen.« Mit einem bösen Glitzern in den Augen reichte er ihr ein Tuch. »Halt dir das vor die Nase und fass um Gottes willen nichts an. Es könnte übel ausgehen für dich …«

Madlen gehorchte und hielt den Stoff vor Mund und Nase, als sie ihm in die Offizin folgte.

Der schöne holzgetäfelte Raum war die Werkstatt und der Arbeitsraum des Apothekers und seiner Gehilfen. Er hatte ein breites Fenster zur Straße hin, dessen Läden geöffnet waren, damit die Kunden ihre Einkäufe tätigen und zugleich einen Blick in die Offizin werfen konnten. An den Wänden waren Regale angebracht, die bis zur Decke reichten. Dort standen gläserne, tönerne und hölzerne Behälter in verschiedensten Größen und Formen. Alle Gefäße waren mit schön geschwungenen Lettern beschriftet. Madlen hätte zu gerne gewusst, was sie enthielten, doch da sie nicht lesen konnte und bezweifelte, dass Christoph ihr Auskunft geben würde, musste sie ihre Neugier bezähmen. In der Mitte der Offizin befand sich ein großer Tisch aus edlem dunklen Holz mit kunstvollen Schnitzereien, auf dem verschiedene Mörser, eine Waage und mehrere Glasgefäße standen. Christoph, der darauf verzichtet hatte, sich mit einem Tuch vor der Nase zu schützen, legte die Kräuter auf den Tisch und sah sich um. »Barthel? Wo steckst du?«

Madlen nutzte die Gelegenheit, um näher an den Tisch zu treten und die Gläser zu betrachten. Sie stellte fest, dass eines Latwerge enthielt, eine Süßigkeit aus eingedicktem und getrocknetem Fruchtsaft, und das andere Konfekt. Im dritten Glas befanden sich Stückchen einer gelblichen Masse, die – das stellte Madlen trotz des Tuches fest – einen zarten Mandelgeruch verströmten. Sie beugte sich ein wenig vor, um die Köstlichkeiten genauer in Augenschein zu nehmen, da spürte sie Christophs groben Griff an ihrem Arm.

»Ich habe dir gesagt, du sollst nichts berühren!«

Wütend funkelte sie ihn an. »Das hab ich auch nicht getan!« Mit einem Ruck befreite sie sich von seiner Hand. »Was ist das, das so köstlich duftet?«

Er zögerte einen Moment, und Madlen rechnete damit, dass er ihr antworten würde, es ginge sie nichts an, doch zu ihrer Überraschung erklärte er: »Das ist Marzipan. Es stammt aus dem Orient und hat eine heilkräftige Wirkung. Es zergeht auf der Zunge und schmeckt wunderbar süß. Es kostet ein Vermögen. Nur die reichsten Leute können es sich leisten. Unser Fürstbischof ist einer von ihnen. Komm bloß nicht auf die Idee, etwas davon zu naschen!«

Madlens Wangen wurden heiß bei seiner verächtlichen Bemerkung. Eine Herumtreiberin und Diebin – mehr war sie nicht in seinen Augen. Daran änderte auch die Freundlichkeit des Hausherrn nichts.

»Madlen!«, erklang in diesem Moment eine fröhliche Stimme. Barthel stand in der Tür. »Was machst du denn mit dem Tuch vorm Gesicht?«

»Ich ...« Verwirrt blickte sie von dem Jungen zu Christoph und sah das hämische Grinsen auf dem Gesicht des Gesellen. Er hatte sie zum Narren gehalten. »Ich wollte mich schützen ... vor ... den giftigen Dämpfen«, stotterte sie verlegen.

»Hier in der Offizin gibt es keine Dämpfe. Nur dort im

Laboratorium.« Barthel wies auf eine kleine Tür in der Ecke des Raumes.

Als Madlen hinsah, musste sie einen entsetzten Aufschrei unterdrücken. Auf einem Holzpodest neben der Tür stand das absonderlichste und widerwärtigste Geschöpf, das sie in ihrem ganzen Leben gesehen hatte: eine mehr als armlange Kreatur, die in ihrer Form einer Eidechse ähnelte, jedoch mit einem schuppigen Panzer bedeckt war und deren Kopf in einem langen und mit vielen spitzen Zähnen versehenen Maul endete. Die Augen und Nasenlöcher waren nach oben gewölbt und verliehen dem Monstrum ein noch abstoßenderes Aussehen.

Madlen konnte sehen, dass es ein präpariertes Tier war, dennoch erschauderte sie bei dem Anblick. »Ist das ein … Drache?«

Christoph gab ein verächtliches Lachen von sich. »Dummes Weib!«, versetzte er. »Hältst du den Meister für einen Drachentöter wie den heiligen Georg?«

Ehe Madlen etwas sagen konnte, kam Barthel ihr zu Hilfe. »Das ist ein Tier aus dem fernen Afrika. Ein Krokodil«, erklärte er eifrig. »Es ist ausgestopft. Der Meister sagt, es war ein Jungtier. Ausgewachsen sei es größer als ein Mensch!«

»Viel größer«, bestätigte Christoph grinsend. »Es könnte einen ganzen Mann verschlingen.«

Madlen wurde kalt.

»Soll ich dir das Laboratorium zeigen, Madlen?« Barthel kam mit freudiger Miene auf sie zu. Als sie heftig den Kopf schüttelte, sah er enttäuscht drein.

»Auf mich wartet viel Arbeit. Ein andermal!«, sagte sie hastig.

Sie nahm das Tuch vom Gesicht und schlüpfte schnell hinaus in den Flur, wobei sie Christophs triumphierenden Blick im Rücken spürte.

Madlen stürzte sich in die häusliche Arbeit, zum Teil, um Meister Veltlin keinen Grund zur Unzufriedenheit zu geben, zum Teil, um das Bild der abscheulichen Kreatur aus ihrem Kopf zu verdrängen. Sie fegte die Stube, fütterte das Kleinvieh, holte Wasser und schnitt das Gemüse und den Speck für einen kräftigen Eintopf. Solange das Essen im Kessel über dem Feuer schmorte, schrubbte sie auf Knien den Küchenboden, der offensichtlich länger keine solche Behandlung erfahren hatte.

Als später alle zum gemeinsamen Nachtmahl in der Stube zusammensaßen, fühlte sie sich müde und zufrieden. Der Meister lobte den Eintopf, und sogar Christoph schien guter Dinge zu sein. Er langte kräftig zu. Nach kurzer Zeit lenkte er das Gespräch auf das Krokodil, und Madlen erkannte, dass seine gute Stimmung damit zusammenhing, dass er ihr erfolgreich Angst eingejagt hatte.

»Erzählt uns noch einmal von dem Krokodil, Meister«, bat er scheinheilig. »Unsere neue Magd hielt es für einen Drachen ...«

Madlen spürte, dass sie errötete.

Der alte Mann warf ihr einen freundlichen Blick zu, ehe er erklärte: »Ein merkwürdiges Geschöpf, in der Tat. Doch mit einem Drachen hat es wenig zu tun. Der Kaufmann, von dem ich es erwarb, war mit Sklavenhändlern nilaufwärts weit hinein nach Afrika gereist. Dort leben diese Kreaturen im Fluss, wo sie auf Beute lauern. Ihre Opfer bemerken sie oft zu spät, denn sie liegen unter der Wasseroberfläche, verborgen und reglos, einzig die Augen und die Nüstern ragen heraus.«

»Sie fressen Menschen«, warf Christoph ein.

Zu Madlens Erschrecken nickte der Apotheker. »Leider kommt das wohl vor. Die einheimischen Fischer haben große Furcht vor ihnen. Auch große Tiere wie Antilopen oder Büffel werden von Krokodilen angegriffen und verspeist, manchmal sogar Löwen ...«

Madlen bekam Gänsehaut. »Ein Geschöpf des Teufels«, murmelte sie, aber Konrad Veltlin schüttelte den Kopf.

»Nein, Magdalena, ein Geschöpf Gottes, wie wir alle!«

Sie senkte den Blick und hörte Barthel sagen: »Ist es wahr, dass Krokodile dreimal so lang werden wie ein ausgewachsener Mann?«

»Der Kaufmann hörte es sagen«, erwiderte der Apotheker achselzuckend. »Aber Menschen neigen zur Übertreibung und selbst hat er kein so riesiges Krokodil gesehen. Aber natürlich ist es nicht auszuschließen.«

Madlen rührte beklommen in ihrem Essen und wünschte, das Gespräch würde sich anderen Dingen zuwenden, doch vergebens.

»Es gibt Riesenschlangen dort, die so dick sind wie der Oberarm eines Mannes«, erklärte Christoph genüsslich. »Sie können Menschen erwürgen. Warum sollte es nicht so riesige Krokodile dort geben?«

»Meister Veltlin hat Schlangen in seinem Laboratorium«, warf Barthel ein, hörbar stolz darauf, etwas Interessantes beitragen zu können. »Einige werden in Gläsern aufbewahrt in einer Flüssigkeit, damit ...« Er brach ab, als Madlens Löffel klappernd auf den Tisch fiel und sie Anstalten machte, sich zu erheben.

Die Hand des Apothekers legte sich auf ihren Arm. »Verzeih die Reden meiner beiden jungen Gehilfen«, sagte er begütigend. »Sie begeistern sich für derlei schaurige Dinge und bemerken nicht, dass sie dir Angst einjagen.«

Darin irrt Ihr, Meister – jedenfalls was Christoph betrifft. Madlen wich dem hämischen Blick des Gesellen aus.

»Wir Apotheker arbeiten mit vielerlei Substanzen«, erklärte Meister Veltlin. »Darunter auch Schlangengift. Gifte sind nicht von Natur aus schlecht, verstehst du. In winzigen Mengen haben viele von ihnen eine heilende Wirkung. Uns obliegt es, die richtige Dosierung zu kennen.«

»Gift«, wiederholte Madlen tonlos. Sie wusste um die Wirkung von Gift, Grethe hatte ihr manches Mal davon erzählt. Es gab Giftpflanzen, von denen eine kleine Menge bereits tödlich sein konnte, Tollkirsche und Bilsenkraut beispielsweise oder Fingerhut.

»Leider ist Giftmord ein weit verbreiteter Frevel in diesen Tagen«, sagte der Apotheker, als ob er ihre Gedanken gelesen hätte. »Daher unterliegen wir Apotheker strengen Vorschriften des Rates und dürfen unter keinen Umständen Gifte verkaufen. Sorge dich nicht, Magdalena. Apotheker sind keine Giftmischer und keine Quacksalber, sondern Vertreter eines ehrbaren Gewerbes, das Hand in Hand mit den Ärzten arbeitet.«

Madlen schluckte. »Ich sorge mich nicht, Herr. Ich habe nur noch nie ein abstoßenderes Tier gesehen als dieses ... Krokodil und – verzeiht – ich fürchte mich vor Schlangen.«

Ihre Aufrichtigkeit brachte ihr ein verächtliches Prusten von Christoph und ein verständnisvolles Nicken von Meister Veltlin ein.

»Ich bezweifle, dass du jemals eine grausigere Kreatur als diese zu Gesicht bekommen wirst«, versetzte der Meister. »Und es kann nicht schaden, Abstand zu Schlangen zu halten, manche von ihnen sind gefährlich.«

Madlen sah ihn dankbar an. »Aber, Herr, das Laboratorium ...« Veltlin zog fragend die Augenbraue hoch und sie fuhr schnell fort: »Muss es auch gereinigt werden? Gefegt, meine ich, und ...«

»Du musst nicht dort hinein, Magdalena«, unterbrach sie der alte Mann, und sie wusste, dass er verstanden hatte. »Du *darfst* nicht hinein. Ich möchte nicht, dass du in Berührung mit schädlichen Substanzen oder Dämpfen kommst. Das Laboratorium wird nur von Christoph und mir betreten. Und hin und wieder von unserem Barthel hier, aber nur wenn ich selbst dabei bin!« Er zwinkerte dem Lehrjungen zu, und Madlen hegte den Verdacht, dass der Junge aus Neugierde diese Regel manches Mal umgangen hatte und der alte Meister davon wusste.

Sie widmete sich erleichtert wieder ihrem Essen. Das Gespräch wandte sich angenehmeren Themen zu, und sie begann, sich in der Gesellschaft der Männer zu entspannen.

»Seit Langem haben wir nicht mehr so gut gegessen«, lobte Meister Veltlin und lehnte sich in seinem Stuhl zurück, als er aufgegessen hatte.

Christoph gab einen zufriedenen Rülpser von sich. »Du bist wirklich eine gute Köchin, das muss ich zugeben. Wo hast du das gelernt?«

Madlen sah auf und begegnete seinem Blick. Es lag keine Freundlichkeit darin, und sie begriff sofort, worauf er hinauswollte. »Von meiner Tante«, log sie und bemühte sich, ihrer Stimme einen festen Klang zu verleihen. Auf dem langen Spaziergang waren Meister Veltlin und sie darin übereingekommen, dass niemand erfahren durfte, woher sie stammte. Der Name Vogtsberg sollte niemals fallen. Zu groß war die Gefahr, dass irgendjemand die Spur ihrer Flucht nachverfolgen könnte. »Meine Mutter ist gestorben, als ich klein war.« Sie kratzte den letzten Rest Eintopf aus ihrem Napf und löffelte ihn in ihren Mund, um ihre Anspannung zu verbergen.

»Deine bisherige Herrschaft wird deine Kochkünste vermissen«, meinte der Geselle. Als Madlen nicht reagierte, fügte er hinzu: »Erstaunlich, dass sie dich gehen ließen …«

Madlen ließ den Löffel sinken. Ihr Herz hämmerte wie wild, mit Mühe schaffte sie es, Christoph in die Augen zu sehen.

»Mein Herr ist gestorben. Er hat allein gelebt, deswegen musste ich mir eine neue Anstellung suchen.«

Sie spürte, dass er ihr nicht glaubte. Er ließ nicht locker.

»Und der … *Landsknecht*«, er spie das Wort geradezu aus, »half dir dabei und führte dich zufällig zu Meister Veltlin? Welch erstaunliche Fügung!«

Madlen holte Luft, Zorn wallte in ihr auf. Sie zwang sich, ruhig zu bleiben. »Meine … Tante lebte eine Zeit lang in Würzburg«, erklärte sie. Sie schaute zum Apotheker. Diesen Teil ihrer Geschichte hatten sie nicht besprochen, und sie hoffte, er würde mitspielen. »Der Meister und sie kannten sich. Daher schickte sie mich zu ihm. Der Landsknecht bekam den Auftrag, mich zu begleiten und zu beschützen.«

Christoph starrte sie an. Sein Stirnrunzeln verriet, dass er nach der Schwachstelle in ihrer Erklärung suchte. Ehe er weiterbohren konnte, ging der Meister dazwischen. »Margaretha lebte mit ihrer Familie in der gleichen Gasse wie ich. Sind damit deine Fragen beantwortet, Christoph? Dann kann Magdalena uns vielleicht noch etwas von dem Birnenmus bringen.«

Es war spät, als Madlen ihre Arbeit beendete. Zuletzt war sie im Hof gewesen, um die Tiere zu füttern und das heimliche Gemach aufzusuchen, den Abtritt, ehe sie am Brunnen einen ledernen Eimer mit Wasser befüllte. Morgen früh würde ihre Waschschüssel nicht leer sein.

Im Haus war Ruhe eingekehrt. Der Apotheker hatte sein Schlafgemach aufgesucht, und seine beiden jungen Gehilfen waren ins Erdgeschoss verschwunden, wo sie sich eine kleine Kammer neben der Offizin teilten. Vorsichtig setzte Madlen einen Fuß vor den anderen. Die Stiege ins Dachgeschoss war steil, und mit einem Talglicht in der einen Hand und einem Wassereimer in der anderen hinaufzugehen erforderte ihre ganze Aufmerksamkeit. Mit einem leisen Seufzen drückte sie die Tür zu ihrer Kammer auf und hätte vor Schrecken beinahe beides fallen gelassen. In dem Raum bewegte sich eine dunkle Gestalt.

»Gütiger Himmel!« Mit zitternder Hand hob sie das Licht. Der schwache Schein des Flämmchens reichte gerade aus, um die Umrisse eines Mannes zu beleuchten, der neben ihrem Lager stand. Als er sich umwandte, sah sie, dass er einen brennenden Kienspan in der Hand hielt. Der flackernde Lichtschein tanzte über sein Gesicht und Madlen konnte erkennen, wen sie vor sich hatte. »Was tust du in meiner Kammer?«

»Es ist Annas Kammer«, gab Christoph trotzig zurück, statt sich zu entschuldigen.

»Anna ist tot. Nun ist es meine Kammer«, fauchte sie. »Was hast du hier zu suchen?« Natürlich wusste sie die Antwort: Er spionierte ihr nach.

Er gab ein Knurren von sich und wollte sich an ihr vorbei durch die Tür drängen, aber sie vertrat ihm den Weg.

»Antworte!« Die Wut über seine Dreistigkeit vertrieb jede Scheu in ihr. Am liebsten hätte sie ihm den Inhalt des Eimers ins Gesicht geschüttet.

Er hielt inne und stierte sie an. Sein Gesicht war ganz nah vor ihrem, so nah, dass sie seinen Atem auf der Haut fühlte. Sie trat einen Schritt zurück, um Abstand zu ihm zu gewinnen, ehe sie mit kalter Stimme sagte: »Du brauchst nicht in meiner Kammer herumzuschnüffeln, es gibt nichts, was du finden könntest. Ich bin nicht die Metze, für die du mich hältst.«

»Und was bist du dann, Magdalena?«

Sie war dankbar für das unruhig flackernde Licht, das es ihm schwierig machte, in ihrer Miene zu lesen. Die Frage traf einen wunden Punkt in ihrem Herzen, und sie wusste nicht, was sie antworten sollte.

Was war sie? Eine entlaufene Leibeigene? Eine Mutter ohne Kind? Eine Fremde in einer großen Stadt? In jedem Fall eine Lügnerin. Das würde dieser Bursche hoffentlich nie herausfinden.

»Niemand, der dein Misstrauen verdient hat«, gab sie spröde zurück und trat an ihm vorbei in die Kammer, um ihren Eimer und das Talglicht abzustellen.

Christoph sagte nichts mehr. Sie hörte das Knarren der Stiege unter seinen Füßen, als er hinabging. Am Fußende ihrer Bettstatt lag das Bündel mit den schmutzigen Kleidern. Unwillkürlich beugte sie sich vor, um es an sich zu nehmen. Hatte er etwa die Kleider durchsucht? Es schien nicht so, der Strick war immer noch fest gebunden.

Morgen früh würde sie die Sachen waschen und flicken, und zwar so, dass Christoph es nicht bemerkte. Die Risse und Schmutzflecken erzählten allzu deutlich die Geschichte einer überstürzten Flucht. Gedankenverloren löste sie den Knoten des Stricks und wickelte die Kleidungsstücke aus. Als etwas herausfiel und mit einem dumpfen Geräusch auf dem Dielenboden landete, zuckte sie zusammen.

Es war ein kleiner Lederbeutel, der nicht zu ihren eigenen Habseligkeiten gehörte. Noch bevor sie ihn aufgehoben hatte und den Inhalt herausschüttete, ahnte sie, was er enthalten würde. Doch was in ihrer Hand lag, übertraf ihre Erwartung.

Im Flackern der Talglampe glänzten zehn goldene Münzen. Zehn Gulden. Nie zuvor in ihrem Leben hatte sie so viel Geld in der Hand gehalten. Ihre Finger begannen zu zittern. Die Goldstücke schienen in ihrer Hand zu brennen. Zehn Gulden. Das war mehr als manch einfacher Handwerker in einem ganzen Jahr verdiente. Ihr schwindelte, und sie schloss für einen Moment die Lider, riss sie aber sofort wieder auf, als ihr auffiel, dass die Tür der Kammer noch offenstand. Sie sprang auf und spähte hinaus. Christoph war nirgends zu sehen. Mit hämmerndem Herzen drückte sie die Tür zu und lehnte sich dagegen. Zehn Gulden. Ihr Herzschlag beruhigte sich, und allmählich dämmerte ihr, was der Fund bedeutete.

Sie war nicht mehr mittellos wie eine Bettlerin. Sie konnte sich kaufen, was sie brauchte … ein Paar neue Lederschuhe, einen warmen Mantel für Herbst und Winter und eine hübsche Gewandspange dazu oder ab und zu einen Becher Wein in einer der Schenken, die sie auf ihrem Spaziergang durch die Stadt gesehen hatte. Zehn Gulden waren ein Vermögen im Vergleich zu der Handvoll Pfennige, die sie in ihrer Zeit in Vogtsberg zusammengespart hatte.

Ein gestohlenes Vermögen.

Sie hegte keinen Zweifel daran, wer ihr diese großzügige Gabe ins Bündel geschmuggelt hatte, und sie ahnte, woher dieses kleine Vermögen stammte: aus der Börse der Herren Geßlinger. *Verdammt seist du, Fulk von Weilingen!* Am liebsten hätte sie die Münzen von sich geschleudert, doch unterdrückte sie den Drang.

Man würde sie selbst für eine Diebin halten. Woher sollte eine einfache Magd so viel Geld haben? Sie wollte es nicht und sie wollte sich nicht mit Plackern gemeinmachen. Madlen biss sich auf die Lippen. Sie konnte dieses Geld nicht behalten. Wenn Christoph davon Wind bekam, würde er all seine Vermutungen bestätigt sehen.

Was, wenn er es bereits entdeckt hatte, als er vorhin in ihrem Zimmer herumgeschnüffelt hatte? Ein eisiger Schauer durchlief sie, dann mahnte sie sich zur Vernunft. Das Bündel war fest verschnürt gewesen, so viel war sicher. Er hatte nicht gewagt, es auszupacken – oder sie hatte ihn zumindest rechtzeitig ertappt.

Sie könnte das Geld jemandem schenken, einem Bettler zum Beispiel. Sogleich wurde ihr klar, dass ein Bettler, der von einer Magd einen oder gar mehrere Goldgulden geschenkt bekam, ebenfalls glauben musste, dass etwas nicht mit rechten Dingen zuging. Sie würde Aufsehen erregen, etwas, das sie tunlichst vermeiden sollte.

Hastig stopfte sie die Geldstücke zurück in das Ledersäckchen, als könnte sie sie dadurch verschwinden lassen. Nicht auszudenken, was passiert wäre, wenn sie nichts ahnend ihr Bündel in Gegenwart anderer ausgepackt hätte. Wie hatte Fulk so etwas tun können? Warum hatte er nicht mit ihr darüber gesprochen?

Durch das Wirrwarr aus Schreck, Ärger und Sorge schlich sich ein anderer, versöhnlicher Gedanke. Fulk hatte ihr die Münzen gegeben, um ihr den Beginn ihres neuen Lebens zu erleichtern. Er hatte nicht gewollt, dass sie – vertrieben und mittellos – auf Gedeih und Verderb von der Gnade fremder Menschen abhängig war. Und er hatte gewusst, dass sie das Geld nicht angenommen hätte, wenn er es ihr gesagt hätte.

Madlen betrachtete das Ledersäckchen, ließ ihre Finger darüber gleiten und fühlte die harten Ränder der Münzen. Vor ihrem inneren Auge erschien Fulks Gesicht mit der schrecklichen Narbe und dem spöttischen Lächeln.

Sie sollte ihn nicht verfluchen. Er hatte ihr Geld von seinem Anteil der Beute gegeben, wahrlich keine kleine Summe. Das war nicht die Art eines gewöhnlichen Räubers. Sie drückte das Säckchen an die Brust und spürte Dankbarkeit. Wenn etwas geschehen sollte, das sie zwingen würde, das Haus des Apothekers, vielleicht sogar die Stadt zu verlassen, würde sie nicht als Bettlerin oder Dirne auf der Straße landen. Wenigstens nicht sofort. Abermals seufzte sie. Eines stand jedoch fest: Weder Christoph noch sonst jemand durften jemals von den Goldmünzen erfahren.

Entschlossen stand sie auf und nahm das Talglicht in die Hand, um sich in der Kammer umzusehen. Sie brauchte ein Versteck. Zwischen zwei lose sitzenden Dachziegeln und dem Deckenbalken fand sie eines. Es war eine Stelle, die sie nur auf ihrem Hocker stehend erreichen konnte. Niemand würde auf die Idee kommen, dort zu suchen.

Ein wenig erleichtert entkleidete sie sich und schlüpfte unter die Decke. Vor dem Einschlafen wanderten ihre Gedanken zu Fulk. Sie hoffte, dass er und seine Kameraden wohlauf waren … wo immer sie sich befinden mochten.

Kapitel 17

Die ersten Wochen in Würzburg waren die friedlichste Zeit ins Madlens bisherigem Leben. Sie musste nicht weniger hart arbeiten als in ihrer Zeit auf der Burg Vogtsberg, doch Meister Veltlin war ein Herr, wie sie sich keinen Besseren hätte wünschen können. Trotz seines freundlichen und geduldigen Wesens fehlte ihm nicht die nötige Strenge, um den Haushalt und den Laden zu führen, dabei war er aber nie ungerecht oder launenhaft.

Madlen gewöhnte sich schnell daran, dass sie bei allen Mahlzeiten mit am Tisch saß, und auch daran, dass der Meister Wert darauf legte, bei den Tischgesprächen ihre Meinung zu hören – etwas, das ihr nie zuvor widerfahren war. Konrad Veltlin teilte nicht die gängige Meinung, dass der weibliche Geist nicht dafür geschaffen war, sich mit komplizierten Dingen wie Politik oder Religion zu befassen.

So erfuhr Madlen weit mehr von den Ereignissen in der Welt als zuvor in Vogtsberg – und es war vieles im Gange, viel Bahnbrechendes, aber auch Beunruhigendes. Die Welt veränderte sich, und es schien, als ob das bisherige Gefüge der Gesellschaft ins Wanken geriet.

An einem Abend war Konrad Veltlin von einem Besuch bei Kaufmann Gutbrod erst spät zurückgekehrt und saß nun auf der Eckbank beim Kachelofen, in Gedanken versunken. Vor ihm auf dem Tisch lag ein Flugblatt, das – soweit Madlen es erkennen konnte – einen dicken Mönch zeigte, der sich der Völlerei hingab, indes zu seinen Füßen jammervolle Gestalten die Hände rangen.

»Was lest Ihr da, Meister?« Normalerweise stand einer Magd keine solche Neugier zu, doch Madlen wusste, dass der alte Mann daran keinen Anstoß nehmen würde. Im Gegenteil, er schien stets erfreut, wenn Madlen Interesse und Wissbegier zeigte. Vorsichtig stellte sie die Schale mit Graupensuppe in seiner Reichweite ab und legte ein Stück Brot und den Löffel daneben. Unschlüssig, ob sie den Meister stören durfte oder sich besser in die Küche zurückziehen sollte, verharrte sie einen Moment.

Als sie sich schon zum Gehen wenden wollte, sah Konrad Veltlin auf. Die Falte zwischen seinen Augenbrauen glättete sich bei ihrem Anblick, und er wies auf den Stuhl neben sich. »Setz dich zu mir, Madlen. Du kannst es dir gerne ansehen. Es ist eines der Flugblätter, die sie heute am Marktplatz verteilt haben … heimlich, versteht sich.« Er schob ihr den Zettel hin und beobachtete, wie sie das Bild studierte.

Darunter stand ein Text in eng gedruckten Lettern, die sie nicht lesen konnte. Allerdings war es nicht allzu schwer, den Inhalt aus der Zeichnung herzuleiten. Sie hob den Kopf und begegnete dem ernsten Blick des Apothekers. »Unser ehrwürdiger Bischof wäre sicher sehr erzürnt, wenn er das sehen würde«, murmelte sie. Wie konnte der Meister ein solches Flugblatt erstehen? Es war zweifellos gefährlich.

Konrad Veltlin nickte. »Ich werde es verbrennen, denn ich möchte nicht, dass Christoph oder Barthel es sehen.«

Madlen schaute unwillkürlich zur Tür, obwohl sie wusste, dass die beiden bereits ihre Kammer aufgesucht hatten.

»Möchtest du wissen, was hier geschrieben steht?«, fragte der Meister.

Sie nickte stumm, wohl wissend, dass eine gute Christin entrüstet abgelehnt hätte, und lauschte den Worten des alten Mannes, der ihr wahrhaft schockierende Zeilen vorlas über »fette, nimmersatte Pfaffen, die dem gemeinen Mann die Haare vom Kopf fressen« und vom »armen geknechteten Volk«, das an Hunger starb.

Als er fertig war, starrte Madlen ihn erschrocken an. »Gütiger Gott, wer schreibt solche Dinge?«

»Oh, da gibt es genug Schreiber und genug Druckereien, um immer neuen Nachschub an diesen Schriften herzustellen«, erklärte Konrad Veltlin. »Manche schmähen den Bischof, andere sogar den Papst. Natürlich ist es verboten, und die Häscher des Bischofs sind unterwegs, um die Leute zu verhaften, die solche Flugblätter in Umlauf bringen, doch das ist nicht einfach. Die Aufwiegler sind vorsichtig … und die Drucker ebenso. Sie wissen, dass ihnen harte Strafen drohen.« Nachdenklich betrachtete er das Flugblatt, ehe er es in Stücke riss und die Fetzen durch das Türchen in den Kachelofen schob. »Doch das Feuer lässt sich nicht mehr ersticken«, murmelte er, und Madlen glaubte zuerst, er spräche von dem Ofen. »Martin Luther hat es entfacht, und glaub mir, Madlen, es wird unser ganzes Land mit Flammen überziehen.«

Madlen stellten sich die Nackenhaare auf. »Man sagt, er sei ein Ketzer«, flüsterte sie beklommen. Sie erinnerte sich daran, wie Fulk und Veit von Luther gesprochen hatten, ganz so, als ob sie sein Tun und seine Lehren gutheißen würden. Viele taten das, oft jedoch nur im Geheimen. Niemand wollte der Ketzerei bezichtigt werden, und es war allseits bekannt, dass der Papst Martin Luther mit dem Kirchenbann belegt hatte. Dennoch verbreitete sich seine Lehre weiter, und Kurfürst Friedrich von Sachsen war nicht der einzige Mächtige, der ihr zugeneigt war.

Der Apotheker wiegte den Kopf. »In den Augen der Kirche ist er das. Wenn Friedrich von Sachsen ihn nicht geschützt und versteckt hätte, wäre er jetzt tot, da bin ich mir sicher. Sie hätten ihn auf dem Scheiterhaufen verbrannt wie vor hundert Jahren Jan Hus.«

Madlen starrte ihn an. Den Namen Jan Hus hatte sie noch nie gehört.

Konrad Veltlin bemerkte ihre Verwirrung und erklärte: »Jan Hus war ein Reformator aus Böhmen, ein kluger und gebildeter Mann. Wie Luther wollte er die Kirche erneuern, prangerte Missstände an und scharte viele Anhänger um sich.« Er schüttelte traurig den Kopf. »Man lud ihn ein zum Konzil in Konstanz am Bodensee, wo er seine Thesen darlegen durfte – der König selbst sicherte ihm freies Geleit zu. Doch es war eine Falle. Als er seine Lehren nicht widerrufen wollte, verhaftete man ihn und ließ ihn als Ketzer verbrennen.«

»Das ist schrecklich«, entfuhr es Madlen.

Veltlin nickte grimmig. »Fürwahr, das ist es.«

Ein paar Herzschläge lang sahen sie sich schweigend an. Madlen spürte, dass der alte Mann zögerte weiterzusprechen, und tief in ihrem Innern begriff sie, was sie bereits geahnt hatte. Konrad Veltlin stand aufseiten der Reformer. Aufseiten der Ketzer.

»Ihr kennt die Schriften von Doktor Luther«, sagte sie langsam. »Erzählt mir davon.«

Wenn es etwas gab, das Madlen an der Stadt störte, die zu ihrer neuen Heimat geworden war, dann waren es der Gestank des Unrats in den Gassen und die vielen lauten, oft rücksichtslosen Menschen, die sich durch die Straßen drängten. Und die streunenden Tiere – Hunde, Katzen, Hühner und vor allem die Schweine, deren Hinterlassenschaften wesentlich zum Gestank beitrugen.

Der Burghof auf Vogtsberg war ebenfalls von Tieren bevölkert gewesen, auch dort hatten Kot und Abfall gelegen, doch der Geruch war vom Wind leichter davongetragen worden als in der Enge der Stadt. Etwa zwei Dutzend Menschen hatten auf der Burg gewohnt – so viele lebten in Würzburg manchmal in einem einzigen Haushalt.

Bei schlechtem Wetter verwandelten sich die Gassen in Pfade voll zähen Schlammes, und Madlen musste achtgeben, dass ihre ledernen Schuhe nicht stecken blieben. Die wohlhabenden Herren und Damen, falls sie überhaupt zu Fuß daherkamen, banden sich hölzerne Unterschuhe an ihr Schuhwerk. Mägden war der Luxus dieser Trippen nicht vergönnt.

Madlen verkniff sich ein Seufzen, als sie an einem regnerischen Morgen unterwegs zum Metzger war, um ein schönes Stück Fleisch für den Sonntagsbraten zu erstehen. Sie fühlte, wie die Nässe des stinkenden Morasts in ihre Schuhe kroch.

»Ich werde dem Schustergesellen schöne Augen machen müssen, damit er mir Holztrippen fertigt«, sinnierte Klara, die dralle junge Magd des Messerschmieds, die sich ihr auf ihrem Weg angeschlossen hatte.

Madlen musste schmunzeln. Klaras liebreizender Augenaufschlag suchte seinesgleichen, und sie bezweifelte nicht, dass sie die Trippen umsonst bekommen würde, wenn sie sich genug ins Zeug legte. Madlen mochte Klara. In Vogtsberg hatte sie nie eine Freundin gehabt, die Geschichte ihrer Familie und ihre fremdländische Schönheit hatten die anderen Mädchen immer dazu bewogen, Abstand zu ihr zu halten. In Würzburg waren Fremde dagegen nichts Ungewöhnliches. Die Straße aus Frankfurt führte Händler und Reisende aus aller Herren Länder in die Stadt und auf dem Main kamen Schiffe aus nah und fern. In den Gassen, auf den Märkten und in den Weinstuben hörte man fremde Sprachen, zumeist Französisch und Italienisch, hin und wieder auch Exotischeres.

Madlen hatte mit Erleichterung festgestellt, dass sie nicht mehr mit Argwohn oder Abscheu angestarrt wurde. Die Blicke, die ihr folgten, waren die, die Männer einer hübschen Frau nachwarfen, auch wenn die Erinnerung an Hans Eberlin Madlen bewog, sich stets schamhaft abzuwenden.

Klara hatte keine derartigen Skrupel. Sie war blond, hübsch

und mit üppigen weiblichen Rundungen gesegnet, dazu besaß sie ein fröhliches, einnehmendes Wesen, das Madlen vom ersten Moment an angezogen hatte.

Die Werkstatt des Messerschmieds befand sich nur wenige Häuser von Meister Veltlins Apotheke entfernt, und es hatte sich schon nach kurzer Zeit ergeben, dass Madlen Klaras Bekanntschaft gemacht hatte. Die Magd war in Würzburg geboren und aufgewachsen, sie kannte jeden Stein und jeden Winkel hier im Viertel und nahm Madlen ohne Zaudern unter ihre Fittiche. Sie wusste, welcher Bäcker das knusprigste Brot, welcher Metzger das zarteste Fleisch und welche Marktfrau das frischeste Obst und Gemüse feilbot. Nicht einmal die Händler auf dem Fischmarkt, bekanntermaßen die größten Halunken unter den Marktleuten, wagten es, ihr verdorbene Ware aufzuschwatzen.

Klara war nicht nur im Hinblick auf solche praktischen Belange ein unerschöpflicher Quell für Madlen – sie kannte auch jedes Gerücht, das in der Stadt die Runde machte, und liebte es, Klatsch und Tratsch weiterzugeben. Sie wusste, welche Ehefrau im Ruf stand, einen Buhlen zu haben, welcher Wirt unversteuerten Wein verkauft hatte und wer derzeit im Strafturm einsaß und aus welchem Grund.

Unweit des Metzgers sagte sie: »Sieh dir das an. Diese Kerle werden immer dreister! Glaubt der, an einem Regentag sind keine Büttel unterwegs?«

Madlen folgte ihrem Blick und sah einen mageren jungen Mann in der ärmlichen Kleidung eines Tagelöhners, der an der Ecke zur nächsten Gasse stand. Er hatte ein dickes Bündel unter den Arm geklemmt und hielt ein Flugblatt in der Hand, mit dem er den Vorübereilenden vor der Nase wedelte. Als die beiden Frauen näher kamen, hörten sie ihn rufen: »Thomas Müntzer predigt den Fürsten! Lest, gute Leute, lest! Hier ein Auszug aus seiner Predigt!«

Die meisten Passanten warfen ihm lediglich vorsichtige Blicke zu und hasteten vorbei, einige wenige blieben stehen, schnappten sich eins der Flugblätter und verbargen es rasch unter ihren Mänteln. Liebend gerne hätte auch Madlen zugegriffen, aber Klaras Gegenwart und ihre eigene Vorsicht verboten es ihr.

Der Hökerer schien ihr leises Zögern gewittert haben. »Heda, ihr hübschen Jungfern, kommt nur heran!«, lud er sie ein und streckte ihnen ein Blatt entgegen. »Wollt ihr wissen, was Thomas Müntzer den Tyrannen predigte?«

Madlens Hand hob sich wie von selbst, da bekam sie einen Stoß in die Rippen.

»Bist du närrisch?«, zischte Klara, und im nächsten Moment überstürzten sich die Ereignisse.

Der Bursche, der eben noch die Flugblätter gehalten hatte, ließ das Bündel fallen, und die Blätter flatterten durch die Luft. Ein Windstoß trieb das Papier in die neugierige Gruppe, die sich binnen weniger Sekunden gebildet hatte. Gleichzeitig rief jemand: »Haltet den Aufwiegler!«

Madlen bemerkte den Grund für die Reaktion des Hökerers: Zwei grimmig dreinschauende, groß gewachsene Männer bahnten sich ihren Weg durch die Gasse, ohne Rücksicht auf die Umstehenden zu nehmen.

Sie begriff, wer da kam, noch ehe Klara neben ihr keuchte: »Die Büttel!«

Eine Frau verlor das Gleichgewicht und fiel mit einem Aufschrei in den Straßenschlamm, ein Mann in Bauernkleidung reckte wütend die Faust. Der Hökerer reagierte schnell. Er sprang behände auf die beiden jungen Mägde zu und drängte sie zur Seite, sodass sie genau im Weg der Verfolger stehen blieben, die ihren Lauf abbremsen mussten, um nicht gegen die Frauen zu prallen.

Kurz sah Madlen in das zornesrote Gesicht des Büttels,

bevor er ihr einen harten Stoß gegen die Schulter verpasste. Sie hörte Leute aufschreien und riss den Kopf herum. Der Flüchtige war gestürzt, womöglich hatte ihm jemand ein Bein gestellt. Während er versuchte, sich aus dem Matsch hochzurappeln, war der erste Büttel beinah heran und hätte den Hökerer gewiss ergriffen, wenn nicht wie aus dem Nichts ein Reiter zwischen den Menschen aufgetaucht wäre. Schlamm spritzte. Das Pferd wieherte erschrocken und bäumte sich auf.

Madlen erhaschte einen flüchtigen Blick auf den Reiter. Er trug einen Brustharnisch, ein dunkles Barett mit wippender Feder und einen flatternden Umhang, den ein blau-silbernes Wappen zierte. »Beim Leib Christi, wollt ihr niedergetrampelt werden?«, rief er zornig.

Der Anblick des Ritters und der bedrohlich keilenden Hufe ließ die Büttel zurückweichen.

»Ein Aufwiegler, Herr!«, schnaufte der, der sich als Erster gefasst hatte. »Er muss ergriffen werden!«

Madlen sah sich unwillkürlich nach dem Flüchtigen um, doch er war in der Menge verschwunden.

»Dann tut eure Pflicht!«, versetzte der Ritter mit scharfer, befehlsgewohnter Stimme und brachte mit fester Hand das Pferd zur Ruhe. Er tat es mit solcher Leichtigkeit, dass sich Madlen der Verdacht aufdrängte, dass er die beiden Büttel nicht aus Versehen beinah niedergeritten hatte. Hatte er dem Hökerer absichtlich zur Flucht verholfen?

Sie beobachtete, wie die Verfolger mit grimmigen Mienen in die Richtung weiterliefen, in der sie den Burschen vermuteten. Ihre Aussichten, ihn zu ergreifen, waren gering, und Madlen verspürte ein Gefühl der Erleichterung.

Sie sah zu dem Reiter auf. Für einen winzigen Moment trafen sich ihre Blicke. Seine Augen waren eisgrau, dunkles Haar lugte unter dem Barett hervor, der Bart war dicht, aber ordentlich gestutzt. Ihr Herz schlug schneller – hatte sie etwa aus Erleichterung gelächelt und so seine Aufmerksamkeit auf sich gezogen?

Rasch schlug sie die Augen nieder, spürte Klaras Hand an ihrem Arm. Das Ross trabte mit einem leisen Schnauben wieder an. Der Ritter war fort.

Klara kicherte. Aufblickend sah Madlen das Funkeln in den Augen ihrer Freundin. »Ein recht ansehnliches Mannsbild, findest du nicht?« Versonnen schaute sie dem Reiter nach.

Madlen starrte sie verwirrt an, ihre Gedanken waren woanders. »Glaubst du, er ist absichtlich zwischen die Büttel und den Burschen geritten?«, entfuhr es ihr.

Klara zuckte die Achseln. »Woher soll ich das wissen? Der Kerl ist jedenfalls entwischt.« Sie sah missmutig an sich herab. »Schau nur, wie ich aussehe! Überall Schlammspritzer – als hätte ich mich mit den Schweinen gebalgt! Diese verdammten Kerle!«

Der Fluch ließ Madlen zusammenzucken, aber Klara hatte recht. Ihr eigenes Kleid war ebenso beschmutzt. »Wir müssen zum Metzger Brugger«, sagte sie mit einem Seufzen.

Die Menge hatte sich zerstreut, nur die durchweichten Pamphlete, die im Straßenschlamm lagen, zeugten von dem, was geschehen war. Am liebsten hätte Madlen sich gebückt und eines der Flugblätter an sich genommen, doch sie traute sich nicht. Sie konnte nicht abschätzen, wie Klara es aufgenommen hätte. An der Reaktion ihrer Freundin war lediglich abzulesen, dass das »ansehnliche Mannsbild« ihr Interesse geweckt hatte, nicht, ob die Rettung des Hökerers sie irgendwie berührte.

Madlen dagegen interessierte sich nicht für die äußere Erscheinung des Reiters. Ihre Gedanken drehten sich einzig um eine Frage: Hatte der fremde Ritter dem Burschen mit Absicht geholfen oder nicht?

Kapitel 18

Madlen spürte, dass sich etwas verändert hatte, und es waren nicht die äußeren Umstände, ihr neues Zuhause oder die neuen Menschen, die sie umgaben. Es war eine Veränderung, die tief in ihr vonstattenging.

Die alte Madlen hätte sich in ihr Schicksal gefügt, hätte erduldet, was immer Gott ihr auferlegt hätte, ohne zu klagen, so wie sie die Vergewaltigungen durch den Burghauptmann erduldet hatte. Die alte Madlen wäre niemals fortgelaufen und hätte sich dadurch der Herrschaft widersetzt, wäre niemals mit Plackern durch die Lande gezogen, hätte sich niemals für ketzerische Schriften interessiert und sich die Lehre des Doktor Luther erklären lassen.

Diese Madlen gab es nicht mehr.

Etwas in ihr war erwacht, eine Mischung aus Trotz, Wagemut und Wissbegier. Wenn sie die sonntägliche Messe besuchte, meist in den hintersten Winkel des Domes gezwängt, und den geheimnisvollen lateinischen Worten lauschte, die der Priester murmelte, keimte in ihr der Wunsch, diese Worte verstehen zu können, sie in ihrer Sprache zu hören, wie es der viel geschmähte Aufrührer Müntzer predigte.

Meister Veltlin hatte ihr erzählt, dass Martin Luther vor Jahren, während seines erzwungenen Aufenthalts auf der thüringischen Wartburg, die Bibel in die deutsche Sprache übersetzt hatte, so dass ein jeder sie lesen und verstehen konnte. Sofern er des Lesens mächtig war.

»Ist es sehr schwer? Das Lesen, meine ich«, fragte sie Barthel beiläufig.

Er hatte sich zu ihr in die Küche gesellt und sah ihr dabei zu, wie sie einen Teig für Eierkuchen rührte, immer auf die Gelegenheit lauernd, einen vorwitzigen Finger in die Masse zu stecken und zu kosten.

Sie wusste, dass der Lehrjunge lesen und schreiben konnte. Meister Veltlin ließ ihn manchmal Bestelllisten für den Gewürzhändler Johann Gutbrod erstellen oder Rechnungen schreiben für die Kunden, die ihre Ware nicht sofort bei Abholung bezahlten. Apothekerlehrling konnte nur werden, wer eine gewisse Bildung vorzuweisen hatte, und dazu zählten neben Lateinkenntnissen und Rechnen auch Lesen und Schreiben.

Barthel warf ihr einen neugierigen Blick zu. »Willst du's lernen?«

Madlens Wangen wurden heiß. »N...nein, natürlich nicht«, beteuerte sie hastig. »Ich bin ein einfaches Mädchen vom Land. Wozu sollte ich lesen lernen?«

Der Junge kratzte sich am Hals. »Na, damit du die Zettel verstehst, die sie überall verteilen und die der Meister manchmal rumliegen lässt. Interessiert's dich nicht, was da draufsteht?«

Madlen zögerte. Lügen wollte sie nicht, sie hatte genug gelogen, seit sie in dieses Haus gekommen war. »Na ja, schon. Aber es sind auch Bilder drauf, immerhin.« Sie rührte etwas heftiger im Teig. »Ich bin nicht schlau genug für das Lesen, und fürs Schreiben noch weniger.«

Barthel starrte sie an, und als sie aufblickte, sah sie ein Leuchten in seinen Augen. »Ich kann's dir beibringen!«

Madlen hielt mit dem Rühren inne. »Das geht nicht«, sagte sie erschrocken, indes sich auf Barthels Gesicht ein breites Grinsen legte. Seine eigene Idee schien ihn zu begeistern.

»Warum soll es nicht gehen? Warum sollst du nicht schlau genug sein?« Er wurde ein bisschen rot. »Du bist die ... die klügste Frau, die ich kenne!«

Das schüchterne Kompliment berührte Madlen, dennoch schüttelte sie rasch den Kopf. »Das stimmt doch gar nicht, Barthel. Und überhaupt, was würde der Meister dazu sagen? Eine Magd, die Lesen und Schreiben lernt!«

Barthel in seinem jugendlichen Übermut hegte keine solchen Bedenken. »Der Meister hat dich gern, Madlen. Er würde es nicht verbieten!«, sprudelte es aus ihm heraus. »Und Christoph braucht es nicht erfahren!«

Es war eine närrische Idee, aus der nichts Gutes erwachsen konnte, dessen war Madlen sich sicher. Doch als sie in das strahlende Gesicht des Jungen schaute, schluckte sie ihre Zweifel hinunter und erwiderte sein Lächeln.

Barthel stürzte sich mit dem Eifer der Jugend in seine neue Aufgabe. Bereits am nächsten Tag fand Madlen in ihrer Kammer Griffel und Wachstäfelchen, das Schreibwerkzeug, mit dem die jungen Schüler üblicherweise lernten. Natürlich durfte für Übungen weder das gute Papier noch Tinte verschwendet werden.

Das einzige Problem war, das ganze Unterfangen vor Christoph und – jedenfalls fürs Erste – vor dem Meister geheim zu halten. Barthel hatte angeboten, sich des Abends heimlich in Madlens Kammer zu schleichen, sobald die anderen schliefen. Madlen hatte entsetzt abgewehrt. Wenn jemand sie erwischte, würde man sie am Ende noch der Unzucht mit dem Lehrjungen beschuldigen.

Sie kamen überein, sich jeden Morgen in der Küche zu treffen, vor Sonnenaufgang, wenn die anderen noch schliefen. Die kurze Zeitspanne, bis das Herdfeuer brannte und die Morgensuppe oder der Brei gekocht war, wollten sie für ihre Übungen nutzen. Das Wachstäfelchen und der Griffel fanden ein Versteck hinter dem Krautfass, vor den Blicken verborgen und doch schnell griffbereit. Madlen konnte sich des Gefühls nicht erwehren, etwas Verbotenes zu tun, dennoch ließ sie sich von der Begeisterung ihres jungen Lehrers anstecken.

Lesen. Das war etwas Unerhörtes für eine Magd, und Madlen wusste, dass auf Vogtsberg außer der Herrschaft nur der Kaplan und der Dorfpfarrer des Lesens mächtig waren. Dass Barthel sie für klug hielt, war gewiss seiner jugendlichen Schwärmerei geschuldet … und dennoch, wenn sie im schwachen Licht der Talglampe die Buchstaben nachmalte, die Barthel ihr vorgab – die Zungenspitze in höchster Konzentration zwischen den Lippen – dann fühlte sie, wie der Ehrgeiz sie packte.

Ungebildet, das mochte sie sein, aber dumm war sie nicht. Als sie das erste Mal ihren Namen geschrieben sah, verspürte sie eine freudige Erregung. *Madlen.* Barthels breites Grinsen spiegelte ihr eigenes. Am liebsten hätte sie dem Jungen einen Kuss auf die Wange gedrückt, aber sie hielt sich zurück. Sie war nicht so blind, dass ihr seine Verehrung entgangen wäre, und sie wusste, dass es besser war, ihn nicht darin zu ermutigen. So beschränkte sie ihre Dankbarkeit auf Worte.

An manchen Abenden, wenn sie nicht gar zu müde war, verbarg sie das Wachstäfelchen in den Falten ihres Rockes und nahm es mit in ihre Dachkammer, um beim schwachen Licht der Talglampe zu üben. Sie achtete darauf, dass die Tür geschlossen war, doch leider gab es keinen Riegel, den sie vorschieben konnte.

Christoph hatte zwar bislang keine weitere Schnüffelei mehr gewagt, zumindest hatte sie nichts davon bemerkt, aber natürlich gab es genug Gelegenheiten, wenn sich Madlen außer Haus befand, um Erledigungen zu machen oder am Main Wäsche zu schrubben. Hin und wieder stieg sie auf den Hocker und vergewisserte sich, dass das kleine Beutelchen noch in seinem Versteck zwischen den Dachschindeln war. Jedes Mal, wenn sie die harten Münzen durch das Leder ertastete, atmete sie erleichtert auf.

Sie fragte sich, ob der Geselle sich an sie gewöhnt hatte. War sein Misstrauen gewichen?

Wenn sie Christoph beim Essen gegenübersaß und seinem Blick begegnete, wusste sie, dass sie vorsichtig bleiben musste. In seinen Augen las sie noch immer eine Mischung aus Verachtung und Misstrauen – und manchmal mehr. Eine unterdrückte Begierde.

In diesen Momenten wünschte sie sich, sie wäre mausgrau und unscheinbar, sodass sie keinem Mann auffallen mochte. Aber selbst mausgraue Mägde fielen zuweilen der Fleischeslust der Männer zum Opfer.

Sie sollte sich eher wünschen, als Mann geboren worden zu sein. Als Mann von Stand am besten, sinnierte sie, während sie neben Klara und zwei anderen Frauen auf dem Waschsteg kniete und die schmutzigen Hemden und Laken heftiger als nötig mit dem Bleuel bearbeitete. Oder als eines jener reichen Bürgersöhnchen, die sich in den Weinstuben betranken und unvorsichtige Mägde begrapschten oder sich mit den Scharwächtern prügelten, die nachts die Gassen der Stadt kontrollierten.

Ihre Hände waren gerötet von der Aschelauge, die zur Reinigung verwendet wurde, die Haare unter der Haube schweißfeucht. Es war Anfang Juli, ein heißer Tag, an dem die Sonne vom wolkenlosen Himmel brannte.

Klara und die Frauen kicherten und schwatzten über Belangloses. Madlen hörte nicht richtig hin, bis Klara sagte: »... eins ihrer abgelegten Kleider überlassen. Ich werd's mit ein paar Bändern aufhübschen für die Messe zu Kiliani nächste Woche. Da kommst du mit, Madlen, da gilt keine Ausrede!« Sie runzelte die Stirn, als Madlen sie verwirrt anblickte. »Die Kilianimesse, einer der vier großen Jahrmärkte in Würzburg, du liebe Güte, hast du etwa nie davon gehört?«, rief sie verwundert.

Eine der Frauen fügte vorwurfsvoll hinzu: »In welcher Höhle hast du deine Jahre verbracht, Mädchen? Jedes Kind kennt die Messe zu Kiliani, selbst in Rothenburg und Schweinfurt. Zu Beginn gibt es eine Prozession zu Ehren des heiligen Kilian, des Schutzpatrons von Würzburg. Viele Pilger kommen deshalb in die Stadt.«

Madlen schaute auf das schmutzige Hemd, das sie in Händen hielt, und fühlte sich beschämt und fremd. Sie konnte sich nicht erinnern, von Kiliani gehört zu haben, vielleicht hatte es sie auch einfach wieder vergessen. Es kümmerte sie nicht. Die Vorstellung, auf einen Jahrmarkt voller Menschen zu gehen, ängstigte sie sogar. In Vogtsberg hatte es wenige Feste im Jahresverlauf gegeben, die Kirchweih zu Erntedank und der Maitanz. Jenes Fest, nach dem Hans Eberlin sie in der alten Scheune vergewaltigt hatte. Rasch tauchte sie das Hemd ins Wasser und hoffte, dass die anderen ihr Erschaudern nicht bemerkt hatten.

»Natürlich gehst du mit«, sagte Klara entschieden. »Da gibt es Musik und Tanz und Gaukler aller Art, glaub mir, wir werden viel Spaß haben!« Sie zwinkerte Madlen zu. »Und hübsche Burschen zuhauf gibt's ebenso …«

Darauf konnte Madlen gut verzichten. Sie sah in Klaras erwartungsfrohes Gesicht, und ihr wurde deutlich, wie unterschiedlich sie beide waren. Sie wusste nicht viel von Klara, doch die hübsche Magd strahlte so viel unbekümmerte Lebensfreude aus, dass Madlen Neid verspürte. Wenn ihr eigenes Leben anders verlaufen wäre, wenn ihre Mutter keine Fremde gewesen wäre, wenn Eberlin sich nicht an ihr vergangen hätte … wäre sie dann auch so fröhlich und lebenslustig wie Klara? Wenn sie kein totes Kind zur Welt gebracht hätte und die Leute ihr nicht übel nachgeredet hätten. Wenn sie nicht hätte fortlaufen müssen?

Sie musste an Fulk denken, an die Bitterkeit in seinen dunklen Augen, an die Narbe, die ihn entstellte. Das Leben hatte ihn gezeichnet, so wie es sie gezeichnet hatte. *Gott hat vor langer Zeit aufgehört, mich zu behüten*, hatte er gesagt.

Sie hoffte, dass er sich irrte. Sie hoffte, dass es ihm gut ging, obwohl sie es nie erfahren würde. Er war in ihr Leben getreten und hatte es verlassen, dennoch ging er ihr nicht aus dem Kopf.

»Träumst du?« Klaras Stimme riss sie aus ihren Gedanken. Ihre Mundwinkel zuckten nach oben. »Du siehst beinah aus, als ob es schon einen Burschen gäbe, der …«

»Unsinn!«, fiel Madlen ihr ins Wort. Es klang schärfer als beabsichtigt.

Klara zog die Augenbrauen hoch. Die anderen beiden Frauen beugten sich neugierig vor.

Madlen versuchte, ihrer Stimme einen sanfteren Klang zu geben. »Es ist nur … ich mag keine Menschenmengen und kein Gedränge. So ein Jahrmarkt ist nichts für mich.«

»Unsinn!«, sagte Klara. »Denk an die Musikanten und Seiltänzer, die Feuerschlucker … und an das Naschwerk … Schmuck und Tand, so viel das Herz begehrt!« Sie sah drein wie eine Katze vor dem Honigtopf, und Madlen musste lachen.

»Ach, Klara …«

Klara ließ die Hand ins Wasser sinken und spritzte der Freundin im nächsten Moment das kühle Nass ins erhitzte Gesicht. »Du wirst sehen, Madlen, es wird wundervoll!«

»Aber der Meister …«, versuchte Madlen einen schwachen Protest, ahnend, dass es zwecklos war.

»Dein Meister wird nichts einzuwenden haben«, kam es zurück. »Jeder weiß, dass er ein großzügiger Herr ist. Frag ihn, am besten gleich heute!«

Ich werde ihn fragen, dachte Madlen, als sie mit dem schweren Wäschekorb in die Sterngasse einbog. Das Mieder klebte ihr am Leib, und am liebsten hätte sie sich die Haube vom

Kopf gezogen. Die Hitze hatte wenigstens die Wäsche schnell getrocknet, sodass sie früher als gedacht ins Apothekerhaus zurückkehren konnte.

Vielleicht blieb ihr Zeit, kurz ihre Kammer aufzusuchen und sich das Gesicht zu waschen, die Haare zu kämmen und neu zu flechten.

Als sie das Pferd bemerkte, das am Eisenring an der Hauswand angebunden war, erlosch ihre Hoffnung. Es war ein Gast im Haus. Nach dem edlen Rotfuchs und dem gut gearbeiteten Zaumzeug und Sattel zu schließen, handelte es sich um einen vornehmen Herrn.

Sie unterdrückte ein Seufzen und stieß die Haustür auf.

Als hätte er ihr aufgelauert, erschien Christoph auf der Treppe zum Obergeschoss. »Wo hast du so lange gesteckt?«, blaffte er, als ob der Wäschekorb nicht Erklärung genug wäre. Als sie ihn keiner Antwort würdigte, fügte er hinzu: »Der Meister hat Besuch. Sieh zu, dass du nach oben kommst, er hat schon nach dir gefragt!«

Madlen nickte stumm. Im Vorübergehen sagte sie trocken: »Dann trag du den Korb nach oben!« Sie ließ dem Gesellen keine Gelegenheit zu antworten, sondern klopfte sogleich an die Tür zur Stube.

»Herein.« Die Stimme des Meisters klang freundlich, aber Madlen verspürte eine unbestimmte Anspannung, die sie zögern ließ.

Sie wusste, dass Christoph hinter ihr stand und sie beobachtete, und gab sich einen Ruck. »Verzeiht, Meister.« Sie trat ein und schloss rasch die Tür hinter sich, ehe sie knickste. »Ich kam gerade erst zurück. Ich wusste nicht, dass Ihr Besuch erwartet.«

Konrad Veltlin saß auf seinem gewohnten Platz auf der Eckbank und sah ihr entgegen. »Oh, erwartet hatte ich diesen Besuch keineswegs«, sagte er gutmütig. »Doch umso mehr freue ich mich darüber.«

Der Besucher saß dem Meister gegenüber und wandte Madlen den Rücken zu. Er trug keinen Hut, die dichten braunen Haare lockten sich in seinem Nacken. Ein dunkles Samtbarett lag achtlos hingeworfen auf dem Tischchen neben der Tür. Noch ehe er sich umdrehte, ahnte Madlen, dass sie ihn schon einmal gesehen hatte. Ihr Herzschlag setzte einen Schlag aus und hämmerte anschließend umso heftiger.

Der Mann lächelte flüchtig, höflich, dann stutzte er. Der Blick aus seinen grauen Augen wurde prüfend, hielt den ihren fest. Er wusste, dass sie sich bereits begegnet waren, aber im Gegensatz zu Madlen konnte er sich vermutlich nicht erinnern, wo.

Madlen aber war sich ganz sicher: Es war der Ritter, der die Büttel aufgehalten hatte.

»Vergebt mein Starren«, hörte sie ihn sagen. Er hatte sich halb umgedreht und sprach zu dem Apotheker, doch sie konnte sich des Eindrucks nicht erwehren, dass seine Worte in Wirklichkeit ihr galten. Das war natürlich Unsinn, welcher Ritter würde sich bei einer Magd entschuldigen? »Ich hatte Eure alte Anna erwartet …«

»Daran sieht man, dass Ihr zu lange nicht hier wart, Herr Florian«, erwiderte Konrad Veltlin. »Anna ist vor dem Pfingstfest einem schlimmen Fieber erlegen. Glücklicherweise ist Magdalena vor wenigen Wochen zu uns gekommen.«

»Eine Zierde für Euren Haushalt«, bemerkte der Mann und sah Madlen freundlich an. Sie fühlte, wie Hitze in ihre Wangen stieg. *Schmeichlerisches Gerede,* dachte sie, ärgerlich darüber, dass ihr Herz noch immer schneller schlug.

Der Apotheker nickte. »Wie recht Ihr habt.« Und an Madlen gewandt sagte er: »Das ist Ritter Florian Geyer von Giebelstadt, liebe Magdalena, ein seltener, aber gern gesehener Gast in meinem Haus. Zumeist weilt er allerdings in der Ferne, seine Reisen im Dienst des Hochmeisters des Deutschen Ordens führen ihn durchs ganze Reich und darüber hinaus.«

Madlens Herz stockte einen Moment. Sie hätte eine gleichmütige Miene machen und den Kopf senken sollen, wie es von einer braven Magd erwartet wurde, doch es gelang ihr nicht.

Der Ritter Geyer von Giebelstadt! Das also war der Mann, von dem Veit gesprochen hatte. Der Herr, der seine Bauern gut behandelte. Der Mann, der den Lehren des Doktor Luther zugeneigt war. Und den die Kirche exkommuniziert hatte.

»Madlen?« Die Stimme des Apothekers drang wie von fern an ihr Ohr.

Florian Geyer beobachtete sie. Als Madlen begriff, dass sich ihre Überraschung deutlich in ihrem Gesicht abzeichnete, war es zu spät.

»Wie es scheint, ist mir mein Ruf vorausgeeilt«, scherzte der Ritter.

Die Röte schoss Madlen noch heftiger ins Gesicht, hastig schlug sie die Augen nieder. »Verzeiht, Herr, das war ungehörig von mir ...«

Der Ritter reagierte auf ihr Stammeln mit einem leisen Lachen.

Konrad Veltlins Stimme aber klang ungewohnt scharf: »Bring uns einen Krug kühles Bier, Magdalena, und etwas zu essen für Herrn Florian! Er hat einen langen Ritt hinter sich und ist gewiss hungrig.«

Sie konnte hören, dass er verärgert war, und biss sich auf die Lippen. Er hatte recht. Wie hatte sie den Mann nur derart angaffen können?

»Natürlich, Herr«, murmelte sie hastig, doch als sie hinauseilen wollte, hinderte sie die Stimme des Ritters daran.

»Warte, Mädchen!«

Notgedrungen hielt sie in der Bewegung inne und warf ihm einen scheuen Blick zu.

Er betrachtete sie einen Moment lang stirnrunzelnd, ehe er sagte: »Ich habe dich schon einmal gesehen.«

Madlen zögerte. Doch er erwartete eine Antwort, und so sagte sie vorsichtig: »Ich weiß, Herr. Ich erinnere mich.« Entschlossen setzte sie hinzu: »Ihr seid zwischen die Büttel und diesen jungen Mann geritten, der die Flugblätter verteilt hat.«

Etwas blitzte in Florian Geyers Augen auf. »Tatsächlich!«

Er lächelte erneut, und Madlen konnte nicht umhin zu bemerken, wie einnehmend sein Lächeln war. Es nahm seinem markanten Gesicht die Härte, ließ ihn jünger erscheinen, als er vermutlich war.

Ein ansehnliches Mannsbild, hatte Klara gesagt. Das mochte stimmen, aber Madlen fühlte, dass an diesem Mann etwas anderes war, das nichts mit gutem Aussehen zu tun hatte. Etwas, das nach ihr griff, das sie in den Bann schlug.

»Du warst erfreut darüber, dass er entwischt ist, so schien es mir«, sagte er in ihre Gedanken hinein, und sie erschrak über seine Direktheit und darüber, dass er sie so genau beobachtet hatte.

Einen Atemzug lang herrschte Schweigen, und Madlen überlegte, ob sie es abstreiten sollte. Doch er hatte sie durchschaut und würde sämtliche Ausflüchte durchschauen. Es hätte keinen Sinn zu lügen.

»Ihr habt Euer Pferd vor die Büttel gelenkt, damit er fliehen konnte«, hörte sie sich sagen.

Seine Augen weiteten sich vor Verblüffung.

Ich habe Euch ebenso durchschaut wie Ihr mich, dachte sie trotzig und hielt seinem grauen Blick stand.

Meister Veltlin, der bis jetzt ein wenig verwirrt von einem zum anderen geschaut hatte, zog scharf die Luft ein. »Magdalena!«

Madlen wich einen Schritt zurück und tastete nach der Tür, ihre Knie waren weich. Was war in sie gefahren? Botho von Vogtsberg hätte sie für ein solches Verhalten prügeln lassen. Aufsässigen Mägden trieb man den Trotz schnell und schmerzhaft aus.

Zu ihrer Überraschung brach Florian Geyer in Gelächter aus. »Meiner Treu, Meister Veltlin, Eure Magd ist nicht nur hübsch, sondern auch scharfsinnig!«, rief er belustigt aus. »Das findet man wahrlich selten!«

Der Apotheker war so verdutzt, dass er keine Worte fand. Stumm sah er zu, wie der Ritter Madlen heranwinkte und zu ihr sagte: »Verrate mir, Lene, war es tatsächlich so augenfällig?«

Madlen fühlte sich schwindelig. Sie wünschte, sie könnte einfach davonlaufen, hinunter in die Küche, fort aus der Nähe dieses Mannes, der sie anzog und gleichzeitig beunruhigte. Das Herz klopfte ihr bis zum Hals, dennoch versuchte sie, ihre Stimme ruhig klingen zu lassen. »Ihr seid ein hervorragender Reiter«, erklärte sie. »Euer Pferd tat genau das, was Ihr beabsichtigt hattet. Ihr wolltet Euch zwischen den Burschen und die Büttel drängen.«

Die Belustigung in seiner Miene wich etwas anderem. Anerkennung. Er nickte. »Genau das wollte ich. Du hast richtig beobachtet.« Erneut lächelte er und Madlen erwiderte das Lächeln zaghaft. »Und wenn es dir recht ist, hätte ich jetzt tatsächlich gerne einen Krug kühles Bier.«

Kapitel 19

Madlen stellte erleichtert fest, dass Christoph nirgends in Sicht war, als sie mit dem großen Tonkrug in den Keller hinabstieg, um das Bier zu holen. Der Wäschekorb stand, wo sie ihn abgestellt hatte, am Fuß der Treppe. Der Geselle hatte ihn – wie erwartet – nicht in die Kammer getragen. Eine Bosheit, mit der sie gerechnet hatte. Aber der Korb würde warten müssen.

Im Keller umfing sie eine angenehme Kühle, ihr Pulsschlag beruhigte sich und die Hitze wich aus ihren Wangen. Als sie sich über die Stirn wischte, bemerkte sie, dass sich schweißfeuchte Haarsträhnen aus der Haube gelöst hatten und an ihrer Haut klebten. Ein schönes Bild hatte sie da vor dem Ritter abgegeben! Und sie hatte Meister Veltlin verärgert. Das war bislang nie vorgekommen, und es hatte keineswegs in ihrer Absicht gelegen.

Und es wird auch nicht mehr vorkommen, dachte sie entschlossen. Rasch zog sie die Haube vom Kopf und strich die vorwitzigen Strähnen zurück, ehe sie die Kopfbedeckung wieder aufsetzte und zuband. Nachdem sie den Krug gefüllt hatte, stieg sie zurück nach oben.

An der Tür zur Stube angelangt, vernahm sie die Stimmen der Männer, die offenbar heftig diskutierten. Unwillkürlich hielt sie inne und hörte Meister Veltlin sagen: »Ihr habt sicher recht mit dem, was Ihr sagt, Herr Florian. Doch glaubt mir, es kann nur Unheil daraus erwachsen. Die Menschen sind nicht bereit für solch tiefgreifende Veränderungen!«

»Wann, wenn nicht jetzt, frage ich Euch?«, gab der jüngere Mann zurück. »Martin Luther, ein einzelner Mann, hat es geschafft, die Kirche aus ihren Angeln zu reißen, dem Papst die Stirn zu bieten und unserem Kaiser gleich dazu. Aber das ist nicht genug, es darf nicht genug sein, die ganze Gesellschaft muss reformiert werden!« Seine Stimme war lauter geworden, und Madlen sah sich unwillkürlich um, voller Angst, Christoph könnte die ketzerischen Worte des Besuchers hören.

»Ob Luther Erfolg hat, lieber Florian«, entgegnete der Apotheker ernst, »ist ungewiss! Bislang ist es nur zu einer Spaltung gekommen, die Ketzer werden bekämpft. Seht allein hier in Würzburg: Bischof Konrad ist fest entschlossen, die Anhänger der Reformation auszumerzen und dem wahren Glauben zum Sieg zu verhelfen.«

»Das weiß ich, mein Freund«, entgegnete Florian. »Aber der Wandel, den Luther angestoßen hat, ist nicht mehr aufzuhalten. Diese Welle hat das ganze Reich erfasst, und Papst Clemens und seine verkommenen Kirchenfürsten mögen sich dagegenstemmen – es wird ihnen nichts nützen.«

Madlen hörte einen Stuhl über den Dielenboden scharren, gefolgt von schweren Schritten. Der Ritter war in seiner Erregung aufgestanden und ging auf und ab. Unwillkürlich wich Madlen zurück. Falls er unvermittelt die Tür öffnete, wollte sie nicht wie eine schäbige Lauscherin dastehen.

Florian Geyer sprach laut genug, dass sie ihn selbst mit größerem Abstand hören konnte. »Das Reich muss sich verändern, das wisst Ihr so gut wie ich! Ich bin in meinem Leben genug herumgekommen, um die Missstände zu sehen … Fürsten und Pfaffen, deren Reichtum und Überfluss sich auf das bittere Elend ihrer Untertanen gründet, das kann nicht Gottes Wille sein, Meister Veltlin!«

Er blieb so dicht vor der Tür stehen, dass Madlen meinte, seinen erregten Atem zu hören. Unbewusst presste sie den Bierkrug fest an ihre Brust.

»Menschen, die wie Tiere in Leibeigenschaft gehalten werden, den Launen ihres Herrn auf Gedeih und Verderb ausgeliefert, davon steht nichts im Evangelium, im Gegenteil: Hat Gott, der Herr, nicht die Israeliten aus der Knechtschaft ins Heilige Land geleitet?«

»Alles, was Ihr sagt, ist wahr, Florian«, erklang, etwas gedämpft, die Stimme des Apothekers. »Und doch sage ich Euch, mit der Erfahrung eines alten Mannes: Ihr wollt zu viel, Ihr seid zu ungeduldig! Ein Wandel, wie er Euch vorschwebt, kann nur allmählich vor sich gehen. Es bringt nichts, die einfachen Menschen aufzuwiegeln, wie Thomas Müntzer es tut, es führt einzig zu Gewaltausbrüchen und Blutvergießen, glaubt mir! Ihr seid in der Kunst der Verhandlung geübt, setzt auf die Kraft der Worte! Wenn man die Herren bedroht, antworten sie mit dem Schwert, wenn man sie jedoch überzeugt, kann man etwas bewegen!«

»Was tust du da?«

Vor Schreck hätte Madlen beinah den Krug fallengelassen. Gebannt von Geyers Worten hatte sie nicht bemerkt, dass sich im Erdgeschoss die Tür zur Offizin geöffnet hatte und Christoph herausgetreten war.

»Der Herr und sein Gast wünschen Bier«, sagte sie hastig, aber der Geselle sah aus zusammengekniffenen Augen zu ihr hoch.

»Drum stehst du da herum und glotzt Löcher in die Luft? Hast du den Herrn und seinen Gast belauscht?«

Ehe Madlen antworten konnte, wurde die Tür geöffnet, und sie fand sich von Angesicht zu Angesicht mit dem Ritter von Giebelstadt. Sein Blick wanderte von ihr zu Christoph, der am Fuß der Treppe stand und misstrauisch heraufstarrte.

Er wusste, dass sie zugehört hatte. Madlens Herz hämmerte wild in ihrer Brust. Verunsichert hob sie den Bierkrug etwas höher. »Ich … bringe Euer Bier, Herr.«

Florian Geyer sah von ihr zu dem Krug. Sein Gesichtsausdruck war schwer zu deuten im Halbdunkel des engen Flures. Furcht kroch in Madlens Glieder. War er zornig? Würde er sie strafen oder verlangen, dass der Meister sie strafte?

Christoph sagte: »Verzeiht, edler Herr. Unsere neue Magd ist ein wenig langsam.« Die Worte klangen boshaft, und Madlen ahnte, dass er gerne ein hässlicheres Wort gewählt hätte. Ihre Wangen wurden heiß vor Verlegenheit.

»Tatsächlich?«, fragte Geyer. Zu ihrer Überraschung streckte er die Hand aus und nahm ihr den Krug ab. Seine Finger streiften ihre, und sie hatte das Gefühl, dass ihre Haut von der Berührung prickelte. »Diesen Eindruck hatte ich ganz und gar nicht.«

Ohne den Blick von ihr zu wenden, befahl er Christoph: »Sieh zu, dass mein Pferd getränkt und gefüttert wird. Ich werde heute noch nach Giebelstadt weiterreiten.« Seine Stimme hatte den scharfen, befehlsgewohnten Ton angenommen, in dem er zu den Bütteln gesprochen hatte.

Gerne hätte sie Christophs Gesicht gesehen, aber die eisgrauen Augen des Ritters ließen ihre nicht los. Plötzlich war sie sich sicher: Er würde sie nicht strafen.

»Natürlich, Herr«, sagte Christoph.

Madlen konnte erahnen, wie der Geselle innerlich vor Wut kochte. Die Tür im Untergeschoss knarrte und schlug mit einem dumpfen Geräusch zu. Madlen zuckte zusammen.

»Nun«, sagte Florian Geyer langsam und zog die Tür zur Stube hinter sich ein Stück zu.

Madlen erhaschte einen kurzen Blick auf Meister Veltlin, der noch immer auf seinem Platz am Kachelofen saß. Sie wunderte sich, dass er nichts sagte, sich nicht einmischte, immerhin war er der Herr dieses Hauses. Aber er blieb stumm.

Geyer stand so nah vor Madlen, dass sie den Geruch nach Leder, Schweiß und Pferd wahrnahm, der von ihm ausging. Unwillkürlich musste sie an Fulk denken. Dessen Kleidung war schmutzig und abgetragen gewesen, wohingegen alles an Florian Geyer von Wohlstand zeugte ... das dunkelblaue Wams aus dicht gewebtem Tuch, der reich bestickte Kragen, das Hemd aus feinem Linnen.

»Ich muss wohl vergessen haben, dass nun du hier bist und nicht mehr die alte Anna. Du musst wissen, sie war beinah taub.«

Madlen schwieg, doch sie fühlte die Warnung hinter Geyers leichthin gesagten Worten, noch bevor er hinzufügte: »Nichts von dem, was du hier gehört hast, darf diese Räume verlassen, verstehst du mich, Mädchen?«

Es hätte seiner Warnung nicht bedurft, natürlich wusste sie, was geschehen würde, wenn die Obrigkeit von diesen Gesprächen Wind bekam. Florian Geyer war nicht nur ein Ketzer und Anhänger Luthers. Er hatte weit gefährlichere Ideen. So gefährlich, dass ihr Verstand sich weigerte, genauer darüber nachzudenken. Und dennoch wusste sie plötzlich, dass sie diesen Mann niemals verraten würde.

»Wenn Ihr mich besser kennen würdet, Herr«, hörte sie sich mit fester Stimme sagen, »so wüsstet Ihr, dass ich ein Geheimnis bewahren kann.«

Er starrte sie einige Herzschläge lang an, als ob er versuchte, die Aufrichtigkeit ihrer Worte zu ergründen. Madlen wich seinem Blick nicht aus. Sie wusste, dass es sich für eine Magd nicht gehörte, einen edlen Herrn auf diese Weise anzusehen. Mägde hielten den Kopf gesenkt und die Augen niedergeschlagen, sie sprachen nicht zum Herrn, wie sie es getan hatte, als wäre sie eine Gleichgestellte. Nach Möglichkeit sprachen sie überhaupt nicht.

Florian Geyer jedoch schien nicht verärgert über ihr ungebührliches Verhalten, nicht einmal befremdet, das konnte Madlen spüren. Es beruhigte und erstaunte sie gleichermaßen, hatte er doch noch vor wenigen Augenblicken Christoph barsch herumkommandiert.

Offensichtlich war er zufrieden mit seiner Beobachtung. »Zwei Becher könnten wir brauchen, Lene«, sagte er, und die Ungezwungenheit, mit der er die Koseform ihres Namens benutzte, berührte sie. »Und etwas, um meinen leeren Magen zu füllen.«

Sein Freundlichkeit umfing sie, und sie merkte, wie sich ein Lächeln auf ihrem Gesicht ausbreitete ... und eine seltsame Wärme in ihrem Innern.

Nein, niemals würde sie ihn verraten.

Madlen hatte die Reste des Essens abgetragen und die Becher und Teller gereinigt. Als sie in die Stube zurückkehrte, sah sie zu ihrer Überraschung, dass Meister Veltlin noch immer auf seinem Platz saß und gedankenverloren auf die halb heruntergebrannte Kerze starrte.

»Herr?« Als sie ihn leise ansprach, zuckte er zusammen und hob den Kopf. »Kann ich Euch noch etwas bringen, Herr?«

Er schüttelte den Kopf.

Madlen wusste, sie hätte sich höflich zurückziehen müssen, aber sie zögerte. Seit Florian Geyer aufgebrochen war, drängte es sie, unter vier Augen mit dem alten Mann zu sprechen. Er sollte wissen, dass sie nicht absichtlich zugehört hatte und dass es ihr leidtat, ihn durch ihr ungebührliches Verhalten verärgert zu haben. Doch das war nicht alles. Das, was sie vom Gespräch der beiden Männer aufgeschnappt hatte, hatte sie aufgewühlt und zugleich eine brennende Neugier in ihr geweckt, die ihr keine Ruhe ließ. Sie verspürte den sehnsüchtigen Wunsch, mit dem Meister darüber zu reden, und schreckte gleichzeitig davor zurück.

Was Geyer geäußert hatte, waren die Gedanken eines Ketzers, eines Aufrührers. Es waren Menschen wegen geringerer Vergehen vor den Henker getreten.

»Herr?« Hatte er sie überhaupt gehört? Sie biss sich auf die Lippen und wollte sich bereits abwenden, da gab der alte Mann einen Seufzer von sich.

»Setz dich zu mir, Madlen. Ich spüre, dass du etwas auf dem Herzen hast ... und ich schätze, ich weiß, worum es geht.«

Er betrachtete sie mit einer Mischung aus Nachsicht und Sorge, als sie sich den Stuhl zurechtrückte und Platz nahm. Es war dämmrig draußen, und das Flackern der Kerze malte dunkle Schatten auf das Gesicht des Apothekers.

»Ich wollte nicht lauschen, Herr.« Sie schluckte. »Ihr habt so laut gesprochen, es war nicht zu überhören.«

»Ich weiß. Wir haben uns hinreißen lassen von der Inbrunst unseres Disputs.« Konrad Veltlin runzelte die Stirn. »Ich hoffe, Christoph hat nichts gehört.«

»Nein«, sagte sie rasch und hoffte, dass es tatsächlich so war. »Nein, das hat er nicht. Er sah mich an der Tür zur Stube stehen.«

Veltlin nickte. »Ich vertraue dir, Madlen«, sagte er ernst. »Leider kann ich das Gleiche nicht über Christoph sagen. Und du weißt, wie gefährlich das sein könnte.«

Nun war es an ihr zu nicken. Ihre Finger glitten nervös über das Holz der Tischplatte. »Der Ritter von Giebelstadt«, murmelte sie, »ich habe von ihm gehört. Er soll ein guter Herr sein, sagt man. Ich ahnte nicht ...« Sie brach ab, scheute davor zurück, das, was sie gehört hatte, in Worte zu fassen.

»Er stand bis vor Kurzem in Diensten des Hochmeisters des Deutschen Ordens«, erklärte Konrad Veltlin. »Markgraf Albrecht von Brandenburg hält große Stücke auf ihn. Florian ist ein erfahrener Hauptmann, und vor allem ist er ein geschickter Verhandlungsführer. Ihm gelang es, für Albrecht ein Friedensabkommen mit den Polen zu erwirken.« Er zögerte einen Moment, ehe er hinzufügte: »Doch seit er im vergangenen Jahr mit Martin Luther zusammentraf, hat er viele neue Ideen, die mich ... beunruhigen.« Er seufzte. Madlen spürte, dass er überlegte, ob er ihr mehr erzählen sollte. Ob er ihr vollends vertrauen konnte.

Wie konnte er daran zweifeln? Als sie hierhergekommen war, hatte sie im Grunde ihr Leben in seine Hände gelegt. Er hätte sie fortschicken oder, schlimmer, an Botho von Vogtsberg ausliefern können. Keins von beidem hatte er getan.

»Ich bin ein alter Mann, Madlen«, sagte er. »Ich habe viel erlebt, und einst, vor langer Zeit, war ich auch wie Florian Geyer. Ich wollte die Welt ändern, mit der Kraft meiner Jugend die althergebrachten Zwänge aufbrechen, doch alles, was ich erreichte, war, Leid über die Menschen zu bringen, die ich liebte.« Ein feuchter Glanz trat in seine Augen. Madlen ahnte, dass er in Gedanken in die Zeit zurückreiste, da er jung und ungestüm gewesen war. Ein leiser Schauer überlief sie. In die Zeit, als er Grethe gekannt hatte? Sie presste die Lippen aufeinander, um zu verhindern, dass sie die Frage aussprach, die ihr auf der Zunge lag.

Dann war der Moment vorüber. Der Apotheker straffte sich und warf ihr einen ernsten Blick zu. »Die Zeiten sind gefährlich, Madlen. Unruhe schwelt überall, und ich fürchte, die hohen Herren werden hart durchgreifen, wenn sie sich bedroht fühlen.« Er rieb sich über das Gesicht, und Madlen bemerkte, wie müde er war. »Florian Geyer spielt ein gefährliches Spiel. Ich weiß, dass er Kontakt zu Franz von Sickingen hatte und seinen Ideen zugeneigt war. Sickingen ist tot, das hätte Florian eine Warnung sein müssen, und doch ...« Er brach ab, schüttelte den Kopf. »Was rede ich da, Mädchen! Du verstehst kein Wort, nicht wahr? Wie solltest du auch?«

»Ich höre Euch dennoch gerne zu, Meister«, versicherte sie schüchtern.

Insgeheim musste sie sich eingestehen, dass das nicht alles war. Es drängte sie, mehr über den Ritter zu erfahren, der ihr völlig anders schien als die Junker, die ihr bislang begegnet waren.

Lene. Der Klang des Kosenamens aus seinem Mund hallte in ihrem Kopf nach.

»Madlen?« Der Meister betrachtete sie verwundert.

Sie presste sich ertappt die Hand auf den Mund.

»Geh schlafen, Madlen«, sagte der alte Mann gutmütig. »Es ist zu spät, sich mit solch komplizierten und beunruhigenden Angelegenheiten zu befassen.«

Kapitel 20

Würzburg bereitete sich auf die Kilianimesse vor. Von nah und fern zog allerlei Volk in die Stadt, Händler jeder Art, Pilger und Bauern, aber auch Menschen, auf die der Rat der Stadt gerne verzichtet hätte, die jedoch schwerlich fernzuhalten waren: beschäftigungslose Landsknechte, Bettler, Diebe und Herumtreiber. Vor den Mauern der Stadt erschienen außerdem Karren, Zelte und Wagen, bunt bemalt und mit Wimpeln geschmückt. Das Fahrende Volk traf ein, eine bunte Schar aus Gauklern, Wahrsagerinnen und Musikanten, die auf einem Jahrmarkt dieser Größe hofften, ein paar Münzen zu verdienen.

Die Gassen waren voller Menschen, Pferde und Karren. Für Madlen, die ihr Leben in einem kleinen Dorf und auf einer abgelegenen Burg verbracht hatte, mischten sich all die Geräusche, Rufe, Schimpftiraden, Peitschenknallen und Pferdewiehern, Räderklappern, Hundegebell und Kindergeschrei zu einer verstörenden Kakofonie. Wenn sie gekonnt hätte, so hätte sie sich am liebsten in die Enge und Abgeschiedenheit ihrer Dachkammer geflüchtet.

Die täglichen Pflichten einer Magd waren durch die Messe jedoch nicht aufgehoben. Einkäufe und Erledigungen blieben Madlen nicht erspart, nur dauerte alles in dem Gedränge viel länger als sonst.

Einmal ging sie mit Barthel zum Weinhändler, wo sie gemeinsam ein Fass Wein abholten. Mit vereinten Kräften zogen und schoben sie es auf einem Karren durch die Gassen, da der Knecht des Händlers sich den Fuß gebrochen hatte und nicht anliefern konnte.

»Eigentlich wäre das Christophs Aufgabe gewesen!«, schimpfte Barthel.

Sein Gesicht unter der Lederkappe glühte, Schweißtropfen rannen ihm über die Stirn.

Madlen, die hinter dem Karren ging und sich mit ihrem ganzen Gewicht dagegenstemmte, sagte nichts dazu. Der Geselle hatte sich mit dem Verweis auf die dringende Zubereitung einer Tinktur gegen Wundbrand entschuldigt, doch ihr war das boshafte Funkeln seiner Augen nicht entgangen.

Ihr Verhältnis hatte sich nach dem Besuch des Ritters weiter verschlechtert, falls das noch möglich gewesen war. Madlen vermutete, dass er ihr die Demütigung durch den edlen Herrn nachtrug, der ihn wie einen Laufburschen fortgeschickt hatte. Dazu kam, dass Christoph bemerkte, wie sehr Barthel sie verehrte, wenngleich er nichts von dem kleinen Geheimnis ahnte, das sie und den Lehrjungen verband. Sein Missmut griff auf den Jungen über, und er triezte Barthel, wo immer sich die Gelegenheit bot.

Sie hatten den Fischmarkt fast erreicht, da ließ Barthel den Karren los und steuerte in Richtung des öffentlichen Brunnens. »Bin gleich zurück!«, rief er über die Schulter und war zwischen den Menschen verschwunden, ehe Madlen protestieren konnte.

Erschöpft lehnte sie sich gegen den Karren. Der Fischgeruch verursachte ihr Übelkeit. Die Hitze ließ den Gestank noch schlimmer werden, und sie fragte sich, wie die Händler auf dem Platz ihn den ganzen Tag lang ertragen konnten. Wahrscheinlich war ihr Geruchssinn erloschen.

»Was fällt dir ein, den Karren hier mitten im Weg stehen zu lassen, Weib!«, brüllte eine Männerstimme hinter ihr. Als sie erschrocken herumfuhr, sah sie sich einem wütenden Fuhrmann gegenüber, der mit einem Wagen voller Fässer auf den Platz einbiegen wollte. »Mach gefälligst, dass du weiterkommst!«

Ohne Barthel war das ein Ding der Unmöglichkeit. »Einen Augenblick«, rief sie hastig und reckte den Hals, um nach dem Jungen Ausschau zu halten.

Der Mann auf dem Bock hatte kein Einsehen. Mit einem lauten Knall sauste der Ochsenziemer durch die Luft und ließ sie zusammenzucken. »Ich hab meine Zeit nicht gestohlen, dummes Weib!«

Madlens Herz schlug heftig, vor Schreck ebenso wie vor Verärgerung über diese Beleidigung. »Glaubst du etwa, ich kann den Karren selbst wegschieben?«, sagte sie erbost. »Wenn du's so eilig hast, steig ab und hilf mir!«

Der Fuhrmann stierte sie an und wurde nur noch wütender. »Frech ist sie auch noch, die Metze!«, grollte er, und die Hand mit der Peitsche zuckte nach oben.

»Wag es nicht!«, fuhr sie ihn an.

Aus den Augenwinkeln sah sie, dass die Leute stehen geblieben waren und die Auseinandersetzung beobachteten. Niemand schritt ein. *Wird es denn immer so sein?*, dachte Madlen zornig. *Ein roher, gewaltbereiter Mann trumpft auf und alle kuschen vor ihm?*

Die wässrigen Augen des Fuhrmanns ließen Madlen darauf schließen, dass er betrunken sein musste. Das machte die Sache nicht besser.

»Madlen?«, hörte sie Barthels Stimme rufen, und just in diesem Moment holte der Mann aus und ließ die Peitsche herabsausen.

Madlen wich reflexartig zur Seite. Der Riemen verfehlte sie um Haaresbreite. Ein erregtes Raunen ging durch die Zuschauer. Der Mund des Fuhrmanns verzog sich zu einem hässlichen Grinsen, ehe er – die Peitsche noch erhoben – seitlich vom Bock kippte. Das Raunen wurde zu einem Aufschrei.

»Hast du nicht gelernt, wie man Frauen behandelt, *pezzo di merda!*«

Ein Mann hatte blitzschnell den Peitschenriemen gepackt und um seine Hand gewickelt, um den Fuhrmann vom Bock herunterzuziehen. Dann wandte er sich Madlen zu, während er einen staubigen Stiefel auf die Brust des Liegenden stellte. Er verbeugte sich so höflich, als stünden sie im fürstbischöflichen Festsaal und nicht auf dem Fischmarkt neben einem Ochsenkarren. Verzweifelt suchte sie in ihrem Gedächtnis nach seinem Namen. Sie erinnerte sich, dass er unaussprechlich war.

Der Mann vor ihr war der Welsche.

»Madlen! Madlen!« Barthel stand keuchend neben ihr, sein erschrockener Blick flog von ihr zu dem Welschen und dem Fuhrmann, der wie ein hilfloser Käfer auf dem Rücken lag, den Stiefel des Landsknechts auf der Brust.

»Was … Was tust du hier?«, stammelte Madlen.

»Dich retten, *bella* Maddalena«, erklärte der Welsche grinsend. »Verzeih, war ein bisschen spät.«

Er sah verächtlich auf den Fuhrmann und verpasste ihm einen Tritt, ehe er ein Stück zurücktrat. Die Peitsche, die der andere im Fallen losgelassen hatte, baumelte lässig in seiner Hand. Der Fuhrmann rappelte sich hastig auf und stierte den Welschen an, als wäre er der Leibhaftige selbst.

Madlen hörte das Murmeln der Leute. Sie waren gespannt, ob der Fuhrmann die Demütigung hinnehmen würde oder ob es einen Kampf zu sehen gäbe. Wenn der Kerl sich tatsächlich mit dem Welschen anlegte, würde es böse für ihn enden, dessen war sie gewiss. Trotzdem betete sie, es möge nicht so weit kommen. Sie wollte nicht der Grund dafür sein, dass jemand verletzt wurde.

Der Welsche schien ihre Gedanken zu erraten, denn er schob mit einer ruhigen Bewegung seinen Umhang etwas zur Seite, sodass sein Katzbalger für alle deutlich zu sehen war. Dem Fuhrmann klappte der Mund auf. Das Murmeln der Umstehenden wurde lauter, aber Madlen hatte den Eindruck, dass sie zurückwichen.

Plötzlich wollte sie nur fort. »Barthel, lass uns den Karren weiterschieben«, sagte sie rasch. »Vielleicht kann uns der … Landsknecht zur Hand gehen?«

Mit der Hilfe des Welschen war es ein Kinderspiel, den Karren mit dem Weinfass in die Sterngasse zu befördern. Als sie vor der Apotheke angekommen waren, atmete Madlen erleichtert durch. »Barthel, sei so gut und hol dem Mann einen Becher kühles Bier!«

Der Junge, der den Welschen den ganzen Weg über mit bewundernden Blicken gemustert hatte, zögerte. Madlen wusste, dass er vor Neugier platzte und nichts verpassen wollte. Doch als sie ihn streng ansah, siegte sein Pflichtbewusstsein.

Sie wartete, bis er in der Tür verschwunden war, bevor sie sich dem Welschen zuwandte. Sein Gesicht mit den schwarzen Augen, die so sehr an die der Männer des Fahrenden Volkes erinnerten, schien ihr noch dunkler als sonst. Unter dem Hut mit der keck gebogenen Krempe lugte sein dunkler Zopf hervor. Sein Bart war nicht mehr so zerzaust und seine Kleidung schien besser zu sein als vor ein paar Wochen. Die Börse der Kaufleute Geßlinger musste genügt haben, um die Männer ordentlich auszurüsten und einzukleiden.

Madlens Wangen wurden heiß, als ihr bewusst wurde, mit welch einem Mann sie hier stand. Er war keineswegs ein Landsknecht ohne Arbeit. Er war ein Räuber und womöglich ein Mörder.

Dennoch hatte er ihr geholfen.

»Danke«, sagte sie mit belegter Stimme. Gleichzeitig rasten Gedanken durch ihren Kopf. Warum war er hier? Hatte er sie zufällig gesehen oder hatte er sie gesucht? Und war Fulk mit ihm in der Stadt?

Der Welsche tippte sich kurz an die Hutkrempe. »Hab ich gerne getan, *bella* Maddalena«, erwiderte er leichthin. »Kommst schnell in Schwierigkeiten, muss ich sagen. Aber bist eine mutige Frau. Nur manchmal ist besser, solche Männer nicht zu reizen ... sind wie wütende Stiere, besonders wenn sie betrunken sind.« Er lachte auf, die weißen Zähne blitzten in seinem dunklen Gesicht. »Oder soll ich sagen: wütende Ochsen?«

Madlen stimmte in das Lachen ein.

Genau in diesem Moment trat Barthel wieder hinaus auf die Gasse, in der Hand einen Krug mit Bier und in seinem Gefolge Christoph. Madlens Lachen erstarb.

Christoph schaute vom einen zum andern, in seiner Miene war überdeutlich zu lesen, was er dachte: Nun schleppte die Metze den nächsten zwielichtigen Kerl an.

»Dieser Mann hat uns geholfen, den Karren herzuschieben«, erklärte Barthel vorsichtig.

Madlen fragte sich, ob der Junge die Auseinandersetzung mit dem Fuhrmann erwähnt hatte, und suchte unauffällig seinen Blick. Kaum merklich schüttelte er den Kopf, und sie atmete auf.

Der Welsche tippte sich nochmals an seinen Hut, ehe er dankbar den Krug entgegennahm.

»Ein Freund von dir, Madlen?«, fragte Christoph spitz und beobachtete, wie der Fremde einen tiefen Schluck nahm. »Oder gar ein Verwandter?«

»Weder noch«, sagte sie schnell, ehe Barthel oder der Welsche etwas sagen konnten. Sie hoffte, dass die beiden anderen schlau genug waren, ihr nicht zu widersprechen, und dass Christoph nicht gehört hatte, wie der Welsche sie mit Namen ansprach. »Einfach ein Mann, der sah, dass der Karren zu schwer war für ein Weib und einen Jungen.« Bei den letzten Worten funkelte sie Christoph böse an.

»Ah.« Sein Ausdruck verfinsterte sich ob des unausgesprochenen Vorwurfs. Doch er besann sich und nickte dem Welschen widerwillig zu. »Dann danke ich dir für deine Hilfe. Den Rest schaffen Barthel und ich allein.«

Der Junge setzte sich zögernd in Bewegung, um die Sackkarre aus dem Haus zu holen, damit sie das Fass abladen konnten.

Der Welsche zuckte die Achseln. Seine Augen trafen Madlens, und sie begriff, dass er ihr etwas sagen wollte. Er hob den Krug abermals an die Lippen und trank genüsslich. Madlen ahnte, dass er Zeit gewinnen wollte.

Glücklicherweise erschien nun Barthel mit der Sackkarre und einer Handvoll Stricke. Christoph war gezwungen, mit anzupacken. Als er ihnen den Rücken zukehrte, beugte sich der Welsche vor und gab Madlen den leeren Krug zurück.

»Hab Dank, Jungfer«, sagte er laut. Flüsternd fügte er hinzu: »Der Hauptmann will dich sehen. Zur achten Stunde, an der Schenke ›Zum Rebenkönig‹.«

Entrüstet wollte Madlen ablehnen, aber da hatte er sich bereits abgewandt und ging mit langen Schritten durch die Gasse davon, ein fröhliches Liedlein pfeifend.

Madlen schnappte nach Luft. Er wusste genau, dass sie ihm weder nacheilen noch nachrufen konnte, um ihm zu sagen, dass das unmöglich war.

Sie konnte den Hauptmann nicht treffen. Und sie *wollte* den Hauptmann nicht treffen.

Es ist unmöglich, dachte sie, während sie in der Küche den Speck zur Erbsensuppe schnitt. Voll unterdrücktem Zorn führte sie die Klinge durch die Schwarte. Wie stellte er sich das vor? Sie war eine Magd und konnte nicht einfach kommen und gehen, wie es ihr beliebte – erst recht nicht abends.

Als sie zum Nachtmahl beisammensaßen, haderte sie

noch immer mit Fulk und seinem dreisten Vorschlag, der im Grunde vielmehr eine Anordnung gewesen war. Wie so oft lobte der Meister die Suppe, und die beiden anderen langten ebenso kräftig zu. Madlen fehlte der Appetit. Lustlos rührte sie in ihrem Teller herum, die Suppe schmeckte fad in ihrem Mund. Hätte sie nicht die Blicke der anderen gespürt, hätte sie den Teller unberührt in die Küche getragen.

Nach dem Essen stand Christoph auf und erklärte, er würde sich mit anderen Gesellen in einer Weinstube treffen, und Madlen zog sich erleichtert in die Küche zurück. Kaum war Christoph aufgebrochen, erschien Barthel. Die Neugier hatte ihm offenbar keine Ruhe gelassen.

»Der Mann kannte dich, Madlen«, platzte er heraus, als sich die Tür hinter ihm geschlossen hatte. »Er hat deinen Namen gesagt!«

Bella Maddalena. Insgeheim verwünschte sie den Welschen, dann schämte sie sich dafür. Er hatte sie vor dem Fuhrmann beschützt, während alle anderen nur dagestanden und gegafft hatten.

Barthel erwartete eine Antwort. Was sollte sie sagen? »Ein Knecht meines verstorbenen Herrn, der zu den Landsknechten ging.«

»Er sprach so seltsam.« Barthels Neugierde war nicht gestillt.

»Er stammt aus Italien.« Zumindest das war die Wahrheit.

»Der Fuhrmann hatte Angst vor ihm!« Barthels Stimme überschlug sich beinahe vor Aufregung. »Ist er ein tapferer Kämpfer?«

»Woher soll ich das wissen, Barthel? Ich habe ihn seit Ewigkeiten nicht mehr gesehen. Aber mir scheint, er ist ein gefährlicher Mann. Ich bin froh, dass es keinen Kampf zwischen den beiden gab.«

Sie hatten auch ohne Blutvergießen genug Aufsehen erregt.

»Er hätte den Fuhrmann besiegt!«, mutmaßte Barthel.

»Das nehme ich an«, erwiderte Madlen knapp. Um den Jungen zu beschäftigen, fügte sie hinzu: »Und nun, Barthel, tu mir den Gefallen und füttere die Ziegen und die Hühner. Dann kann ich die Küche sauber machen.«

Barthel zögerte. »Warum hast du nicht gesagt, dass du ihn kennst? Zu Christoph, meine ich?«

Sie starrte den Jungen an. »Was glaubst du denn?«, sagte sie schließlich unwillig. »Christoph hält mich sowieso für eine Herumtreiberin. Wenn er merkt, dass ich mit einem ... Landsknecht bekannt bin, wird er mich noch mehr verachten.«

»Christoph sagt, du bist spätabends mit einem heruntergekommenen Söldner vor unserer Tür aufgekreuzt«, meinte Barthel.

Madlen stutzte. Sie hatte nicht gewusst, dass Barthel von den Umständen ihrer Ankunft Kenntnis hatte. Natürlich passte es zu Christoph, ihm davon zu erzählen.

»Ist das wahr?«

Madlen schluckte. »Ja, das ist es. Aber merk dir, Barthel, man sollte einen Menschen nie nur nach seinem Erscheinen beurteilen. Dieser Söldner hat mich nach Würzburg gebracht. Er ist ein Mann von Ehre.« Als sie ihre eigenen Worte hörte, wurde ihr bewusst, dass es dieselben waren, mit denen Fulk damals auf dem Ritt durch den nächtlichen Wald von seinem Vater gesprochen hatte.

In diesem Moment drang der Glockenklang vom Kiliansdom durch die geöffneten Fenster. Die achte Stunde.

Es ist unmöglich, dachte sie abermals und presste die Lippen fest aufeinander.

Kapitel 21

Der »Rebenkönig« war eine Weinschenke, die bevorzugt vom einfachen Volk aufgesucht wurde, Handwerkern und Gesinde, zu Madlens Erleichterung handelte es sich jedoch keineswegs um eine üble Spelunke. Sie hatte sich bei einem Passanten nach dem Weg erkundigen müssen, aber zum Glück war die Schenke nicht weit von der Marienkapelle entfernt. Sie würde auch im Dunkeln den Heimweg finden.

Unschlüssig blieb sie am Hauseck stehen und beobachtete die Leute, die hineingingen. Wenige Frauen, viele Männer. Fulk war nicht zu sehen. Natürlich war sie zu spät. Viel zu spät. Und natürlich hatte es einer Lüge bedurft, um zu abendlicher Stunde fortzugehen.

Nervös zupfte Madlen an der Kapuze ihres Umhangs, den sie umgelegt hatte, um unerkannt zu bleiben. Es war eine ganze Weile her, dass die Glocken am Dom zur neunten Stunde geschlagen hatten.

Närrin, schalt sie sich selbst. Sie hatte erwogen, dem Meister die Wahrheit zu sagen und ihn um Erlaubnis zu fragen, sich aber dagegen entschieden und zu einer Lügengeschichte gegriffen. Es war ihr leichtgefallen, denn Konrad Veltlin hatte sie gefragt, warum sie so offenkundig gedrückter Stimmung war. Er erfuhr, dass sie sich Sorgen um ihre Freundin Klara machte, die mit einer bösen Magenverstimmung darniederlag. Gerne hätte Madlen sie besucht und aufgemuntert. Der Meister hatte sie geradezu gedrängt zu gehen, hatte ihr sogar eine Kräutermischung zum Aufbrühen aus Fenchel, Anis und Minze bereitet, die sie ihrer Freundin mitbringen sollte.

Sie verspürte große Scham. Meister Veltlin verdiente nicht, so belogen zu werden. Und dennoch hatte sie es nicht gewagt, ehrlich zu sein. Verwünschter Fulk.

Wo war der Hauptmann nun? War er unverrichteter Dinge gegangen oder saß er in der Schenke und wartete?

Wütend kaute sie auf ihrer Unterlippe. Sie konnte schwerlich hineingehen und ihn suchen. Das würde sie auf eine Stufe stellen mit den liederlichen Weibern, die sich nachts herumtrieben und sich dem Nächstbesten an den Hals warfen. Doch wenn sie einfach umkehrte und nach Hause ging, wäre alles umsonst gewesen, die Lügengeschichte, der abendliche Weg durch die Gassen.

Es wurde dunkler. Ein Mann trat aus dem Eingang zur Schenke und schickte sich an, die Öllampe zu entzünden, die über der Tür hing. Madlen gab sich einen Ruck und schritt entschlossen aus.

In dem Wirtsraum war es laut, stickig und so voll, dass ihr Eintreten kein Aufsehen erregte. Zugleich war es schwierig, sich bei der schlechten Beleuchtung einen Überblick über die Gäste zu verschaffen. Zögernd blieb sie neben dem Eingang stehen. Sie war nie zuvor in einer Schenke gewesen. In Vogtsberg gab es so etwas nicht, die durstigen Burschen gingen ins Wirtshaus nach Gaukönigshofen. Anständige Frauen gingen nirgendwo hin, sie hüteten Haus, Herd und Kinder.

Das Stimmengewirr, ab und an unterbrochen vom schrillen Lachen eines Mädchens oder dem betrunkenen Gegröle eines Mannes, verunsicherte sie, und sie drückte sich enger an die Wand. Langsam ließ sie ihren Blick durch den Raum schweifen. Alle Tische waren belegt und auch am Schanktisch, wo ein dicker, kahlköpfiger Wirt Wein aus einem großen Fass in Becher füllte, drängten sich die Gäste.

Fulk war nirgends zu sehen.

Erneut verwünschte sie ihn, und sich dazu, weil sie sich auf die Sache eingelassen hatte. Was konnte er von ihr wollen? Sie lebten in unterschiedlichen Welten, hatten nichts miteinander zu schaffen. Und dennoch war sie hier.

Eine Hand zupfte an ihrem Mantel. Sie fuhr herum, in der Hoffnung, den Hauptmann zu sehen. Stattdessen blickte sie in das Gesicht eines grobschlächtigen Mannes, der sie angrinste, wobei er eine Reihe schadhafter Zähne entblößte.

»Hoppla, Mädchen, lass dich ansehen. Du bist zu hübsch für diese Vermummung!« Er machte Anstalten, die Kapuze von ihrem Kopf zu streifen, und Madlen wich entsetzt zurück. Der Mann brach in Gelächter aus, Weindunst und schlechter Atem umgaben ihn.

»Lass mich«, zischte sie. »Ich warte auf jemanden!«

»Hast mich schon gefunden, meine Hübsche!«, kicherte er und griff nach ihrem Arm. »Komm, ich spendier dir einen Becher Roten, das wird dich entspannen …« Die Finger seiner Hand gruben sich schmerzhaft in ihren Arm.

Wie oft hatte Hans Eberlin sie so gepackt, ehe er sie ins Heu oder auf die Wiese drängte! Das Gesicht vor ihren Augen verschwamm mit einem anderen, brutaleren. Voll Abscheu stieß sie ihn vor die Brust. »Lass mich, hab ich gesagt!«

»Hab dich nicht so, Weib! Ich werd dir …« Der Mann brach ab, als eine große Hand sich um seine Kehle schloss.

»Bist du schwerhörig, Mann?«, knurrte Fulk. »Sie sagte, du sollst sie in Ruhe lassen.«

Auf Fulks Gesicht lag einen grimmiger Ausdruck, während er den Kerl davonstieß, Madlen am Arm ergriff und wortlos mit sich durch den vollen Schankraum zog. Als sie den Hinterausgang erreichten, bemerkte Madlen, dass die Weinstube einen kleinen Innenhof hatte, der ebenfalls mit Tischen und Bänken bestückt war. Auch hier war es voll, aber Fulks große, breitschultrige Gestalt und seine finstere Miene veranlassten die anderen Gäste dazu, zusammenzurücken und ihnen Platz zu machen.

Madlen ließ sich auf eine Bank sinken und schaute sich vorsichtig um. Sie hatte die Kapuze ihres Umhangs nicht abgestreift, da sie fürchtete, jemanden zu entdecken, der sie kannte. Zu ihrer Erleichterung schien das nicht der Fall zu sein.

Indessen musterte Fulk sie prüfend. »Du schaffst es verdammt schnell, dich in Schwierigkeiten zu bringen, Mädchen!«

Madlen sah ihn an. Ihr Herz pochte heftig, und widersprüchliche Gefühle rangen in ihr. Verärgerung, Furcht und ein leises Gefühl von … Freude? Freude, ihn zu wiederzusehen?

Wie der Welsche sah auch Fulk gepflegter aus. Bart und Haare waren gestutzt, offenbar hatte er einen Bader aufgesucht. Dem Anlass entsprechend trug er keinen Harnisch, stattdessen ein schlichtes, braunes Wams und eine Bundhose, auf dem Kopf ein dunkles Barett ohne Zierrat oder Federn. Der Kragen seines Hemdes war schmucklos und stand am Hals offen. Wäre die schlimme Narbe nicht gewesen, hätte er für einen anständigen Bürger durchgehen können.

»Außerdem bist du zu spät«, fuhr er grimmig fort. »Du solltest vor der Trinkstube warten und nicht hineingehen, hat dir der Welsche das nicht gesagt? Ein Weib wie du erregt hier nur unnötig Aufsehen.«

Der Ärger gewann die Oberhand in Madlen. Was bildete er sich ein, sie auszuschimpfen wie ein kleines Kind? Und was sollte das heißen ›ein Weib wie du‹? »Immerhin bin ich hier!«, gab sie unfreundlich zurück. »Denkt Ihr etwa, es war einfach, sich abends fortzuschleichen? Ich musste den Meister anlügen, und das habe ich nicht gern getan.« Zornig funkelte sie ihn an. »Und wenn ich nicht in die Schenke hinein soll, dann verratet mir, warum wir hier sitzen?«

»Nachdem du sowieso schon mittendrin standest«, versetzte er mürrisch, »dachte ich, ein Becher Wein könnte uns beiden nicht schaden.«

Just in diesem Moment erschien eine dralle Schankmagd neben ihnen. Sie bedachte Madlen mit einem abschätzigen Blick, doch ihre Miene hellte sich auf, als sie sich Fulk zuwandte. Verblüfft beobachtete Madlen, wie sie dem Placker ein kesses Lächeln zuwarf und sich zu ihm herunterneigte. Dabei gewährte der großzügige Ausschnitt ihres Mieders Einblick auf die pralle Wölbung ihrer Brüste. Fulks narbiges Gesicht schien sie nicht zu stören.

Der Placker betrachtete die offenherzig dargebotenen Rundungen mit Interesse und bat das Mädchen um zwei Becher roten Wein.

»Sogleich, mein Herr«, zwitscherte sie und eilte mit einem kecken Schwung ihrer Hüften davon.

In Madlen brodelte es. Sie biss sich auf die Zunge, um eine spitze Bemerkung zurückzuhalten, doch Fulk entging ihre Gefühlsregung nicht.

Er zog eine Braue hoch. »Mach kein so entrüstetes Gesicht!«, sagte er spöttisch. »Gönn einem einsamen Mann die Freude eines solchen Anblicks.«

»Ich kann mir gut vorstellen, wie einsam Ihr seid«, erwiderte Madlen schärfer als beabsichtigt.

Fulk lachte leise auf. »Man könnte meinen, du wärst eifersüchtig, Mädchen!«, neckte er sie.

»Ganz gewiss nicht!«, fuhr sie auf. »Warum sollte ich auf ein solches Weib eifersüchtig sein?«

Sie fühlte, wie ihr die Röte ins Gesicht stieg. Eine entlaufene Leibeigene sollte sich nicht erdreisten, über andere Frauen zu urteilen.

Fulks Gesichtsausdruck verriet, dass er ähnliche Gedanken hegte, aber er sprach es nicht aus.

»Außerdem scheint Ihr vergessen zu haben, dass ich einen Namen habe«, fügte sie mürrisch hinzu.

Sie merkte selbst, dass sie sich anhörte wie ein schmollendes Kind. Darum war sie beinahe dankbar, als die Schankmagd mit zwei vollen Bechern erschien, die sie schwungvoll vor Fulk und Madlen abstellte. Ihr üppiger Busen wogte, aber diesmal sah Fulk nicht hin.

Ein wenig beleidigt sagte die Magd: »Zwei Heller macht das, mein Herr.«

Fulk nahm die Münzen aus einer ledernen Geldkatze, die er am Gürtel trug, und drückte sie ihr in die Hand. Er wartete, bis sie sich entfernt hatte, und wandte sich wieder Madlen zu.

Ehe er zu sprechen begann, platzte sie heraus: »Der Beutel in meinen Sachen, das wart Ihr, nicht wahr?« Dass er nicht verdutzt nachfragte, wovon sie sprach, war Antwort genug. »Warum habt Ihr das getan?«

Er zuckte die Achseln. »Ein paar Tage weniger im Fegefeuer für eine gute Tat?«, scherzte er.

Doch Madlen war nicht zum Scherzen zumute, und es ärgerte sie, dass er versuchte, ihrer Frage auszuweichen. »Es ist …«, sie senkte ihre Stimme und raunte: »Es ist Diebesgeld, das weiß ich. Wenn es jemand bemerkt hätte, hätte man mich für die Diebin gehalten. Habt Ihr nicht darüber nachgedacht?«

Fulk nahm einen tiefen Schluck aus seinem Becher, ehe er trocken zurückgab: »Ein schlichtes ›Danke‹ hätte gereicht.« Zwischen seinen Brauen bildete sich eine Falte. Hatte sie ihn beleidigt?

»Wenn Christoph es gefunden hätte …« Was sollte sie ihm erzählen? Dass sie versuchte, das Geschehene abzuschütteln und eine anständige Magd zu sein? Er zog durchs Land und raubte Leute aus, er würde darüber nur spöttisch lächeln.

»Christoph? Der mürrische Kerl, der uns einließ?« Fulks Blick wurde scharf. »Setzt er dir zu?«

»Mit dem werd ich fertig«, erwiderte Madlen trotzig.

Er runzelte die Stirn.

Sorgte er sich um sie? Es ging ihn nichts an. Unwillig griff sie nach dem Weinbecher und hob ihn an die Lippen. Der Wein war stärker als der, den sie gewohnt war. Und besser. Rasch stellte sie das Trinkgefäß wieder ab. Sie durfte sich nicht die Sinne benebeln – das war gefährlich. Sie musste beizeiten zurück. »Warum wolltet Ihr mich treffen?«, fragte sie.

Als Fulk den Blick auf seinen Becher senkte, verspürte sie plötzlich ein Frösteln, das nichts mit der beginnenden Kühle des Abends zu tun hatte.

»Ist etwas geschehen?« Ihre Stimme klang spröde, eine ungute Ahnung stieg in ihr auf.

»Ja. Etwas, das du wissen solltest.« Fulk sah auf, seine Miene war entschlossen. »Es geht um Grethe.«

Madlen sagte nichts. Die dunkle Ahnung drohte sie zu erdrücken.

»Grethe ist gestorben.«

Die Worte hallten in Madlens Kopf wider. Das konnte nicht sein. Sie brachte keinen Ton hervor. Mit zitternden Händen tastete sie nach dem Becher, hätte ihn umgestoßen, wenn Fulk nicht schnell genug reagiert hätte. Seine große Hand umschloss ihre mitsamt dem Becher und hielt sie fest.

Das konnte nicht sein.

»Warum?« Die Frage kam krächzend über ihre Lippen.

Fulk schwieg.

»Warum?«, sagte sie eindringlicher. Sie wollte ihm die Hand entziehen, doch er ließ nicht los.

»Man hat sie auf die Burg geholt, um sie zu … befragen«, antwortete er langsam.

»Befragen?« Madlen verspürte ein Würgen im Hals. Sie wusste zu gut, was sich hinter diesem harmlosen Wort verbarg. »Man hat sie gefoltert?«, flüsterte sie ungläubig.

Fulk schüttelte den Kopf. »So weit kam es nicht.«

Als Madlen ihn aus großen Augen ansah, erklärte er: »Dieser Kaplan, er ließ sie holen und verhören. Sie war wohl störrisch und man sperrte sie in ein Verlies der Burg. Als man sie am nächsten Morgen holen wollte, war sie tot.«

Tot. Madlen rang nach Luft. »Woher wisst Ihr das alles?«

Fulk nahm seine Hand weg und ergriff wieder seinen eigenen Becher. Er trank bedächtig. »Von dem Jungen«, sagte er schließlich.

»Michel! Was ist mit ihm?«

»Beruhig dich, mit dem Jungen ist alles in Ordnung!« Fulk hob die Hand, als wollte er nochmals nach der ihren greifen, ließ sie dann jedoch sinken.

Madlens Kopf dröhnte. Ihre Gedanken jagten sich und wurden nicht klarer. Allein der Schmerz war klar, er schnitt durch ihr Innerstes wie eine scharfe Klinge. Sie blinzelte die aufsteigenden Tränen weg und die Gesichter, die plötzlich vor ihrem inneren Auge standen: Michel mit seinem Hund und Grethes zerfurchtes, gütiges Gesicht. Das sie nie wieder sehen würde. Aber hatte sie das nicht schon beim Abschied gewusst?

»Ich verstehe nicht«, murmelte sie. »Wie konnte sie sterben, so einfach über Nacht?«

»Man hat ihr wohl die peinliche Befragung angedroht.« Fulk warf ihr über den Rand seines Bechers einen schwer zu deutenden Blick zu.

Die Folter? Madlen kam ein verstörender Gedanke. Grethe war eine Kräuterfrau. Hatte sie beschlossen, sich auf ihre eigene Weise der peinlichen Befragung zu entziehen? Madlen erstarrte. Nein, Grethe konnte das niemals getan haben. Jeder wusste, dass Selbsttötung eine schreckliche Sünde war, ein Verbrechen gegen Gott. Selbstmörder durften nicht in geweihter Erde bestattet werden, es wurde keine Totenmesse gelesen, keine Glocken geläutet. Das Himmelreich wurde ihnen verwehrt. Alles, was ihnen blieb, war ein »Eselsbegräbnis«, verscharrt außerhalb des Friedhofs wie Tiere und Mörder. Niemals würde Grethe … Madlen schluckte heftig. Sie wusste, dass Grethe ihre eigene Meinung gehabt hatte über das, was recht und unrecht war, und über die Kirche. Was sie gesagt hatte, als Madlen um das Seelenheil ihres ungetauften Kindleins bangte, klang Madlen allzu deutlich in den Ohren. *Unfug … egal, was die Pfaffen sagen …*

Durch einen Tränenschleier starrte sie ins Gesicht des Plackers. »Was glaubt Ihr?«

»Nur Gott weiß, was geschehen ist«, entgegnete er ernst. »Grethe wird ihren Frieden mit ihm gemacht haben, hab keine Sorge.« Die Sanftheit seiner Stimme erstaunte sie. Sie war sich sicher, dass er ähnliche Überlegungen angestellt hatte wie sie, doch schien er nicht schockiert. Er war ein Placker und vermutlich selbst ein Mörder. Wenn man ihn dereinst richten würde, würde auch er ein Eselsbegräbnis erhalten. Er sagte: »Es hieß, die Aufregung sei zu viel für Grethe gewesen, ihr Herz hörte einfach auf zu schlagen. Sie war eine ziemlich alte Frau.«

»Es ist alles meine Schuld«, murmelte Madlen. Erneut stiegen Tränen in ihr hoch, Fulks Gesicht verschwamm. »Ich hätte niemals fortlaufen dürfen. Dann wäre sie noch am Leben«

»Madlen!«

Sie war bereits aufgesprungen, bahnte sich ihren Weg durch die Tische und Bänke. Sie musste fort von hier. Hinaus, weg von diesen lachenden und trinkenden Menschen, deren fröhliche Gegenwart ihren Schmerz zu verhöhnen schien. Als sie die Tür erreichte und in die Dunkelheit hinauslief, konnte sie leichter atmen. Sie blieb stehen und fuhr sich über das Gesicht. Es war nass von Tränen.

Es war ihre Schuld. Grethe war tot und es war ihre Schuld.

Aus dem Augenwinkel nahm sie eine Bewegung wahr. Ein eng umschlungenes Paar stand wenige Schritte entfernt am Hauseck, atemloses Murmeln und Kichern drang an ihre Ohren. Die Hand des Mannes schob den Rock seiner Gespielin hoch, und Madlen wandte sich rasch ab.

Die Erinnerung an Hans Eberlin füllte ihren Mund mit bitterer Galle. Würde sie jemals ein Liebespaar ansehen können, ohne dass sie der Gedanke an das, was Eberlin ihr angetan hatte, ansprang wie ein tückisches Raubtier? Würde sie jemals die Berührung eines Mannes ersehnen ... eine streichelnde Hand, einen zärtlichen Kuss?

Jemand fasste sie an der Schulter. Sie wirbelte herum und stieß den vermeintlichen Angreifer mit beiden Händen von sich.

»Schon gut«, sagte Fulk und hob in einer entschuldigenden Geste die Hände.

»Geht weg, lasst mich in Ruhe!« Madlens Stimme zitterte.

Verzweifelte Wut überkam sie. Er sollte ihre Tränen nicht sehen. Er sollte sie allein lassen. Gleichzeitig begriff sie, dass er der Einzige war, der über alles Bescheid wusste, über ihre Flucht aus Vogtsberg, über Hans Eberlins Ende und über die Umstände von Grethes Tod. Ihm brauchte sie nichts zu verheimlichen, keine Lügen zu erzählen.

Im Grunde war er ihr einziger Vertrauter.

Fulk trat einen Schritt zurück. Das Licht der Laterne fiel auf sein Gesicht, das Madlen mittlerweile seltsam vertraut war. »Es war Grethes Entscheidung«, sagte er düster. »Du trägst keine Schuld.«

Seine Worte, tröstend gemeint, bewirkten das Gegenteil. »Natürlich trage ich die Schuld!«, fauchte sie ihn an. »Ich war feige. Ich bin fortgelaufen und habe Grethe ihrem Schicksal überlassen!«

»Du hast genau das getan, was Grethe wollte!« In seinen Worten schwang unterdrückter Zorn mit. »Was denkst du, wäre geschehen, wenn du in Vogtsberg geblieben wärst? Glaubst du, dieser Pfaffe hätte dich in Frieden gelassen?«

»Ich habe niemandem etwas Böses getan«, beharrte Madlen.

Fulk lachte spöttisch auf. »Und das hätte dich geschützt? Vor bösen Gerüchten, vor Verdächtigungen, vor dem Aberglauben dummer Menschen?« Er schüttelte den Kopf. »Wie töricht du bist, Mädchen! Glaub mir, das hat noch keine Frau vor dem Scheiterhaufen bewahrt!«

Die brutalen Worte verschlugen ihr die Sprache. Ein paar Atemzüge lang starrten sie sich an, bis Fulk in versöhnlicherem Ton sagte: »Grethe wusste, dass du in Sicherheit bist. Das war das Wichtigste für sie.«

Madlen war klar, dass er recht hatte. Dennoch trösteten sie die Worte nicht. Der Schmerz saß tief, wühlte sich in ihren Leib. Grethe war ihretwegen gestorben. Und nicht nur Grethe. »Dennoch bin ich schuld an ihrem Tod«, beharrte sie. »Und am Tod von Hans Eberlin.«

Fulk verzog verächtlich das Gesicht. »Das Großmaul aus Vogtsberg? Der Kerl, den ich getötet habe?« Ohne ihre Antwort abzuwarten, versetzte er zornig: »Tut's dir etwa leid, dass er tot ist? Nach allem, was dir der Bastard angetan hat?«

Madlen brachte keinen Ton heraus.

Es war ihm Antwort genug. »Mir tut es nicht leid«, sagte er hart. »Ich würde ihn jederzeit wieder töten.« Seine dunklen Augen bohrten sich in die von Madlen, und sie musste schlucken. Es war ihm Ernst. Ein Schauder durchrann sie.

»Ich sagte bereits, dass ich froh bin, dass er tot ist. Daran hat sich nichts geändert.«

Fulk reagierte auf ihre Worte mit einem Nicken. »Dann hör auf, dir Vorwürfe zu machen. Was geschehen ist, ist geschehen. Du lebst. Und du bist in Sicherheit bei dem alten Mann. Das allein zählt.«

Der alte Mann. Madlen erschrak. Sie würde es ihm sagen

müssen. Bei dem Gedanken schnürte es ihr die Kehle zu. Grethe hatte in seinem Leben eine besondere Rolle gespielt, auch wenn Madlen nicht wusste, weshalb. Eines jedoch wusste sie mit Sicherheit: Die Nachricht von Grethes Tod würde Konrad Veltlin schwer treffen.

»Was?« Fulk hatte ihr Erschrecken bemerkt und sah sie prüfend an.

»Ich muss es ihm sagen«, murmelte sie, mehr zu sich selbst als zu dem Mann, der vor ihr stand. Erneut stiegen Tränen in ihr auf, sie fuhr hastig mit der Hand über ihre Augen. »Dem Meister. Grethe und er ... standen sich nah ... vor langer Zeit.«

Mit einem Mal fühlte sie sich unendlich müde. Und traurig. Die Tränen ließen sich nicht länger zurückhalten, zogen erneut feuchte Bahnen über ihr Gesicht.

»Ach, Madlen!« Fulk nahm ihre zitternden Hände und sie ließ es geschehen. Seine Finger waren rau, aber warm, die Berührung tröstlich.

Mit einem erstickten Laut ließ sie den Kopf an seine Brust sinken.

Einen Augenblick lang blieb er starr, dann schlossen sich seine Arme um Madlen. Es war eine feste, beschützende Umarmung, keine, die von Verlangen getrieben wurde, und zu ihrer Erleichterung verspürte Madlen keinen Widerwillen. Instinktiv schlang sie ebenfalls die Arme um seinen Körper, vergrub ihr tränennasses Gesicht im festen Stoff seines Wamses.

Sie verspürte Scham über ihre Schwäche, war aber nicht imstande, sich von ihm zu lösen, dieses lange vermisste Gefühl von Trost und Geborgenheit aufzugeben. Der letzte Mensch, der einzige Mensch, der sie je getröstet hatte, war Grethe gewesen. Und Grethe war tot.

Wie lange sie so gestanden hatten, hätte Madlen nicht zu sagen vermocht. Irgendwann ließ sie ein Geräusch zusammenzucken.

Das Paar, das an der Ecke gestanden hatte, war ein Stück in die dunkle Gasse zurückgewichen, die Laute waren unverkennbar, Keuchen und Stöhnen. Madlen fühlte, dass Fulks Arme sie freigaben, als ob er ihren Abscheu spüren konnte. Sie wich ein Stück zurück und er ließ die Arme sinken.

»Wir sollten besser gehen«, sagte er ruhig. »Ich bringe dich nach Hause.«

Madlen hatte Fulks Angebot, sie zu begleiten, anfangs abweisen wollen, sich dann jedoch eines Besseren besonnen. Zum einen war sie in der Begleitung des Plackers unbestritten sicherer als allein, zum anderen wusste sie, dass sie ihn mit einer Ablehnung verletzt hätte. Dennoch sollte man sie nicht zusammen sehen, immerhin wähnte der Meister sie bei Klara.

Sie bemerkte rasch, dass Fulk sich der Gefahr bewusst war, ohne dass sie darüber sprachen. Er wählte einen Weg durch verborgene Gässchen und wich in den Schatten aus, wenn ihnen andere Nachtschwärmer begegneten. An der Ecke zur Sterngasse blieb er stehen und wandte sich Madlen zu. »Das letzte Stück schaffst du allein.« Er zupfte die Kapuze des Mantels auf ihrem Kopf zurecht.

Es war eine fürsorgliche Geste, aber Madlen fühlte, dass er damit eine Unsicherheit zu kaschieren suchte. Etwas hatte sich verändert, seit er sie in den Armen gehalten hatte. Sie hatten eine unsichtbare Linie überschritten, waren sich nähergekommen, doch nicht auf die Weise, wie ein Mann einer Frau näherkam, die er begehrte. Es verwirrte sie beide.

Wir haben beide die gleichen Narben, dachte Madlen. *Nur dass seine sichtbar sind und meine verborgen.*

»Ich danke dir«, sagte sie leise und bemerkte, dass sie, ohne zu überlegen, das vertrauliche Du verwendet hatte. Ihn schien es nicht zu stören und es fühlte sich richtig an. »Dafür, dass du mir von Grethe erzählt hast.« Sie hatte ihn nicht gefragt, wie er es geschafft hatte, mit Michel Kontakt aufzunehmen. Sie ahnte, dass es nicht einfach gewesen war. Er hatte es für sie getan. Der Gedanke erfüllte sie mit einer ungeahnten Wärme.

»Ich hatte gehofft, dir eine bessere Nachricht bringen zu können«, sagte er ernst, »Aber ich dachte, du solltest es trotzdem erfahren. Auch wenn ich dir den Schmerz gern erspart hätte.«

»Ich weiß.« Madlen zögerte einen Moment. »Werde ich dich wiedersehen?«

Sie ahnte sein Lächeln mehr, als dass sie es sah. »Das klingt fast, als würdest du dich darauf freuen, Madlen Böckler?«, fragte er neckend.

Ihr lag eine trotzige Antwort auf der Zunge, doch sie schluckte sie hinunter. »Vielleicht ja«, gab sie zurück.

»Das ist auch meine Antwort auf deine Frage.« Er war wieder ernst. »Vielleicht wirst du mich wiedersehen. Wenn Gott will und mein Weg mich wieder nach Würzburg führt.«

Madlen betrachtete ihn prüfend. »Und wohin führt dein Weg dich jetzt?«

»Wir reiten nach Süden. Der Schwäbische Bund sucht Landsknechte für den Kampf gegen die Schweizer. Da stört es niemanden, wenn man in der Vergangenheit den einen oder anderen Pfeffersack ausgeraubt hat«, erklärte er leichthin.

Seine Worte legten sich schwer auf Madlens Herz. *Für den Kampf gegen die Schweizer.*

Sie hatte von den Schweizern gehört. Sie waren nicht nur für ihren unbändigen Freiheitswillen bekannt, sondern auch dafür, furchtbare und gnadenlose Kämpfer zu sein. Ein jeder wusste, dass die deutschen Landsknechte und die Schweizer Krieger seit Langem Todfeinde waren.

»Gott behüte dich«, sagte sie leise, so wie sie es an jenem Abend vor dem Haus des Apothekers gesagt hatte.

Diesmal nickte er nur.

Ich würde um ihn weinen, falls er im Kampf fällt, dachte Madlen, erstaunt über sich selbst. Doch wahrscheinlich würde sie es nicht einmal erfahren.

»Sorg dich nicht um mich«, sagte er in ihre Gedanken hinein. »Ich bin nicht so leicht umzubringen, wie du weißt.«

Aus irgendeinem Grund machten seine so lässig dahergesagten Worte sie zornig. War Zorn besser zu ertragen als Sorge? »Sag das dem ersten Schweizer, der seinen Spieß auf dich richtet«, erwiderte sie scharf.

Er lachte auf. Als er sich zu ihr neigte, erinnerte sie sich daran, wie er sie damals zum Abschied auf die Stirn geküsst hatte. Für einen Moment stellte sie sich vor, er würde stattdessen ihren Mund küssen, und fragte sich, wie es sich anfühlen würde. Gleichzeitig schoss ihr die Röte in die Wangen.

»Leb wohl, Madlen«, sagte er sanft. Ein Grinsen stahl sich auf sein Gesicht, und er fügte hinzu: »Und versuch bitte, nicht gleich wieder in Schwierigkeiten zu kommen. Ich weiß, du hast eine Neigung dazu …«

Madlen riss empört die Augen auf. »Oh!«

Weiter kam sie nicht, dann spürte sie seinen Mund auf ihrem. Seine Lippen waren überraschend weich und sanft, der Bart kratzte leicht an ihrem Kinn. Sie hielt still, fühlte die Berührung und seinen Atem, wartete auf das vertraute Gefühl des Ekels. Es blieb aus.

Beinah hätte sie seinen Kuss erwidert, doch da gab sein Mund den ihren wieder frei.

Sie hörte sein leises Lachen, es klang ein wenig angestrengt. »Falls mich einer dieser Kuhmelker tatsächlich aufspießen sollte, sterbe ich wenigstens als glücklicher Mann!«

Madlen schnappte bei seinen Worten nach Luft. Ihr blieb keine Zeit zu antworten.

Fulk war im Dunkel der Gasse verschwunden.

Kapitel 22

Die Haustür gab nach, als Madlen vorsichtig dagegen drückte. Erleichterung durchflutete sie.

Im Haus war es still und dunkel. Sie brauchte kein Licht – in den Wochen, seit sie hier war, war sie die Treppe oft genug hinauf- und hinabgestiegen. Sie ging langsam, setzte vorsichtig einen Fuß vor den anderen, um zu vermeiden, dass die hölzernen Stiegen knarrten und jemand geweckt wurde. Sie fühlte sich benommen, die Gedanken flatterten durch ihren Kopf und ließen sich nicht greifen. Das Wiedersehen mit dem Hauptmann, die Nachricht von Grethes Tod und … dieser Kuss … Ihr Mund schien zu brennen, unwillkürlich tastete sie über ihre Lippen, die sich zu ihrem Erstaunen kühl und trocken anfühlten.

Der erste Kuss, der diese Bezeichnung verdiente – an Eberlins widerlichen Mund auf ihren Lippen wollte sie nicht denken. Sogar seine Küsse waren wie eine Vergewaltigung gewesen. Manchmal hatte sie versucht, ihn zu beißen, und ein paarmal war es ihr auch gelungen, doch es hatte ihr nur einen Schlag ins Gesicht eingebracht.

Doch nun fühlte sie sich, als hätte sie soeben jenen ersten Kuss bekommen, von dem jedes junge Mädchen träumte und der ihr bis heute verwehrt geblieben war. Was wäre geschehen, wenn sie ihn erwidert hätte? Ein leises, warmes Kribbeln rührte sich in ihrem Bauch, eine zarte Ahnung von etwas, das sie nie erfahren hatte.

Sie ertappte sich dabei, dass sie versonnen lächelte, und verspürte im nächsten Moment Schuld. Grethe war tot und sie stand hier im Finsteren und träumte von ... von was eigentlich? Von Zärtlichkeit? Von Begehren? Von einem Ausgestoßenen, der seinen Schwertarm dem Meistbietenden verkaufte? Der ihr nichts zu geben hatte außer Kummer und Schmerz.

Erneut wurde ihr die Kehle eng. Gedankenverloren öffnete sie die Tür zu ihrer Kammer – und erstarrte.

Sie war nicht allein.

Sie roch die Gegenwart des Mannes, ehe sie seine Silhouette in der Dunkelheit ausmachen konnte. Sein weingeschwängerter Atem hing in der Luft, erfüllte die enge Dachkammer, vermischt mit dem Geruch seines Schweißes.

Eberlin!, dachte sie von Panik erfasst. Der letzte Rest ihrer süßen Benommenheit löste sich auf, als sie Christophs lallende Stimme hörte. »Du kommst reichlich spät! Wo warst du?«

Sie trat einen Schritt zurück und hielt die Tür auf. »Hinaus aus meiner Kammer!« Ihr Ton war scharf, und sie hoffte, ihn damit einzuschüchtern.

Vergebens. Am leisen Scharren seiner Füße hörte sie, dass er näherkam. »Ich wusste von Anfang an, dass du eine Schlampe bist«, knurrte er. »Mit welchem Gesindel hast du dich herumgetrieben?«

»Das geht dich nichts an!«, fauchte sie zurück.

Er lachte böse. »Schlechte Antwort!« Seine Hand tastete nach ihrem Arm, ihrer Schulter. Sie stieß sie weg. »Ganz schlechte Antwort, Madlen!«

»Verschwinde, Christoph, ehe wir das ganze Haus aufwecken! Du bist betrunken!« Sie spürte, dass ihm in seinem Zustand mit Vernunft nicht beizukommen war. Sollte sie schreien? »Ich war bei Klara«, sagte sie entschlossen. »Der Meister hat mir erlaubt zu gehen. Klara ist krank.«

Einen Moment lang war er still. Dann hörte sie ihn abermals lachen. »Du bist eine Lügnerin und Betrügerin, Madlen. Ich hab es gewusst.« Er trat noch einen Schritt näher und blies ihr seinen Weinatem ins Gesicht. »Klara ist nicht krank. Ich habe sie mit einer anderen Magd an den Greden gesehen.« Ehe Madlen sich von ihrem Schrecken erholen und reagieren konnte, war er bei ihr und drängte sie gegen den Türrahmen. Sein schlanker, aber kräftiger Körper presste sich an sie.

»Hast dich mit jemandem getroffen, gib es zu! Mit dem welschen Landsknecht von heute Mittag? Oder mit dem narbengesichtigen Kerl, der dich hergebracht hat?« Sein Mund war ganz nah an ihrem Gesicht.

Sie musste würgen. »Lass mich los!«, keuchte sie und stemmte sich gegen seinen Leib.

»Hast mit ihm Unzucht getrieben in der Gasse, ja? Und bei mir spielst du die Schamhafte!« Er ließ sie los und trat einen Schritt zurück.

Madlen rang nach Luft.

»Wenn ich's dem Meister sage, setzt er dich vor die Tür. Aber ich kann schweigen ...« Sie ahnte, worauf er hinauswollte. »Wenn du ein bisschen netter zu mir bist.«

»Niemals!«

»Na komm schon. Ein Kuss – fürs Erste?« Er kam erneut näher, beugte sich zu ihr.

Ein Kuss? Mit voller Kraft schlug sie ihm ins Gesicht.

Auch betrunken war Christoph stärker als sie. Das überraschte Madlen nicht, sie hatte eine ähnliche Erfahrung mit Eberlin gemacht. Trotzdem gelang es ihr, sich aus seinem Griff zu winden und hinaus auf die Stiege zu gelangen. Christoph folgte ihr, versuchte erneut, ihren Arm zu packen.

Kurz kam ihr der Gedanke, ihn die Treppe hinunterzustoßen. Es wäre nicht allzu schwierig gewesen, aber sie schreckte davor zurück. Sie wollte ihn nicht zum Krüppel machen oder gar töten. Doch ihm zu Willen zu sein kam nicht infrage. Also schrie sie.

Christophs Hand zuckte hoch, als wollte er versuchen, sie zum Schweigen zu bringen. Offenbar hatte er nicht mit dieser Reaktion gerechnet. Jetzt war es zu spät.

Barthel war der Erste, der polternd in den Flur lief. In seiner Eile hatte er nicht einmal einen Kienspan entzündet. Seine atemlose Stimme klang durch den Flur. »Madlen! Was ist geschehen?«

Im nächsten Moment öffnete sich die Tür im ersten Stock und Konrad Veltlin trat aus seiner Schlafstube. Im Gegensatz zu dem Jungen hielt er einen brennenden Kienspan in der Hand, der flackerndes Licht auf Madlen und Christoph warf. Christoph verharrte reglos auf der obersten Treppenstufe. Das Geschehen schien ihn nüchtern gemacht zu haben. Er blickte unsicher von Madlen zu dem Apotheker.

»Was ist geschehen?«, wollte der Meister wissen.

Der Geselle gab keine Antwort.

»Er ist betrunken«, sagte Madlen an seiner Stelle. »Wenn er morgen seinen Rausch ausgeschlafen hat, wird ihm sein Benehmen leidtun.«

Sie sah, dass Konrad Veltlin begriff, worum es ging. Mit scharfer Stimme befahl er Christoph: »Geh schlafen. Wir sprechen uns morgen.«

Christoph schien in sich zusammenzufallen. Er öffnete den Mund, um etwas zu sagen, schloss ihn aber wieder. Stumm schob er sich an Madlen vorbei und stieg mit unsicheren Schritten die Treppe hinunter. Barthel starrte ihn verwirrt an und wich zurück, als der Geselle sich an ihm vorbeidrängte.

»Du kannst wieder zu Bett gehen, Barthel. Hab ein Auge auf ihn!«, befahl der Meister und wartete, bis sich die Tür hinter dem Jungen geschlossen hatte, ehe er sich an Madlen wandte. Sein faltiges Gesicht trug einen bekümmerten Ausdruck. Vielleicht bereute er jetzt, sie in seinem Haus aufgenommen zu haben. Bei dem Gedanken wurde Madlen kalt.

»Geh auch du schlafen, Madlen«, sagte er müde. »Es ist spät.«

Madlen schüttelte entschlossen den Kopf. »Ich muss mit Euch sprechen, Herr. Verzeiht, es kann nicht bis morgen warten.«

Der Apotheker runzelte die Stirn. »Nun denn, lass uns in die Stube gehen. Da spricht es sich besser als hier im Flur.«

Madlens Hände zitterten, als sie die Kerze auf dem Tisch entzündete. Sie wusste, dass der Apotheker es sah, doch er sagte nichts. Ein paar Atemzüge lang herrschte Schweigen.

Wie sollte sie es ihm beibringen? Es würde ihm das Herz brechen. Doch er musste es erfahren.

»Christoph wird Euch sagen, dass ich gelogen habe, Meister«, begann sie. »Und das habe ich tatsächlich. Ich war nicht bei Klara und sie ist auch nicht krank.« Sie verschränkte ihre Hände, um das Zittern zu verbergen.

Konrad Veltlin blieb stumm, seine Miene war ausdruckslos. Hatte er es vermutet?

»Es gab einen Grund, aus dem ich das getan habe.« Sie holte tief Luft. »Ich habe den Hauptmann getroffen. Fulk von Weilingen. Den Mann, der mich nach Würzburg begleitet hat.«

Der sie geküsst hatte. Sie schob den Gedanken hastig von sich.

»Er wollte mich sehen, müsst Ihr wissen. Er … war in Vogtsberg.«

Etwas flackerte in den blauen Augen des Meisters.

Madlen holte abermals tief Luft, ehe sie die Worte hastig hervorstieß, weil sie fürchtete, der Mut würde sie verlassen. »Er brachte mir eine Nachricht. Grethe ist tot.« Es war heraus. Und der Schmerz, den Fulks Kuss für eine Weile verdrängt hatte, krallte sich wieder in ihr Herz. Und sie konnte sehen, dass derselbe Schmerz in diesem Moment den alten Mann zerriss.

Konrad Veltlin stützte die Ellenbogen auf den Tisch und bedeckte das Gesicht mit den Händen. Der Anblick ließ Tränen in Madlen aufsteigen, sie musste ein Schluchzen unterdrücken. Als Veltlin nach einer langen Weile die Hände sinken ließ, sah sie überrascht, dass er nicht geweint hatte.

»So viel Schuld«, flüsterte er, und Madlen wusste nicht, ob sie damit gemeint war.

Sie mühte sich, die Tränen wegzublinzeln.

Der Apotheker straffte sich und blickte sie an. »Was ist geschehen?«

Madlen versuchte, Fulks Bericht vollständig wiederzugeben. Der alte Mann hörte ihr zu, ohne sie zu unterbrechen, und als sie am Ende angelangt war, fragte sie sich, ob er die gleiche Schlussfolgerung zog wie Fulk und sie. Doch sie wagte nicht, es auszusprechen. »Ich fühle mich schuldig«, murmelte sie nur. »Wenn ich nicht geflohen wäre ...«

»Dann wärst du an Grethes Stelle befragt worden«, entgegnete Konrad Veltlin müde. »Aberglaube und Dummheit machen die Menschen blind. Und leider sind die Vertreter der Kirche dabei keine Ausnahme. Mir scheint, dieser Kaplan hat nur auf die Gelegenheit gewartet, Grethe loszuwerden. Kräuterkundige Frauen sind solchen Männern ein Dorn im Auge ...«

»Sie war ein guter Mensch«, sagte Madlen matt. »Sie wollte niemandem etwas Böses. Ich weiß, dass sie keine Liebestränke oder Gifte verkauft hat, ganz gewiss nicht!«

»Ja, sie war ein guter Mensch«, bekräftigte der Apotheker. Mit zitternder Hand fuhr er sich über die Stirn. »Niemand weiß das besser als ich.«

Stille legte sich über die Stube. Madlen hätte gern gefragt, was er damit meinte, doch sie wollte nicht an alten Wunden rühren. Schließlich traf der Apotheker selbst eine Entscheidung.

»Es gibt eine Geschichte, die endlich erzählt werden sollte, auch wenn sie fast ein halbes Jahrhundert zurückliegt«, begann er langsam.

Madlen hielt unwillkürlich den Atem an. Während die Tränen feuchte Bahnen über ihre Wangen zogen, lauschte sie gebannt den Worten des Apothekers und der Geschichte, die er zu erzählen hatte.

Es war die Geschichte eines jungen Mannes und eines Mädchens, die sich von Kindesbeinen an kannten, da sie in benachbarten Gassen aufgewachsen waren. Der junge Mann war der einzige Sohn einer wohlhabenden Apothekerfamilie, während der Vater des Mädchens ein einfacher Häcker war, der seine Familie mit der Arbeit im Weinberg mehr schlecht als recht durchbrachte.

Das Mädchen war nicht nur hübsch, sondern auch aufgeweckt und wissbegierig. Sie zeigte großes Interesse, insbesondere an den Gewächsen der Natur, den Blumen und Kräutern, sodass der junge Mann seinen Vater bat, sie als Gehilfin in der Offizin zu beschäftigen. Natürlich kamen die beiden jungen Menschen einander rasch nahe – viel näher, als es ihre unterschiedliche Herkunft erlaubte.

Der junge Mann, im Überschwang seiner Gefühle und beflügelt vom Wagemut der Jugend, war überzeugt, die gesellschaftlichen Schranken überwinden und diese Liebe leben zu können. Er versprach dem Mädchen ewige Liebe und Treue, gelobte, sie zu heiraten, und bestürmte sie mit seiner Leidenschaft, bis sie sich ihm schließlich hingab.

Doch er konnte sein Versprechen nicht halten. Der strenge Vater schickte ihn für seine Studien – und um ihm den Kopf zurechtzurücken! – ins ferne Köln, die geliebte Frau blieb zurück. Der junge Mann ahnte nicht, dass sie bereits sein Kind im Leibe trug. So nahm das Unheil seinen Lauf.

Als der Häcker herausfand, dass seine Tochter ein Kind der

Schande erwartete, jagte er sie aus dem Haus. Sie verlor das ungeborene Kind und wäre elend zugrunde gegangen, hätte nicht ihre Schwester, die in Giebelstadt verheiratet war, ihr Zuflucht geboten und hätte nicht ein verwitweter Köhler sich bereit erklärt, sie trotz ihrer Schande zur Frau zu nehmen.

Von alledem wusste der junge Mann nichts, während er in Köln seine Studien weiterverfolgte und hin und wieder einen Brief an die Geliebte schrieb, in der Hoffnung, jemand würde ihn ihr vorlesen, weil sie selbst nicht lesen konnte. Als er Jahre später nach Würzburg zurückkehrte, stellte er fest, dass die Frau verschwunden war, und glaubte, sie hätte ihn verlassen.

Erst am Sterbebett ihres Vaters, den er mit seinen Arzneien auf dem letzten Weg begleitete, erfuhr er die Wahrheit. Doch sah er Grethe niemals wieder. Sie lebte mit dem Köhler fern der Stadt. Er wusste nicht, wo, und er suchte nicht nach ihr. Als verheiratete Frau war sie unerreichbar geworden, und die Schuld, die er trug, weil er sie verführt und geschwängert hatte, lastete schwer auf ihm. Bis zum heutigen Tag, an dem er erfuhr, dass Grethe gestorben war.

»Ich habe ihr Leben zerstört«, schloss Konrad Veltlin. Er sah erschöpft aus, und Madlen wurde von Mitleid erfasst.

»Quält Euch nicht«, sagte sie leise, in der Hoffnung, ihm Trost zu spenden. »Grethe hat nicht mit ihrem Schicksal gehadert.« Sie hätte ihm gerne versichert, dass der Köhler Grethe gut behandelt hatte, doch sie hatte den Mann niemals kennengelernt und wollte nicht lügen. Grethe hatte nie über ihren verstorbenen Mann gesprochen, was darauf schließen ließ, dass sie in ihrer Ehe kein Glück gefunden hatte. Diese Vermutung behielt Madlen für sich.

Konrad Veltlin dachte eine Weile nach. Schließlich bat er: »Würdest du mir von ihr erzählen? Es wäre mir ein Trost.«

Was gab es über Grethe zu erzählen? Während sie sprach und der alte Mann ihr aufmerksam zuhörte, wurde Madlen bewusst, wie wenig sie von Grethe wusste. Die alte Frau hatte mit ihrem Wissen über die Heilkraft der Pflanzen vielen Menschen geholfen und stets ein offenes Ohr gehabt für Kummer und Wehwehchen. Ihr eigenes Schicksal war im Dunkeln geblieben.

Warum hatte sie nie gefragt? Wie sehr wünschte Madlen sich, noch einmal Gelegenheit zu haben, mit Grethe zu sprechen. Einen Abend oder auch nur eine kurze Stunde. Vielleicht hätte sie ihr von dem Kuss erzählt.

»Sie hatte keine Kinder?«

Konrad Veltlins Frage riss Madlen aus ihren Gedanken. Sie war verstummt und der Apotheker betrachtete sie nachdenklich. Sie schüttelte den Kopf.

Der Blick des alten Mannes verdunkelte sich. »Man sagt, ungewollte Kinderlosigkeit sei die Strafe für Sünde.«

Madlen wusste, was er meinte. Grethes Sünde war groß genug, um eine solche Strafe zu rechtfertigen. »Wenn es eine Strafe Gottes war, so hat Grethe viel getan, seine Gnade wiederzuerringen«, erklärte sie. »Sie hat unzähligen Kindern auf die Welt geholfen, sogar mir selbst. Obwohl die Leute im Dorf sagten, das braune Weib, meine Mutter, hätte keine Hilfe verdient.«

Sie hörte die Bitterkeit, die in ihren Worten lag, und schluckte, ehe sie weitersprach: »Grethe machte keine solchen Unterschiede. Manch einer nahm ihr das übel. Die Burgherrin und ihr Beichtvater, der Kaplan. Er hat seit Langem verbreitet, Grethe sei mit bösen Mächten im Bunde. Sie hat sich nie darum gekümmert.« Madlen erschauderte. »Die Leute schon.«

Der alte Mann nickte. »Ich habe das oft erlebt«, sagte er traurig. »Die Menschen sind abergläubisch und haben Angst. Wenn ihnen Schlimmes widerfährt, suchen sie nach Schuldigen. Glaub mir, ich habe mehr als eine Frau brennen sehen, und ich bin überzeugt, dass nicht eine von ihnen tatsächlich eine Hexe war.«

Madlen starrte ihn an. »Grethe war jedenfalls keine und ich bin auch keine!«, stieß sie hervor. Ihr Herz klopfte heftig. »Ebenso wenig wie meine Mutter eine gewesen ist!«

Zu ihrer Überraschung legte der Apotheker seine Hand auf ihre. »Hab keine Angst«, beschwichtigte er. »Du bist in meinem Haus sicher.«

Ihre Blicke trafen sich, und Madlen wusste, dass er den Zweifel in ihrem erkannte. Sie dachte an Christoph und den Vorfall bei ihrer Heimkehr. Solange der Geselle sie belauerte und verachtete, war sie nicht sicher, gleich was der Meister ihr versprach. Und die Begierde, die Christoph nach ihr verspürte, machte alles noch schlimmer.

»Ich weiß, du denkst an Christoph«, sagte Konrad Veltlin. »Er hat dich belästigt, nicht wahr?«

Sie nickte.

»Ich werde mit ihm sprechen, gleich morgen früh. Es wird nicht mehr vorkommen.« Seine Züge wurden hart. »Und falls doch, wird er dieses Haus verlassen.«

Kapitel 23

In all der Aufregung hätte Madlen beinah vergessen, dass Kiliani bevorstand. Zwei Tage nach dem Abend mit Fulk wurde der Tag des Schutzheiligen von Würzburg mit einer feierlichen Prozession und einem Festgottesdienst begangen. Zugleich wurde die lang erwartete Kilianimesse eröffnet, der große Jahrmarkt. Die Stadt war noch voller als in den letzten Tagen, und Madlen fand sich neben Klara auf dem Platz hinter dem Dom wieder, eingezwängt in eine Menge von festlich gekleideten, freudig erregten Menschen. Sie erwarteten die Ankunft der Prozession und die Heiltumsweisung. Diese Zurschaustellung der Reliquien für die Öffentlichkeit fand seit einigen Jahren nicht mehr im Dom, sondern auf dem Platz neben dem Gotteshaus statt. Da mit der Teilnahme am Kiliansfest den Menschen ein vollständiger Ablass gewährt wurde, waren der Platz wie auch die Marktstraße und sämtliche Gassen der Umgebung völlig überfüllt. Das Stimmengewirr war so laut und andauernd, dass es Madlen vorkam, als wäre sie in einen Bienenstock geraten.

Hätte Klara Madlen nicht bedrängt, wäre sie – Sündenerlass hin oder her – nicht gekommen. Nach den Ereignissen von vorgestern stand ihr nicht der Sinn nach Festlichkeiten. Doch nun fühlte sie, wie die allgemeine Erregung auf sie abfärbte, und als aufgeregte Rufe und Gesang verrieten, dass die Prozession, angeführt vom Fürstbischof und den höchsten geistlichen Würdenträgern, über die Marktstraße näher kam, reckte sie wie alle anderen den Hals, um die heiligen Reliquien und den festlichen Zug zu sehen.

Fürstbischof Konrad von Thüngen saß hoch zu Ross auf einem edlen Apfelschimmel mit kostbarem Zaumzeug und Sattel. Madlen hatte den Fürstbischof nie zuvor gesehen und betrachtete ihn voller Neugier. Er hielt sich sehr gerade auf seinem Pferd und ließ den Blick hoheitsvoll über die versammelten Menschen schweifen. In seinem prachtvollen Ornat und der Mitra mit den goldenen Bändern wirkte er auf Madlen wie eine überirdische Erscheinung.

Ihm folgten, ebenfalls zu Pferde, die vornehmen Herren des Domkapitels, auch sie kostbar gewandet und mit würdevollen Mienen. Danach kamen die Träger des Schreines, in dem die sterblichen Überreste der drei fränkischen Apostel verwahrt wurden. Das Behältnis aus Bergkristall funkelte in der Julisonne, als hätte Gott der Herr selbst sein Licht darauf geworfen.

Die Menschen um Madlen herum brachen in Begeisterung aus, eine Welle der Erregung durchlief die Reihen. Ein ehrfürchtiger Schauer rann Madlen über den Rücken. Ihr fiel ein, was Meister Veltlin ihr über Martin Luthers Meinung zu den Reliquien erzählt hatte, und sie musste schlucken.

So wie er die Heiligenverehrung als eine Form von Götzenkult betrachtete, lehnte Luther auch den Kult um die Reliquien strikt ab. Madlen fühlte sich verunsichert. Wie konnte Doktor Luther so sicher sein, dass die sorgsam gehüteten Reliquien keine Wirkung besaßen?

»Träumst du?« Klara stieß Madlen mit dem Ellenbogen in die Rippen. »Da kommen die Bürgermeister mit ihren Damen, die ehrenwerten Herren Heissner und Wagenknecht, dahinter die Ratsherren. Und schau, der große Mann dort, das ist Meister Riemenschneider, der berühmte Bildschnitzer.« Sie sah Madlen fragend an. »Hast vielleicht von ihm gehört, er hat …«

»Ich weiß«, unterbrach Madlen ihren Redefluss. Ihr Blick wanderte vom hageren Gesicht des hochgewachsenen Künstlers zu seinen Händen, die auf seiner Gürtelschnalle ruhten. Diese schlanken, doch kräftigen Hände hatten die wundervollen Figuren von Adam und Eva am Portal der Marienkapelle geschafften. Einen Moment lang hielt sie den Atem an, dann war Riemenschneider vorüber und die nachfolgenden Herren und Damen zogen ihre Aufmerksamkeit auf sich. Wie elegant sie gekleidet waren. Brokat, Seide und Atlas glänzten im Licht der Sonne mit Knöpfen, Schnallen und Schmuck um die Wette, üppiger Federschmuck zierte die Barette, Stickereien und Perlen die Hauben der Damen.

Im nächsten Augenblick tat Madlens Herz einen Doppelschlag. Nur einen Steinwurf entfernt hatte sie unter den Zuschauern den Ritter von Giebelstadt entdeckt. Wie üblich war er dunkel gewandet, ein weinrotes Barett mit einer schwarzen und einer grauen Feder war der einzige Zierrat, den er sich erlaubte. Dennoch schien es Madlen, als würden all die herausgeputzten Edlen und Würdenträger neben ihm verblassen.

Geyers Miene war ernst, ohne hochmütig zu wirken, und Madlen bemerkte, dass er hin und wieder einem der Teilnehmer der Prozession zunickte, wobei ein Lächeln über sein Gesicht huschte. Etwas in ihr wünschte sich, er würde auch ihr auf diese vertraute Weise zunicken. Im gleichen Augenblick schämte sie sich für ihren kindischen Wunsch. Dieser Mann war von Adel, und obwohl sie sich allzu gut daran erinnerte, wie er im engen Flur des Apothekerhauses dicht vor ihr gestanden und sie Lene genannt hatte, wurde ihr klar und deutlich vor Augen geführt, wie weit entfernt er in Wirklichkeit von ihr war.

Dennoch teilten sie ein Geheimnis.

»Oh, jetzt weiß ich es!« Klara war Madlens Blick gefolgt. Ihre aufgeregte Stimme ließ Madlen zusammenzucken, und einen schrecklichen Moment lang glaubte sie, die Freundin spräche von demselben Geheimnis, an das sie gedacht hatte. »Das ist Florian Geyer, der Ritter von Giebelstadt! Dort drüben, der mit dem roten Barett!« Sie stieß Madlen nochmals in die Seite. »Der Mann, der den Büttel fast umgeritten hat, erinnerst du dich?«

Madlen schluckte. »Ich glaube, ja …«, murmelte sie.

»Oh, ich bin mir sicher, er war es, ich hatte ihn nur in der Aufregung nicht erkannt!«, rief Klara. »Was für ein ansehnlicher Mann!«

Madlen erinnerte sich, dass sie damals schon die gleichen Worte benutzt hatte. »Vermutlich hast du recht«, stimmte sie zögernd zu.

»Die Frau an seiner Seite, das ist Barbara von Grumbach«, fuhr Klara fort. »Sein Eheweib.«

»Sein Eheweib«, stammelte Madlen betroffen. Sie war so von Geyers Anblick gefesselt gewesen, dass sie die Frau neben dem Ritter gar nicht wahrgenommen hatte.

Klara bedachte sie mit einem prüfenden Blick. »Ja, die blonde Frau mit dem Perlennetz über dem Haar, siehst du sie nicht? Sie entstammt dem alten Adelsgeschlecht derer von Grumbach aus Rimpar, das ist nördlich von Würzburg.«

Madlen starrte die Frau an, die neben Florian Geyer stand, ohne ihn zu berühren, den Kopf stolz erhoben. Ihr blondes Haar war zu kunstvollen Schnecken aufgedreht, über die sie ein feines Netz aus Goldfäden gelegt hatte, das mit Perlen verziert war. Mieder und Rock waren aus einem glänzenden moosgrünen Stoff, die gebauschten halblangen Ärmel geschlitzt, sodass ein goldgelber Unterstoff sichtbar wurde. Der Ausschnitt des Mieders war fein bestickt, ein seidenes Brusttuch bedeckte züchtig das Dekolleté.

Madlen vermochte nicht zu sagen, ob die Frau schön war. Doch in diesem Moment verkörperte sie alles, was Madlen gern gewesen wäre und niemals sein würde. Mühsam unterdrückte sie ein Seufzen.

»Nicht sein Weib«, hörte sie da die Stimme einer anderen Frau und sah sich überrascht um. »Barbara von Grumbach ist ihm seit Langem anverlobt. Doch bezweifle ich, dass die Ehe bald geschlossen werden kann.« Die Frau schnaubte missbilligend durch die Nase. »Zumindest nicht, solange sich der Herr Ritter weigert, sich um die Aufhebung der Kirchenacht zu bemühen ...«

Klara betrachtete die Frau skeptisch. »Du scheinst ja gut Bescheid zu wissen«, bemerkte sie.

Die andere zuckte die Achseln. Sie war gewandet wie eine Bedienstete, doch ihre Kleidung war fein gearbeitet. Deshalb zweifelte Madlen nicht an ihren Worten, als sie erklärte: »Ich bin die Zofe von Anna von Seckendorff, natürlich weiß ich Bescheid.« Sie zog die Augenbraue hoch, als sie Madlens verwirrten Gesichtsausdruck bemerkte. »Herrin Anna ist Florian Geyers Mutter«, erklärte sie herablassend.

»Oh.« Verlegen schlug Madlen die Augen nieder.

»Derzeit werden doch sogar entlaufene Mönche oder Nonnen getraut«, hörte sie Klara spöttisch sagen. »Da sollte es ihnen nicht schwerfallen, einen Prediger zu finden, der ihnen den Segen spricht.«

Die Zofe zog ein Gesicht. »Schändliches Treiben!«, zischte sie. »Der Grumbacher wird dem niemals zustimmen und die Dame Barbara gewiss auch nicht. Ihr Bruder kann gewiss eine bessere Heirat für sie arrangieren. Mich wundert, dass sie sich so öffentlich mit ihm zeigt.« Sie seufzte. »Es scheint, als hätte die Kirchenacht Florian Geyers Ansehen kaum Abbruch getan. Er selbst stört sich am wenigsten daran – doch meiner armen Herrin bereitet es großen Kummer.«

Bei ihren empörten Worten suchte Madlens Blick unwillkürlich nach dem Ritter von Giebelstadt. Sie verspürte einen schmerzhaften Stich, als sie sah, dass er sich seiner Verlobten zugeneigt hatte und vertraulich mit ihr sprach.

Sie selbst hatte er nicht einmal bemerkt.

Auf dem Platz vor der Marienkapelle und über die ganze Länge der Marktstraße hatten weit mehr Händler als sonst ihre Stände und Buden errichtet, überall herrschte ein solches Gedränge, dass Madlen Platzangst verspürte.

Eine Gruppe von Gauklern hatte sich einen guten Platz nahe der Brücke gesichert, und Klara hielt Madlens Arm umfasst, um sie dorthin zu ziehen. Madlen zögerte. Der Anblick der Leute vom Fahrenden Volk war ihr unangenehm, zu sehr erinnerten sie Madlen an ihre Mutter und den Makel ihrer Herkunft. Tief in ihrem Innern quälte sie die Angst, dass jemand auf sie zueilen könnte und sagen: Du bist eine von uns!

Doch die Kunststücke der Gaukler waren eine der Hauptattraktionen auf dem Jahrmarkt, und Klara ließ sich nicht beirren. »Hast du so was schon gesehen, Madlen?«, rief sie aufgeregt. »Dieser Bursche schluckt tatsächlich Feuer. Wie ist das möglich?«

Staunend starrte Madlen einen jungen Mann in roter Pluderhose an, der eine brennende Fackel mit dem Mund erstickte, ohne dabei Schaden zu nehmen. Die Menge johlte vor Begeisterung, als der Bursche zum Abschluss einen Salto schlug und sich mit breitem Grinsen verneigte. Sein Oberkörper war nackt und glänzte verschwitzt. Ein Mädchen mit dicken schwarzen Zöpfen machte die Runde und hielt den Zuschauern ein Körbchen vor die Nase. Madlen warf eine kleine Münze hinein.

Klara stieß sie an. »Sieh nur!«

Zwei halbwüchsige Jungen hatten begonnen, mit Bällen zu jonglieren, zunächst mit dreien, dann vieren und schließlich fünfen. Ihre Geschicklichkeit war bemerkenswert. Daneben musizierten zwei ältere Männer mit Fiedel und Flöte, während ein üppiges Weib mit langen schwarzen Locken sich im Tanz wiegte. Madlen bemerkte, dass die umstehenden Frauen das sündhafte Treiben mit verkniffenen Mienen beobachteten, indessen die meisten Männer schamlos gafften.

Hatte ihr Vater ebenso dagestanden, gebannt von der fremdartigen Schönheit ihrer Mutter?

»Gib mir deine Hand, Mädchen!«, hörte sie eine krächzende Stimme und schaute in das Gesicht einer alten Frau, das aussah wie ein verschrumpelter Apfel. Schwarze, funkelnde Knopfaugen bohrten sich in die ihren. »Ich verrate dir die Zukunft für ein paar Heller!« Sie fühlte knochige Finger, die nach ihrer Hand griffen, und wich erschrocken zurück.

Die Alte kicherte. »Keine Angst, Mädchen! Bist du nicht neugierig, was dir widerfahren wird? Wirst du einen hübschen Burschen heiraten, vielleicht gar einen Edelmann?«

»Mädchen wie ich heiraten keinen Edelmann!«, wehrte Madlen mit scharfer Stimme ab und entzog der Frau ihre Hand.

Klara dagegen lachte. »Sag mir die Zukunft, gute Frau!«

Sie streckte der Alten ihre Hand hin. Die Wahrsagerin nahm sie zwischen ihre gichtgekrümmten, knotigen Finger und drehte sie eine Weile hin und her. Dabei brummte sie Unverständliches vor sich hin. Anschließend prophezeite sie Klara einen vortrefflichen Gemahl, ein kleines Haus und ein halbes Dutzend Kinder, was die blonde Magd mit einem entzückten Lachen und ein paar Münzen belohnte.

»Lass uns gehen!« Madlen fühlte sich unbehaglich, denn die bohrenden Augen der Frau hatten sich wieder auf sie gerichtet.

»Nur ein Blick, junge Frau!« Unvermittelt hatte sie Madlens Handgelenk gepackt und umgedreht, sodass die Handfläche nach oben zeigte.

Madlen erstarrte. Ihre Finger öffneten sich beinahe ohne ihr Zutun, und sie spürte, wie die alte Frau ihre Handfläche betastete.

Im nächsten Moment ließ die Frau Madlens Hand fahren, als hätte sie sich an ihrer Haut verbrannt. In ihren Augen glomm etwas auf, das Madlen erschauern ließ. Als das Weib sich ihr zuneigte, kam sie ihr unwillkürlich entgegen, spürte den Atem der Alten an ihrem Ohr.

»Sieh dich vor, Mädchen«, flüsterte sie so leise, dass Madlen Mühe hatte, sie zu verstehen. »Sein Weg wird in einem Meer von Blut und Tränen enden, der Tod folgt ihm auf dem Fuße!«

Madlen zuckte zurück und starrte sie entsetzt an. »Von wem sprichst du?«

Die Alte aber schüttelte nur abwehrend den Kopf und war im nächsten Moment in der Menge verschwunden.

»Du bist kreidebleich, Madlen!«, sagte Klara besorgt. »Was hat das Weib dir gesagt?«

Madlen holte tief Luft, ihr Herz hämmerte wild in ihrer Brust. »Ich weiß nicht ... Ich glaube, sie warnte mich ... vor jemandem?«, murmelte sie abwesend.

Ein Meer von Blut und Tränen. Ein Schauer rann ihr über den Rücken.

»Vor wem?«, bohrte Klara nach.

Der Tod folgt ihm auf dem Fuße.

»Ich weiß nicht ... Vor einem Mann, glaube ich ...« Madlen versuchte vergebens, die Furcht, die sie ergriffen hatte, abzuschütteln.

Klara betrachtete sie stirnrunzelnd. »Sie wollte dir Angst machen, die alte Vettel«, tat sie ab. »Das tun solche Weissagerinnen immer, mach dir nichts draus!« Ihre Unbeschwertheit gewann die Oberhand und sie zwinkerte Madlen zu. »Und du weißt ja, vor Männern und deren unzüchtigen Absichten haben uns schon unsere Mütter gewarnt ...«

Madlen nickte und lächelte freudlos zurück.

Ihr Magen war ein eisiger Klumpen, denn sie wusste es besser. Das alte Weib hatte ihr keine Angst einjagen wollen. Sie hatte selbst Angst gehabt vor dem, was sie gesehen hatte.

Kapitel 24

Meister Veltlin hatte Madlen großzügigerweise ihren Wochenlohn vorzeitig ausbezahlt, damit sie sich auf dem Markt ein paar hübsche Dinge kaufen konnte. Doch während sie mit Klara durch das Wirrwarr von Buden und Ständen wanderte, verspürte sie keine Lust mehr dazu. Die Worte der Wahrsagerin wollten ihr nicht aus dem Kopf gehen und verursachten ihr noch immer Gänsehaut.

Von wem hatte das Weib gesprochen? Fulks Gesicht erschien vor ihrem inneren Auge. Hatte sie ihn gemeint? Sie erinnerte sich an die sanfte, warme Berührung seiner Lippen auf den ihren und musste schlucken. Dann schob sich ein anderes Gesicht vor das des Plackers: klare graue Augen, markante Züge, ein Lächeln, das sie umfangen hatte wie eine Berührung …

»Madlen, denkst du etwa immer noch an dieses unsinnige Geschwätz?« Klaras Stimme klang verärgert, und erst jetzt bemerkte Madlen, dass sie bei einem Händler stehen geblieben waren, der allerlei hübschen Tand feilbot. Haarbänder, Spangen, Armreife und Schultertücher lagen auf einem Tisch. Die Freundin hielt ein leuchtend blaues Samtband in der Hand und strich mit den Fingern darüber. »Würde mir das stehen?«

Madlen betrachtete ihre Freundin und bemühte sich zu lächeln. Im Gegensatz zu ihr trug Klara an diesem Festtag keine Haube, was ihr als unverheirateter Frau erlaubt war. Ihre Haare fielen in einem dicken goldenen Zopf über den Rücken. Blau stand ihr hervorragend.

»Du würdest damit gewiss noch mehr Blicke auf dich ziehen«, sagte Madlen wahrheitsgemäß und Klara strahlte.

Sie drückte dem Händler ein paar Münzen in die Hand und ließ das hübsche Band in ihrem Beutel verschwinden. »Nun zu dir«, erklärte sie und musterte die Freundin kritisch. »Ich verstehe nicht, warum du dich immer unter dieser Haube versteckst. Man könnte meinen, du müsstest kahle Stellen verbergen, dabei weiß ich wohl, wie schön dein Haar ist!«

Madlen erwiderte nichts. Was hätte sie antworten sollen? Dass sie gute Gründe hatte, ihre Haare zu bedecken? Dass sie keineswegs vorhatte, Blicke auf sich zu ziehen, sondern, wenn es möglich gewesen wäre, ihr Gesicht unter einem Schleier verhüllt hätte, wie es die maurischen Frauen taten?

Seit sie in Würzburg angekommen war, fürchtete sie, den Kaufleuten Geßlinger zu begegnen.

»Kein hübsches Band?«, säuselte der Händler. »Wie wäre es mit einer Spange für deinen Umhang, meine Schöne?« Geschäftstüchtig breitete er eine Auswahl von Gewandfibeln vor den Frauen aus, edle silberne, die gewiss unerschwinglich waren, aber auch einfachere aus Messing oder Bronze.

Eine kunstvoll gedrehte Kupferspange, die an eine Rose erinnerte, erregte Madlens Aufmerksamkeit. Vorsichtig strich sie mit dem Finger über das kleine Kunstwerk.

»Wie für dich geschaffen«, erklärte der Händler eifrig. »Für zwölf Silberpfennige ist sie dein!«

Madlen zog die Hand zurück. Zwölf Pfennige waren fast ein ganzer Tageslohn.

Eine Stimme in ihrem Innern flüsterte ihr zu, dass zehn Goldgulden gut versteckt in ihrer Kammer darauf warteten, ausgegeben zu werden. Doch sie würde dieses kleine Vermögen nicht antasten. Es war ihre Sicherheit, ihr Notgroschen, falls etwas geschah und sie dringend Geld benötigte, wofür auch immer.

»Das kann ich mir nicht leisten, guter Mann«, murmelte sie und sah die Enttäuschung im Gesicht des Händlers.

Als sie sich zum Gehen wenden wollte, fasste er sie am Arm. »Zehn Pfennige, junge Frau. Das ist ein gutes Angebot.«

Das war es in der Tat. Madlen war dennoch im Begriff, es abzulehnen, da schob sich ein Mann neben sie.

Er nickte dem Händler zu. »Ich kaufe die Spange«, sagte er und öffnete seine Geldkatze, um dem Mann die Münzen in die Hand zu zählen.

Madlen traute ihren Augen nicht. Es war Christoph.

Ungläubig sah sie zu, wie der Geselle das Schmuckstück entgegennahm und sich ihr zuwandte.

»Nimm das als Zeichen meiner Entschuldigung, Madlen«, sagte er höflich und reichte ihr die Spange. »Mein Verhalten dir gegenüber war ungebührlich, und ich hoffe, du trägst es mir nicht nach. Ich war betrunken und wusste nicht, was ich tat.« Zwischen seine Augenbrauen hatte sich eine Falte gegraben, er sah angespannt aus. Madlen ahnte, welche Überwindung es ihn kostete, sich bei ihr zu entschuldigen.

Widersprüchliche Gefühle rangen in ihr. Am liebsten hätte sie das Geschenk abgelehnt. Es fiel ihr schwer, die Entschuldigung anzunehmen. Sie war seit über einem Monat in Würzburg und Christoph war ihr stets mit Feindseligkeit begegnet, hatte sie seine Verachtung deutlich spüren lassen. Auch jetzt lag kein Lächeln, keine Freundlichkeit auf seinem Gesicht, nur Anspannung.

Doch in Klaras Gegenwart wäre das eine schlimme Beleidigung für ihn gewesen. Und war es nicht ehrenwert, dass er sein Verhalten bereute und versuchte, es wiedergutzumachen? Sie gab sich einen Ruck und nickte ihm dankend zu. »Lass uns nicht mehr von diesem Abend sprechen«, sagte sie versöhnlich. »Das ist ein sehr großzügiges Geschenk und es wäre nicht nötig gewesen. Dennoch freue ich mich.«

Etwas flackerte in Christophs Zügen auf. Erleichterung?

Der Meister musste mit ihm gesprochen haben. Er hatte sicher damit gedroht, ihn hinauszuwerfen. Meister Veltlin hatte gewählt zwischen ihr, der entflohenen Leibeigenen, und seinem Gesellen – und sich für sie entschieden. Diese Erkenntnis berührte und verunsicherte sie gleichermaßen.

Als Christoph die Kupferspange in ihre Hand legte, schloss sie die Finger um das Schmuckstück und spürte das kühle Metall an ihrer Haut. Sie hatte ein Siegespfand errungen. Aber sie wusste nicht, ob sie sich darüber freuen sollte.

Ein Jahrmarkt von der Größe und Bedeutung der Kilianimesse zog nicht nur Händler und Gaukler, Diebe, Bettler und Landstreicher an, sondern bot auch jenen eine willkommene Plattform, die ketzerische Ideen und Aufruhr predigten, Flugschriften unter den Menschen verteilten und Kunde von Ereignissen in anderen Gegenden des Reiches brachten. Die Schriften des Doktor Luther wurden ebenso angeboten wie dreiste Pamphlete, die den Papst oder die Fürsten schmähten. Der Bischof ließ seine Büttel nach Aufrührern und Hökerern Ausschau halten. Dennoch wurden hitzige Reden geschwungen und die Schriften fanden reißenden Absatz.

»Wer im fünfzehnhundertdreiundzwanzigsten Jahr nicht stirbt, im fünfzehnhundertvierundzwanzigsten nicht im Wasser verdirbt und fünfzehnhundertfünfundzwanzig nicht wird erschlagen, der mag wohl von Wundern sagen!«, verkündete ein Wanderprediger in zerschlissener Kutte auf dem Sternplatz, inmitten der Auslagen der Fischhändler. Er war von Zuhörern umringt, und Madlen verlangsamte unbewusst ihre Schritte.

»Was erzählst du da für einen Unsinn, Pfaffe!«, spottete ein bulliger Mann im fleckigen, rußgeschwärzten Kittel eines Schmiedes. »Hast kein Mägdelein, das dir des Nachts deine Albträume vertreibt, was?«

Die Umstehenden lachten.

Der Prediger starrte den Schmied aus glühenden Augen an. »Habt ihr nicht die Zeichen gesehen? Seid ihr mit Blindheit geschlagen? Die Krähen und Dohlen fallen übereinander her, als ob böse Mächte sie aufgehetzt hätten, Kühe und Schafe werfen Missgeburten und vor Kurzem wurden um den Mond zwei Kreise gesichtet und ein Kreuz!« Er fuchtelte mit klauenartigen Händen herum, und Madlen lief es kalt den Rücken hinunter. Sie wandte sich rasch ab und schob sich durch die Menge der Zuhörer. Die Worte des Predigers folgten ihr: »Was glaubt ihr, dummes Volk, was das zu bedeuten hat? Gott der Herr wird euch strafen mit Feuer und Schwert. Tod und Verderben wird er …« Die Stimme verklang im erregten Gemurmel der Leute, und Madlen war dankbar dafür.

Ihre Welt war vor langer Zeit aus den Fugen geraten. Jetzt, wo sie ein sicheres Zuhause hatte, einen Herrn, der ihr wohlgesonnen war, und sogar Freunde wie Klara und Barthel, wollte sie nichts mehr hören von kommendem Unheil, von Tod und Verderben und der Strafe Gottes.

Energisch schritt sie aus, den Korb mit ihren Einkäufen fest an sich gepresst, drängte sich durch die Menschen, um fortzukommen von dem Prediger. Im nächsten Augenblick stieß sie mit jemandem zusammen, der nicht willens gewesen war, ihr auszuweichen.

»Pass doch auf, dummes Weib!«

Rüben und Fenchel kullerten aus Madlens Korb, und sie sank rasch auf die Knie, um ihre Einkäufe aufzusammeln.

Der Mann schaute auf sie herab, während er sein Wams abklopfte, als hätte Madlen ihn beschmutzt. »Wie ungeschickt du bist!«

Die Worte hallten in Madlens Kopf wider. Geistesgegenwärtig senkte sie den Blick, als wäre sie völlig mit dem Aufsammeln des Gemüses beschäftigt. *Wie ungeschickt du bist …* Genau dieselben Worte hatte er ausgerufen, als sie den Krug mit Rotwein über sein elegantes grünes Wams verschüttet hatte. »Verzeiht, werter Herr«, murmelte sie mit gedämpfter Stimme.

Er beachtete sie nicht weiter. Mit einem ärgerlichen Schnauben ging er an ihr vorbei, und sie verharrte eine Zeit lang in ihrer kauernden Haltung, fühlte, wie ihr Herz raste. Ihre Furcht erwies sich als unbegründet. Ruprecht Geßlinger hatte sie nicht erkannt. Mit wackeligen Knien richtete Madlen sich auf und sah sich um. Der Tuchhändler war verschwunden.

»Nicht besser als die Junker sind sie, diese Pfeffersäcke!«, knurrte eine Stimme neben ihr.

Ein Mann im Bauernkittel legte ihr eine Handvoll Rüben in den Korb. In ihrem Schreck hatte sie gar nicht bemerkt, dass er ihr beim Aufsammeln behilflich gewesen war, und sie bedankte sich hastig.

Der Bauer sah sie stirnrunzelnd an. »Ein hübsches Mädel wie du sollte nicht so behandelt werden!«, versetzte er grimmig. »Aber wart's ab, der Tag wird kommen, an dem wir unsre Spieße in die fetten Wänste rammen.«

Erschrocken starrte Madlen in sein hageres Gesicht, in das Elend und harte Arbeit tiefe Furchen gegraben hatten. Der Bauer zählte sicher wenig mehr als dreißig Lenze, aber er ging gebeugt wie ein alter Mann, sein Haar ergraute bereits. Einzig die Augen blitzten voller Zorn und Kampfeslust. Sie bezweifelte keinen Moment, dass er seine Worte ernst meinte, aber sie wusste auch: Wenn jemand seine Worte weitertrug, würde er sein jammervolles Leben womöglich im Kerker beschließen.

»Sag so etwas nicht«, warnte sie ihn. »Es kann dich den Hals kosten!«

Der Bauer lachte bitter auf. »Macht's einen Unterschied, ob ich an der Pest, am Hunger oder am Galgen verrecke, Mädel? Dann lieber im Kampf, mit einer Waffe in der Hand!«

Madlen schwieg betroffen. Der Mann hatte recht. Sie musste an die Bauern von Vogtsberg denken, die sich von Sonnenaufgang bis Sonnenuntergang abrackerten, um die Abgaben leisten zu können, die von Jahr zu Jahr drückender wurden. Wenn die Ernte schlecht ausfiel, durchlitten sie Hungerwinter und mussten mitansehen, wie ihre Kinder starben. Armut und Elend hatten die meisten von ihnen in die Leibeigenschaft getrieben, und kein Freier konnte nachfühlen, wie demütigend ein solches Dasein war. Madlen hatte es am eigenen Leib erfahren. Ein Leibeigener war nicht viel mehr als ein Sklave. Er konnte körperlich gezüchtigt und sogar verkauft werden, wie es dem Herrn beliebte. Heiraten durfte er auch nur mit Zustimmung des Leibherrn. Der einzige Trost, den Mutter Kirche ihnen spendete, war die Aussicht auf ein besseres Leben im Jenseits. Manch einem war dies inzwischen nicht mehr genug.

Was würde geschehen, wenn es mehr wurden, die so dachten?, fragte sich Madlen beklommen. Das Gesicht der alten Wahrsagerin stand ihr plötzlich wieder vor Augen.

Ein Meer von Blut und Tränen.

Die Begegnung mit Ruprecht Geßlinger hatte Madlen ins Gedächtnis gerufen, dass sie weiterhin vorsichtig sein musste. Die Tatsache, dass der Apotheker sie inzwischen mehr wie eine Tochter behandelte als wie eine Magd, hätte sie beinah die brutale Wahrheit vergessen lassen: Vor dem Gesetz war sie eine entlaufene Leibeigene. Wenn jemand sie erkannte und anzeigte, würde man sie zu ihrem rechtmäßigen Herrn zurückbringen, und der würde sie nach seinem eigenen Ermessen strafen. Madlen kannte Botho von Vogtsberg gut genug, um zu wissen, dass die Strafe hart ausfallen würde. Er würde ein Exempel an ihr statuieren. *Wenn er mich nicht gleich dem Kaplan übergibt, um mich zu »befragen«*, dachte sie voll Grauen.

»Du bist nicht bei der Sache, Madlen!« Barthels tadelnde Worte holten sie in die Wirklichkeit zurück, in die kleine Küche im Apothekerhaus.

Wie fast jeden Morgen saßen sie auf ihren dreibeinigen Hockern beisammen und machten Schreibübungen. Madlen hatte in den vergangenen Wochen gute Fortschritte gemacht, sehr zum Entzücken ihres jugendlichen Lehrmeisters. Doch an diesem Morgen wollte der Schreibgriffel ihren Fingern nicht gehorchen.

»Es tut mir leid«, sagte sie betrübt. »Ich ... habe schlecht geschlafen!«

Barthel betrachtete sie besorgt. »Hat es mit Christoph zu tun?«, wollte er wissen. »Hat er dich wieder schlecht behandelt?«

»Nein!«, sagte sie entschieden. Tatsächlich hatte sich Christophs Verhalten ihr gegenüber deutlich gebessert. »Nein, mit Christoph ist alles in Ordnung, mach dir keine Sorgen. Ich glaube, all dieses Gerede von Unruhen und Ketzern und bösen Vorzeichen raubt mir den Schlaf.« Sie lächelte, um ihren Worten das Bedrohliche zu nehmen.

Der Junge runzelte die Stirn. »Ich weiß, was du meinst«, versetzte er. »Es heißt, überall im Land werden die Bauern unruhig. Sie rotten sich zusammen und weigern sich, ihre Abgaben zu zahlen!« In seine Augen trat ein verdächtiges Funkeln. »Sie wollen frei sein und nicht länger von den Junkern und Pfaffen geschunden werden ...«

»Gib acht darauf, was du sagst, Barthel«, mahnte Madlen. »Die hohen Herren sind besorgt – ein falsches Wort und die Büttel werfen dich ins Loch!«

»Bloße Willkür!«, erklärte Barthel empört. »Das ist doch genau der Grund, warum es die Unruhen gibt!«

Madlen sah ihn mit einem strengen Blick an. »Wenn du im Loch sitzt, hilft dir das nichts!«

Der Junge senkte den Kopf. »Und trotzdem haben sie recht«, murrte er. »Der Meister glaubt das auch. Ich weiß, dass er die Flugschriften liest, die sie überall verteilen. Ich bin ja nicht blind.«

Madlen legte das Wachstäfelchen beiseite und nahm den Jungen an den Schultern. »Das mag so sein, Barthel«, sagte sie eindringlich. »Aber ich hoffe, du weißt, dass niemand davon erfahren darf. Es würde den Meister in Gefahr bringen. Und damit uns alle!«

Bei ihren Worten hob er das Kinn und sah sie aus großen Augen an. »Natürlich weiß ich das!«

»Was weißt du, mein Junge?«

Barthel und Madlen fuhren herum, als die Tür sich knarrend öffnete. Es war der Meister, und Madlen entspannte sich. Da wurde ihr bewusst, dass das Schreibtäfelchen und der Griffel neben ihrem Hocker auf dem Boden lagen, in Sichtweite des Apothekers. Sie erhob sich rasch und versuchte, die Schreibwerkzeuge unauffällig mit dem Fuß unter den Stuhl zu schieben.

Konrad Veltlin schaute von Barthel, der rote Wangen bekommen hatte, zu Madlen. Ein feines Lächeln erschien auf seinem Gesicht. »Es ist nichts Verwerfliches dabei, Schreiben und Lesen zu lernen«, erklärte er. Nun errötete auch Madlen. »Es ist wichtig, dass die einfachen Menschen eine gewisse Bildung erlangen, obwohl die Kirche und die hohen Herren das verhindern wollen.« Er trat näher an den Herd und schnupperte an dem Topf mit dem Frühstücksbrei, ehe er sich wieder den beiden jungen Leuten zuwandte. »Unsere Kirchenfürsten wünschen sich eine Herde dummer Schafe«, sagte er, »denn je dümmer die Schäflein, desto leichter sind sie zu lenken.«

»Wir hätten es Euch sagen sollen«, murmelte Madlen. »Verzeiht.« Sie bückte sich, um das Täfelchen und den Griffel aufzuheben – und um die Schamröte in ihrem Gesicht zu verbergen.

Veltlin betrachtete sie nachdenklich. »Ihr hättet mir vertrauen können«, sagte er, und Madlen hörte leise Enttäuschung in seiner Stimme.

Sie schämte sich noch mehr.

»Christoph allerdings braucht nichts davon zu erfahren«, ergänzte der Meister. »Er steht den neuen Ideen eher skeptisch gegenüber ...«

»Es war mein Vorschlag«, sagte Barthel jetzt mit einer Mischung aus Stolz auf seine Idee und Scheu vor Tadel. »Madlen ist eine gute Schülerin, sie hat viel gelernt!«

Konrad Veltlin nickte aufmunternd. »Das habe ich vermutet«, meinte er, und Madlen wusste nicht, ob er damit Barthels Idee oder Madlens Fortschritte meinte.

»Es ist sehr schwer«, murmelte sie verlegen.

»Das war es für uns alle am Anfang«, erwiderte der Meister. »Aber es öffnet den Menschen das Tor zu einer neuen Welt. Du wirst sehen.«

Madlen sah den alten Mann aus großen Augen an. Sie wusste, dass er Bücher besaß, sie hatte sie in seinem kleinen Arbeitszimmer stehen sehen. Von ihren Inhalten hatte sie nicht die leiseste Ahnung, sie konnte nicht einmal die Titel entziffern. Darüber hinaus waren die meisten in lateinischer Sprache verfasst.

»Selbst wenn ich lesen könnte«, sagte Madlen leise, »so würde es mir nicht viel nützen, ich verstehe ja kein Latein.«

»Oh, nicht alle Bücher sind in lateinischer Sprache geschrieben«, erklärte der Apotheker.

Barthel warf ein: »Und da sind ja noch die Flugschriften! Die kannst du dann lesen …« Er verstummte, als sein Meister ihm einen warnenden Blick zuwarf.

»Du weißt, dass ich dir verboten habe, solche Pamphlete zu erwerben, Barthel!«, sagte Konrad Veltlin ungewohnt scharf. »Viele enthalten aufrührerischen Inhalt – das ist gefährlich!«

Barthel hob an zu protestieren, da hörten sie alle das Knarren der Stiege.

Madlen schnappte sich ihr Wachstäfelchen und den Griffel. Sie schaffte es im letzten Moment, beides hinter dem Krautfass zu verbergen, ehe sich die Tür öffnete und Christoph eintrat.

Verwundert schaute er von einem zum anderen. Madlen hoffte, dass sie nicht alle drei wie ertappte Sünder dreinsahen.

»Guten Morgen, Christoph«, sagte der alte Mann freundlich und ignorierte die fragende Miene des Gesellen. Er wies auf den Topf mit dem Brei, der über dem Herdfeuer hing. »Du kommst gerade recht zum Frühmahl.«

Kapitel 25

Nach dem Ende des Kilianimarktes kehrte Ruhe in Würzburg ein. Händler, Prediger, Landsknechte, Beutelschneider und nicht zuletzt das Fahrende Volk zogen fort aus der Stadt, der Rat ließ die verstärkte Bewachung der Tore und Türme wieder einstellen, und die Bauern befassten sich mehr mit der Getreideernte als mit den Reden und Forderungen der Aufrührer.

Madlens Leben verlief in geordneten Bahnen. Ihr Tagwerk beschäftigte sie von früh bis spät und sie war dankbar dafür. Wenn sie des Abends auf ihr Bett fiel, war sie meist zu müde, um über die Worte der Wahrsagerin, das Schicksal Fulks und seiner Gefährten oder die aufrührerischen Ideen und das warme Lächeln des Ritters von Giebelstadt nachzugrübeln. Sie versuchte, daran zu glauben, dass die dunklen Wolken vorüberziehen würden.

Manchen Abend verbrachte sie in der Stube gemeinsam mit Meister Veltlin, der es sich nicht nehmen ließ, sich zu ihrem zweiten Lehrmeister aufzuschwingen. Trotz ihres Protestes stellte er ihr Papier, Tinte und Feder zur Verfügung, und mit schier endloser Geduld begleitete er ihre ungeschickten Schreibversuche. Der zarte Federkiel lag ganz anders in der Hand als der Griffel und brachte sie beinahe zum Verzweifeln.

»Meine Hände sind zum Arbeiten geschaffen, Meister, zum Putzen, Waschen und Kochen, nicht zum Schreiben!«, klagte sie, aber der Meister blieb hartnäckig.

»Auch Schreiben ist Arbeit, mein Kind, ebenso wie Denken, nur eben die Arbeit des Geistes, nicht der Hände.« Er schmunzelte. »Die ist mitunter schwerer als die körperliche.«

»Aber ich bin eine Frau, noch dazu eine Magd! Man sagt, der Geist der Frauen sei nicht geschaffen, sich mit so schwierigen Dingen zu beschäftigen …«

Konrad Veltlin sah von seinem Becher Würzwein auf. »Das, liebe Madlen, ist eine der größten Dummheiten, die man uns weismachen möchte!«, erklärte er entschlossen. »Grethe zum Beispiel war eine der klügsten Personen, denen ich in meinem Leben begegnet bin.«

Madlen musterte ihn. Natürlich hatte er recht. Grethe war klug und wissbegierig gewesen, dennoch hatte sie ein armseliges Leben als Weib eines Köhlers gefristet. Als Tochter eines armen Häckers hatten ihr kaum Wege offen gestanden, und als erwiesenermaßen unkeusche Frau war ihr Schicksal vollends besiegelt gewesen. Unkeusch wie Madlen. Doch Grethe hatte sich aus Liebe versündigt, Madlen war gezwungen worden. »Ich bin nicht Grethe«, erwiderte sie schüchtern.

»Du hast recht. Dennoch sehe ich viel von ihr in dir, Madlen. Du bist klug und neugierig, du hast Mut und vor allem eine innere Stärke, sonst hättest du es nicht geschafft, den Weg zu gehen, der dich zu mir geführt hat.«

Habe ich denn eine Wahl gehabt?, dachte Madlen, sprach es jedoch nicht aus. Sie fühlte sich nicht stark, dennoch hatte sie unbestritten Dinge getan, die sie nie für möglich gehalten hatte.

Der Apotheker beobachtete sie nachdenklich, und sie zwang sich zu einem Lächeln, ehe sie wieder die Feder ansetzte.

»Ich werde in Kürze eine Reise antreten«, verkündete der Meister nach einer Weile, in der nur das Kratzen der Feder im Raum zu hören gewesen war.

Madlens Hand mit dem Gänsekiel erstarrte. »Eine Reise?«, wiederholte sie.

»Glaub mir, ich würde es nicht tun, wenn nicht ein wichtiger Grund vorläge. In meinem Alter ist das Reisen kein Vergnügen mehr.«

»Aber wohin reist Ihr denn?«, fragte Madlen verwirrt.

»Nach Nürnberg. Ich habe erfahren, dass ein berühmter Vertreter meines Gewerbes, Luigi di Passerola aus Venedig, sich dort aufhält, und ich will die Gelegenheit nutzen, ihn zu treffen.« Der Meister nahm einen Schluck Wein und zwinkerte Madlen zu. »Du wirst verstehen, dass eine Reise nach Venedig für einen Mann meines Alters nicht mehr infrage kommt, aber nach Nürnberg ist es nicht allzu weit. Ich werde nicht länger als zwei Wochen fort sein.«

Zwei Wochen! Madlen sah den Apotheker erschüttert an. Langsam dämmerte ihr, was die Reise für sie bedeuten würde. In der Abwesenheit des Meisters würde Christoph das Sagen haben.

Als wenn er ihre Gedanken gelesen hätte, fügte Veltlin hinzu: »Christoph kommt mit mir. Auch für ihn wird das Treffen mit Signore di Passerola lehrreich sein.«

Madlen ahnte, dass er Christoph aus einem anderen Grund mit nach Nürnberg nahm. Er traute dem Gesellen nicht genug, um ihn so lange mit ihr allein zu lassen. Erleichterung machte sich in ihr breit, sie wich jedoch rasch der Erkenntnis, dass sie für zwei lange Wochen das Haus allein mit einem halbwüchsigen Jungen hüten musste. Kein beruhigender Gedanke. Sie schluckte. »Aber die Apotheke … wer soll …«

»Sie wird geschlossen bleiben, solange wir fort sind«, erklärte Konrad Veltlin. »Ich werde es in der Nachbarschaft kundtun. Barthel versteht es zwar, den einen oder anderen Trank und manche Salbe zu mischen, aber er ist ein Lehrjunge und nicht berechtigt, die Apotheke zu führen, auch nicht in Vertretung.«

Das verstand Madlen. Deshalb war es ungewöhnlich, dass Christoph den Meister begleitete, denn der Geselle hätte in

Abwesenheit des Meisters die Apotheke führen dürfen. Vorsichtig sagte sie: »Ihr werdet in dieser Zeit kein Einkommen haben.«

Der alte Mann lächelte. »Oh, ich hatte für die Dauer der Kilianimesse ein hervorragendes Einkommen«, beruhigte er Madlen. »Mach dir keine Gedanken. Diese beiden Wochen reißen kein Loch in meinen Beutel.«

Ein anderer Herr hätte trotzdem nicht auf das Einkommen von zwei Wochen verzichtet, einzig um der Sicherheit seiner Magd willen. Sie warf dem Apotheker einen dankbaren Blick zu, den er freundlich erwiderte.

Konrad Veltlin und Christoph brachen in der letzten Augustwoche in die freie Reichsstadt Nürnberg auf. Die Reise hatte sich ein wenig verzögert, da die beiden auf eine Kaufmannsgruppe warteten, der sie sich anschließen wollten, aber nun war es so weit. Die Fensterläden der Auslage wurden geschlossen und Barthel nagelte einen Anschlag an die Bretter, der der Kundschaft, sofern sie des Lesens mächtig war, mitteilte, dass der ehrwürdige Meister Veltlin voraussichtlich bis zum Tage der heiligen Notburga auf einer geschäftlichen Reise weilte und die Apotheke für die Dauer seiner Abwesenheit nicht geöffnet war.

Madlen sah den Reisenden mit gemischten Gefühlen nach. Die Abwesenheit des Meisters, und vor allem die von Christoph, eröffnete Barthel und ihr viele Freiheiten, ganz besonders die Möglichkeit, ohne Heimlichtuerei ihren Schreibunterricht weiterzuführen. Natürlich würde Madlen auch weniger Arbeit haben und mehr Zeit, wenngleich sie sich vorgenommen hatte, dafür zu sorgen, dass der Meister bei seiner Rückkehr ein ordentliches Haus vorfand.

Klara hatte sofort damit begonnen, Pläne zu schmieden. »Nun hast du keine Ausrede mehr, wenn ich dich bitte, mich abends in eine Weinschenke zu begleiten!«, erklärte sie, als sie Madlen zwei Tage nach der Abreise des Meisters vor dem Haus begegnete.

Es war ein warmer Spätsommertag, und wie üblich stand die Haustür offen, um frische Luft und Sonnenlicht in den Flur zu lassen. Madlen war dabei, den Hauseingang zu kehren. Die Stimme der Freundin ließ sie innehalten und den Besen beiseitestellen.

»Ich fürchte, dass Barthel derjenige ist, der die Abwesenheit des Meisters nutzt, um die Weinschenken zu besuchen«, erwiderte sie stirnrunzelnd. Sie wusste, dass Barthel Anschluss an eine Gruppe gleichaltriger Lehrjungen gefunden hatte, die sich mit ihren vierzehn oder fünfzehn Jahren ganz wie Männer fühlten und die Schenken der Stadt unsicher machten. Der Meister gestattete ihm allerdings nur selten, sich den Burschen anzuschließen, und er hatte Madlen aufgetragen, während seiner Abwesenheit auf den Jungen zu achten.

Klara kicherte. »Alle Burschen schlagen in diesem Alter hin und wieder über die Stränge. Du solltest dir deswegen keine Sorgen machen. Aus jeder blutigen Nase und jedem Rausch wird er etwas lernen.«

Madlen warf ihr einen skeptischen Blick zu. Sie war fest entschlossen, es weder zu einer blutigen Nase noch zu einem Vollrausch kommen zu lassen. Barthel war ein guter Junge und sie fühlte sich ihm gegenüber verantwortlich fast wie einem jüngeren Bruder.

»Heute ist ein wunderbar warmer Tag«, fuhr Klara fort. »Hans hat mich gebeten, ihn in die ›Goldene Gans‹ zu begleiten, die ist im Hauger Viertel. Er trifft sich dort mit ein paar befreundeten Burschen. Es ziemt sich nicht, dass ich allein dort hingehe. Mir wäre wohler, wenn du mit mir kämst.« Sie übte ihren herzerweichenden Augenaufschlag und Madlen musste lachen.

Der Spengler und Spielmann Hans Bermeter, den seine Freunde »Link« nannten, war ein leichtes Opfer für ebendiesen Augenaufschlag gewesen und seither hatte er auffällig oft in der Werkstatt des Messerschmieds etwas zu erledigen. Madlen wunderte sich nicht darüber, doch anscheinend fand auch Klara Gefallen an dem etwas großsprecherischen Mann. Er sah nicht übel aus auf eine derbe Art und Weise, und nicht nur die Frauen schienen ihn zu mögen. Er war allgemein beliebt und fand stets Zuhörer für seine musikalischen Darbietungen – und für seine Geschichten und Prahlereien. Madlen mochte ihn nicht besonders. Etwas an ihm erinnerte sie unangenehm an Hans Eberlin, und es war nicht der gemeinsame Vorname, vielmehr das laute, selbstverliebte Auftreten.

»Ich weiß nicht«, begann sie zögernd, aber Klara ließ sie nicht weitersprechen.

»Bist du nun meine Freundin oder nicht?«, fragte sie schmollend. »Außerdem weiß ich nicht, warum du dich wie eine grantige alte Vettel daheim verkriechen willst. Du bist jung und hübsch, merkst du denn nicht, wie die Männer dich ansehen? Wenn du erst einmal verheiratet bist, kannst du noch lange genug das Haus hüten …«

Madlen starrte sie an. Niemand würde sie heiraten. Und sie wollte auch niemanden heiraten. Wenn sie an die Pflichten dachte, die ein Weib im Ehebett zu erfüllen hatte, lief ihr ein Schauer über den Rücken. Daran konnte die Erinnerung an die sanfte Wärme von Fulks Lippen nichts ändern. Sie wusste, dass Klara keine solchen Bedenken hatte. Ihre Freundin genoss die Blicke der jungen Männer, und seit die Wahrsagerin ihr einen guten Ehemann und eine Schar Kinder prophezeit hatte, schien ein Leben als Ehefrau und Mutter für sie die Krönung des Frauendaseins darzustellen. *Hoffentlich erwählt sie sich nicht am Ende Hans Ber-*

meter zum Gatten, dachte Madlen besorgt. Das war natürlich Unsinn, in den seltensten Fällen hatte eine junge Frau die Möglichkeit, ihren Mann zu erwählen. Das tat ihr Vater oder ihr Herr für sie und die Frau hatte sich in ihr Schicksal zu fügen. Gottlob würde Madlens Herr sie gewiss in keine Ehe zwingen.

Resigniert sagte sie: »Also gut, Klara, ich begleite dich, wenn es dir so wichtig ist.«

Sie hatte erwartet, dass ihre Worte ein Freudestrahlen auf Klaras Gesicht zaubern würden, doch das taten sie nicht. Stattdessen machte die blonde Magd große Augen, ihr Blick war auf etwas oder jemanden hinter Madlen gerichtet und ihr voller roter Mund öffnete sich zu einem überraschten »Oh«.

Madlen wurde stocksteif. Sie hörte das Klappern von Pferdehufen auf dem Kopfsteinpflaster und noch immer konnte sie ihren Blick nicht von Klaras Gesicht wenden. Doch es war kein Erschrecken, das sie dort sah, vielmehr eine Art ehrfürchtiges Staunen, und so wagte sie es schließlich, sich langsam umzudrehen, just in dem Moment, als sich der Reiter aus dem Sattel schwang.

»Lene«, sagte er lächelnd, und Madlens Mundwinkel zogen sich nach oben, ihr Herz begann, schneller zu schlagen.

Gerade rechtzeitig wurde ihr bewusst, dass sie ihn so anstarrte wie bei ihrer unerwarteten Begegnung in der Stube des Meisters. Sie knickste hastig. »Gott zum Gruße, Herr Florian!« Ihre Stimme klang atemlos, und sie hoffte, es würde ihm nicht auffallen. Sie fühlte, dass Klara sich hinter ihr unruhig bewegte, aber der Ritter von Giebelstadt zog ihre ganze Aufmerksamkeit auf sich. Ihr fiel auf, wie muskulös er war, wie breit seine Schultern in dem eng anliegenden dunklen Wams. Das klare Grau seiner Augen zog sie in seinen Bann.

»Sei mir gegrüßt, Jungfer Lene«, erwiderte er höflich.

Hinter ihr atmete Klara scharf aus, und Florian Geyers

Blick ließ Madlen für einen Moment los, um zu der blonden Magd zu schweifen.

Vor Madlen erschien das Bild der edlen Dame von Grumbach, blond wie Klara, vielleicht nicht ganz so hübsch, aber dafür von altem Adel. Es genügte, um Madlen auf den Boden der Tatsachen zurückzuholen. Der Edelmann Florian Geyer war gewiss nicht ihretwegen gekommen. »Ihr wollt sicher zu Meister Veltlin, Herr!«

»In der Tat«, bestätigte der Ritter. »Würdest du mich bei ihm anmelden?«

»Das würde ich gerne, doch er ist nicht zu Hause!« Das Bedauern in ihrer Stimme musste sie nicht vortäuschen.

Florian Geyer runzelte die Stirn. »Kannst du mir sagen, wann er zurückerwartet wird?«

»Leider erst in zwei Wochen, Herr. Er ist nach Nürnberg gereist, um einen ... einen berühmten Apotheker aus Venedig zu treffen.« Der Name war ihr entfallen, sie bezweifelte, dass Florian Geyer etwas damit hätte anfangen können. »Es tut mir sehr leid, Herr«, fügte sie rasch hinzu.

»Wie schade. Nun, dann bitte ich dich, ihm einen Gruß von mir zu bestellen.« Er nahm für einen Moment das Barett vom Kopf, um sich mit der Hand über die Stirn zu fahren. Seine Haare klebten feucht auf seiner Haut. Das Pferd schnaufte und ließ den Kopf hängen. Offenbar hatten sie einen langen und anstrengenden Ritt hinter sich. »Ich werde ebenfalls eine Reise antreten und eine Zeit lang nicht in Franken weilen«, fuhr Florian fort. »Vielleicht kann ich den Meister treffen, wenn ich zurück bin.«

»Wollt Ihr nicht trotzdem hereinkommen, Herr, und eine Erfrischung zu Euch nehmen? Es ist ein heißer Tag und gewiss ist nicht nur Euer Pferd erschöpft.« Als Madlen geendet hatte, wurde ihr klar, was sie gesagt hatte, und ihr Herz machte einen Satz. Ein solches Angebot stand einer Hausherrin zu –

einer Magd nicht. Darüber hinaus ziemte es sich keinesfalls, einen fremden Mann ins Haus zu bitten, wenn niemand sonst anwesend war.

Vielleicht würde Barthel ja gleich zurückkommen. Sie hatte den Jungen zum Schuhmacher geschickt, um sich ein neues Paar Lederschuhe anpassen zu lassen, seine Füße schienen stündlich zu wachsen. Allerdings kannte sie Barthel gut genug, um zu wissen, dass er die Gelegenheit nutzen würde, um ein wenig herumzutrödeln. Gewiss würde er nicht so bald zurück sein. Sie konnte Klaras tadelnden Blick in ihrem Rücken förmlich spüren.

Im gleichen Moment sagte der Ritter belustigt: »Ich erinnere mich an deine scharfe Beobachtungsgabe, Lene. Du hast recht, mein Pferd und ich, wir sind beide erschöpft.« Ein warmes Gefühl breitete sich in ihr aus, als er sie erneut anlächelte. »Ich nehme dein Angebot gerne an.«

Madlens Hände zitterten, als sie einen Krug mit kühlem Dünnbier füllte. Die Situation war so unwirklich, dass sie sich wie in einem Traum vorkam. Ihre Aufregung ließ nur langsam nach. Sie hatte Florian Geyer in die Stube hinaufgeführt, ihm Brot, Schinken und ein Schälchen mit frischen Beeren serviert. Anschließend war sie in den Keller geeilt, um das Bier zu holen. Wenn Barthel dagewesen wäre, hätte sie ihm aufgetragen, das müde Pferd zu versorgen. Das würde sie nun selbst tun müssen.

Meister Veltlin hätte genau dasselbe getan, redete sie sich ein. Er hätte Herrn Florian hereingebeten und ihn bewirtet. Er würde sie nicht dafür tadeln. Allerdings war sie sich nicht sicher, ob er befürworten würde, dass sie sich allein mit dem Mann im Haus aufhielt.

»Ich kümmere mich sogleich um Euer Pferd«, sagte sie, nachdem sie Florian den Bierkrug hingestellt hatte.

Er hob überrascht den Blick. »Bist du ganz allein hier?«

Sie errötete ein wenig. »Nein, der Lehrjunge, Barthel, ist hiergeblieben. Er ist gerade unterwegs«, erklärte sie zögernd.

Sie sah keine Missbilligung in seinem Gesicht. Stattdessen sagte er: »Ich kann mein Pferd selbst versorgen, Lene.«

Madlen schüttelte heftig den Kopf. »Aber nein, Herr, das ist meine Aufgabe. Ich bin die Magd in diesem Haus!«

Als sie sich abwenden wollte, spürte sie seine Hand, die ihren Unterarm umfasste. Die Berührung schickte einen Hitzestoß durch ihren Körper.

»Herr oder Magd«, sagte Florian Geyer und seine Augen hielten ihre fest. »Vielleicht ist die Zeit gekommen, dass sich dies alles ändert.«

»Das ist nicht möglich«, hörte sie sich flüstern.

Seine Hand hielt ihren Arm weiter umfasst. Es war ein leichter Griff, dem sie sich mit einer einzigen Bewegung hätte entziehen können. Dennoch fühlte sie sich wie gelähmt.

»Vieles ist möglich, Lene«, murmelte er. »Wir müssen es nur wollen.«

Madlen rang nach Atem. Seine Worte, die sie damals unfreiwillig belauscht hatte, hallten wieder durch ihren Kopf: *Das Reich muss sich verändern … wann, wenn nicht jetzt?* »Es ist schon immer so gewesen, Herr«, flüsterte sie und er gab ihren Arm frei. »Seit Menschengedenken. Ist es nicht Gottes Wille?«

Der Ritter runzelte die Stirn. »Die Kirche will uns dies glauben machen«, sagte er scharf. »Doch Luther schreibt nicht umsonst: ›Ein Christenmensch ist ein freier Herr über alle Dinge und niemandem untertan.‹« Ein mitleidiger Ausdruck huschte über sein Gesicht, als er hinzufügte: »Wenn du lesen könntest, wenn mehr von den einfachen Menschen lesen könnten, dann wüsstet ihr das.«

Der nachsichtige Klang in seiner Stimme versetzte Madlen

einen Stich. Ärger wallte in ihr auf. So konnte nur ein Junker sprechen; ein Mann, der zeitlebens in Wohlstand gelebt hatte, für den Bildung eine Selbstverständlichkeit war, der nie den täglichen Kampf um den eigenen Lebensunterhalt erfahren hatte. »Die einfachen Menschen haben keine Zeit, sich um Dinge wie das Lesen zu kümmern«, hörte sie sich sagen. »Ihnen bleibt keine Zeit für Müßiggang, sie müssen hart arbeiten, um zu überleben!« Als sie ausgesprochen hatte, wurde ihr kalt vor Schreck, sie hörte selbst, dass ihre Worte wie ein Vorwurf klangen. Sie hatte ihn beleidigt. Er war ein Junker, wie konnte sie nur so zu ihm sprechen?

Florian Geyer starrte sie verblüfft an, indes die Röte in ihre Wangen kroch.

»Verzeiht meine Worte, Herr«, stammelte sie.

Zu ihrer Überraschung schüttelte er den Kopf. »Du hast die Wahrheit gesagt.« Sein Blick wurde wärmer, es fühlte sich an wie eine Berührung.

Madlen errötete umso heftiger. »Verzeiht mir«, wiederholte sie hastig. »Es steht mir nicht zu, so zu Euch zu sprechen. Der Meister wäre entsetzt von meinem Betragen.«

Florian lachte auf. Er schien keineswegs verärgert. »Du bist eine erstaunliche Frau. Der Meister hat großes Glück, dich gefunden zu haben.« Er betrachtete sie forschend. »Setz dich zu mir, Lene, bitte. Leiste mir ein wenig Gesellschaft.«

Madlen atmete tief durch. Die höfliche Bitte rührte sie und in diesem Moment wünschte sie sich nichts sehnlicher, als bei ihm zu sitzen, mit ihm zu sprechen und seine Nähe zu fühlen. Doch sie blieb die Magd und er der Herr – sie durfte sich nicht so benehmen, als wäre sie ihm gleichgestellt.

»Euer Pferd, Herr Florian …«, begann sie hilflos.

Er schüttelte lachend den Kopf. »In Gottes Namen, Lene, so kümmere dich um das Pferd, wenn du mir versprichst, danach wiederzukommen.« Seine Augen funkelten belustigt, als er hinzufügte: »Du lässt dich nicht abbringen, wenn du dir etwas in den Kopf gesetzt hast, nicht wahr?«

»Ebenso wenig wie Ihr, Herr«, entfuhr es ihr, und das Lächeln auf seinem Gesicht wurde breiter, ehe sie eilig die Stube verließ, um sich des Pferdes anzunehmen.

Florian nötigte Madlen dazu, einen zweiten Becher zu holen, um das Bier mit ihm zu teilen. Auffordernd schob er ihr den Teller mit Brot und Schinken hin. Da sie ihn nicht kränken wollte, goss sie sich ein wenig Bier ein und brach ein Stückchen Brot ab. Ihr Mund war so trocken, dass sie das Brot kaum hinunterbrachte. Sie musste einen großen Schluck dazu trinken.

Während sie kaute, betrachtete der Ritter sie nachdenklich. »Erzähl mir von dir, Lene«, sagte er unvermittelt.

Vor Schreck wäre ihr beinah der Becher aus der Hand geglitten.

»Woher kommst du?«

Madlens Handflächen wurden feucht. »Warum fragt Ihr, Herr?«, wich sie aus. »Ich bin nur eine Magd, es gibt nicht viel über mich zu erzählen.«

Er trank einen Schluck und beobachtete sie über den Becherrand. »Wie kommst du zu Meister Veltlin?« Die Frage war im Plauderton gestellt, aber Madlen wusste es besser. Dieser Mann war ein Feldhauptmann gewesen. Er besaß Menschenkenntnis und ließ sich nicht mit Ausflüchten abspeisen. Das schüchterte sie ein. »Meine … Tante schickte mich zu ihm.« Es schien ihr das Beste, sich an die Geschichte zu halten, die Meister Veltlin und sie den anderen erzählt hatten. Dennoch sträubte sich etwas in ihr, diesen Mann anzulügen, und sie sprach nicht weiter.

»Du stammst nicht aus Würzburg?« Florian stützte die Ellenbogen auf den Tisch und neigte sich nach vorn, um sie genauer in Augenschein zu nehmen. Ahnte er, dass sie etwas zu verbergen hatte?

Ihr Hals war trocken und sie hätte gerne noch etwas Bier getrunken. Sie wagte jedoch nicht, den Becher zu ergreifen, aus Angst, er könnte ihr Zittern bemerken. »Nein«, antwortete sie leise. Verhörte er sie? Mit einem Mal wich ihre Beklemmung einem anderen Gefühl … Zorn. Zorn über seine bohrenden Fragen und die Selbstverständlichkeit, mit der er sie stellte und sie in die Enge trieb. Und Zorn über sich selbst, über ihr Herz, das unter seinem Blick flatterte und bebte. »Meine Mutter war eine Fremde«, sagte sie entschlossen und erschrak selbst über die Schärfe in ihrer Stimme. »Das könnt Ihr mir ansehen, nicht wahr? Der Meister nahm mich in seinen Haushalt auf und schenkte mir sein Vertrauen. Ist das nicht genug?«

Ihre heftige Reaktion überraschte ihn, das konnte sie sehen. In einer entschuldigenden Geste hob er beide Hände. »Ich habe dich bedrängt. Verzeih mir! Es war die Neugier, die mich trieb.« Er sah sie freundlich an und Madlens Zorn schmolz dahin.

»Es gibt schmerzvolle Erinnerungen, die ich gerne hinter mir lassen möchte«, erklärte sie leise. Das war so nah an der Wahrheit, wie es ihr möglich war. »Wenn Ihr mich gebeten habt, Euch Gesellschaft zu leisten, um mich auszufragen, so …«

Seine warme Hand auf ihrer ließ sie verstummen. »Nimm meine Entschuldigung an, Lene«, bat er.

Die Berührung raubte ihr die Worte, sie vermochte nur stumm zu nicken. Ihr wurde bewusst, dass er sie tatsächlich zweimal um Verzeihung gebeten hatte, als wäre sie eine Dame von Stand. Eine Dame wie Barbara von Grumbach.

Madlen zog ihre Hand zurück, als hätte sie sich verbrannt. Gewissermaßen hatte sie das auch, denn dieser Mann zog sie an wie das Kerzenlicht die Motten. Ehe sie darin verglühten.

Kapitel 26

»Du musst nicht ganz bei Sinnen gewesen sein!« Klaras kaum verhohlenes Grinsen raubte ihren Worten die Schärfe. »Wie konntest du den Ritter in Abwesenheit des Meisters einfach so in eure Stube einladen?« Sie schüttelte den Kopf.

Madlen ahnte, dass sie ihre Entrüstung spielte, um ihre Neugier zu verbergen … und eine Spur von Neid. Trotzig fragte sie: »Gehört es sich nicht, einem müden Reisenden Speis und Trank anzubieten?«

»Nicht, wenn du ganz allein bist und einen Ruf zu verlieren hast!«, konterte Klara.

Einen Ruf habe ich längst nicht mehr zu verlieren, dachte Madlen. »Herr Florian ist ein Edelmann«, sagte sie laut, als wäre diese Tatsache gleichzusetzen mit Ehrenhaftigkeit.

Klara musterte sie stirnrunzelnd. »Hat er sich mit dir unterhalten?«, fragte sie unvermittelt.

»Was soll er sonst getan haben?«, entgegnete Madlen ärgerlich. »Verführt hat er mich jedenfalls nicht!« Bei dem Gedanken durchlief sie ein Schauer, und sie vermeinte, die Wärme seiner Hand auf ihrer zu spüren.

Klara machte ein gekränktes Gesicht. »Natürlich nicht«, brummte sie. »Ich weiß doch, dass du die Sprödeste von allen bist und kein Interesse an den Mannsbildern hast … obwohl ich das nicht verstehe.« Sie musterte Madlen weiterhin. »Aber behaupte nicht, dass er dir nicht gefällt, der Ritter! Ich habe deine rosigen Wangen gesehen!«

»Ich war verlegen!«, gab Madlen zurück. »Ich bin den Umgang mit adligen Herrschaften nicht gewohnt!«

Klara schnaubte verächtlich. »Ha! Sie tragen die Nasen vielleicht höher und behängen sich mit Gold und Silber, doch im Schlafgemach sind sie wie alle anderen Männer auch!« Als Madlen ihr einen schockierten Blick zuwarf, ergänzte sie schnell: »Sagt man jedenfalls.«

Madlen fasste ihre Freundin mit neu erwachtem Interesse ins Auge.

Klara schob die Unterlippe vor. »Was ich meine, ist: Sei vorsichtig, Madlen! Sie schmieren dir Honig ums Maul, doch in Wahrheit wollen sie nur unter deine Röcke und mit dir das tun, was ihnen ihre ach so frommen Ehefrauen verweigern.«

»Wollen das nicht alle Männer?«, fragte Madlen bitter.

Klara zuckte die Achseln. »Wahrscheinlich. Aber ehe ich einen von den feinen Junkern ranlasse, nehm ich lieber einen wie den Hans, der weiß zuzupacken!«

Madlen stellte sich den groben Spenglergesellen vor, wie er nach der hübschen drallen Klara griff, und hätte sich am liebsten geschüttelt vor Widerwillen. »Du kannst was Besseres kriegen, Klara«, sagte sie voller Überzeugung, obschon sie wusste, dass die Freundin davon nichts hören wollte.

Sie waren beinahe bei der »Goldenen Gans« angelangt, wo an diesem warmen Spätsommerabend reger Betrieb herrschte. Hans Bermeter und seine Freunde waren von Weitem zu hören. Wie immer führte der Spielmann das große Wort und die anderen johlten.

»Ins Maul hätt man ihr die Schnecken stopfen sollen!«, rief er gerade eben unter dem Gelächter der Zuhörer. Er hielt ein zerknittertes Flugblatt in der Hand. Offenbar hatte er es den Leuten vorgelesen, falls er tatsächlich des Lesens mächtig war und nicht nur so tat als ob. Die »Goldene Gans« war bekannt als Treffpunkt für streitlustige und aufmüpfige Gesellen, und Madlen bereute, dass sie sich von Klara hatte überreden lassen mitzukommen. Ihr Blick flog über die Zecher, die sich an den Tischen drängten. Um diese Zeit waren es nicht nur Männer, sondern auch einige Frauen. Einfaches Volk, das sich am Wein gütlich tat.

Als Hans die beiden Frauen bemerkte, erhellte ein breites Grinsen sein bärtiges Gesicht. Er winkte Klara heran, um ihr einen schmatzenden Kuss auf die Wange zu drücken. Klara quiekte in gespieltem Erschrecken, ließ sich aber neben ihm auf der Bank nieder. Madlen zögerte, doch Klara klopfte auffordernd auf den Platz an ihrer Seite.

»Wen haben wir denn da?«, sagte der Spielmann und musterte Madlen neugierig. »Leiste uns Gesellschaft, hübsches Kind!«

Etwas in Madlen zog sich zusammen.

Vor wenigen Stunden hatte Florian Geyer fast die gleichen Worte gewählt. Wie sehr er sich unterschied von diesen derben Männern, die ein unangenehmer Geruch nach ungewaschenen Körpern und schmutzigen, verschwitzten Kleidern umgab!

Seine Art zu reden, seine Haltung, das ruhige Selbstbewusstsein, das den Menschen zu eigen war, die in einen höheren Stand hineingeboren waren … all das hatte Madlen für die kurze Zeit seines Aufenthaltes im Haus des Meisters umfangen wie ein süßer Traum.

Er hatte sie zu ihrer großen Erleichterung nicht weiter mit Fragen bedrängt, sondern begonnen, im Plauderton von seiner bevorstehenden Reise nach Heidelberg zu erzählen und von vergangenen Reisen, die ihn an verschiedene europäische Höfe geführt hatten. Sie hatte festgestellt, dass er ein wortgewandter Erzähler war und dass sie binnen kurzer Zeit wie gebannt an seinen Lippen hing. Als er die Überfahrt über den Ärmelkanal nach England schilderte, hätte sie beinah wie ein entzücktes Kind in die Hände geklatscht. »Ihr seid nach

England gereist und habt den englischen König getroffen!«, sagte sie ein wenig atemlos.

Florian nickte. »Ich bin ihm tatsächlich einige Male begegnet. König Heinrich ist etwa in meinem Alter und hat den Thron als Siebzehnjähriger bestiegen. Die Menschen liebten und verehrten ihn, daran erinnere ich mich gut.« Er strich sich nachdenklich über den Bart. »Das ist mehr als zehn Jahre her. Seitdem war ich nicht mehr in England, doch ich habe gehört, dass sein Glanz zu verblassen beginnt.«

Madlen konnte kaum den Blick von ihm wenden. Mochte der Glanz des Königs von England schwinden, für sie konnte es in diesem Moment keine strahlendere Persönlichkeit geben als diesen Mann, der ihr an Meister Veltlins altem Holztisch gegenübersaß. Sie war ein dummes junges Mädchen, schalt sie sich erschrocken. Es durfte nicht sein, dass sie sich derart von einem Junker betören ließ. Ein altes Liedchen kam ihr in den Sinn, das sie einmal gehört hatte: *Was hängst du an dem Rittersmann? Er sieht dich nicht bei Wege an. Du bist ihm zu geringe …*

Aber jetzt *sah* er sie an, hier in der Stube des Meisters, scherzte und sprach mit ihr, als wäre sie eine Frau seines Standes. Eine Vertrautheit war zwischen ihnen entstanden, die trügerisch war, da sie keinen Bestand haben konnte. Doch Madlen weigerte sich, diese Tatsache in ihr Bewusstsein dringen zu lassen. Sie fühlte sich wie in einem warmen Kokon, der die Außenwelt verschwinden ließ und aus dem man nicht ausbrechen wollte.

»Meister Veltlin sagte, Ihr seid Doktor Luther begegnet?«, fragte sie, unfähig, ihre Neugier länger zu bezähmen.

Er nickte. »Ja, ich hatte im vergangenen Winter Gelegenheit, mit ihm zu sprechen, als ich den Hochmeister nach Wittenberg begleitete. Er ist ein tiefgläubiger Mann und äußerst beeindruckend.« Ein Lächeln spielte um Florians Lippen bei der Erinnerung an den Reformator. »Streitbar noch dazu, das habe ich selbst erfahren, als wir diskutierten. Für seine Überzeugungen würde er alles geben, sogar sein Leben.«

Madlen lauschte seinen Worten gespannt. »Seid Ihr ein Anhänger der neuen Lehre?«, flüsterte sie.

Florian sah ihr ins Gesicht, und sie fühlte, wie eine unerwartete Wärme sie durchströmte. »Ich denke, das weißt du bereits, Lene«, sagte er sanft. »Doch wie steht es mit dir?«

»Der Meister hat mir davon erzählt«, gestand sie. Es schien ihr richtig, ihm die Wahrheit zu sagen. »Er hat mir sogar aus Luthers Schriften vorgelesen.« Sie zögerte. »Ich bin nur eine einfache Magd, Herr. Für mich ist das alles schwer zu verstehen. Aber ich wünschte …« Sie brach ab, ehe sie es aussprechen konnte. *Ich wünschte, Ihr würdet es mir erklären.*

Florian lehnte sich in seinem Stuhl zurück und nahm einen Schluck aus seinem Becher. »Du magst ein einfaches Mädchen sein«, versetzte er. »Doch bist du ausgesprochen neugierig und von scharfem Verstand, so viel ist sicher. Meister Veltlin hat gute Menschenkenntnis bewiesen, als er dich in seinen Haushalt holte.«

Madlen senkte rasch die Lider, doch wusste sie, dass er das stolze Aufleuchten ihrer Augen bemerkt hatte.

»Jemand sollte dich das Lesen und Schreiben lehren«, sagte er.

»Der Meister und Barthel tun das bereits.«

Überraschung blitzte in seinen Zügen auf, aber er kam nicht dazu zu antworten, denn im gleichen Moment zerriss Barthels Stimme den süßen Traum. »Madlen? Wem gehört das Pferd?«

Florian und Madlen hatten sich angeschaut wie zwei ertappte Sünder und im nächsten Moment beide lachen müssen. Hastig war sie aufgestanden und hatte den verräterischen zweiten Becher an sich genommen, während Barthels Schritte bereits die Treppe heraufgepoltert kamen.

»Wir haben einen Gast, Barthel!« Sie hatte sich bemüht, ihrer Stimme einen energischen Klang zu verleihen. »Bitte stürme nicht durchs Haus wie ein wild gewordener Ochse!«

Nun saß Madlen inmitten der lachenden und grölenden Zecher, und Hans Bermeter erzählte von irgendeinem Geschehnis, das die anderen zu begeistern schien. Sie bekam kein Wort davon mit, denn im Geiste war sie noch immer in der kleinen Stube im Apothekerhaus und Florian Geyer lächelte ihr zu.

Erst Klaras Ellenbogen in ihrer Seite schreckte sie auf.

»Deine Freundin scheint sich nicht für die Ereignisse in Schwaben zu interessieren«, brummte Hans und betrachtete Madlen verdrossen.

Anscheinend war sie die Einzige in der Runde, die seinen Schilderungen keine Aufmerksamkeit geschenkt hatte, und er fühlte sich in seiner Eitelkeit gekränkt. Klara sah sie misstrauisch an, doch sie sagte nichts. Madlen verstand ihren Blick auch so. Die Freundin wusste, bei wem ihre Gedanken waren.

Madlen richtete sich auf und zwang sich dazu, ihre Aufmerksamkeit dem Spielmann zuzuwenden, um Klaras offensichtliche Besorgnis zu lindern. »Verzeih, Hans«, sagte sie freundlich. »Das war unhöflich von mir.«

Hans zog die Augenbrauen hoch. »Man könnte meinen, du wärst eine edle Dame, wenn man dich reden hört«, sagte er spöttisch. »Dabei bist du ebenso eine Magd wie meine Klara hier.«

Die Worte verletzten sie, wie es gewiss seine Absicht gewesen war, aber Madlen ließ sich nichts anmerken. »Was ist in Schwaben geschehen?«, fragte sie stattdessen.

Hans schob ihr das halb zerknüllte Flugblatt hin. Sie nahm es und versuchte, das eine oder andere Wort zu entziffern.

Der Spielmann beäugte sie grinsend. »Die Bauern in Stühlingen haben sich zusammengetan«, knurrte er schließlich ungeduldig, »und sich gegen ihren Herrn, den Grafen von Lupfen, erhoben. Dessen hochwohlgeborenes Weib hat oft genug ihre Launen an den Bauern ausgelassen – jetzt hat sie den Bogen überspannt: Mitten in der Erntezeit sollten die Bauern für sie Schneckenhäuschen sammeln, ist das zu glauben?«

»Schneckenhäuschen?«, wiederholte Madlen verwirrt. »Wieso das denn?«

Er lachte grimmig auf. »Es heißt, ihre Zofen sollten Garn darum wickeln!« Wollte er sie veralbern? Hans sah ihr ungläubiges Gesicht und nickte heftig. »Genauso ist es gewesen. Hier steht es, auf diesem Flugblatt!«

»Und was ist dann geschehen?« Madlens Kehle wurde eng. Erneut dieses Gerede vom Aufruhr, von der Willkür der Leibherren … wieder der altbekannte Ruf nach Gerechtigkeit.

»Sagte ich doch, die Stühlinger haben sich zusammengerottet und sind vors Schloss Hohenlupfen gezogen! Haben dem feinen Herrn gesagt, dass sie von nun an ihren Dienst- und Abgabepflichten nicht mehr nachkommen werden! Mehr als tausend sollen's gewesen sein, ein ehemaliger Landsknecht an ihrer Spitze. Da staunte er nicht schlecht, der Graf Siegmund!« Hans grinste triumphierend, als wäre er persönlich dabei gewesen. »Ich sag euch, die Zeit ist reif, dass wir das Gleiche tun, unsere alten Rechte einfordern, die ungerechten Abgaben verweigern! Wenn wir geschlossen aufstehen, sind wir genug, um den Herren einen solchen Schrecken einzujagen, dass sie uns alles bewilligen!«

»Oder uns alle töten!«, entfuhr es Madlen.

Hans' Gesicht lief rot an. »Dummes Geschwätz!«, fauchte er. »Wir sind viel mehr und wir sind im Recht! Niemand wird uns aufhalten können.« Seine Augen wurden schmal. »Ich hoffe, dass du's nicht mit den Junkern hältst, Weib«, fügte er hinzu.

Madlen wurde kalt, als sie Klaras bohrenden Blick auf sich spürte. »Das tu ich nicht!«, sagte sie entschieden. »Doch bislang ist's allen schlecht ergangen, die versucht haben, sich gegen die Herren aufzulehnen. Haben sie nicht hier in Würzburg den Pfeifer verbrannt?«

Die Geschichte hatte ihr Meister Veltlin erzählt. Bei der Verhaftung und Hinrichtung des Pfeifers war es zum ersten Mal zu Massenunruhen der Bauern gekommen. Manche hatten geglaubt, der junge Mann sei ein Prophet gewesen. Den »Heiligen Jüngling« hatte man ihn genannt. Er hatte den Menschen ein neues, gerechteres Reich Gottes gepredigt, in dem es keine Standesunterschiede, Abgaben und Frondienste mehr geben sollte. Der damalige Würzburger Bischof und seine geistlichen Räte hatten dafür gesorgt, dass er heimlich gefangen genommen und wegen Ketzerei und Aufwiegelei angeklagt wurde. Sein Leben hatte auf dem Scheiterhaufen geendet.

Bei der Erwähnung des Pfeifers ging ein Raunen durch die Runde, und Hans Bermeter schaute noch grimmiger drein. Er packte seinen Becher und leerte ihn in einem Zug. Anschließend legte er besitzergreifend den Arm um Klara und stierte Madlen böse an, ehe er sagte: »Du meinst wohl, du bist eine besonders Schlaue, Apothekermagd? Denk an meine Worte: Die Zeit ist reif, dass der gemeine Mann sich erhebt und sein Joch abschüttelt!«

Madlen schwieg. Alle Einwände, die sie hätte vorbringen können, hätten bei diesen Männern noch mehr den Eindruck erweckt, sie sei auf der Seite der Junker.

War sie das nicht auch? Zumindest auf der Seite von einem unter ihnen.

Kapitel 27

Die Tage von Meister Veltlins Abwesenheit flossen zäh dahin, und Madlen blieb viel zu viel Zeit, ihren Gedanken nachzuhängen. Das Haus war bereits nach wenigen Tagen von oben bis unten geputzt und gefegt, der Hof gekehrt, die Kleider waren geflickt und die Laken der Betten gewechselt. Sogar der große Stapel Wäsche, der sich angehäuft hatte, war bereits am Ende der ersten Woche gewaschen, getrocknet und ordentlich in den Truhen verwahrt.

Barthel wiederum nutzte jede Gelegenheit, sich in der Stadt herumzutreiben und abends mit seinen jungen Freunden die Schenken unsicher zu machen. Regelmäßig musste Madlen ihn ermahnen und zurechtweisen. Erst als der Junge eines Abends, wie Klara vorhergesagt hatte, mit einer blutigen Nase nach Hause kam, ließ seine Abenteuerlust ein wenig nach.

Nach zwei Wochen traf ein Brief von Meister Veltlin ein, in dem er ankündigte, dass sein Aufenthalt in Nürnberg sich verlängern würde. Der Austausch mit Signore Passarola sei im höchsten Maße erquicklich gewesen, so schrieb er, und nun warte er auf eine Reisegruppe nach Mainfranken, der er sich würde anschließen können.

Madlen seufzte, nicht allein wegen der Verzögerung, sondern auch wegen der Tatsache, dass Barthel ihr das Schreiben vorlesen musste. Sie selbst vermochte nur wenige einzelne Wörter zu entziffern und hätte den Inhalt nicht verstehen können. Die Erkenntnis entmutigte sie. Das Lesen und Schreiben war wohl doch eine Kunst, die nicht für einfache Menschen wie sie gedacht war.

Da erinnerte sie sich an Florian Geyers Worte: *Jemand sollte dich das Lesen und Schreiben lehren* – und ihr Ehrgeiz kehrte zurück. Wenn der Ritter das nächste Mal zu Besuch kam, würde sie ihm beweisen, dass sie lesen konnte.

Aber wann würde das sein?

Madlen seufzte wieder, und Barthel verdrehte die Augen. »Nun hör schon auf zu jammern«, tadelte er. »Auch ich habe das Lesen und Schreiben nicht von einem Tag auf den andern gelernt, dazu brauchte es viele Stunden – und viele Rutenstreiche von meinem Lehrmeister.«

»Ich weiß ja«, murmelte Madlen. »Ich bin zu ungeduldig.« Dabei wusste sie nicht, ob sie sich auf das Lesen bezog oder auf den Ritter von Giebelstadt.

Denn alle Arbeit, alles Gezänk mit Barthel und Geschwätz mit Klara halfen ihr nicht, Florian Geyers graue Augen und die Berührung seiner Hand auf der ihren aus ihren Gedanken zu vertreiben. Eine unbestimmte Rastlosigkeit, ein seltsames Drängen erfüllte sie, das sie vorher nie verspürt hatte, und mit wachsender Beklemmung erkannte sie, dass sie den sehnsüchtigen Wunsch empfand, den Ritter wiederzusehen. Sie sehnte sich danach, ihm gegenüberzusitzen, seinen Erzählungen zu lauschen, mit ihm zu lachen … und von ihm berührt zu werden. Die Erkenntnis schockierte sie. Hatte sie nicht vor kurzer Zeit bezweifelt, dass sie sich jemals nach der Zärtlichkeit eines Mannes sehnen würde, nach allem, was Hans Eberlin ihr angetan hatte? Sie erinnerte sich an Fulks Kuss, die Sanftheit seiner Lippen, die Verwirrung, die er in ihr ausgelöst hatte, und sie wusste, dass sich etwas verändert hatte.

Sie war im Begriff zu heilen.

Allerdings wusste sie nicht, ob diese neuen Gefühle, die sie erfüllten, sie nicht viel verletzlicher machten. Eine einfache Magd, die sich zu einem Edelmann hingezogen fühlte, war kein Ausnahmefall, doch es war nur allzu bekannt, wohin solche Neigungen führten. Der Edelmann würde seine Gelüste befriedigen und danach achselzuckend weiterziehen. Die Magd zahlte im besten Fall mit dem Verlust ihrer Jungfräulichkeit, im schlimmsten Fall mit einem unehelichen Kind und öffentlicher Schande.

Das habe ich alles bereits hinter mir, dachte Madlen bitter. Sie hatte die einmalige Gelegenheit, ein neues Leben zu beginnen, ihre Schande zu verbergen. Niemals würde sie das aufs Spiel setzen.

An einem kühlen, regnerischen Herbstabend kurz vor dem Erntedankfest kehrten Konrad Veltlin und Christoph zurück. Madlen und Barthel beeilten sich, die beiden erschöpften Heimkehrer mit trockener Kleidung und wärmendem Eintopf zu versorgen.

»Solche Reisen sind tatsächlich nichts mehr für einen Mann meines Alters«, stellte Konrad Veltlin fest und nahm einen Schluck von dem erhitzten Würzwein, den Madlen vor ihm auf den Tisch gestellt hatte.

Madlen betrachtete den Meister voller Freude. Es wärmte ihr das Herz, den alten Mann zu sehen, der ihr zu einer Art Vater geworden war.

»Setz dich zu uns, mein Kind, und erzähl uns, was während unserer Abwesenheit geschehen ist«, sagte er freundlich und klopfte auf den Platz neben sich.

Madlen musste daran denken, dass Hans Bermeter in der »Goldenen Gans« dasselbe getan hatte, um Klara zum Hinsetzen aufzufordern. Bei der Erinnerung an den Spielmann verspürte sie Widerwillen. Zum Glück war er fort. Vor wenigen Tagen erst hatte die Freundin ihr berichtet, dass Bermeter heimlich die Stadt verlassen hatte. Ihm war zu Ohren gekommen, dass die Obrigkeit von seinem losen Mundwerk erfahren hatte, und er hielt es für ratsam, eine Zeit lang unterzutauchen.

Klara war darüber nicht so traurig, wie Madlen erwartet hatte. Sie gestand Madlen halb zornig, halb verletzt, dass der Spielmann nicht allein ihren Rock gelupft hatte. Das wiederum überraschte Madlen wenig. Es blieb zu hoffen, dass Bermeter nicht so bald zurückkehrte ... und dass Klaras Leichtfertigkeit keine unerwünschte Frucht trug.

In Gedanken versunken bemerkte Madlen erst jetzt, dass der Meister und Christoph sie erwartungsvoll ansahen. Barthel rutschte auf seinem Stuhl herum, und sie ahnte, dass er auf die Gelegenheit wartete, von Florian Geyers Besuch zu erzählen. Sie warf ihm einen mahnenden Blick zu, in der Hoffnung, seinen Eifer zu bremsen.

Sie berichtete von ein paar erwähnenswerten Vorkommnissen und Klatschgeschichten, ehe sie in beiläufigem Ton schloss: »Darüber hinaus wollte Euch der Ritter von Giebelstadt einen Besuch abstatten. Da er Euch nicht antraf, bat er mich, Euch Grüße zu bestellen.« Sie machte ein betont gleichmütiges Gesicht, obwohl die bloße Erinnerung an den Besuch des Ritters und ihre Unterhaltung in der Stube ihr Herz rascher klopfen ließ. Sie hoffte, dass ihre Ohren nicht ebenso rot vor Aufregung waren wie die von Barthel.

Der Apotheker zog überrascht die Augenbrauen hoch. »Tatsächlich? Wie bedauerlich, dass wir uns verpasst haben.«

»Er war auf der Reise nach Heidelberg, sagte er«, erklärte Madlen. Sie bemerkte, dass Christoph sie misstrauisch musterte.

Just in diesem Moment meldete sich Barthel zu Wort, der offenbar unbedingt etwas beisteuern wollte. »Madlen hat den Ritter in der Stube bewirtet!«

Die erstaunten Gesichter der beiden Männer wandten sich ihr zu.

Am liebsten hätte sie den Jungen geschüttelt. »Es war ein heißer Tag«, sagte sie verlegen.

Christoph starrte sie ärgerlich an, doch Konrad Veltlin sagte ruhig: »Du hast recht daran getan, Madlen. Herr Florian ist in meinem Haus stets willkommen.«

Christoph gab ein unwilliges Schnauben von sich. »Ihr wisst, dass er im Ruf steht, der neuen Lehre anzuhängen, Meister!«, wandte er ein.

»Er ist ein aufrechter Mann«, entgegnete Konrad Veltlin, »den ich sehr schätze.«

»Ich will damit nur sagen, dass Ihr vorsichtig sein sollt«, beharrte Christoph. »Der Fürstbischof …«

»Der Fürstbischof wünscht die Anhänger der lutherischen Lehre auszumerzen«, unterbrach ihn der Apotheker mit ungewohnter Schärfe. »Doch dazu ist es zu spät. Die freie Reichstadt Nürnberg unterstützt den protestantischen Glauben, wie wir erfahren haben. Der Rat hat bereits begonnen, die Kirchenordnung umzustellen.«

Madlen und Barthel sahen den Meister überrascht an, indessen Christoph murmelte: »Das wird den Nürnbergern nicht wohl bekommen, glaubt mir! Sie meinen, sie können sich alles herausnehmen, diese reichen Pfeffersäcke …«

Konrad Veltlin trank einen Schluck Wein und schwieg eine Weile. »Wir werden sehen«, sagte er schließlich. »Es ist ein mutiger Schritt, dem andere Städte folgen werden. Dennoch ist auch eine freie Reichstadt dem Kaiser unterstellt.«

Madlen verstand, was er meinte. Kaiser Karl V. war Habsburger und streng gläubiger Katholik. Martin Luther hatte sich ihm vor drei Jahren auf dem Reichstag zu Worms offen widersetzt, woraufhin der junge Kaiser ihn mit der Reichsacht gestraft und für vogelfrei erklärt hatte. Würde Karl V. hinnehmen, dass eine so bedeutende Stadt wie Nürnberg sich der Lehre des Reformators zuwandte?

»Kann der Kaiser sie zwingen, die Änderungen rückgängig zu machen?«, fragte sie atemlos.

Erneut schauten alle auf sie, und sie tadelte sich selbst für ihre vorlaute Frage.

»Natürlich kann er das«, blaffte Christoph. »Er ist der Kaiser!«

Meister Veltlin wiegte den Kopf. »Er kann das, wenn er genug Geld und Truppen hat, was ich beides bezweifle«, sagte er. »Zudem kämpft er an mehreren Fronten. Im Osten bedrohen die Osmanen das Reich, im Westen und in Italien muss er sich mit dem französischen König herumschlagen. Wie soll er da einen Glaubenskrieg im eigenen Land ausfechten?« Der Meister sah plötzlich betrübt aus. »Das hat Martin Luther nicht gewollt, als er den Versuch unternahm, die Kirche zu reformieren. Es war nie sein Bestreben, die Kirche zu spalten, und doch sieht es immer mehr danach aus.«

»Seine Thesen haben die Menschen aufgewiegelt!«, sagte Christoph zornig. »All die Unzufriedenen und Aufsässigen berufen sich auf seine neuen Ideen, um ihren gottgewollten Verpflichtungen nicht mehr nachzukommen. Bauern wollen Herren sein!«

»Die Bauern wollen keine Herren sein!«, entfuhr es Madlen. »Sie haben nur den Wunsch, dass man das Joch erleichtert, das sie und ihre Familien niederdrückt! Sie wollen nicht den größten Teil ihrer Ernte an die Gutsherrn abgeben, während ihre Kinder verhungern. Was ist unrecht daran, gegen ein solch elendes Los aufzubegehren?« Als sie ausgesprochen hatte, erschrak Madlen beinah selbst über ihre heftigen Worte.

Christoph starrte sie fassungslos an, Barthels Augen dagegen leuchteten.

Der Meister betrachtete sie mit einer Mischung aus Anerkennung und Sorge. »Du hast Verständnis für die Bauern, Madlen, und das aus gutem Grund. Dennoch ist es gefährlich, sich gegen geltendes Recht aufzulehnen. Wenn es um Aufwiegelei geht, sind die Mächtigen schnell dabei, unbequeme Personen zu ergreifen und hart zu strafen.«

Madlen senkte verlegen die Lider. »Verzeiht, Meister«, murmelte sie. »Es steht mir nicht zu, über solche Dinge zu reden.«

»So ist es«, sagte Christoph bissig. »Du solltest künftig daran denken, ehe du aufrührerisches Geschwätz von dir gibst. Das Haus des Meisters könnte sonst in Verruf geraten.«

»Das lass meine Sorge sein, Christoph!«, ging Konrad Veltlin dazwischen. »Bislang hatten wir nie Ärger mit der Obrigkeit. Einige unserer Ratsherren sind treue Kunden meiner Apotheke, und selbst Seine Gnaden, der Fürstbischof, hat schon Arzneien bei mir gekauft.« Er lächelte Madlen zu.

Sie erwiderte das Lächeln, doch fragte sie sich, was geschehen würde, wenn jemand erfuhr, dass in diesem Haus aufrührerische Reden geführt und ketzerische Flugblätter gelesen wurden. Würden die treuen Kunden und der erlauchte Herr auf dem Marienberg darüber hinwegsehen? »Lasst uns nicht länger über solch unschöne Dinge reden«, sagte sie munter. »Wollt Ihr uns stattdessen nicht von der berühmten Stadt Nürnberg erzählen, Herr?«

Meister Veltlin ließ sich nicht zweimal bitten. Er begann, seine Eindrücke von Nürnberg, der mächtigen Kaiserburg und den prachtvollen Patrizierhäusern zu schildern, und das in so lebendigen Farben, dass Barthel mit offenem Mund zuhörte. Ab und zu ergänzte Christoph das eine oder andere. Auch der Geselle schien beeindruckt von der Reichsstadt, wenngleich er durchblicken ließ, dass die Nürnberger in seinen Augen ein recht dünkelhaftes Völkchen waren.

Madlen konnte nicht verhindern, dass ihre Gedanken nach einer Weile abschweiften. Wieder lauschte sie den Schilderungen vom Hof des englischen Königs, von den Fürstenhöfen in den Niederlanden, in Dänemark und in Polen … und sie sah sich wieder mit Florian Geyer in ebendieser Stube sitzen, ihr Herz warm vom Klang seiner Stimme und seinem einnehmenden Lächeln.

»Vielleicht wirst du die Stadt einmal kennenlernen«, sagte der Apotheker in ihren Tagtraum hinein, und Madlen ahnte, dass er ihre sehnsuchtsvolle Miene missdeutet hatte. »Du bist jung. Wer weiß, wohin das Leben dich führt.«

Sie antwortete ihm mit einem höflichen Nicken.

Barthel kündigte voll Begeisterung an: »Wenn ich meine Lehre beendet habe, werde ich auf Reisen gehen! Ich will bei anderen Apothekern arbeiten und fremde Städte sehen!«

Madlen betrachtete sein strahlendes Gesicht und verspürte einen kleinen Stich von Neid. Männern standen so viele Möglichkeiten offen, während Frauen an Heim und Herd gebunden waren. Eine Leibeigene wie Madlen hätte normalerweise nie das heimatliche Dorf verlassen.

Natürlich, das Reisen war beschwerlich und die Straßen keineswegs sicher, das wusste sie. Es gab Unfälle und es gab Räuber und Wegelagerer. Mancher Reisende endete erschlagen im Straßengraben. Dennoch musste ein Zauber darin liegen, die bedeutendsten Städte des Reiches mit eigenen Augen zu sehen.

»Ich bin sicher, das wirst du!«, bestärkte sie Barthel etwas wehmütig. »Und eines Tages wirst du nach Würzburg zurückkehren und uns die Abende mit deinen Geschichten versüßen.«

Kapitel 28

Auch an das Erntedankfest schloss sich eine Messe an, bei der der Wein in rauen Mengen floss, doch Madlen verspürte wenig Lust, sich unters Volk zu mischen.

Dieses Mal drängte Klara sie nicht. Die Freundin war selbst nicht in Feierstimmung. Ihr Techtelmechtel mit Hans Bermeter war glücklicherweise folgenlos geblieben, Hans' Untreue schmerzte Klara aber noch immer. »Es ist mir gleichgültig, wo er abgeblieben ist, der elende Weiberheld!«, erklärte sie, doch die unterdrückte Wut in ihrer Stimme verriet Madlen, dass das Gegenteil der Fall war. Trotz ihrer vorwitzigen Art und ihrer manchmal gewagten Bemerkungen war Klara kein leichtfertiges Mädchen, dass sich mit dem Erstbesten im Heu wälzte.

»Lass uns nicht mehr von ihm reden«, beschwichtigte Madlen und hakte sich bei ihrer Freundin unter.

Die Festlichkeiten waren inzwischen vorüber, und in der Stadt war Ruhe eingekehrt. Nachdem der Herbst unfreundlich und regnerisch begonnen hatte, zeigte sich endlich wieder die Sonne, und die beiden jungen Frauen hatten den täglichen Einkauf um einen kleinen Ausflug zur Mainbrücke erweitert.

Die Wächter am Brückenhaus ließen sich von Klaras liebreizendem Lächeln erweichen und die Frauen durften ohne Brückengeld passieren. Nun standen sie in der Mitte der mächtigen Steinbrücke und sahen hinab auf den Main, der sich als breites, glänzendes Band durch die hügelige Landschaft zog. Die Weinberge leuchteten in Rot und Gold, und Madlen schien es, als habe sie nie eine prächtigere Gegend gesehen. Verzückt schaute sie dabei zu, wie die Schiffe, die den

Fluss befuhren, am Horizont verschwanden. »Wenn ich auf einem dieser Schiffe mitreisen würde«, sinnierte sie, »wohin würde ich wohl gelangen?«

»In die Stadt Frankfurt«, erklärte Klara trocken. »Eine wichtige Handelsstadt, ähnlich bedeutend wie Nürnberg.« Sie betrachtete Madlen kopfschüttelnd. »Manchmal frage ich mich, wo du herkommst, meine Liebe. Weißt du denn gar nichts von der Welt?«

Madlen biss sich auf die Unterlippe. *Ich weiß genug von der Schlechtigkeit der Welt*, dachte sie und hoffte, Klara würde keine weiteren Fragen stellen.

Sie hatte Glück, denn in diesem Moment näherte sich eine kleine Gruppe von Reitern, die soeben das Brückengeld entrichtet hatten und Klara ablenkten. Zwei der Reiter waren Reisige, sie hielten Spieße in den Fäusten, und ihre Harnische glänzten in der Sonne. Die anderen beiden trugen vornehme Kleidung, Federn wippten an samtenen Baretten. Der letzte Reiter war ein Knecht, der ein Packpferd mit sich führte, das mit großen Stoffballen beladen war.

Madlen wich zurück, doch es gab kaum Platz und sie stieß gegen die steinerne Brückenmauer. Ihr Herz begann zu rasen, als sich der Blick des jüngeren der gut gekleideten Herren auf sie richtete. Aus dem Augenwinkel sah sie, wie Klara strahlte. Sie hoffte inbrünstig, die hübsche Freundin würde alle Aufmerksamkeit auf sich ziehen.

Aber Johannes Geßlinger achtete nicht auf Klara. Er schaute Madlen direkt ins Gesicht, und sie fühlte, wie sie erbleichte.

»He!« Geßlinger zügelte sein Pferd. Noch immer starrte er Madlen an.

Der Knecht mit dem Packpferd, der nicht damit gerechnet hatte, dass der Kaufmann abrupt anhielt, prallte gegen Geßlingers Schimmel. Für einige Augenblicke herrschte ein

Durcheinander auf der Brücke – nervös stampfende und wiehernde Pferde, ein fluchender Knecht, Reisige, die sich verwirrt im Sattel umwandten – und Madlen fand ihre Geistesgegenwart wieder.

Ihre Hand krallte sich in Klaras Arm und sie zerrte die verwirrte Freundin mit sich in eine Gruppe von Arbeitern, die gerade einen Karren auf die Brücke geschoben hatten.

»Was ist denn da? Warum geht's nicht weiter?«, schimpfte einer, wobei er den Hals reckte, um nach der Ursache für das Stocken des Karrens zu sehen.

Madlen drängte Klara hinter das Gefährt. Das Blut rauschte heftig in ihren Ohren.

»Willst du mir den Arm abreißen?«, zischte Klara. »Du siehst aus, als hättest du einen Geist gesehen!«

Madlen antwortete nicht, sondern strebte weiter, fort von der Brücke, in Richtung der Stadt. Erst als sie das Rathaus passiert hatten und sie feststellte, dass Geßlinger ihr nicht folgte, blieb sie stehen.

Klara rieb sich demonstrativ den Ellenbogen. »Nun?«

Madlen suchte fieberhaft nach einer Erklärung. »Dieser Kaufmann, er hat mir nachgestellt … du weißt, was ich meine. Ich bin ihm damals gerade so entwischt.«

Wie gut ich im Lügen geworden bin, dachte sie traurig, als sie sah, wie der Unmut aus Klaras Miene wich.

Die blonde Magd betrachtete ihre Freundin voller Mitgefühl. »Ach du liebe Zeit. Aber du brauchst keine Angst zu haben, am helllichten Tag wird er es kaum noch einmal wagen!«

»Ich bin nur erschrocken«, gestand Madlen. »Ich hatte gehofft, diesen Mann nie wiederzusehen. Kennst du ihn?«

Sie war darauf gefasst, von Klara ausführliche Erzählungen über die Herren Geßlinger zu hören, doch zu ihrer Erleichterung schüttelte die Magd den Kopf. »Nein, aber er sieht mir nach einem vornehmen Herrn aus. Manchmal sind das die Schlimmsten.«

Madlens Herzschlag beruhigte sich allmählich. Sie sah zurück zur Brücke und stellte fest, dass die kleine Reitergruppe beinah das andere Ufer erreicht hatte. Geßlinger hatte sie erkannt, aber wahrscheinlich keine Gelegenheit gehabt, ihr zu folgen. »Lass uns gehen«, sagte sie müde. »Ich möchte nach Hause.«

»Nimm dir das nicht so zu Herzen«, mahnte Klara. »Allen Frauen passieren solche Dinge, das ist nun mal unser Los. Kein Grund, sich zu fürchten. Es gibt genug Männer, die glauben, eine Magd ließe sie schnell unter ihre Röcke. Man muss sich zu wehren wissen!«

»Das reicht nicht immer«, erwiderte Madlen dumpf, und Klaras Augen weiteten sich.

Die Freundin hatte begriffen. »Oh, Madlen!«

Madlen wandte sich ab, weil heiße Tränen in ihr aufstiegen. »Es ist lange her.«

»War es … dein Herr?« Sie fühlte Klaras Hand, die nach der ihren fasste.

»Nein.«

Klara blieb einen Moment lang still, ehe sie flüsterte: »Jetzt verstehe ich, warum du dich von den Männern fernhältst. Nie beachtest du die jungen Burschen, die dich anschmachten. Gleichwohl …« Sie runzelte die Stirn. »Einmal habe ich erlebt, wie du einen Mann mit diesem Blick angesehen hast.«

Madlens Wangen wurden heiß. Klara sprach von Florian Geyer. »Du irrst dich!«, sagte sie entschieden.

Doch Klara konnte sie nichts vormachen. Die Freundin runzelte die Stirn und fragte: »Du weißt doch, dass er aus der Kirchengemeinschaft ausgestoßen wurde?«

Madlen nickte stumm. Sie wunderte sich über sich selbst, da diese schockierende Tatsache sie kaum mehr berührte.

Ihre eigene Einstellung zur Kirche hatte sich gewandelt, ohne dass sie sich dessen bewusst geworden war. Natürlich ging sie in die Kirche und nahm an der heiligen Messe teil, von der sie kein Wort verstand. Sie wünschte sich, die Predigt auf Deutsch hören zu können wie die Gläubigen in den Gemeinden mit lutherischen Pfarrern. Sie betrachtete die Bilder der Heiligen mit Skepsis und schlug einen Bogen um die Reliquienhändler, die sich nahe der Domtreppe aufhielten. Und sie nutzte jede Gelegenheit, einen Blick auf die Flugblätter zu werfen, in denen von der neuen Lehre die Rede war. Luther selbst war aus der Kirche ausgestoßen worden und dennoch ein zutiefst gläubiger Mann, wie ihr Florian geschildert hatte. Sie konnte nicht glauben, dass seine Seele zur ewigen Verdammnis verurteilt war. »Dennoch ist er ein frommer Mann«, murmelte sie und wusste einen Moment lang nicht, ob sie von Luther oder von Florian sprach.

Klara lachte leise. »Und ein anziehender noch dazu!«

»Und womöglich bereits verheiratet«, gab Madlen trocken zurück. Beim Gedanken an die stolze Barbara von Grumbach verspürte Madlen einen Kloß im Hals.

»Ich habe anderes gehört.«

Madlen starrte Klara verwirrt an. »Was meinst du damit?«

»Es heißt, die Verlobung sei gelöst worden.« Klara bemerkte Madlens Staunen und fügte rasch hinzu: »Vielleicht ist es nur Gerede, Madlen. Aber ich hörte sagen, dass Barbaras Bruder Wilhelm die Neigung seines künftigen Schwagers zur lutherischen Lehre missfiel ... und offenbar macht der Giebelstädter auch keine Anstalten, sich mit der Kirche auszusöhnen und den Bann aufheben zu lassen.«

»Oh.« Madlen schaffte es nicht, die Gefühle zu verbergen, die sie ergriffen ... Überraschung und Erleichterung. Da Klara sie neugierig betrachtete, sagte sie: »Das muss schlimm für ... seine Braut sein!«

Klara zuckte die Achseln. »Vielleicht fühlt sie sich nicht so zu ihm hingezogen wie du.«

Madlen setzte an zu protestieren, dann schluckte sie die Worte hinunter und senkte die Lider.

Klara berührte sanft ihren Arm. »Madlen, sei vorsichtig! Er ist kein Mann deines Standes. Er mag freundlich zu dir sein und vielleicht mit dir tändeln, aber daraus kann nichts Gutes erwachsen, glaub mir!«

»Das weiß ich wohl«, erwiderte Madlen leise.

All das hatte sie sich selbst gesagt, dennoch schlug ihr Herz schneller, wenn sie von Florian Geyer hörte. Sie schaffte es nicht, sein Gesicht aus ihrer Erinnerung zu vertreiben, ebenso wenig wie die Berührung seiner Hand.

Es wird vorübergehen, dachte sie, *wie ein Fieber, das einen befällt und niederzwingt. Ich werde ihn so bald nicht wiedersehen.*

Bis dahin würde sie diese Torheit überwunden haben.

Kapitel 29

Das feierliche Hochamt war beendet und Scharen von Gläubigen strömten hinaus auf den Domplatz, hinaus in die neblige Feuchte des Novembertages. Madlen hielt sich wie immer abseits und wartete, bis der Großteil der Menschen den Dom verlassen hatte, allen voran die Ratsherren mit ihren Familien und die wohlhabenden Bürger der Stadt sowie die adeligen Herrschaften aus Stadt und Umland. Seit ihrer Begegnung mit dem jüngeren Geßlinger war sie noch vorsichtiger geworden. Mehr als einmal hatte sie geglaubt, sein Gesicht oder das seines Vaters in der Menge zu sehen, doch stets war es nur Einbildung gewesen.

Zwei Stunden lang hatte sie der heiligen Messe und den Gesängen des Chores gelauscht, hatte gebetet und der Seelen der Verstorbenen gedacht, wie es an Allerseelen Brauch war. Madlens inbrünstige Gebete hatten ihrem Vater und ihrer Mutter gegolten, an die sie sich kaum erinnern konnte. Und natürlich Grethe. Grethe, die ihr von allen Menschen am nächsten gestanden hatte und an deren Tod sie sich mitschuldig fühlte.

Sie wusste, dass Menschen wie der Burgkaplan oder die Herrin Friedlinde überzeugt waren, dass Grethes Seele auf lange Zeit im Fegefeuer schmoren musste – umso länger, wenn sie tatsächlich freiwillig aus dem Leben geschieden war.

Die Vorstellung erfüllte sie mit Grauen, bis sie sich an Fulk erinnerte, der erklärt hatte, nicht an die ewige Verdammnis zu glauben. Man musste sehr skrupellos und abgebrüht sein, um so zu denken. Jeder Christ wusste, dass das Paradies einzig auf dem Weg der Reinigung erreicht werden konnte, auf dem Weg durch das Fegefeuer. Aber wie sie von Meister Veltlin gehört hatte, stellte auch Doktor Luther das Fegefeuer infrage. Sein Gott war ein gnädiger Gott, kein strafender und zorniger, so hatte der Meister ihr erklärt. War nicht sein eigener Sohn am Kreuz gestorben, um die Menschen von ihren Sünden zu erlösen? Wozu dann den Menschen die Qualen des Fegefeuers aufbürden? Madlen stöhnte auf. All dies waren Dinge, über die die gebildetsten Theologen heftig disputierten – wie bitte sollte ein einfacher Mensch dergleichen verstehen?

»Denkt an eure lieben Verstorbenen, deren Qualen im Fegefeuer ihr lindern könnt!« Der Ruf eines Ablasshändlers ließ Madlen zusammenfahren.

Die Zahl der Ablassverkäufer war kleiner geworden, in Würzburg machten sie jedoch noch immer gute Geschäfte. Besonders an einem Tag wie Allerseelen strömten die Leute ihnen zu.

Madlen betrachtete den Mann und seinen Geldkasten zweifelnd. Zwei bewaffnete Knechte standen bei ihm, um jeden abzuschrecken, der sich mit dem Gedanken trug, den Kasten samt seinem wertvollem Inhalt an sich zu bringen. Ein ärmlich gekleidetes Weib warf ein paar Münzen in den Kasten und erhielt im Gegenzug ein zusammengerolltes Papier, das sie hastig in ihre Gürteltasche stopfte. Wessen Leiden die Frau wohl verkürzen wollte? Das eines verstorbenen Gatten vielleicht? Oder das eines toten Kindes?

Madlen dachte an Marie, ihr eigenes verstorbenes, ungetauftes Kind, und machte unwillkürlich einen Schritt auf den Mann zu. In Vogtsberg hatte sie keine Gelegenheit gehabt, einen Ablass zu erwerben, nun hatte sie ihr eigenes, selbst verdientes Geld.

Für Marie und für Grethe.

Sie tastete nach ihrer Geldkatze, die unter dem warmen Mantel verborgen an ihrem Gürtel hing, und begann, sie aufzuschnüren.

Der Händler hatte sie bemerkt und wandte sich ihr mit erwartungsvoller Miene zu. »Ein paar Münzen nur, Jungfer, und deine Lieben sind auf dem Weg ins Paradies«, lockte er.

»Nicht ein solches Papier, sondern allein die Gnade Gottes wird die Menschen, die du verloren hast, ins Himmelreich führen, Lene!«

Die Stimme an ihrem Ohr ließ Madlen erstarren, die Geldkatze entglitt, noch ungeöffnet, ihren Fingern. Sie hörte den Ablasshändler wütend schnaufen.

»Da irrt Ihr, edler Herr …«, begann er, doch Florian Geyer würdigte ihn keines weiteren Blickes. Er fasste Madlens Arm und zog sie mit sich. Sie ließ es geschehen, ohne zu zögern.

Neben einem Stand, an dem köstlich duftende Seelenzöpfe, das traditionelle Allerseelengebäck, angeboten wurden, blieb Florian Geyer stehen und drehte sich zu Madlen um. Sie war so verwirrt, dass sie erst jetzt bemerkte, dass er in der anderen Hand die Zügel seines Pferdes hielt. Das Tier war ihm ebenso ergeben nachgetrottet wie sie selbst. Madlen verspürte einen unsinnigen Lachreiz, der sofort erstarb, als sie sah, wie Florian zornig die Brauen zusammenzog.

»Für welche arme Seele auch immer du dieses elende Stück Papier erwerben wolltest, es wird ihr nicht helfen!«, versetzte er hart. »Aber ich kann dir verraten, wem du damit hilfst: dem Papst in Rom und seinen Blutsaugern, die von eurem bitter ersparten Geld ihr Lasterleben und ihre Prunkbauten finanzieren!«

Madlen brachte kein Wort heraus. Sie nahm weder den verlockenden Duft der Seelenzöpfe wahr noch die Vorübergehenden, die ihnen neugierige Blicke zuwarfen. Ihre Kehle war wie zugeschnürt.

Florians Gesichtsausdruck wurde weicher. Es schien, als würde ihm bewusst, mit welcher Schärfe er gesprochen hatte. »Lene, ich hatte gehofft, dass du nicht auf solchen Unfug hereinfällst. Es macht mich wütend, wenn brave, fleißige Christenmenschen auf diese Weise ausgebeutet werden. Weiß Gott, ich hätte dich für klüger gehalten!«

Die letzten Worte trafen sie wie ein Schlag ins Gesicht, rissen sie aus ihrer Benommenheit. Scham und verletzter Stolz rangen in ihr, und als er den Mund öffnete, um weiterzusprechen, fiel sie ihm ins Wort. »Sie verkaufen uns Hoffnung!«, stieß sie hervor. Ihr Stimme bebte. »Könnt Ihr das nicht verstehen? Wir alle haben die Hoffnung, denen, die wir begraben mussten, einen letzten Liebesdienst erweisen zu können. Und wenn es nur dieses Papier ist, das vielleicht ihren Weg ins Paradies erleichtert.«

Florian starrte sie an. Sie konnte sehen, dass ihre Worte ihn überrascht hatten. Im Grunde hatte sie sich selbst überrascht – ohne zu überlegen, hatte sie die Gefühle ausgesprochen, die sie bewegten.

Einige Atemzüge lang standen sie sich stumm gegenüber, und sie merkte, dass er über ihre Worte nachdachte.

»Die Liebe Gottes ist es, die ihren Weg erleichtert«, sagte er schließlich leise. »Und doch verstehe ich, was du meinst, Lene. Ich kenne die Hoffnung, von der du sprichst.«

Madlen wurde urplötzlich bewusst, dass sie ihn die ganze Zeit mit Blicken verschlungen hatte. Beschämt schlug sie die Augen nieder.

»Lene.«

Da er sie ansprach, blieb ihr nichts anderes übrig, als zu ihm aufzusehen. Zu ihrer Überraschung lag ein Lächeln auf seinem Gesicht.

Ihr Herz flog ihm zu.

Vergessen waren die Ablassbriefe, die Verstorbenen, das Fegefeuer … Er war hier, stand leibhaftig vor ihr, so nah, dass sie nur die Hand heben musste, um ihn zu berühren.

Dennoch war er unerreichbar.

Die Erkenntnis ließ ihren Atem für einen Moment stocken. Sie sah seine hochgewachsene Gestalt, das schwarze samtene Barett, das dunkle, vornehme Wams, die schwarzen Beinkleider, die in hohen Lederstiefeln steckten, die vermutlich den größten Teil ihrer Goldgulden gekostet hätten.

Ein Edelmann.

Klaras Worte kamen ihr in den Sinn. *Er ist kein Mann deines Standes.*

»Ich kam nicht der Messe wegen nach Würzburg.« Seine Worte drangen dumpf durch das Wirrwarr in ihrem Kopf. »Ich hoffte, deinen Herrn anzutreffen. Ist er wohlauf?«

Madlen riss sich zusammen und nickte höflich, wie es einer Magd zukam. »Er hat vor Kurzem eine fiebrige Erkältung überstanden, Herr, daher hat er dem Hochamt nicht beigewohnt«, erwiderte sie. »Ich bin sicher, dass er über Euren Besuch hocherfreut sein wird.« Sie zögerte kurz, da es ihr widerstrebte, diesen kostbaren Moment mit ihm allein aufzugeben, dann fügte sie höflich hinzu: »Ich werde gleich nach Hause eilen, um ihm Nachricht zu bringen und etwas zu essen für Euren Besuch vorzubereiten!«

Seine Hand an ihrer Schulter ließ sie innehalten. »Das ist nicht notwendig«, sagte er leichthin. »Diese Seelenzöpfe duften herrlich. Du magst sie gewiss auch?« Er wartete keine Antwort ab, trat an den Stand und legte ein paar Münzen in die Hand des Bäckers. Sprachlos beobachtete Madlen, wie er mit dem in ein Tuch eingewickelten Backwerk zurückkam, das er ihr in die Hand drückte. »Gestattest du, dass ich dich begleite?«

Kurz dachte sie, er würde sich in den Sattel schwingen und sie vor sich aufs Pferd setzen, wie Fulk es getan hatte. In aller Öffentlichkeit – das wäre undenkbar! Natürlich tat er das nicht, er schritt neben ihr her, das Pferd am Zügel, und ihr dämmerte, dass allein dies ausreichen würde, damit sich die Leute, besonders die Nachbarn in der Sterngasse, die Mäuler zerrissen.

»Gerne«, murmelte sie verlegen.

Sie überquerten den Domplatz, auf dem sich noch immer viele Leute aufhielten. Bäcker und Metzger verkauften allerlei Köstliches für das leibliche Wohl, Wirte boten warmen Würzwein an. Florian Geyer wurde vereinzelt gegrüßt und nickte zurück, er schien sich der neugierigen Blicke auf die junge Frau an seiner Seite nicht bewusst zu sein.

Nein, berichtigte sich Madlen, die sich am liebsten hinter dem Pferd versteckt hätte. *Es kümmert ihn schlichtweg nicht.*

Er strahlte ein ruhiges Selbstbewusstsein und eine unangreifbare Autorität aus. Was, wenn sie hier und jetzt auf die Herren Geßlinger träfen? Sie ahnte, dass Florian Geyers Auftreten selbst die beiden Kaufleute eingeschüchtert hätte. Dennoch war sie erleichtert, als sie den belebten Platz verließen und durch die Kalhartsgasse weitergingen.

»Wie ist es Euch in Heidelberg ergangen?«, fragte sie schüchtern.

Als er ihr freimütig von einigen Begebenheiten seiner Reise erzählte, stellte sich allmählich jenes Gefühl von Vertrautheit ein, an das sie sich von seinem letzten Besuch erinnerte.

Viel zu kurz war der Weg zur Apotheke, und zu allem Überfluss begegnete ihnen kurz vor dem Ziel die Schönthalerin, die schwatzhafte Gemahlin eines wohlhabenden Plattners. Jene Dame, die den Meister am Tag nach Madlens Ankunft davor gewarnt hatte, seine Magd würde mit dem erstbesten jungen Burschen davonlaufen.

Madlen hatte das zweifelhafte Vergnügen, die beleibte Dame verblüfft zu sehen, gleichzeitig wusste sie, dass die ganze Gasse am nächsten Tag von dem Ereignis wissen würde. Florian grüßte die Schönthalerin mit einem höflichen Neigen seines Kopfes, und Madlen fragte sich, ob er eine leise Ahnung davon hatte, was für ein Getuschel sich hier verbreiten würde. Dennoch hätte Madlen um keinen Preis der Welt seine Gegenwart missen wollen.

Während er sein Pferd anband, stieß sie die Tür auf und rief nach Barthel. Sie musste feststellen, dass weder der Lehrjunge noch Christoph zu Hause waren. Freilich, der Meister hatte ihnen gestattet, den Feiertag nach ihrem Belieben zu verbringen, es gab keinen Grund, warum sie sich im Apothekerhaus aufhalten sollten, von dem ungemütlichen Novemberwetter abgesehen.

»Es steht wohl geschrieben, dass der Junge nie da ist, wenn man ihn braucht«, sagte sie halb im Scherz. »Ich melde Euch rasch dem Meister, dann kümmere ich mich um Euer Pferd …« Sie brach ab, als er lachend den Kopf schüttelte.

»Nichts da«, sagte er und drohte scherzhaft mit dem Finger. »Wir Männer brauchen deine Fürsorge mehr als der Gaul.«

Sie stimmte in sein Lachen ein und machte sich auf den Weg die Treppe nach oben.

Wie erwartet war Konrad Veltlin höchst erfreut über den Besuch des Ritters von Giebelstadt. Er wies Madlen an, warmen Wein und – zusätzlich zu dem Gebäck – Brot, Schinken und Käse aufzutragen. Ein reichliches Mahl, dem sie noch eine Schale süßes Pflaumenmus hinzufügte. Sie schob ein paar weitere Holzscheite in den Kachelofen, sodass die Stube von wohliger Wärme erfüllt wurde. Dabei fühlte sie sich, als hätte sie ein Fieber gepackt, ihre Wangen glühten.

Als sie sich zurückziehen wollte, winkte Florian sie heran und wies auf den Stuhl an seiner Seite.

Madlen zögerte, obwohl alles in ihr drängte, sein Angebot anzunehmen. Sie bemerkte, wie der Meister verwundert von ihr zu Florian schaute. Es ziemte sich nicht, dass eine Magd sich zu einem Edelmann an den Tisch setzte.

Höflich entschuldigte sie sich. »Verzeiht, Herr Florian, Euer Angebot ehrt mich, doch ich habe noch viel zu tun …« Sie wich seinem Blick aus, denn sie zweifelte keinen Moment daran, dass er wusste, dass sie log. Sie hoffte, er würde den Grund dafür erkennen.

Zu ihrer Verwunderung war es der Apotheker selbst, der sagte: »Setz dich zu uns, mein Kind, wenn Herr Florian es wünscht. Die Arbeit läuft dir nicht davon.«

»Ganz recht«, versetzte der Ritter und zwinkerte ihr zu. »Darüber hinaus ist heute ein Feiertag, an dem die Arbeit ruhen soll.«

Madlen schwieg. Unsicher zog sie den Stuhl heran und setzte sich zu den Männern an den Tisch. Florian war so nah, dass sie meinte, seine Wärme, seinen Geruch wahrzunehmen. Sie griff sich verlegen ein Stück Gebäck, um ihre Hände zu beschäftigen, die sich danach sehnten, ihn zu berühren.

Sie bemerkte, wie Florian Geyer es scheinbar mühelos schaffte, seine Zuhörer in seinen Bann zu ziehen. Auf die Nachfrage des Apothekers begann er, von seiner letzten Reise zu erzählen, die ihn nach Heidelberg und im Anschluss weit in den Süden des Reiches geführt hatte, an den Bodensee und bis in die Gebiete der Eidgenossenschaft.

»Dort ist vieles in Bewegung, der reformatorische Gedanke hat sich weit verbreitet. In der Stadt Zürich wirkt ein Prediger namens Ulrich Zwingli, ein kluger Mann, der den Ideen des großen Erasmus von Rotterdam zugeneigt ist. Seinem Einfluss ist es zu verdanken, dass die Zürcher ihre Kirchenordnung geändert und Heiligenbilder, Reliquien und dergleichen aus ihren Kirchen verbannt haben.« Florian schenkte Madlen ein schelmisches Lächeln. »Aber am meisten haben wohl die Schnecken von Stühlingen dazu beigetragen, dass die Bauern im Südwesten begannen, um ihre Rechte zu kämpfen.«

»Die Schnecken!«, entfuhr es Madlen. Die Erzählung Bermeters fiel ihr wieder ein, das Flugblatt mit den Schnecken. »Dann ist es also wahr?«

Einen Moment lang herrschte Stille. Beide Männer starrten Madlen an, die sich verlegen auf die Lippe biss.

Florian erlöste sie aus der Verlegenheit. »Du hast davon gehört?«

Sie nickte. »In einer Schenke machte ein Flugblatt die Runde«, murmelte sie, während Hans Bermeters bärtiges Gesicht vor ihrem inneren Auge erschien. *Ins Maul hätt man ihr die Schnecken stopfen sollen*, hatte er getönt. »Ich wollte es nicht glauben. Es ist so … lächerlich.«

Florian nahm einen Schluck Wein, wobei er sie über den Rand seines Bechers mit dem scharfen Blick musterte, den sie inzwischen von ihm kannte. »Lächerlich … und traurig zugleich«, erklärte er, nachdem er geschluckt hatte. »Es zeigt, mit welcher Geringschätzung die hohen Herrschaften ihre hart arbeitenden Bauern behandeln. Eine Gräfin, die ihre Leibeigenen in der Erntezeit zwingen will, Schneckenhäuschen zu sammeln – ist das nicht der Gipfel des Hochmuts?«

»Wollt ihr mir vielleicht erklären, worum es geht?«, ließ sich Konrad Veltlin vernehmen, der das Gespräch verwirrt verfolgt hatte.

Madlen öffnete den Mund, um etwas zu sagen, spürte jedoch im gleichen Moment Florians Hand auf der ihren und verstummte. Seine Haut schien zu glühen, Hitze durchdrang jede Faser von Madlens Körper. Diesmal zog sie die Hand nicht zurück. Sie vermochte nicht sich zu bewegen, nur zu fühlen, als wären all ihre Empfindungen, all ihre Sinne in ihrer Hand konzentriert.

Wie mochte es sein, von ihm liebkost, gar geküsst zu werden, wenn bereits diese kleine Berührung einen solchen Sturm in ihr auslöste?

Wie durch einen Nebel drangen seine Worte an ihr Ohr. »Nun, die hochwohlgeborene Gräfin Clementia scheint ihre Bauern in der Vergangenheit des Öfteren mit ihren ausgefallenen Wünschen schikaniert zu haben.«

Als er die Hand wegnahm, hätte Madlen beinahe aufgeseufzt. Gleichzeitig befiel sie Panik. Ein Teil von ihr wäre am liebsten davongelaufen, aus der Stube geflohen, während der andere nach seiner Nähe dürstete. Sie schlug die Augen nieder in der Hoffnung, der Meister würde seine ganze Aufmerksamkeit auf Florians Worte richten und nicht bemerken, wie aufgewühlt sie war. Um sich abzulenken, schob sie ein Stück des Seelenzopfs in den Mund, doch es fühlte sich an wie Stroh. Sie zwang ihre Gedanken zurück zu Florians Erzählung.

»... einen gewissen Hans Müller aus Bulgenbach, der zufällig in Stühlingen zu Besuch war, zu ihrem Hauptmann. Er ist wohl ein ehemaliger Landsknecht. Ein Mann, der zu reden versteht und die Menschen begeistert. Die Bauern laufen ihm in Scharen zu. Mit seinem Haufen durchzieht er den südlichen Schwarzwald. Zuletzt soll er weit mehr als tausend Mann unter seinem Befehl gehabt haben.«

»Gütiger Gott!«, rief Meister Veltlin. Er war blass geworden. »Wohin soll das führen? Wollen sie einen Krieg beginnen?«

Florians Augen funkelten. »Sie verlangen Gerechtigkeit. Lange genug sind sie geschunden und unterdrückt worden, nun begehren sie auf. Es heißt, sie stehen in Verhandlungen mit den Fürsten, wollen einen Vertrag schließen, in denen ihre

Rechte festgehalten werden. Man hat ihnen wohl ein Schiedsgericht versprochen, das ist ein erster Schritt.« Er trank abermals, ehe er fortfuhr: »Doch das wird die Bauern in anderen Gebieten ermutigen, sich zu erheben und Forderungen zu stellen. Gut möglich, dass die Dreistigkeit derer von Lupfen einen Funken geschlagen hat, der einen Flächenbrand im Reich auslöst …«

Madlen lief ein Schauer über den Rücken. Eine Ahnung von etwas Großem, Bedrohlichen überkam sie, von etwas, das, einmal losgetreten, nicht mehr aufzuhalten sein würde.

Ein Meer aus Blut und Tränen.

Sie sah Florian an, indes der Nebel aus Empfindungen, den seine Berührung in ihr ausgelöst hatte, sich allmählich lichtete und ihr Verstand wieder zu arbeiten begann.

»Es sind Bauern, einfache, hart arbeitende Menschen«, sagte Konrad Veltlin. »Wie sollen sie gegen die Kriegsknechte und Söldner der Fürsten und Bischöfe bestehen, wenn es zum Kampf kommt? Denn, Florian, eines ist sicher: Die hohen Herren werden niemals ihre Macht mit dem Volk teilen, das wisst Ihr so gut wie ich! Ihr seid selbst ein Mann von Adel, Ihr kennt die Fürstenhöfe Europas und ihre Machtkämpfe. Ein jeder verteidigt seine Pfründe wie ein wütender Hund seinen Knochen!«

»Ein hübsches Bild, das Ihr da zeichnet!« Florian lachte.

Wie kann er lachen?, dachte Madlen, der die grausige Prophezeiung der alten Frau nicht aus dem Kopf ging. Der Meister hatte recht. Keiner der Mächtigen würde aus freien Stücken auch nur den kleinsten Teil seiner Macht hergeben.

Florian wurde wieder ernst. »Mein Freund, vergesst nicht, dass die einfachen Menschen viele sind. Wenn sie zusammenstehen und sich erheben, haben ihnen die Fürsten nichts entgegenzusetzen!«

»Aber der Kaiser?«, platzte Madlen heraus. »Der Kaiser wird das niemals dulden!«

»Der Kaiser, liebe Lene, wird bald Krieg gegen die Franzosen führen müssen, wie es aussieht. Die Truppen der Franzosen sind bereits in Norditalien, sie haben die Stadt Mailand wieder eingenommen und ziehen gegen Pavia, wie man hört. Der Kaiser stellt ein Heer von Landsknechten auf, um ihnen entgegenzutreten. Er hat, weiß Gott, andere Sorgen, als sich um aufständische Bauern zu kümmern!«

Bei der Erwähnung der Landsknechte wurde Madlens Mund trocken.

Fulk. Wie mochte es Fulk ergehen und seinen Gefährten? Wenn sie tatsächlich wieder unter die Landsknechte gegangen waren – würden sie dann auch nach Italien geschickt werden? Es war Monate her, dass er sich mit dem Kuss von ihr verabschiedet hatte, an den sie immer noch denken musste. War er überhaupt noch am Leben?

Abwesend zupfte sie an dem Allerseelengebäck, während sie den alten Mann sagen hörte: »Und Ihr, Herr Florian? Ihr seid ein Mann von altem Adel! Wenn Ihr recht behaltet mit dem, was geschehen könnte ... Wo werdet Ihr in dieser Sache stehen?«

Madlen blickte auf, sah in Florians Gesicht, das nachdenklich wirkte, aber entschlossen. Sie kannte die Antwort, und sie war sich sicher, der Meister kannte sie ebenso.

Florian Geyer führte den Becher zu seinen Lippen und trank erneut. Sein Blick begegnete dem von Madlen, hielt ihn fest, und wieder fühlte sie, wie ihr Herzschlag sich beschleunigte. Schließlich sagte der Ritter: »Auf Seiten der Gerechtigkeit. Und des Evangeliums.«

Stille folgte auf seine Worte.

Meister Veltlin seufzte »Manches Mal liegt Gerechtigkeit im Auge des Betrachters. Auch die Fürsten und die geistlichen Herren wähnen sich auf dem rechten Pfad.« Er schüttelte den Kopf, und Madlen bemerkte erschrocken, wie müde er aussah. Die jüngst überstandene Krankheit hatte ihn erschöpft und die Neuigkeiten, die der Ritter brachte, waren besorgniserregend. Mitgefühl regte sich in ihr.

»Dennoch«, hielt Florian dagegen, »werden sie erkennen müssen, dass die Welt dabei ist, sich zu verändern. Die alte Ordnung, die unsere Väter und Vorväter kannten, ist ins Wanken geraten, und ich glaube, dass wir etwas Neues daraus schaffen können, etwas Besseres.« Aus seinem Gesicht strahlte Zuversicht. »Eine gerechtere Welt.«

Madlen hielt den Atem an. Florian Geyers Worte bestätigten, was sie seit seinem ersten Besuch im Haus des Meisters wusste: Er war ein Mann mit gefährlichen Ideen. Das konnte ihn Kopf und Kragen kosten, auch wenn er ein wohlhabender Mann von Rang war. Trotzdem konnte sie die Faszination nicht leugnen, die seine Ideen in ihr auslösten.

Eine Welt, in der es keine Leibeigenen gab, in der die einfachen Menschen nicht von Steuern erdrückt wurden und Adel und Geistlichkeit auf ihre Kosten lebten wie die Made im Speck.

Eine Welt, in der alle gleichgestellt waren – Bauern und Bürger, Edelleute und Geistlichkeit.

Eine Welt, in der eine einfache Magd einen Mann lieben konnte, der von altem Adel war.

*

Tatsächlich schien es, als ob der Funke des Aufstandes, der im Sommer des Jahres 1524 in Stühlingen geschlagen worden war, nicht mehr erstickt werden konnte.

Rund um den Bodensee breiteten sich im Spätherbst die Unruhen aus, nach den Stühlinger Bauern revoltierten die Waldshuter, das Klettgau, das Hegau und andere, bis der Aufruhr den südlichen Schwarzwald erfasst hatte.

Hans Müller von Bulgenbach, von dem Florian Geyer erzählt hatte, zog mit seinem Haufen kreuz und quer durch die Gebiete nördlich des Bodensees, und die Bauern liefen seiner »Evangelischen Bruderschaft« in Scharen zu. Die Fürsten hatten diesem Treiben wenig entgegenzusetzen. Sie verlegten sich aufs Verhandeln und boten den Bauern die Prüfung ihrer Anliegen durch Schiedsgerichte an. Sie spielten auf Zeit, denn die Truppen des Schwäbischen Bundes waren in Italien gebunden, wo der Krieg gegen die Franzosen tobte.

Der Großteil der Bauern ließ sich besänftigen und kehrte in die Dörfer zurück. Den Menschen stand der Sinn nicht nach Gewalt, sondern nach geringeren Abgabenlasten und einer Rückkehr zum alten Recht, das im Laufe der Zeit von der Obrigkeit ausgehebelt worden war. Nur ein kleiner Teil von Radikalen blieb bei Hans Müller, als das Jahr sich dem Ende neigte.

Doch die Saat war gesät. Die Bereitschaft zum offenen Widerstand schwelte unter der Oberfläche weiter.

Kapitel 30

Würzburg, Frühjahr 1525

Durch Reisende und Flugschriften verbreiteten sich die Nachrichten aus dem Südwesten des Reiches auch in Würzburg. Die Pamphlete wurden immer zahlreicher. Mittlerweile verteilte und las man sie fast ungeniert.

Madlen, die inzwischen gut genug lesen konnte, sog alle Neuigkeiten gierig auf. Sie dürstete danach, etwas – nur irgendetwas! – von Florian Geyer zu hören. Doch der Ritter schien wie vom Erdboden verschluckt.

Es ist besser so, versuchte sie, sich zu trösten. Seine Welt war nicht die ihre – mochte er heiraten oder reisen oder geheime Missionen unternehmen, sie war und blieb eine Magd. Zumal sich herausstellte, dass dieser Winter andere Sorgen für Madlen bereithielt.

Um die Gesundheit des Meisters stand es nicht zum Besten.

Schon vor dem ersten Fastensonntag hatte ihn die Krankheit erfasst, und nun, mehr als zwei Wochen später, war sie noch immer nicht gewichen. Das Fieber kam und ging, und Madlen umsorgte ihn mit heißer Hühnerbrühe oder Kräutersud gegen den Husten. Dennoch sah sie beklommen, wie die Kräfte des alten Mannes schwanden. Sie hatte sich bislang keine Gedanken darüber gemacht, wie es mit ihr weitergehen würde, sollte der Apotheker die Krankheit nicht überleben. Sie war so froh und erleichtert gewesen, eine sichere Zuflucht und einen gütigen Herrn zu haben, dass sie verdrängt hatte, was nun umso deutlicher wurde: Konrad Veltlin war ein alter Mann. Älter, als viele Menschen wurden.

Nimm ihn mir nicht fort, lieber gütiger Gott, flehte sie in Gedanken, und ihre Hände falteten sich unbewusst zum Gebet. Sie hatte lange Zeit am Bett des Meisters gesessen, um ihm vorzulesen, was ihn zu entspannen schien. Seine Augen glänzten, wenn er ihr zuhörte, und Madlen ahnte, dass es etwas mit Stolz zu tun hatte – Stolz auf sie, seinen Schützling, die entflohene Leibeigene, die jetzt Lesen und Schreiben gelernt hatte!

Irgendwann waren ihm die Lider zugefallen, und Madlen hoffte, er würde etwas Schlaf finden, einen erholsamen Schlaf, der nicht von endlosen Hustenanfällen unterbrochen wurde. Eine Weile lauschte sie den rasselnden Atemzügen, ehe sie sich leise erhob, um die Kammer zu verlassen und hinab in die Küche zu gehen.

Mehrere Male hatte sie den Bader geholt, der Schwitzbäder und Aderlässe empfahl, doch der Meister wollte davon nichts wissen. Der Bader zog nach seinem letzten Besuch beleidigt von dannen, und Madlen wollte ihn kein weiteres Mal zurate ziehen, da Streit und Aufregung dem Meister nur schaden würden.

Nun stand sie ratlos in der Küche und starrte ins Herdfeuer, über dem ein Eintopf mit Kraut und Speck simmerte. Der Meister hatte seine Schale kaum angerührt. Ein leises Knarren verriet ihr, dass die Tür geöffnet wurde, und als sie den Kopf wandte, sah sie Christoph im Durchgang stehen.

»Wenn der Meister deinen Eintopf verschmäht, dann nehme ich gerne noch eine Portion«, erklärte er und leckte sich die Lippen.

Madlen sagte nichts. Schweigend füllte sie ihm eine Schale in der Hoffnung, er würde sie allein lassen. Zu ihrem Erstaunen setzte er sich auf den Hocker und begann zu löffeln. Dabei ließ er sie nicht aus den Augen.

Nach einer Weile sagte er: »Er hustet Nacht für Nacht, ich kann es hören. Die Krankheit will nicht weichen.«

Es war eine simple Feststellung, Madlen hörte weder Mitleid noch Sorge in seiner Stimme. Seit der Meister erkrankt war, hatte sich Christophs Verhalten geändert. Er trat selbstbewusster auf und scheuchte Barthel und Madlen in herrischem Ton herum, als wäre er der Apotheker und nicht mehr Konrad Veltlin. Er wusste, dass der alte Mann ihn nicht mehr fortjagen konnte. Der Meister brauchte ihn, damit die Apotheke weiterlief.

Es widerstrebte ihr, Christoph gegenüber ruhig und gehorsam zu sein, aber sie wollte keinen Ärger in das Haus bringen. Meister Veltlin benötigte dringend Ruhe. »Er wird wieder gesund werden«, sagte sie daher nur. »Der Frühling und die Wärme …«

»Der Frühling lässt sich Zeit«, fiel Christoph ihr ins Wort. »Bald ist Sonntag Laetare und die Winterkälte ist noch nicht gewichen.« Er betrachtete sie kauend, ehe er hinzufügte: »Der Meister ist ein alter Mann, Madlen. So wach sein Geist auch ist, sein Körper ist geschwächt.«

»Er wird wieder gesund!«, wiederholte sie, diesmal mit mehr Nachdruck. »Ich habe beschlossen, den Medicus zu holen. Man sagt, Doktor Hochstetter sei ein Mann von beachtlichen Fähigkeiten. Die Frau des Ratsherrn Scharrer ist dank seiner Behandlung genesen, und das, obwohl ihr der Pfarrer schon die letzte Ölung geben wollte …« Die Geschichte hatte sie von Klara, und sie wusste nicht, ob sie der Wahrheit entsprach. Es war der Strohhalm, an den sie sich klammerte.

Christoph gab ein trockenes Lachen von sich. »Hast du eine Ahnung, was Doktor Hochstetter für ein Honorar verlangt?«, blaffte er. »Der wird zu uns nicht kommen, er geht nur zu den reichen Herrschaften!«

»Die wiederum seine Rezepte bei uns vorlegen«, gab Madlen zurück.

Sie fühlte Groll in sich aufsteigen. Auch wenn sie ahnte, dass Christoph nicht ganz unrecht hatte. Der Medicus ging bei Ratsherren und wohlhabenden Kaufleuten ein und aus, man munkelte sogar, der Fürstbischof habe seine Dienste bereits in Anspruch genommen, obwohl er einen eigenen Leibarzt hatte. Es war nicht sehr wahrscheinlich, dass Doktor Hochstetter die Mühe auf sich nehmen würde, ins Apothekerhaus zu kommen.

Madlen war trotzdem entschlossen, den Versuch zu wagen. Fulks Goldgulden befanden sich in ihrem Versteck, sollte der Medicus tatsächlich einen schwindelerregenden Betrag verlangen und das Geld in der Kasse des Meisters nicht reichen.

»Wir sind keine armen Leute«, sagte sie zu Christoph und schob sich an ihm vorbei in den Flur, um ihren Mantel zu holen. »Der Medicus wird mich nicht abweisen, du wirst sehen!«

Als Christoph sie am Arm packte, fuhr sie zusammen. Seine Miene war grimmig, seine Stimme scharf: »Mach keinen Unsinn, Madlen!«

Er will gar nicht, dass der Meister gesund wird, schoss ihr durch den Kopf, und sie begriff, warum. Christoph hoffte, dass er die Apotheke übernehmen konnte. Er war zwar kein Meister, aber in solchen Fällen konnte die erforderliche Prüfung schnell abgelegt werden. *Dann gnade mir Gott.* Einen Augenblick lang fühlte Madlen sich schwindelig, spürte den harten Druck seiner Finger an ihrem Oberarm.

Noch war es nicht so weit. Mit einer schnellen Bewegung machte sie sich los, griff nach ihrem Mantel und ging mit raschen Schritten hinaus.

Als sie vor dem Eingangsportal des prächtigen Hauses stand, drohte sie der Mut zu verlassen. Das Portal war so hoch und so breit, dass eine Kutsche problemlos hindurchfahren konnte. Vermutlich befand sich hinter der Durchfahrt ein geräumiger Innenhof mit einem Stall für Pferde. Das Haus war ein Fachwerkbau wie die Apotheke, jedoch viel größer und prachtvoller, mit einem steinernen Sockel und zwei hübschen Erkern, die mit Figuren und Blüten verziert waren. Alle Fenster waren aus grünlichem Butzenglas, das Fachwerk leuchtete ochsenblutrot. Das ganze Haus zeugte von Reichtum, dabei hatte Madlen noch nicht einmal einen Fuß in das Gebäude gesetzt.

Man wird mich fortschicken wie eine Bettlerin, dachte sie beklommen und versuchte, sich Zuversicht einzureden. Sie war keine Bettlerin und – zumindest für diese Leute – keine Leibeigene. Sie war die Bedienstete des Apothekers, eines geachteten Bürgers, man würde sie zumindest anhören.

Madlen holte tief Luft, ehe sie den schweren runden Messingtürklopfer betätigte. Es schien ihr eine Ewigkeit zu dauern, bis Schritte erklangen und die schwere Tür sich mit einem leisen Knarren öffnete.

Vor ihr stand eine ältere Frau mit einer weißen Haube und einem schlichten braunen Kleid, die sie mit gerunzelter Stirn betrachtete. »Was wünschst du?«

Madlen schluckte den Kloß in ihrer Kehle hinunter und stellte sich höflich als Magd von Meister Veltlin vor. »Mein Herr bedarf der Künste des Medicus«, erklärte sie ernst. »Eine fiebrige Erkältung und ein schlimmer Husten quälen ihn seit Wochen, er ist stark geschwächt, und wir befürchten das Schlimmste.«

»Der Doktor ist ein viel beschäftigter Mann«, brummte die Frau unbeeindruckt. »Gerade hat er einen Kranken bei sich. Ich kann nicht sagen, ob er die Zeit finden wird, deinen Herrn aufzusuchen.«

»Ich versichere dir, er wird für seine Dienste gut bezahlt werden!«, antwortete Madlen rasch und bemerkte das Aufblitzen in den Augen der Magd. »Ich kann gern warten, bis er fertig ist. Für meinen armen Meister ärztlichen Beistand zu holen ist meine dringlichste Aufgabe!«

Die Frau musterte sie einen Atemzug lang. »Warte im Hof«, sagte sie und öffnete das Tor, das tatsächlich eine Durchfahrt zum Innenhof war. Madlen trat herein und ließ ihren Blick über das Kopfsteinpflaster schweifen bis hinauf zu den offenen Laubengängen in den oberen Stockwerken, die den Hof umschlossen. Doktor Hochstetter musste wahrlich ein sehr wohlhabender Mann und ein erfolgreicher Medicus sein.

Der Gedanke schüchterte sie ein und gab ihr gleichzeitig Hoffnung. Wenn sie ihn davon überzeugen könnte, den Meister zu behandeln, würde er gesund werden. Er musste wieder gesund werden. Wo sollte sie sonst hin?

Die Zeit verstrich quälend langsam. Madlen stand im Innenhof und lauschte den üblichen Geräuschen eines Haushalts, dem Scharren von Füßen, dem Rufen einer Magd, dem Knarzen von Türen. Eine Ziege meckerte von irgendwoher, ein Kind schrie. Ein Knecht, der ein Pferd am Zügel führte, durchquerte den Innenhof und warf ihr einen neugierigen Blick zu.

Sie wandte sich ab, da öffnete sich eine der Türen, die ins Haus führten, und sie hörte Stimmen aus der Halle.

»Lasst Euch dieses Pulver nach meiner Rezeptur mischen und nehmt es zweimal am Tage ein, werter Herr Geßlinger. Zusammen mit regelmäßigem Aderlass wird es Eure Leibschmerzen bald lindern«, tönte eine gestelzt klingende Männerstimme.

Madlen erstarrte. Schritte kamen näher und der Angesprochene entgegnete: »Das gibt mir Zuversicht, Doktor. Was bin ich für Eure Dienste schuldig?«

Der Medicus nannte mit gesenkter Stimme einen Betrag, den Madlen nicht verstehen konnte. Vielleicht lag es an dem wilden Pochen ihres Herzens und dem Rauschen des Blutes in ihren Ohren. Sie bewegte sich nicht und hielt den Kopf gesenkt, wie es eine verschüchterte Magd tun würde, die den Umgang mit vornehmen Herren nicht gewohnt war. Stumm betete sie, dass ihre abgewandte Gestalt nicht die Aufmerksamkeit der Männer auf sich ziehen würde, und tatsächlich schenkten sie der Magd in ihrem schlichten Mantel keine Beachtung.

Abschiedsworte wurden gewechselt, die Schritte des Kaufmanns entfernten sich, doch noch immer wagte Madlen nicht, sich umzudrehen. Als die Stimme der Magd hinter ihr erklang, fuhr sie zusammen.

»Hier ist noch jemand, der Eure Hilfe benötigt, Herr.« An Madlen gerichtet sagte sie: »Worauf wartest du, Mädchen? Hat's dir die Sprache verschlagen?«

Madlen drehte sich um und sah neben der älteren Magd, die sie eingelassen hatte, einen kleinen grauhaarigen Mann mit einem Ziegenbärtchen stehen. Auf dem Kopf trug er eine rote barettartige Kappe, seine Robe hatte dieselbe Farbe. Er war gut einen halben Kopf kleiner als Madlen, hielt sich jedoch sehr gerade und reckte den Hals auf eine affektierte Weise, sodass es den Eindruck erweckte, er blicke auf sie herab.

»Verzeiht, werter Doktor«, stammelte sie, und da sie das Gefühl hatte, der Medicus wäre empfänglich für derlei Schmeicheleien, fügte sie hinzu: »Ich habe normalerweise nicht mit so … berühmten Personen zu tun, wie Ihr es seid …«

Der Medicus zog eine Braue hoch und musterte sie abschätzig.

Sie lächelte bemüht höflich. »Nicht für mich bitte ich, Herr«, beeilte sie sich zu sagen, »sondern für meinen Herrn, Meister Veltlin, den Apotheker aus der Sterngasse.«

An der Miene des Medicus erkannte sie, dass ihm Konrad Veltlin bekannt war. Sein Gesichtsausdruck wurde ein wenig freundlicher. »Nun, dann sag mir: Woran leidet dein Herr, junge Frau?«

Madlen fühlte, wie Sorge und Anspannung von ihr wichen – ein klein wenig nur, doch es entstand Raum für ein anderes Gefühl. Zuversicht.

Kapitel 31

Als sich die Tür des vornehmen Hauses hinter Madlen schloss, wusste sie, dass sie einen kleinen Sieg errungen hatte: Doktor Hochstetter hatte versprochen, am nächsten Morgen bei Meister Veltlin vorbeizuschauen. Sie hatte nicht die geringste Ahnung, welches Honorar er für einen Krankenbesuch verlangen würde, doch sie machte sich keine Gedanken mehr darüber. Egal, was er verlangte, sie würde es bezahlen … irgendwie. Was zählte, war allein, dass der Meister überlebte.

Madlen war so in ihre Grübelei versunken, dass sie beinahe aufgeschrien hätte, als eine Hand ihren Arm packte und sie in einen schmalen, übel riechenden Durchlass zwischen zwei Häusern zog.

»Still!«, zischte eine Stimme, die ihr bekannt vorkam.

Aus schreckgeweiteten Augen blickte sie in das narbige Gesicht von Veit Wentzel. Sie schnappte nach Luft, unfähig, einen Ton herauszubringen.

»Weiß Gott, Mädchen, ich hab nicht schlecht gestaunt, als ich unseren Freund, den alten Pfeffersack, aus dem Haus kommen sah, in das du hineinmarschiert bist!«, versetzte er grimmig. »Was hast du mit dem Kerl zu schaffen?«

Madlen starrte ihn an. Noch immer fehlten ihr die Worte. Im Halbdunkel des engen Durchlasses kam der Landsknecht ihr vor wie eine Ausgeburt ihrer Fantasie. Doch sein strenger Geruch nach Schweiß und Pferd war echt. Offenbar hatte er einen langen Ritt hinter sich. Seine Hand hielt immer noch ihren Oberarm umklammert, er schüttelte sie leicht und riss sie damit aus ihrer Erstarrung.

»Wie kommst du hierher?«, stammelte sie und sah sich um. Da war nichts außer der düstere, schmutzige Durchgang. »Wo … wo ist der Hauptmann?«

Veit ließ sie los und betrachtete sie missmutig. »Der Hauptmann will wissen, wie es dir geht!«, schnaubte er. »Soll ich ihm erzählen, dass ich dich bei dem fetten Kaufmann gefunden habe, dem wir die Börse abgenommen haben?«

Madlen wurde blass, gleichzeitig wallte Zorn in ihr auf. »Das dort drüben ist das Haus des Medicus!«, fauchte sie. »Der Kaufmann war zufällig zur gleichen Zeit dort wie ich. Gott sei Dank hat er mich nicht bemerkt! Ich habe rein gar nichts mit ihm zu schaffen. Im Gegenteil, er kennt mich von Vogtsberg, und wenn er mich hier sieht …« Sie brach ab, ein Schauder überlief sie, als ihr bewusst wurde, wie knapp sie der Entdeckung entgangen war. Dann sickerte etwas anderes in ihr Bewusstsein: *Der Hauptmann will wissen, wie es dir geht.* »Ist er hier? In Würzburg?« Ihre Stimme klang nicht mehr zornig. Sie hoffte, dass er hier war … und gleichzeitig fürchtete sie sich davor.

Veit schüttelte den Kopf. »Wir sind von Italien heraufgezogen. Der Hauptmann und der Welsche sind in Ulm geblieben, ich wollte meine Schwester und meine Neffen sehen. Der Krieg ist zu Ende, weißt du?«

Madlen nickte.

Die Nachricht hatte sich rasch verbreitet. Die deutschen Landsknechte unter Georg von Frundsberg hatten vor etwas mehr als drei Wochen bei Pavia einen glorreichen Sieg für den Kaiser errungen, der französische König selbst war gefangen genommen worden. Flugschriften und Lieder kündeten von den Heldentaten der tapferen Landsknechte. Mehr als einmal hatte Madlen sich gefragt, ob Fulk und seine Kameraden an der Schlacht beteiligt gewesen waren. Und ob sie überlebt hatten. Nun hatte sie die Antwort. Ein unbestimmtes Gefühl der Erleichterung breitete sich in ihr aus.

»In Schwaben braut sich etwas zusammen«, sprach Veit weiter. »Der Hauptmann will sich umhören. Es heißt, der Truchsess von Waldburg stellt eine Truppe auf und braucht Söldner.«

»Um gegen aufrührerische Bauern ins Feld zu ziehen?«, entfuhr es Madlen.

Der Schwäbische Bund hatte Georg Truchsess von Waldburg den Oberbefehl über seine Truppen gegeben. Meister Veltlin hatte ihr erzählt, dass der Waldburger bereits vor zehn Jahren an der Niederschlagung des Aufstands vom »Armen Konrad« beteiligt gewesen war, damals als Hauptmann des Herzogs Ulrich von Württemberg. Der Truchsess war ein erfahrener Heerführer. Und ein Mann ohne Skrupel.

»Wollt ihr gegen die Bauern kämpfen?«, wiederholte sie ihre Frage, da Veit nicht antwortete.

Er zuckte die Achseln, und als er die Empörung in ihrer Miene sah, fügte er hinzu: »Wir wissen nicht, auf welcher Seite wir stehen, schätze ich.«

»Auf der Seite, die das meiste zahlt!« Madlen spuckte die Worte geradezu aus. »Und das werden wohl nicht die Bauern sein!«

Veit schien mehr verwundert als verärgert über ihre offen zur Schau getragene Verachtung. »Kommt drauf an«, sagte er trocken. »Wenn die Bauernhaufen Schlösser und Klöster plündern, wie sie's am Bodensee getan haben, winkt uns reiche Beute!«

Seine Worte erzürnten Madlen noch mehr. »Seid ihr denn nichts anderes als Räuber und Söldner? Interessiert euch gar nicht, für welche Sache ihr kämpft? Die Anliegen der Bauern …«

»… sind ehrenwert, jaja«, fiel er ihr ins Wort. »Du klingst wie meine Schwester in Giebelstadt! Merk dir eins, Mädchen, ein jeder ist sich selbst der Nächste, da ist der Bauer nicht anders als der Junker!«

»Nicht der Ritter!«, entfuhr es ihr. Die Erwähnung von Giebelstadt hatte ihr Florian Geyers Worte in Erinnerung gerufen, seine Worte von einer gerechteren Welt.

Veit sah sie entgeistert an. »Welcher Ritter?«

Madlen biss sich auf die Lippen.

Zu ihrer Überraschung wusste Veit eins und eins zusammenzuzählen. »Der von Giebelstadt?« Sie hoffte, dass er ihr Erröten im Halbdunkel des Gässchens nicht bemerkte. »Der Geyer?«

Sie blieb stumm.

»Was hast du mit dem zu schaffen?«, drang er in sie.

»Meister Veltlin und Herr Florian pflegen eine Freundschaft. Deshalb bin ich dem Ritter begegnet.«

Veit antwortete mit einem Knurren. »Meine Schwester und die Menschen in Giebelstadt preisen ihn in den höchsten Tönen, jetzt fängst du auch noch damit an! Was ist nur in euch gefahren?«

»Er ist ein guter Mann«, sagte sie trotzig. Das Gleiche hatte sie über Fulk gesagt. Fulk, der womöglich sein Schwert an den Truchsess verkaufen würde. Rasch wechselte sie das Thema. »Bitte richte dem Hauptmann aus, dass ich wohlauf bin. Mein Herr, der Apotheker, ist ein gütiger Mann, ich könnte mir keinen besseren Herrn wünschen.«

Veit nickte. »Er wird sich freuen, das zu hören.« Nach kurzem Zögern fügte er hinzu: »Es scheint, als hätte er einen Narren an dir gefressen. Bei anderen Weibern ist er nicht so besorgt …«

Bei welchen anderen Weibern?, durchfuhr es Madlen. Tief in ihrem Innern spürte sie einen Stich. Bemüht gelassen erwiderte sie: »Das mag daran liegen, dass ich nicht wie andere Weiber bin.«

Veit prustete. »Das ist wohl wahr. Du bist vorlaut und aufsässig.«

In seinen Worten schwang eine eigentümliche Mischung aus Ärger und Bewunderung mit.

Vorlaut und aufsässig. In ihrem früheren Leben hätte niemand Madlen je so bezeichnet. Unwillkürlich musste sie grinsen.

»Was gibt es da zu grinsen?«, fragte Veit, der sie beobachtete.

»Erzähl mir von Italien«, bat sie rasch, um ihn abzulenken. »Wie ist es euch ergangen? Habt ihr an der großen Schlacht teilgenommen?«

»Du fragst zu viel«, brummte Veit, doch an seinem Gesichtsausdruck konnte Madlen ablesen, dass er sich geschmeichelt fühlte. Sie gab ihm die Gelegenheit, von seinen Heldentaten zu berichten. »Vorlaut, aufsässig und neugierig noch dazu …«

Madlen quittierte sein Brummen mit einem erwartungsvollen Blick.

Er bot ihr seinen Arm. »Gewährt mir das Vergnügen, Euch ein Stück zu begleiten, Jungfer Madlen, und ich werde Euch berichten.«

Sie musste lachen, ehe sie den angebotenen Arm ergriff. Nach wenigen Schritten ließ sie ihn los. Der Abend ihrer Ankunft in Würzburg fiel ihr ein, und sie sah sich an Fulks Arm über den Domplatz schreiten, fast wie eine edle Dame. Die Erinnerung erfüllte sie mit einer unbestimmten Sehnsucht, die sie hastig verdrängte.

Sie wies Veit den Weg und lauschte gebannt seinen Erzählungen von der Belagerung der Stadt Pavia, von der Bedrängnis der kaiserlichen Truppen und von dem waghalsigen Plan des Markgrafen von Pescara, den Belagerungsring der Franzosen zu durchbrechen.

»Eine stürmische Nacht war es, in der die Spanier unseren Landsknechten eine Bresche in die Befestigungen schlugen, ohne dass die Franzosen es merkten. Dann kamen wir über sie wie der Zorn Gottes«, berichtete Veit. Ein seltsamer Ausdruck lag auf seinem Gesicht, ein Glühen, als durchlebte er den blutigen Kampf noch einmal. »Selbst ihre schwere Kavallerie konnte sie nicht retten, sie wurde von unseren Männern abgeschlachtet, und die Schweizer, die verdammten Kuhtreiber, kamen ihnen viel zu spät zu Hilfe. Als sie dazustießen, war das Franzosenheer schon in heller Auflösung.« Er unterstrich seine Worte mit Gesten. »Wir töteten sie, wo sie gingen und standen. Der Rest warf sich in den Fluss. Zu Hunderten sind sie ersoffen.«

Madlen betrachtete ihn von der Seite. Grauen schlich sich in die Faszination, die seine Schilderungen in ihr ausgelöst hatten. Ein Sieg mochte es gewesen sein, aber ebenso ein fürchterliches Blutbad. Wie viele mochte der Mann erschlagen haben, der an ihrer Seite ging? *Ein Landsknecht*, dachte sie. Sein Beruf war das Töten.

»Dem französischen König erstachen die unseren das Pferd unterm Hintern. Im Staub lag er da, der Franzose, und musste um Gnade bitten!«, schloss Veit grimmig. »Das hätt ich gern gesehen!«

»Was ist mit ihm geschehen?«, fragte Madlen gespannt.

Veit zuckte die Achseln. »Es heißt, der Herr von Lannoy, Oberbefehlshaber des kaiserlichen Heeres, hat sich seiner angenommen. Er wurde gewiss ehrenvoll behandelt, dennoch ist er ein Gefangener, eine Geisel, für die ein hohes Lösegeld verlangt werden kann! Zum Friedensschluss ist er bereits gezwungen worden.«

Madlen schwirrte der Kopf. Sosehr sie nach Neuigkeiten aus der weiten Welt gedürstet hatte, sosehr fühlte sie sich jetzt benommen und verwirrt von Veits Erzählungen über Kaiser und König, über Kampf und Tod. *Ein Meer aus Blut und Tränen.* Sie tadelte sich dafür, dass sie die Worte nicht mehr aus ihrem Kopf bekam.

»Siehst ein bisschen blass um die Nase aus, Mädchen«, bemerkte Veit. »Ich könnt dir mehr erzählen, aber ich glaub nicht, dass du's hören willst. Unser Handwerk ist recht blutig.«

Madlen biss sich auf die Lippe. »Wurdet ihr verletzt?«, fragte sie vorsichtig.

Veit grinste. »Aus einer Schlacht wie dieser kommen wenige unverletzt raus«, erwiderte er. »Ein paar Schrammen mehr oder weniger machen uns nichts. Den Hauptmann traf ein Schwerthieb am Arm, doch er konnte weiterkämpfen. Er ist hart im Nehmen, weißt du.« Unvermittelt lachte er auf. »Mir scheint, du bist ebenso besorgt um ihn wie er um dich, wenn ich dein Gesicht so sehe! Ich werd ihm davon berichten …«

»Unsinn!«, fuhr Madlen auf, aber das Grinsen wich nicht aus Veits Gesicht.

Natürlich hatte er recht. Sie sorgte sich um Fulk. Genau genommen sorgte sie sich um alle drei Männer, doch Fulk war derjenige gewesen, mit dem sie durch die Nacht geritten war, der für sie gekämpft und Hans Eberlin getötet hatte. Der sie im Arm gehalten hatte, als sie um Grethe weinte.

Sie konnte sich vormachen, was sie wollte, aber Fulk hatte einen Platz in ihrem Herzen. Doch das brauchte er nicht zu erfahren.

Während sie nach einer Antwort suchte, fiel ihr auf, dass sie fast bei der Sterngasse angelangt waren. Sie blieb stehen, weil sie nicht wollte, dass man sie – schon wieder – mit einem fremden Mann sah. »Wir sind fast da«, erklärte sie Veit, der sie fragend musterte. »Den Rest des Weges gehe ich allein.« Der kranke Meister kam ihr in den Sinn, und sie verspürte Scham, dass sie wegen der Begegnung mit Veit und seiner Erzählungen fast vergessen hatte, dass der alte Mann ihrer bedurfte. Es drängte sie, nach Hause zu kommen. »Hab Dank für deine Begleitung«, sagte sie. »Und bitte bestell dem Hauptmann und dem Welschen meine Grüße, wenn du zu ihnen zurückkehrst.« Da kam ihr ein Gedanke, und sie sprach ihn aus, ehe ihr Verstand es verhindern konnte. »Oder reitest du … noch mal nach Giebelstadt?«

Veit runzelte die Stirn. »Nur um bei meiner Schwester zu nächtigen«, antwortete er. »In zwei Tagen breche ich wieder nach Süden auf.«

»Ist der Ritter dort – in Giebelstadt?« Madlen strengte sich an, ein unbeteiligtes Gesicht zu machen, aber sie befürchtete, dass sie Veit nicht täuschen konnte. Dennoch war es ihr unmöglich, ihre Neugier zu bezähmen. Und von wem sonst hätte sie eine Nachricht über Florian Geyer bekommen können, wenn nicht von Veit!

»Er ist fort«, sagte Veit trocken. »War wohl seit Beginn des Jahres nicht mehr im Schloss. Wo er ist, weiß niemand, jedenfalls keiner von den einfachen Leuten wie meine Schwester. Aber man sagt, er tat besser daran abzutauchen, denn der Bischof misstraut ihm … Die Herrin Anna ist beunruhigt, meint meine Schwester.«

»Warum?«, brachte Madlen hervor. Sie merkte, wie ihr Herz wild zu pochen begann.

»Warum wohl?«, gab Veit zurück. »Wenn du ihm begegnet bist, weißt du sicher, dass er ein Anhänger Luthers ist, ein Ketzer in den Augen des Fürstbischofs. Und er ist als Bauernfreund verschrien. Womöglich hat er Verbindung zu den Führern der Aufständischen in Schwaben.«

Nichts davon überraschte Madlen, dennoch fühlte sie, wie sie blass wurde.

War es so weit? War der Zeitpunkt gekommen, für die neue, gerechtere Welt zu kämpfen, von der Florian gesprochen hatte? Und wenn es so war, was würde geschehen?

»Halt dich von ihm fern, Madlen«, riet Veit ihr. »Es droht ein Sturm, und wenn er tatsächlich losbricht, dann gnade uns Gott.«

Kapitel 32

Als der Medicus am darauffolgenden Morgen an die Tür des Apothekerhauses klopfte, staunte Christoph nicht schlecht. Rasch verbarg er seine Überraschung und begrüßte den gelehrten Herrn voll Ehrerbietung, aber Madlen bemerkte den zornigen Blick, den er ihr zuwarf, als sie gemeinsam mit dem Doktor die Stiege ins Obergeschoss hinaufging. Sie fragte sich, ob es mehr der Zorn über das Honorar war, das Doktor Hochstetter verlangen würde, oder darüber, dass sie sich über seinen Willen hinweggesetzt hatte. So oder so – er würde sie seinen Ärger spüren lassen. Doch das war es ihr wert.

Konrad Veltlin war wach, als der Arzt ins Zimmer trat. Er schaute dem Medicus aus fiebertrüben Augen entgegen. Madlen konnte nicht sagen, ob er erfreut oder ärgerlich oder schlicht und einfach verblüfft über den Besuch war.

Zu Madlens Verwunderung begrüßte Hochstetter den Apotheker voller Respekt und nannte ihn »lieber Freund«. Die beiden Männer waren sich offenbar nicht fremd. Im Alltag konnte der eine ohne den anderen nicht erfolgreich arbeiten und umgekehrt.

Scheu blieb sie im Eingang stehen und beobachtete, wie der Medicus den Kranken untersuchte, Stirn und Gesicht betastete, das Ohr auf die Brust legte, um den rasselnden Atemgeräuschen zu lauschen, und danach die Hand auf die Stirn, um das Fieber zu messen. Er hieß den alten Mann an, den Mund weit zu öffnen, und begutachtete den Rachen. Schließlich winkte er Madlen heran. »Zunächst ein Aderlass, um die

Körpersäfte ins Gleichgewicht zu bringen«, erklärte er, und der Meister widersprach diesmal nicht. Vielleicht war er zu geschwächt, um sich länger zu sträuben.

Sie brachte eine Schale und Tücher. Anschließend sah sie zu, wie der Medicus mit seinem Skalpell die Vene öffnete, damit das dunkelrote Blut in das Gefäß rinnen konnte.

»Bring mir Schreibzeug, Mädchen!«, erklang seine befehlsgewohnte Stimme.

Madlen eilte hinaus, und als sie zurückkehrte, war der Arm des Apothekers bereits verbunden. Er hatte die Lider geschlossen, und Madlen fragte sich besorgt, ob der Aderlass ihn weiter geschwächt hatte. Sie spürte, wie der Medicus sie scharf ansah, und schluckte. Ahnte er, was sie dachte?

Schweigend nahm er Feder, Tintenfässchen und Papier aus ihrer Hand und begann sogleich, ein Rezept niederzuschreiben. Madlen rührte sich nicht, einzig ihr Blick glitt ab und an zu Konrad Veltlin, der reglos dalag und ihr blasser schien als zuvor.

»Das ist eine Rezeptur für ein Grippepulver, das ich schon erfolgreich angewendet habe«, erklärte der Doktor. »Achtet darauf, nur beste Zutaten zu verwenden, ich bin gewiss, ihr habt sie vorrätig. Der Geselle kann das Pulver zubereiten, wenn er etwas von seiner Arbeit versteht.«

Madlen nickte.

Der Medicus strich sich über sein Ziegenbärtchen, ehe er hinzufügte: »Dazu empfehle ich Theriak, einen Löffel an jedem Morgen. Es wird ihn kräftigen.« Sein Gesichtsausdruck wurde milder. »Und als Letztes: Bete für ihn, Mädchen. Das ist vielleicht das wichtigste Heilmittel.« Er erhob sich und ordnete sein Gewand, ehe er sich noch einmal Madlen zuwandte.

»In zwei Tagen komme ich wieder und sehe nach ihm. Bis dahin sollte Besserung eingetreten sein …«

Madlen schaute in sein Gesicht und ahnte, was er nicht aussprach.

»Theriak?«, wiederholte Christoph. »Die Himmelsarznei? Jeden Tag? Das ist unsere kostbarste Medizin, ist dir das klar?«

»Darum ist sie gerade richtig für den Meister«, beharrte Madlen.

Christoph bedachte sie mit einem grimmigen Blick, und sie fragte sich, wie er reagieren würde, wenn er erfuhr, dass sie dem Medicus zwei Goldgulden aus der Kasse des Meisters bezahlt hatte. Sie verdrängte den Gedanken rasch. Geld bedeutete nichts. Um den alten Mann wieder gesund zu machen, hätte Madlen ihr letztes Hemd gegeben.

Als Christoph mit mürrischem Gesicht in der Offizin verschwand, hörte sie neben sich Barthels Stimme. »Ich werd ihm auf die Finger schauen, damit er den teuren Theriak nimmt, den aus Nürnberg, nicht das billige Zeug.«

Madlen sah ihn stirnrunzelnd an.

Er erklärte: »Die Nürnberger bereiten den Theriak nach Art der Venezianer zu, sie verwenden nur die wertvollsten Inhaltsstoffe, die Rezeptur ist streng geheim, weißt du.« In seinem Gesicht stand Begeisterung. »Man sagt, es werden mehr als hundert verschiedene Zutaten benötigt.«

»Hundert?« Madlen glaubte, sich verhört zu haben.

Barthel nickte heftig. »Aber ja, du kannst dir gar nicht vorstellen, was man alles braucht. Nicht nur allerlei Kräuter, Honig und Wein, sondern auch Zutaten wie Natternblut, zerquetschte Eidechsen und natürlich die Mumia!« Der Lehrjunge sah Madlen verschwörerisch an.

»Die Mumia?«, wiederholte Madlen ahnungslos.

Der Junge gab ein Seufzen von sich. »Oh, Madlen, wie unwissend du bist! Hast du nie von der Mumia gehört? Es ist eine geheimnisvolle Substanz, die aus dem Orient zu uns kommt, gewonnen, so sagt man, aus mumifizierten Leichen … Das macht den Theriak so wirksam!«

Madlen lief ein Schauer über den Rücken. Sie wusste, dass die Henker Leichenteile verkauften, besonders begehrt war das sogenannte Menschenschmalz, manche nannten es auch Armesünderfett. Daraus wurden Salben hergestellt, die gegen Zahnschmerzen, Gicht, Gliederreißen und manch andere Beschwerden helfen sollten. Aber das Armesünderschmalz wurde aus den Körpern von Hingerichteten gewonnen, die waren zumindest nicht mumifiziert. »Das klingt schaurig«, flüsterte sie.

Barthel zuckte die Achseln. »Der Theriak ist ein besonderes Heilmittel«, erklärte er. »Es heißt, es gibt kein Leiden, gegen das er nicht hilft, sogar gegen die Pest kann er nützen!«

Madlen fasste ihn ins Auge. Wenn der Theriak wirklich gegen die Pest half – sollte es dann nicht mehr Überlebende geben, zumindest unter den Reichen, die sich das Wundermittel leisten konnten? Sie behielt ihre Zweifel für sich und sagte: »Dann werde ich beten, dass die Himmelsarznei unseren Herrn heilt!«

Barthels Gesicht hellte sich auf. »Tu das! Und ich werde nachsehen, ob Christoph den richtigen Theriak holt.«

Er verschwand in der Offizin, und wenig später hörte Madlen erregte Stimmen. Offensichtlich hatte Christoph tatsächlich versucht, den minderwertigen Theriak zu verwenden.

Ob es der Theriak war, das Grippepulver des Medicus oder Madlens intensive Gebete ließ sich nicht sagen. In jedem Fall sprach die Behandlung an, und als Doktor Hochstetter wenige Tage später nach seinem Patienten sah, war er erfreut.

Konrad Veltlin saß aufrecht im Bett und fühlte sich so

gestärkt, dass er einen weiteren Aderlass entschieden ablehnte. Der Medicus reagierte beleidigt, aber Madlen musste ein Schmunzeln unterdrücken. Zum ersten Mal seit Wochen fühlte sie sich leicht, als wäre eine schwere Last von ihren Schultern genommen worden.

Draußen schien die Sonne, die Bäume und Sträucher zeigten die ersten Knospen und im Hinterhof sprossen Veilchen und Primeln. Der Frühling schickte sich an, den Winter zu vertreiben. Es würde eine Weile dauern, bis der eisige Geselle sich endgültig verzog, aber ein Hauch von Wärme und Blütenduft lag bereits in der Luft.

Madlen schlich hinaus aus dem Krankenzimmer, in dem Meister Veltlin und der Medicus zu debattieren begannen. Sie stieg die Treppe hinab ins Erdgeschoss, öffnete die Haustür und erlaubte sich den kurzen Genuss, ihr Gesicht der Frühlingssonne entgegenzustrecken.

Alles wird gut werden, dachte sie, als könnte sie mit purer Zuversicht das Schicksal beeinflussen. Für einen Moment schloss sie die Lider.

»Ich bringe eine Nachricht für den Herrn Apotheker!«

Erschrocken riss Madlen die Augen auf und erblickte einen Mann, der über die Gasse auf sie zukam, ein müde dahintrottendes Pferd am Zügel. Er trug ein Lederwams und eine Kappe, ein kurzes Schwert hing an seinem Gürtel. Er sah nicht aus wie ein Landsknecht oder ein Reisiger.

»Was?«

Ungeduld malte sich auf die Züge des Mannes. »Eine Nachricht für den Apotheker, sagte ich doch!«, versetzte er und warf ihr einen prüfenden Blick zu. »Ist er hier?«

»Ja, schon, nur …« Madlen zögerte. Als der Bote fragend die Brauen zusammenzog, fügte sie rasch hinzu: »Er ist krank. Aber ich kann ihm die Botschaft überbringen.«

Zu ihrer Verwunderung schüttelte der Mann den Kopf.

»Das Schreiben ist für Meister Veltlin bestimmt«, erklärte er. »Mir wurde aufgetragen, es ihm persönlich zu übergeben.«

Madlen schaute ihn an. Es musste wichtig sein. Ihr Herz begann schneller zu schlagen.

Zu gerne hätte sie den Boten nach dem Absender gefragt, aber seine abweisende Miene ließ keinen Zweifel daran, dass er auf neugierige Fragen nicht antworten würde. Ruhig sagte sie: »Mein Herr ist krank, wie ich schon sagte. Der Medicus ist gerade bei ihm. Wenn du mir den Brief nicht geben darfst, wirst du warten müssen.«

Der Bote runzelte die Stirn. Madlen konnte sehen, dass er müde war und sicherlich in Gedanken schon in der nächsten Weinschenke saß. Doch der Auftrag und sein Pflichtbewusstsein ließen ihm keine andere Wahl, als zu warten.

»Du siehst aus, als ob du einen weiten Ritt hinter dir hättest«, sagte Madlen vorsichtig. »Woher kommst du?«

Das Gesicht des Mannes hellte sich etwas auf. Er nahm die Kappe ab und fuhr sich über die schweißfeuchten Haare. »Aus der freien Reichstadt Rothenburg, anderthalb Tagesritte von hier.«

Rothenburg? Wen gab es in Rothenburg, der dem Meister einen so wichtigen Brief schicken sollte?

»Ich bringe dir einen Krug Bier«, erbot sie sich und schenkte dem Kurier ein freundliches Lächeln. »Gewiss bist du durstig.«

Der Mann schlug das Angebot nicht aus und das Bier löste seine Zunge. »Ist nicht so, dass ich dir nicht vertraue, junge Frau«, brummte er, nachdem er einen kräftigen Schluck genommen und sich den Schaum von den Lippen gewischt hatte. »Aber der Herr nahm mir das Versprechen ab, dieses Schreiben niemand anderem als dem Meister selbst auszuhändigen. Ich bekam drei Heller zusätzlich dafür.«

»Das verstehe ich«, erwiderte Madlen. »Wer ist denn dein Herr? Er scheint ein großzügiger Mann zu sein.«

Der Bote setzte den Krug noch einmal an, ehe er antwortete: »Der ehrenwerte Herr Wendel Hipler, ehemals Kanzler der Grafen von Hohenlohe.« Er gab einen lauten Rülpser von sich. »Ich sehe schon, der Name sagt dir nichts, Mädchen. Bist eben nur eine Magd.«

Und du nur ein Bote, der sich wichtig nimmt, dachte Madlen. Sie verbarg ihre Verärgerung hinter einer unschuldigen Miene.

»Der mir die Heller gab, war aber nicht der Herr Hipler«, sprach der Mann weiter, »sondern ein Junker, der Ritter aus Giebelstadt.«

Madlen stockte der Atem. Sie senkte rasch den Kopf, um zu verhindern, dass die Aufregung in ihrem Gesicht zu lesen war.

Just in diesem Moment trat der Medicus aus der Tür. Er rückte seinen Hut zurecht und schaute missbilligend von Madlen zu dem Boten mit seinem Bierkrug und wieder zurück. Vermutlich dachte er, Madlen hätte die Gelegenheit zu einem Schwätzchen mit einem Verehrer genutzt.

»Was ist Euer Befund, werter Herr Doktor?«, fragte sie hastig. »Es geht ihm besser, nicht wahr?«

Der Medicus nickte. »In der Tat.« Ein Lächeln huschte über sein Gesicht. »Zumindest gut genug, um über meine Behandlungsvorschläge zu disputieren.« Madlen atmete auf, indes der Doktor fortfuhr: »Ich empfehle, das Grippepulver noch ein paar Tage länger zu nehmen. Dazu Einreibung mit heißem Schmalz für Brust und Rücken. Und ein Sud aus wildem Thymian, vermischt mit einem Löffel Honig, sollte ihm guttun und das Abhusten erleichtern.« Der Medicus betrachtete Madlen nachdenklich. »Ich hoffe, du kannst so etwas zubereiten, sonst lass dir von dem Gesellen Anweisung geben.«

»Das ist nicht nötig, ich kann das«, versetzte Madlen, und es gelang ihr nicht, einen gereizten Unterton in ihre Stimme zu verbergen.

»Nun denn«, erklärte der Medicus würdevoll. »Ich glaube nicht, dass meine Dienste ein weiteres Mal vonnöten sein werden. Der Meister ist auf dem Weg der Genesung.« Er neigte den Kopf zum Abschied. »Ich empfehle mich.«

Ein paar Augenblicke lang sahen Madlen und der Bote ihm nach, bis er zügigen Schrittes in eine Gasse abbog.

»Oha«, sagte der Bote beinah ehrfürchtig. »Welch ein gelehrter Herr!«

Madlen seufzte erleichtert. Im nächsten Moment fiel ihr der Brief wieder ein. Und sein Absender. »Warte kurz«, sagte sie schnell zu dem Boten. »Ich melde dich beim Meister an.«

Kapitel 33

Eine Nachricht von Florian aus Rothenburg. Die Gedanken wirbelten durch Madlens Kopf. Vergebens versuchte sie, sich abzulenken, indem sie den großen eisernen Topf sauber schrubbte, in dem die Morgensuppe gekocht worden war. Ihre Finger schmerzten, so verbissen rieb sie an dem Metall, doch die brennende Neugier quälte sie noch viel mehr.

Was mochte geschehen sein? Warum hielt der Ritter sich in Rothenburg auf? Was war so wichtig, dass er diesen Herrn Hipler bat, einen Boten nach Würzburg zu schicken?

Die Nachricht war nicht für sie. Vielleicht würde sie nichts über den Inhalt erfahren, letzten Endes war sie lediglich die Magd des Hauses.

»Setz dich zu mir, Madlen«, bat der Meister, als sie ihm einen Krug mit dem empfohlenen Thymiansud hinaufbrachte. Er saß aufrecht im Bett, die Wangen gerötet, aber Madlen sah an seinen klaren Augen, dass die Röte nichts mit dem Fieber zu tun hatte.

Der Brief aus Rothenburg lag geöffnet vor ihm auf der Bettdecke. Madlen konnte erkennen, dass es ein mehrseitiges Schreiben war.

Der alte Mann folgte ihrem Blick und nickte. »Nimm und lies, Madlen. Es ist ebenso für dich bestimmt wie für mich.«

Madlen starrte den Apotheker an. »Für mich?«, fragte sie verunsichert. »Es ist von Herrn Florian, nicht wahr?«

Konrad Veltlin nickte noch einmal. »So ist es, woher auch immer du das weißt. Und er bittet darin ausdrücklich, es auch dir zum Lesen zu geben. Woher auch immer *er* das weiß …«

In der Miene des alten Mannes war mehr Belustigung als Tadel zu sehen.

Madlen errötete. Sie wusste, dass er auf das Lesen anspielte. Vorsichtig ergriff sie die Blätter und nahm die Nachricht in Augenschein. Ein kurzer Brief und eine mehrseitige Flugschrift mit einer langen Reihe von Absätzen, die mit Nummern versehen waren. Zuoberst war ein Bild zu sehen, das eine Gruppe von Männern zeigte. Ein Teil davon waren offensichtlich Bauern, die anderen vermutlich Geistliche oder Junker.

»Die Zwölf Artikel«, erklärte der Meister, als ob er ihre Gedanken lesen konnte.

Madlen schluckte. »Ich fürchte, ich kann nicht gut genug lesen, um all das zu entziffern«, gestand sie.

»Das bezweifle ich, liebes Kind«, erwiderte der Apotheker. »Mit ein wenig Anstrengung sollte es dir gelingen. Doch ich will dir verraten, was das ist.« Er sammelte sich einen Moment. »Dies sind die ›Zwölf Artikel der Bauernschaft‹, verfasst in Memmingen vor wenigen Tagen.«

»Artikel?«, wiederholte Madlen.

Ihr schwirrte der Kopf. Wenn sie ehrlich war, war es zuallererst der Brief, der sie interessierte. Sie hoffte, dass Florian ihn eigenhändig geschrieben hatte, allerdings waren diese sogenannten »Zwölf Artikel« offenbar das Wichtige an der Botschaft.

Konrad Veltlin räusperte sich, ehe er die erste Seite der Flugschrift ergriff und zu lesen begann: »Die grundlegenden und rechtmäßigen Hauptartikel aller Bauernschaft und Hintersassen der geistlichen und weltlichen Obrigkeiten, von welchen sie sich beschwert vermeinen ...« Er sah Madlen prüfend an.

»Ich verstehe nicht«, sagte sie hilflos.

Der alte Mann lächelte nachsichtig. Dann begann er, ihr zu erklären, was es damit auf sich hatte.

In den folgenden Minuten setzte der Meister sie über die Vorgänge im Süden des Reiches ins Bild. In der Krameramtsstube zu Memmingen, dem Zunfthaus der Kramer, war eine Gruppe von Männern zusammengekommen, deren Treffen mit Recht als verschwörerisch bezeichnet werden konnte. Etwa fünfzig an der Zahl waren es, zumeist Vertreter der drei großen schwäbischen Bauernhaufen – des Seehaufens, des Allgäuer Haufens und des Baltringer Haufens. Sie alle trieb der eine leidenschaftliche Wunsch an: Recht und Gerechtigkeit für Bauernschaft, Handwerker und Kleinbürger. Ein jeder wusste zu berichten, welch Unrecht ihm vonseiten der geistlichen und weltlichen Herren widerfahren war. Wut und Verzweiflung waren groß, aber ebenso ihre Entschlossenheit. Jetzt und nicht irgendwann war der Zeitpunkt, ihr Recht einzufordern. Es war nicht länger nur das althergebrachte Recht, das jahrhundertelang gebräuchliche, aber nirgends schriftlich festgehaltene Recht, das für ihre Vorväter gegolten und das die Herren inzwischen tausendfach gebeugt und missachtet hatten.

Es war vielmehr das göttliche Recht, geschrieben und für jedermann nachzulesen in der Heiligen Schrift. Dieses Recht, darüber waren sich alle einig, galt für jeden Christen, ob reich oder arm, ob mächtig oder machtlos, ob für Kirchenleute, Adlige oder arme Leibeigene. Niemand würde dies ernsthaft infrage stellen können.

Das Evangelium selbst war es, auf das sich die Aufständischen beriefen, und sie bezeichneten ihren Bund von nun an als die »Christliche Vereinigung der Bauern«.

Wendel Hipler, dessen Knecht den Brief gebracht hatte, war einer dieser Männer, die an mehreren Tagen in Memmingen berieten und debattierten, und letztendlich einer der Väter der sogenannten »Zwölf Artikel der Bauernschaft«. Hipler war kein Bauer und auch kein armer Mann, im Gegenteil, er hatte als Sekretär und Kanzler der Grafen von Hohenlohe ein Vermögen erwirtschaftet. Er war ein hochgebildeter und kluger Beamter, den aber das eine mit der Bauernschaft verband: Auch ihm war durch die hohen Herren bitteres Unrecht widerfahren. Aus diesem Grund war er aus den Diensten der Hohenloher ausgeschieden und brachte nun seine Bildung und Erfahrung für die Sache der Bauern ein. Für Recht und Gerechtigkeit.

In den besagten Zwölf Artikeln hielt die Memminger Versammlung die Forderungen der Unterdrückten fest, zusammengefasst und niedergeschrieben durch den Kürschnergesellen und Laienprediger Sebastian Lotzer, der bereits einige Flugschriften veröffentlicht hatte und ein entschiedener Anhänger der Reformation war.

Der Wortlaut der Artikel war nicht radikal und umstürzlerisch, sondern in höflicher, fast bittender Weise formuliert, doch die Forderungen der Bauern waren klar ausgedrückt: freie Wahl des Pfarrers, das Recht auf Jagd und Fischfang, das Recht auf Nutzung der Allmende, also des Landes und der Wälder, die der Allgemeinheit gehörten, Senkung der Abgabelasten, Reduzierung der Frondienste und so weiter und so fort.

Der zwölfte und letzte Artikel lautete: *Sollte die eine oder andere Forderung, die erhoben wurde, dem heiligen Evangelium nicht gemäß sein, so wollen wir davon absehen, wenn man es uns nach der Schrift erklärt.*

Nachdem Konrad Veltlin den letzten Artikel vorgelesen hatte, setzte Stille ein. Das Gehörte beeindruckte Madlen zutiefst. Wie klug die Männer die Erklärung verfasst hatten, wie treffend all die Punkte ausgedrückt waren, die dem gemeinen Mann das Leben unerträglich machten. Besonders der dritte Artikel hatte ihr Herz erbeben lassen, in dem es hieß, dass Christus alle Menschen durch seinen Tod erlöst hatte und daher alle Menschen frei waren. Keine Leibeigenschaft mehr, nur Gehorsam der Obrigkeit gegenüber, sofern deren Forderungen »ziemlich und christlich« waren. Sie fühlte, wie ihre Augen sich mit Tränen füllten, und versuchte, sie wegzublinzeln. »Das ist rechtens«, flüsterte sie. »Meint Ihr nicht, Meister? Das alles, diese Forderungen der einfachen Menschen, das ist nur gemäß dem Wort Gottes ...«

Zu ihrem Erstaunen sah sie auch im Blick des alten Mannes einen feuchten Glanz. Seine Stimme war rau, als er sagte: »Ja, Madlen, es ist rechtens, und ich glaube, dass unser Herr Jesus Christus dies gutheißen würde. Er hat Liebe und Güte gepredigt, Brüderlichkeit, Friede und Einigkeit. O ja, ich glaube, das, was hier gefordert wird, steht im Einklang mit der Lehre des Evangeliums.« Ein Schatten flog über sein faltiges Gesicht. »Doch wage ich nicht zu hoffen, dass die Herrschaften sich dieser Meinung anschließen.«

»Wenn sie gute Christen sein wollen, dann müssen sie sehen, dass es rechtens ist!«, beharrte Madlen. »Wenn sie klug sind und den Frieden im Land bewahren wollen.«

»Nicht alle sind klug«, unterbrach sie der Meister, »und beileibe nicht alle sind gute Christen, Madlen! Da gibt es etwas, was all die Herren eint, und das ist der unbedingte Wille, ihren Reichtum zu schützen und ihre Macht zu bewahren.«

Madlen schaute ihn betroffen an. *Ein jeder verteidigt seine Pfründe wie ein wütender Hund seinen Knochen.* Sie dachte an die Worte, die der Meister zu Florian gesagt hatte. Der Ritter hatte gelacht und die Erinnerung ließ ihr die Brust eng werden. Sie schüttelte das Bild entschlossen ab und sagte: »Nun ist es niedergeschrieben, sie werden es lesen müssen!« Fragend sah sie den Meister an. »Was geschieht jetzt damit?«

Konrad Veltlin wiegte den Kopf. »Sie werden ihre Forderungen der Obrigkeit vorlegen. Dann wird man sehen, wie die hohen Herren darauf reagieren. In der Zwischenzeit werden Schriften wie diese im ganzen Reich die Runde machen und die Bauernhaufen werden großen Zulauf erfahren.«

»Es werden so viele sein, dass die Herren sie nicht mehr übergehen können!«, gab Madlen sich überzeugt.

Der alte Mann nickte. »Übergehen kann man sie nicht mehr, das ist gewiss. Doch wie der Bund handeln wird, bleibt abzuwarten. Du hast sicher gehört, dass bereits ein Heer aufgestellt wurde …«

Veits Worte kamen Madlen in den Sinn. *Der Truchsess von Waldburg.*

»So ist es.« Als der Apotheker sprach, bemerkte Madlen, dass sie den Namen laut gedacht hatte. »Georg Truchsess von Waldburg wurde zum obersten Feldhauptmann bestimmt. Er ist ein erfahrener Heerführer, wie man hört.«

»Es muss nicht zu einem Kampf kommen«, erwiderte Madlen aufgeregt. »Die Bauern wollen gar nicht kämpfen, sie wollen verhandeln, sonst wären diese Artikel niemals geschrieben worden.«

Veltlin sah sie nachdenklich an. »Es wurden bereits Klöster geplündert und Schlösser in Brand gesetzt. Diese Bauernhaufen sind schwer im Zaum zu halten, und der Schwäbische Bund wird die Übergriffe nicht ungesühnt lassen.« Er machte eine kurze Pause, bevor er weitersprach: »Wir können nur beten und hoffen, dass es genug vernünftige Männer gibt, die mehr auf das Wort setzen als auf das Schwert.«

Sein Blick traf den von Madlen, und sie wusste, dass er von Florian Geyer sprach. Mit zitternden Fingern strich sie über das Papier, das vor ihr lag, beschrieben in seiner kühnen Handschrift. Der Meister hatte nur die Flugschrift verlesen, nicht den Brief, und sie sehnte sich danach, ihn an sich zu nehmen und die Worte zu entziffern, die Florian zu Papier gebracht hatte.

»Madlen.«

Sie schrak zusammen.

»Madlen«, sagte Konrad Veltlin noch einmal, sanfter. Er reichte ihr den Brief. »Ich sehe, dass du lesen willst, was er geschrieben hat. Wie du weißt, hat er dich erwähnt.«

Madlen nickte stumm.

»Dennoch«, fuhr der Meister fort, »gibt es etwas, das ich dir sagen möchte. Ich bin ein alter Mann, Madlen, und du bist mir ans Herz gewachsen, als wärst du meine eigene Tochter. Aber ich bin nicht blind. Ich habe bemerkt, wie du Florian ansiehst ...« Er hob die Hand und erstickte Madlens Protest, ehe sie ein Wort hervorbrachte. »Du weißt, ich schätze den Ritter sehr. Er ist ein guter Mann, klug und voller mutiger Ideen. Ich kann verstehen, dass du ihn ... verehrst. Er hat diese Wirkung auf Menschen, er begeistert sie. Manchen ist das gegeben. Aber ich fürchte um dich, mein Kind.« Er ergriff ihre Hand. »Sein Weg ist nicht der deine, Madlen. Er lebt für seine Ideen, eine Frau hat da keinen Platz, glaub mir. Und falls er irgendwann heiratet, wird seine Braut eine Frau seines Standes sein, und sie wird einzig dazu da sein, ihm einen Erben zu schenken. Sein Herz wird sie nie bekommen. Es gehört allein seinen großen Zielen, seinen Überzeugungen, verstehst du.« Ernst schloss er: »Madlen, er würde dir das Herz brechen.«

Madlen war verblüfft von seiner Offenheit. *Warum glauben alle, dass sie mich warnen müssen? Es ist längst zu spät.* »Sind nicht alle Ehefrauen dazu da, den Männern einen Erben zu schenken?«, fragte sie trocken. »Welche Ehefrau kann von sich behaupten, dass ihr das Herz ihres Mannes gehört?«

»Die wenigsten, das mag sein«, gab der alte Mann ernst zurück. »Doch sie haben zumindest die Sicherheit, vor dem Gesetz Ehefrauen zu sein und nicht nur Liebchen.« Die letzten Worte hatte er hart gesprochen.

Madlen erstarrte. In der Miene des Meisters stand kein Tadel und keine Verachtung, nur Mitgefühl. Und natürlich hatte er recht. Was immer sie für Florian empfand, es würde zu nichts führen und sie unglücklich machen. Sie senkte den Blick, während ihre Hand den Brief umklammerte.

»Da ist noch etwas«, hörte sie Konrad Veltlin sagen.

Sie presste die Lippen zusammen, um sich zu wappnen.

»Was dein ... eigenmächtiges Handeln betrifft in Bezug auf Doktor Hochstetter ...«

Madlen sah auf.

Zu ihrer Überraschung lag ein verschmitztes Lächeln auf dem Gesicht des alten Mannes. »... so muss ich dir danken. Ich weiß zwar nicht, wie es dir gelungen ist, den viel beschäftigten Medicus in mein bescheidenes Haus zu locken, doch ohne seine Behandlung sähe es vermutlich nicht gut für mich aus.« Er drückte leicht ihre Hand. »Ich bin alt und wandele lange genug auf dieser Erde, aber nun, da du in meinem Haus bist, möchte ich noch ein wenig länger bleiben. Und sei es nur, um auf dich achtzugeben.«

Madlens Kehle war wie zugeschnürt, und sie vermochte nicht zu antworten. Stattdessen erwiderte sie nur den Druck seiner Hand.

Kapitel 34

Lieber Freund und Bruder in Christo, begann Florian Geyers Brief. *Seit unserer letzten Begegnung in Würzburg ist vieles geschehen, und ich bin gewiss, die Kunde von den Ereignissen der letzten Wochen in Schwaben hat inzwischen die Stadt erreicht.* Madlen drückte das Papier an ihre Brust. Viele Male hatte sie den Brief bereits gelesen, beim ersten Mal mit großer Mühe, mittlerweile kannte sie die Worte auswendig. Es war kein langes Schreiben.

Florian Geyer schilderte knapp die Situation in Oberschwaben und im Allgäu, ehe er von der Zusammenkunft in der Krameramtsstube in Memmingen berichtete. Er war selbst nicht zugegen gewesen, hatte jedoch im Anschluss Wendel Hipler in Rothenburg getroffen, dessen Knecht den Brief zugestellt hatte. Der »Bauernkanzler«, wie Florian ihn nannte, hatte ihm die Ereignisse geschildert und die Flugschrift mit den »Zwölf Artikeln« gegeben. Er schrieb euphorisch darüber: *Nie zuvor wurden die allzu gerechtfertigten Anliegen der Bauernschaft auf solche Weise festgehalten, werter Freund. Diese Niederschrift wird den Schwäbischen Bund erreichen und die hohen Herren müssen die Forderungen anerkennen, sind diese doch durch das Wort Gottes selbst zu begründen!*

Florian klang so überzeugt, dass seine Begeisterung Madlen ansteckte. Nicht Ungehorsam und Aufruhr war es, die die Bauern anstrebten, sondern ein besseres Leben nach dem heiligen Evangelium. Wer konnte ihnen das verwehren?

Die Hunde, die ihre Knochen verteidigen, flüsterte eine böse Stimme in ihrem Innern, doch sie weigerte sich hinzuhören. Stattdessen murmelte sie einmal mehr die Worte, die sie selbst betrafen: »Ich bitte Euch schließlich, lieber Freund, gebt diese Flugschrift auch an Eure Magd Lene, die mir eine kluge und wissbegierige Frau zu sein scheint. Es sind sie und ihresgleichen, die einfachen Menschen aus dem Volk, für die diese zwölf Artikel verfasst wurden.«

Eine kluge und wissbegierige Frau. So dachte er über sie. Es machte sie stolz, jedoch verstärkte es das dumpfe Sehnen in ihrem Herzen.

In Kürze, so schrieb Florian am Ende, *werde ich in meine fränkische Heimat zurückkehren, und ich glaube fest daran, dass auch hier der Geist der Freiheit und der Erneuerung erwachen wird. Bis dahin möge Gottes Segen Euch und die Euren begleiten.*

Erneut presste Madlen den Brief an ihre Brust.

Sie hörte Schritte auf der Stiege und schob das Blatt hastig in ihr Mieder. Gerade rechtzeitig, ehe Christoph die Tür der Kammer öffnete. Woher nahm er sich die Dreistigkeit, ihr Zimmer zu betreten, ohne anzuklopfen?

»Was treibst du?«, verlangte er zu wissen, als wäre sein Eintreten nicht unhöflich genug.

Sofort fuhr sie auf: »Was geht's dich an? Ich bin gleich unten!«

Christoph bedachte sie mit einem misstrauischen Blick, als könnte er durch den Stoff ihres Mieders hindurch den Brief sehen. Das Papier schien auf ihrer Haut zu brennen.

»Klara ist hier«, verkündete er mürrisch. »Sie sagt, ihr wolltet gemeinsam zum Markt gehen.«

»Du kannst ihr ausrichten, ich komme sofort«, gab Madlen zurück, was er mit einem Schnauben quittierte.

»Bin ich etwa dein Knecht?«

Immerhin trollte er sich und gab ihr damit die Gelegenheit, den Brief bei dem Säckchen mit den Goldgulden zu verstauen, ehe sie hinuntereilte, wo ihre Freundin ungeduldig wartete.

Madlen warf sich einen Umhang über, griff sich ihren Korb und trat in die Gasse hinaus. Feine Regentröpfchen benetzten ihr Gesicht, und sie war dankbar dafür, kühlten sie doch ihre Wangen, die sich nach dem Lesen des Briefes heiß anfühlten. Klara bekam von ihrer Gefühlsregung nichts mit, sie schien in ihre eigenen Gedanken so sehr versunken, dass Madlen nach einer Weile fragte: »Was ist mit dir?«

Klara blickte auf und Madlen sah bestürzt, dass Tränen in ihren Augen schimmerten. »Was ist mit dir?«, wiederholte sie.

»Hans ist zurück in Würzburg«, erwiderte Klara leise. »Gestern Abend hat er mich an der Werkstatt abgepasst, aber der Meister kam dazu und hat ihm eine Tracht Prügel angedroht, wenn er sich noch mal sehen lässt.«

»Wieso das denn?«

»Der Meister hat von seinen aufwieglerischen Reden erfahren!«, erklärte Klara. »Er hat angekündigt, dass ich die gleichen Prügel bekomme, wenn ich mich noch einmal mit Hans treffe.«

Madlen zog erstaunt die Stirn kraus. »Aber das hast du sowieso nicht vor, oder etwa doch?«

Klara drehte den Kopf weg. »Nein, natürlich nicht«, sagte sie, doch es klang nicht so entschieden, wie Madlen erwartet hatte. »Hans hat den Meister natürlich übel beschimpft und ihm gedroht, sein Haus werde als Erstes angesteckt, wenn die Bauern sich erheben.«

»Was für ein Schandbube!«, sagte Madlen empört. Da Klara nur stumm nickte, blieb sie stehen und ergriff die Hand ihrer Freundin. »Klara, sei vernünftig! Dieser Mann ist ein Hetzer und Aufrührer, du darfst dich nicht mehr mit ihm abgeben. Es ist gefährlich!«

»Nicht gefährlicher als deine Schwäche für einen gewissen Ritter aus Giebelstadt!«, erwiderte Klara patzig.

Madlen biss sich auf die Lippe. Klara wusste nichts von Florian Geyers Schreiben – und Madlen fasste in diesem Moment den Entschluss, dass das so bleiben würde.

»Das war nur Schwärmerei«, versetzte sie rasch. »Es ist längst vorüber …«

»Gut so. Böse Zungen sagen, er steht mit den aufständischen Bauern im Bunde. Wenn das wahr ist, drohen ihm Kerkerhaft und Folter, sollten die Männer des Bischofs ihn erwischen.«

Madlen fühlte, dass sie erbleichte. »Das gleiche droht Hans«, gab sie zurück. »Und doch ist er nach Würzburg zurückgekehrt.« So wie Florian Geyer es beabsichtigte. Madlens Magen zog sich zusammen. Wenn tatsächlich darüber geredet wurde, dass er mit den Aufständischen gemeinsame Sache machte, brachte er sich in große Gefahr, wenn er zurückkam.

Klara zuckte die Achseln. »Hans hat viele Gleichgesinnte im Hauger Viertel, er weiß, wo er untertauchen kann«, erklärte sie. »Die Schergen des Fürstbischofs werden ihn so leicht nicht schnappen.«

Madlen schwieg. Ein Gedanke setzte sich in ihrem Kopf fest. Natürlich war es möglich, dass Hans aus Sehnsucht nach Klara zurückgekommen war, doch sie hielt das für unwahrscheinlich. Der Kerl war zurückgekehrt, weil er glaubte, dass er sicher war. Weil die Sache der Bauern weiter gediehen war. So weit, dass die Unruhen bald Franken erfassen würden.

»Madlen?« Klara stieß sie an und riss sie aus ihren Gedanken.

Sie waren auf dem Platz vor der Marienkapelle angelangt, der an diesem Tag weniger betriebsam war als sonst. Das schlechte Wetter und die schlammigen Gassen hielten all jene fern, die nicht unbedingt Erledigungen zu machen hatten. Bis auf zwei gut gekleidete Frauen, die die Auslage eines Hutmachers begutachteten, schienen zumeist Mägde und Knechte unterwegs zu sein.

»Das scheint mir ein hoher Preis, guter Mann«, sagte die ältere der beiden Frauen vorwurfsvoll, während die andere eine hübsche, mit Goldfäden bestickte Haube in den Händen drehte.

»Nicht zu hoch für ein solch wundervolles Stück«, entgegnete der Händler. »Seht doch, edle Dame, wie herrlich die Seide schimmert und wie gut dieses Blau zu Eurem Blondhaar passen würde.«

Die jüngere Frau schürzte die Lippen. »Wahrhaftig eine wunderschöne Haube, Gerlind«, murmelte sie und strich mit dem Finger andächtig über den Seidenstoff.

Madlen unterdrückte ein Schmunzeln, als sie mit Klara raschen Schrittes vorüberging. Dann fing sie einen Gesprächsfetzen auf, der sie aufhorchen ließ.

»Das ist wohl wahr, Herrin Barbara, doch der Preis, den dieser Mann verlangt, ist Wucher, wenn Ihr mich fragt! Euer Bruder wird erbost sein, solltet Ihr Euch hinreißen lassen.«

Madlen verlangsamte unwillkürlich ihre Schritte und spürte Klaras warnende Hand an ihrem Arm. Sie konnte nicht anders und schaute über die Schulter. Und erkannte die Frau, die sie an Kiliani an Florian Geyers Seite gesehen hatte. Barbara von Grumbach.

»Was kümmert mich mein Bruder?«, sagte die junge Frau unwillig. »Gereizt und übellaunig ist er ohnehin, es macht keinen Unterschied, ob ich ein paar Silberstücke mehr oder weniger ausgebe. Und mir bereitet es Vergnügen!«

»Sagt nicht, ich hätte Euch nicht gewarnt«, brummte die ältere Frau, vermutlich ihre Zofe. Sie bemerkte Madlens Blick und runzelte ärgerlich die Stirn. »Was gibt es da zu gaffen, Weib?«

Barbara von Grumbach sah von der Haube auf in Madlens Gesicht.

Florian Geyers Verlobte. Jene Frau, die – beinah! – das Weib des Mannes geworden war, den Madlen nicht aus ihrem Kopf vertreiben konnte. Jene Frau, die sie von ganzem Herzen beneidet hatte um ihren Stand und ihre Aussicht auf eine glänzende Zukunft als Ehefrau des wohlhabenden und geachteten Ritters von Giebelstadt.

Nun war alles anders gekommen.

Madlen hegte keinen Zweifel daran, dass die Verlobung tatsächlich aufgelöst worden war, nach allem, was sie inzwischen gehört hatte, würde Barbaras Bruder die Hand seiner Schwester niemals einem Mann geben, der die Sache der Aufständischen unterstützte.

Was mochte Barbara darüber denken?

Madlen forschte im Gesicht der jungen Frau, versuchte, hinter die glatte, fast hochmütige Miene zu blicken. Erfolglos, sie war undurchdringlich.

Sie erschrak, als sie einen schmerzhaften Stoß gegen den Arm bekam.

Die Zofe war einen Schritt vorgetreten, ihre Züge vor Wut verzerrt. »Wirst du wohl aufhören zu gaffen, dummes Weib!«, fuhr sie Madlen an. »Wer bist du, dass du dir anmaßt, die junge Herrin so anzustieren? Wenn ich den Knecht rufe, wirst du dir ein paar Maulschellen einfangen!«

Madlen errötete. Sie schluckte die trotzige Antwort hinunter, die ihr auf den Lippen lag, und sagte stattdessen höflich: »Verzeiht, ich war … bezaubert von der edlen Dame und der prächtigen Haube!« Nach einem kurzen Zögern fügte sie hinzu: »Die Haube würde Euch gut zu Gesicht stehen, edle Frau.«

Barbara von Grumbach ließ sich nicht zu einer Antwort herab, sondern wandte sich wieder dem Händler zu, der die Szene grinsend beobachtet hatte.

»Das Mädchen hat recht«, erklärte er eifrig. »Diese Haube …«

Die Dame von Grumbach fiel ihm ins Wort. »Nenn mir einen besseren Preis, Meister, dann könnten wir uns einig werden.«

Madlen ballte unwillkürlich die Fäuste. *Das alles wird sich ändern, wenn die neue Zeit anbricht*, dachte sie zornig. *Wenn Gerechtigkeit herrscht und die Junker und Pfaffen nicht mehr über dem gemeinen Mann stehen, ihn ausbeuten und demütigen.*

Klara zupfte an ihrem Ärmel. »Komm endlich«, flüsterte sie eindringlich. »Oder willst du tatsächlich ein paar Maulschellen?«

Madlen folgte ihr, gerade rechtzeitig, denn hinter ihr erklang eine gereizte Stimme: »Hätte mir denken können, dass ich euch Frauenzimmer hier finde!«

Als sie über die Schulter zurückschaute, sah sie zwei Männer, die zu den beiden Frauen getreten waren. Der eine war ein finster dreinblickender Hüne, dessen breites Gesicht mit der schiefen Nase vermuten ließ, dass er keiner Rauferei aus dem Weg ging. Er trug eine Lederrüstung, die ihn als Waffenknecht auswies, an seinem Gürtel hing ein kurzes Schwert. Der andere, kleinere schien sein Herr zu sein, ein untersetzter junger Mann mit einer pelzverbrämten Schaube und einem ausladenden Barett auf dem Kopf. Sein Gesicht mit den tief liegenden Augen und dem ordentlich gestutzten Bart trug ebenfalls einen grimmigen Ausdruck. Madlen wusste, wer das war, bevor Klara zischte: »Der von Grumbach!«

»Nichts anderes im Sinn als Zier, Tand und Geldverschwendung«, schimpfte der Adelige lauthals. »Der Knecht wartet längst mit dem Wagen!«

Seine Schwester antwortete etwas, das Madlen nicht verstehen konnte, woraufhin er noch lauter keifte: »Das ist mir gleich, verehrte Schwester, du hast genug von dem Tand! Kommt jetzt, und zwar sofort!«

Klara zerrte noch immer an Madlens Arm. »Hast du nicht genug gehört?«

Madlen fügte sich, und gemeinsam steuerten sie den Stand der Kräuterfrau an. Sie nannte dem Kräuterweib die Bestellung des Meisters und spürte, wie Klara sie nachdenklich musterte. Als sie die Kräuter in ihren Korb gelegt und dem alten Weib die Münzen in die Hand gedrückt hatte, zog ihre Freundin sie ungeduldig mit sich. Zwischen ihre Brauen hatte sich eine tiefe Falte gegraben.

»Längst vorüber, ja?«, bemerkte sie spitz. »Dafür hast du ja großes Interesse an der Frau, die den Geyer hätte heiraten sollen.«

»Sie wäre niemals die richtige für ihn gewesen!«, entfuhr es Madlen. »Was für ein dünkelhaftes Weib! Sie hätte ihn nur unglücklich gemacht.«

Klaras Augen blitzten. »Nein, das hätte sie nicht!«, widersprach sie mit scharfer Stimme. »Sie hätte ihm das Vermögen gemehrt und einige Ländereien mit in die Ehe gebracht. Dann hätte sie ihm eine Schar Kinder geschenkt, darunter ein paar kräftige Söhne, und ihre Aufgabe wäre erfüllt gewesen. Er hätte sich ein Liebchen gesucht, das ihm das Bett wärmt und sein Verlangen stillt, sobald die zänkische Barbara keine Lust mehr hat. So jemanden wie dich, die ihn anschmachtet und ihm ihr Herz schenkt.«

»Du redest Unsinn«, sagte Madlen schwach. Aber natürlich hatte Klara den Nagel auf den Kopf getroffen, und jedes Wort, das sie gesagt hatte, war wahr.

»Du weißt, dass ich recht habe«, entgegnete Klara. Sie rümpfte die Nase. »Das einzige Problem wäre dieser Bruder gewesen. Es heißt, er sei ein streitbarer und gewalttätiger Kerl, überaus ehrgeizig dazu. Vermutlich hätten sich die beiden Männer gegenseitig die Köpfe eingeschlagen, ehe der erste Sprössling das Licht der Welt erblickt hätte.«

Madlen schaute sich nochmals um. Wilhelm von Grumbach, sein Knecht und die beiden Frauen waren verschwunden. »Ein unangenehmer Mann«, stimmte sie zu. »Wie er seine Schwester zurechtgewiesen hat – in aller Öffentlichkeit!«

Klara lachte bitter. »Das ist das Los der Frauen, der edlen wie der armen!«, erklärte sie trocken. »Hast du im Ernst geglaubt, den reichen Weibern geht es viel besser? Ich wette mit dir, sie werden genauso gedemütigt und geschlagen.«

Das glaubte Madlen nicht. Die vornehmen Frauen litten vielmehr unter Einsamkeit und Gleichgültigkeit, unter Vernachlässigung durch ihre häufig abwesenden Gatten. Sie erinnerte sich an Herrin Friedlinde, deren Gesellschaft vorwiegend der Kaplan gewesen war. Bei dem Gedanken an ihr altes Leben krampfte sich Madlens Magen zusammen.

Abgesehen von dem, was Fulk ihr berichtet hatte, hatte sie nichts darüber erfahren, was sich nach ihrer Flucht in Vogtsberg zugetragen hatte. Sie hatte versucht, die Ereignisse aus ihrem Gedächtnis zu verdrängen, dennoch wurde sie gelegentlich von bösen Träumen heimgesucht, in denen Vater Laurentz seine krallenartigen Finger nach ihr ausstreckte, in denen sie von den Dörflern als Hexe beschimpft oder von Ritter Botho mit Stockhieben gestraft wurde. *Man kann seine Vergangenheit nicht auslöschen*, dachte sie bitter. *Verdrängen und vergraben, ja, aber tilgen niemals.*

»Lass uns zusehen, dass wir nach Hause kommen, Klara«, sagte sie und schob die trüben Gedanken beiseite.

Der Regen war stärker geworden und die Tropfen fanden ihren Weg von ihrer Kapuze auf ihre Nase. »Ich habe keine Lust mehr auf dieses abscheuliche Wetter und weitere Begegnungen.«

Kapitel 35

Der Fürstbischof war besorgt. Er hatte allen Grund dazu, denn die Unruhen hatten auf Franken übergegriffen, sie breiteten sich von Süden kommend weiter aus. In der freien Reichsstadt Rothenburg hatten die aufrührerischen Bürger und Bauern den Rat entmachtet, in Öhringen, Brettheim und anderen Orten rotteten sie sich zusammen und taten dreist ihre Forderungen kund.

Ein größerer Haufen hatte sich im Odenwald gebildet, an dessen Spitze stand ein Wirt aus Ballenberg, ein gewisser Georg Metzler, der in der Gegend wohlbekannt war. In seinem Wirtshaus hatten sich die Aufrührer, darunter Wendel Hipler, seit Längerem getroffen. Nun war es an der Zeit, zur Tat zu schreiten. Im Schüpfer Grund, einem Tal des Odenwaldes, lagerte das Bauernheer, täglich strömten ihm neue Männer zu. Die »Evangelische Bruderschaft« nannten sie sich.

Fürstbischof Konrad von Thüngen schnaubte vor Wut, als man ihm davon berichtete. Da sah man wieder, was Luther, der elende Ketzer, angerichtet hatte, dieser Wüterich aus Wittenberg, dessen Häresien sich einer Seuche gleich durchs Land fraßen und dem gemeinen Volk Rechtfertigung für Ungehorsam und Aufruhr gaben.

Der Bischof wusste, dass er dem Treiben nicht länger tatenlos zusehen konnte. Wenn die Flammen des Aufstands Würzburg erfassten, war es zu spät.

Er hatte ein Schreiben an den Statthalter seines Amtskollegen in Mainz sowie an den Pfalzgrafen Ludwig gesandt und um Unterstützung gebeten. Der Mainzer bot gemeinsames

Handeln an. Auch im Mainzischen gärte es, aber der Fürstbischof und seine Räte wussten, dass eine vage Zusicherung auf dem Papier nicht zwingend Bestand haben würde. So entschloss Konrad sich, zusätzlich den »Landsturm« einzuberufen. Er forderte die Ritter des Bistums auf, sich zu wappnen und kampfbereit zu halten. Was allerdings etwa hundertfünfzig Bewaffnete, wenn im Ernstfall überhaupt so viele zusammenkamen, gegen Tausende wütender Bauern ausrichten konnten, war fraglich.

Seine Boten berichteten davon, dass immer mehr Dörfer, kleine Städte und Marktflecken drohten von ihrem rechtmäßigen Landesherrn abzufallen. Der Fürstbischof schickte Reiter aus, die dagegenwirken und die Untertanen an ihre Pflicht erinnern sollten.

Der Erfolg war mäßig.

Dem Bischof war klar, dass die Aufwiegler auch in Würzburg ihr Werk taten, dass die Flugschriften laut und ohne Scheu verlesen wurden und die Viertelmeister Mühe hatten, die Leute im Zaum zu halten, sofern sie es überhaupt versuchten. Er war geneigt, mit aller Strenge vorzugehen, doch seine Berater rieten ihm davon ab. Es würde den Zorn des Volkes nur weiter anstacheln. Notgedrungen gab Konrad von Thüngen nach, insgeheim jedoch schwor er sich: Wenn die Lage wieder unter Kontrolle war, würden die Bauern, Kleinbürger und wer auch immer diesem Aufruhr zugeneigt war, seine harte Hand zu spüren bekommen.

Der Fürstbischof würde nicht vergessen, wer sich ungehorsam zeigte.

*

»Madlen, du errätst nie, was geschehen ist!« Klaras Wangen glühten. Sie hatte Madlen aus der Küche gerufen, wo sie dabei gewesen war, ein mageres Huhn zu rupfen, das seine besten Jahre hinter sich gehabt hatte.

Es war Fastenzeit, doch glücklicherweise waren alte und kranke Menschen von den strengen Fastenregeln ausgenommen. Madlen bemühte sich, dem Meister möglichst nahrhafte Speisen zuzubereiten, damit er sich von seiner Krankheit erholte. Sie hatte sogar Starkbier von den Klosterbrüdern besorgt, das dafür bekannt war, den Leib zu kräftigen. Der Erfolg gab ihr recht: Konrad Veltlin werkelte bereits wieder in der Offizin, mischte Salben und Tränke und beriet die niemals ausbleibende Kundschaft.

»Stell dir vor, unser Lehrbursche ist fortgelaufen, der Jakob!«

»Jakob?«

Jakob war einer der Jungen, mit denen sich Barthel in den Schenken herumtrieb, ein grobschlächtiger und rauflustiger Bursche, soweit Madlen gehört hatte.

Klara nickte heftig. »Der Meister tobt vor Wut. Jakob hat seine Siebensachen gepackt und ist mitten in der Nacht verschwunden. Keiner weiß, wohin er will.«

»Ich weiß es.« Barthels Stimme ließ die beiden Frauen herumfahren. Der Lehrling war aus der Tür zur Offizin getreten und hatte offensichtlich das Gespräch mitgehört. »Ich weiß es, denn er hat's mir gesagt«, erklärte er. Sein Gesicht trug einen merkwürdigen Ausdruck. »Er zieht nach Süden, Richtung Giebelstadt und darüber hinaus. Er will sich den Aufständischen anschließen. Viele tun das.«

Der Unterton seiner Stimme ließ Madlen aufhorchen. Ein leiser Schauer durchrann sie.

»Es heißt ...«, Bartel sprach im Flüsterton weiter, »es heißt, Florian Geyer stellt eine eigene Truppe auf. Erfahrene Krieger, Landsknechte, darunter auch Männer von der Rothenburger Landwehr.«

Als er geendet hatte, blieb es einige Herzschläge lang still.

Klara und Madlen wechselten einen erschrockenen Blick, Barthel sah triumphierend zwischen den beiden hin und her. Madlen brachte kein Wort heraus.

Klara fing sich als Erste. »Pah! Erfahrene Krieger, ja? Jakob, dieser tumbe Ochse! Die werden ihn auslachen und heimschicken, das sag ich euch!«

Der große, bullige Schmiedelehrling erschien vor Madlens innerem Auge. »Ich glaub nicht, dass sie ihn heimschicken. Der Ritter wird ihn vielleicht nicht nehmen, aber die anderen umherziehenden Haufen gewiss. Er ist ein kräftiger Kerl, der zupacken kann. Und zuschlagen, solche können sie brauchen bei den Bauern.«

Barthel starrte sie aus geweiteten Augen an. Madlen erschrak. Die Abenteuerlust hatte ihn gepackt, es war nicht zu übersehen.

»Denk nicht mal dran, Barthel!«, fuhr sie ihn an. »Das ist kein Spaß, kein Abenteuer, das ist blutiger Ernst, verstehst du?«

Ob der Schärfe in ihren Worten zog der Junge den Kopf ein. »Jakob sagt, die Tage der Junker und Pfaffen sind gezählt«, sagte er trotzig. »Lang genug haben sie uns geknechtet und ausgebeutet, jetzt sind sie an der Reihe!« Er reckte die Faust in die Höhe. »Dran, dran, dran!«

Der alte Schlachtruf der Landsknechte ließ Madlen erschaudern. Sie fühlte, wie Klara nach ihrem Arm griff, und ahnte, dass die Freundin das Gleiche empfand.

»Wirst du wohl das Maul halten, du elender Dummkopf?«

Keiner von ihnen hatte Christoph kommen sehen, nun stand der Geselle vor Barthel, das Gesicht rot vor Wut. Ehe der Junge eine Abwehrbewegung machen konnte, traf Christophs Hand ihn im Gesicht, einmal, zweimal.

Barthel schrie auf, mehr vor Überraschung als vor Schmerz. Madlen sah, dass er die Fäuste ballte, die Arme hochreißen wollte, doch glücklicherweise besann er sich eines Besseren. Christoph war der Geselle und Barthel der Lehrjunge. Es war Christophs Recht, den Jungen zu maßregeln, und Madlen wusste, dass es nicht die ersten Ohrfeigen waren, die Barthel verpasst bekam.

Der Junge bebte vor mühsam unterdrücktem Zorn. »Wart es nur ab, du wirst sehen! Eine neue Zeit bricht an.«

Christophs Hand zuckte erneut hoch, aber Madlen fiel ihm in den Arm. »Hört auf damit, alle beide!«, rief sie wütend.

Die Köpfe der beiden ruckten herum.

»Der Meister ist vor Kurzem erst genesen, er braucht eure Hilfe, nicht euren Streit! Ich werde nicht dulden, dass ihr Zwist in dieses Haus tragt!«

Natürlich war Madlen die Letzte, die im Haus Anordnungen zu treffen hatte, die über die Küche hinausgingen, aber in diesem Augenblick war es ihr gleich. In ihr loderte ein heftiger Zorn. Er richtete sich gegen all diese Männer, die glaubten, mit Gewalt ließen sich Probleme lösen, mit Hauen, Brennen und Stechen. Er richtete sich gegen diese Welt, die drohte, ihr Zuhause, das sie sich so hart erkämpft hatte, zu zerstören. Und er richtete sich gegen den Mann, an den sie ihr Herz verloren hatte und der in einen Krieg zog, der in einem Meer aus Blut und Tränen enden würde.

Wie von fern drangen Christophs Worte an ihr Ohr. »Wenn der Bursche weiter solches Geschwätz von sich gibt, wird es nicht lang dauern, bis die Büttel uns aus dem Haus zerren!« In seiner Miene mischten sich verrauchende Wut und echte Sorge.

»Er hat recht«, ließ sich Klara vernehmen. »Wir alle sollten vorsichtig sein. Ich habe gehört, der Bischof hat seine Ritter zu den Waffen gerufen. Wer weiß, was er vorhat!«

Alle Blicke richteten sich auf die blonde Magd. Barthels Augen leuchteten, Christoph sah grimmig aus. Madlen schlang die Arme um ihren Oberkörper, um ihr Zittern zu unterdrücken.

Der Sturm war losgebrochen.

Kapitel 36

»Jemand hat nach dir gefragt, Madlen«, sagte die Kräuterfrau beiläufig, während sie die Münzen, die Madlen ihr gegeben hatte, in ihrer Börse verstaute.

Madlen starrte sie an. Sie spürte, wie die Härchen in ihrem Nacken sich aufrichteten. Ihr Blick begegnete dem der Kräuterfrau, und sie sah in deren dunklen Knopfaugen etwas, das die Beiläufigkeit ihrer Worte Lügen strafte. »Wer?«

Die Alte zuckte die Achseln.

»Ich kannte sie nicht. Zwei Männer, einer sah aus wie ein Knecht. Der andere …« Sie wiegte den Kopf. »Schwer zu sagen. Ein Junker, würd ich schätzen. Nicht mehr jung.«

Madlen fühlte den forschenden Blick der Frau und bemühte sich, ihre aufkeimende Furcht zu verbergen. Wer sollte nach ihr fragen? Fulk und seine Männer wussten, wo sie zu finden war, Florian Geyer ebenfalls. Wer also konnte das gewesen sein? Im gleichen Moment erkannte sie, dass das nicht die wichtigste Frage war. Die lautete anders.

»Was hast du ihnen gesagt?«

»Deinen Namen wüsst ich nicht, hab ich gesagt. Dass du ab und zu einen Kräuterbund bei mir kaufst für deinen Herrn.« Die Kräuterfrau senkte die Lider. »Da wollten sie wissen, wer das denn sei – dein Herr.«

»Und?«

»Ich hab gesagt, das wüsst ich auch nicht. Ich fürchte, sie haben mir nicht geglaubt.« Das Gesicht der alten Frau nahm einen besorgten Ausdruck an. »Du bist weiß wie die Wand, Mädchen, ist dir nicht wohl?«

Madlen sparte sich die Antwort. Die eisigen Finger der Angst griffen nach ihr, schlossen sich um ihre Kehle, und sie musste alle Kraft aufbieten, um mit einigermaßen ruhiger Stimme zu fragen: »Wie sah er aus, dieser … Junker?«

Die Kräuterfrau runzelte die Stirn. »Ein kräftiger Mann war's, mit rotblondem Bart. Hab ihn noch nie hier gesehen. Der andere …« Sie brach ab, denn Madlen hörte nicht länger zu.

Sie murmelte einen Gruß, wandte sich ab und drängte sich durch die Menschen, die den Marktplatz bevölkerten, den Korb fest an sich gepresst, hastigen Schrittes, ohne jemanden wahrzunehmen. Zu sehr war sie damit beschäftigt, die schiere Panik niederzukämpfen, die sich ihrer zu bemächtigen drohte.

Der Tag, vor dem sie sich so lange gefürchtet hatte, war da. Tief in ihrem Herzen hatte sie geahnt, dass er kommen würde. Es war nur eine Frage der Zeit gewesen. Botho von Vogtsberg hatte sie gefunden.

Als sie den Marktplatz hinter sich gelassen hatte und die Gasse leerer wurde, verlangsamte Madlen ihre Schritte. Das Blut rauschte in ihren Ohren, sie fühlte sich schwindelig.

Ein Mann mit rotblondem Bart. Das konnte jeder sein, aber Madlen wusste es besser. Sie fühlte es.

An der Ecke war ein kleiner Brunnen. Sie blieb stehen, um ihr Gesicht mit dem kalten Wasser zu benetzen.

Denk nach, Madlen, denk nach.

Ihr blieb keine Zeit zum Nachdenken. Als sie die nahenden Schritte hörte und herumwirbelte, war es zu spät.

»Madlen Böckler«, sagte die tiefe Stimme des Ritters von Vogtsberg voller Genugtuung. »Meine flüchtige Magd, sieh einer an! Bist nicht weit genug weggelaufen, Weibsstück!«

Madlen erstarrte. Der steinerne Rand der Brunnenmauer drückte schmerzvoll in ihren Rücken, als sie unwillkürlich zurückwich.

Die beiden Männer kamen langsam näher, der Knecht schritt ein wenig zur Seite, um ihr den Fluchtweg abzuschneiden, der Ritter selbst marschierte geradewegs auf Madlen zu. Sie war eingekesselt zwischen dem Brunnen, der Hauswand und den Männern. Ein Reh, das man bei der Treibjagd gestellt hatte.

Sie starrte in das Gesicht, von dem sie gehofft hatte, es nie wieder zu sehen. Der rotblonde Bart, die kräftige Nase, die tief liegenden Augen, die jetzt zornig funkelten.

Der Knecht neben Botho grinste hämisch. Es war Heinrich. Der Mann, der dabei gewesen war, als Fulk Eberlin erschlagen hatte. Sie hatte ihn damals nur gehört, nicht gesehen, nun betete sie stumm, man würde sie mit Eberlins Tod nicht in Verbindung bringen.

»Der Tuchhändler sandte mir Nachricht«, fuhr Botho von Vogtsberg fort. »Sein Sohn glaubte, dich gesehen zu haben, vor Monaten schon ... er war sich nicht sicher. Bis er dich vor wenigen Tagen bei dem Kräuterweib an der Kapelle stehen sah.« Er gab ein boshaftes Glucksen von sich. »Hast noch immer einen Hang zu solchen alten Hexen, wie mir scheint.«

»Ich bin mir sicher, Herr, sie hatte auch mit diesen Räubern zu tun!«, mischte sich Heinrich ein. »Mit denen, die Hans ermordet haben.«

Nicht ermordet, im ehrlichen Kampf getötet, hätte Madlen ihm am liebsten wütend entgegengeschleudert, aber damit hätte sie verraten, dass sie zugegen gewesen war. Sie biss sich auf die Zunge. Die Erinnerung an Fulk drückte ihr die Luft ab. Damals hatte der Placker sie beschützt, jetzt war er weit weg und konnte ihr nicht helfen. Es war ihr Kampf, ihrer ganz allein.

Noch immer stand sie stumm und reglos da, indessen Heinrich langsam und drohend auf sie zukam.

»Nun, Metze, was ist? Hat es dir die Sprache verschlagen? Ich bin sicher, du hast ein hübsches Liedlein zu singen für uns. Wir haben nicht umsonst zwei Tage lang den Stand der alten Vettel beobachtet …«

Blitzschnell griff er zu und riss ihr die Haube vom Kopf, packte einen ihrer dicken schwarzen Zöpfe und wickelte ihn sich um die Hand, sodass sie gezwungen war, sich ihm zuzuneigen. Der Schmerz trieb ihr die Tränen in die Augen.

Botho von Vogtsberg verschränkte die Arme vor der Brust und betrachtete sie grimmig. »Wir haben genug Zeit auf der Reise zurück nach Vogtsberg«, sagte er.

»Dann wirst du singen, Weib, spätestens, wenn du die Rute spürst.« Der Zorn stand ihm ins Gesicht geschrieben. »Mir ist noch nie ein Leibeigener davongelaufen, musst du wissen. Und erst recht kein Weib.«

»Niemals komm ich mit euch zurück!«, keuchte Madlen auf.

Die freie Hand des Knechts landete mit einem hässlichen Klatschen in ihrem Gesicht. »Das wirst du schon sehen, Madlen Böckler«, feixte er. »Wirst schon sehen.«

Madlen schmeckte Blut. Aus den Augenwinkeln nahm sie eine Bewegung wahr und begriff, dass die Szene die Aufmerksamkeit der Vorübergehenden erregt hatte. Ein paar bäuerlich gekleidete Männer und Frauen waren stehen geblieben und sahen neugierig herüber.

Ein Gedanke schoss Madlen durch den Kopf, ein Funke Hoffnung. Sie begann zu schreien. »Nehmt eure Finger von mir, elende Junker! Wir sind nicht länger euer Eigentum, das ihr schinden und quälen könnt, wie's euch beliebt! Wir sind freie Menschen!«

Sie schrie, so laut sie konnte – laut genug, dass es die Umstehenden hören konnten. In der kurzen Stille, die folgte, vernahm sie ein Murren und Tuscheln, und Heinrich, der es wohl auch gehört hatte, beging den Fehler, ein zweites Mal zuzuschlagen.

»Genug, Heinrich!«, rief Botho von Vogtsberg hastig, aber seine Worte wurden von Madlens lautem Schmerzensschrei übertönt.

Mehr brauchte es nicht, um die Bauern auf den Plan zu rufen.

Eine Hand packte Heinrich am Kragen und riss ihn zurück, sodass er Madlens Zopf freigab, während er versuchte, das Gleichgewicht zu behalten. Botho griff zu seinem Schwert, doch er erstarrte, als ein Spieß auf seinen Hals gerichtet wurde. Von mehreren Seiten drangen Männer auf sie ein, die Fäuste wütend gereckt, einer hatte ein Messer gezückt, ein anderer hielt einen Knüppel in der Hand.

»Finger weg von dem Mädchen!«, schrie der mit dem Spieß. »Verfluchtes Junkerpack!«

Das Gesicht des Vogtsbergers lief rot an. »Wagt es nicht!«, setzte er an, da zuckte die Eisenspitze des Spießes nach vorn und hinterließ eine dünne blutige Spur. Einen Herzschlag lang fürchtete Madlen, der Bauer würde Botho den Spieß in den Hals rammen. Der Ritter fürchtete offenbar dasselbe, denn er verharrte reglos, den Mund in stummem Schrecken aufgerissen.

Ein anderer Bauer höhnte: »Wir setzen euch den roten Hahn auf eure Schlösser, da werdet ihr rennen, als wär der Leibhaftige hinter euch her!«

Seine Worte wurden von den Umstehenden mit Gelächter quittiert.

Eine Hand zupfte an Madlens Ärmel.

»Sieh zu, dass du fortkommst, Mädchen!« Ein alter Mann mit wettergegerbtem Gesicht bedeutete ihr, das Weite zu suchen. »Wir kümmern uns um die.«

Madlen rang nach Atem, als sie durch die Hintertür in die Küche schlüpfte. Die Furcht schnürte ihr noch immer die Kehle zu. Sie hatte belebte Gassen gemieden und war über versteckte Wege und durch enge Durchlässe in weitem Bogen zurück zur Sterngasse gelangt. Der lautstarke Tumult rund um Botho von Vogtsberg und seinen Knecht war hinter ihr noch eine Weile zu hören gewesen und hatte weiteres neugieriges Volk angezogen. Genug, um ihre Verfolger aufzuhalten, zumindest fürs Erste.

Madlen fragte sich, ob die beiden unbeschadet davongekommen waren. Vielleicht hatte der Bauer mit dem Sauspieß Ernst gemacht und zugestoßen. Und vielleicht wäre das die Lösung ihrer Probleme.

Hastig bekreuzigte sie sich. Es war Sünde, so etwas auch nur zu denken. Es war allemal unwahrscheinlich. Obwohl es unter den einfachen Leuten gärte und die Gemüter leicht zu erhitzen waren, so war es doch unvorstellbar, dass Bauern einen Junker erschlugen. Sicher waren die Büttel dazwischengegangen und hatten den wütenden Mob zerstreut.

Was würde Botho von Vogtsberg als Nächstes tun? Madlen kannte ihn nicht sehr gut, aber sie wusste, dass er ein Mann war, der nicht leicht aufgab. Die erlittene Demütigung würde ihn nur wütender machen.

Madlens Knie begannen zu zittern und sie ließ sich auf den Küchenhocker sinken. Sie schaute durch den vertrauten Raum, zur rußgeschwärzten Herdstelle, zum Krautfass, zu den Säcken mit Mehl und Getreide, den Küchenutensilien an ihren Haken, den Holzregalen voller Geschirr. Ihr Reich, in dem sie sich sicher und geborgen gefühlt hatte.

Ein jäher Schmerz durchfuhr sie, als sie begriff, dass es mit der Sicherheit vorbei war.

Botho und Heinrich wussten nun, dass sie in Würzburg lebte. Es würde nicht lang dauern, bis sie herausfanden, wo sie wohnte. Wenn die Kräuterfrau es ihnen nicht verriet, würde es jemand anders vom Markt tun, der Bäcker oder der Fleischhauer oder wer auch immer. Früher oder später würden sie zum Apothekerhaus kommen, womöglich in Begleitung der Büttel.

Vorsichtig betastete Madlen ihre schmerzende Wange und die aufgesprungene Lippe, schmeckte erneut das Blut. Selbst ohne Spiegel konnte sie sich vorstellen, wie sie aussah. Abermals erfasste sie ein Zittern und sie vergrub für einen Moment das Gesicht in den Händen.

Die Tür knarrte und sie fuhr zusammen.

»Madlen!«, rief Barthel entsetzt. »Madlen, was ist mit dir geschehen?«

Madlen ließ die Hände sinken. Der Anblick des Jungen riss sie aus ihrem Schockzustand und sie richtete sich auf. »Es ist jetzt keine Zeit, es zu erzählen«, sagte sie gefasst. »Nur so viel, Barthel: Ich muss fort. So schnell wie möglich, sonst …«, sie holte tief Luft, »… sonst könnte es sein, dass mich die Büttel holen.«

Barthels Augen weiteten sich erschrocken. »Aber Madlen …«, hob er an, doch sie schüttelte entschlossen den Kopf und stand auf.

Der Schock war verflogen, ihr Kopf klar genug zum Denken. Sie sah der schmerzhaften Tatsache ins Gesicht, dass sie nicht bleiben konnte. Wenn der Ritter und die Büttel an der Tür des Apothekerhauses klopften, war es zu spät. Man würde sie zurückschleppen nach Vogtsberg, man würde sie mit der Rute strafen, sie womöglich ins Verlies werfen. Und wenn Vater Laurentz in ihr noch immer eine Hexe vermutete, würde er nicht ruhen, ehe man sie der peinlichen Befragung unterzogen hatte. Und danach würde sie brennen.

Schwindel erfasste sie und für einen Moment musste sie sich an der Wand abstützen.

»Madlen!« Barthels Gesicht war bleich, die Augen erfüllt von Verzweiflung. Er sah verstört aus und verängstigt – wie das Kind, das er im Grunde war.

»Wo ist der Meister, Barthel?« Madlen straffte sich.

»In der Offizin«, stotterte er. »Mit … mit Christoph.«

Christoph. Wenn der Geselle Wind von der Sache bekam …

»Hör mir zu, Barthel!« Madlen holte tief Luft und verlieh ihrer Stimme einen festen Klang. »Sieh zu, dass du Christoph ablenkst. Er darf nichts merken. Aber bitte schick mir den Meister. Er soll mich im Hof treffen, in ein paar Minuten. Bitte, Barthel, tu das für mich.«

Er nickte stumm und sie drückte ihn an sich.

»Glaub mir, ich würde gerne bleiben, aber ich kann nicht. Es würde für uns alle großes Unglück bringen.« Sie sah Tränen der Bestürzung in seinen Augen schimmern und fügte rasch hinzu: »Sobald es möglich ist, komme ich zurück zu euch, ich verspreche es!«

Eine Lüge mehr, dachte sie traurig.

Als der Junge verschwunden war, eilte Madlen hinauf in ihre Kammer.

Beim Anblick des vertrauten Raumes stiegen erneut Tränen in ihr auf. Am liebsten hätte sie sich schluchzend auf ihr Bett geworfen, sich verkrochen und gebetet, dass die Gefahr vorübergehen möge. Dass man sie nicht aufspüren würde. Vielleicht … wenn sie einfach die Kammer nicht verließ … vielleicht würde alles gut werden. *Ich denke wie ein Kind*, durchfuhr es sie. *Wie ein Kind, das sich beim Versteckspiel die Augen zuhält und glaubt, nicht gefunden zu werden.* Entschlossen wischte sie sich die Tränen weg und tat, was sie sich vorgenommen hatte.

Sie holte die Goldgulden und Florians Brief aus ihrem Versteck und verbarg sie gemeinsam mit ihren ersparten Pfennigen in ihrem Beutel, zusammen mit einer frischen Haube und einem wollenen Schultertuch. Ehe sie ins Erdgeschoss hinabstieg, lauschte sie vorsichtig. Die Luft schien rein zu sein. Sie schlich hinunter, griff sich in der Küche zwei Äpfel und einen Kanten Brot, bevor sie hinaus in den Hof schlüpfte.

Mit klopfendem Herzen schaute sie sich um und entdeckte zu ihrer Erleichterung den Meister, der beim Ziegenstall auf sie wartete. Er sah besorgt aus, als sie auf ihn zutrat und er die Spuren der Schläge auf ihrem Gesicht sehen konnte.

»Gütiger Gott, Madlen!«

»Man hat mich gefunden«, sagte sie rasch und erklärte in knappen Sätzen, was geschehen war. »Ich muss fort, ehe sie kommen, um mich zu holen. Das versteht Ihr doch?«

Sie hatte befürchtet, dass er ihr widersprechen würde, dass er versuchen würde, sie zum Bleiben zu überreden, aber das tat er nicht. »Wo willst du hin?«, fragte er stattdessen betrübt.

Sie hatte keine Ahnung.

Kapitel 37

Die Kammer, die Klara im Haus des Messerschmieds bewohnte, befand sich im Erdgeschoss des Hauses, neben dem Quartier der beiden Gesellen und des Lehrjungen, der fortgelaufen war, um sich den Aufständischen anzuschließen. Es war ein enger Verschlag mit einer Pritsche und einem kleinen Tisch, auf dem eine Talgkerze stand. Durch ein schmales Fenster, das mit dünn gegerbter Tierhaut verschlossen war, fiel spärliches Licht herein. Madlen war dankbar dafür.

»Für gewöhnlich kommt niemand in meine Kammer«, hatte Klara geflüstert, nachdem sie Madlen hastig in den Raum geschoben und die Tür hinter sich zugezogen hatte. »Ich bin selbst nur zum Schlafen hier oder um mich umzukleiden. Wenn du dich ruhig verhältst, wird niemand merken, dass du hier bist.« Sie drückte die Freundin kurz an sich und wisperte: »Ich lasse Hans eine Nachricht zukommen. Sobald es dunkel ist, komme ich dich holen.«

Wer hätte jemals gedacht, dass ich auf Hans Bermeters Hilfe angewiesen sein würde? Während Madlen auf Klaras Pritsche saß und wartete, dachte sie über die seltsamen Kapriolen nach, die das Schicksal schlug. Das Großmaul war der Letzte, an den sie sich um Hilfe gewandt hätte, der Letzte, zu dem sie Vertrauen hatte, und nun schien es, als wäre er der Einzige, der dafür sorgen konnte, dass sie ihren Verfolgern entrann. *Hans hat viele Gleichgesinnte im Hauger Viertel, er weiß, wo er untertauchen kann.* Das waren Klaras Worte gewesen. Wenn Hans untertauchen konnte, mochte es auch

Madlen gelingen, zumindest lange genug, um ihr zu ermöglichen, die Stadt zu verlassen.

Sie würde nach Süden gehen, wo es viele Aufrührer hinzog. In den allgemeinen Unruhen würde eine entflohene Leibeigene nicht weiter beachtet werden. Sie würde sich, so war der Plan, zu einer Gruppe von Bauern oder Weinhäckern gesellen, die von Würzburg aus aufbrachen, um sich den Bauernhaufen anzuschließen. Klara war zuversichtlich, dass Hans die Verbindung herstellen konnte, sofern er bereit war, Madlen zu helfen.

»Er wird mir die Bitte nicht abschlagen«, hatte Klara versichert. Etwas blitzte in ihren Augen auf, und Madlen ahnte, was das zu bedeuten hatte. Die alte Liebelei war nicht vorüber. Um Klaras willen hatte Madlen das Gegenteil erhofft, doch in der derzeitigen Lage war es für sie von Vorteil.

Trotzdem fragte sie sich, ob sie dem Spielmann vertrauen konnte. Der Kerl war ein Wichtigtuer, Aufwiegler und Rebell – und ein Weiberheld noch dazu. Keine dieser Eigenschaften war dazu angetan, Madlens Bedenken zu vertreiben. Aber ihr blieb keine andere Wahl.

Sie saß im Dämmerlicht der Kammer und zählte die Stunden. Mit klopfendem Herzen lauschte sie den Geräuschen, die vom Hausflur hereindrangen, vorübergehenden Schritten, dumpfen Schlägen des Hammers aus der Schmiede, dem Klirren und Scheppern und den Stimmen der Männer. Hin und wieder hörte sie Klara und ihre Meisterin. Einmal knarzte die Tür, und sie hielt den Atem an, bereit, sich hinter der Pritsche auf den Boden zu kauern. Es hatte sich wohl nur jemand gegen das Holz gelehnt.

Irgendwann wurde es finster. Und noch immer wartete Madlen.

In der Kammer nebenan polterte es. Die Gesellen hatten

ihr Tagwerk beendet und das Spätmahl eingenommen. Sie zogen sich zurück.

»Klara?« Jemand klopfte an die Tür. »Wo steckst du?«

Madlen erstarrte. Sie ließ sich von der Bettstatt auf den Boden gleiten, wagte kaum zu atmen.

»Klara?«

Mit einem Knarren öffnete sich die Tür einen Spalt. Es war einer der Gesellen, eine Talglampe in der Hand, die er hin und herschwenkte, aber nicht so weit, dass der schwache Lichtschein Madlens zusammengekauerte Gestalt erfasste.

»Wo ist das Weibsstück bloß hin?«, hörte Madlen den Mann murren, ehe er die Tür wieder zuzog. Nur langsam beruhigte sich Madlens Herzschlag, und sie wagte nicht, zurück auf die Pritsche zu klettern, falls der Geselle noch einmal kam.

Gottlob tat er das nicht.

Als die Tür nach geraumer Zeit erneut geöffnet wurde, diesmal leise und ohne Rufen, war es Klara. Sie sprachen nicht. Klara nahm Madlens Hand und zog sie in den Flur, anschließend durch die Hintertür in den Hof und von dort in den Durchlass zwischen den Häusern, über den sie hinaus in die Gasse kamen. Madlen hatte ihr Haar mit einer Haube bedeckt und die Kapuze ihres Umhangs hochgeschlagen, sie mieden das Licht der Laternen und gingen den wenigen Passanten aus dem Weg. Es war ein feuchter, kühler Abend, die Gassen waren leer.

Als sie den Dom passiert hatten, blieb Klara stehen und wandte sich der Freundin zu. Ihre Fröhlichkeit war einer ruhigen Entschlossenheit gewichen. Madlen hatte ihr das Nötigste von ihrer Vergangenheit erzählt, und Klara war vernünftig genug, keine Fragen zu stellen. »Hans wird dir helfen!«, sagte sie. »Er bewohnt ein Zimmer über der ›Goldenen Gans‹, der Ganswirt ist ein Freund von ihm.« Sie betrachtete Madlen stirnrunzelnd. »Du wirst fürs Erste dort unterschlüpfen müssen.« Als Madlen den Mund öffnete, um aufzubegehren, fiel sie ihr ins Wort. »Fürs Erste, hab ich gesagt. Und komm mir jetzt nicht mit deinem guten Ruf, der nützt dir nichts mehr, wenn dein Herr dich an den Haaren nach Vogtsberg zurückzerrt.«

Madlen presste betreten die Lippen zusammen. Klara hatte recht, doch die Vorstellung, sich mit Hans Bermeter in einem Raum einquartieren zu müssen, behagte ihr nicht. Sie verdrängte den Widerwillen und murmelte: »Ich weiß.«

Klara drückte aufmunternd ihren Arm. »Und ich weiß, dass du ihn nicht magst, Madlen, doch er hat gute Verbindungen zu den Aufständischen im Süden und er verabscheut die Junker und Pfaffen. Er würde dich niemals ausliefern.« Sie seufzte. »Ach, Madlen, trotzdem fürchte ich um dich! Du willst dich doch nicht den Bauernhaufen anschließen? Das ist kein Platz für eine Frau!«

Madlen schüttelte den Kopf. »Nein, natürlich nicht. Ich möchte nur fort. Nach Rothenburg vielleicht. Es heißt, die Bürger haben dort den Rat entmachtet und durch Männer aus ihren eigenen Reihen ersetzt, die Stadt steht zur Sache der Bauern. Vielleicht ist das der Ort, an dem die neue Zeit anbricht, wo es keine Leibeigenen mehr gibt und keine Unterdrückung.«

Klaras Blick forschte in ihrem Gesicht. »Und wo Florian Geyer sich aufhält«, sagte sie trocken.

Madlen fühlte, wie sie zu erröten begann. »Ich habe keine Ahnung, wo er ist«, widersprach sie heftig. »Woher sollte ich das auch wissen?«

Klara sagte nichts, ihre hochgezogenen Augenbrauen verrieten ihre Zweifel.

»Und selbst wenn er dort wäre, würde ich nicht zu ihm gehen! Du hast es richtig gesagt: Bei den Bauernhaufen ist kein Platz für eine Frau.«

»Ich bete darum, dass du das nicht vergisst«, konterte Klara trocken.

Hans Bermeter erwartete die beiden Frauen am Eingang zur Schenke. Er hatte sich einen dichten Vollbart wachsen lassen, die aschblonden Haare waren ungepflegt und fast schulterlang. Er sah hagerer aus, als Madlen ihn in Erinnerung hatte, und auf den ersten Blick hätte sie ihn fast nicht wiedererkannt. Doch sein selbstbewusstes Grinsen und seine polternde Stimme waren unverändert.

»Sieh an, unsre schlaue Apothekermagd«, begrüßte er Madlen, nachdem er Klara einen flüchtigen Kuss auf den Mund gegeben hatte. »Auf der Flucht vor den Junkern.«

Madlen sagte nichts. Sie wusste nicht, was Klara ihm alles erzählt hatte, um seine Unterstützung zu gewinnen, und wollte sich nicht verplappern.

Hans' Blick wanderte von ihrem Gesicht zu dem Beutel, den sie in der Hand hielt, und Madlens Herzschlag beschleunigte sich, als sie an die zehn Goldgulden dachte, die darin verborgen waren. Ihre Finger schlossen sich ein wenig fester um den Stoff.

Hans gab ein Grunzen von sich. »Nun denn, ich werd dir helfen. Zufällig wird morgen bei Sonnenaufgang ein kleiner Trupp Freiwilliger die Stadt durch das Sandertor verlassen, um den Bauern entgegenzuziehen. Der Ketteljörg ist ihr Anführer. Wenn du ihm ein paar Münzen zusteckst, wird er dich mitnehmen, und zwar so, dass die Torwächter beide Augen zudrücken.« Er zwinkerte Madlen zu, doch es lag keine Fröhlichkeit in diesem Zwinkern. »Hast du nicht genug Münzen, nimmt er vielleicht andere Bezahlung an.«

»Das lass meine Sorge sein«, entgegnete sie eisig.

Hans zuckte die Achseln. »Ich zeig dir meine Kammer.« Er deutete die Stiege nach oben und sah Klara an. »Zeit, dich zu verabschieden. Ich möchte nicht, dass irgendjemand auf uns aufmerksam wird.«

Den beiden Frauen blieb nur ein kurzer Moment für eine feste, rasche Umarmung und ein paar gemurmelte Worte des Abschieds, ehe Madlen hinter Hans Bermeter die Treppe ins Obergeschoss hinaufschlich.

Hans' Kammer war nicht besser als der enge Verschlag, den Klara bewohnte. Statt einer Pritsche gab es einen Strohsack und es roch unangenehm nach Schweiß, Rauch und den Essensdünsten aus der Schenke.

»Wenn wir zusammenrücken, reicht der Strohsack für uns beide«, erklärte Hans anzüglich.

Durch die Enge des Raumes stand er näher bei Madlen, als ihr lieb war, und sie wich an die Wand zurück.

»Ich brauche keinen Strohsack«, gab sie mürrisch zurück. »Ich hab nicht vor zu schlafen.«

»Vielleicht solltest du das. Der Ketteljörg und seine Männer werden auf ihrem Marsch keine Rücksicht auf dich nehmen.« Hans wandte sich achselzuckend ab. Zu ihrer Erleichterung machte er sich auf den Weg hinab in die Schenke.

Rasch zog Madlen die Tür zu. Sie ließ sich auf dem Holzboden nieder, so weit entfernt von dem Strohsack wie möglich, und lehnte sich an die Wand. Die Verzweiflung, die sie während ihres Aufenthalts in Klaras Kammer verdrängt hatte, befiel sie nun mit aller Macht, und der Schmerz über ihren Verlust schnitt ihr ins Herz. Sie schaffte es nicht länger, die Tränen zurückzuhalten, heiß rannen sie über ihre Wangen, doch es war ihr gleichgültig.

Alles ist verloren, dachte sie verzweifelt. Ihr Zuhause, der alte Mann, der wie ein Vater für sie gewesen war, Barthel, den sie wie einen jüngeren Bruder in ihr Herz geschlossen hatte. Klara, die einzige Freundin, die sie je gehabt hatte, wenn man von der alten Grethe absah.

Konrad Veltlin selbst war es gewesen, der Klara zu Hilfe geholt hatte, nachdem Madlen ihm ihren Entschluss, Würzburg zu verlassen und nach Süden zu gehen, kundgetan hatte.

»Weit genug, um dem Zugriff des Herrn von Vogtsberg zu entrinnen«, hatte Madlen gesagt, und der Apotheker hatte nur genickt. Sie sah Verständnis in den blauen Augen, vermischt mit Kummer und etwas anderem, Ahnungsvollen. *Er fürchtet, dass ich zu Florian Geyer gehe.*

Er hatte nicht gefragt und Madlen nicht davon gesprochen. Ohnehin hätte sie nicht gewusst, was sie sagen sollte. Sie musste fort. Natürlich hätte sie genauso gut nach Norden oder Westen flüchten können, weit weg von dem Gebiet, wo Florian Geyer, wie es hieß, seine Truppe zusammenzog. Doch im Süden war es, wo der Aufruhr begonnen hatte, dort sammelten sich die Bauern und erhoben sich ganze Landstriche gegen das Joch der Obrigkeit.

Im Süden lag ihre Zukunft, unabhängig davon, ob sie Florian wiedertraf oder nicht.

Madlen war in einen unruhigen Schlaf gefallen, den Kopf gebettet auf den Beutel mit ihren Habseligkeiten und den kostbaren Münzen. Sie erwachte, als Hans in die Kammer stolperte. Er beugte sich zu ihr. Sein Atem roch nach Wein, und sie hielt unwillkürlich die Luft an, bereit, ihn von sich zu stoßen, ihm das Gesicht zu zerkratzen, falls es notwendig wurde.

»Schläft lieber auf dem Boden, die Jungfer«, brummte er betrunken, ehe er sich abwandte und ächzend auf den Strohsack fallen ließ. »Scheint, als ob deine Wirkung auf die Weiber nachlässt, Link.«

Madlen rührte sich nicht, bis sein gleichmäßiges Schnarchen verriet, dass er eingeschlafen war. Sie fand nicht viel Schlaf in dieser Nacht, und beim ersten fahlen Licht des nahenden Morgens erhob sie sich und stieß den schlafenden Mann an. »Die Sonne wird bald aufgehen. Was ist denn nun?«

Hans gab ein unwilliges Stöhnen von sich, doch sie ließ nicht nach. Schließlich setzte er sich auf und fuhr sich mit der Hand durch die Haare.

»Dieser Ketteljörg, wo soll ich ihn treffen?«

Hans gähnte und kam umständlich auf die Füße. »Ein ungeduldiges Frauenzimmer bist du, Apothekermagd«, murrte er. »Ein Mann muss in der Früh erst mal pissen, ehe er aufbricht.« Er kratzte sich ungeniert im Schritt, und Madlen wandte den Blick ab.

Nach kurzer Zeit hörte sie etwas rascheln und fuhr herum. Sie unterdrückte einen Aufschrei, als sie einen Dolch in Hans' Hand aufblitzen sah.

»Still, Weib!«, zischte er.

Überrascht sah sie, dass er ihr den Dolch mit dem Griff nach vorn entgegenhielt.

»Nimm schon!«, sagte er ungeduldig. »Du solltest nicht unbewaffnet auf einen solchen Marsch gehen. Der Ketteljörg ist ein guter Mann, aber ich weiß nicht, was für Kerle er dabei hat und wem ihr unterwegs begegnen werdet!«

Madlen streckte zögernd den Arm aus und schloss die Finger um das Heft des Dolches. Es war mit Lederstreifen umwickelt und lag gut in ihrer Hand, ein runder Knauf schloss es ab. Die kurze Parierstange war nach vorn gebogen und sie konnte die Verzierungen darauf besser ertasten als sehen. Sie drehte den Dolch in den Händen und das erste Morgenlicht ließ die kurze Klinge aufschimmern. Es war eine edle Waffe, nicht die eines Bauern und auch nicht die eines Spielmanns.

Hans schien ihren zweifelnden Blick richtig zu deuten. »Hab ihn einem Junker abgenommen. Er brauchte ihn nicht mehr.«

Madlen riss erschrocken die Augen auf.

Er lachte. »Räuber haben den Ritter abgestochen, nicht ich! Und jetzt lass mich endlich raus, sonst piss ich dir noch vor die Füße.«

Kapitel 38

Der Ketteljörg war ein Bär von einem Mann mit dichtem schwarzem Bart und Händen, so groß wie Schaufeln, doch seine hellen Augen trugen einen fast kindlich sanften Ausdruck.

Hans Bermeter schien ihn vorgewarnt zu haben, dass eine Frau sich seiner Truppe anschließen wollte, trotzdem hob er bei Madlens Anblick die buschigen Brauen. Freilich wusste sie auch ohne Spiegel, dass ihre Lippe geschwollen und ihre Wange blau verfärbt war von Heinrichs Schlägen.

Madlens Finger streichelten unbewusst den Griff des Dolches, der unter ihrem Mantel verborgen war. Hans hatte ihr eine einfache Lederscheide dazu gegeben, die nicht zu der kostbaren Waffe passte. Sie hatte die Scheide an ihren Gürtel gebunden und spürte bei jedem Schritt das leichte Gewicht des Dolches an ihrer Hüfte. Es gab ihr ein Gefühl von Sicherheit.

Sie musste an das Messer denken, das sie aus der Vogtsberger Burgküche entwendet und später im Main entsorgt hatte, kurz bevor sie nach Würzburg einritten. Das Küchenmesser hatte sie aus purer Verzweiflung mitgenommen, jetzt besaß sie eine echte Waffe. Eine eigene.

Das halbe Dutzend Kumpane des Ketteljörg begaffte Madlen mit offenen Mündern, als wäre sie ein doppelköpfiges Kalb. Jedoch schien die Autorität ihres Anführers groß genug, um Einwände gegen ihre Mitreise im Keim zu ersticken. Madlen hörte lediglich unterdrücktes Gemurmel.

Der Ketteljörg neigte sich zu Madlen herab und fragte leise und misstrauisch: »Link sagt, du kannst zahlen?«

Madlen nickte stumm und ließ den Goldgulden, den sie bereitgehalten hatte, in die riesige Pranke des Mannes wandern. Sie tat es so, dass die anderen nicht sehen konnten, wie viel sie ihm gab. Es war sicherer, wenn diese Kerle nicht ahnten, dass sie nicht ganz so arm war, wie sie aussah. Sie verspürte ein gewisses Zutrauen zu dem Riesen, der das Goldstück unauffällig betrachtete, ehe er es in seiner Börse verschwinden ließ.

»Kannst mit uns kommen, Mädchen.« Ein flüchtiges Lächeln huschte über sein grobes Gesicht, das von Pockennarben zerfurcht war. »Ich geb auf dich Acht. Aber wenn du uns aufhältst, musst du zurückbleiben, das sag ich dir gleich. Wir haben einen weiten Marsch vor uns.«

»Ich weiß.«

»Dann ist gut.«

Der Ketteljörg rückte seinen Hut zurecht und gab seinen Männern einen Wink. Madlen reihte sich in der Mitte der kleinen Gruppe ein und zog ihre Kapuze ein wenig tiefer in die Stirn. Sie näherten sich dem Sandertor. Es war noch geschlossen, aber Madlen sah überrascht, dass sich beim Näherkommen der Gruppe das kleine Türchen öffnete, das sich im rechten Torflügel befand. Einer der Torwächter schien auf den Ketteljörg gewartet zu haben. Der Hüne drückte dem Wächter etwas in die Hand, von dem Madlen annahm, dass es Münzen waren. Daraufhin trat dieser beiseite und ließ einen nach dem anderen passieren.

Madlen senkte den Kopf so tief, dass ihr Gesicht verborgen war, aber der Mann beachtete sie ohnehin nicht weiter. Er schloss die kleine Tür hinter ihnen, und Madlen hörte ihn murmeln: »Dran, Männer … dran!«

Fröstelnd zog sie den Umhang fester um sich. Sie war auf dem Weg nach Süden und Gott allein wusste, was sie auf diesem Marsch erwarten mochte.

Es war kein guter Tag, um über die Landstraße zu ziehen. Der Wind hatte aufgefrischt und es war kälter geworden, sodass der hartnäckig anhaltende Regen ihnen ins Gesicht stach wie tausend winzige Nadeln. Das einzig Gute daran war, dass es keinen Verdacht erregte, wenn Madlen ihre Kapuze so eng um ihr Gesicht zog, dass niemand sie erkennen konnte.

Sie versuchte, nahe beim Ketteljörg zu bleiben, doch es erwies sich als beinahe unmöglich, mit dem hünenhaften Mann mitzuhalten. Für jeden seiner Schritte hätte Madlen mindestens zwei machen müssen, obwohl sie keine kleine Frau war. Glücklicherweise war Madlen mit diesem Problem nicht allein. Zwei seiner Männer fingen an zu murren, bis der Anführer sich umwandte und ihnen einen finsteren Blick zuwarf.

Als er Madlen ansah, hellte sich seine Miene auf. Denn sie marschierte stumm und klaglos. Ihre Füße in den ledernen Kuhmaulschuhen brannten, und ihre müden Beine protestierten, trotzdem war sie fest entschlossen, den Marsch, wie lange er auch dauern und wohin er sie auch führen mochte, ohne Gejammer zu ertragen. Sie wäre barfuß und mit blutenden Füßen weitergelaufen, um ihren Häschern zu entgehen.

Der Ketteljörg ahnte natürlich nichts davon. Doch offenbar nötigte ihm ihre Zähigkeit Respekt ab, und kurz nachdem sie den Main auf einer schwankenden Fähre überquert hatten, entschied er, dass sie eine Rast einlegen würden.

Sie lagerten etwas abseits der Straße am Waldrand, wo die dicht stehenden Bäume sie ein wenig vor dem Regen schützten. Mit einem Stöhnen lehnte sich Madlen gegen einen mächtigen Baumstamm und streckte die müden Beine aus.

Der Ketteljörg ließ sich neben ihr nieder und bot ihr einen Schluck aus seinem Weinschlauch an. Einen Augenblick zögerte sie, da sie befürchtete, der Wein würde ihr die Sinne benebeln, dann griff sie zu und trank durstig. Der Wein war verdünnt. Die benebelnde Wirkung blieb aus, stattdessen fühlte sie sich gekräftigt.

»Du schlägst dich gut, Mädchen«, brummte der Riese anerkennend und musterte sie von oben bis unten. »Läufst du vor dem weg, der dich so zugerichtet hat?«

Madlen nickte stumm.

»Dein Mann?«

»Mein Herr.« Sie sah ihm ins Gesicht. »Ich bin eine entlaufene Leibeigene.« Es tat gut, die Wahrheit auszusprechen, und sie wusste, dass diese Männer sie verstanden.

»Eine Entlaufene, soso. Der Marx dort drüben und der mit dem struppigen Bart, der Dieppacher Hans, die sind auch fortgelaufen. Der eine seinem Meister und der andre seinem Herrn, einem reichen Pfeffersack. Bist also in guter Gesellschaft.«

Das wagte Madlen zu bezweifeln. Die beiden Angesprochenen glotzten sie gierig an, als ob sie ihr in Gedanken die Kleider vom Leib rissen. Sämtliche Mitglieder der Gruppe wirkten sehr heruntergekommen. Die Waffen, die sie bei sich trugen, waren schäbig. Alte Sauspieße, rostige Sensen und Messer, einer schleppte sogar einen Dreschflegel mit sich.

Madlen musste an Florian Geyer denken, in seinem glänzenden Harnisch, das Schwert an seiner Seite. Sogar die Placker waren gut ausgerüstet gewesen im Vergleich zu ihren armseligen Begleitern. Ihr dämmerte, dass das Bauernheer vermutlich aus vielen solchen Männern bestand, armen Menschen, die weder Schwert noch Rüstung besaßen und alles verwendeten, was ihnen irgendwie als Waffe dienen konnte. Es mussten Tausende sein, wenn sie den kampferprobten Kriegern des Schwäbischen Bundes etwas entgegensetzen wollten.

»Wohin zieht ihr?«, fragte sie vorsichtig.

Der Ketteljörg zuckte die Achseln. »Wir schließen uns dem ersten Haufen an, den wir treffen. Hab gehört, dass die

Rothenburger und Ohrenbacher ins Taubertal ziehen, um sich mit dem dortigen Haufen zu vereinigen. Die vom Odenwald führt ein Wirt aus Ballenberg herauf, Georg Metzler, gemeinsam mit einem gelehrten Mann, dem früheren Kanzler der Hohenloher Grafen.«

»Hipler?«, entfuhr es Madlen.

Die Männer starrten sie überrascht an.

»Ja, Wendel Hipler, der Bauernkanzler«, knurrte der Ketteljörg. Er sah sie misstrauisch an. »Woher weißt du davon?«

»Ich hab Ohren genau wie ihr, auch wenn ich ein Weib bin! Ich hab zugehört, wenn sie um mich herum von den Aufständen sprachen«, entgegnete Madlen.

Das schien ihn zufriedenzustellen.

»Dem Schwarzen Haufen werd ich mich anschließen!«, warf der Dieppacher ein.

Er war der Einzige mit einem Schwert, das er prahlerisch in die Luft reckte. Die Klinge schimmerte im trüben Licht des Tages. Madlen konnte erkennen, dass sie schon lange keinen Schleifstein mehr gesehen hatte.

Die anderen quittierten seinen Ausruf mit abfälligen Lauten.

»Freilich«, versetzte der mit dem Dreschflegel. »Die werden dich mit deiner alten Klinge gewiss gern aufnehmen! Hast du nicht gehört, dass der Geyer nur erfahrene Kämpfer in seinen Schwarzen Haufen holt? Landsknechte und dergleichen?«

Madlens Herz machte einen Satz. »Der … Schwarze Haufen?«, wiederholte sie verwirrt.

Der Ketteljörg nickte grimmig. »Den Namen haben sie sich gegeben, die Männer vom Geyer! Da ist kein Platz für einfache Tagelöhner und Knechte wie uns. Der Geyer will nur die besten.«

Der Dieppacher machte ein beleidigtes Gesicht. »Wirst schon sehen«, knurrte er und betrachtete sein armseliges Schwert liebevoll, als wäre es eine edle Waffe.

Madlen beachtete ihn nicht weiter. Die Erwähnung von Florian Geyer und seinem Schwarzen Haufen verdrängte alles andere aus ihren Gedanken. »Und wo ist er, dieser Schwarze Haufen?«, wollte sie wissen.

Der Ketteljörg hob die Schultern. »Wer kann das schon mit Sicherheit sagen? Unterwegs ins Taubertal, hieß es zuletzt.«

»Was fragst du, Mädchen? Willst dich denen anschließen?« Der mit dem Dreschflegel brach in wieherndes Gelächter aus. »Hast ein Schwert unter deinem Mantel verborgen?«

Madlen presste die Lippen zusammen und unterdrückte den Drang, nach ihrem Dolch zu tasten.

»Die Jungfer hat viel Besseres unter ihrem Mantel verborgen, möcht ich wetten!«, johlte der Dieppacher und löste damit allgemeine Heiterkeit und lüsterne Blicke aus. »Ein paar hübsche Titten fürs Erste …«

»Halt's Maul, Dieppacher, sonst kriegst du's mit mir zu tun!«, donnerte der Ketteljörg.

Er hatte sich halb erhoben, die Rechte zur Faust geballt. Das genügte, um den Dieppacher verstummen zu lassen.

Madlen bemerkte, dass sie den Atem angehalten hatte. Zitternd stieß sie die Luft aus und begegnete dem Blick des Anführers. Er war zornig, aber es lag noch etwas anderes in seiner Miene. Madlen ahnte, was es war, und es war nicht dazu angetan, sie zu beruhigen. Der Riese fragte sich bereits, ob es ein Fehler gewesen war, sie mitzunehmen, und Madlen konnte es ihm nicht einmal verübeln.

Als Madlen sich nach einem kärglichen Mahl, bestehend aus dem Brot und den Äpfeln, die sie eingesteckt hatte, sowie einem Stück Käse, das der Ketteljörg mit ihr teilte, zur Ruhe legte, erwartete sie, erneut kaum ein Auge zuzutun. Die Gruppe hatte eine Scheune gefunden, die zumindest ein Dach über dem Kopf bot, und Madlen erinnerte sich an den Schober, in dem sie in Fulks Beisein geschlafen hatte. Doch nun war sie allein, ein junges Weib unter zwielichtigen Männern.

Sie wickelte sich in ihren regenfeuchten Mantel und legte sich zwischen Ketteljörg und die Scheunenwand, eine Hand führte sie an das Heft des Dolches an ihrer Seite. Sofort fiel sie in einen tiefen Schlaf. Die vorausgegangene halb durchwachte Nacht und der anstrengende Marsch forderten ihren Tribut, und sie schlief, bis der Ketteljörg sie bei Sonnenaufgang weckte.

Die anderen schnarchten noch, und ihr Anführer machte keine Anstalten, sie ebenfalls wachzurütteln. Stattdessen bot er Madlen seinen Weinschlauch an, und sie begriff, dass er mit ihr reden wollte, ohne dass die Männer zuhörten. Leise begann er: »Es wird Zeit, dass du mir sagst, wo du hinwillst, Mädchen.«

Die Frage war berechtigt, doch eine Antwort fiel ihr schwer. *Wohin will ich?*, dachte Madlen. *Fort von Würzburg, von Vogtsberg … an irgendeinen Ort, ein Dörfchen, wo ich vielleicht eine Anstellung finden kann und wo mich niemand suchen wird?* Das war die naheliegende Antwort, doch sie wusste tief in ihrem Innern, dass ihr Ziel ein anderes war – nun, da ihr friedliches Würzburger Leben in Trümmern lag und sie über die Landstraße zog wie eine Fahrende. Sie wollte zum Schwarzen Haufen. Sie wollte dorthin, wo Florian war, wohin ihr Herz sie mit aller Macht zog.

Als sie es aussprach, mit leiser, aber fester Stimme, starrte der Ketteljörg sie verblüfft an.

»Bist du von Sinnen, Weib?« Er schüttelte heftig den Kopf. »Was willst du bei denen? Etwa kämpfen? Das sind Landsknechte, Krieger, die sich da zusammengefunden haben, da hat ein Weib nichts verloren!« Abermals schüttelte er den Kopf.

»Sind nicht zu allen Zeiten die Weiber und Kinder den Landsknechten gefolgt?«, entgegnete sie störrisch.

Der Ketteljörg kniff die Augen zusammen. Dann veränderte sich sein Gesichtsausdruck, sein Mund verzog sich zu einem Grinsen. »Ach, so ist das. Warum bin ich nicht selbst draufgekommen? Hast einen Liebsten beim Schwarzen Haufen, ja?«

Madlen antwortete nicht. Was hätte sie sagen sollen? Er hatte recht – und irgendwie auch nicht.

Der Ketteljörg nahm ihr Schweigen als Antwort. »Sieh mal«, sagte er etwas sanfter, »selbst wenn du deinen Liebsten dort finden solltest – und das ist nicht gewiss! – dann wird er nicht erfreut sein, dass du dich in solche Gefahr bringst! Er wird dich fortschicken, irgendwohin, wo du in Sicherheit bist, damit er den Kopf frei hat fürs Kämpfen.«

Damit hatte der Ketteljörg sicherlich recht. Madlens Verstand wusste es – ihr Herz jedoch stemmte sich mit aller Macht gegen diese Einsicht. Trotzig sagte sie: »Nehmt ihr mich nun mit oder nicht?«

»Hör zu, Mädchen«, sagte der Ketteljörg mit einem Seufzer, »wir marschieren heute an Giebelstadt vorbei und weiter Richtung Bütthard. Ob wir tatsächlich hinunterziehen bis ins Taubertal, kann ich noch nicht sagen. Der Dieppacher will wohl dorthin, aber ich rate dir, nicht allein mit ihm weiterzuziehen. Er ist ein unberechenbarer Kerl, und ich weiß nicht, ob er dich ... mit Respekt behandeln würde.«

Madlen schluckte bei seinen Worten. »Das habe ich nicht vor«, erklärte sie rasch.

Der Ketteljörg betrachtete sie zweifelnd.

Kapitel 39

Regen und Wind hielten auch an diesem Tag unvermindert an, und alle waren erleichtert, als sich am späten Vormittag Bütthard vor ihnen aus dem Regendunst schälte. Vor einigen Jahren hatte der Würzburger Bischof dem Dorf das Marktrecht verliehen, und man hatte den Ort mit einer Mauer umgeben. Das ihnen zugewandte Tor stand offen, und sie sahen, dass ungewöhnlich reger Betrieb herrschte.

»Da stimmt was nicht!«, knurrte der Ketteljörg. Er war stehen geblieben und beschirmte seine Augen gegen den Regen.

»Irgendwas ist da im Gange«, stimmte ihm der, den sie Marx nannten, grimmig zu.

»Was immer dort geschieht, wir werden's nicht herausfinden, wenn wir hier wie dumme Kühe glotzen!«, schnaubte der Dieppacher. Zügig schritt er voran.

Mit einem Fluch auf den Lippen folgte der Ketteljörg ihm, und Madlen heftete sich an seine Fersen.

»Die Büttharder Bauern haben sich erhoben!«, erzählte ein aufgeregter Mann in einem abgetragenen Kittel, den sie auf dem Weg Richtung Tor befragten. »Es heißt, sie haben bereits die Waffenknechte überwältigt und sind in die Burg eingedrungen!« Seine Augen leuchteten. »Der Weinkeller soll gut bestückt sein, uns winkt reiche Beute!« Mit diesen Worten stürmte er auf das geöffnete Tor zu und verschwand in einer größeren Schar von Bauern.

Das ist also ihr Ziel?, dachte Madlen befremdet. *Der Weinkeller? Plündern, fressen und saufen?*

Ihre Begleiter nahmen die Nachricht mit größerer Begeisterung auf.

»Vorwärts!«, brüllte der mit dem Dreschflegel. »Wenn wir uns nicht beeilen, fressen und saufen die Kerle alles leer, ehe wir da sind!«

Die Männer, die kurz zuvor noch müde und schleppenden Schrittes dahingewandert waren, liefen so eilig auf das Dorf zu, dass Madlen ihnen kaum folgen konnte.

Ist das die neue, gerechte Welt, die großen Sache, um die es geht?

Sie trat durch das Tor und betrachtete bedrückt das Bild, das sich ihr bot: johlende, grölende Menschen, Männer wie Weiber, Spieße, Sensen und Äxte, die in die Luft gereckt wurden, ein Weinfass, das man durch die Gasse rollte, ein Schinken, auf eine Heugabel gespießt. Zwei Burschen stachen ein weiteres Fass an und unter dem Jubel der Umstehenden ergoss sich der Wein in den Straßenschlamm – rot wie Blut.

Plötzlich stand jemand neben ihr, und sie fuhr herum, als er sie ansprach. Es war der Ketteljörg.

»Hast keinen Hunger, Mädchen? Los, hol dir deinen Teil, solang genug da ist!« Als sie stumm den Kopf schüttelte, lachte er trocken auf. »So hast du's dir nicht vorgestellt, was? Gönn ihnen den Spaß, lang genug mussten sie hungern und darben, jetzt sind sie endlich an der Reihe!«

Vielleicht hatte er recht. Madlen sah sich um, blickte in fröhliche, gerötete, ausgelassene Gesichter. Gesang mischte sich unter das betrunkene Grölen. Madlen schnappte einige Worte des Liedes auf. »Dass wir Beut' und Ruhm gewinnen, zieh'n wir mutig in die Schlacht …«

Ein Frösteln überlief sie.

Beute hatten die Bauern wohl gemacht an diesem Tag. Aber eine Schlacht hatten sie dafür nicht schlagen müssen. Noch nicht.

Was nun?, überlegte Madlen, als sie am nächsten Morgen die Augen aufschlug. Ihr Kopf war schwer vom Wein, den sie irgendwann doch getrunken hatte, und ihr Magen voll von den Köstlichkeiten aus der Burg: Pasteten, Räucherfisch, Wurst und Schinken, die sie wie die anderen ungeachtet der Fastenzeit in sich hineingestopft hatte. *Was nun, Madlen Böckler?*

Das Wetter hatte sich gebessert, die Sonne warf bereits ihre Strahlen in den Stall, in dem sie und der Ketteljörg mit einigen anderen die Nacht verbracht hatten. Vorsichtig sah Madlen sich um. Hier und da regte sich jemand, einige schnarchten laut, am lautesten der Ketteljörg dicht neben ihr. Es stank nach Schweiß, ungewaschenen Körpern, Alkohol und Erbrochenem.

Irgendwo bewegte sich schnaubend ein Pferd, draußen krähte ein Hahn. Madlen kam mit leisem Ächzen auf die Füße, das Bündel mit ihren Habseligkeiten und den Münzen fest an sich gepresst. Von einem dringenden Bedürfnis getrieben stolperte sie zwischen den Männerleibern hindurch nach draußen, und als sie eine ruhige Ecke hinter dem Stall gefunden hatte, wusste sie plötzlich nicht, welches Bedürfnis stärker war: das, sich zu erleichtern, oder das, den Inhalt ihres Magens von sich zu geben. Letztendlich tat sie beides und fühlte sich danach etwas besser.

Sie fand auf dem Dorfplatz einen Brunnen, aus dem sie sich einen Eimer Wasser holte, um sich zu waschen und den bitteren Geschmack aus ihrem Mund zu spülen. Wo war sie hineingeraten? Madlen verspürte Ekel, als sie sich umsah. Überall lagen Betrunkene und schliefen ihren Rausch aus, dazwischen zertrümmerte Weinfässer, Reste von Wurst und Schinken im Dreck. Jemand hatte ein kostbares Gewand aus der Burg geholt und sich zum Schlafen darin eingewickelt, der nachtblaue, goldbestickte Stoff war voller Schlamm.

Sie bemerkte zwei Männer, die dabei waren, ihre Beute auf einen Karren zu laden, vor den ein Maultier gespannt war. Ein anderer führte ein gesatteltes Pferd aus einem Stall.

Madlen erkannte in dem Mann den Dieppacher. Sie beobachtete, wie er sein Bündel und sein Schwertgehänge am Sattel befestigte, und als hätte er ihren Blick gespürt, wandte er sich ihr unvermittelt zu. Ein triumphierendes Grinsen lag auf seinem Gesicht.

Madlen tat ein paar zögerliche Schritte auf ihn zu. »Woher hast du das Pferd?«

»War herrenlos, der Gaul!«, behauptete er.

Sie verzog das Gesicht. »Du hast es gestohlen.«

»Der Burgknecht, dem's gehörte, ist fortgelaufen«, erklärte er. »Jedenfalls muss ich nicht zu Fuß ins Taubertal laufen.« Seine Miene wurde lauernd, als er hinzufügte: »Was ist mit dir, Jungfer? Willst mich zum Schwarzen Haufen begleiten?«

»Du weißt, wo sie sind?«, antwortete Madlen mit einer Gegenfrage.

Der Dieppacher kratzte sich am Kopf. »Hab gehört, sie ziehen die Tauber hoch über Röttingen. Das ist ein halber Tagesritt von hier. Ich bin sicher, dass ich sie finden werde.«

Ein halber Tagesritt? Sie traute dem Mann nicht über den Weg, aber sie war davon überzeugt, dass sie im Notfall mit ihm fertig werden würde. Sie war nicht mehr das verängstigte junge Mädchen, über das Hans Eberlin hergefallen war, und sie trug einen Dolch. Niemand würde mehr ungestraft versuchen, ihr seinen Willen aufzuzwingen.

»Ich komme mit!«, sagte sie entschlossen.

Der Dieppacher grinste wieder. Er schwang sich in den Sattel, und Madlen saß hinter ihm auf. Sie wollte nicht, dass er von hinten die Arme um sie legte. Er würde sich nicht scheuen, sie zu begrapschen, wenn sich ihm eine solche Gelegenheit bot.

Einen Moment lang verspürte sie Scham, als sie an den Ketteljörg dachte, der im Stall nichts ahnend schlief. Er war gut zu ihr gewesen und hätte verdient, zu erfahren, wohin sie gegangen war. Doch dafür war keine Zeit mehr, und er hätte sowieso nur versucht, es ihr auszureden. Sie wusste selbst, dass sie leichtsinnig handelte, aber das Sehnen in ihrer Brust war stärker als jede Vorsicht.

Sie kamen langsamer voran, als Madlen gehofft hatte. Zunächst folgten sie einem Weg zwischen Wiesen und Feldern, auf denen schon das frische Frühlingsgrün spross. Anschließend passierten sie einen kleinen Weiler mit mehreren Gehöften, wo ein kläffender Hund und eine Schar neugieriger, zerlumpter Kinder eine Weile neben ihnen herliefen.

Es war milder geworden. Die Sonne stand inzwischen hoch am Himmel und wies ihnen den Weg nach Süden. Sie erreichten ein größeres Waldstück, und der Dieppacher entschied, dem Waldrand zu folgen, was ihnen einen großen Umweg bescherte. Doch andernfalls hätte Gefahr bestanden, sich im Dickicht der Bäume zu verirren, und Madlen verspürte keine Lust, womöglich die Nacht in Gesellschaft dieses Mannes in einem finsteren Wald zu verbringen.

»Nun da wir Reisegefährten sind, könntest du mir wenigstens deinen Namen verraten, Mädchen«, sagte der Dieppacher in vertraulichem Ton, als sie am Waldrand eine Rast einlegten. Er machte sich über einen dicken Ring Wurst und einen Kanten Brot her und sprach mit vollem Mund.

Madlen zögerte, unschlüssig, ob sie ihren echten Namen nennen sollte. Sie waren so weit von Würzburg entfernt, dass sie sicher sein konnte, niemanden zu treffen, der sie kannte. »Ich heiße Madlen.«

Der Dieppacher nickte schmatzend. Allein der Anblick

des kauenden Mannes drohte Madlens geschwächten Magen aufs Neue umzudrehen.

»Mich nennen sie den Dieppacher. Aber eigentlich heiß ich Hans.« Er gab ein Rülpsen von sich. »Bist deinem Herrn fortgelaufen, ja? Hat er dich so verdroschen?«

»Hm.«

Der Dieppacher nickte verständnisvoll. »So sind sie, die Herren. Wenn die Magd sich nicht willig von ihnen besteigen lässt, schlagen sie zu.« Ohne Madlens entsetztes Gesicht zu beachten, fuhr er fort: »Aber wenn der Knecht sich das gleiche Recht herausnimmt, gibt es ein großes Gezeter! Prügel hat er mir gar angedroht, der alte Fettsack. Als ob ich mich von dem verdreschen lassen würde! Da hab ich lieber mein Bündel geschnürt und bin abgehauen, um mich den Bauern anzuschließen.«

Madlen verbot sich, darüber nachzudenken, welches Recht es war, das er sich herausgenommen hatte. Ihre Abneigung gegen den Mann verstärkte sich weiter.

»Und hast sein Schwert gestohlen«, mutmaßte sie.

»Nicht seins, leider! Nur ein altes, das ich im Torwächterhaus fand. Es soll mir reichen, ihm und seinesgleichen den Wanst aufzuschlitzen. Sind nicht besser als die Pfaffen und die Junker, diese Pfeffersäcke!«

Madlen schwieg. Sie schaute zum Himmel hinauf. Die Sonne war ein ganzes Stück nach Westen gewandert. Sie hatte keine Ahnung, wo dieses Röttingen lag und wie weit sie vorangekommen waren. Eine leichte Unruhe überkam sie. »Wie weit ist es noch?«, fragte sie, bekam jedoch keine Antwort.

Sie blickte zu ihm hinüber und sah zu ihrer Verärgerung, dass er sich zurückgelehnt und seinen Hut tiefer ins Gesicht gezogen hatte. Offensichtlich schickte er sich an, ein Nickerchen zu machen.

Am liebsten hätte Madlen ihm einen Tritt in die Seite verpasst, doch sie besann sich eines Besseren. Sie brauchte diesen Mann und konnte es sich nicht leisten, ihn zu verärgern.

Widerwillig zog sie die Beine unter sich, versuchte, eine bequemere Sitzposition einzunehmen, und beobachtete das Pferd, das zwischen den Büschen und Sträuchern nach dem ersten frischen Grün suchte.

Die Rast war jedoch nicht von langer Dauer.

Sie sah das Aufblitzen der Helme und der Harnische im Sonnenlicht, noch ehe sie die Reiter ausmachen konnte. Einige Herzschläge lang starrte sie wie gebannt hinüber. Die Geharnischten kamen in rasantem Tempo näher, geradewegs auf sie zu.

Hastig rappelte sie sich auf und stieß den Dieppacher an. »Reiter! Da kommen Reiter auf uns zu!«

Der Mann reagierte schneller, als Madlen erwartet hätte. Er rieb sich kurz die Augen, kam auf die Beine und griff nach den Zügeln des Pferdes. »In den Wald!«, knurrte er. »Wir wissen nicht, was das für welche sind. Ich fürchte, Reisige oder Reiter der Bündischen! Vielleicht haben sie uns noch nicht gesehen.« Mit diesen Worten brach er durchs Unterholz und zerrte das unwillige Pferd mit sich.

Madlen stolperte hinter ihm her. *Vermutlich hat er recht*, dachte sie und hob die Arme, um ihr Gesicht vor den peitschenden Zweigen zu schützen. Gewiss waren es Reisige, die da kamen, denn Bauern trugen keine Helme und auch keine Harnische. Das Schwertgehänge des Dieppachers und das Pferd mit dem wertvollen Ledersattel hätten sicherlich das Misstrauen der Reiter erweckt.

Sie hatten gerade eine farnbewachsene Mulde erreicht, als nahendes Hufgetrappel und Pferdewiehern erklang. Der Dieppacher schlang die Zügel des Pferdes um einen Findling und packte Madlen am Handgelenk. »Los, hier runter!«, zischte er und zerrte sie mit sich in die Mulde.

Verängstigt kauerte Madlen sich neben ihn, das Blut rauschte in ihren Ohren.

Dann begann das Pferd, nach seinen Artgenossen zu wiehern, und sie begriffen beide, dass sie einen Fehler gemacht hatten.

»Gott verdamme dieses Vieh!«, fluchte der Dieppacher und sprang auf.

Gelähmt vor Schreck sah Madlen, wie er aus der Mulde krabbelte und zu laufen begann. Da tönten schon die Stimmen der Reiter durch den Wald.

Lauf, lauf!, rief es in ihrem Kopf. *Flieh, solange Zeit ist!* Doch Madlen blieb unfähig, sich zu bewegen, lag starr vor Angst in den Farnsträuchern, wie ein Rehkitz, das die nahenden Wölfe witterte.

Die Reisigen schienen abgestiegen zu sein und brachen nun ihrerseits durch das Dickicht. Madlen hörte ihre Rufe. Offenbar hatten sie den flüchtenden Mann gesehen und die Verfolgung aufgenommen.

Zitternd presste Madlen sich in den Farn, auf den weichen, feuchten Waldboden. Die Männer kamen näher, die Rufe wurden lauter. Madlen konnte ihr Schnaufen hören und das Klirren von Waffen.

»Bleib stehen, elender Schandbube!«, brüllte einer.

Dann stürmten sie an der Mulde vorbei.

Madlen stockte der Atem. Die Schreie entfernten sich, und sie meinte, die Stimme des Dieppachers zu erkennen, die sich vor Wut und Angst überschlug. »Was wollt ihr von mir, ihr Bastarde?«

Schwerter klirrten, jemand kreischte vor Schmerz. Ohne nachzudenken, sprang Madlen auf die Füße und rannte, so schnell sie konnte. *Fort, nur fort.*

Dornen krallten sich in den Stoff ihres Mantels, rissen an ihren Armen, ihren Händen, ihrer Haube, dennoch lief sie unermüdlich weiter, weg von dem Kampf, dem Waldrand entgegen. Das Sonnenlicht empfing sie, als sie zwischen den letzten Bäumen hindurchstolperte und keuchend auf das offene Feld hinausrannte. Kurz hielt sie inne, rang vornübergebeugt nach Atem, indessen die Geräusche des Kampfes nunmehr gedämpft an ihr Ohr drangen.

Der Dieppacher schien sich noch immer zu wehren, und sie fragte sich, ob die Reisigen den Kampf absichtlich hinauszögerten, mit ihm spielten wie die Katze mit der Maus. Sie wusste, dass er keine Chance hatte gegen drei Bewaffnete. Es war eine Frage der Zeit, bis sie ihn erschlugen. Weiß Gott, sie mochte diesen Mann nicht, der ein Großmaul und wahrscheinlich ein Vergewaltiger war, dennoch verspürte sie Mitleid. Ein Feigling war er zumindest nicht. Aber es gab nichts, was sie für ihn tun konnte.

Verzweifelt blickte sie sich um. Da begriff sie, dass ihre Flucht zu Ende war. Denn quer über das Feld kamen weitere Reiter auf sie zu.

Madlen atmete langsam aus. Zu ihrem eigenen Erstaunen ließ das rasende Hämmern ihres Herzschlags nach, ihr Atem wurde ruhiger. Sie fasste unter ihren Mantel und erfühlte den Griff ihres Dolches.

Der Dieppacher hatte seine Haut teuer verkauft. Wenn es zum Schlimmsten kam, würde sie das Gleiche tun.

Die Reiter ließen sich Zeit. Madlen stand reglos da und wartete. Es waren drei, und der in der Mitte trug als Einziger einen Harnisch, jedoch keinen Helm. Madlen sah seine langen schwarzen Haare im Wind wehen. Als sie den lauten Fluch vernahm, den er ausstieß, löste sich ihre Starre und sie begann zu laufen. Geradewegs auf ihn zu, zögernd zuerst, dann schneller. Und als er aus dem Sattel des Rappen sprang, vergaß sie alle Schicklichkeit und warf sich in seine Arme.

Kapitel 40

Ein Schwerthieb hatte dem Dieppacher den Kopf beinah gänzlich von den Schultern getrennt.

Madlen hatte erwartet, dass ihr Magen rebellieren würde, doch nun, da sie neben Fulk vor der Leiche stand, fühlte sie sich seltsam teilnahmslos, benommen. Ihr Verstand tat sich schwer damit, die Ereignisse zu verarbeiten. Eines aber war ihr überdeutlich bewusst: Fulk war da, dicht neben ihr, seine Hand hielt ihren Arm fest umschlossen, als fürchtete er, sie würde zusammenbrechen oder davonlaufen. Wie es dazu gekommen war, dass der Placker aus heiterem Himmel wieder in ihr Leben getreten war, konnte sie sich nicht erklären, aber es war noch nicht der Zeitpunkt, um Fragen zu stellen.

Zumindest schien die unmittelbare Gefahr gebannt, denn die Reisigen, die den Dieppacher erschlagen hatten, verspürten offenbar keine Lust auf einen weiteren Kampf. Sie schwangen sich beim Anblick der drei Landsknechte auf ihre Rösser und galoppierten davon.

»Einer von ihnen schien verwundet«, stellte Veit fest und kratzte sich am Kopf. »Der Bursche hier hat offenbar tapfer um sein Leben gekämpft.«

»Hm.« Fulk warf Madlen einen scharfen Blick zu. »Wer ist das?«

»Der Dieppacher Hans«, murmelte sie.

Fulk runzelte die Stirn. »Bist du mit ihm geritten?«

»Er versprach, mich mitzunehmen.«

»Mitnehmen? Wohin?« Etwas glomm in Fulks Augen auf.

Madlen zögerte. Sie wusste, dass ihre Antwort ihm nicht gefallen würde. Und sie hatte keine Ahnung, auf welcher Seite Fulk, Veit und der Welsche standen.

»Wohin?«, drängte Fulk. Er würde sich nicht mit Ausflüchten zufriedengeben.

»Zum Schwarzen Haufen«, erklärte sie.

Ein paar Herzschläge lang herrschte Stille, die Männer wechselten vielsagende Blicke. Schließlich fragte Fulk: »Bist du von Sinnen, Mädchen?«

Madlen presste die Lippen zusammen. Sie fühlte Ärger in sich hochsteigen. Fulk hatte keinen Schimmer davon, was in Würzburg vorgefallen war, und doch maßte er sich an, sie wie ein ungehorsames Kind zu behandeln.

»Was in drei Teufels Namen willst du beim Schwarzen Haufen?«, wollte er wissen und Madlen konnte den unterdrückten Zorn in seiner Stimme hören.

Ehe sie antworten konnte, schaltete sich der Welsche ein. »Ist besser, wir begraben diesen Mann, bevor mehr Reiter kommen«, meinte er ruhig. »Und dann reiten wir weiter. Nehmen Maddalena mit und ihr könnt in Ruhe sprechen, Hauptmann.«

Fulk gab ein Knurren von sich, widersprach jedoch nicht.

Der Dieppacher fand seine letzte Ruhestätte im feuchten Waldboden, das alte, schartige Schwert an seiner Seite. Er war nicht weit gekommen, sein Traum von Freiheit, von Ruhm und Beute in Geyers Haufen hatte ihm nur den Tod beschert. Madlens Kehle war eng, sie vergoss jedoch keine Träne, während der Welsche ein kurzes Gebet murmelte.

Nach dem Begräbnis hob Fulk sie wie selbstverständlich vor sich in den Sattel und sie machten sich auf den Weg. Madlen wusste nicht, wohin, doch im Moment war es ihr gleichgültig.

Die vertraute Nähe des Plackers beruhigte und verwirrte

sie gleichermaßen. Sie fühlte seine Arme dicht an ihrem Körper und musste das Verlangen unterdrücken, sich an ihn zu schmiegen, wie sie es im ersten Moment ihres Wiedersehens getan hatte – bevor ihr Verstand sich wieder gemeldet hatte.

Ihr Herz sagte ihr, dass sie ihm vertrauen konnte, ihre Vernunft stellte allerdings immer wieder die gleiche Frage: Auf wessen Seite standen diese Männer? Irgendwann konnte sie nicht länger an sich halten. »Wohin reiten wir?«

Fulk schwieg einen Moment, bevor er sagte: »An die Tauber.«

Madlen verspürte ein Aufflackern von Hoffnung. Der Schwarze Haufen zog durchs Taubertal, zumindest hatte der Dieppacher das behauptet. Sie nahm all ihren Mut zusammen. »Für wen kämpft ihr?«

Nun war es heraus. Der Welsche, der neben ihnen ritt, warf ihr einen Blick zu, in dem sie Belustigung zu erkennen glaubte. Belustigung?

»Für den Bund?«, bohrte sie weiter.

»Ach, Madlen«, stöhnte Fulk. Sie versuchte, sich umzudrehen, um seinen Gesichtsausdruck zu sehen, aber seine Arme umschlossen sie zu eng, es war vergebens. »Glaubst du im Ernst, wir gehören zu denen, die diesen … deinen Freund erschlagen haben?«

»Er war kein Freund!«, gab sie empört zurück.

Der Welsche brach in Gelächter aus. »*Madonna mia*, was ist los mit euch!« Er schüttelte den Kopf, seine dunklen Augen blitzten. »Maddalena, wir sind keine Bündischen, gewiss nicht.« Erneut musste er lachen. »Wir sind Kundschafter des Schwarzen Haufens.«

Es war später Nachmittag, als sie zwischen den Weinbergen hindurch auf die befestigte Stadt Röttingen an der Tauber zuritten. Zahlreiche Türme unterbrachen die Stadtmauer, und

Madlen sah zu ihrer Rechten eine imposante Burg, die von der Mauer eingeschlossen wurde. Sie hielten auf den viereckigen Turm zu, durch den ein Tor in die Stadt hineinführte, und sie spürte, wie die Anspannung in ihr wuchs.

Fulk schien es zu bemerken, er murmelte: »Der Bauernhaufen ist hier schon durchgekommen. Die Röttinger sind auf unsrer Seite und der Amtmann aus der Burg hat das Weite gesucht.«

Tatsächlich machten die Torwächter keinerlei Aufhebens. Sie ließen die drei Landsknechte mit einem fröhlichen Gruß passieren. Madlen sah sich neugierig um. Der Ort schien ruhig, von den Aufständischen war weit und breit nichts zu sehen.

Vor einem Gasthaus, das sich gegenüber der Pfarrkirche befand, zügelte Fulk seinen Rappen. Die anderen taten es ihm gleich. Madlen zögerte kurz, doch da der Mann hinter ihr sich aus dem Sattel schwang und die Arme nach ihr ausstreckte, blieb ihr nichts anderes übrig, als ebenfalls abzuspringen.

Für einen kurzen Moment war sein Gesicht ganz nah, sein Körper berührte ihren, und sie musste daran denken, wie es sich angefühlt hatte, von ihm geküsst zu werden.

Dann schob er sie von sich. »Der Wirt ist einer von uns. Er hat gewiss Nachrichten, die die Hauptleute interessieren könnten.« Es klang schroff. Ohne ihre Reaktion abzuwarten, wandte Fulk sich um und schritt auf die Tür des Wirtshauses zu.

Madlen machte den Mund auf und wieder zu.

»*Andiamo*, Maddalena!« Der Welsche zwinkerte ihr zu, während Veit aussah, als könnte er sich nur mühsam das Grinsen verkneifen.

Machten sie sich über sie lustig? Sie war Hals über Kopf aus Würzburg geflohen, hatte den Aufstand in Bütthard miterlebt und wäre beinah drei berittenen Söldnern zum Opfer gefallen. Der Mann, der sie begleitet hatte, hatte einen grausamen Tod gefunden. Daran war nichts Lustiges. »Er weiß nichts davon, was geschehen ist!«, murmelte sie bitter. »Dennoch behandelt er mich, als wäre ich ein trotziges Kind, das aus Abenteuerlust davongelaufen ist und Tadel verdient hat!«

Der Gesichtsausdruck des Welschen veränderte sich. Er streckte die Hand aus und schob Madlen in Richtung der Tür. »Du wirst mit ihm sprechen«, sagte er leise. »Dann weiß er.«

Der Schankraum war leer bis auf zwei alte Männer, die über ihren Krügen hockten und den Neuankömmlingen misstrauische Blicke zuwarfen. Madlen entdeckte Fulk an einem Tisch in der Ecke, wo er mit einem stämmigen Mann sprach, dessen fleckige Schürze ihn als Wirt auswies. Die Hand des Welschen auf ihrer Schulter schob sie vorwärts.

Der Wirt drehte sich um und schaute sie überrascht an.

»Sie gehört zu uns«, brummte Fulk und forderte Madlen mit einem Wink auf, sich zu ihm zu setzen.

Als die beiden anderen Männer sich hinzugesellt hatten, brachte der Wirt einen Krug Wein und ein Brett mit Brot und Käse, ehe er sich einen weiteren Stuhl heranzog.

Abermals betrachtete er Madlen neugierig an, bevor er berichtete: »Zwei weitere Fähnlein sind heute Morgen durchgezogen, Bauern aus Aub und Reinsbronn. Vielleicht sechzig, siebzig Mann. Sie zogen tauberabwärts, dem großen Haufen nach. Aber was interessanter ist: Drei Würzburger Reisige waren heute hier und ließen sich's gut gehen. Der Wein hat sie gesprächig gemacht – und meine Schankmagd Marthe versteht sich drauf, Männer auszuhorchen.« Er grinste zufrieden.

Madlen hielt den Atem an. Waren es die drei Reiter gewesen, die den Dieppacher erschlagen hatten?

»Und?«, knurrte Fulk, der offenbar keine Lust auf Ratespielchen hatte.

»Hatten einen weiten Ritt hinter sich, die drei. Sie kamen aus Schwaben mit Nachricht vom Truchsess von Waldburg, der mit seinen Bündischen bei Leipheim lagert.«

Fulk und der Welsche wechselten einen Blick.

»Der würzburgische Fürstbischof hat den Waldburger wohl um Hilfe gebeten«, fuhr der Wirt fort, »um die Unruhen im Hochstift niederzuwerfen.« Er gab ein kurzes Lachen von sich. »Er wird nicht erfreut sein zu erfahren, dass seine Bitte abgeschlagen wurde.«

Fulk lehnte sich zurück. Ein freudloses Lächeln huschte über sein narbiges Gesicht. »Der Waldburger will seine Truppe nicht zersplittern«, sinnierte er. »Das würde ich an seiner Stelle auch nicht tun.«

»Das gibt uns Zeit, die Haufen zu vereinen«, versetzte Veit. »Die Rothenburger und Taubertaler werden bald in Schäftersheim ankommen, vom Westen stoßen Fähnlein aus Mergentheim und den umliegenden Ortschaften dazu. Es werden jeden Tag mehr. Bald werden sich Tausende vereinigt haben!« Er nahm seinen Weinbecher und leerte ihn in einem Zug. »Während der Truchsess sich mit dem schwäbischen Haufen herumschlägt, hat sich halb Franken erhoben!«

»Wir werden ihn zwingen zu verhandeln!« Zum ersten Mal hellte sich Fulks Miene auf. »Er mag erfahrene Krieger und Landsknechte in seinen Reihen haben, aber einer solchen Übermacht ist sein Heer nicht gewachsen.«

Der Wirt lachte und schlug mit der Faust auf den Tisch. »Dran!«, rief er, ungeachtet der alten Männer, die erschrocken herübersahen. »Lang genug haben sie uns arme Leute ausgeblutet!«

Du bist gewiss kein armer Mann, schoss es Madlen durch den Kopf. Der Bauch des Wirtes spannte sich unter der straff gebundenen Schürze, und die geröteten Wangen zeugten davon, dass er einem guten Trunk nicht abgeneigt war. Sie begegnete Fulks Blick und hatte das Gefühl, dass ihm der gleiche Gedanke gekommen war. Der Anflug von Heiterkeit in seiner Miene war jedoch so rasch verflogen, wie er gekommen war. Er füllte zwei Becher mit Wein und schob einen davon Madlen zu. »Iss und trink«, brummte er. »Wir reiten gleich weiter.«

»Hauptmann.« Der Welsche hatte das Wort erhoben.

Fulk sah von seinem Becher auf und runzelte die Stirn.

»Es wird bald dunkel. Wir haben keine Eile.« Der Welsche wies mit dem Kinn auf Madlen. »Lass Maddalena rasten, sie ist müde, siehst du nicht? Morgen früh reiten wir nach Schäftersheim und treffen den Haufen.«

Madlen starrte ihn an und schluckte ihren Protest hinunter. Der Welsche hatte recht. Sie fühlte sich erschlagen und vermutlich sah sie auch so aus. Zu den Spuren von Heinrichs Schlägen im Gesicht waren Schrammen und Kratzer von ihrer Flucht durch das Unterholz gekommen. Ihre Haube war verloren gegangen, die Haare hatten sich aus dem Zopf gelöst und hingen ihr wirr ins Gesicht. Sehnsüchtig dachte sie an einen Badezuber oder zumindest einen Eimer Wasser, um den Schmutz von ihrem Körper zu waschen. Unter den Blicken der Männer fühlte sie Röte in ihre Wangen steigen.

Der Wirt, geschäftstüchtig wie er war, erkannte die Gelegenheit, die sich ihm bot. »Natürlich, das sieht ja ein Blinder!«, verkündete er, was ihm einen ärgerlichen Blick von Fulk eintrug. »Die junge Frau ist erschöpft und schmutzig von der Reise! Im Obergeschoss gibt es eine Kammer für Gäste, da könnt ihr schlafen. Aber zuerst lasse ich Marthe ein Bad für die Jungfer richten, wenn's recht ist.« Schon war er aufgestanden und rief nach der Magd.

Fulk stieß einen unwilligen Laut aus.

Doch die Vorfreude auf ein Bad und eine Nacht Schlaf erstickten jedes bisschen Schuldgefühl in Madlen.

Die blonde und pausbäckige Marthe erinnerte Madlen so sehr an Klara, dass sie einen schmerzlichen Stich in ihrem Innern verspürte.

»Was hast du nur durchgemacht!«, rief sie beim Anblick von Madlens Gesicht und den blutigen Kratzern an Hals, Händen und Dekolleté, indes Madlen sich aus ihren schmutzigen und zerrissenen Kleidern schälte.

»Ich … habe nichts anderes anzuziehen«, gestand sie bekümmert, ehe sie ihren geschundenen Körper in den Holzbottich gleiten ließ, den Marthe ihr mit dampfend heißem Wasser gefüllt hatte. Beinahe hätte sie vor Wonne laut aufgestöhnt.

»Das lass meine Sorge sein«, beruhigte die Magd sie. »Der Hauptmann hat dem Wirt genug Geld gegeben, um dir eine Woche lang jeden Tag ein Bad zu bereiten! Da werden Rock und Hemd schon drin sein.« Sie betrachtete Madlen mitleidig. »Glaubt er, sich dafür von seiner Schuld freikaufen zu können, nachdem er dich so zugerichtet hat?«

»Nein!«, entfuhr es Madlen. Die Magd schüttelte betrübt den Kopf, und Madlen fügte hastig hinzu: »Nein, ich meine, das war nicht er, der Hauptmann! Weder er noch einer seiner Männer. Sie haben mir nichts zuleide getan!«

»Oh!« Marthe riss die Augen auf. »Verzeih, ich dachte … Nun, er sieht gefährlich aus, der Schwarzhaarige mit der schlimmen Narbe!«

»Er ist ein guter Mann«, widersprach Madlen. Sie senkte die Lider und spürte eine Wärme in sich, die nichts mit dem Wasser zu tun hatte.

Als sie in sauberen Kleidern und mit frisch gewaschenen Haaren, die sie ordentlich zu zwei Zöpfen geflochten hatte, die Kammer im Obergeschoss betrat und sich Fulk gegenüber fand, erkannte sie an seiner finsteren Miene, dass der Zeitpunkt für das unvermeidliche Gespräch gekommen war.

Sie blickte sich in der Kammer um, in der mehrere Strohsäcke als Schlaflager, eine Holztruhe und ein wackeliges Tischchen das einzige Mobiliar waren. Sie waren allein. Veit und der Welsche schienen in der Schankstube geblieben zu sein, weitere Gäste gab es nicht.

»Nun, Madlen Böckler, wäre es an der Zeit, dass du mir erklärst, warum ich dich hier unweit der Tauber auf einem gottverdammten Acker antreffe, wo ich dich doch wohlbehalten bei Meister Veltlin in Würzburg wähnte?« Der bissige Ton in seiner Stimme weckte sofort Madlens Widerspruchsgeist. Sie straffte sich und reckte das Kinn, um ihm in die Augen zu sehen, doch ehe sie sich verteidigen konnte, fuhr er fort: »Dann noch diese Narretei, dich dem Schwarzen Haufen anschließen zu wollen. Was ist in dich gefahren?«

»Die Vogtsberger haben mich gefunden!«, schleuderte sie ihm entgegen. »Glaubst du etwa, ich bin aus Abenteuerlust fortgelaufen?«

Fulk zog überrascht die Brauen hoch.

»Ich habe mein Zuhause verloren«, fuhr Madlen fort. In der Aufregung ihrer Reise hatte sie diese Tatsache verdrängt, nun wurde es ihr umso heftiger und schmerzlicher bewusst. Sie war heimatlos geworden – wieder einmal. Wie mochte es dem Meister gehen, Barthel und Klara … hatte der Vogtsberger sie ausfindig gemacht, vielleicht gar ausgehorcht oder bedroht? In Christoph hätte er sicher einen eifrigen Verbündeten gefunden. »Botho von Vogtsberg und sein Knecht Heinrich haben mich vor drei Tagen in Würzburg überrascht, ich bin ihnen mit knapper Not entkommen. Da wusste ich, dass ich nicht länger bei Meister Veltlin bleiben konnte. Nicht, ohne ihn in Gefahr zu bringen und mich dazu.« Sie schluckte schwer. »Klara, eine Freundin, und ein Mann, der mit den Bauern zusammenarbeitet, haben mich versteckt, und ich konnte mit einer Gruppe von Aufständischen die Stadt verlassen. Ich kam nach Bütthard, wo die Bauern sich bereits erhoben hatten. Von dort zog ich mit dem Dieppacher weiter.«

Fulks Miene, in der zwischenzeitlich Betroffenheit und Sorge gelegen hatten, verhärtete sich bei diesen Worten erneut. »Du hättest in Bütthard bleiben können!«, versetzte er grimmig. »Wer hat dir den Floh ins Ohr gesetzt, weiter zum Schwarzen Haufen zu ziehen? Was hast du mit dem Geyer zu schaffen?«

Madlen presste die Lippen zusammen. Was hätte sie antworten sollen? Dass sie Florian Geyer vor Monaten kennengelernt hatte und sie seitdem von einer Sehnsucht erfüllt war, von der sie nicht wusste, ob sie seinen Ideen von einer besseren Welt galt oder dem Mann selbst?

Sie würde mit Fulk nicht darüber reden. Das ging nur sie allein etwas an. Und obendrein war sie nicht sicher, wie er es aufnehmen würde. »Wirst du mich mitnehmen?«

»Nein!«, sagte Fulk hart. Er fasste sie bei den Schultern. Der Druck seiner Hände war fest, verriet seine Erregung ebenso wie das entschlossene Funkeln seiner Augen. »Madlen, hör mir zu.« Sie schüttelte wütend den Kopf und er hielt sie umso fester. »Ich habe dich nicht zweimal gerettet, damit du jetzt unter einen wüsten Bauernhaufen gerätst. Du hast keine Ahnung, was für Männer sich dort sammeln. Das sind nicht nur arme Bauern, darunter sind Diebe, Plünderer, streunende Landsknechte …«

»Placker!«, warf sie ihm entgegen.

Er starrte sie verdutzt an, und nach einem Atemzug glitt ein Lächeln über sein Gesicht. »Placker, jawohl«, stimmte er zu. »Männer, wie ich, die nichts zu verlieren haben. Es sind auch einige Weiber dabei, ja, aber das sind Herumtreiberinnen und Trosshuren, mit denen hast du nichts gemein, Madlen!« Seine Stimme wurde drängend. »Das ist kein Platz für dich. Wenn du willst, bleib hier in Röttingen, du wirst eine Anstellung finden, frag meinetwegen den Wirt oder die Magd. Du bist weit genug fort von Würzburg und den Vogtsbergern … und ich muss mich nicht um dich sorgen.«

»Du sorgst dich um mich?« Madlen sah ihn verwirrt an.

Ein merkwürdiger Ausdruck legte sich auf sein Gesicht, etwas Verletzliches lag darin, und sie fühlte, wie ihr Herz rascher zu schlagen begann. »Bleib hier, Madlen, und wenn alles vorbei ist … wenn du es möchtest, dann werde ich dich finden.«

Madlen zögerte, unsicher, was sie sagen sollte.

Dann gab es nichts mehr zu sagen.

Fulk beugte sich zu ihr herab und sie spürte seine Lippen auf ihren. Diesmal war es kein sanfter Kuss wie in Würzburg. Sie konnte sein Begehren spüren, den mühsam beherrschten Hunger, der ihn erfüllte, und sie war zu überrascht, um Widerstand zu leisten, zu überrascht, um klar zu denken. Ihr Mund öffnete sich wie von selbst unter dem Druck seiner Lippen … Sie schmeckte den Wein in seinem Atem, spürte seine Zunge, der sie Einlass gewährte. Als ihre Zungenspitzen sich berührten, erschauerte sie. Nicht aus dem Widerwillen, der sie damals bei Eberlin erfüllt hatte. Es war etwas anderes, Süßeres, etwas, das ihren ganzen Körper mit einer bebenden Wärme erfüllte.

Ohne es zu merken, hatte sie die Arme um seinen Hals geschlungen, während er sie fester an sich presste. Und das war gut so, denn ihre Knie drohten nachzugeben.

Ihr Mund antwortete dem seinen, mal zärtlich, mal verlangend, und das atemlose Keuchen, das an ihr Ohr drang, war ihr eigenes. Benommen schloss sie die Augen, fühlte, wie seine Lippen sich von ihren lösten, um über die zarte Haut ihres Halses zu wandern und dort eine glühende Spur zu hinterlassen, bis hinab zum Ansatz ihrer Brüste über dem Mieder. Seine Hände waren nach oben geglitten zu ihren Schultern, tasteten weiter über ihren Nacken. Wie rau seine Finger waren und zugleich so zärtlich, dass sie erzitterte unter der Berührung.

Fulk stöhnte auf.

Sein Körper hatte sie unmerklich zurückgedrängt und sie spürte den rauen Stein der Wand an ihrem Rücken. Sie war gefangen.

»Nein!« Plötzlich zerriss die süße, lustvolle Benommenheit, sie warf den Kopf zur Seite, um seinem fordernden Mund zu entrinnen, stemmte sich gegen seinen Körper. »Nein, nicht!«

Er ließ sie los, trat einen Schritt zurück. Ein paar Herzschläge lang starrten sie sich an, und Madlen wusste, dass ihr Gesicht ihre widersprüchlichen Empfindungen verriet, ihre Begierde ebenso wie ihre Furcht. Sie hätte etwas sagen müssen, doch aus Angst, ihre Stimme würde ihr nicht gehorchen, blieb sie stumm.

Fulk war es, der das Schweigen brach, mit einer fremden, heiseren Stimme. »Verzeih. Ich bin zu weit gegangen.«

Starr, wie gelähmt sah sie zu, wie er sich abwandte und den Raum verließ, hörte seine schweren Schritte auf der Stiege, bis sie verklangen.

Kapitel 41

Madlen war beschämt. Beschämt wegen der ungeahnten Lust, die sie so plötzlich erfasst hatte, und beschämt darüber, wie sie Fulk zurückgestoßen hatte. Sie hatte ihn verletzt und es tat ihr leid. Ein anderer Mann hätte sich genommen, was er wollte, hätte sich in blinder Lust über ihren Widerstand hinweggesetzt. Doch nicht Fulk.

Sie lag lange wach in der Gästekammer, lauschte Veits Schnarchen und dem gelegentlichen Brummen des Welschen. Fulk kam spät in der Nacht herauf und legte sich auf den Strohsack, der am weitesten von Madlen entfernt war. Sie wusste, dass er wach lag wie sie selbst, doch es gab nichts, was sie hätte tun können.

Zum wiederholten Mal wunderte sie sich über die heftige Reaktion ihres Körpers. Es war, als hätte er nur darauf gewartet, berührt zu werden, erweckt zu werden … und sie ahnte, es hatte nicht viel gefehlt und sie hätte sich ihm hingegeben. *Das also ist es*, dachte Madlen, *wovor die Pfarrer uns warnen. Die böse, sündige Fleischeslust.*

Nun hatte Madlen am eigenen Leib verspürt, was Verführung bedeutete, doch sie bezweifelte sehr, dass *sie* tatsächlich eine Sünde begangen hatte. Fulk war es gewesen, der sie geküsst hatte, auf eine Weise, die sie so erregt hatte, dass sie beinah schwach geworden wäre, hätte ihr Verstand nicht letztendlich die Oberhand gewonnen. Oder war es die Furcht vor der körperlichen Vereinigung gewesen, entstanden aus ihren leidvollen Erfahrungen?

Sie vermochte nicht zu sagen, ob sie froh darüber war,

wie der Moment geendet hatte. Ein Teil von ihr fragte sich, wie es gewesen wäre ... wie seine rauen Hände sich an anderen, intimeren Stellen ihres Körpers angefühlt hätten. Der andere, vernünftige Teil schrie entsetzt auf bei diesem Gedanken.

Hast du nicht genug gesündigt, Madlen Böckler? Willst du noch einmal ein Kind der Sünde empfangen?

Der andere Teil flüsterte: *Ein Kind der Liebe vielleicht?*

Sie rollte sich unter ihrer Decke zusammen, presste ihr Gesicht auf den Strohsack und fühlte das Pieken der Halme durch den fadenscheinigen Stoff.

Liebe? Was ist schon Liebe? Ich liebe ihn nicht ...

Und den anderen?, fragte die sündige Stimme. *Liebst du den anderen?*

Als Madlen die Augen aufschlug, fielen Sonnenstrahlen in die Kammer. Diesmal roch es nicht nach Wein und Erbrochenem, und es lagen keine stinkenden Männerleiber um sie herum. Genauer gesagt lag überhaupt niemand in der Kammer außer ihr.

Madlen fuhr hoch und sah sich verwirrt um. Sie war allein. Fulk hatte sie zurückgelassen.

Sie rappelte sich auf, so schnell sie konnte, und verwünschte die Männer im Stillen, während sie ihren Mantel überwarf und ihr kleines Bündel, auf dem sie geschlafen hatte, an sich nahm. Beinah wäre sie auf der Stiege gestolpert, so hastig eilte sie hinunter in den Schankraum.

Der Welsche und Veit Wentzel schauten ihr verwundert entgegen. Tatsächlich saßen die beiden Placker entspannt vor Schüsseln mit Haferbrei und einem Krug mit Molke.

»Was ist los, Maddalena?«

Madlen blieb wie angewurzelt auf der letzten Stufe stehen. Ihr Blick irrte durch den Schankraum. Außer den beiden Männern war niemand zu sehen. »Wo ... wo ist er?«, stotterte sie.

Veit runzelte die Stirn. »Der Hauptmann? Er besorgt dir ein Pferd.«

»Ein ... Pferd?«, wiederholte sie verdattert.

»Ja, ein Pferd. Er sagt, wenn wir zum Haufen kommen, kann er dich nicht ständig vor sich im Sattel sitzen haben.«

Madlen stöhnte auf. Sie griff nach einem Stuhl und sank darauf nieder. Der Welsche schob ihr einen Löffel und die Schüssel hin. Er sah sie wissend an und Madlen wandte rasch den Blick ab. Sie begann zu essen, obwohl sie keinen wirklichen Appetit verspürte. Ihr war klar, dass sie bei Kräften bleiben musste, wenn sie mit den Männern zum Schwarzen Haufen ritt.

Zum Schwarzen Haufen. Jetzt, da das Ziel ihrer Reise so nahe war, fühlte Madlen sich beinah schwindelig. Ihr Magen zog sich zusammen. Sie würde Florian sehen. Endlich. Wie würde er auf ihr unverhofftes Auftauchen reagieren? Ähnlich wie Fulk, vermutete sie. Würde er sie fortschicken? *Was in Gottes Namen will ich dort überhaupt?*, fragte sie sich. Sie hatte in Bütthard bereits einen Eindruck davon bekommen, wie es bei den Bauernhaufen zuging. Florians Truppe würde nicht anders sein. Fulk hatte recht, das war kein Platz für eine Frau, zumindest nicht für eine ehrbare. *Das bin ich ohnehin nicht*, dachte sie bitter. Vielleicht passte sie besser zu den Landsknechtsweibern und Trosshuren, als Fulk glaubte.

Das Knarren der Tür riss sie aus ihren Gedanken. Der Welsche, der ihr gegenübersaß, blickte auf und nickte kurz. Fulk war zurückgekommen. Die feinen Härchen in Madlens Nacken stellten sich auf, die Erinnerung an den Kuss befiel sie mit aller Macht.

Sie zwang sich dazu, sich umzudrehen und ihn anzusehen. Seine Miene war kühl und beherrscht, verriet nichts mehr von der Leidenschaft, die ihn am Vorabend überwältigt hatte. »Wir brechen auf«, sagte er knapp. »Draußen steht ein Pferd für dich. Ich hoffe, du kannst reiten.«

Madlen nickte stumm. Sie war noch nie allein geritten, doch das würde sie ihm nicht sagen. Es wäre nur ein weiterer Grund, sie zurückzulassen. Insgeheim hoffte sie, das Pferd würde einfach brav seinen Artgenossen folgen und ihr keine Schwierigkeiten machen.

So kam es schließlich auch. Entweder hatte sie einfach Glück und eine besonders ruhige und fügsame Stute erwischt oder – und das war wahrscheinlicher – Fulk hatte ihre reiterlichen Fähigkeiten gut eingeschätzt und das Pferd danach ausgewählt.

Mittlerweile wusste sie, dass er auf beunruhigende Weise in sie hineinzublicken vermochte. Nach dem Geschehnis des gestrigen Abends machte sie das umso nervöser.

Zu Madlens Erleichterung war es kein anstrengender Ritt. Sie folgten dem Höhenweg oberhalb der Weinberge, und Madlen konnte den Lauf der Tauber im Tal sehen. Der Fluss schlängelte sich zwischen Büschen und Bäumen dahin, an denen das frische zarte Grün des Frühlings spross. Hin und wieder begegneten sie Grüppchen von Männern, die in die gleiche Richtung zogen. Dorthin, wo der Haufen lagerte, gen Schäftersheim, wo es ein wohlhabendes Nonnenkloster gab und man auf reiche Beute hoffte.

Viele der Leute waren arme Häcker, die tagein, tagaus in den Weinbergen der Herrschaft schufteten, ihr Los war nicht besser als das der einfachen Ackerbauern, und so waren sie bereitwillig dem Ruf zum Aufstand gefolgt. Sie beäugten die vier Reiter mit einer Mischung aus Neugier und Misstrauen. Insbesondere Madlen auf ihrer Fuchsstute zog die Blicke auf sich. Die abgetragene bunte Landsknechtskleidung der Reiter und der zerbeulte Harnisch des Anführers verrieten, dass es sich nicht um Waffenknechte eines Fürsten oder gar Bündische handelte, und des Öfteren wurden ihnen Grüße nachgerufen oder Hüte und Spieße geschwenkt.

Fulk beachtete die Bauern nicht. Er ritt mit undurchdringlicher Miene an der Spitze und sein riesiger Rappe ließ die Menschen eilig beiseite weichen. Veit dagegen wechselte Grüße mit den Aufständischen, die eine oder andere Zote flog hin und her, was Madlen leichte Röte auf die Wangen trieb.

Der Welsche ritt am Ende, und Madlen meinte, seinen nachdenklichen Blick im Rücken zu spüren. »Sie haben begonnen!«, verkündete er und brachte sein Pferd neben Madlens Stute. Er wies mit der Hand nach vorn und sie sah den dunklen Rauch, der ins hellere Grau des Himmels emporstieg.

Fulk zügelte seinen Rappen.

Einige Augenblicke verharrten sie schweigend. In der Stille konnten sie die fernen Geräusche hören. Schreie, Jubeln und vereinzelte Schüsse.

Madlen wusste, was dort brannte, und sie wusste auch, was der Lärm bedeutete. Sie hatte vor Kurzem in Bütthard Ähnliches erlebt. Der Bauernhaufen hatte das Kloster gestürmt.

Sie sah den Welschen besorgt an. Er hatte ihr erzählt, dass im Kloster Schäftersheim eine Gemeinschaft von Prämonstratenserinnen lebte, eine kleine Gruppe von frommen Frauen, die ihr Leben nach den strengen Regeln ihres Ordens führten. Ein Leben, das von Gebet, Stille und Gottesfurcht bestimmt wurde. Welches Entsetzen mochte diese Frauen befallen angesichts der zügellosen Männerhorde, die ihr Kloster verwüstete und alles raubte oder zerstörte, was nicht niet- und nagelfest war?

Madlen schluckte schwer bei dem Gedanken. »Die armen Frauen«, murmelte sie.

Zu spät bemerkte sie, dass Fulk sein Pferd herumgezogen hatte und sie ansah. Hatte er die geflüsterten Worte gehört? »Weißt du jetzt, was ich meine?«, fragte er scharf. »Der Zorn des Volkes bricht sich Bahn, und ich bin mir nicht sicher, ob die Hauptleute es schaffen, ihn zu lenken.«

»Der Geyer kann es schaffen!«, ließ sich Veit vernehmen. »Er hat Landsknechte geführt und weiß mit Männern umzugehen!«

»Für viele von dem Haufen ist er ein Junker. Sie werden ihm nicht trauen«, entgegnete Fulk. Er betrachtete Madlen nachdenklich.

Hatten ihre Augen aufgeleuchtet bei der Erwähnung des Ritters? Sie presste die Lippen zusammen und versuchte, seinem Blick standzuhalten.

»Du kennst ihn«, sagte er unvermittelt, als ob er ihre Gedanken gelesen hätte.

»Der Meister pflegte eine Freundschaft mit ihm«, erwiderte sie so ruhig sie vermochte. »Er war ein paarmal in unserem Haus zu Gast.« Nach kurzem Zögern setzte sie hinzu: »Es gibt keinen Grund, ihm zu misstrauen, er steht ganz und gar auf der Seite der Bauern und hinter den Zwölf Artikeln.«

Als sie ausgesprochen hatte, war es still. Alle drei Männer starrten sie verblüfft an, und im gleichen Moment verwünschte sie ihre vorlaute Zunge und die »neue« Madlen, die es nicht schaffte, ihre Gedanken und Überzeugungen für sich zu behalten.

»Was weißt du von den Zwölf Artikeln?«, wollte Fulk wissen, und sie verspürte trotz allem eine leise Genugtuung, weil sie es fertiggebracht hatte, ihn zu überraschen.

»Ich kenne ihren Inhalt. Der Meister hat sie mir vorgelesen«, erklärte sie geradeheraus.

Veit pfiff durch die Zähne. »Oha! Für eine Magd bist du ja gut im Bilde.«

Fulks Kiefer mahlten. Sie ahnte, dass Ärger und Respekt miteinander rangen. Nach einer Weile sagte er: »Wir werden sehen, was der Hauptmann dazu sagt. Er schätzt es nicht, Weiber bei seinem Haufen zu haben, das ist bekannt. Meint, sie bringen nur Unruhe und Streit in die Truppe.« Zu Madlens Erstaunen huschte ein Grinsen über sein Gesicht. »Aber du bist ja kein gewöhnliches Weib, Madlen Böckler, so viel steht fest.« Mit diesen Worten wendete er seinen Rappen und trieb ihn vorwärts.

Man hatte die Nonnen im Hof des Klosters zusammengetrieben, wo sie, aneinandergedrängt wie eine Herde Schafe, hilflos dem wüsten Treiben der Bauern zusehen mussten.

Madlen empfand Mitleid mit den Frauen in ihren weißen wollenen Gewändern und den schwarzen Schleiern. Es waren nicht viele, etwa ein Dutzend, und sie wirkten verängstigt.

Einzig eine alte Nonne mit stolzem, strengen Gesicht, vermutlich die Äbtissin, wirkte gefasst … und wütend. »Gott im Himmel wird euch strafen für das, was ihr hier tut, ihr Schandbuben!«, rief sie laut und hob die Arme, die Hände hatte sie zu Fäusten geballt.

Ein paar der Bauern starrten sie verunsichert an, bis ein schwarzbärtiger Kerl entschlossen auf die Oberin zutrat und ihr seinerseits die Faust vor das Gesicht hielt. »Wirst wohl dein Maul halten, Alte, oder soll ich's dir stopfen?«, brüllte er.

Madlen erschrak, doch die Äbtissin war klug genug, sich schweigend abzuwenden und den Mann nicht weiter zu provozieren. Dabei fiel ihr zorniger Blick auf Madlen, die im Gefolge der drei Placker auf den Hof geritten war.

Sie hatte ihr Pferd noch nicht ganz zum Stehen gebracht, da wies der ausgestreckte Arm der erbosten Äbtissin auf sie. »Sieh dich vor, braunes Weib. Du machst mit diesen Mordbrennern gemeinsame Sache! Solche wie dich hat man in früheren Zeiten auf dem Scheiterhaufen verbrannt!«

Madlen fühlte, wie ihr das Blut aus dem Gesicht wich. Unwillkürlich zerrte sie an den Zügeln, und die Stute tänzelte nervös zurück. Die Augen der Äbtissin schienen sie zu durchbohren, und plötzlich war ihr, als stünde sie wieder im Gemach der Herrin Friedlinde und erzitterte unter dem stechenden Blick des Kaplans.

»Madlen?« Fulks Stimme holte sie in die Gegenwart zurück. »Wo bleibst du?« Der Rappe war neben ihr, Fulks Hand berührte ihre Schulter.

Die Äbtissin ließ den Arm sinken, doch ihre Worte schienen über Madlen zu schweben und sie erschauderte. Würde sie immer das verachtete braune Weib bleiben? War es ihr Los, dass man sie selbst hier, fern von Vogtsberg, eine Hexe nannte und ihr mit dem Flammentod drohte?

Fulks Hand drückte sie ein wenig fester. »Was ist mit dir? Du bist totenbleich.« Offenbar hatte er die Worte der Äbtissin nicht gehört.

Madlen brachte es nicht über sich, sie zu wiederholen. Hastig schüttelte sie den Kopf. »Ich war nur ... in Gedanken.« Sie konnte sehen, dass er ihr nicht glaubte, und fügte hinzu: »Diese armen Nonnen!«

Fulk stieß ein kurzes Lachen aus. »Arm würde ich sie nicht nennen! Das ist ein äußerst wohlhabendes Kloster. Arm sind die Menschen aus dem Dorf auf der anderen Seite der Tauber, deren harte Arbeit all diese Pracht hier ermöglicht hat!«

Er beachtete die Äbtissin nicht weiter, und Madlen kam es so vor, als hätte seine bloße Gegenwart die bösen Worte und die Erinnerungen verjagt. Dankbar lächelte sie ihn an.

Er wirkte einen Moment lang überrascht, bevor er ihr Lächeln erwiderte. »Nun komm, ich will die Hauptleute finden. Das wird in diesem Durcheinander nicht leicht. Der

Geyer wartet auf unseren Bericht.« Er richtete sich in den Steigbügeln auf und sah sich um.

Überall liefen Männer herum, die ihre Beute fortschleppten, Säcke voller Mehl und Getreide, Truhen mit Krügen, Trinkgefäßen, Zinntellern und allerlei anderem Hausrat, Kissen und Decken, Messgewänder, Leuchter, Altartücher und Monstranzen, sogar Schränke, Stühle und Tische. Andere trieben allerlei Vieh aus den Ställen, Kühe, Schweine, Ziegen und Schafe, Hühner und Gänse. Madlen traute ihren Augen kaum, als sie zwei Bauern sah, die auf einem Karren eine Kirchenglocke fortschafften.

Einige Übereifrige hatten bereits begonnen, Feuer an die Wirtschaftsgebäude zu legen, die Flammen fraßen sich gierig durch die hölzernen Balken und schickten eine dunkle Qualmwolke gen Himmel. Der Brandgeruch zog durch den Klosterhof, und Madlens Pferd begann, furchtsam zu stampfen und sich gegen die Zügel zu wehren.

»He, du da, wo sind die Hauptleute?«, rief Fulk einem vorbeihastenden Bauern entgegen, der einen wertvollen Sattel über der Schulter trug, obwohl er kein Pferd bei sich hatte.

Der Mann wies stumm zum Tor.

Fulk stieß einen Fluch aus. Madlen war erleichtert, aus dem Klosterhof herauszukommen und dem Brandgestank zu entfliehen. Ihr verängstigtes Pferd folgte dem Rappen.

Fulk musste zwei weitere Male fragen, bis ihm ein zerlumpter Bursche den Weg zum Tauberufer wies, wo eine Gruppe Männer beisammenstand, die augenscheinlich kein Interesse daran hatten, Raubgut fortzuschleppen und Gebäude in Brand zu setzen. Sie steckten die Köpfe zusammen und diskutierten erregt, sodass sie Fulk und Madlen erst bemerkten, als beide nur noch wenige Schritte entfernt waren.

Fulk glitt aus dem Sattel. Madlen verharrte reglos auf ihrem Pferd, als ein schlanker, dunkel gekleideter Mann sich aus der Gruppe löste und auf Fulk zutrat.

»Gott zum Gruße, Fulk, es ist gut, Euch zu sehen!«, sagte Florian Geyer, und Madlen sah, wie er dem Placker kameradschaftlich die Hand auf die Schulter legte. »Wo sind Eure Männer?« Sein Blick wanderte von Fulk zu den Pferden und von dort zu Madlen, die ihm aus geweiteten Augen entgegenstarrte. »Du lieber Himmel«, entfuhr es ihm.

Kapitel 42

Stirnrunzelnd schaute Florian Geyer von Madlen zurück zu Fulk, und sie konnte sehen, dass er versuchte, einen Zusammenhang herzustellen – und dass es ihm nicht gelang.

Natürlich nicht, dachte sie. Er wusste nichts von ihr und ihrer Vergangenheit. Er wusste nicht, dass sie eine Entlaufene war, er wusste nichts von ihrer Zeit auf Vogtsberg und von dem toten Kind. Für ihn war sie die Magd des Apothekers, schlicht und einfach.

Er kennt mich gar nicht.

Ein unbestimmtes Gefühl von Traurigkeit erfasste Madlen und sie senkte unwillkürlich den Blick.

Einige Atemzüge lang herrschte betretene Stille.

Einer der anderen Hauptleute, ein baumlanger Kerl mit schief sitzendem Hut, trat neben Florian und bemerkte grinsend: »Sieh mal einer an, Fulk, ein hübsches junges Weib hast du uns da mitgebracht – ein wohltuender Anblick nach all den Nonnen!«

Fulk gab ein unwilliges Schnauben von sich. »Hab sie gewiss nicht zu deinem Ergötzen mitgebracht, Lienhard.«

Der Lange lachte und zwinkerte Madlen zu.

Florians Miene verdunkelte sich. Mit scharfer, befehlsgewohnter Stimme sagte er: »Spart euch das, wir haben anderes zu tun! Fulk, Ihr habt mir zu berichten, und du, Schwarzenbronner, sieh zu, dass die Beute verladen wird und deine Männer sich zum Aufbruch bereit machen! Wir ziehen heute noch weiter tauberabwärts Richtung Mergentheim.«

»Die ersten Weinfässer sind schon angezapft!«, warf ein untersetzter Mann mit dichtem schwarzem Bart ein. »Es wird nicht lange dauern und die Männer liegen besoffen herum.«

Florian zuckte die Achseln. »Wer zu betrunken ist zum Weiterziehen, bleibt zurück! Wir haben vor, das Deutschherrenschloss einzunehmen. Das schaffen wir nicht mit einem Haufen von versoffenen Tölpeln!«

»Eure Männer werden bereit sein, wenn Ihr es wünscht«, versicherte Fulk mit grimmiger Miene. »Der Schwarze Haufen braucht keine Hilfe von diesen Trunkenbolden, um die Deutschherren aus ihrem Schloss zu jagen.«

Die abfällige Bemerkung brachte ihm einen zornigen Ausruf des Schwarzbärtigen ein.

Florian hob die Hand. »Kümmer dich um dein Fähnlein, Reutner!«

Madlen sah erstaunt, wie der Mann sich mit einem gehorsamen Nicken umwandte und auf das Kloster zueilte, das mittlerweile in dichten Rauchschwaden stand. Dabei brüllte er den Bauern, die wie Ameisen umherwuselten, unverständliche Befehle zu.

»Du auch, Bentz«, sprach Florian weiter. »Nimm Hans von Ohrenbach mit, die Männer aus der Rothenburger Landwehr hören auf ihn! Sag ihnen, sie sollen alles verladen, was wir als Proviant gebrauchen können. Aber kein Vieh und – Gott bewahre! – nicht irgendwelche Möbel! Das überlassen wir den Tauberbauern.«

»Was geschieht mit den Nonnen?«, fragte der Angesprochene.

Florian winkte ab. »Können gehen, wohin sie wollen. Wen kümmert's? Ihr Kloster wird bald abgebrannt sein.«

Bei diesen Worten warf Madlen einen erschrockenen Blick über die Schulter. Flammen schlugen aus den Dächern der

Wirtschaftsgebäude, und aus dem Tor zum Hof strömten die letzten Plünderer. Sie meinte, hinter den Fenstern des Wohntraktes einen rötlichen Schein erkennen zu können. Allein die Kirche schien bislang unversehrt vom Feuer, aber das würde sicher nicht lange so bleiben. Die Worte der Äbtissin hallten in ihrem Kopf wider: *Gott im Himmel wird euch strafen.* In diesem Moment wünschte sie, sie wäre niemals hierhergekommen, hätte niemals dieses Bild der Zerstörung gesehen. Sollte das der Beginn der neuen Welt sein? Feuer und Vernichtung?

»Lene.« Florians Stimme ließ Madlen herumfahren. Die Männer hatten sich entfernt und er schien sich ihrer Gegenwart gewahr zu werden. Die eisgrauen Augen musterten sie eingehend. In der Erwartung des unvermeidlichen Verhörs spannte sie sich innerlich an. »Ich weiß nicht, was geschehen ist und warum du hier bist, und das ist sicherlich nicht der rechte Zeitpunkt, das zu besprechen.« Florians Blick wanderte von ihr zu Fulk, der grimmig dreinschaute. »Ihr werdet Eure Gründe haben, warum Ihr sie mitgebracht habt. Ihr seid ein vernünftiger Mann, und ich hoffe, dass es nicht darum geht, Euer Liebchen bei Euch zu haben, Fulk von Weilingen!«

Fulk und Madlen setzten beide an, heftig zu widersprechen, doch Florian gebot ihnen mit einer Handbewegung zu schweigen. »Wir werden in Kürze gegen das Schloss der Deutschherren bei Markelsheim ziehen. Bis dahin reitest du mit uns, Lene.« Er betrachtete sie nachdenklich. »Wir wissen nicht, was uns beim Schloss erwartet. Es heißt, die Einwohner seien der bäuerlichen Sache wohlgesonnen, dennoch müssen wir auf alles gefasst sein. Ihr sorgt für ihre Sicherheit, Fulk. Alles Weitere klären wir später.«

»Ich werde Euch nicht zur Last fallen«, sagte sie leise und wusste nicht, welchen der beiden Männer sie meinte.

Fulk warf ihr einen zweifelnden Blick zu, Florian nickte knapp.

Das Gespräch war beendet.

Es dauerte keine Stunde, bis der riesige Haufen aufbrach. Das zerstörte Kloster blieb in schwarzem Rauch zurück, und wie ein gewaltiger Wurm setzten sich die Aufständischen in Bewegung. Sie folgten dem Lauf der Tauber, ein schier endloser Tross aus Männern, Pferden, mit Proviant beladenen Karren und einer kleinen Schar von Weibern und Kindern am Ende.

Dort fand sich Madlen wieder.

Fulk, seine Kameraden und ein paar weitere berittene Männer, die besser ausgerüstet waren als die Hauptmasse der Bauern und Häcker, ließen sich hinter den Haufen zurückfallen und bildeten die Nachhut.

Fulk hatte nicht viel gesagt nach dem Gespräch mit Florian Geyer, und Madlen war froh darüber. Sie hatte selbst genug mit ihren widersprüchlichen Empfindungen zu kämpfen.

»Wie ich dir gesagt habe«, hatte er nur geknurrt, »der Hauptmann hält nicht viel von Weibsvolk bei seiner Truppe. Kann gut sein, dass er dich in Markelsheim zurücklässt.« Etwas war in seinen dunklen Augen aufgeblitzt. »Vielleicht auch nicht, *Lene*!«

Die Art, auf die er den Kosenamen ausgesprochen hatte, hatte Madlen einen Stich versetzt. Es hatte spöttisch geklungen, anzüglich.

Sie musterte ihn mit zusammengekniffenen Augen. War er eifersüchtig? Die Erinnerung an den leidenschaftlichen Kuss brannte in ihr, sosehr sie auch versuchte, sie zu verdrängen. Fulk musste wissen, dass sie ihn begehrt hatte, zumindest einige Augenblicke lang. Doch er hatte keine Ahnung, wie ihr Verhältnis zu Florian Geyer war, und sie ahnte, dass es ihn beschäftigte. Glaubte er, sie sei die Liebschaft des Ritters gewesen und ihm deshalb nachgelaufen? *Davon bin ich weit entfernt*, dachte Madlen und wusste nicht, ob sie darüber erleichtert oder traurig sein sollte.

»Wir werden sehen«, erwiderte sie kühl, und Fulk ließ das Thema fallen.

»Halte dich an die Weiber«, hatte er sie ermahnt. »Da bist du sicher, falls einer dieser Trunkenbolde auf dumme Gedanken kommt. Ich habe keine Zeit, deine Amme zu spielen!« Mit dieser scharfen Bemerkung hatte er sein Ross herumgerissen und sich seinen Männern angeschlossen.

Madlen hatte ihm wütend nachgestarrt.

Zunächst ritt sie ein wenig ratlos neben den Frauen her, die ihr gleichermaßen misstrauische wie neugierige Blicke zuwarfen. Irgendwann bemerkte sie eine armselig gekleidete junge Mutter, die außer einem schweren Bündel und einer Ziege an einem Strick noch zwei kleine Kinder mit sich zerrte. Plötzlich kam sie sich auf ihrer Stute fehl am Platz vor. Als sie abstieg und der jungen Frau Hilfe anbot, erntete sie einen überraschten Blick, dem sogleich ein dankbares Nicken folgte.

Kurze Zeit später saßen die zwei Kinder auf dem Rücken der Fuchsstute, der schwere Sack wurde am Sattel festgebunden. Madlen führte das Pferd am Zügel und schritt neben der Frau her, die sich als Anneke vorgestellt hatte.

»Vergelt's dir Gott«, sagte sie und schenkte Madlen ein zahnlückiges Lächeln. »Ich bin schon in Creglingen zum Haufen gestoßen, aber viel weiter hätt ich's mit den zwei Bälgern nicht geschafft.«

Madlen schaute sie überrascht an. »Warum tust du das? Hast du kein Heim, keine Bleibe?«

Anneke schüttelte den Kopf. »Mein Zuhause ist hier, bei

meinem Mann.« Sie kicherte verlegen. »Für Mutter Kirche ist er natürlich nicht wirklich mein Mann, bin nur sein Maienweib. Aber ich hab ihm zwei Kinder geboren.«

Madlen verstand. Die Liebschaften der Landsknechte, so sagte man, dauerten gewöhnlich nicht länger als vom Mai bis in den Herbst, der Volksmund nannte sie deshalb Maienehen. Hätte sie sich Fulk in der vergangenen Nacht hingegeben, wäre sie vielleicht auch eine solche Maienbuhlin geworden. *Bis die roten Blätter fallen*, dachte sie traurig. *Oder bis der Liebste gefallen ist.*

»Dann ist er ein Landsknecht?«, fragte sie.

Anneke nickte. »Von droben, vom Meer stammt er.« Ein sanftes Glänzen trat in ihre blauen Augen. »Weiß so schöne Geschichten zu erzählen, der Joost. So hat er mich rumgekriegt, damals in Worms. Drum nennt er mich Anneke, das ist ein Name aus seiner Heimat. Eigentlich heiß ich Anna.«

Madlen nickte. »Kein leichtes Leben hast du da gewählt.«

»Hätt ich's vorher gewusst, hätt ich sein Werben abgelehnt«, erklärte Anneke freimütig. »Aber da trug ich schon den Kleinen im Leib, und er versprach, mich mitzunehmen und dafür zu sorgen, dass wir immer was zu beißen haben.« Ein bekümmerter Ausdruck huschte über ihr sommersprossiges Gesicht. »Das schafft er nicht immer, aber er tut sein Bestes. Und ich hab ihn gern, weißt du.« Ihre Wangen färbten sich ein wenig dunkler. Unter den gesenkten Lidern warf sie Madlen einen Blick zu.

»Und du? Bist die Liebste von dem Hauptmann mit der schlimmen Narbe? Er sieht immer grimmig aus, find ich, aber die Männer mögen ihn.«

»Nein«, beeilte sich Madlen zu berichtigen. »Nein, ich bin nicht seine Liebste.«

»Zu wem gehörst du dann?«

»Zu … niemandem.«

Die junge Frau zog überrascht die Brauen hoch. »Was machst du dann hier beim Haufen? Willst du etwa kämpfen?«

Madlen starrte sie an. »Gibt's denn Frauen, die kämpfen?«

Anneke zuckte die Achseln. »Hab davon gehört, aber von uns tut das keine.« Sie schaute zu den beiden kleinen Jungen, die mit stolzen Gesichtern auf dem Pferd saßen. »Außer wenn's um unsere Kinder geht.«

Madlen folgte ihrem Blick und musste an ihr eigenes Kind denken. Die kleine Marie, begraben unter blühenden Buschwindröschen. Sie hatte keine Chance bekommen, um ihr Kind zu kämpfen, aber sie hätte es getan, wie alle Mütter es taten. Der Schmerz schnitt tief in ihr Herz, beinahe hätte sie sich gekrümmt.

Annekes Miene wurde nachdenklich und ahnungsvoll. »Hast eins begraben, nicht wahr?«

»Woher weißt du …?«

Anneke lächelte traurig. »Meins liegt in den Donauauen. Ein kleines Mädchen, zu schwach, um die Reise zu überstehen.« Sie seufzte und griff nach Madlens Hand. »Dafür hab ich die beiden Jungen. Glaub mir, du wirst auch wieder eins zur Welt bringen. Meist passiert das früher, als man sich wünscht.«

Der Tross war so lang, dass die Männer an der Spitze die Deutschherrenburg nördlich von Markelsheim erreicht hatten, als Madlen mit der Schar von Weibern und Kindern noch fast eine Meile zurücklag. Das barg den Vorteil, dass sie, falls etwas schiefging, die Möglichkeit hatten, rechtzeitig zu flüchten. Falls sie wussten, wohin sie fliehen sollten.

Die Burg Neuhaus, Sommersitz der Herren vom Deutschen Orden, thronte auf einem Bergsporn, dem Roggenberg, wie eines der Trossweiber erklärte. Die grauen Mauern und der mächtige Bergfried waren weithin sichtbar. Vom Ende des

Trosses konnte Madlen beobachten, wie die Bauern durch die Streuobstwiesen unterhalb der Burg nach oben strebten, den trutzigen Wällen entgegen. Die meisten gingen zu Fuß, einige Reitergrüppchen waren ebenso zu erkennen. Irgendwo dort war Florian, an der Spitze seiner Männer. Madlen blieb stehen und beschattete ihre Augen gegen die tief stehende Aprilsonne. Es war unmöglich, ihn auszumachen unter den vielen Menschen dieser Ameisenarmee, die den Berg überflutete.

Die Burg schien gewaltig, furchteinflößend. Was würde geschehen, wenn die ersten Angreifer die Steinbrücke erreichten, die zum Haupttor führte? Würden Geschütze donnern, Pfeile fliegen? Würden die Verteidiger sie in Stücke schießen?

Angst befiel sie, drückte ihr die Kehle zu wie eine brutale Hand. Fulk war mit seinen Reitern an ihr und den Frauen vorbei nach vorn geprescht, dorthin, wo der Kampf sich abspielen würde.

»Was wird geschehen?«, flüsterte Anneke neben ihr.

Ihre Stimme bebte, und Madlen begriff, dass die junge Mutter ebenso viel Angst hatte wie sie selbst. Angst um den Mann von der Küste, der zwischen ihr und einem elenden Bettelleben stand. Ihr Ernährer, ihr Beschützer.

Auch die anderen Frauen waren inzwischen stehen geblieben. Madlen konnte sie flüstern hören, als wagten sie nicht, die Stimmen zu erheben angesichts des Geschehens. Sie alle waren eine Schicksalsgemeinschaft, Frauen und Kinder, ganz gleich, ob Huren, Maienweiber oder Ehefrauen. Sie alle einte die Sorge um die Männer dort vorn – die Sorge um ihre eigene Zukunft und die ihrer Kinder.

Sie fuhren zusammen, als das ferne Donnern von Schüssen an ihr Ohr drang. Annekes Finger krallten sich in Madlens Arm. Der kleinere der beiden Jungen begann zu weinen. Er musste die Angst der Mutter spüren, die Geräusche waren zu fern, um ihn zu erschrecken.

Eine Weile war es still, bis eine der Frauen rief: »Sie stürmen hinein! Seht nur! Sie dringen in die Burg ein!«

Der Aufschrei löste die Starre, und alle begannen loszulaufen – vorwärts, nur vorwärts. Die Burg war gewonnen.

Kapitel 43

»Sie haben uns die Tore geöffnet«, sagte Fulk und biss herzhaft in einen knusprigen Hühnerschenkel.

Die Luft war erfüllt vom Rauch der Herdfeuer und dem Duft der Hühner, die darüber gebraten wurden. Über einigen Feuern brutzelten Schweine und nahe dem wuchtigen Bergfried drehte sich sogar ein geschlachteter Ochse an einem Spieß. Zahllose Weinfässer waren aus den Kellern der Burg geholt und angestochen worden. Es war inzwischen dunkel und der Wind kündigte eine kalte Nacht an. Der guten Stimmung der Menschen tat das keinen Abbruch. Innerhalb der Burgmauern verbreiteten mehrere Lagerfeuer ihre Wärme, und außerhalb der Burg waren Zelte errichtet worden, um die zahllosen Menschen zu beherbergen.

Florian Geyer und die anderen Hauptleute waren übereingekommen, die Burg für die Übernachtung zu nutzen, ehe man sie beim Abzug am nächsten Morgen zerstören wollte.

»Es wären ohnehin nur wenige Kriegsknechte zur Verteidigung hier gewesen«, erzählte Fulk weiter, »höchstens drei Dutzend, und sie waren alle gut bäurischer Gesinnung, genau wie man es dem Geyer berichtet hatte. Sie begrüßten uns wie die Befreier, die wir sind.«

»Gab es keinen Kommandanten?«, fragte Madlen, und Fulk zuckte die Achseln.

»Ein Hauptmann, der uns sein Schwert übergab, das war alles. Florian bot ihm einen Becher Wein an, den er seinem Dienstherrn abgenommen hat. Sehr großzügig, nicht wahr?« Er lachte spöttisch.

»Tatsächlich?« Madlen drehte ihren Weinbecher zwischen den Fingern.

Sie hatte wenig getrunken, dennoch fühlte sie sich benommen von all dem Lärm, dem Qualm, den Düften und vielleicht auch von dem Mann, der ihr gegenübersaß.

Die Ausgelassenheit war ansteckend. Ein Pfeifer spielte auf, ein Fiedler schloss sich ihm an, und rasch begannen einige Paare fröhlich zu tanzen. Madlen erhaschte einen Blick auf Anneke, die an der Hand eines hochgewachsenen Mannes mit hellem blondem Haar, das fast weiß wirkte, zum Takt der Musik herumwirbelte. Sie lachte und warf ihre üppigen braunen Locken zurück, die sie schamlos offen trug.

Wie glücklich sie aussieht, dachte Madlen. Womöglich bedurfte es keines festen Heimes, um glücklich zu sein, wahrscheinlich waren es diese flüchtigen Stunden, diese Momente, in denen Kummer und Sorgen so fern schienen wie die Sterne am Himmel. Vermutlich war es der Klang der Musik, das Lachen der Kinder, die Berührung des geliebten Mannes … Das alles war das wahre Glück, das sich niemals festhalten ließ.

Madlen trank ihren Becher leer und begegnete Fulks nachdenklichem Blick.

»Sieh sie dir an«, sagte er mit einem Mal ernst. »Sie feiern, als ob sie einen großen Sieg errungen hätten, dabei ist ihnen die Burg nur wie ein reifer Apfel in den Schoß gefallen.«

»Was ist so schlimm daran, dass sie feiern?«, entgegnete Madlen. »Die meisten von ihnen haben schwere Zeiten hinter sich, haben Hunger und Willkür erfahren. Da ist es nur recht und billig, dass sie ihren Sieg genießen.«

Fulk brummte. »Sie sind wie einfältige Kinder, die keine Ahnung haben, was vor ihnen liegt!«

»Umso mehr sollten sie diesen Abend auskosten!«, beharrte Madlen. »Warum hegst du so trübe Gedanken? Gott allein weiß, was die Zukunft uns allen bringen wird.«

»Ich habe eine Ahnung davon«, knurrte Fulk. »Ich kenne den Truchsess und den Schwäbischen Bund besser als die meisten hier.«

»Ah, Maddalena hat recht«, ließ sich der Welsche vernehmen, der sich neben Madlen auf seinem Umhang ausgestreckt hatte. »Morgen können wir tot sein oder nicht. Was soll's? Heute feiern wir und haben keine schwarzen Gedanken! *Vieni, carissima*!« Er stand auf und streckte Madlen die Hand entgegen.

Sie fand sich in den Armen des Welschen wieder, spürte, wie er sie herumwirbelte, die Hände fest an ihrer Taille, hörte ihr eigenes glückliches, sorgloses Lachen.

Als die Musik verklang, weil es die durstigen Musikanten nach einem Trunk verlangte, kehrte sie mit erhitzten Wangen zurück zum Feuer und sank auf ihren Mantel, den sie auf dem Boden ausgebreitet hatte.

Fulk reichte ihr wortlos einen vollen Becher Wein, den sie mit großen Zügen leerte. Sie wusste, dass er sie beobachtet hatte. Sie hatte seinen Blick gespürt, doch diesmal schien er keine Eifersucht zu empfinden. Natürlich würde keiner seiner Gefährten es wagen, dem eigenen Hauptmann die Frau streitig zu machen!

Was für ein Unsinn, dachte Madlen. Dieser eine Kuss macht mich noch lange nicht zu seiner Buhlin.

Sie spürte eine Berührung an ihre Hüfte und sah den kleineren von Annekes beiden Jungen, ein etwa dreijähriges Bürschlein, weißblond wie sein Vater, der sich an sie drückte.

»Was ist los, Hänschen?«

Schüchtern sah er zu ihr auf. »Darf ich morgen wieder auf deinem Pferd reiten?«

Sie strich ihm sanft über die zerzausten blonden Locken. »Aber ja«, versprach sie ihm, bevor sich Florian Geyers Worte in ihre Gedanken drängten. *Alles Weitere klären wir später.*

Fulks Miene verriet, dass er das Gleiche dachte.

Das Kind schmiegte sich vertrauensvoll an sie, und sie fragte sich, ob sie ihm ein falsches Versprechen gegeben hatte. Sie hatte Florian seit dem Fall der Burg nur von Weitem gesehen und es nicht gewagt, sich ihm zu nähern. In der Rolle, die er im Haufen innehatte, schien er ihr ferner und fremder denn je. Er war der Hauptmann, der alles im Blick hatte, Entscheidungen traf, Befehle gab, organisierte, lobte und tadelte. Und obwohl er sich nicht zu schade dafür war, selbst mit dem einfachsten Bauern zu sprechen, so erschien er ihr doch wie ein Feldherr im Kreis seiner Krieger. Würde er einfach über ihr weiteres Schicksal entscheiden, ohne sie anzuhören?

Hinter ihr knirschten Stiefel und im gleichen Moment sah sie eine Veränderung in Fulks Gesicht.

Eine vertraute Stimme hinter ihr sprach: »Wohlan, Hauptmann, lasst uns auf die Einnahme der stolzen Deutschherrenburg anstoßen!«

Das Kind an Madlens Seite richtete sich auf und machte große Augen, als der Anführer des Schwarzen Haufens sich höchstpersönlich neben Madlen niederließ.

Während sie versuchte, ihr wild hämmerndes Herz zu beruhigen – was unmöglich war, da er sie mit einem offenen Lächeln bedachte –, streckte Florian die Hand mit dem Weinbecher aus, und sie beeilte sich, nach dem Krug zu greifen und ihm nachzuschenken. Ihre Hand zitterte so sehr, dass sie fürchtete, er würde es bemerken, doch er hatte seine Aufmerksamkeit Fulk gewidmet.

»Glaubt Ihr tatsächlich, das ist etwas, worauf wir stolz sein können?«, erwiderte der Placker trocken, wobei er seinen Becher hob und dem Ritter zuprostete.

Madlen hielt den Atem an, aber Florian Geyer schien nicht verärgert. Er nahm einen Schluck aus seinem Becher, ehe er antwortete: »Ist ein Sieg weniger wert, nur weil ihm kein Kampf vorausging? Glaubt mir, Fulk von Weilingen, ich habe meine größten Siege errungen, ohne dass die Waffen gekreuzt wurden.«

Fulks Miene war undeutbar. Kurz schweifte sein Blick zu Madlen. Glaubte er womöglich, dass Florian auf gewisse Erfolge bei Frauen anspielte? Er sagte nichts.

»Ein Sieg«, fuhr Florian fort, »ist es, weil es uns gelungen ist, die Menschen von unserer Sache zu überzeugen, auch die Männer, die diese Burg für die Deutschherren hätten halten sollen. Sie sind ins Bauernlager übergewechselt und sie werden nicht die Letzten sein!«

»Vielleicht haben sie einfach auf die Stimme der Vernunft gehört«, gab Fulk achselzuckend zurück, »die ihnen riet, sich nicht auf einen aussichtslosen Kampf einzulassen.«

Madlen spürte, dass der Welsche neben ihr unruhig wurde. Offensichtlich war er nicht begeistert über die Neigung seines Hauptmanns, dem Ritter zu widersprechen.

Florian schüttelte den Kopf. »Ihr seht es zu schwarz, Fulk«, erklärte er. »Ihr werdet feststellen, dass der Kampf für die Freiheit und für das wahre, reine Evangelium die Menschen mitreißen wird. Es werden sich uns so viele anschließen, dass die Junker und Pfaffen, die sich uns entgegenstellen wollen, hinweggefegt werden wie Kiesel in einem reißenden Fluss.«

»Wohl gesprochen, Hauptmann!«, rief Veit, der neben Fulk saß, und reckte seinen Becher empor. »Lasst uns darauf trinken! Auf die neue Ordnung! Auf die Freiheit des Volkes!«

Dem konnte selbst Fulk sich nicht entziehen und in der Runde wurden die Becher erhoben, Begeisterung strahlte aus den Gesichtern der Männer. Madlens eigener Becher hob sich wie von selbst, und als sie trank, spürte sie die Wirkung des Weines immer mehr. Es war kein saurer Tropfen, wie er in Bauernhäusern und einfachen Wirtsstuben ausgeschenkt wurde. Es war der Wein der Deutschherren, starker, guter Wein.

Wie unsere Sache, dachte sie. *Eine starke, gute Sache.*

Dann machte ihr Herz einen Satz, denn sie hörte Florian sagen: »Erlaubt Ihr, Fulk, dass ich Eure Dame kurz entführe?« Der Mund blieb ihr offen stehen vor Verblüffung.

Fulk nickte, scheinbar gleichmütig. »Meine Dame ist sie zwar nicht, Herr Florian, aber es sei Euch gewährt.«

Florian erhob sich und reichte Madlen die Hand. Sein Griff war fest, seine Haut trocken und warm. In ihrem Kopf drehte sich alles, als er sie mit sich führte, fort von Fulk und den Männern, dem Burgtor zu.

Madlen hatte erwartet, dass er sie zum Tor hinaus und auf die steinerne Brücke bringen würde, stattdessen nahm er die hölzerne Treppe, über die man auf den Wehrgang gelangte. Er ließ ihre Hand los, um vorauszugehen, und Madlen taumelte für einen Moment. Hier war es dunkler als in der Nähe der Feuer und sie musste sorgsam auf ihre Schritte achten.

Reiß dich zusammen, mahnte sie sich. Wie lächerlich wäre es, wenn sie auf den Treppenstiegen das Gleichgewicht verlöre und in seiner Gegenwart stürzte! Ein unsinniges Kichern stieg in ihre Kehle. Sie schluckte es hinunter und zwang sich, ihren Blick auf die Stufen zu richten.

Oben angekommen, wandte Florian sich zu ihr um und reichte ihr aufs Neue die Hand. Sie umklammerte sie ein wenig zu fest und fragte sich beklommen, ob er es bemerkte. Er musste annehmen, sie fürchte sich vor der Höhe und dem scharfen Wind, der hier oben blies, denn er behielt ihre Hand in seiner und führte sie ein Stück den Wehrgang entlang bis zu einer Stelle, an der man eine Fackel in eine eiserne Halterung gesteckt hatte.

Indes hatten sich Madlens Augen an die Dunkelheit gewöhnt, und sie bemerkte, dass man Wachen auf dem Wehrgang postiert hatte, die hinunter ins nächtliche Taubertal blickten.

Als Florian Madlens Hand losließ, hob sie ihr Gesicht zu ihm. Sie konnte seine scharf geschnittenen Züge im unruhigen Licht der Fackel sehen, die starke, gerade Nase, den festen Mund über dem kurz gehaltenen Bart. Der Wind zauste seine dunklen Haare und die Feder an seinem Barett.

Madlen wurde bewusst, dass sie ihn schamlos anstarrte, aber sie konnte nicht anders. Der schwere Wein der Ordensbrüder tat seine Wirkung, umgab ihren Geist mit einem süßen Nebel, der alle Schüchternheit, alle Hemmung vergessen ließ. Ihre Finger tasteten über den rauen Stein der Burgmauer, stützten sich ab, während sie ihr Gesicht dem Wind entgegenhielt. Dem Wind und ihm.

Einige Herzschläge lang betrachtete Florian sie nachdenklich, ohne sie zu berühren, und ganz langsam schien der Nebel sich zu lichten und Madlens Verstand wieder die Oberhand zu gewinnen.

»Was ist in Würzburg geschehen?«, fragte er nüchtern. »Ist dem Meister etwas zugestoßen?«

Der Nebel zerriss vollends. Er fragte nicht nach ihr, seine Sorge galt allein dem Meister. Die Erkenntnis schnitt in ihr Herz wie kalter Stahl. Unwillkürlich trat sie einen Schritt zurück.

»N…nein«, stammelte sie. »Es geht ihm gut.«

»Weshalb bist du dann hier?« Verhörte er so seine Soldaten oder feindliche Gefangene?

»Ich … Weil …« Sie brach ab. Ein dicker Kloß verstopfte ihre Kehle. Rasch wandte sie den Kopf und starrte mit brennenden Augen hinaus in die Dunkelheit.

»Weshalb bist du hier, Lene?«, drang Florian erbarmungslos weiter in sie.

»Ich musste fort aus Würzburg«, murmelte sie und versuchte, den Kloß hinunterzuschlucken. »Und ich wusste nicht, wohin.«

Ich wollte dorthin, wo Ihr seid. Dorthin, wo der Aufstand beginnt und die neue, bessere Zeit anbricht. Dorthin, wo es keine Herren mehr gibt, die eine entflohene Leibeigene jagen.

Florian schwieg einige Herzschläge lang. Da sie nicht weitersprach, ergriff er das Wort. »Warum musstest du fort?«

Sie schaffte es, seinem Blick nicht länger auszuweichen, und flüsterte: »Weil mein Herr mich aufgespürt hat. Mein früherer Herr.« Etwas lauter und fester fügte sie hinzu: »Ich bin eine Entlaufene. Ich gehöre dem Ritter von Vogtsberg.«

Florian fasste sie überrascht ins Auge. »Du bist eine Leibeigene?«

»Das war ich. Ich hoffte, in Würzburg ein neues Leben beginnen zu können. Der Meister nahm mich auf.« Sie las die unausgesprochene Frage in seinem Gesicht und fügte hinzu: »Er weiß das alles und schenkte mir Vertrauen.« Madlen biss sich auf die Lippen. »Wäre ich geblieben, hätte ich Schande über seinen Haushalt gebracht. Das hat er nicht verdient. Er hat mich beinah wie … wie eine Tochter behandelt.« Sie wandte sich ab, weil ihr die Tränen in die Augen steigen wollten.

»Wenn wir siegen, Lene, wird es all das nicht mehr geben. Menschen, die das Eigentum eines anderen sind, die verkauft, benutzt und gestraft werden können, wie es ihrem Herrn beliebt. Alle Menschen im Reich werden frei sein und die gleichen Rechte haben.«

Madlen zuckte zusammen, als sie Florians Finger an ihrem Kinn spürte. Sanft, behutsam drehte er ihr Gesicht, sodass sie ihn ansehen musste. Als sie verwirrt blinzelte, löste sich zu ihrer Bestürzung eine Träne aus ihrem Augenwinkel und rann über ihre Wange.

Florians raue Finger wischten sie fort.

»Wenn es nur so wäre«, flüsterte Madlen benommen. »Wenn es doch nur so wäre.«

Er lächelte, zuversichtlich und selbstbewusst. Abwesend strichen seine Finger über ihre Wange und ihr stockte der Atem. »Es wird geschehen, Lene«, sagte er sanft. »Hab Vertrauen.«

Im gleichen Augenblick polterten Schritte auf dem Wehrgang.

»Hauptmann, ein Bote kam gerade an!«

Vor Florian blieb der Mann stehen, schaute etwas verwirrt zwischen dem Ritter und Madlen hin und her, ehe er hinzufügte: »Ihr solltet kommen, Hauptmann. Er sagt, er habe Nachricht für Euch. Es sei wichtig!«

Florian stellte keine Fragen. »Bring mich zu ihm«, befahl er.

Der Mann nickte knapp und machte auf dem Absatz kehrt. Der Ritter folgte ihm, und Madlen begriff, dass sie bereits vergessen war. Sie lief hinter den beiden Männern den Wehrgang entlang und die Treppe hinab bis zum Haupttor, wo der Bote wartete. Er saß auf dem Boden, und selbst im schwachen Licht der Fackeln war nicht zu übersehen, wie erschöpft und schmutzig er war. Beim Anblick des Hauptmanns wollte er sich hastig aufrappeln, aber Florian schüttelte den Kopf und hockte sich neben ihn.

»Du bist hart geritten, mein Freund, das kann ich sehen«, stellte er fest. »Woher kommst du?«

Der Bote strich sich mit einer fahrigen Bewegung die verschwitzten Haare aus der Stirn. »Mein Pferd brach unter mir zusammen, dort drunten, am Fuß des Weinbergs«, berichtete er. »Ein gutes Tier, aber ich konnte es nicht schonen.« Er hielt kurz inne, ehe er weiterredete. »Bin zwei Tage und Nächte geritten, um Euch zu finden.«

Einer der Umstehenden reichte ihm einen Becher und er trank gierig. Madlen konnte dunkle Flecken auf seinem Wams sehen und ein eisiger Schauer überlief sie. War das Blut?

»Was ist geschehen?«, fragte Florian ruhig, doch Madlen glaubte, die leise Spannung in seiner Stimme zu hören, die Ahnung von etwas Unheilvollem.

Sie versuchte, ihr Zittern zu unterdrücken, und krampfte die Finger in ihr Schultertuch.

»Der Truchsess von Waldburg«, murmelte der Mann. »Er hat den Baltringer Haufen aufgerieben, fast viertausend Mann. Wir hatten keine Chance gegen seine Landsknechte, die gepanzerten Reiter und seine schweren Geschütze. Beim ersten Kanonendonner brachen unsere Reihen, und alle stoben in wilder Flucht davon. Viele stürzten sich in die Donau und ersoffen wie die Schweine. Die, die nicht ins Wasser fielen, haben die Bündischen niedergemetzelt. Die Wiesen am Biberhaken waren getränkt von ihrem Blut. Es sind wohl mehr als tausend gefallen, der Rest ist in alle Winde zerstreut.« Seine Stimme erstarb, mit bebender Hand hob er den Becher abermals an die Lippen.

Es war totenstill.

Florian legte dem Mann die Hand auf die Schulter. »Wo war das?« Seine Stimme klang rau, aber gefasst.

»Bei Leipheim. Östlich von Ulm.«

Madlen hatte nie von einem Ort namens Leipheim gehört und konnte sich nur vage vorstellen, wo die Stadt Ulm sich befinden mochte. Zwei Tage und zwei Nächte, hatte der Bote gesagt. Das war weit, doch war es weit genug, um sich hier, im Süden des Frankenlandes, sicher zu fühlen? Die erste große Schlacht war geschlagen, der erste Bauernhaufen vernichtet. Doch es gab noch weitere: den Allgäuer Haufen, den Seehaufen … Das Heer des Truchsess würde sich als Nächstes mit ihnen befassen. Das war zumindest zu erwarten. Ob diese

Haufen ihn aufhalten konnten? Falls nicht, würde er früher oder später kommen, das wusste Madlen, und alle, die den erschöpften Boten umringten, wussten es ebenso.

»So ist das erste Blut geflossen«, sagte Florian bedächtig. »Gott sei den Baltringer Brüdern gnädig. Kannst du mir etwas zu dem Heer des Truchsess sagen? Wie viele Männer hat er unter seinem Befehl?«

Madlen betrachtete ihn und fragte sich, was hinter seiner Stirn vorging.

Der Bote überlegte. »Ich kann es schwer schätzen«, murmelte er. »Vielleicht tausend Fußknechte und ein paar Hundert Berittene? Sie kamen über uns wie die Reiter des Jüngsten Gerichts, Hauptmann.« Er vergrub das Gesicht in den Händen.

Florian erhob sich. »Versorgt den Mann, seht nach seinen Verletzungen«, ordnete er an. »Und behaltet für euch, was ihr gehört habt. Fürs Erste.«

Die umstehenden Männer nickten schweigend.

Florians Blick fiel auf Madlen, die reglos etwas abseits stand, und es schien ihr, als hätte er bis zu diesem Moment völlig vergessen, dass es sie gab. »Hol Fulk!«, befahl er knapp, als wäre sie einer seiner Landsknechte.

Kapitel 44

Das fröhliche Treiben im Burghof war unverändert weitergegangen, nur wenige hatten die Ankunft des Boten am Haupttor bemerkt. Der Großteil war betrunken und scharte sich um die Lagerfeuer, die Weinfässer und die Musikanten, die immer keckere, wildere Liedchen spielten.

Madlens Schritt verlangsamte sich. Wie unwirklich erschien ihr mit einem Mal das Bild, das sich ihr bot … die tanzenden Menschen, die lachenden Gesichter, die munter flackernden Feuer … während sich drunten in Leipheim die Raben und Krähen an den Körpern der Erschlagenen gütlich taten. Ihr Magen krampfte sich zusammen.

Zu ihrer Erleichterung fand sie Fulk und seine Männer am gleichen Platz, an dem sie sie zurückgelassen hatte. Veit schlief in seinen Mantel gehüllt, sein Schnarchen war trotz des Lärmes deutlich zu hören. Die beiden anderen blickten auf, als sie näher kam. Überrascht sah sie, dass Annekes kleine Jungen sich ein Plätzchen neben Fulk gesucht hatten. Der jüngere hatte seinen Kopf auf den Oberschenkel des Plackers gelegt und war eingeschlafen.

Der Anblick hatte etwas Anrührendes, und Madlen erinnerte sich an die Nacht ihrer Flucht aus Vogtsberg. Michels Wolfshund hatte ebenfalls Fulks Nähe gesucht und den Kopf auf sein Bein gelegt.

Sie blieb stehen. Ihr Blick traf den von Fulk, und als könnte er in ihr lesen wie in einem Buch, verengten sich seine Augen. Er schob den kleinen Hans vorsichtig von sich und kam auf die Füße. »Was ist?«

»Der Hauptmann verlangt nach dir«, gab sie leise zurück.

Er zog die Brauen zusammen, ehe er sich umsah.

»Er ist am Haupttor«, erklärte sie rasch.

»Was ist geschehen?«

»Er wird es dir sagen«, erwiderte Madlen knapp.

Mit dieser Antwort gab er sich zufrieden. Madlen blickte seiner hohen Gestalt nach, bis er in der Dunkelheit und dem Getümmel verschwunden war.

»Setz dich, Maddalena«, forderte der Welsche sie auf. »Trink mit mir, *cara*. Jagt Sorgen fort.«

»Meine Sorgen kann niemand fortjagen«, gab sie müde zurück.

Er lachte. »Sieh dich um. Das ist Leben, Maddalena. Morgen weißt du es nicht. Aber heute lebst du.« Er grinste verschmitzt. »Deine Freundin, Anneke, sie weiß das!« Als Madlen sich unwillkürlich nach Anneke umsah, ohne sie zu entdecken, fügte er hinzu: »Wirst nicht finden, *cara*. Ist mit ihrem Mann *fare amore* … Liebe machen.« Erneut lachte er und drängte ihr einen mit Wein gefüllten Becher auf. »Heute *amore*, morgen vielleicht tot. Ein Landsknecht weiß niemals.«

Madlens Hand umschloss den Becher, und plötzlich hob sie ihn, ohne zu zögern, an ihre Lippen, ließ den schweren Wein über ihre Zunge fließen.

Der Welsche hatte recht. Anneke hatte recht.

Ihr Blick fiel auf die Kinder, die sich nun, da Fulk fort war, an ihre Seite kuschelten. Sie kannten kein anderes Leben als dieses, von einem Ort zum andern zu ziehen, zu schlafen, zu essen, wo es sich bot. Sie waren zufrieden, solange sie bei ihrer Mutter oder ihrem Vater sein konnten oder bei einem Menschen, zu dem sie Zutrauen gefasst hatten, wie gerade jetzt. Waren sie deshalb unglücklicher als die Kinder der Herrin Friedlinde, die fernab von anderen Kindern unter dem strengen Regiment ihrer Mutter und des Kaplans aufwuchsen, bis sie alt genug waren, dass man sie vorteilhaft verheiraten konnte?

Sie nahm einen weiteren großen Schluck aus ihrem Becher, ehe sie sich dem Welschen zuwandte, der sie beobachtet hatte. »Erzähl mir vom Hauptmann«, hörte sie sich zu ihrer eigenen Überraschung bitten. »Woher kennst du ihn?« Madlen wusste nicht, ob es der Wein war, der aus ihr sprach. Sie wusste nur, dass sie diese Frage schon sehr lange hatte stellen wollen.

Fulk kannte ihre Geschichte, zumindest einen großen Teil davon, er dagegen war ein Buch mit sieben Siegeln für sie. Er stand ihr nahe, er hatte sie beschützt, mehr als einmal, und sie hätte ihm ihr Leben anvertraut. Darüber hatte sie absolute Gewissheit, ebenso darüber, dass es mehr als blindes Verlangen gewesen war, das ihn dazu gebracht hatte, sie zu küssen. Irgendwo in seinem Herzen war ein Platz für sie, und das war ein gleichermaßen wohltuendes wie beunruhigendes Gefühl.

Sie hörte den Welschen leise lachen. »Der Hauptmann? Seit drei Jahren reiten wir zusammen, er hat mein Leben gerettet und ich seines. Ob ich ihn kenne? Kann ich nicht sagen.« Er zuckte die Achseln. »Mit den Landsknechten kam er nach *Italia*, denn hier er hat alles verloren, seine Burg, seinen Vater … seine Ehre.«

»Was geschah mit seinem Vater?«

»Er hat dir gesagt, Maddalena, oder nicht?«, fragte der Welsche zurück. Sie nickte und er setzte hinzu: »Man hat seinen Vater verurteilt. Verräter. Sie sagen, er hat sich verschworen mit *francesi*. Mit Franzosen. Ich weiß nicht, ob es wahr ist. Darum musste er sterben, in vier Teile – *Madonna, che tortura*!« Er setzte seinen Becher an die Lippen und leerte ihn in einem Zug, ehe er sich mit einem Ächzen auf seinen Mantel sinken ließ.

Madlen begriff, dass er erzählt hatte, was er zu erzählen bereit war. Mehr würde sie nicht erfahren – und wahrscheinlich wusste er auch nicht mehr. Dennoch hatte sie das Gefühl, dass seine Worte nur noch mehr brennende Fragen in ihr geweckt hatten. Denn die Wahrheit war, dass Fulk in ihrem Herzen ebenso einen Platz gefunden hatte wie sie in seinem.

»Mutter?«

Das Kind an ihrer Seite bewegte sich, und Madlen hatte schon den Arm gehoben, um den Kleinen an sich zu ziehen, da bemerkte sie, dass Anneke zu ihnen getreten war.

Sie bückte sich, um ihren Jungen in die Arme zu nehmen.

»Es ist zu kalt hier draußen«, erklärte sie. »Für die Kinder und auch für dich. Komm mit uns, drinnen gibt es genug Platz und Decken.«

Madlen blinzelte verwirrt. Sie erkannte den großen blonden Mann, der mit Anneke gekommen war. Joost. Schweigend beugte er sich herab und hob das zweite Kind auf seine Arme.

»Komm mit uns«, bekräftigte Anneke die Einladung, und Madlen stand auf, um ihr zu folgen.

Der schwere rote Wein sorgte dafür, dass Madlen beinah sofort einschlief, doch obwohl es in der Burg wärmer war und sie tatsächlich Decken gefunden hatten, in die sie sich einrollten, war es kein erholsamer Schlaf. Wirre Träume quälten sie, in denen sie von Reisigen durch den Wald verfolgt wurde, in denen sie Florian von ferne sah und verzweifelt versuchte, ihn zu erreichen, doch jedes Mal verschwand er tiefer im Nebel. Nur seine Stimme klang zu ihr herüber: *Hab Vertrauen, hab Vertrauen.*

Dann tauchte Fulks Gesicht vor ihr auf, sah sie an, wie er sie angesehen hatte, ehe er sie geküsst hatte, und ein Strudel des Verlangens erfasste sie, trieb sie in seine Arme. Sie fühlte seine Lippen in ihrem Haar und seine Hände auf ihrem Körper, auf ihrer Brust, erst vorsichtig tastend, dann grob und fordernd. *Das fühlt sich gut an, nicht wahr, mein Täubchen?* Seine Stimme klang verwaschen, sein Atem roch nach Wein und schlechten Zähnen. Als er sich an sie presste, spürte Madlen deutlich das harte Glied, das sich an ihr Hinterteil drückte.

»Lass das! Geh weg!«, keuchte sie angewidert und versuchte, ihn zurückzudrängen, doch er wich nicht zurück. Da bemerkte sie, dass sie wach war.

Der Mann, der ihre Brust knetete, war nicht Fulk, sondern ein übel riechender, betrunkener Kerl. Vor Entsetzen hätte sie beinah aufgeschrien.

»Hab dich nicht so«, murmelte er und schob sein Gesicht so nah an das ihre, dass würgender Ekel sie befiel.

Binnen eines Herzschlags war sie zurück in Vogtsberg und Eberlin machte sich an ihr zu schaffen. Das Entsetzen lähmte sie, machte sie hilflos und starr, sodass sie nicht einmal wagte zu schreien. Sie ließ alles über sich ergehen, den Schmerz, die Demütigung …

»Nein!« Madlen bäumte sich auf, die dreiste Hand glitt von ihr ab.

An ihrer Hüfte spürte sie den vertrauten Druck des Dolches, und wie von selbst fand er den Weg in ihre Hand. Der Bauer stieß ein erschrockenes Grunzen aus, als die Spitze der Waffe sich durch den Stoff der Hose gegen seine empfindlichsten Teile drückte.

»Wenn du nicht sofort verschwindest«, stieß Madlen hervor, »schneide ich dir deinen widerlichen Schwanz ab, das schwör ich dir!«

Er wimmerte, als sie den Druck verstärkte. Vermutlich hatte die Klinge Stoff und Haut durchdrungen, keine ernstliche Wunde, jedoch schmerzhaft genug, um jegliche Lüsternheit zu ersticken.

»Hör auf damit«, keuchte er, und sie konnte die Panik in seiner Stimme hören. »Ich lass dich ja! Hör auf!«

Sie zog den Dolch ein bisschen zurück, und er rappelte sich hastig auf, um fluchend davonzutaumeln. Madlen presste den Dolch an ihre Brust. Ihr Atem beruhigte sich nur langsam, und lange Zeit blieb sie einfach reglos liegen.

Allmählich sickerte eine Erkenntnis in ihr Bewusstsein: Sie war kein Opfer mehr. Sie hatte sich gewehrt, und sie wusste, dass sie den Widerling abgestochen hätte, falls es nötig gewesen wäre. Der Gedanke verstörte und beruhigte sie zugleich.

Irgendwann stemmte sie sich hoch und versuchte, sich in der Dunkelheit zu orientieren. Die meisten Feuer draußen im Burghof waren inzwischen niedergebrannt, überall lagen Betrunkene, auch in dem einst schönen, nun aber verwüsteten Gemach, in dem Madlen mit Anneke und ihrer Familie Unterschlupf gefunden hatte.

Hin und wieder hörte sie Stimmen, die irgendwo grölten oder stritten, doch vor allem waren die Geräusche der Schlafenden zu hören ... Schnarchen, Schmatzen, ab und an leises Seufzen.

Das Seufzen verstärkte sich allmählich, und als Madlen den Kopf wandte, um zu ergründen, woher es kam, begriff sie, dass es Anneke und ihr Gefährte waren. Wo sie gelegen hatten, konnte man einen Hügel unter den Decken erahnen, der sich zu bewegen schien. *Fare amore*, hatte der Welsche gesagt. Anneke wusste, was es bedeutete, das Leben und die kurzen glücklichen Momente zu genießen.

Madlen versuchte, die Geräusche auszublenden, was natürlich unmöglich war, zumal sie unvermittelt eine heiße Welle des Neids überflutete. Ihr eigener Körper, der bislang in Liebesdingen einzig Gewalt und Missbrauch erfahren hatte, schien erwacht zu sein, und sie wünschte sich auf einmal nichts sehnlicher, als selbst kennenzulernen, was andere Frauen wie selbstverständlich kannten. *Liebe machen.*

Die Erinnerung an Fulks Lippen, die über die zarte Haut an ihrem Hals glitten, kehrte zurück und ließ sie erschauern. Sie hatte ihn nicht mehr gesehen, seit sie ihn zu Florian geschickt hatte, und nun fragte sie sich, wo er wohl schlief. Ob er an sie dachte, ob er sich ebenfalls an den Rausch jenes Kusses erinnerte?

Das Seufzen nebenan endete mit einem leisen, keuchenden Aufschrei, bevor es still wurde.

Madlen hielt den Griff des Dolches so fest umklammert, dass ihre Hand beinahe schmerzte. Das Letzte, was ihr in den Sinn kam, ehe sie endlich in den Schlaf hinüberglitt, war die Erinnerung an die rauen Finger, die ihre Wange gestreichelt hatten.

Florians Finger.

Kapitel 45

Madlen erwachte, als eine Hand an ihrer Schulter rüttelte. Es war eine Männerhand, und sie reagierte in Sekundenschnelle mit dem Instinkt eines wilden Tieres. Sie schnellte hoch, den Dolch gezückt, den sie selbst im Schlaf umklammert gehalten hatte. Im fahlen Licht des frühen Morgens blickte sie in Fulks Gesicht.

»Steck das Ding weg oder willst du mich ausnehmen wie einen fetten Karpfen?«, zischte er.

Verlegen senkte sie den Dolch und schob ihn zurück in die Scheide. »Was ist?«

»Komm mit mir.« Er richtete sich auf. »Ich möchte mit dir sprechen, aber nicht hier, zwischen diesen Trunkenbolden.«

»Warum?«

Fulk setzte eine ungeduldige Miene auf. »Lass das Gefrage und komm einfach!«

Madlen war inzwischen wach genug, um eine scharfe Entgegnung auf der Zunge zu haben, doch sie besann sich eines Besseren, zumal er sich bereits zum Gehen gewandt hatte und sie fürchten musste, ihn im Dämmerlicht zu verlieren. Sie rappelte sich auf und folgte ihm hinaus in den Burghof.

Die morgendliche Kälte ließ sie erschauern und sie zog ihren Mantel fester um sich. Auch im Hof lagen Menschen, der Kälte zum Trotz, manche in Umhänge oder Mäntel gehüllt – viele allein durch ihre Trunkenheit gewärmt.

Einige wenige Frauen waren bereits damit beschäftigt, die niedergebrannten Feuer neu zu entfachen. Der größte Teil der Leute lag noch in tiefem Schlummer.

Gerne hätte Madlen die Wärme der Flammen gesucht, aber Fulk marschierte weiter auf den mächtigen runden Eckturm zu. Die Holztür gab knarrend nach, als er sich dagegen drückte, und Madlen schlüpfte hinein, dankbar, der Kälte zu entfliehen.

Es dauerte ein paar Lidschläge, in denen Fulk mit seiner Zunderbüchse hantierte, dann flammte das Licht einer Öllampe auf. Madlen sah sich um.

Sie befanden sich in einem schmucklosen, runden Raum, ein Tisch mit zwei Hockern stand in der Mitte, an der Seite führte eine schmale Holzstiege nach oben. Eine Wachstube. Scherben auf dem Tisch und auf dem Boden verrieten, dass die Plünderer den Turm nicht verschont hatten.

Sie spürte Fulks scharfen Blick und wandte sich ihm zu, beklommen. Warum wollte er sie sprechen, zu dieser frühen Stunde, wo die meisten noch schliefen? Kurz sah sie zu seinem Mund und verspürte ein leises Kribbeln auf ihrer Haut. Erschrocken rief sie sich zur Ordnung.

»Warum hast du mich geweckt?« Sie hoffte, dass er ihre Verunsicherung nicht bemerkte.

»War nicht leicht, dich zu finden in diesem Haufen von Suffköpfen«, knurrte er statt einer Antwort.

»Ich war bei Anneke und den Kindern«, gab sie zurück und ärgerte sich, weil sie sich rechtfertigte. »Es war kalt draußen.«

»Hmm.« Fulk fuhr sich mit der Hand durch das dichte schwarze Haar, das auf seine Schultern herabfiel. Noch immer trug er es lang wie ein Ritter, ein letztes Zugeständnis an den Stand, in den er geboren war. »Dennoch ist es nicht sicher unter all diesen besoffenen Tölpeln.« Ein schelmisches Glitzern trat in seine Augen, als er hinzufügte: »Wobei ich ja nun gesehen habe, dass du dich zu verteidigen weißt. Ein Glück, dass du in Röttingen den Dolch nicht gezückt hast.«

Madlen fühlte, wie ihre Wangen zu glühen begannen. *Es gab keinen Grund, ihn zu zücken*, dachte sie. *Ich weiß, dass du mir nie Gewalt antun würdest.* Sie sprach es nicht aus, ebenso behielt sie für sich, dass sie den Dolch in der vergangenen Nacht gebraucht hatte. Es hätte Fulk nur darin bestätigt, dass beim Haufen kein Platz für sie war. »Was wolltest du mir sagen?«, fragte sie und sah, wie er sich straffte und die Arme vor der Brust verschränkte.

»Heute Morgen wird eine Abordnung der Bauern nach Mergentheim reiten und die Übergabe der Stadt und des Schlosses fordern. Ich werde einer von ihnen sein.« Er sah, dass Madlen den Mund öffnete, um etwas zu sagen, und schüttelte den Kopf. »Sorge dich nicht. Die Mergentheimer werden sich der Evangelischen Bruderschaft anschließen, da bin ich sicher. Sie haben bereits ein Fähnlein geschickt.«

Madlen atmete auf. »Es wird kein Blutvergießen geben? So wie hier?«, fragte sie hoffnungsvoll. »Wird man den Bauern die Tore öffnen? Vielleicht hat Florian recht mit dem, was er sagt, dass es niemand vermag, die Bauern aufzuhalten? Vielleicht …«

»Unsinn!«, fiel er ihr barsch ins Wort und sie verstummte erschrocken. »Hast du gestern gehört, was der Bote berichtet hat? Wie der Truchsess den Baltringer Haufen vernichtet hat? Wie das Bauernheer auseinander stob wie die Hasen vor der Hundemeute?«

Madlen starrte ihn an.

Kopfschüttelnd wandte er sich ab und schaute durch das winzige Fenster des Wachraums hinaus in den grauen Morgen. »Florian täuscht sich, wenn er glaubt, alle seien so wie sein Schwarzer Haufen. Hast du dich einmal umgesehen? Die meisten sind dumme, einfältige Kerle, die kaum ihre Spieße gerade halten können. Fressen und saufen, alles kurz und klein schlagen, das können sie, aber was haben sie einer

Truppe von bewaffneten Reitern entgegenzusetzen?« Er stieß einen verächtlichen Laut aus. »Florian ist gut beraten, den Haufen mit Landsknechten zu verstärken, mit Männern, die Erfahrung im Kampf haben. Seit Pavia streunen genug davon durch die Lande, und wenn er sie nicht anwirbt, wird der Waldburger es tun.«

»Hast du ihm das gesagt?« Madlens Stimme klang atemlos. »Ich bin sicher, er wird auf dich hören.«

»Er weiß es selbst«, schnaubte Fulk. »Aber er ist nicht frei in seinen Entscheidungen, keiner der Hauptleute ist das, verstehst du? Jeder Haufen und jedes Fähnlein wählt seinen Hauptmann selbst, es gibt einen Bauernrat, in dem abgestimmt wird und gestritten, denn jeder hält sich für den Wichtigsten.« Er machte eine abfällige Geste. »Für dich mag es so aussehen, als ob Florian der oberste Führer ist, doch das stimmt nicht. Er führt seine eigenen Männer, den Schwarzen Haufen, aber das sind nur ein paar Hundert. Der Rest hat eigene Hauptleute, der Lienhard aus Schwarzenbronn, der große Kerl mit dem Hut, ist einer davon, außerdem der Reutner, der Stierlin und der Prediger aus Leutzenbronn, den sie das ›Pfäfflein‹ nennen, und einige mehr. Und wenn sich die Haufen bald im Jagsttal vereinen, wird es noch mehr Anführer und damit mehr Streitigkeiten geben, darauf gebe ich dir Brief und Siegel.«

Madlen hing an seinen Lippen. Tatsächlich war sie überzeugt davon gewesen, dass Florian der oberste Hauptmann des ganzen Haufens war, was ihr in diesem Moment grenzenlos töricht erschien. Sie begriff, dass es allein ihrer eigenen Wahrnehmung entsprungen war. Wenngleich es ihr vorkam, als ob Florian alle Menschen in seiner Umgebung mühelos in seinen Bann zog, so zweifelte sie nicht daran, dass Fulk die Wahrheit sprach. Ein wenig beschämt gestand sie ein: »Das wusste ich nicht.«

Fulks Blick wurde sanfter. »Du bist ein Weib, woher solltest du das wissen?« Im nächsten Moment hob er abwehrend die Hände, als er den Zorn in ihrem Gesicht sah. »Bitte lass den Dolch, wo er ist! Ich wollte dich nicht beleidigen. Ich weiß wohl, dass du kein gewöhnliches Weib bist, Madlen, und damit meine ich nicht, dass deine Haut dunkler ist und deine Augen so schwarz wie die der welschen Frauen.« Er verstummte, und Madlen ahnte, dass ihm beinahe etwas über die Lippen gekommen wäre, was er hinterher bereut hätte. Nach einer Weile sagte er: »Hör mir zu, Madlen, du kannst nicht weiter mitkommen! Wenn wir fertig sind mit Mergentheim – und das wird bald sein! –, wird der Haufen ins Jagsttal ziehen, nach Schöntal. Dort gibt es ein reiches Kloster, einen wahren Leckerbissen für jeden Plünderer, und die Odenwälder und Neckartaler kommen ebenfalls dorthin. Alle Bauernhaufen werden sich dort vereinigen.« Fulk atmete tief ein. »Das können mehrere Tausend Bauern sein, Madlen, vielleicht zehntausend. Kannst du dir vorstellen, wie es dort zugehen wird? Das ist kein Platz für dich!«

Madlen schwirrte der Kopf. Mergentheim ... Schöntal ... sie hatte niemals von diesen Orten gehört, geschweige denn, dass sie eine Ahnung davon hatte, wo sie lagen. Im Grunde war das bedeutungslos, denn es ging um etwas anderes. »Ist es das, was *du* sagst, oder das, was *er* sagt?« Als sie es ausgesprochen hatte, hätte sie sich am liebsten auf die Zunge gebissen, doch es war zu spät.

Fulks Gesicht verhärtete sich. »Er hat andere Sorgen als ein dickköpfiges Weib!«

Ein, zwei Herzschläge lang starrten sie sich an wie zwei Kampfhähne, ehe Fulk resigniert den Kopf schüttelte. »Du bist wegen ihm hier, nicht wahr?«

Madlen schluckte. Nach einem tiefen Atemzug antwortete sie aufrichtig, zumindest das hatte Fulk verdient: »Ich weiß es nicht.«

Er nickte, als hätte er es geahnt. »Er hat nichts gesagt«, erklärte er. »Ich glaube nicht, dass er überhaupt darüber nachgedacht hat.«

»Dann nehmt mich mit nach Schöntal«, bat sie leise. »Ich kann Anneke eine Hilfe sein mit den Jungen, und ich verspreche dir, dass ich darüber nachdenken werde, wo ich anschließend hingehe.«

Fulk musterte sie eine Weile. Schließlich sagte er: »Nun denn, so soll es sein.« Er machte einen Schritt auf sie zu, fasste sie bei den Schultern und drückte ihr einen sanften Kuss auf die Stirn. »Gib auf dich acht, Madlen, und behalte den Dolch bei dir«, murmelte er. »Ich werde nicht immer da sein, um dich zu beschützen.«

Madlens Kehle wurde eng, sie brachte keinen Ton heraus. Ihr Körper antwortete für sie. Ihre Arme umschlangen ihn wie von selbst, ihr Leib drückte sich an ihn.

Einen Moment lang zögerte er, dann erwiderte er die Umarmung und hielt sie fest wie damals in Würzburg, als sie um Grethe geweint hatte. Und für einen Augenblick war die Welt gut.

Dann wurde die Tür zur Wachstube aufgerissen und der lange Lienhard von Schwarzenbronn polterte herein, in seinem Schlepptau zwei andere Männer, deren Namen Madlen nicht kannte. Florian Geyer war nicht zu sehen, aber das machte keinen Unterschied. Der Schwarzenbronner würde kein Geheimnis aus seiner Beobachtung machen.

Wie Fulk vorausgesagt hatte, fiel Mergentheim den Bauern zu. Das Stadtschloss der verhassten Deutschherren wurde geplündert und zerstört, nicht nur mit Hilfe der Bürger der Stadt, sondern auch mit der des Amtskellers höchstpersönlich. Er führte die Bauern zu den Kostbarkeiten seiner Herren und versorgte sie während der Plünderungen mit reichlich Wein aus dem Schlosskeller, wie man sich im Tross belustigt erzählte.

Für die Mönche des nahe gelegenen Dominikanerklosters, das ebenfalls ausgeraubt wurde, gab es wenig Grund zur Belustigung. Im allgemeinen Aufruhr wurden drei der Brüder von enthemmten Bauern erschlagen, einige weitere brutal misshandelt, außerdem wurde die wertvolle Bibliothek niedergebrannt.

Madlen war froh, nicht dabei gewesen zu sein. Der Hauptteil des Trosses hatte sich bereits in Richtung Südwesten in Bewegung gesetzt. Die Frauen und Kinder, die langsamer vorankamen, waren mitgezogen. Ein weiterer Teil hatte sich auf den Rückweg durchs Taubertal gemacht, um die Stadt Rothenburg zu sichern, deren Rat entmachtet worden war.

»Es scheint mir ein Verbrechen, wehrlose Mönche zu erschlagen«, gestand sie Anneke, die mit der Ziege am Strick neben ihr her stapfte, während die beiden Kinder auf dem Rücken der Stute saßen. »Warum haben die Hauptleute das nicht verhindert?«

»Es waren Dominikaner«, sagte Anneke abfällig. »›Die Hunde des Herrn‹ nennt man sie, wusstest du das? Ihr Orden verfolgt die, die sie für Ketzer halten, und hat unzählige verbrennen lassen! Und Hexen jagen sie auch.«

Madlen begegnete ihrem Blick, der offen und aufrichtig war. Sie verspürte bei diesen Worten ein unruhiges Kribbeln in der Brust.

»Und haben nicht die Bündischen bereits begonnen mit dem Niedermetzeln?«, versetzte eine Frau in ärmlichen Kleidern, die ein so großes Bündel auf dem Rücken schleppte, dass Madlen sich wunderte, dass sie nicht hintenüberfiel. »Das Blut der Bauern hat die Donau getränkt!«

Die Frauen, die neben ihnen liefen, murmelten zustimmend. Offenbar hatte sich die Nachricht von dem Gemetzel bei Leipheim bereits verbreitet.

»Kein Erbarmen!«, rief eine Ältere, deren strähnige graue Haare unter ihrer Haube hervorquollen. »Mein Mann und mein Sohn sind unter dem Frondienst gestorben. Nun sind's die Herren und die Pfaffen, die verrecken sollen!«

Kein Erbarmen?, dachte Madlen betroffen. »Wollt ihr nicht alle, dass eure Kinder in einer besseren Welt aufwachsen?«, hielt sie entgegen. »Diese Welt sollte nicht auf Blut und Tränen gründen, sondern auf Liebe und Güte, wie unser Herr Jesus es uns gelehrt hat.«

Das Gemurmel verstummte, die Frauen warfen ihr erstaunte Blicke zu. Kaum jemand kannte ihren Namen oder hatte mit ihr gesprochen, deshalb waren sie überrascht, dass Madlen so selbstbewusst ihre Meinung kundgetan hatte. Im Grunde war sie selbst von sich überrascht.

Das alte Weib spuckte verächtlich auf den Boden. »Wenn die alle tot sind, mag diese neue Welt entstehen, vorher nicht!«, knurrte sie.

Die anderen wirkten beschämt.

»Du hast recht, Madlen.« Anneke richtete einen nachdenklichen Blick auf ihre Sprösslinge. »Aus Hass kann nur neuer Hass erwachsen. Es gebe Gott, dass sich eine friedliche Lösung finden wird.«

Bei ihren Worten schaute Madlen in Richtung Spitze des Trosses, wo sie Florian und die anderen Hauptleute vermutete. *Es füge Gott, dass seine Vernunft und sein Verhandlungsgeschick den Ausschlag geben werden*, betete sie stumm. Dabei drängten sich ihr Fulks Worte auf. *Er ist nicht frei in seinen Entscheidungen.*

In Schöntal würden weitere Bauernhaufen zu ihrem stoßen – und mehr Hauptleute. Der Wirt aus Ballenberg, Georg

Metzler, oberster Hauptmann der Odenwälder, würde dabei sein und der Bauernkanzler Hipler, von dem es hieß, er sei ein kluger und vernünftiger Mann, der rohe Gewalt und Blutvergießen verabscheute. Doch es ging auch das Gerücht um, dass der Anführer des Neckartaler Haufens ein rauflustiger und gewalttätiger Bursche sei. Er hieß Jakob Rohrbach, kam aus Böckingen und war ebenfalls Wirt wie Metzler. Man sagte ihm nach, dass er den Schultheiß von Böckingen erschlagen hätte, und der Aufruhr käme ihm gerade recht, da er sich dadurch nicht vor einem Gericht verantworten musste.

Was würde sie in Schöntal erwarten? Einen Augenblick lang verspürte Madlen so heftige Sehnsucht nach Würzburg, nach ihrem Zuhause und den Menschen, die sie zurückgelassen hatte, dass sie sich am liebsten vor Schmerz gekrümmt hätte.

Kapitel 46

»Ich möchte einen Brief schreiben«, sagte Madlen am Abend des gleichen Tages zu Anneke, als sie gemeinsam versuchten, die Zeltplane über die Holzstangen zu ziehen, um sich und den Kindern einen geschützten Platz für die Nacht zu verschaffen.

Sie hätte gerne mit Fulk darüber gesprochen, allerdings hatte sie ihn seit dem Morgen in der Wachstube nicht mehr gesehen, ebenso wenig den Welschen und Veit Wentzel. Sie waren in Mergentheim dabei gewesen, das hatte Fulk ihr gesagt, doch sie wusste nicht, ob er dort geblieben war bei dem Bauernhauptmann, den man mit seinem Fähnlein in der Stadt stationiert hatte, einem gewissen Hans Kolbenschlag. Oder hatte er einen neuen Auftrag von Florian bekommen?

Vielleicht ist es ihm nur recht, wenn er fort ist von mir, nach dem peinlichen Moment in der Wachstube. Noch immer fühlte sie Scham in sich aufsteigen, wenn sie an das amüsierte Gesicht des Schwarzenbronners dachte, als er sie in inniger Umarmung ertappt hatte. Sie ahnte, dass es Fulk ähnlich ging.

»Einen Brief?«, wiederholte Anneke verdutzt und holte Madlen zurück in die Gegenwart. »Du kannst schreiben?«

Die flüchtige Erinnerung an die Übungsstunden mit Barthel und Meister Veltlin huschte durch ihren Geist und stach in ihr Herz. Sie nickte. »Ich habe noch nie selbst einen Brief geschrieben, aber ich will es versuchen.«

»Wie willst du das anstellen?« Anneke runzelte die Stirn.

»Du brauchst Tinte und Feder … und Papier. Niemand von uns hat so etwas.«

Natürlich hatte sie recht. Es gab es nur eine Lösung.

»Er ist nicht da«, sagte der Schwarzenbronner, ehe Madlen den Mund öffnen konnte. Er war ihr entgegengetreten, als sie sich entschlossenen Schrittes den beiden größeren Zelten näherte, vor denen sich einige der Hauptleute versammelt hatten.

Madlen brauchte einen Moment, bis sie begriff, dass er von Fulk sprach. Natürlich von Fulk.

»Ich suche den Herrn Florian«, erwiderte sie und versuchte, so viel Selbstsicherheit wie möglich in ihre Stimme zu legen. »Ich habe ein Anliegen.«

Der Schwarzenbronner zog überrascht die Brauen hoch. »Soso, ein *Anliegen*?«, wiederholte er langsam. »Und welcher Art wäre das?«

»Das werd ich dem Hauptmann selbst sagen.«

Die Antwort gefiel dem großen Mann nicht, das konnte Madlen sehen, aber sie würde sich nicht so einfach abwimmeln zu lassen. Sie wusste, dass Florian da war, einer der Pferdeknechte hatte es ihr bestätigt.

»Ich weiß nicht, ob er Zeit hat für dein … *Anliegen*«, versetzte der Schwarzenbronner mürrisch.

Madlen bemerkte, dass die anderen Männer neugierig herübersahen. »Lass ihn fragen, dann wissen wir es.«

Aus dem Augenwinkel sah sie, dass einer der anderen Hauptleute herübergeschlendert kam. Es war der Schwarzbärtige, den sie den Reutner nannten. »Fulks hübsche Maid«, bemerkte er grinsend und ließ einen prüfenden Blick über Madlen gleiten.

Am liebsten hätte sie aufgestöhnt.

»Sie will Florian sprechen«, teilte ihm der Schwarzenbronner mit.

Der Reutner grinste, doch zu Madlens Erleichterung rief er über die Schulter: »Hannes!«

Der Gerufene war ein junger Bursche von vielleicht sechzehn Jahren, der Madlen mit unverhohlener Neugier angaffte.

»Sag deinem Hauptmann, dass das Mädel hier ein *Anliegen* hat«, erklärte ihm der Schwarzenbronner, wobei er das Wort verächtlich in die Länge zog.

Hannes machte ein verwirrtes Gesicht, vermutlich hatte er keine Ahnung, was das Wort bedeutete. Er nickte und machte auf dem Absatz kehrt. Madlen atmete auf. Der Junge verschwand in einem der Zelte, und es dauerte nicht lang, bis der Zeltvorhang sich abermals hob.

Es war Florian Geyer selbst, der heraustrat. Madlens Herzschlag beschleunigte sich. Wenn Florian überrascht war, sie bei den Hauptleuten zu sehen, so verbarg er es gut, und Madlen erinnerte sich an seine selbstsichere Gelassenheit, mit der er sie damals an Allerseelen durch Würzburg begleitet hatte. Florian Geyer war kein Mann, der sich beeinflussen ließ von dem, was andere Leute dachten. Voller Erleichterung sah Madlen das vertraute Lächeln in seinem Gesicht, als er auf sie zukam.

»Die Jungfer hier hat ein Begehr, Hauptmann!«, erklärte der Schwarzenbronner überflüssigerweise.

»Hier ist nicht der rechte Ort, um darüber zu sprechen.« Florian wies mit einer auffordernden Handbewegung zum Eingang des Zeltes. Mit dem gespannten Schweigen der anderen Männer im Rücken, ging sie hinein.

Es war ein geräumiges Zelt, hoch genug, dass man darin stehen konnte. Die Einrichtung war spärlich, ein niedriger Holztisch, ein Faltstuhl, ein Strohsack mit Decken, eine Kiste, auf der ein Helm und ein Brustharnisch lagen. Auf dem Tisch lag ein Bogen Papier neben einer auseinandergerollten Landkarte, die von einem Tintenfässchen beschwert wurde.

»Möchtest du sehen, wo wir uns befinden, Lene?« Florian wies auf die Karte.

Überrascht nickte sie und trat näher. Die Karte war voller verwirrender Linien, Punkte und Worte. Florians Hand strich die Rolle glatt, ehe sein Finger auf einen Punkt und ein Wort deutete. Der Name eines Ortes.

Madlen verstand die stumme Aufforderung und kam ihr nach. »Krautheim«, las sie zögernd.

Sie sah auf, und er nickte zufrieden, ehe er auf einen weiteren Ort zeigte. Sie las: »Schöntal.«

»Hier bei Krautheim ist unser Nachtlager«, erklärte Florian. »Das Kloster Schöntal werden wir morgen Vormittag erreichen.« Er blickte Madlen mit halbem Lächeln an.

»Ich möchte einen Brief schreiben an Meister Veltlin. Er ängstigt sich gewiss um mich«, platzte sie heraus.

»Das ist anzunehmen«, stimmte Florian zu. Er betrachtete sie nachdenklich, und sie merkte, wie ihr Herz heftiger klopfte. Verlegen sah sie zu Boden, kurz war seine Hand in ihrem Blickfeld. Sie ruhte auf der Landkarte, und sie musste daran denken, wie diese Finger am vergangenen Abend ihre Wange gestreichelt hatten. Wahrscheinlich war ihm das selbst gar nicht bewusst gewesen. Innerlich seufzend zwang sie ihre abschweifenden Gedanken zurück zum Grund ihrer Anwesenheit im Zelt des Hauptmanns.

»Wir wurden gestern Abend unterbrochen, Lene.«

Sie hob den Kopf und sah, dass das Lächeln aus Florians Gesicht verschwunden war. Er nahm die Hand von der Landkarte und verschränkte die Arme vor der Brust.

Madlen fühlte, wie sich ihr Magen zusammenzog. Der Mann, der vor ihr stand, war nicht der Florian, der ihre Tränen fortgewischt hatte. Es war der Hauptmann des Schwarzen Haufens, und er würde Antworten fordern. Mehr noch –

er würde über ihr weiteres Schicksal entscheiden. Sie straffte sich und erwiderte seinen Blick.

»Ich verstehe, warum du aus Würzburg geflohen bist«, sagte er. »Aber ich weiß nicht, warum du bis ins Taubertal gekommen bist. Außerdem weiß ich nicht, warum ausgerechnet Fulk dich mitgebracht hat.«

Madlens Kehle wurde trocken. Was konnte sie ihm sagen? Sie wusste selbst nicht, was sie hierhergetrieben hatte. Der Wunsch, dort hinzugehen, wo er war, wo der Kampf um die Freiheit und die gerechte neue Welt begonnen hatte? Waren es die Gerüchte gewesen, die Erzählungen von ihm und dem Schwarzen Haufen? Oder war es ganz einfach närrische, sinnlose, hoffnungslose Verliebtheit gewesen?

»Warum, Lene?«

»Ich schloss mich einer Gruppe Bauern an, die Würzburg verließen, um zu den Aufständischen zu gehen«, antwortete sie. »Einer von ihnen wollte zu Eurem Haufen und ich ritt mit ihm.« Sie musste bei der Erinnerung an den Dieppacher und sein elendes Ende schlucken. »Unterwegs wurden wir überfallen und mein Begleiter wurde erschlagen. Fulk und seine Männer waren zufällig in der Nähe und kamen mir zu Hilfe. Sie haben mich mitgenommen.«

Dass Fulk und sie sich kannten, dass er ihr bereits früher geholfen hatte, behielt sie für sich. Sie scheute davor zurück, die wahre, schmerzliche Geschichte und die Gründe ihrer Flucht aus Vogtsberg zu offenbaren.

Florian Geyer runzelte die Stirn. »Fulk sollte wissen, dass hier kein Platz für eine Frau ist.«

Madlen ahnte, was er dachte: Sie musste Fulk ziemlich den Kopf verdreht haben. Rasch schob sie den Gedanken von sich. »Er wollte mich in Röttingen lassen«, sagte sie schnell. »Ich habe ihn überredet, mich mitzunehmen. Es ist meine Schuld, nicht seine.«

Florians Miene war schwer zu deuten. »Es ist sehr schwer, einen Landsknechtshaufen im Zaum zu halten.« Seine Stimme klang hart. »Eine wichtige Regel ist, dass keine Dirnen ins Lager gehören, denn jedes Weib bringt Unruhe unter die Männer, besonders ein hübsches.«

Madlen merkte, wie ihr das Blut aus dem Gesicht wich. Hielt er sie für eine Dirne? »Ich bin kein solches Weib«, sagte sie tonlos.

An seinem Gesichtsausdruck erkannte sie, dass ihm erst jetzt klar wurde, wie sehr seine Worte sie beleidigt hatten. »Nein, natürlich nicht!« Er hob entschuldigend beide Hände.

Schmerz und Scham brannten tief in Madlen. »Wie könnt Ihr das glauben?«, brach es aus ihr heraus. »Ihr kennt mich … Ihr wisst …« Die Stimme versagte ihr. *Nein*, dachte sie traurig. *Er kennt mich nicht. Und es interessiert ihn auch nicht.*

»Es war nicht meine Absicht, dich zu beleidigen, Lene«, sagte er langsam.

Aber genau das hast du getan.

Sie schluckte den Kloß in ihrer Kehle hinunter und zwang sich, ihm gerade ins Gesicht zu sehen. »Ich habe Fulk versprochen, den Haufen in Schöntal zu verlassen. Ihr braucht Euch nicht zu sorgen, dass ich – wie habt Ihr es genannt? – Unruhe unter die Männer bringe«, erklärte sie. Es gelang ihr, ihrer Stimme einen stolzen Klang zu verleihen. »Doch erlaubt mir, Euch um Papier und Schreibzeug zu bitten, aus diesem Grund habe ich Euch aufgesucht.«

Florian starrte sie an. Sie spürte, dass er mit widerstreitenden Gefühlen rang. Seine Entschuldigung war ehrlich gewesen, doch seine Worte über die strengen Regeln im Haufen ebenso. Er konnte für sie keine Ausnahme machen, wenn er nicht seine eigene Autorität untergraben wollte. »Natürlich«, sagte er schließlich. »Hier ist alles, was du brauchst.« Er trat zum Tisch und rollte die Landkarte zusammen.

Verwirrt blickte Madlen auf die Schreibutensilien und den Bogen Papier, den er zurechtschob. Er erwartete offenbar, dass sie in seinem Zelt schreiben würde. »Hier?«, entfuhr es ihr. »Aber ich …«

»Ich weiß nicht, welches Gepäck du mitführst«, sagte er mit leichtem Spott. »Aber es würde mich überraschen, wenn du einen Tisch mit dir herumträgst, und auf Gras und Schlamm lässt sich schwer schreiben.«

»Das geht nicht … Ich kann nicht hier … in Eurem Zelt …« Sie brach ab, weil sie selbst bemerkte, wie hilflos ihr Gestammel klang.

Florian zog die Brauen hoch. »Ich werde dich nicht stören, ich habe einiges mit den Hauptleuten zu besprechen. Du brauchst nicht um deinen Ruf besorgt sein.«

Verspottete er sie? Madlen warf ihm einen scharfen Blick zu.

Er nickte knapp, ehe er sich zum Gehen wandte.

In ihrer spontanen Entschlossenheit hatte Madlen nicht bedacht, wie schwierig es sein würde, von eigener Hand einen Brief zu schreiben. Nie zuvor hatte sie etwas dergleichen getan, und nun, da sie an Florians Feldtisch saß, fühlte sich die Gänsefeder fremd an zwischen ihren Fingern, die Tinte tropfte und überdies zitterte ihre Hand. Die Worte, die sie sich mühsam zurechtgelegt hatte, wollten sich nicht von ihrem Geist auf das Papier bringen lassen.

Verehrter Meister, stand da, *gewiss seid Ihr voller Sorge.* Verzagt ließ sie die Feder sinken. Ihre Hand schmerzte, weil sie den Federkiel zu verkrampft gehalten hatte.

Mittlerweile war das letzte Tageslicht draußen geschwunden und sie hatte zögerlich die dicke Wachskerze entzündet, die auf dem Tisch stand. Von draußen konnte sie das Singen und Grölen der lagernden Bauern hören, das ihr mittlerweile vertraut war. Der Schein der Lagerfeuer zuckte über die Zeltwände.

Ein Geräusch ließ sie zusammenfahren und abermals landete ein Tintenklecks auf dem Papier.

»Ach, verflucht!« Am liebsten hätte sie das Papier zusammengeknüllt und das Tintenfass auf den Boden geworfen. Natürlich war das undenkbar.

»So schlimm?«

Madlen fuhr herum. Florian hatte sich durch den Zelteingang gebückt und betrachtete sie amüsiert. Sie fühlte, wie sie errötete, und hoffte, dass er es im schwachen Licht der Kerze nicht sah. »Ich kann es nicht«, sagte sie hilflos. »Ich bin die Feder nicht gewöhnt, zu Hause habe ich meist mit einem Griffel geübt.« *Zu Hause.* Der Gedanke drohte ihr Tränen in die Augen zu treiben. Sie hatte kein Zuhause mehr. Sie war an einem fremden Ort, unter einem zügellosen Bauernhaufen, auf einem Weg, der sie Gott weiß wohin führen würde, und vor ihr stand der Mann, an den sie ihr Herz verloren hatte und der sie mit gemeinen Dirnen über einen Kamm schor.

»Ich kann es nicht«, wiederholte sie entmutigt, legte die Feder aus der Hand und setzte an, sich zu erheben.

Im gleichen Augenblick war Florian neben den Tisch getreten. »Nichts da«, sagte er streng. »Der Meister wird vor Sorge um dich kaum schlafen. Es ist wichtig, dass er erfährt, dass es dir gut geht. Morgen reiten Boten nach Heilbronn und Rothenburg, wenn du möchtest, schicke ich auch einen nach Würzburg.« Er rieb sich das bärtige Kinn. »So erfahren wir auch, wie die Lage am Sitz unseres ehrwürdigen Fürstbischofs ist.«

»Und doch geht es nicht«, erklärte Madlen niedergeschlagen. »Es sei denn, Ihr übernehmt das Schreiben, Herr Florian.«

»Gewiss nicht«, versetzte er ruhig. Er stand dicht hinter ihr und blickte über ihre Schulter auf die ungelenken Buchstaben und Tintenkleckse. Seine Nähe ließ ihre Haut kribbeln, gleichzeitig schämte sie sich ihres Unvermögens.

»Ich bin nur eine einfache Magd, ich kann keinen Brief schreiben«, murmelte sie.

»Nimm die Feder und schreib, Lene«, befahl er im Tonfall eines Hauptmanns. »Ich weiß, dass du es kannst.«

Gehorsam setzte Madlen die Feder an.

»Sag, was du schreiben willst«, sagte er etwas sanfter. Sie spürte seinen Atem an ihrem Ohr, als er sich über sie beugte. Eine große, warme Hand umschloss ihre und begann, sie zu führen. Das Blut rauschte in ihren Ohren.

»... Ihr sollt wissen, dass ich mich wohl befinde ...«, begann sie leise und vor ihren Augen reihte sich ein Wort an das andere.

Sie nahm Florians Geruch wahr, sog seine Nähe und Wärme in sich auf wie eine Verdurstende, fühlte, wie sein Bart ihre Wange streifte. Eine winzige Bewegung und ihr Kopf würde seine Halsbeuge berühren. Konnte er es spüren? Seine Hand war fest und ruhig, die Buchstaben klarer und ebenmäßiger als zuvor. Mit all ihrer Willensstärke kämpfte Madlen gegen die Benommenheit an, gegen den süßen Rausch, der sie zu überwältigen drohte.

Viel später, als sie im Zelt neben Anneke, Joost und den beiden kleinen Jungen lag, erlaubte sie sich, ihren sehnsüchtigen Träumen freien Lauf zu lassen und sich vorzustellen, wie es gewesen wäre, seine Lippen zu spüren, seinen Körper an ihrem.

Kapitel 47

Das Zisterzienserkloster Schöntal lag zwischen den sanften Hügeln des Jagsttals am östlichen Ufer des Flusses. Mit all den Nebengebäuden, Werkstätten und Stallungen, den Kirchtürmen, den Gärten und der steinernen Mauer, die das innere Areal umfasste, sah die Anlage von Weitem aus wie eine kleine Stadt. In normalen Zeiten war es gewiss ein friedlicher, beschaulicher Ort, nun jedoch hatte sich das Kloster in ein Feldlager verwandelt. Überall standen Zelte und Karren, dazwischen brannten Lagerfeuer, die Fahnen des Bauernheeres wehten im Wind. Die Standarten trugen allerlei Farben und zeigten die unterschiedlichsten Wappen, aber ein Symbol tauchte immer wieder auf, eingewoben in die bunten Banner: der Bundschuh.

Um die Banner scharten sich die Menschen, so viele, dass es unmöglich war, sie zu zählen oder sie auch nur zu schätzen. Mehr als tausend Männer, das wusste Madlen, befehligten Florian Geyer und die anderen Hauptleute, aber die gewaltige Schar, die das Kloster Schöntal besetzt hielt, zählte weit mehr Köpfe.

»Gütiger Gott!«, entfuhr es Madlen. Sie war stehen geblieben und ließ das Bild, das sich ihnen bot, mit weit aufgerissenen Augen auf sich wirken.

»Die Evangelische Bruderschaft«, sagte Anneke neben ihr beinahe andächtig.

Selbst die beiden kleinen Jungen auf dem Pferd, die die meiste Zeit fröhlich plapperten, waren verstummt und starrten mit offenen Mündern nach vorn.

Die Luft war erfüllt von Rufen und Schreien, dem Schlagen von Trommeln und den schrillen Tönen der Pfeifer, vermischt mit dem Wiehern von Pferden, dem Rumpeln und Quietschen der Wagen und hin und wieder dem Greinen eines Kindes. Zu Madlens Erleichterung schien es zumindest aus der Entfernung, als ob das Kloster noch nicht zerstört worden war. Sie bezweifelte nicht, dass das spätestens beim Weiterzug der Haufen geschehen würde.

Vorerst hatten gewiss die Anführer in den Räumen des Klosters Quartier bezogen, denn auch sie wussten die Annehmlichkeiten der klösterlichen Wohngebäude zu schätzen, zumal die Frühlingsnächte empfindlich kühl waren.

Von da, wo sie stand, konnte Madlen die ersten Reitergruppen sehen, die den lagernden Bauernhaufen erreichten, und sie glaubte, das Johlen und Grölen zu hören, mit dem die Neuankömmlinge begrüßt wurden. Irgendwo dort vorn waren Florian und die übrigen Hauptleute. Sie suchte nach Fulks riesigem Rappen, konnte ihn jedoch nirgends erblicken.

Seit dem Morgen in der Wachstube hatte sie Fulk und seine Gefährten nicht mehr gesehen. Es hieß, Florian habe ihn mit einer Nachricht für Georg Metzler und den Bauernkanzler nach Schöntal vorausgeschickt, doch genau wusste man es nicht, und Madlen hätte sich lieber die Zunge abgebissen, als nach ihm zu fragen.

»Fulk wird dort sein«, sagte Anneke, nachdem sie Madlen von der Seite gemustert hatte.

Madlen spürte die stumme Frage. Sie wusste, dass Anneke noch immer über den Grund für ihre Anwesenheit beim Taubertaler Haufen rätselte, und sie wollte ihr keinen weiteren Anlass für Mutmaßungen geben. Anneke war verwundert genug wegen des Briefes gewesen, den Madlen hatte schreiben wollen, und Madlen hatte ihr erklärt, den Gedanken verworfen zu haben.

In Wahrheit befand sich der Brief in der Tasche eines Boten, der bereits bei Sonnenaufgang in Richtung Würzburg aufgebrochen war. Florian selbst hatte dafür gesorgt. Vielleicht wollte er seine verletzende Bemerkung über die Dirnen im Lager wiedergutmachen, vielleicht war es aber auch einfach seine Freundschaft mit dem alten Apotheker, die ihn dazu veranlasst hatte.

Es war kein langer Brief geworden, wenige Zeilen nur, in denen Madlen dem Meister berichtete, dass sie wohlauf war, sich beim Taubertaler Haufen aufhielt und dass Florian Geyer dafür sorgen würde, dass ihr kein Leid geschah.

Anneke merkte, dass Madlen nicht auf ihre Bemerkung über Fulk eingehen würde, und zuckte die Achseln. »Sehen wir zu, dass wir ein schönes Plätzchen finden«, sagte sie munter. »Ich hätte gern ein Dach über dem Kopf für mich und die Kinder.«

Sie wanderten weiter durch die Flussauen auf das Kloster zu. Abermals staunte Madlen, welch verwirrendes, buntes Gemenge das riesige Bauernheer abgab. Ein großer Teil der Männer war in einfache, geflickte Bauernkittel gekleidet, die Köpfe mit Hüten oder Kappen bedeckt, andere gingen barfuß, Bettlern gleich in schäbige Lumpen gehüllt, wieder andere trugen speckige Lederwämser oder verschrammte Brustharnische und dazu verbeulte Helme auf dem Kopf.

Die Landsknechte in ihren geschlitzten und gepufften, farbenfrohen Gewändern fielen zwischen den meist braunen oder grauen Bauernkitteln auf wie der Hahn inmitten der Spatzenschar. Das war ihnen durchaus bewusst, und sie gaben sich stolz, beinahe hoffärtig im Umgang mit dem einfachen Volk, trugen ihre Katzbalger oder Bidenhänder, die langen Schlachtschwerter, mit lässiger Arroganz.

Die Bauern liebten sie nicht. Landsknechte waren als Plünderer bekannt und verrufen. Man misstraute ihnen, weil man wusste, dass viele von ihnen aufseiten des Schwäbischen Bundes gekämpft hatten, und man fürchtete, dass vor allem die Beutegier sie zu den Bauern getrieben hatte. Nicht auszuschließen, dass sie bei erstbester Gelegenheit die Seiten wechselten.

Dennoch waren sie gefürchtete Krieger, und aus diesem Grund hatte Florian Geyer viele von ihnen in seinen Schwarzen Haufen aufgenommen. Madlen bezweifelte nicht, dass er seine Männer, Landsknechte oder nicht, fest im Griff hatte. Es hieß, sie seien ihm treu ergeben.

Schließlich trafen sie Joost, der nach seiner Familie gesucht hatte und sie mit in das Klostergeviert nahm. Sie fanden einen einigermaßen ruhigen Platz zum Lagern in einer Ecke des Kreuzganges, an den sich ein Kräutergarten anschloss, der die Ziege magisch anzog.

»Die wichtigsten Hauptleute haben sich im Refektorium des Klosters getroffen«, erzählte Joost ihnen und zauberte aus einem fleckigen Tuch ein paar Scheiben Latwerge.

Die Kinder brachen in Begeisterungsrufe aus und Madlen nahm sich auch ein Stück. Der süße Fruchtgeschmack brachte die Erinnerung an die Apotheke zurück, und sie verbiss sich ein Seufzen.

»Sind eine Menge. Mehr als ein Dutzend«, fuhr Joost fort. »Das wird ein munteres Streiten geben, fürcht ich. Der Böckinger, der, den sie Jäcklein nennen, ist ein eigenwilliger Geselle. Er lässt sich nichts vorschreiben. Das wird dem Hipler und dem Geyer nicht gefallen. Aber er hat eine Menge Anhänger aus dem Neckartal mitgebracht, sie können ihn nicht übergehen.«

Anneke zuckte die Achseln. »Was kümmert's uns?«, sagte sie. »Du ziehst dahin, wo's dir gesagt wird, und wir kommen mit. Ist schon immer so gewesen!«

Joost lachte und zog sie an sich, um ihr einen hungrigen Kuss zu geben. Madlen wandte verlegen die Augen ab. »Bist ein gutes Weib, Anneke«, versetzte er. »Klagst nicht, zankst nicht, sondern fügst dich in das, was kommt. Kein Landsknecht könnt sich eine bessere Frau wünschen.«

Anneke erwiderte nichts, doch als sie den Kopf hob, begegnete ihr Blick dem von Madlen. Es war ein winziger Moment, aber er genügte, dass Madlen den feuchten Glanz in ihren Augen sehen konnte.

Anneke mochte ein gutes, braves Weib sein, aber auch sie wünschte sich ein anderes Leben, ein Heim und Sicherheit für ihre Kinder. Als Gefährtin eines Landsknechts lag all das in unerreichbarer Ferne. Joost würde wahrscheinlich niemals einer geregelten Arbeit nachgehen, vermutlich wollte er das gar nicht. Landsknechte verdienten gut – zumindest, wenn ihr Sold ausbezahlt wurde –, und ihr Handwerk war das Kämpfen und Töten. Wenn ihre Truppe einen Sieg errang, durften sie plündern und Beute machen, doch wenn der Krieg zu Ende war, streiften viele von ihnen bettelnd und raubend durchs Land, auf der Suche nach einer neuen Anstellung. Irgendwo war immer Krieg, Kampf und Tod.

Madlen schlang die Arme um ihren Oberkörper, um sich zu wärmen. Sie wollte nicht so leben wie Anneke, das wurde ihr in diesem Moment klar. Anneke blieb keine Wahl, mit zwei vaterlosen Kindern würde sie nie in einem anständigen Haus eine Anstellung finden. Doch Madlen konnte noch einmal neu beginnen, wenn sie es fern von Vogtsberg tat.

Fulk hat recht, dachte sie. *Ich gehöre nicht hierher und ich gehöre nicht zu Florian. Ich werde versuchen, einen Ort zu finden, an dem ich in Ruhe leben kann.* Vielleicht würde es ihr dort gelingen, dem Meer aus Blut und Tränen zu entrinnen, vor dem die alte Wahrsagerin sie gewarnt hatte.

Als die Dämmerung hereinbrach, hielt es Madlen nicht länger bei Anneke und den Kindern. Joost war seit geraumer

Zeit verschwunden, um sich zu den Männern seines Fähnleins zu gesellen, er würde vermutlich irgendwann spätabends betrunken zurückkehren.

Der Kreuzgang hatte sich inzwischen mit lagernden Bauern gefüllt. Madlen hatte an der hinteren Mauer des Kräutergartens eine kleine, versteckte Tür bemerkt, die in einen ruhigeren Teil der Klosteranlage führte. Dorthin schlich sie, fort von all dem Lärm und Grölen und den vielen Menschen. Zu ihrer Erleichterung ließ sich die Tür mit leichtem Druck öffnen.

Sie sah sich kurz um, um sicherzustellen, dass ihr niemand gefolgt war, ehe sie hindurchschlüpfte. Ihre Hand glitt über den Griff ihres Dolches, was ihr mittlerweile zur Gewohnheit geworden war. Das Erlebnis mit dem übergriffigen Bauern hatte sie darin bestärkt, niemandem außer Anneke, Fulk und Florian zu trauen. Ob Bauer oder Edelmann, sie alle folgten zu oft niederen Trieben, besonders wenn sie betrunken waren. Umso leichtsinniger war es, bei Einbruch der Dunkelheit in einem versteckten Garten herumzuspazieren. Sie hoffte, die Schatten der Nacht würden sie verbergen. Der Garten öffnete sich hinab zum Ufer der Jagst. Hier waren die Geräusche des Bauernheeres nur gedämpft zu hören. Madlen atmete auf und setzte sich leise im Schutz einiger Weiden ans Ufer.

Nach kurzer Zeit hörte sie Schritte, die näher kamen, Wortfetzen, die der Wind herübertrug. Die Stimme eines Mannes und die einer Frau. Am liebsten wäre sie fortgelaufen. Sie konnte kein weiteres Liebespaar ertragen, denn das Wispern, das Keuchen und Stöhnen machten ihr die Begierden ihres eigenen Körpers nur allzu deutlich bewusst.

Aber die beiden Gestalten, die im Schutz der Dunkelheit ans schwärzlich schimmernde Wasser der Jagst herantraten und die Köpfe murmelnd zusammensteckten, schienen nicht für ein Schäferstündchen gekommen zu sein.

»Den Berlichinger wollen sie in die Bruderschaft holen, sind sie denn närrisch geworden?« Der Ton der Frau war scharf und zornig, Madlen konnte hören, dass es ihr Mühe bereitete, leise zu sprechen. »Wieder einer aus dem Adelspack! Reicht nicht der Geyer? Ich sag dir, Jäcklein, denen ist nicht zu trauen, ganz gleich, ob Geyer oder Berlichinger oder sonst einem, du musst das verhindern!«

»Ich brauch auch keinen Junker unter den Hauptleuten«, grollte eine tiefe Männerstimme. »Das weißt du wohl, Weib! Wenn's nach mir ginge, hätten sie den Geyer zurück in sein feines Schloss in Giebelstadt geschickt und es ihm unterm Hintern angezündet. Aber Metzler und Hipler haben recht, wenn sie sagen, dass wir auf seine Männer nicht verzichten können. Schau dir die Kerle vom Schwarzen Haufen an. Das sind keine Bäuerlein mit Keulen und Spießen, das sind Landsknechte, Krieger, die ihr Handwerk verstehen.«

»Pah!«, rief die Frau verächtlich. »Solang es Beute zu machen gibt. Wer weiß, ob sie uns nicht in den Rücken fallen, sobald der nächste Junker ihnen pfeift.«

»Das wissen wir nicht, Hofmännin!«, knurrte Jäcklein. »Aber ich werd wachsam bleiben. Nun soll er erst mal kommen, der Junker Götz. Wir werden hören, was er zu sagen hat!«

»Und auch, ob du noch was zu sagen hast, wenn er hier ist!«, höhnte die Frau.

Madlen hörte ein klatschendes Geräusch. Jäcklein hatte die Beleidigung nicht ungestraft gelassen. Sie hielt den Atem an und drückte sich enger an den Stamm der Weide.

»Schlag ruhig zu, Jäcklein Rohrbach. Ich hab genug Schläge bekommen in meinem Leben!« Zu ihrer Überraschung ließ die Frau ein kehliges Lachen hören. »Ich weiß, dass du nicht ohne mich sein kannst, und du weißt, dass ich dir stets ergeben bin, dir und unserer Sache!«

Für einen Moment war es still, bis Madlen hörte, wie der Mann stöhnte. »Teufelin!«

Noch mal lachte die Frau, kalt und höhnisch. »Soll ich aufhören?«

Statt einer Antwort stöhnte er erneut, lauter diesmal. Dann sprach niemand mehr, einzig die Laute der Lust drangen zu Madlen herüber. Allerdings verspürte sie diesmal keinen stillen Neid, nicht das geringste Aufflackern eigener Sehnsucht. Abscheu erfüllte sie.

Es schien ihr eine Ewigkeit, bis die Frau wieder sprach. »Du brauchst mich, Jäcklein, nicht nur, um deine Lenden zu kühlen. Ich treib deine Männer in den Kampf, ich sprech den Segen über sie, damit sie vor den Kugeln und Pfeilen des Feindes geschützt sind. Was würdest du ohne mich tun?«

Der Mann grunzte. »Manchmal mein ich, du glaubst den Hokuspokus, den du veranstaltest, selbst!«

»Hokuspokus oder nicht, Jäcklein«, gab die Frau zurück, und der Unterton ihrer Stimme jagte Madlen einen Schauer über den Rücken, »du wirst sehen, der Tag wird kommen, an dem sie in ihrem Blute liegen und wir ihnen die seidenen Gewänder vom Leib schneiden. Mit dem Fett ihrer Leiber werden wir uns die Stiefel einschmieren!«

Madlen presste die Faust auf den Mund, um nicht vor Entsetzen zu wimmern. Wenn man sie, Madlen, eine Hexe genannt hatte, was war dann diese grässliche Frau?

»Ich frag mich, Hofmännin«, sagte Jäcklein Rohrbach, »was die Junker dir getan haben, dass du sie mit solch abgrundtiefem Hass verfolgst?«

Die Frau blieb ihm die Antwort schuldig. Stattdessen hörte Madlen das Geräusch ihrer Schritte, die sich langsam durch den Klostergarten entfernten. Die schwereren Schritte des Mannes folgten ihr.

Dann war es wieder still. Dennoch dauerte es eine ganze

Weile, bis Madlen es wagte, sich zu erheben. Sie fror, und es lag nicht an der kühlen Aprilnacht. Ein Grauen hatte sie erfasst.

»Wo in Dreiteufelsnamen hast du gesteckt?«

Als Madlen wieder an ihrem Lagerplatz ankam, wurde sie von einem sehr grimmig dreinschauenden Fulk erwartet. Er stand zwischen zwei Säulen des Kreuzgangs, auf seinen breiten Schultern saß der kleine Hans, der jüngere von Annekes Söhnen, der mit seinen Händchen beinah den Steinbogen über sich erreichen konnte. Madlen war so erleichtert, Fulk zu sehen, dass sie den zornigen Klang seiner Stimme und die ärgerliche Miene nicht beachtete. Ein Lächeln breitete sich auf ihrem Gesicht aus.

Fulk trat einen Schritt vor und schwang den jauchzenden Knaben von seinen Schultern herab.

»Noch mal!«, bettelte der Kleine, und Madlen musste kichern.

Fulk starrte sie noch immer böse an, ein wenig trotzig entgegnete sie: »Ich habe dich zwei Tage lang nicht gesehen, sollte nicht *ich* fragen, wo *du* gesteckt hast?«

»Du bist ein Weib unter einigen Tausend Männern, von denen viele nicht mehr sind als Strauchdiebe und Spitzbuben. Ich bin ein Landsknecht!«

»Auch dich kann das Messer eines Spitzbuben erwischen, wenn du davon sprichst!«, gab Madlen zurück. »Es sind schon genug Männer beim Zechgelage ums Leben gekommen.«

»Seh ich aus, als ob ich ein Zechgelage hinter mir hätte? Was zur Hölle …«

»Du solltest nicht vor den Kindern fluchen!«, unterbrach Madlen ihn und wies mit dem Kinn auf den kleinen Hans, der gebannt den Worten des Plackers gelauscht hatte.

Fulk verdrehte die Augen. »Himmel, ein anstrengenderes Weib als du ist mir noch nie begegnet!« Er nahm sie beim Arm und zog sie mit sich.

Madlen ließ ihn gewähren, zu erleichtert war sie über seine Rückkehr. Seine bloße Anwesenheit schien das Grauen, das sich ihrer bemächtigt hatte, zu verdrängen.

»Florian hat uns vorausgeschickt«, sagte er, und ein Stück von Anneke und den Kindern entfernt blieben sie stehen. »Um dem Hipler unsere baldige Ankunft zu melden und Erkundigungen einzuholen, wie die Dinge im Hohenloher Land stehen.« Er stieß ein kurzes Lachen aus. »Florian war erfreut über das, was wir zu berichten hatten. Die Hohenloher Bauern sind bereit, ihr Joch abzuschütteln. Fast alle Dörfer und Städtchen haben sich dem Aufstand angeschlossen. Bin gespannt, was die Herren Grafen sagen werden, wenn wir sie auffordern, auf den Evangelischen Bund zu schwören.«

Madlen starrte Fulk verwirrt an. Sie wusste nicht viel über das Hohenloher Land und seine Fürsten, aber eines war gewiss: Niemals würde sich ein Graf dem Bauernaufstand verschreiben.

Fulk wischte ihre Bedenken weg. »Glaub mir, Madlen, wenn es darum geht, ihre Pfründe und ihren eigenen Hintern zu retten, würden diese feinen Herren auf jeden Affenarsch schwören. Die wichtigere Frage ist, wann brechen sie ihren Schwur wieder?«

Madlen sah ihn entsetzt an. »Glaubst du an gar nichts?«

»Zumindest nicht an das, was die Pfaffen und die reichen Junker versprechen«, erwiderte er trocken. »Und ich hoffe, Florian ist klug genug, das auch nicht zu tun. Die feinen Herren wollen uns hinhalten, um Zeit zu gewinnen, bis der Truchsess mit seinem Heer anrückt und die Bauernhaufen niedermetzelt, wie er es am Biberhaken getan hat.«

»Wir sind zu viele«, hielt Madlen dagegen. »Wenn die Bauern sich vereinigen, haben seine Truppen keine Chance.«

Fulk nickte, doch wirkte er nicht überzeugt. »Wenn, Madlen, wenn! Du warst nicht dabei, als sie sich besprochen haben, die Hauptleute. Da ist nicht viel Einigkeit! Jeder verfolgt ein anderes Ziel und sie streiten wie die Kesselflicker! Hipler muss mit Engelszungen reden, um sie zusammenzuhalten. Und dann ist da noch dieses Weib, das Rohrbach Gift ins Ohr träufelt, als wäre der Kerl allein nicht schwer genug zu ertragen!« Er rieb sich die Stirn.

»Die Hofmännin?«

Fulks Kopf ruckte hoch. »Du hast von ihr gehört?«

»Nur ihre Worte«, erwiderte Madlen und erzählte von ihrem Erlebnis am Flussufer.

Als sie geendet hatte, war Fulk eine Weile still. »Du erstaunst mich immer wieder, Magdalena Böckler«, sagte er schließlich. »Tatsächlich gäbst du einen großartigen Kundschafter ab.«

Madlen sah Belustigung in seinem Gesicht, doch sie schwand sogleich wieder.

»Sie nennen sie die ›Schwarze Hofmännin‹«, erklärte er ernst. »Sie ist Rohrbachs böser Geist, so scheint es mir zumindest. In der Versammlung sprach sie nicht, flüsterte ihm nur hin und wieder ins Ohr, und ich schwöre dir, sie hetzte ihn auf. Florian wollte sie hinausschicken lassen, aber Jäcklein beharrte auf ihrer Anwesenheit.«

»Ist sie eine Hexe?«, flüsterte Madlen beklommen.

Fulk zuckte die Achseln. »Du weißt, ich glaube nicht an Hexen und böse Geister. Die einzigen Dämonen, die es gibt, tragen wir in uns.« Seine Stimme klang rau, und Madlen begriff, dass er von sich selbst sprach. Am liebsten hätte sie nach seiner Hand gegriffen, doch sie wagte es nicht. »Tatsächlich hat der Berlichinger Nachricht geschickt«, fuhr Fulk fort. »Er wünscht, mit den Hauptleuten zu sprechen. Ich persönlich glaube, er macht sich Sorgen um seine eigenen Burgen, er hat mehrere davon, und sein Bruder sitzt auf Jagsthausen, eine knappe Stunde von hier. Vermutlich will Götz mit den Hauptleuten seine Schonung verhandeln.« Er kratzte sich nachdenklich den Bart. »Wendel Hipler hat anderes mit ihm vor. Er sucht einen kriegserfahrenen Anführer für das Bauernheer.«

Madlen sah ihn verwirrt an. »Sie haben doch Florian. Hat er nicht ein Landsknechtsfähnlein geführt?«

»Das hat er«, bestätigte Fulk. »Aber manche trauen ihm nicht. Für sie ist und bleibt er ein Junker.«

»Und dieser Berlichinger? Ist der etwa keiner?«, rief Madlen empört. Dass einige der Bauern Florian misstrauten, schien ihr unerhört. Für sie selbst gab es keinen ehrenhafteren und vertrauenswürdigeren Mann als den Ritter aus Giebelstadt.

»Götz von Berlichingen ist dafür bekannt, dass er sich um Recht und Gesetz wenig schert«, gab Fulk achselzuckend zurück. »Hat sich immer wieder mit den hohen Herren angelegt, das wissen die Bauern und sie bewundern ihn deswegen. Dabei ist er im Grunde ein Wegelagerer – ein Heckenreiter, nicht viel besser als ich. Bin ihm selbst schon ein-, zweimal begegnet. Kühn ist er und dreist dazu, geht keinem Händel aus dem Weg. Man nennt ihn den Ritter mit der eisernen Hand.«

»Mit der eisernen Hand?«, wiederholte Madlen verdutzt.

»Vor vielen Jahren hat er seine rechte Hand in einer Schlacht verloren. Er ließ sich eine neue aus Eisen anfertigen, die so kunstvoll gearbeitet ist, dass er damit sogar ein Schwert führen kann.«

Madlen lauschte seinen Worten gebannt. »Das klingt nach einem tapferen Mann.«

»Hm.«

Sie legte den Kopf schräg und blickte zu Fulk empor. »Und *das* klingt nach Zweifel?«

»Tapfer und verlässlich sind zwei unterschiedliche Dinge«, erwiderte er trocken.

Kapitel 48

Die Ankunft des Ritters mit der eisernen Hand am nächsten Morgen erregte Aufsehen im Bauernlager, obwohl Götz von Berlichingen nur in Begleitung zweier Knechte kam und auf eine komplette Rüstung verzichtet hatte. Er trug lediglich einen verschrammten Brustharnisch und statt eines Helmes ein schlichtes, braunes Barett auf dem Kopf. Madlen schien es, als ob er sich absichtlich als alter Haudegen und nicht als Junker in Szene setzen wollte. Außerdem wollte er wohl deutlich machen, dass er sich im Bauernlager nicht fürchtete.

Sie musterte ihn neugierig. Sein Gesicht war breit, die Nase flach und kräftig. Die runden Wangen waren gerötet und verrieten, dass er dem Wein gerne zusprach. Hell und listig funkelten seine Augen unter dichten Brauen, ein stattlicher blonder Bart bedeckte sein Kinn.

Die eiserne Hand, die er lässig auf den Sattelknauf gelegt hatte, zog viele staunende Blicke auf sich.

Annekes älterer Sohn, der neben Madlen stand, zupfte aufgeregt an ihrem Rock. »Er hat keine richtige Hand, Madlen, schau nur!«

Sie strich ihm beruhigend übers Haar. »Ja, Bastlin, ich hab's gesehen. Er hat seine echte Hand im Kampf verloren, weißt du.«

Bastlin starrte sie entgeistert an. »Wurde sie ihm weggehackt?«

»Eine Kanonenkugel hat sie ihm abgerissen«, erklärte der Mann, der neben ihnen stand, ein grober Geselle mit ungepflegtem, langen Bart. »Abgehackt hat sie ihm anschließend der Feldscher, sie hing nur noch an einem Fetzen.«

»Wirst du wohl schweigen vor dem Kind!«, fuhr Madlen ihn böse an und zog den Kleinen beschützend an sich.

Der Mann lachte. »Für Memmen ist kein Platz in einem Feldlager! Egal ob's Weiber oder Kinder sind.«

Madlen warf ihm einen zornfunkelnden Blick zu, ehe sie den Jungen auf den Arm nahm und sich einen anderen Platz suchte, bevor der Kerl weitere grausige Geschichten von sich gab.

Natürlich hatte er recht. Unwillkürlich drückte sie den kleinen Jungen fester an sich. Kein Kind sollte in einem Feldlager leben. Sie sollten ein sicheres Heim haben, fern von Gewalt, Grausamkeit und abgehackten Händen. *Ich hatte ein solches Heim*, dachte sie bitter. *Bis zu dem Augenblick, als Botho von Vogtsberg mich auf dem Marktplatz entdeckt hat.*

Der Berlichinger und seine Knechte waren an ihnen vorbeigeritten, und ohne nachzudenken, eilte sie hinterher, den kleinen Bastlin an der Hand, hinein in den Klosterhof, wo die Hauptleute der vereinigten Bauernhaufen den Ritter erwarteten. Es waren einige, mindestens ein Dutzend.

Madlens Herz schlug schneller, als sie Florian entdeckte. Er stand mit verschränkten Armen da und wirkte wie die Ruhe selbst, während er dem Ritter mit der eisernen Hand entgegensah. Madlen musterte ihn sehnsüchtig. Seine hochgewachsene Gestalt in dunklem Wams und dunklen Hosen, das schlichte Barett mit einer einzelnen Hahnenfeder, die braunen Haare, die sich im Nacken lockten. Der eisgraue Blick war unverwandt auf die Näherkommenden gerichtet, seine Miene gleichmütig, aber dennoch fühlte sie, dass die zur Schau getragene Gelassenheit gespielt war. Seine Fäuste, verborgen unter den verschränkten Armen, waren geballt, die

Muskeln verkrampft, sein Körper gespannt wie eine Bogensehne. Sie wusste es so sicher, als hätte sie ihn berührt.

Florian kannte den Berlichinger, und er war nicht erfreut, ihn hier zu sehen. Unwillkürlich hatte Madlen den Atem angehalten und holte nun tief Luft. Um sich abzulenken, musterte sie die anderen Hauptleute um Florian herum und suchte nach Fulk. Sie konnte ihn nirgends entdecken.

Rechts neben Florian stand ein kräftiger, breitschultriger Mann mit einem speckigen Hut auf den dunklen Haaren. Ein dichter, grau gesprenkelter Bart bedeckte die untere Hälfte seines Gesichts, und seine Nase sah aus, als hätte sie schon öfter Bekanntschaft mit einer Faust gemacht. War das Jäcklein Rohrbach, der Mann, den sie im Klostergarten unabsichtlich belauscht hatte?

Sogleich bemerkte sie ihren Irrtum, denn ein paar Schritte entfernt entdeckte sie einen untersetzten Burschen mit rötlich blondem Haar und ebensolchem Bart, dessen Miene unverhüllten Groll verriet. Madlen erhaschte einen Blick auf die Frau, die hinter ihm stand, von seinem breiten Körper fast verdeckt. Sie trug ihre langen schwarzen Haare offen wie ein junges Mädchen.

Madlen überkam eine Gänsehaut.

Als ob die Schwarze Hofmännin Witterung aufgenommen hätte, wandte sie unvermittelt den Kopf und starrte in Madlens Richtung. Einen unangenehmen Moment lang fühlte Madlen, wie der Blick aus den hellen Augen bis in den tiefsten Grund ihrer Seele drang. Sie schnappte nach Luft.

»Au, du drückst zu fest, Madlen!«, jammerte Bastlin, und Madlen löste sich von dem Starren der Hofmännin.

Götz von Berlichingen rief den Bauernführern einen fröhlichen Gruß zu, beide Arme ausgebreitet, als wollte er die Männer an die Brust drücken. »Gott zum Gruße, liebe Brüder! Eine prächtige Streitmacht habt ihr da versammelt. Die kann sich sehen lassen!« Er lachte, kletterte aus dem Sattel und ging mit großen Schritten auf die Hauptleute zu.

»Wir haben Eure Botschaft erhalten, Herr Götz«, antwortete ein kleiner, rundlicher Mann mit silbergrauem Haar. Er war deutlich älter als die anderen Hauptleute, und seine elegante Kleidung hob sich von der der anderen ab. Das musste Wendel Hipler sein, der Kanzler der Hohenloher Grafen, der die Seiten gewechselt hatte.

Madlen beobachtete ihn neugierig. Er war nicht ganz so alt wie Meister Veltlin, aber die Sechzig konnte er gut und gerne erreicht haben. Haar und Bart waren ordentlich geschnitten und unter den buschigen Brauen blitzten helle, wache Augen. Der Mund verzog sich zu einem Lächeln, als er dem Ritter von Berlichingen die Hand entgegenstreckte.

Götz nahm sie ohne Zögern mit festem Griff. Madlen bemerkte, dass Florian sein Gewicht verlagerte, ein winziges Zeichen seiner Anspannung, das gewiss nur ihr aufgefallen war.

»Willkommen bei der Evangelischen Bruderschaft«, fuhr der Bauernkanzler fort. Er machte eine einladende Geste. »Setzt Euch zu uns, Speis und Trank ist reichlich vorhanden. Wir sind gespannt, zu erfahren, was Euch hierherführt.«

Der Berlichinger ließ sich nicht zweimal bitten. Seine Knechte blieben bei den Pferden, und er folgte Hipler und den anderen ins Refektorium. Madlen fiel auf, dass er Florian im Vorübergehen zunickte und dass der Giebelstädter das Nicken knapp erwiderte.

Ein Gruß, so höflich, wie ihn zwei Männer zustande brachten, die sich in alter Feindschaft verbunden waren.

Der Ritter mit der eisernen Hand verließ Schöntal bereits um die Mittagsstunde wieder. Rasch kursierten alle möglichen Gerüchte darüber, was er mit den Hauptleuten besprochen oder vereinbart haben mochte. Madlen entnahm den Gesprächen um sie herum, dass viele Bauern den Berlichinger gern als ihren Anführer gesehen hätten. Der Ruf, der dem alten Haudegen vorausging, tat seine Wirkung.

Madlen schloss sich der allgemeinen Meinung nicht an. Florian hatte offenbar Grund, Götz zu misstrauen. Warum, entzog sich ihrer Kenntnis, aber die bloße Tatsache gab ihr ein ungutes Gefühl. Sie hätte liebend gerne mit Fulk darüber gesprochen, doch der Placker blieb den ganzen Tag verschwunden.

Joost gesellte sich beim Nachtmahl zu ihnen und verkündete, dass die Hauptleute beschlossen hatten, am nächsten Morgen weiterzuziehen. Der Grund dafür war eine Botschaft der Grafen von Hohenlohe, die vor Kurzem eingetroffen war.

»Sie weigern sich, auf die Zwölf Artikel zu schwören, wollen der Bruderschaft nicht beitreten!«, schimpfte Joost mit vollem Mund. »Allen, die abfällig geworden sind, bieten sie Gnade und ein Einsehen an, über die Forderungen der Bauern soll ein Gericht abstimmen. Pah, die Zeiten sind vorbei, da wir uns von den Rechtsverdrehern hinhalten lassen.« Er reckte die Faust mit dem Messer in die Höhe, das er gerade benutzt hatte, um ein Stück Fleisch abzuschneiden. Die Kinder beobachteten ihn mit großen Augen. »Jetzt bestimmen wir, was Recht ist. Wenn sie sich zieren, die feinen Grafen, dann werden wir ihnen das Fell gerben!«

»Wohl gesprochen, Landsknecht!«, tönte die Stimme eines vorübergehenden Mannes und ließ Madlen zusammenfahren.

Sie kannte diese Stimme, und als sie aufsah, erkannte sie auch den Mann. Die schwarzhaarige Frau stand neben ihm, schweigend. Ihr Blick glitt mit leiser Verachtung über die Gesichter, die sich den beiden Hinzugekommenen zuwandten. Als er Madlen erreicht hatte, stutzte sie und ihre Augen verengten sich.

Madlen wollte wegsehen, doch es war zu spät. Trotzig hielt sie daher dem scharfen Blick der Schwarzen Hofmännin stand.

»Sieh an, ich bin nicht das einzige schwarze Weib.«

Madlen presste die Lippen zusammen. Ihr fiel auf, dass die Hofmännin deutlich älter war als der Mann, den sie begleitete. Das Leben hatte tiefe Kerben in ihr bleiches Gesicht gegraben, in das schwarze Haar mischten sich silberne Strähnen. Die Augen waren von einem fahlen Graublau und erfüllt von einem beinah fiebrigen Glanz.

Auch Jäcklein Rohrbach musterte Madlen. Ein Grinsen teilte seinen rötlichen Bart. »Der Geyer hat sie mitgebracht. Ist wohl das Liebchen von einem seiner Hauptleute.«

Die Hofmännin ließ Madlen nicht aus den Augen. »Ach, die Liebe«, spottete sie. »Hat keinen Platz auf einem Feldzug wie dem unseren, möcht ich meinen.«

Joost und Anneke sahen sich an. Rohrbach gluckste.

Im gleichen Moment sagte Madlen mit zorniger Stimme: »Sprecht nicht von Dingen, von denen ihr nichts versteht!« Sie wusste sofort, dass es ein Fehler gewesen war, aber es war ihr unmöglich zu schweigen, während diese abscheulichen Menschen über sie sprachen, als wäre sie gar nicht anwesend.

»Die Schöne hat ja Krallen!«, prustete Jäcklein Rohrbach.

Er schien mehr belustigt als beleidigt.

Die Schwarze Hofmännin lachte nicht. »Und eine spitze Zunge«, zischte sie.

»Nicht spitzer als deine«, brummte Jäcklein. Sein Gesichtsausdruck veränderte sich, wurde wachsam. Madlen spürte, dass hinter ihr jemand hinzugetreten war, noch ehe Fulks scharfe Stimme sagte: »Der Metzler sucht dich, Jäcklein Rohrbach.«

Kaum waren die beiden fort, packte er Madlen beinah grob am Arm. »Was hast du mit denen zu schaffen?«

»Nichts«, verteidigte sie sich hastig. »Sie gingen vorüber und wechselten ein paar Worte mit uns!« Sie errötete. Offenbar hatte Fulk nicht gehört, dass Rohrbach sie für seine Buhlin hielt.

»Halt dich von denen fern, Madlen«, warnte er etwas weniger scharf. »Der Rohrbach ist ein gewalttätiger Geselle. Mir ist lieber, er sieht dich nicht so genau an!«

Madlen lief es kalt den Rücken hinunter. »Ist ihm die Hofmännin nicht genug?«

Fulk zuckte die Achseln. »Das weiß ich nicht. Aber sie ist alt und du bist jung und ...« Er brach ab. Sein Gesicht wirkte grimmig, die Narbe schien mehr denn je hervorzutreten. »Wenn er dich anrühren sollte, stech ich ihn ab wie einen tollen Hund!«

»Das wird hoffentlich nicht geschehen«, erwiderte Madlen betroffen. »Denn ich werde den Haufen verlassen, sobald es geht.«

Ein paar Herzschläge lang starrte Fulk sie schweigend an. »Ich bin froh, das zu hören«, sagte er schließlich. Abwesend strich er sich das dunkle Haar aus der Stirn.

Seltsam, dachte Madlen, wie vertraut er mir in der kurzen Zeit geworden ist.

Die Vorstellung fortzugehen erfüllte sie mit Bedauern und Furcht, aber der vernünftigere Teil von ihr wusste, dass es das einzig Richtige war. Sie war nicht wie Anneke, die sich mit dem Leben als Landsknechtsbraut abgefunden hatte, oder wie die Hofmännin, die Hass und dunkle Leidenschaften zum Bauernhaufen getrieben hatten. Noch blieb Zeit zu gehen, Zeit, einen, besseren, sichereren Ort zu finden, sofern das in diesem von Aufruhr und Kampf zerrissenen Land noch möglich war.

Sie bemerkte, dass Anneke neugierig zu ihnen herübersah. Hatte sie gehört, was gesprochen wurde? »Lass uns ein paar Schritte gehen«, bat sie Fulk.

Gemeinsam verließen sie den Innenbereich des Klosters und wanderten langsam an den teilweise verwüsteten Werkstätten, Ställen und Gesindehütten vorbei.

Fulk sprach als Erster. »Ehe sie weiterziehen, werden sie das Kloster niederbrennen. Hier kannst du nicht bleiben. Ich habe gehört, dass der Helle Haufen sich nach Neckarsulm wenden will, wenn wir mit den Hohenloher Grafen fertig sind. Die Bürger dort stehen aufseiten der Bauernschaft, es wird gewiss kein Blutvergießen geben.«

»Du willst, dass ich dort bleibe, in Neckarsulm?«

Fulk nickte. »Wir werden ein ordentliches Haus für dich finden.«

Wen meint er mit »wir«? Etwa sich … und Florian?

Als hätte er ihre Gedanken gelesen, fügte Fulk hinzu: »Florian liegt daran, dass du gut aufgehoben bist, Madlen.«

Hauptsächlich liegt ihm daran, dass sich keine Dirnen in seinem Lager aufhalten, dachte sie bitter, aber sie sprach es nicht aus. »Wie freundlich von ihm«, murmelte sie und zwang sich zu einem Lächeln.

»Madlen …«, hob er an, aber sie unterbrach ihn.

»Es ist gut, ich werde in Neckarsulm bleiben, wenn du es für sicher hältst.« Sie berührte sanft seinen Arm. »Ich vertraue dir, Fulk von Weilingen. Das habe ich immer getan.«

Kapitel 49

Neuenstein, der Sitz des Grafen Albrecht von Hohenlohe, ergab sich dem Bauernheer ohne Gegenwehr. Als die Bauern jubelnd durch das Haupttor hineindrangen, fanden sie in der Burg außer dem Gesinde und den Dienstboten lediglich die Gemahlin des Grafen vor, die hochwohlgeborene Wandelberta. Graf Albrecht, so erfuhren sie, war kurz zuvor nach Langenburg geritten, wo er ebenfalls Schloss und Güter besaß.

»Das gab ein Zetern und Wehklagen«, berichtete Joost, der in vorderster Reihe dabei gewesen war, »als die Männer die Dame und ihre Dienerschaft gefangen nahmen. Man hätte meinen können, sie werde in die Folterkammer verschleppt. Die Unseren scherten sich nicht um das Gejammer, sperrten die Gräfin mitsamt ihrer Diener in ein Zimmer und stellten zwei Bewaffnete davor.« Verächtlich spuckte er aus. »Möcht wissen, wie viele Mägde Prügel wegen dieser Frau Hochwohlgeboren bekommen haben, aber wenn's ihr selbst an den Pelz geht, da bricht das Geheule los! Als ob irgendeiner von uns sich an dieser hässlichen Zicke vergreifen wollte.«

Joosts Schilderung ließ das Bild der Herrin Friedlinde vor Madlens innerem Auge entstehen. Sie konnte kein Mitleid in sich finden. *Bin ich schon so lange mit den Bauern unterwegs, dass ich wie sie geworden bin? Hart und rachsüchtig?* Sie wusste es nicht.

»Was geschieht nun?«, fragte sie.

»Man hat Nachricht an den Grafen geschickt und ihn aufgefordert, sich mit den Hauptleuten zu treffen. Ansonsten werde man die Burg und alles, was darinnen ist, niederbrennen und seine anderen Häuser gleich dazu.« Joost beugte sich vor, um seinen Weinbecher erneut zu füllen. Er nahm einen großen Schluck und fuhr fort: »Er wird kommen, da bin ich sicher, und sein werter Herr Bruder, der Graf Georg, ebenso. Sie haben keine Wahl!«

*

Man ließ den Grafen einen gesiegelten Geleitbrief zukommen, und tags darauf erschienen sie beide auf offenem Feld bei dem Weiler Grünbühl, unweit von Neuenstein, wie es die Hauptleute der Bauern verlangt hatten. Es war eine Demütigung sondergleichen für die stolzen Hohenloher Grafen. All ihre Versuche, eine andere Vereinbarung zu erzielen, wurden abgeschmettert, die Hauptleute waren sich ihrer Überlegenheit sehr wohl bewusst. Ein Heer von etwa achttausend Mann lagerte bei Neuenstein, bereit, die Forderungen gewaltsam durchzusetzen, und das Heer des Schwäbischen Bundes war fern. Die Grafen mussten auf die Zwölf Artikel schwören, ob sie wollten oder nicht.

Man verlangte von ihnen, beim Handgelübde die Handschuhe auszuziehen, und einer der Bauern, ein Mann aus Niedernhall namens Wendel Krees, sprach zu ihnen: »Bruder Albrecht und Bruder Georg, kommt her und gelobt den Bauern, bei ihnen als Brüder zu bleiben und nichts wider sie zu tun. Denn ihr seid nimmer Herren, sondern Bauern, und wir sind die Herren von Hohenlohe.«

Als die Grafen es gelobt hatten, zähneknirschend und mit zornesroten Gesichtern, brach ein gewaltiger Jubel unter den Bauern aus. Schüsse wurden in die Luft abgefeuert, sodass der Rest des Haufens, der bei Neuenstein lagerte, das ferne

Donnern hören konnte und kurzzeitig befürchtete, es wäre zum Kampf gekommen.

*

»Das Hohenloher Land ist unser«, erklärte Fulk, als alle am Abend ins Lager zurückgekehrt waren.

Ausgelassenheit hatte sich im Bauernhaufen verbreitet, die das trunkene Feiern in der Burg bei Markelsheim noch übertraf. Der Wein floss in Strömen, die Keller der Burg wurden leer geräumt, die Karren der Bauern bogen sich regelrecht unter den erbeuteten Vorräten, darunter auch Pulverfässer, Steinkugeln, Hakenbüchsen und andere Waffen.

Die Pfeifer, Fiedler und Trommler spielten fröhlich auf, es wurde getanzt und gesungen, gejohlt und gefeiert, und Madlen bemerkte erstaunt, dass selbst Fulk ungewohnt entspannt war.

»Dies ist unser größter Erfolg bis jetzt«, sagte er und füllte seinen Weinbecher zum wiederholten Mal. »Aus allen Dörfern und Städtchen laufen uns die Bauern zu, die Kunde vom Schwur der Grafen verbreitet sich wie ein Lauffeuer.«

»Glaubst du, es war klug, die Grafen so zu demütigen«, wandte Madlen ein, die der allgemeinen Freudentaumel nicht so recht erfassen wollte.

Fulk betrachtete sie mit einem Schmunzeln. »Klug vielleicht nicht, aber ein Spaß war's ganz sicher!« Er bettete den Kopf auf den Sattel, der ihm als Kissen diente, und starrte in den sternenklaren Himmel. Das Wetter hatte sich gebessert, die Tage waren milder und sonniger geworden, es schien, als hätte sich der Frühling endlich entschieden, Einzug zu halten.

Madlen streckte sich neben ihm aus. Ihr wurde bewusst, wie sicher und geborgen sie sich stets in Fulks Gegenwart fühlte, trotz des wilden Treibens um sie herum. Als könnte ihr nichts geschehen, solange er da war. *Wie trügerisch*, mahnte sie sich im nächsten Moment. Er war so verletzlich, so sterblich wie jeder andere im Lager. Ein Messerstich, ein Schwerthieb, eine Büchsenkugel …

Sie wandte den Kopf und betrachtete nachdenklich die unversehrte Seite seines Gesichts, die er ihr zugewandt hatte. Seine Lider waren geschlossen, und sie fragte sich, ob er ihren Blick spüren konnte. Die Worte des Welschen gingen ihr wieder durch den Kopf. *Heute* amore, *morgen vielleicht tot.*

Unvermittelt verspürte sie das heftige Verlangen, ihn zu berühren. Was würde geschehen? Würde er sich ihr zuwenden und sie küssen, wie er es in Röttingen getan hatte? Bei der Vorstellung durchlief sie ein leiser, erregter Schauder.

Die Nacht in seinen Armen zu verbringen, seinen Körper spüren, seine Hände, seinen Mund … ein paar Stunden lang alles vergessen, den Krieg, den Aufruhr, die grausige Prophezeiung … Die Sehnsucht wurde beinahe übermächtig.

»Magdalena Böckler?«, sagte eine junge Stimme neben ihr.

Sie fuhr hoch und sah aus dem Augenwinkel, dass Fulk sich auf die Ellenbogen stemmte.

Vor ihr stand ein Bursche, der vielleicht fünfzehn oder sechzehn Jahre alt sein mochte, kein Bauernjunge, wie sie an seiner schlichten, jedoch gepflegten Kleidung erkennen konnte. Sein Gesicht war rund und bartlos. Ihr fiel ein, dass sie ihn schon einmal gesehen hatte.

Vor Florians Zelt.

Höflich sagte er: »Mein Herr bittet dich zu sich.«

Madlen folgte dem Knappen mit hämmerndem Herzen. Es ging über die Brücke, die zum Hauptportal der alten Wasserburg führte, zwischen den wuchtigen, halbrunden Türmen hindurch, hinein in den geräumigen Innenhof, der ein Viereck inmitten des mehrstöckigen Wohngebäudes bildete. Auch hier lagen überall Bauern, brannten Lagerfeuer, kreisten die Weinkrüge. Im gegenüberliegenden Trakt bemerkte Madlen flackernde Lichter und fürchtete kurz, man hätte in der Burg Feuer gelegt, wie in den anderen Burgen und Klöstern zuvor. Dann entdeckte sie Mägde, die geschäftig umherliefen, und begriff, dass sich dort wohl die Küche befand. Der Knappe – sie erinnerte sich an seinen Namen, Hannes – ging mit raschen, zielstrebigen Schritten voraus und führte sie durch eine schwere eisenbeschlagene Tür in den Eckturm. Innen war es düster, nur ein paar Öllampen spendeten unruhiges Licht. Madlen hatte Mühe, mit dem Knappen Schritt zu halten.

Als sie das erste Stockwerk erreichten, nahm sie am Rande ihres Blickfelds eine Bewegung wahr. Leises Frauenlachen drang aus einer dunklen Nische, vermutlich ein Paar, das einen verborgenen Ort für Zweisamkeit gesucht hatte. Einige Schritte weiter schnarchte ein Betrunkener gegen die Wand gelehnt vor sich hin.

Madlens Schritte wurden zögerlicher. Wo brachte der Bursche sie hin?

Hannes sah sich ungeduldig nach ihr um und forderte sie mit einer Handbewegung auf, sich zu beeilen, ehe er um die nächste Ecke bog und direkt auf eine große Flügeltür zuhielt. Die Hauptleute des Bauernheeres hatten es sich offenbar nicht nehmen lassen, die Unterwerfung der Hohenloher Grafen im prächtigsten Saal der Burg zu feiern. Von Weitem konnte Madlen ihre lauten Stimmen hören, das Singen und Grölen, das schrille Gelächter einer Frau, untermalt von den grellen, aufreizenden Klängen einer Flöte.

Hannes blieb vor der Tür stehen und zog einen der schweren Türflügel auf, sodass der Lichtschein auf den düsteren Gang hinausfiel. »Wo bleibst du denn?« Ungeduldig winkte er Madlen, die zaghaft näherkam und schließlich durch die halb geöffnete Tür in den Rittersaal blickte.

Nach dem Halbdunkel des Ganges wurde sie von der Helligkeit des riesigen Raumes geradezu geblendet. Es schien, als wäre der gesamte Kerzenvorrat der Burg zusammengetragen worden, um den Saal festlich zu erleuchten.

An einer langen Tafel saßen etwa zwei Dutzend Männer in unterschiedlichen Stadien der Trunkenheit. Der Tisch schien sich unter den Köstlichkeiten, die man herangeschafft hatte, zu biegen: Platten voller Fleisch, Gemüse, Früchte, Käse und allerlei süße Leckereien ... Küche und Keller der Grafen mussten wahrhaftig leergeräumt worden sein!

Zu ihrem Erstaunen bemerkte Madlen eine Schar von Mägden, die mit Weinkrügen in der Hand umherliefen, um die Becher der Gäste zu füllen. Die Aufgabe schien ihnen nicht so zu missfallen, wie man hätte vermuten können – ein paar von ihnen hatten sich zu den Männern gesetzt, unbefangen lagen ihre Arme um fremde Schultern, neigten sich weit ausgeschnittene Mieder nach vorn, um willkommene Einblicke zu bieten.

Madlen musste schlucken.

Sie erkannte den Schwarzenbronner, der sie damals mit Fulk ertappt hatte. Neben ihm saßen der grobschlächtige Dunkelhaarige mit der schiefen Nase, von dem sie mittlerweile wusste, dass es Georg Metzler war, der Wirt aus Ballenberg, Anführer des Odenwälder Haufens, und ein paar andere, deren Namen sie vergessen hatte. Sogar der Bauernkanzler, Wendel Hipler, saß dabei und ließ sich seinen Wein schmecken. Im Kreis der derben Bauernführer wirkte er ein wenig deplatziert mit seinem silbergrauen Haar und der gepflegten Kleidung, doch sein Gesicht trug einen zufriedenen Ausdruck. Die Demütigung der Hohenloher Grafen, seiner früheren Herren, musste für ihn eine große Genugtuung bedeuten.

»Hab ich's euch nicht gesagt? Der Nonnenmacher weiß aufzuspielen!« Die dröhnende Stimme Jäcklein Rohrbachs ließ Madlen zusammenzucken.

Unwillkürlich sah sie sich nach der Schwarzen Hofmännin um, konnte sie aber nirgends entdecken. Rohrbachs Gesicht war vom Weingenuss gerötet. Er schlug mit seiner Pranke auf die Schulter des Musikanten, woraufhin dieser seinem Instrument einen schrägen Ton entlockte. Die anderen brachen in schallendes Gelächter aus.

Madlen aber war nicht zum Lachen zumute.

An der Längsseite der Tafel, dem Bauernkanzler gegenüber, saß Florian Geyer, doch er saß dort nicht allein. Madlen sah, dass eine der Mägde sich zu ihm gesellt hatte, ein wenig näher, als es schicklich war, doch was war schon schicklich in diesen Tagen und unter diesen Menschen? Sie fühlte einen schmerzhaften Stich im Innern, als sie die Szene betrachtete, und sie wusste sehr gut, was es war: törichte, kindische Eifersucht hatte sich in ihr eingenistet. Es schnürte Madlen schier die Kehle zu, während sie beobachtete, wie die Frau sich an Florian schmiegte und ihm etwas zuflüsterte, das er mit einem Nicken und einem Lächeln quittierte. Hatte sie gefragt, ob sie seinen Becher füllen dürfe, oder hatte sie ihm angeboten, bei ihm zu liegen? Würde er ein solches Weib in sein Bett holen? Madlen biss sich auf die Lippe. War das derselbe Mann, der ihr gesagt hatte, dass keine Dirnen ins Bauernlager gehörten? Natürlich war diese Frau keine Dirne wie jene, die sie manches Mal beim Frauenhaus in Würzburg gesehen hatte, grell geschminkt und mit den bunten Bändern geschmückt, die ihr unehrenhaftes Gewerbe kennzeichneten. Sie war eine Magd, vielleicht eine Bauerntochter, jung, blond und – so gerne Madlen es auch bestritten hätte – hübsch.

Ein bitterer Geschmack breitete sich in Madlens Mund aus.

Florian hatte, wie einige andere Männer, Barett und Wams abgelegt, und die Frau legte ihre Hand nun vertraulich auf seine Brust, dort, wo der Ausschnitt des fein gefältelten Leinenhemdes seine Haut freigab. Als sie sich ihm zuneigte, streifte ihr dicker goldblonder Zopf seinen Hals.

Florian ließ es geschehen, und am liebsten hätte Madlen zornig aufgeschrien, denn sie sehnte sich selbst fast schmerzlich danach, an der Stelle der Magd zu sein, ihr Gesicht an seinen Hals zu drücken und seinen Duft einzuatmen, diesen vertrauten Duft nach Mann, nach Schweiß und Leder.

Im selben Moment wandte Florian den Blick zur Tür und Madlen erstarrte. Der Knappe neben ihr hob überflüssigerweise die Hand, und am liebsten hätte sie auf dem Absatz kehrtgemacht und wäre in den Gang hinaus geflohen. Aber ihre Beine schienen ihr nicht mehr zu gehorchen und sie blieb stehen, reglos, wie festgewurzelt.

Florian lächelte, aber Madlen war nicht in der Lage, sein Lächeln zu erwidern.

Die blonde Magd machte ebenfalls kein freundliches Gesicht. Sie starrte Madlen aus schmalen feindseligen Augen an. Florian schien es nicht zu bemerken. Er schob die Frau einfach von sich und forderte Madlen mit einer Handbewegung auf näherzukommen.

Ihre Erstarrung löste sich, doch sie war außerstande, auf Florian zuzugehen. Sie wich zurück in die schützende Dunkelheit des Ganges, hörte den verdutzten Laut, den der Knappe ausstieß, und floh.

Kapitel 50

Durch die überstürzte Flucht hatten Madlens Augen keine Gelegenheit, sich an das plötzliche Dämmerlicht zu gewöhnen, und nach wenigen Schritten prallte sie gegen einen Mann, der offenbar auf den Rittersaal zusteuerte. Er gab einen halb verdutzten, halb belustigten Laut von sich und versuchte, sie festzuhalten, wobei er ihr seinen weingeschwängerten Atem ins Gesicht blies. Madlen wehrte sich so heftig, dass er sie loslassen musste.

Irgendwo hinter ihr erklangen Schritte und jemand rief ihren Namen, doch sie rannte weiter, erreichte die Treppe. Beinahe wäre sie auf den steinernen Stufen gestürzt, weil sie in blinder Hast zwei Stufen auf einmal nahm. Als sie die offene Pforte vor sich sah, konnte sie einen leisen Aufschrei nicht zurückhalten.

Kühle Nachtluft umfing sie. Aber als sie tief durchatmete, um ihre Lungen zu füllen und ihr wild pochendes Herz zu beruhigen, bemerkte sie es, noch ehe sie sich umsah: Die Luft duftete nach Frühlingsblüten und frischem Gras ... da war kein Rauch, kein Lachen und Lärmen und keine Fackeln. Sie stand nicht im Innenhof der Burg, wie sie erwartet hatte. Nur wenige Schritte vor ihr schimmerte das Mondlicht auf einer glatten dunklen Fläche.

In ihrer Hast hatte sie die falsche Pforte genommen.

Sie stand am Ufer des Sees, in den die alte Wasserburg eingebettet war. Der Radau und das Musizieren war hier nur gedämpft zu hören, stattdessen vernahm sie das Flattern eines aufgeschreckten Vogels, einer Ente vielleicht, und das Quaken von Fröschen. Ein zauberhafter, friedlicher Ort.

Doch für Madlen war es eine Falle.

Denn als sie sich umwandte, um zurückzulaufen, keuchte sie vor Schreck auf. Die Pforte hinter ihr war versperrt durch die dunkle Gestalt eines Mannes.

»Was ist los, Lene?« Sie hörte Verwunderung und leichte Gereiztheit in Florians Stimme.

Madlen schluckte. »Warum … habt Ihr mich holen lassen?«, flüsterte sie.

»Warum läufst du davon?«, fragte er ungeduldig zurück. »Was soll diese Narretei?« Er kam näher, und sie musste den Impuls unterdrücken, zurückzuweichen, denn unweit hinter ihr begann das Wasser.

Nachdem sich ihre Augen auf die Dunkelheit eingestellt hatten, konnte sie im fahlen Mondschein Florians Züge erkennen, den halb verärgerten, halb ratlosen Ausdruck auf seinem Gesicht. Eine seltsame Benommenheit ergriff Besitz von ihr. Ihre Hand hob sich ohne ihr Zutun, und sie tat das, was die Magd vor wenigen Augenblicken getan hatte, sie legte die Hand auf seine Brust. Unter dem feinen Linnen des Hemdes konnte sie seinen Herzschlag spüren.

Florians Augen weiteten sich überrascht. Doch ehe sie, schockiert über ihre eigene Dreistigkeit, die Hand wieder zurückziehen konnte, legte er die seine darüber.

Wie sehnlich hatte sie sich das gewünscht – die Berührung seiner Haut auf ihrer, warm und fest, wie an jenem Abend, als er ihre Hand beim Schreiben geführt hatte.

Nun schien Florians Hand auf der ihren zu glühen, die Wärme drang durch ihren ganzen Körper. Einen Moment lang schwindelte ihr, dann spürte sie seine andere Hand, die ihren Arm umfasste. Sie hob ihr Gesicht zu ihm, begegnete seinem Blick, in dem Erstaunen stand, das allmählich etwas anderem wich. Etwas, das sie kannte, zumeist in seiner dunklen Form.

Verlangen.

Jetzt fühlte sie dasselbe Verlangen in sich, in jeder Faser ihres Leibes. Es machte ihr Angst und berauschte sie gleichermaßen.

Florian zögerte ein, zwei Herzschläge lang, ehe er sich zu ihr hinabbeugte und sie küsste. Sein Mund schmeckte nach dem süßen roten Wein der Grafen … und nach einer lange gehegten Sehnsucht, an deren Erfüllung Madlen nie zu glauben gewagt hatte.

Die Erinnerung an jenen anderen Kuss drängte sich in ihr Bewusstsein, den hungrigen, leidenschaftlichen Kuss, den sie mit Fulk erlebt hatte. Damals hatte sie das Gefühl gehabt, in einen Abgrund zu stürzen, und war geflohen. Nun stand sie an einem ähnlichen Abgrund, doch dieses Mal war sie bereit zu springen.

Ihr Mund öffnete sich unter dem sanften Druck von Florians Lippen, seine Zunge glitt hinein, fand die ihre. Die intime und ach so köstliche Berührung jagte einen Hitzestoß durch Madlens Körper, es fühlte sich an, als müsste sie zerschmelzen. Ihre Beine gaben nach, doch als hätte er es gespürt, schlang Florian die Arme um sie und zog sie an sich.

Nie zuvor war sie ihm so nahe gewesen. Konnte seine Wärme spüren … die harten Muskeln seiner Arme unter ihren tastenden Händen, sein Herz, das zu ihrem Erstaunen ebenso heftig klopfte wie ihr eigenes.

Und noch immer küsste er sie.

Längst hatte ihr Mund begonnen, ihm zu antworten, liebkoste den seinen, hauchte all die stummen Liebesworte, die ihr das Herz sprengen wollten. Die Welt um sie herum schien sich aufzulösen.

Bis Florian sie mit einem jähen Aufkeuchen zurückschob.

»Guter Gott … Lene!«

Madlen starrte ihn benommen an, während sie um ihr Gleichgewicht kämpfte, versuchte, ihre zitternden Beine wieder unter Kontrolle zu bringen.

»Guter Gott«, sagte er noch einmal und fuhr sich mit der Hand durchs Haar, als wollte er die Verwirrung aus seinem Kopf vertreiben.

Madlen begriff, dass er gegen sein eigenes Verlangen ankämpfte, das ihn zu überwältigen drohte. Sie kannte ihn als einen Mann, der sich stets in der Gewalt hatte und sich mehr auf seinen scharfen Verstand als auf sein Gefühl verließ. Dieser Kuss hatte ihn aus der Fassung gebracht.

Madlen las es in seinen Augen, hörte es an seinem raschen Atem. Es erfüllte sie mit einem nie gekannten Selbstbewusstsein. Sie griff nach seiner Hand. Er ließ zu, dass ihre Finger seine umfassten.

Dennoch sagte er: »Ich dachte, dass Fulk …«

Er brach ab, als Madlen dicht an ihn herantrat. »Ihr irrt«, sagte sie leise und verdrängte die flüsternde Stimme in ihrem Kopf, die sie an den Kuss mit dem Placker erinnerte. Sie stellte sich auf die Zehenspitzen und suchte mit ihren Lippen seinen Mund, spürte das leichte Kratzen des Bartes auf ihrer Haut.

Mit einem Aufstöhnen schloss Florian die Arme um sie und presste sie an sich.

Das Gefühl, einen Sieg errungen zu haben, ergriff Madlen und berauschte sie mehr, als der süße, schwere Wein es je vermocht hätte. Sie gab ihm Kuss um Kuss zurück, und als seine Finger sich an der Schnürung ihres Mieders zu schaffen machten, bog sie ihm ihren hungrigen Körper entgegen, bis er sich sanft von ihr löste.

»Nicht hier«, flüsterte er und zog sie mit sich.

Das Knarren der Tür übertönte das heftige Rauschen des Blutes in Madlens Ohren. Eine Öllampe an einem eisernen Haken tauchte den Raum in gedämpftes Licht. Madlen spürte die Anwesenheit einer anderen Person und wich zurück, doch Florian schlang den Arm fest um ihre Taille.

»Hinaus mit dir!« Jetzt erst sah Madlen den bärtigen Mann, der sich vom Bett hochrappelte und Florian entgeistert anstarrte. »Hinaus!«, befahl Florian noch einmal, schärfer, und dem Mann war anzusehen, dass er seinen Protest widerwillig hinunterschluckte.

»Schon gut«, murmelte er. Im Vorbeigehen bedachte er Madlen mit einem lüsternen Blick, der ihr die Schamesröte in die Wangen trieb und ihr klar machte, wofür er sie hielt.

Florian beachtete ihn nicht weiter. Mit einem raschen Fußtritt schloss er die Tür.

Mit klopfendem Herzen sah Madlen sich um.

Das Gemach wurde von einer Frau bewohnt, das erkannte sie sogleich. Es gab eine schön geschnitzte Truhe, einen zierlichen Tisch, auf dem ein Handspiegel und eine Bürste lagen, und einen Wandteppich mit Gartenmotiv. Einen Moment lang kam es Madlen so vor, als wäre die Bewohnerin des Zimmers – vielleicht gar die Gräfin selbst – nur kurz hinausgegangen und könnte jederzeit wieder eintreten. Dann bemerkte sie die Scherben eines Weinglases auf dem Boden, die Lache, rot wie Blut, und in der Ecke ein goldbesticktes Gewand, das vermutlich jemand aus der Truhe gezerrt und achtlos weggeschleudert hatte.

Das Bett, das inmitten des Raumes stand, ein prächtiges Bett mit himmelblauem Baldachin, war zerwühlt. Natürlich, der bärtige Mann hatte hier geschlafen und wohl getrunken.

Der Anblick des Bettes machte Madlen überdeutlich, was sie im Begriff war zu tun. Doch die schiere Glückseligkeit, die sie empfand, war stärker als jede Scham oder Vernunft. Sie verdrängte den Gedanken an den dreisten Blick des fremden Mannes, während Florian an ihrem Mieder nestelte und es ihr schließlich über die Schultern streifte. Sie senkte die Lider, benommen vor Verlangen.

Denn der Mann, dessen Fingerspitzen über ihre nackte Haut strichen, war der, der seit Monaten durch ihre Träume spukte –, und nun, da sie seine Liebkosungen spürte, war es, als wandele sie durch einen dieser Träume. Sie hörte seinen erregten Atem, fühlte, wie seine Hände ihre Brüste umschlossen, sanft und doch fordernd. Und wurde starr.

Die Erinnerung an Eberlin sprang sie an wie ein bösartiges Tier, das im Dunkel ihrer Seele gelauert hatte. Die Rohheit, mit der er ihre Brust gepackt und geknetet hatte, ehe er sie niederdrückte und gewaltsam … Madlen gab ein ersticktes Keuchen von sich, das Florian innehalten ließ.

»Was ist?«

Sie brachte keinen Ton heraus. Wie sehr sie sich auch wünschte, er würde fortfahren, sie zu liebkosen, wie sehr sie ihn begehrte – es änderte nichts daran, dass ihr Körper starr geworden war und ihr den Dienst verweigerte. Eberlins Gesicht schob sich vor Florians, und unwillkürlich kniff sie die Augen zusammen.

Florians Arme gaben sie frei.

»Ich habe dich bedrängt …«

Noch immer vermochte sie nichts zu sagen. Ihr Körper bebte – ob vor Verlangen oder vor Angst, sie wusste es nicht. Hilflos schlang sie die Arme um ihren entblößten Oberkörper wie ein frierendes Kind.

Florian trat einen Schritt zurück. Als er sprach, hörte Madlen, dass er seine Erregung mühsam niederzwang. »Du hast recht, Lene. Beinah hätten wir etwas getan, was dein Herr niemals gutheißen würde. Belassen wir es dabei, du würdest es sonst bereuen.«

»Niemals«, widersprach Madlen heftig.

Endlich hatte sie ihre Fassung wiedergefunden und verstand, was Florian glaubte. Natürlich hielt er sie für eine Jungfer, die dabei war, ihre Unschuld zu verlieren. Fast hätte sie aufgelacht. Stattdessen flüsterte sie: »Ihr könnt mir nichts nehmen, was mir ein anderer vorher nahm … mit Gewalt.«

Florians Gesichtsausdruck veränderte sich. »Bist du darum fortgelaufen?«

Madlen zögerte. Auf diese Frage gab es keine einfache Antwort. »Bitte fragt nicht weiter«, murmelte sie und machte einen vorsichtigen Schritt auf ihn zu. Er rührte sich nicht, und mit einem Mal fürchtete sie, er könnte sich abgestoßen fühlen von dem, was er soeben erfahren hatte. Der Gedanke war unerträglich.

»Ich wünschte, es wäre niemals geschehen«, stieß sie hervor. »Ich wünschte, Ihr wärt der Erste, der …« Sie brach ab.

In Florians Miene erkannte sie, dass er ohne weitere Worte begriff, was sie meinte. Ein paar Herzschläge lang war es still.

Dann sagte er leise: »Hab keine Angst, Lene. Wenn du es möchtest, wird es so sein, als wäre ich der Erste. Vertraust du mir?«

Madlen nickte.

Sie ließ zu, dass er ihre Hand nahm und sie zu dem Bett führte, wo er sie behutsam entkleidete. Sie ließ es geschehen, dass er sie unter sich bettete und begann, sie zu streicheln, mit sanften und zugleich kundigen Händen.

Eberlin hatte sie nicht gestreichelt. Er hatte sie erniedrigt, unterworfen und bestiegen. Und sie hatte alles über sich ergehen lassen. Nun erwachte ihr Körper, erzitterte, nicht vor Furcht oder Abscheu, sondern vor Wonne, und gab sich diesen erfahrenen Händen hin.

»Berühr mich, Lene«, flüsterte er in ihr Ohr, während seine Hand über ihre Schenkel glitt, die sich bereitwillig öffneten.

Zaghaft schob sie sein Hemd nach oben und tastete nach seiner nackten Haut. Ihre Finger spürten das sanfte Kitzeln seiner Brusthaare, erfühlten die Narben, die seinen Oberkörper bedeckten, Erinnerungen an Kämpfe, die er in seinen Jahren als Feldhauptmann bestanden hatte. Ein Kriegsmann … und doch hatte sie nie jemand so sanft berührt, an Stellen, von denen sie nie geahnt hatte, wie sie unter der Berührung eines Mannes erglühen würden. Doch jegliches Schamgefühl wurde verdrängt von dem brennenden Verlangen ihres Körpers, das sie dazu trieb, ihre Beine um ihn zu schlingen und sich ihm entgegenzuwölben.

Das ist also die Fleischeslust, von der die Priester sprechen, schoss es ihr in einem letzten klaren Moment durch den Kopf. Was sollte daran Sünde sein? Sie liebte diesen Mann.

Florian hielt inne und suchte ihren Blick. Fürchtete er, ihr wehzutun? Doch diesmal gab es keinen Schmerz, ihre Lippen öffneten sich wie von selbst und sie hörte ihre eigene dumpfe Stimme. »Bitte … hört nicht auf …«

»Lene …« Er vergrub sein Gesicht an ihrem Hals, begann, sich rascher zu bewegen, und sie begriff, dass er nun endlich seinem eigenen Verlangen nachgab, das er so lange unter Kontrolle gehalten hatte. Es machte ihr keine Angst mehr. Ihr eigener Körper antwortete dem seinen. Etwas geschah mit ihr, das sie nicht kontrollieren konnte… es packte sie wie eine gewaltige Welle, die sie mit sich riss, sie dazu brachte, sich aufzubäumen und ihre Fingernägel in seine Schultern zu krallen.

Hatte sie geschrien? Sie wusste es nicht.

Florians Körper lastete schwer auf ihr, sein Rücken war feucht vom Schweiß. Sie konnte das wilde Hämmern seines Herzens an ihrer eigenen Brust spüren. Wenn Hans Eberlin auf ihr zusammengesunken war, hatte sie voll Abscheu den Moment herbeigesehnt, an dem er sich aus ihr zurückzog und aufstand. Nun wünschte sie, Florian würde auf ewig so bleiben, bei ihr, in ihr, Haut an Haut, mit ihr verschmolzen. Wie konnte es sein, dass der gleiche Akt einmal brutale, schmerzhafte Demütigung und das andere Mal pures Glück bedeuten konnte?

Das Wohlgefühl in ihr verebbte langsam, sie streichelte sanft seinen Rücken und genoss das Gefühl seiner nackten Haut unter ihren Händen. *Endlich ist er mein*, dachte sie beglückt und begriff im nächsten Augenblick, wie töricht der Gedanke war. Fleischliche Lust hatte ihn in ihre Arme getrieben, doch sie war eine Närrin, wenn sie glaubte, dass ihn das an sie binden würde. Sein tiefstes Sehnen und Streben würde niemals einer Frau gelten, nicht ihr und auch keiner anderen. Es galt allein seinen Überzeugungen, seinen Ideen von einer besseren, gerechteren Welt. Dafür war er bereit, alles zu geben, seinen Besitz, sein Schwert und sein Leben.

Sie fühlte, wie er sich auf ihr bewegte. Instinktiv wollte sie ihn umklammern und festhalten, doch ihre Arme sanken herab und gaben ihn frei. Er rollte sich von ihr herab, und sie fürchtete, er würde einfach aufstehen und gehen, wie Hans Eberlin es stets getan hatte, wenn seine Lust gestillt war. Aber Florian blieb neben ihr liegen, und sie konnte seinen Atem hören, der sich allmählich verlangsamte. Sie drehte sich auf die Seite und schob ihr Gesicht etwas näher an ihn heran, um seinen Geruch einzusaugen. Gern hätte sie ihre Hand auf seine Brust gelegt, doch sie wagte es nicht.

Sie hörte ihn leise lachen. »Du verstehst es wahrhaft, einem Mann den Verstand zu rauben, Lene!«

Madlens Wangen wurden heiß. »Selbst wenn es so wäre, bei Euch würde es mir nicht gelingen«, murmelte sie verlegen.

Florian stützte sich auf den Ellenbogen und betrachtete sie. Im sanften Licht der Lampe wirkte sein Gesicht jünger, weicher. »Da wäre ich mir nicht so sicher. Ich hatte dich aus einem ganz anderen Grund zu mir rufen lassen, und nun sieh mich an: Ich liege bei dir wie ein liebestrunkener Jüngling!«

Ich wünschte, das wärst du tatsächlich, dachte Madlen und wusste gleichzeitig, dass sie das nicht wirklich wünschte. Einen liebestrunkenen Jüngling könnte sie niemals so lieben wie diesen erfahrenen Mann. Dann drang zu ihr durch, was er gesagt hatte. Von dem Grund, aus dem er sie rufen ließ. »Welcher Grund?«, fragte sie und konnte nicht verhindern, dass ihre Stimme atemlos klang. »Warum wolltet Ihr mich sprechen?«

»Der Bote aus Würzburg ist zurück. Er brachte einen Brief für dich. Von Meister Veltlin.«

Er lachte auf, als sie sich hastig aufsetzte und im nächsten Moment erschrocken die Bettdecke über ihre Nacktheit raffte.

»Was steht in dem Brief?«

»Er ist an dich gerichtet, Lene. Ich habe ihn nicht gelesen.« Seine Hand spielte mit einer ihrer Haarsträhnen. »Ich schicke Hannes, damit er ihn dir holt.«

»Nein!«, entfuhr es Madlen. Die Erwähnung des Knappen erinnerte sie schmerzlich daran, wie trügerisch diese kurze Zeit der Zweisamkeit war. Dort draußen wartete die Welt nur darauf, den zarten Kokon ihres Glücks mit unerbittlichen Krallen zu zerreißen. *Noch nicht*, dachte sie verzweifelt. *Bitte noch nicht.*

»Du willst ihn nicht lesen?« Florian runzelte die Stirn.

»Doch, ich will ihn lesen«, stammelte sie. »Es ist nur … es ist nicht eilig!« Sie versuchte, den Kloß in ihrem Hals hinunterzuschlucken, doch es gelang ihr nicht. »Ich will nicht, dass Ihr geht«, gestand sie. Und unter seinem nachdenklichen Blick fügte sie leise hinzu: »Könnt Ihr nicht bei mir bleiben … nur ein wenig?«

Sie streckte die Hand aus, berührte seine Schulter, seine Brust, hörte, wie er den Atem einsog. Sie ließ die Decke los, die sie an sich gepresst hatte, der Stoff glitt herab und gab ihren nackten Leib frei.

Florian lachte abermals, doch etwas an seinem Gesichtsausdruck hatte sich verändert, und Madlen begriff zum ersten Mal, dass sie nicht so machtlos war, wie sie immer geglaubt hatte.

»Wir würden nicht viel Schlaf bekommen …«, sagte er zögernd, doch da spürte sie bereits seine Hände, die über ihre nackten Arme glitten, und war sich gewiss, dass er nicht gehen würde.

Noch nicht.

Kapitel 51

Madlens Hände zitterten, während sie sich ankleidete.

Es war noch immer dunkel draußen, und sie hätte nicht zu sagen vermocht, wie viel Zeit vergangen war. Eine Stunde, vielleicht zwei?

Als sie ihre Kleider zusammengesucht hatte, wurde Madlen das volle Ausmaß dessen bewusst, was sie getan hatte. Eine merkwürdige Mischung aus Verwirrung, Glück und Beklommenheit erfüllte sie, ihr Körper fühlte sich seltsam matt und zugleich gesättigt an.

Sie hatte gesündigt. Sie hatte sich der Wollust ergeben und bei einem Mann gelegen, der nicht ihr Ehegatte war – und es auch niemals werden würde. Doch das Gefühl in ihr war rein und echt. Was sie getan hatte, hatte sie aus Liebe getan.

Sie hielt inne und betrachtete Florian unter gesenkten Lidern. Er hatte nicht lange gebraucht, um Hemd und Beinkleider überzustreifen und in die ledernen Stiefel zu schlüpfen. Nun streckte er die Hand nach dem Türgriff aus.

Vor Kurzem noch hatte er sie leidenschaftlich umschlungen, ihren Namen im Augenblick der Erfüllung in ihre Halsbeuge gestöhnt, nun war er wieder der Hauptmann Florian Geyer, Anführer des Schwarzen Haufens, und obschon sie nur zwei Schritte hätte machen müssen, um ihn zu berühren, schien er ihr unerreichbar.

»Hannes!«

»Herr?« Die Stimme des Jungen klang so nah, dass Madlen erschrak. Sie begriff, dass der Knappe die ganze Zeit vor der Tür gestanden hatte, in Erwartung der Befehle seines Herrn.

Hatte er alles gehört?

Madlen fühlte, wie ihr die Schamesröte ins Gesicht stieg. Sie hatte Mühe, die Bänder ihres Mieders zu schließen.

»Bring den Brief aus Würzburg, Hannes. Du weißt, welchen ich meine.«

»Jawohl, Herr!« Die eiligen Schritte des Jungen verklangen auf dem Gang.

Florian wandte sich Madlen zu, und sie senkte verlegen den Blick. Was dachte er, jetzt, da das Verlangen gestillt war? Sie musste an seine Worte über die Dirnen im Lager denken. Sie war nicht so naiv, dass sie Liebesworte von ihm erwartete, und sie würde ihn auch nicht in Verlegenheit bringen, indem sie von ihren Gefühlen sprach. Aber die Vorstellung, er könnte sie für ein liederliches Weib halten, das seine Reize billig zu Markte trug, war schier unerträglich.

»Deine Hände zittern.« Seine Stimme war so nah, dass Madlen zusammenfuhr. Mit ruhiger Hand löste er die Bänder aus ihrem verkrampften Griff und schnürte sie selbst zusammen.

»Ich bin das nicht«, sagte sie mit erstickter Stimme. »Ich bin keine ... Dirne, die ...«

»Ich weiß, Lene.« Er streckte die Hand aus, um eine verschwitzte Haarsträhne aus ihrer Stirn zu streichen.

Ich muss mein Haar flechten, dachte Madlen verstört. *Und meine Haube ... wo ist meine Haube?* Wenn sie so hinausging, würden alle ahnen, was sie getrieben hatte.

»Hannes wird schweigen«, hörte sie Florian weitersprechen. Seine Stimme war so ruhig, dass Madlen sich fragte, ob ihn das, was zwischen ihnen passiert war, überhaupt berührte. »Geh zurück, Lene«, fuhr er fort. »Und mach dir keine Sorgen. Niemand wird etwas erfahren.«

Sie presste die Lippen zusammen und nickte. Das kindliche Glücksgefühl in ihr löste sich auf wie Morgennebel in einer frischen Brise. Gewiss hatte er mit vielen Frauen das Bett geteilt. Mit Frauen, die in Liebesdingen erfahrener waren als sie, die es besser verstanden, die Begierde eines Mannes zu entfachen und zu befriedigen. Sie fühlte sich jung, dumm und grenzenlos naiv.

»Einen Silberpfennig für die Gedanken hinter dieser Stirn«, sagte Florian.

Sie hob den Blick. Seine Augen funkelten amüsiert. Unerwarteter Zorn stieg in ihr auf. Machte er sich lustig über sie? »Ich mache mir keine Sorgen um meinen Ruf«, entfuhr es ihr. »Der Mann, der mir die Unschuld geraubt hat, hat ihn schon vor langer Zeit in den Schmutz gezogen. Was die Leute sagen und denken, bedeutet mir nichts.« Sie holte tief Luft und fügte hinzu: »Mir ist wichtig, dass Ihr … dass Ihr mich nicht geringschätzt.«

Die Belustigung wich aus Florians Gesicht. Er öffnete den Mund, um etwas zu sagen, da schwang die Tür auf und der junge Knappe trat ein.

Er würdigte Madlen keines Blickes. »Hier ist der Brief, Herr Florian.«

Florian wies mit einer Kopfbewegung auf Madlen, sodass der Junge gezwungen war, sie anzusehen. Sie las eine Mischung aus Argwohn und Missbilligung in seinen Augen. Schweigend nahm sie den Brief entgegen.

»Warte draußen, Hannes«, befahl der Ritter, und als der Knappe verschwunden war, wandte er sich noch einmal Madlen zu, die das Papier zwischen ihren bebenden Fingern drehte.

»Du sollst wissen, dass ich dich nicht geringschätze, Lene«, sagte er ruhig. »Mir ist bewusst, welches Geschenk du mir gemacht hast, und damit meine ich nicht deinen Körper. Ich meine dein Vertrauen.« Ehe sie etwas erwidern konnte, beugte er sich vor und küsste sie sanft auf den Mund. »Hannes bringt dich zurück.« Mit diesen Worten öffnete er die Tür und nickte dem Knappen zu, woraufhin dieser sich wortlos umdrehte und Madlen vorausging.

Er schritt so rasch aus, dass sie beinahe rennen musste, um ihn einzuholen. Sie ahnte, dass er es mit Absicht tat. Er nahm ihr übel, was geschehen war – ob aus Tugendhaftigkeit oder aus Eifersucht, vermochte sie nicht zu beurteilen.

Sie fragte sich, ob Florian recht behalten und der Junge tatsächlich Stillschweigen bewahren würde. Und ob es einen Unterschied machte.

Die Welt war aus den Fugen geraten, die Schranken zwischen den Ständen wurden eingerissen wie die Mauern der Klöster und Schlösser. Spielte es da eine Rolle, ob eine Frau keusch und tugendhaft war?

Dennoch zog Madlen unwillkürlich die Kapuze ihres Mantels über den Kopf, um ihr offenes Haar zu verbergen. Während sie den Burghof durchquerten, der noch immer voller betrunkener, feiernder Menschen war, voller Gesang, Jubel und Streiten, staunte sie darüber, dass alles so war wie zuvor. Nur sie selbst war eine andere geworden. Egal, was die Zukunft bringen würde, sie würde nie wieder dieselbe sein. Sie hatte von einer verbotenen, allzu süßen Frucht gekostet.

In ihre Gedanken versunken bemerkte sie die Gestalt zu spät, die sich hinter dem Burgtor aus der Dunkelheit löste.

»Du brauchst sie nicht weiter zu geleiten, Bursche«, sagte eine vertraute Stimme. »Geh zurück zu deinem Herrn.«

Der junge Knappe erschrak beinahe ebenso sehr wie Madlen. Sie hörte seinen erstickten Ausruf. Doch er fasste sich und kam Fulks Aufforderung so rasch und widerspruchslos nach, dass kein Zweifel darüber bestand, dass er erleichtert war, von der lästigen Aufgabe entbunden zu werden.

Madlen sah ihm nach, bis er eilig durch das Tor verschwand, bevor sie sich dem Placker zuwandte. Ihr anfängliches Erschrecken wich einem leisen Groll. »Musstest du wie ein Wegelagerer aus der Finsternis springen?«

Sofort wurde ihr bewusst, dass sie ihm unrecht tat. Er hatte nicht hier am Tor gewartet, um sie zu erschrecken. Er hatte sich um sie gesorgt. Sie erkannte es an dem nachdenklichen Blick, mit dem er sie musterte. Sie verbot es sich, die Kapuze fester um ihren Kopf zu ziehen, um die aufgelösten Haare zu verbergen. Fulk war kein Narr. Er würde wissen, was das bedeutete.

Als ob er ihre Gedanken gelesen hätte, streckte er die Hand aus und streifte ihr die Kapuze ab. Es war zu dunkel, um den Ausdruck seiner Augen zu erkennen, doch das war nicht notwendig. Sie konnte die Enttäuschung in seiner Stimme hören. »Ich hoffe nur, dass *er* es gewesen ist«, sagte er dumpf.

Stumm starrte Madlen ihn an. Abermals verspürte sie Gereiztheit. *Es ist mein Leben. Es geht ihn nichts an.* Das war eine billige Ausflucht. Es ging ihn sehr wohl etwas an, weil sie ihm etwas bedeutete, und wenn Madlen ehrlich zu sich selbst war, bedeutete er ihr ebenfalls etwas. Sie erinnerte sich überdeutlich an das Verlangen, das sie beinah zu ihm getrieben hätte, kurz bevor der Knappe aufgetaucht war. Ihre Haut prickelte. »Lass uns zurückgehen«, murmelte sie unbehaglich. »Es ist spät und ich bin müde.«

»Natürlich.« Das einzelne Wort, hart und spöttisch, versetzte ihr einen Stich.

»Du solltest mich nicht verurteilen!«, entfuhr es ihr. »Du kennst meine Vergangenheit, ich bin kein leichtfertiges Weib.«

Es schien ihr, als ob sein Gesichtsausdruck sich veränderte, in der Dunkelheit war es schwer zu erkennen. Als er sagte: »Das habe ich nie geglaubt«, wusste sie, dass ihr Eindruck nicht trog. Seine Stimme hatte die Härte verloren. Er zog die Kapuze wieder über ihr offenes Haar und seine Hand verharrte einen Moment an ihrer Wange. »Er ist ein guter Mann,

Madlen, ich weiß das wohl. Seine Leute verehren und lieben ihn. Warum solltest du es nicht tun?«

Er lächelte freudlos. Einen Herzschlag lang glaubte Madlen, er wollte etwas hinzufügen, doch er tat es nicht.

Stattdessen nahm er ihren Arm und führte sie durch das Lager zurück.

Konrad Veltlin hielt sich nicht lange mit Gruß- und Höflichkeitsfloskeln auf, wohl wissend, dass es für Madlen anstrengend war, einen längeren Text zu lesen. Er äußerte große Erleichterung darüber, dass sie wohlauf war und unter Florian Geyers Schutz stand.

Du sollst wissen, dass am Tage nach deiner Abreise der Herr von Vogtsberg und einer seiner Knechte gemeinsam mit zwei Bütteln vor der Apotheke auftauchten und nach dir fragten. Der edle Herr war äußerst ungehalten, als er erfuhr, dass du verschwunden warst, schrieb er.

Madlen hielt inne und drückte den Brief an ihre Brust. Sie war weit entfernt und in Sicherheit, dennoch begann ihr Herz, vor Furcht heftig zu schlagen. Sie war dem Vogtsberger tatsächlich um Haaresbreite entronnen. Für einen Moment schloss sie die Augen und dankte im Stillen Hans Bermeter und dem Ketteljörg. Wären diese Männer nicht gewesen, hätte Botho von Vogtsberg sie mit Gewalt zurück auf seine Burg gebracht. Wahrscheinlich wäre sie in diesem Fall bereits tot. Ein bitterer Geschmack breitete sich in ihrem Mund aus. Tot, ohne ein einziges Mal Florians Lippen gespürt zu haben. Tot, ohne erfahren zu haben, wie es sich anfühlte, in den Armen des geliebten Mannes Erfüllung zu finden.

Madlen fühlte, dass ihre Wangen zu glühen begannen, und senkte ihren Blick wieder auf das Papier. In der zittrigen Handschrift eines alten Mannes versicherte ihr der Meister, dass sie sich nicht um ihn und Barthel sorgen müsse, er habe dem Ritter Botho glaubhaft erklärt, dass er nichts von Madlens Vergangenheit gewusst habe. Von Christoph schrieb er nichts, und Madlen fragte sich, ob das ein gutes oder ein schlechtes Zeichen war.

Krampfhaft forschte sie in ihrer Erinnerung nach dem Abend, als sie mit Fulk an der Tür des Apothekers geklopft hatte. Was hatte Christoph damals mitbekommen? Genug, um dem Meister Schwierigkeiten zu machen? Wohl nicht. Er hatte die gleiche Geschichte zu hören bekommen wie Barthel: dass ihr früherer Herr verstorben war und sie zu Meister Veltlin gesandt hatte. Es gab keinen Beweis dafür, dass Konrad Veltlin mehr wusste.

Entbiete Herrn Florian meinen Gruß und meinen tief empfundenen Dank, schrieb der Apotheker weiter. *Ich hoffe, er wird dafür sorgen, dass du den Bauernhaufen alsbald verlassen kannst und in einem ordentlichen Haus eine Anstellung findest. Auch in Würzburg geraten die Dinge in Bewegung, es herrscht große Unzufriedenheit unter der Bürgerschaft und der Fürstbischof ist in Sorge. Vielleicht ist der Tag nicht fern, da du zurückkehren kannst. Wenn die Bürger der Stadt sich auf die Seite der aufständischen Bauern stellen, wird niemand mehr dich als flüchtige Leibeigene verfolgen. Sei gewiss, dass ich für diesen Tag bete, liebe Magdalena.*

Madlen ließ den Brief sinken und blinzelte die Tränen weg, die ihr in die Augen gestiegen waren. Heftiges Heimweh erfasste sie, obwohl sie nicht wusste, ob sie – wäre es möglich gewesen – tatsächlich ins Apothekerhaus zurückgekehrt wäre, nach dem, was in dieser Nacht geschehen war. Ein Teil von ihr war bereit, alle Mühsal auf sich zu nehmen, um in Florians Nähe zu bleiben. Der andere Teil sehnte sich fast schmerzlich nach einem sicheren Zuhause.

Sie faltete den Bogen zusammen und schob ihn zu dem anderen Brief in ihren Beutel. Florians Brief.

»Kannst du etwa lesen?«, fragte eine Kinderstimme neben ihr, und der kleine Hans drückte sich an ihre Hüfte. Neugierig sah er sie an.

Es war kurz nach Sonnenaufgang, doch nach dem ausgiebigen Zechgelage der Nacht rührte sich im Bauernlager nicht viel. Ein paar Feuer wurden angefacht, ein oder zwei Frauen begannen, einen Morgenbrei anzurühren, eine andere versuchte, ihr weinendes Kind zu stillen. Irgendwo kläffte ein Hund, ein weiterer stimmte ein.

Anneke und Joost lagen in ihrem Zelt, Madlen konnte das Schnarchen des Landsknechts hören. Sie selbst hatte wenig geschlafen, in ihrem Kopf schwirrten zu viele Empfindungen und Fragen, als dass sie hätte Ruhe finden können. Sehnsüchtig schweiften ihre Gedanken zu dem prächtigen Bett mit dem blauen Baldachin. Was hätte sie dafür gegeben, die ganze Nacht dort verbringen zu können ... mit Florian. Fern von der Wirklichkeit, die an diesem wolkengrauen Morgen mit erbarmungslosen Fingern nach ihr griff. *Ich verlange zu viel*, tadelte sie sich, während sie abwesend den zerzausten Schopf des kleinen Jungen streichelte. Sie musste versuchen, die Erinnerung an das, was gestern Abend geschehen war, in ihrem Herzen zu bergen wie einen kostbaren Schatz. Vielleicht war es alles, was sie je bekommen würde. Dennoch war es mehr, als sie zu hoffen gewagt hatte. Mitten in Krieg und Aufruhr hatte sie eine kurze Zeit vollkommenen Glücks erlebt.

»Bist du traurig, Madlen?«, wollte der Junge wissen.

»Ich weiß nicht, Hänschen«, erwiderte sie leise. »Manchmal geschieht etwas, das so schön ist, dass es einen zugleich traurig macht. Weil man ahnt, dass es niemals wieder geschehen wird.«

Hänschen sah verwirrt aus. »Was ist dir denn geschehen?«, fragte er nach einer Weile.

Statt einer Antwort schloss sie den Kleinen in die Arme und spürte den warmen, weichen Kinderkörper, der sich vertrauensvoll an sie schmiegte.

Kapitel 52

Der Tod kam unerwartet. Er kam aus einem Waldstück an einer Biegung der Sulm, und es war nicht der Tod, wie Madlen ihn bisher erlebt hatte, der schleichende Tod durch Krankheit oder der tragische durch einen Unglücksfall.

Dieser Tod kam mit donnernden Hufen, in schimmernder Rüstung und mit blitzenden Schwertern und Streitäxten, er fuhr hinein in die Nachhut des Bauernhaufens wie die Sense ins reife Korn, rasch und gnadenlos.

Die Reiter hatten auf sie gewartet, verborgen zwischen Bäumen und Büschen, und sie hatten sich bewusst das schwächste Glied des Haufens ausgesucht, wo es nur wenige, schlecht bewaffnete Männer gab, die den Kriegern in schwerer Rüstung nichts entgegenzusetzen hatten.

Von einer Sekunde auf die andere war die Luft erfüllt von Gebrüll und Schreien, vom Wiehern der Pferde, vom Kreischen der Frauen und Kinder, vom Heulen der Verwundeten und Sterbenden. Madlens Stute riss sich los und bäumte sich in Panik auf. Madlen sah die Kinder fallen und hörte sich selbst voller Entsetzen schreien, während sie sich um sich selbst drehte, in dem verzweifelten Versuch, zu erfassen, was geschah. Unmöglich, alles ging viel zu schnell.

Ein Reiter dicht vor ihr lenkte sein Ross herum und schwang einen Streitkolben. Der Kopf des Mannes, nach dem er gezielt hatte, zerplatzte vor Madlens Augen wie ein überreifer Kürbis. Das gewaltige Schlachtross bäumte sich vor ihr auf, die mächtigen Hufe wirbelten durch die Luft. Und da, unter diesen Hufen, war das Kind, das kleine Hänschen, das sich mit schreckverzerrtem Gesicht aufzurappeln versuchte.

»Nein! Nein!« Madlen hörte auf zu denken. Sie stürzte vorwärts und warf sich über den Leib des Knaben, das Wiehern des Pferdes schrillte schmerzhaft in ihren Ohren. Der Gepanzerte stieß einen lästerlichen Fluch aus. Etwas traf sie mit voller Wucht am Kopf und schleuderte sie beiseite. Die Geräusche des Gemetzels verklangen in einem dumpfen Rauschen, ehe eine gnädige Dunkelheit sie umfing.

Madlen wusste nicht, wie lange sie ohne Bewusstsein gewesen war. Irgendwann spürte sie Hände, die an ihr zerrten, und Stimmen, die auf sie einredeten. Es dauerte eine Weile, bis sie verstand, was sie sagten.

»Wach auf, Madlen, wach auf!«

Jemand weinte. Ein Kind? Eine Frau?

Madlens Kopf fühlte sich an, als wollte er zerspringen, gleichzeitig kam die Erinnerung an den geplatzten Schädel des Bauern zurück. Ihr Magen drehte sich um. Sie wälzte sich auf den Bauch und begann, sich heftig zu erbrechen. Eine klebrige Flüssigkeit lief über ihr Gesicht und mischte sich am Boden mit dem Erbrochenen. Als ihr Magen nichts mehr herzugeben hatte, rollte sie sich zusammen, zu erschöpft und zu verstört, um sich zu rühren. Der Schmerz pochte und hämmerte, und als sie eine zitternde Hand an ihre Schläfe führte, bemerkte sie, dass die klebrige Flüssigkeit blutrot war.

Abermals zerrte jemand an ihr, und sie wollte darum bitten, in Ruhe gelassen zu werden, aber sie brachte nur ein heiseres Krächzen heraus.

»Lasst das Mädchen!«, befahl eine fremde Frauenstimme und das lästige Zerren hörte auf. »Sie kommt in Ordnung. Hier gibt's andere, denen es schlechter geht.«

Mühsam öffnete Madlen die Lider erneut einen Spalt. Vor ihren Augen flimmerte es, und es dauerte ein paar Herzschläge, bis sie die Umrisse von Menschen erkannte. Manche bewegten sich hin und her, einige lagen reglos auf dem Boden.

Tote.

Die Erinnerung kehrte zurück. Der Überfall. Die gepanzerten Reiter. Das Gemetzel. Hänschen. Sie riss den Kopf hoch, und der Schmerz wurde so heftig, dass sie aufstöhnte.

»Madlen, Madlen«, weinte ein Kind neben ihr. Bastlin.

Die Frau hieß ihn, still zu sein. »Beweg dich so wenig wie möglich«, befahl sie Madlen. »Du hast einen Huftritt gegen die Stirn bekommen, dein Kopf muss sich erholen.«

»Der kleine … Junge … Hänschen …«, presste Madlen hervor. Die wenigen Worte erschöpften sie so sehr, dass sie nach Atem ringen musste.

»Das Pferd hat ihn totgetrampelt!«, heulte Bastlin.

Madlen zuckte zusammen. Alles war umsonst gewesen! Am liebsten hätte sie laut aufgeschrien, doch sie sank nur in sich zusammen und vergrub das Gesicht in den Händen. Die Tränen liefen und vermischten sich mit dem Blut auf ihrer Haut.

»Genug jetzt!«, schimpfte die alte Frau. »Jeder von uns hat Kinder verloren. Dennoch geht das Leben weiter. Wir werden ihnen das heimzahlen, den verfluchten Junkern!« Sie erhob sich ächzend, aber Bastlin blieb neben Madlen sitzen und wimmerte leise weiter. Madlen wusste, dass sie ihn in den Arm nehmen und trösten hätte müssen, doch sie war zu schwach, um auch nur die Hand zu heben.

Anneke!, fuhr es ihr durch den Kopf. *Wo ist Anneke?*

Im gleichen Moment drang erneut das Geräusch von Hufschlag an ihr Ohr und löste Panik in ihr aus. Sie zwang sich, den Kopf zu heben und die Augen zu öffnen, indes eine neue Welle von Übelkeit sie erfasste. Nochmals kamen Reiter.

»Da sind die Hauptleute!«, rief die alte Frau, die ebenfalls zu den Neuankömmlingen hinüberblickte.

Madlen presste die Hand auf den Mund, halb vor Schreck, halb um den Brechreiz zu ersticken. Sie hatte Florian seit der Nacht in Neuenstein nicht mehr gesehen, und nun, verletzt und blutbesudelt, fürchtete sie eine Begegnung mehr, als dass sie sie erhoffte. Sie ahnte, dass sie keinen Trost von ihm zu erwarten hatte. Er hatte sich um andere, wichtigere Dinge zu kümmern als um ein verletztes Weib, völlig gleich, ob er mit diesem Weib das Bett geteilt hatte. Madlen verstand das, und dennoch fürchtete sie, dass sie eine gleichgültige Reaktion von Florian kaum ertragen könnte.

Allerdings war der Giebelstädter nicht unter den Reitern. Es war der Hauptmann des Odenwälder Haufens, Georg Metzler, begleitet von zwei Männern, deren Namen Madlen nicht kannte. Sein Gesicht nahm einen grimmigen Ausdruck an, als er wenige Schritte von Madlen entfernt sein Pferd zügelte und sich umblickte.

»Sieh dir das an, Georg!«, rief einer seiner Begleiter zornig. »Diese verfluchten Bastarde haben unsere Leute abgeschlachtet wie Vieh!«

Metzler gab ein wütendes Schnauben von sich. »Wer zum Teufel war das?«

»Der Helfensteiner«, kam die Antwort von einem jüngeren Mann, der bei einem der Toten gekniet hatte. Er stand auf und trat auf die Hauptleute zu. Sein Gesicht war vor Wut und Schmerz verzerrt. »Ich stand bis vor Kurzem in seinen Diensten und habe seine Farben erkannt. Ludwig von Helfenstein, der Vogt zu Weinsberg, hat den Angriff befohlen! Seine gepanzerten Reiter schlachten die Bauern ab, wo immer sie ihnen begegnen. Das Blut all dieser Menschen klebt an seinen Fingern!«

»Das Blut meines Kindes!«, kreischte eine Frauenstimme,

in der Madlen die von Anneke erkannte. Langsam wandte sie den Kopf und sah die Freundin vor Metzlers Pferd treten, ein blutverschmiertes Bündel in den Armen, das sie dem Hauptmann entgegenhielt. Ihre Haare waren wirr, ihre Augen hatten einen fiebrigen Glanz. »Sie haben es einfach niedergeritten, mein Kind … einfach niedergeritten!«

Metzler betrachtete Anneke und das tote Kind mit starrer Miene, die nichts darüber verriet, was in ihm vorging. »Wir werden uns um den Helfensteiner kümmern«, sagte er hart, mehr zu seinen Männern als zu der aufgelösten Frau.

Sein Begleiter nickte grimmig, und der dritte Mann rief aus: »Warum hat der Geyer niemanden hergeschickt, der die Nachhut schützt? Wo, verdammt noch mal, sind Fulk und seine Männer? Das hätte nicht geschehen dürfen!«

Madlen starrte ihn an.

Metzler schüttelte den Kopf. »Der Geyer hat Fulk nach Neckarsulm vorausgeschickt. Der Gerberhannes und ein paar Waffenknechte sollten seinen Platz einnehmen.«

»Sie haben jämmerlich versagt!« Der andere Hauptmann spuckte zornig aus.

Der junge Mann, der bei Ludwig von Helfenstein gedient hatte, widersprach.

»Sie taten, was sie konnten. Niemand hätte gegen diese Reiterei bestehen können, selbst Fulk nicht. Schaut euch um, kein einziger Reiter ist gefallen. Hier liegen nur tote Bauern!«

»Und mein Kind!«, heulte Anneke.

»Fasse dich, Weib!«, versetzte Georg Metzler barsch, und Anneke sank auf die Knie, das tote Hänschen an sich gedrückt.

Der Anblick zerriss Madlen schier das Herz. *Auch ich habe versagt*, dachte sie verzweifelt, aber der stechende Schmerz in ihrem Kopf erinnerte sie daran, dass sie alles versucht hatte. Doch es war vergebens gewesen.

Sie bemerkte, dass Metzlers Blick auf ihr ruhte, und sah auf. Es schien, als überlegte er, ob er sie kannte. Dann zog er sein Pferd herum. »Wenn die Toten begraben und die Verwundeten versorgt sind, ziehen wir weiter nach Neckarsulm. Dort besprechen wir, wann wir uns den Helfensteiner vorknüpfen.«

Erst als Joost auftauchte, schafften sie es, Anneke den Leichnam ihres Sohnes aus den Armen zu nehmen und ihn zu begraben. Die Gegenwart ihres Mannes schien sie zur Besinnung zu bringen, wenngleich Joost hilflos wirkte und außerstande, mit dem erschütternden Ereignis umzugehen, geschweige denn, Anneke Trost zu spenden.

Madlen erinnerte sich an Fulk, der sie nach der Nachricht von Grethes Tod in seinen Armen gehalten hatte. Fulk hatte es verstanden, sie zu trösten. Doch natürlich, so dachte sie mit einer plötzlichen Wärme, war Fulk nicht wie andere Männer. In diesem Moment vermisste sie ihn schmerzlich.

Die alte Frau hatte Madlens Kopfwunde notdürftig mit einem Streifen Stoff verbunden, den sie aus dem Kittel eines der Toten gerissen hatte. Die Blutung war zum Stillstand gekommen.

»Du kannst so nicht reiten«, sagte sie zu Madlen. »Dein Kopf muss so ruhig gehalten werden, wie es geht, sonst kann es geschehen, dass er innerlich blutet und du daran stirbst. Ich habe das schon erlebt.«

Die Fahrt in einem schaukelnden Karren war jedoch kaum besser. Jedes Schlagloch, jede Erschütterung drohte Madlens schmerzenden Kopf zum Zerspringen zu bringen. Sie musste sich wiederum erbrechen, und es wurde erst besser, als sie erneut in eine erlösende Ohnmacht fiel.

Man hatte den kleinen Bastlin zu ihr gesetzt, und es waren seine streichelnden kleinen Hände, die sie als Erstes spürte, als sie wieder zu sich kam.

»Bitte stirb nicht, Madlen«, flüsterte er. »Bitte. Du darfst nicht sterben!«

Sie hätte ihm gerne gesagt, dass er keine Angst zu haben brauchte und sie gewiss nicht sterben würde, aber ihre Kehle war so trocken, dass sie keinen Ton herausbrachte. Mühsam legte sie ihre Hand auf seine und versuchte, ihm zuzulächeln.

Der Karren hatte angehalten, um sie herum erhob sich Stimmengewirr. Als sie sich hochstemmte und sich umsah, erkannte sie, dass sie offenbar das Städtchen Neckarsulm erreicht hatten. Die Tore waren geöffnet, hinter den Mauern der Stadt konnte sie die Kirchtürme und Häusergiebel sehen.

Die Deutschordensstadt war, wie die Hauptleute erwartet hatten, ohne Widerstand dem Bauernheer zugefallen. Ein Teil der Bauern strömte in die Stadt hinein, der größere Teil begann, auf den umgebenden Wiesen sein Lager aufzuschlagen.

»Du kannst dich ausruhen«, erklang eine Stimme neben dem Wagen. Es war Joost, der die Arme ausstreckte und ihr von dem Gefährt half. Er sah bekümmert und sorgenvoll aus. Madlen war klar, dass die Sorge nicht ihr galt, sondern seiner Gefährtin, die den kleinen Bastlin an der Hand genommen hatte.

Anneke war noch immer leichenblass, die braunen Locken hingen wirr und strähnig über ihre Schultern. Madlen war erleichtert zu sehen, dass sie sich ihrem Kind zugeneigt hatte und leise mit ihm sprach. Der Schmerz über Hänschens Tod hatte sie nicht völlig ihrer Sinne beraubt.

Ein Schwindel befiel Madlen und sie musste sich an der Seitenwand des Karrens festhalten.

»Du setzt dich besser hin«, schlug Joost vor, doch sie lehnte ab.

Ihr Blick streifte suchend umher, und sie wusste nicht zu sagen, nach wem sie Ausschau hielt – nach Florian oder nach Fulk. Es war weder der eine noch der andere zu sehen.

»Sicher gibt es in der Stadt einen Bader«, meinte die alte Frau, die zu ihr getreten war. »Der sollte sich deinen Kopf ansehen.« Sie betrachtete Madlen prüfend, ehe sie zu Joost sagte: »Geh los und such einen Bader, Landsknecht. Ich kümmere mich um sie und deine Familie.«

Joost widersprach nicht. Wahrscheinlich war er einfach froh, aus der Nähe seines verstörten Weibes und der übel zugerichteten Madlen entkommen zu können. Tatsächlich kam er einige Zeit später in Begleitung eines fülligen Mannes zurück, bei dem es sich um den Bader zu handeln schien. Er schleppte eine lederne Tasche mit Verbandszeug und allerlei Gerätschaften mit.

»Bei allen Heiligen, Mädchen, hat dich ein Ochse getreten?«, murmelte er, nachdem er den blutverkrusteten Verband nicht allzu sanft von Madlens Kopf gelöst hatte.

Der Schmerz trieb ihr die Tränen in die Augen, doch sie blieb stumm. Der Bader dagegen redete genug für zwei, was ihre Kopfschmerzen verstärkte.

»Hol mir Wasser, Mann, statt hier dumm rumzustehen und zu glotzen. Da drüben ist der Fluss. Ich muss das Blut und den Schmutz abwaschen, damit ich mir die Wunde ansehen kann.« Dass Joost ihm einen wütenden Blick zuwarf, beeindruckte ihn in keinster Weise.

»Du solltest mit in die Badstube kommen, Mädchen, da kann ich dich besser behandeln als hier auf dem freien Feld. Dein Kerl musste mich ja unbedingt hier mit raus schleppen, wo es nicht einmal eine Pritsche gibt, geschweige denn einen Zuber zum Waschen.« Er schnalzte missbilligend mit der Zunge. »Warst du ohnmächtig? Hast du dich erbrochen?« Als Madlen nickte, schnalzte er noch einmal und machte ein sorgenvolles Gesicht. »Deine Wunde kann ich versorgen, Mädchen, aber wie es in deinem Kopf drin aussieht, vermag ich nicht zu sagen. Wenn etwas geplatzt ist, kann es geschehen, dass du plötzlich umfällst und stirbst. Du bist jung und einigermaßen kräftig, da muss es nicht so schlimm kommen, aber man weiß nie, ich habe einige ähnliche Fälle gesehen …«

»Dann hör auf zu schwatzen und versorg sie!«, erklang in diesem Moment eine scharfe Stimme, die den Bader zusammenzucken ließ.

Verwirrt sah er zu dem Mann auf dem riesigen Rappen hoch, der plötzlich neben ihnen erschienen war.

Abermals schwindelte es Madlen, doch diesmal vor Erleichterung.

Der Bader blickte von Fulk zu Joost und schließlich zu ihr. Offenbar wusste er nicht recht, wer von den Männern etwas zu sagen hatte. Wenig verwunderlich entschied er sich für Fulk. »Ich habe gerade gesagt, dass es besser wäre, wir bringen sie in die Badstube …«

»Dann zeig mir den Weg, Mann!«, unterbrach Fulk ihn, stieg aus dem Sattel und trat auf Madlen zu, die sich an dem Karren festhielt.

»Gütige Jungfrau Maria, kannst du nicht warten, bis ich in der Nähe bin, bevor du dich in Schwierigkeiten bringst, Madlen Böckler?«

Madlen versuchte zu lächeln. Das Geplapper des Baders vermischte sich mit dem Rauschen in ihren Ohren. Sie machte einen Schritt auf Fulk zu. Er streckte die Arme aus und fing sie auf, gerade als die Beine unter ihr nachgaben.

Kapitel 53

Als Madlen erwachte, war sie allein, und für einen Moment schien es ihr, als hätte sie Fulks Gegenwart nur geträumt. Als sie ihren Blick umherschweifen ließ, wurde ihr klar, dass sie tatsächlich in einer Badstube gelandet sein musste. Sie lag in einem kleinen Gemach auf einem Bett, ein weiches Kissen unter dem Kopf, neben sich auf einem Tischchen einen Stapel frischer Kleidung. Die Luft war feucht und warm. Es roch nach duftenden Essenzen, Seifen und Lauge. Sie konnte Geräusche aus dem Nebenraum hören, Schwatzen und Lachen. Man hatte sie offenbar in einen der Ruheräume gebracht, wo sich die Gäste nach dem Bad entspannen und die Fürsorge der Bademägde genießen konnten, die sich, wie Madlen in Würzburg gehört hatte, häufig auch auf allerlei unzüchtige Tätigkeiten erstreckte.

Bei dem Gedanken setzte sie sich zögernd auf, die Decke an sich gepresst. Sie stellte erleichtert fest, dass sie mit einem sauberen Hemd bekleidet war. Übelkeit und Schwindel blieben aus. Tatsächlich fühlte sie sich deutlich besser, allein der Kopf schmerzte noch. Sie tastete vorsichtig nach der Stelle, wo der Huf des Pferdes sie getroffen hatte, und fühlte einen Verband.

»Dem Herrgott sei Dank, du bist wach, junge Frau!« Die Tür hatte sich leise geöffnet, und die Magd, die hereintrat, schlug bei Madlens Anblick die Hände zusammen. Ihr rundes Gesicht strahlte. »Das wird den Herrn freuen, er fürchtete schon …« Sie unterbrach sich und fuhr nach kurzem Stocken fort: »… nun ja, er versteht sein Handwerk, mein

Herr. Hat dich gut wieder zusammengeflickt, wie mir scheint. Wie fühlst du dich?« Madlen setzte zu einer Antwort an, da drehte sich die Magd schon wieder um und watschelte hinaus. »Muss gleich dem Herrn Bescheid geben«, hörte Madlen sie murmeln.

Wie erwartet war der Bader, der wenig später eintraf, höchst zufrieden mit Madlens Erwachen und ihrer allgemeinen Verfassung. Weitschweifig erläuterte er ihr, wie er ihre Kopfwunde gereinigt und behandelt hatte.

»Ich musste dein Haar ein Stück weit abrasieren, nicht viel, schau mich nicht so entsetzt an, es tut deiner Schönheit keinen Abbruch!« Er ließ seinen forschenden Blick über sie gleiten und sie zog die Decke ein wenig höher. »Man kann keine Wunde behandeln, die von Haaren bedeckt ist, vor allem von so dichtem Haar wie deinem. Es wächst rasch nach, keine Sorge! Der Hauptmann wird es verzeihen.« Ein anzügliches Grinsen erschien auf seinem breiten Gesicht. »Ich lasse sogleich nach ihm schicken. Elsbeth!«

Kurze Zeit später trat Fulk ein, und die geschwätzige Bademagd verschwand ohne ein weiteres Wort, nachdem sie ihn eingelassen hatte. Der Bader ließ es sich nicht nehmen, noch einmal ausführlich seine Behandlungsmethode darzulegen, aber als Fulk ihm wortlos einige Münzen in die Hand drückte, zog er sich zurück. Der Placker trat an ihr Bett und setzte sich vorsichtig an den Rand. Er betrachtete sie besorgt, und sie schenkte ihm ein Lächeln. Gerne hätte sie nach seiner Hand gegriffen, da kam ihr das letzte Gespräch, das sie in Neuenstein geführt hatten, in den Sinn, und sie ließ es bleiben. »Ich fühle mich besser.«, sagte sie ein wenig verlegen.

Fulk nickte. »Wirst du mir erzählen, was geschehen ist?«

Das Lächeln wich aus Madlens Gesicht, als die Erinnerung, schmerzlich und grausam, wieder hochstieg. »Hat man es dir nicht gesagt?«

Fulk zögerte. »Es heißt, Reiter des Helfensteiners haben die Nachhut überfallen. Zwei Dutzend Bauern wurden niedergemetzelt, darunter ein Kind.« In seiner Miene las sie den gleichen Schmerz, den sie selbst empfand, wenn sie sich das Geschehene vergegenwärtigte.

Er fühlt sich schuldig, weil er nicht da war, um uns zu beschützen, begriff sie und tastete nun doch nach seiner Hand. Er zog sie nicht weg.

»Der kleine Hans«, flüsterte sie. »Er geriet unter das Pferd des Ritters. Ich bin dazwischengegangen, doch war es zwecklos. Hänschen ist tot.«

»Ach, Madlen.« Seine Finger umfassten die ihren. »Wie kannst du dich vor ein Pferd werfen? Du hättest tot sein können!«

»Ich weiß. Aber ich konnte nicht einfach zusehen.«

An seinem Gesichtsausdruck sah sie, dass er sie verstand. »Madlen, diese Schlachtrösser sind dazu abgerichtet, Menschen niederzutrampeln und zu töten. Sie weichen nicht zurück wie andere Pferde, verstehst du? Mein Rappe Mars ist genauso.«

Madlen starrte ihn an. »Ich habe nicht nachgedacht«, murmelte sie. »Es war keine Zeit.«

Und selbst wenn ich nachgedacht hätte, hätte ich nicht anders gehandelt.

Fulk atmete tief ein. »Du hattest Glück, Madlen. Du lebst, das ist alles, was zählt.« Er drückte kurz ihre Hand und ließ sie los. »Der Bader sagt, du brauchst Ruhe. Ich werde in der Stadt eine Unterkunft für dich finden. Du kannst nicht auf freiem Feld oder in einem Zelt schlafen.« Sie wollte widersprechen, doch er schüttelte den Kopf. »Hör bitte einmal auf das, was man dir rät, Mädchen. Florian würde es nicht anders wollen.«

Die Erwähnung Florians ließ Madlens Herz schneller

schlagen. »Weiß er es?« Als Fulk nochmals den Kopf schüttelte, fügte sie hastig hinzu: »Er soll es nicht erfahren, ich bitte dich! Er hat genug andere Sorgen.«

Fulk bedachte sie mit einem harten Blick. »Das mag sein, doch er wird es erfahren. Er *muss* es erfahren«, entgegnete er. »Es ist wichtig, denn es wird seine Entscheidung beeinflussen.«

»Wovon sprichst du?« Madlen schaute ihn verwirrt an.

Fulk stand auf. »Zu eben dieser Stunde sitzen die Hauptleute zusammen und beratschlagen, wohin der weitere Zug des Haufens gehen soll. Jäcklein Rohrbach und seine Männer werden in Kürze aus Löwenstein zurückkehren, dann wird eine Entscheidung fallen. Ich bin der festen Überzeugung, dass wir vor die Stadt Weinsberg ziehen müssen. Der Helfensteiner ist wie ein Stachel in unserem Fleisch, er muss ausgemerzt werden.«

Madlen spürte, wie ihr das Blut aus dem Gesicht wich. Eine ungute Ahnung stieg in ihr auf und plötzlich vermeinte sie, die Worte der alten Wahrsagerin zu hören.

Das Meer aus Blut und Tränen war nicht mehr fern.

Der Wirt vom »Roten Ross« betrachtete es als eine Ehre, die »Herren Hauptleute« in seinem Gasthaus unterzubringen, zumindest wurde er nicht müde, das zu betonen, während er den Welschen und Madlen hinauf ins Dachgeschoss des Gasthofs geleitete.

Madlen vermutete, dass er erleichtert darüber war, dass die wichtigsten Anführer der vereinigten Bauernhaufen sein Gasthaus, das größte der Stadt, zum Quartier auserkoren hatten und er nicht fürchten musste, Opfer von Plünderungen und Verwüstungen zu werden. Ob er allerdings ebenso erfreut war, die verletzte junge Frau aufnehmen zu müssen, war zweifelhaft.

Die dicke Magd, die ihre Dachkammer für Madlen räumen musste, war es gewiss nicht. Sie warf Madlen und ihrem Begleiter misstrauische Blicke zu, wagte es aber nicht zu widersprechen.

Madlen fühlte sich unwohl, doch das hatte nichts mit ihrer Verletzung zu tun. Sie konnte die lauten, erregten Stimmen aus der Gaststube hören, während sie vor dem Welschen langsam die schmale Treppe hinaufstieg. Unten saßen die Hauptleute beisammen, speisten und tranken und diskutierten heftig.

Madlen wusste, dass Florian unter ihnen war, und sie lauschte einen Augenblick lang, ob sie seine Stimme heraushören konnte. Doch er war kein Mann, der sich durch Lautstärke Gehör verschaffen musste, und es gelang ihr nicht. Ebenso wenig erkannte sie Fulks Stimme, doch sie wusste, dass er ebenfalls an der Beratung teilnahm. Jäcklein Rohrbachs lautes Organ war umso deutlicher zu vernehmen. Unwillkürlich blieb sie auf der Treppe stehen, ehe sie die Dachkammer erreichten.

»Wollen wir es hinnehmen, dass der verräterische Helfensteiner unsere Brüder niedermetzeln lässt, während er behauptet, mit uns verhandeln zu wollen?«, dröhnte Rohrbach. »Ich sage, wir ziehen vor die Stadt und räuchern seine verfluchte Burg aus, bis er herausgekrochen kommt, der Lump!«

Madlen warf dem Welschen einen erschrockenen Blick zu. Er schüttelte den Kopf und schob sie mit sanftem Druck die restlichen Stufen hinauf. Die Tür schloss sich hinter Madlen, und das Stimmengewirr verklang.

»Du musst dich ausruhen, Maddalena«, sagte der Welsche streng, als der Wirt sich empfohlen hatte und wieder hinuntergestiegen war zu seinen ungeladenen Gästen.

»Werden sie das tun?«, fragte Madlen. »Werden sie Weinsberg angreifen?«

»*Chissà* …« Er zuckte die Achseln. »Wir werden sehen. Sind viele gestorben, nicht nur der kleine Junge. Sie wollen Rache.«

»Dann wird es Blutvergießen geben. Mehr Menschen werden sterben.«

»Vielleicht werden diesmal Ritter sterben«, gab der Welsche zurück. Sein Gesichtsausdruck war grimmig. »Willst du nicht Rache, Maddalena?«

»Rache?«, wiederholte Madlen verwirrt. Das Bild des Ritters erschien wieder vor ihr, das Pferd, das sich aufbäumte, dessen Hufe auf den kleinen Hans hinunterfuhren. Ein seltsames Gefühl durchfuhr sie … eine Mischung aus Entsetzen, hilfloser Wut und Hass. Wollte sie Rache? Sie wusste nicht einmal, wer der Mann gewesen war. Dann fiel ihr ein, dass sie etwas anderes wusste, nämlich, wer für den Angriff verantwortlich war. Der Graf von Helfenstein.

»Ich will, dass er dafür büßt«, hörte sie sich laut sagen. Und als der Welsche die Brauen hochzog, fügte sie hinzu: »Der Helfensteiner. Wenn er tatsächlich diese Männer geschickt hat, um die Bauern zu töten.«

»Das hat er getan«, sagte der Welsche. Sein Gesicht nahm einen harten Ausdruck an. »Du wirst bekommen deine Rache. Ich bin gewiss.«

Kapitel 54

Die dicke Magd brachte eine Schale Graupensuppe und einen Kanten Brot nach oben. Sie bedachte Madlen mit einem finsteren Blick, und Madlen wusste, dass Fulk oder der Welsche sicher einige Münzen hatten springen lassen, um sie gut versorgt zu wissen.

Anblick und Geruch des Essens genügten, um Madlens Magen erneut aufbegehren zu lassen, doch sie zwang sich zu einem freundlichen Lächeln und dankte höflich.

Die Magd betrachtete sie argwöhnisch. »Du solltest essen. Der Hauptmann selbst hat sich nach deinem Befinden erkundigt. Er scheint recht besorgt um dich. Du bist nicht etwa sein Weib?« Ihre Mundwinkel zuckten verächtlich und verrieten Madlen, dass sie die Antwort darauf sehr wohl kannte.

Sie überging die Frage und sagte ruhig: »Du kannst ihm ausrichten, dass es mir besser geht.«

Die Magd gab ein undefinierbares Brummen von sich, ehe sie sich zum Gehen wandte. Im nächsten Moment hielt sie in der Bewegung inne und murrte: »Kannst es ihm auch selbst sagen.«

Als Madlen zur Tür blickte, bemerkte sie verwundert, dass die Frau beiseitegetreten war und sogar einen Knicks andeutete. Jemand kam mit festen, zügigen Schritten die Stiege herauf, und Madlens Herz setzte einen Schlag aus, als sie begriff, dass es nicht Fulk war.

»Lass uns allein«, sagte Florian mit ruhiger, befehlsgewohnter Stimme. Er schob sich an der Magd vorbei ins Zimmer.

Die dicke Frau starrte erst ihn und anschließend Madlen mit unverhohlener Neugier an, ehe sie widerstrebend hinausging. Noch ehe die Tür sich hinter Florian geschlossen hatte, war er an ihr Lager getreten und musterte sie. Unter seinen scharfen Augen wurde Madlen bewusst, dass sie nicht vollständig angekleidet war, sondern lediglich ein dünnes Unterkleid trug, unter dem ihre nackten Füße hervorschauten. Ihre Haar – vielmehr das, was unter dem Verband davon zu sehen war – hing offen über ihre Schultern. Sie fühlte sich nackt, und obwohl er vor Kurzem weit mehr von ihrem Körper gesehen hatte, befiel sie eine jähe Scham und sie wandte rasch den Kopf ab.

»Großer Gott, Lene!« Er legte den Finger unter ihr Kinn, sodass sie ihn ansehen musste. Sie las eine Mischung aus Betroffenheit und Zorn in seiner Miene, und für einen kurzen Moment fragte sie sich, ob ein Teil dieses Zorns ihr galt.

»Es tut mir leid.« Ihre Stimme klang unsicher.

»*Dir* tut es leid?« Florian zog die Brauen zusammen. »Ich kann dir versichern, dass es dem, der diesen Überfall angeordnet hat, sehr bald sehr leidtun wird!«

Madlen schluckte. »Ihr habt mich gewarnt, ebenso wie Fulk mich gewarnt hat. Der Haufen ist kein Platz für Frauen.«

Zu ihrer Überraschung hörte sie ihn leise lachen. »Das ist wahr, und dennoch …« Er beugte sich ein wenig zu ihr, seine Finger glitten sanft über ihre Wange, ehe sie am Rand des Verbandes verharrten. »Dennoch möchte ich die Nacht in Neuenstein nicht missen. Auch wenn ich meine eigenen Regeln sträflich missachtet habe.«

Er war so nah, dass Madlen Schmerzen, Schwindel und Übelkeit vergaß und nur noch ihn wahrnahm. Sie wünschte sich, er würde sie küssen, aber er tat es nicht, und sie wusste, sie würde es nicht wagen, ihn von sich aus zu berühren. In Neuenstein hatte sie es getan, doch es kam ihr vor, als wäre das eine andere Madlen gewesen, trunken vor Eifersucht und vor Verlangen nach ihm.

Er zog seine Hand zurück, und sie fragte sich, ob er selbst befürchtete, seine Regeln ein weiteres Mal zu missachten. »Bleib hier, bis du wieder ganz gesund bist, Lene«, sagte er ernst. »Der Wirt hat genügend Geld bekommen, um dich für die nächste Zeit zu versorgen. Er wird es nicht wagen, dich vor die Tür zu setzen.«

»Ihr werdet aufbrechen?« Madlen bemerkte, dass ihre Stimme belegt klang. »Nach Weinsberg?«

Florian nickte. »Noch heute erhält Ludwig von Helfenstein Nachricht von uns mit der Aufforderung, der Evangelischen Bruderschaft beizutreten und auf die Zwölf Artikel zu schwören.« Er runzelte die Stirn. »Jäcklein Rohrbach und einige andere können es gar nicht erwarten, seine Burg niederzubrennen, doch wir sind übereingekommen, ihm dieses letzte Friedensangebot zu machen.«

»Glaubt Ihr, er wird zustimmen?«

Florians Lippen wurden schmal. »Wenn er kein Narr ist, sollte er es tun. Aber ich bin mir sicher, dass er einer ist.« Seine Miene wurde hart. »Er ist eitel und hoffärtig, der Herr Graf. Hält sich für einen Schwiegersohn unseres verstorbenen Kaisers Maximilian! Die Bauern sind für ihn armseliges Gesindel, das man erschlagen sollte, wie man lästige Rossmucken erschlägt. Wir werden ihn gern eines Besseren belehren.«

Madlen hatte seinen Worten mit großen Augen gelauscht. Es berührte sie, dass er mit ihr über solche Angelegenheiten sprach, ungeachtet der Tatsache, dass sie keine Gleichgestellte und darüber hinaus eine Frau war. Es war einer der Gründe, warum sie ihn liebte. Leise sagte sie: »Dieser Graf ist verantwortlich für das Gemetzel an der Nachhut und für Hänschens Tod. Und doch bete ich, dass Ihr die Burg nicht stürmen müsst.«

Florians Züge wurde weicher. »Sorgst du dich etwa um mich?«

»Wisst Ihr das nicht?« *Wisst Ihr nicht, dass ich Euch liebe?*, fügte sie im Stillen hinzu. Das Herz klopfte ihr bis zum Hals, doch sie wich seinem Blick nicht aus.

»Ich weiß jedenfalls, dass du eine mutige Frau bist«, erwiderte er. »Fulk hat mir erzählt, dass du versucht hast, den Jungen zu retten. Das war leichtsinnig, aber mutig.«

»Und sinnlos«, ergänzte sie. Sie schauderte, als sie an das blutige Bündel in Annekes Armen dachte, das einmal ein fröhliches kleines Kind gewesen war.

»Ich weiß.« Florian nickte. Abrupt stand er auf, und Madlen hätte am liebsten die Hand ausgestreckt, um ihn festzuhalten. »Um mich brauchst du dich nicht zu sorgen, Lene«, erklärte er mit ruhiger Stimme. »Ehe das Osterfest vorüber ist, wird Weinsberg unser sein – auf die eine oder die andere Weise. Ich verspreche dir, du wirst Nachricht erhalten, doch du musst mir auch etwas versprechen.«

Madlen wurde starr. Sie wusste, was er sagen würde, und ebenso, dass er recht damit hatte. Und dass sie es ihm versprechen würde.

»Du wirst nicht länger mit dem Schwarzen Haufen ziehen«, fuhr er fort, und der Klang seiner Stimme ließ keinen Zweifel: Es war keine Bitte. Es war ein Befehl. »Bleib hier im Gasthof, bis du dich gesund fühlst, dann such dir eine Anstellung und eine Bleibe. Du bist eine kluge Frau, ich bin sicher, es wird dir gelingen. Wenn unsere Sache weiter gediehen ist, wirst du nach Würzburg zurückkehren können. Früher oder später wird der Fürstbischof sich dem Bauernheer beugen müssen und dein früherer Herr ebenso. Es wird keine Leibeigenen mehr geben und Meister Veltlin wird dich mit offenen Armen in seinem Haus aufnehmen. Ich weiß, er schätzt dich sehr, beinah wie eine Tochter.«

Und Ihr?, dachte Madlen sehnsüchtig. *Schätzt Ihr mich auch?*

»Ich verspreche es«, sagte sie tapfer und Florian nickte zufrieden.

»Ich werde Fulk mit Nachricht aus Weinsberg schicken«, versprach er und machte eine Bewegung, als wollte er sich zum Gehen wenden, jedoch hielt er inne.

Madlen stockte der Atem, als er sich ihr zuneigte, um sie zu küssen. Als sie seinen warmen Mund auf ihrem spürte, seufzte sie leise auf. Florian zögerte einen winzigen Moment. Dann umfassten seine Hände sanft ihren Hinterkopf und zogen sie näher, während er den Kuss vertiefte. Sie konnte sein Verlangen spüren, das drängende Streicheln seiner Zunge, und einen hitzigen Augenblick lang war sie versucht, ihn zu umklammern und zu sich auf das Bett zu ziehen.

Dann löste sich sein Mund von ihrem. Ohne ein weiteres Wort wandte er sich ab und ging zur Tür hinaus. Madlen starrte ihm nach, benommen von der Welle aus Lust und Enttäuschung, die sie durchströmte.

Sie trat an die Tür, lauschte seinen verklingenden Schritten und fragte sich, wo er die Nacht verbringen würde. Warum konnte er nicht bei ihr bleiben? *Wollte* er nicht bei ihr bleiben? Sie legte die bandagierte Stirn gegen das Holz der Tür, schloss die Lider und fühlte seinem Geschmack auf ihren Lippen nach. Noch immer pochte ihr Körper, noch immer rauschte das Blut in ihren Ohren. Dann, allmählich, wich die Enttäuschung und machte etwas anderem Platz, etwas, das sie frösteln ließ … einer Ahnung von nahendem Unheil.

Unvermittelt schien es ihr, als begännen sich die Dielen unter ihren Füßen zu bewegen. Ein neuerlicher Schwindel erfasste sie, aber diesmal war es anders als bei den bisherigen Schwindelanfällen. In das Flimmern vor ihren Augen drängte sich ein Bild, ein schreckliches Bild von blutbefleckten Lanzen und Männern, die unter gnadenlosen Stößen zusammenbrachen. Das Bild war erschreckend klar, als hätte eine höhere Macht vor Madlens Augen einen Vorhang beiseite gezogen, um ihr einen Blick in die Zukunft zu gewähren.

Sie öffnete den Mund, um zu schreien, aber es kam kein Ton heraus. Einzig das Poltern auf dem Holzboden war zu hören, als sie zusammenbrach. Es dauerte lange, bis die Magd heraufkam und sie auf dem Boden liegend vorfand.

Als Madlen erwachte, hatte sie jegliches Zeitgefühl verloren. In ihrem Kopf hämmerte es, und es bereitete ihr große Anstrengung, die Lider zu öffnen. Es war hell, und durch das Fenster der Kammer fiel Sonnenlicht, in dem Staubkörnchen tanzten. Sie lag auf der Pritsche, zugedeckt mit einer filzigen Wolldecke, und als ihr Verstand allmählich wieder zu arbeiten begann, begriff sie, dass jemand sie zu Bett gebracht haben musste. Florian? Ein jäher Schmerz zuckte durch ihren Kopf, als die Erinnerung zurückkam.

Der Abschiedskuss. Weinsberg. Das entsetzliche Bild vor ihren Augen.

Hatte sie geträumt? Ein Albtraum wäre leichter zu ertragen, doch tief in ihr keimte eine Ahnung. Sie musste an ihre Mutter denken und an Herrin Friedlindes Worte. *Es heißt, sie hatte das zweite Gesicht …* Madlen hatte etwas gesehen und war sicher, dass es geschehen würde, etwas Furchtbares. Wann? Und wo? *Weinsberg*, dachte sie. *Ich muss ihn warnen, muss sie alle warnen.*

Mühsam stemmte sie sich hoch, versuchte, den Rest der Schläfrigkeit abzuschütteln, das Pochen in ihrem Kopf zu ignorieren. Ihr Mund war trocken, ihre Kehle brannte. Auf dem Tischchen neben dem Bett standen ein Krug und ein Becher. Sie schenkte den Becher voll und führte ihn zum

Mund, schmeckte Dünnbier und leerte ihn gierig in einem Zug.

Allmählich fiel es ihr leichter zu denken. *Ich muss ihn warnen.*

Sie kam auf die Füße und wartete, bis der Schwindel nachließ, ehe sie nach etwas zum Anziehen suchte. Natürlich konnte sie nicht barfuß und im Hemd nach draußen laufen, mit dem Verband um den Kopf. Man würde sie für eine Wahnsinnige halten.

Man würde ohnehin glauben, sie wäre von Sinnen, wenn sie von einer Vision sprach. Oder schlimmer noch: eine Hexe. Madlen hielt kurz inne. Sie musste sich gut überlegen, was sie sagen sollte. Vorerst war es wichtig, Florian zu finden. Oder Fulk. Hoffentlich waren sie noch in der Nähe.

Sie trat zum Fenster und blickte hinaus. Dem Gasthaus gegenüber befand sich die Stadtkirche, deren beeindruckender Turm mit dem roten Ziegeldach in den blauen Frühjahrshimmel ragte. Siedend heiß fiel Madlen ein, welcher Tag heute war: Ostersonntag. Aber die Sonne stand so hoch, dass die Ostermesse längst vorbei sein musste.

Der Platz zwischen Gasthaus und Kirche war belebt, gut gekleidete Bürgersleute gingen umher oder standen in Grüppchen plaudernd beisammen, Madlen hörte Kinderlachen und Hundebellen. Eine friedliche Szene, dennoch erschrak sie vor dem Anblick. Weit und breit war niemand zu sehen, der zum Bauernheer gehören konnte.

Sie sind fort, dachte Madlen bestürzt. Verzweiflung erfasste sie. Vielleicht war es noch nicht zu spät, vielleicht lagerten sie noch vor den Toren oder brachen gerade erst auf.

Hastig sah sie sich um, entdeckte auf einer Truhe einen Stapel mit Kleidung. Es war dieselbe, die man ihr beim Bader gegeben hatte. Ein Paar feste Lederschuhe standen ebenfalls dort, von besserer Qualität als ihre alten. Daneben lag ein vertrautes Bündel. Sie hob es auf und ertastete die Umrisse ihres Dolches und das Säckchen mit ihren restlichen Münzen. Erleichtert atmete sie auf.

Ihre Hände waren unsicher und fahrig, sodass es lang dauerte, bis sie sich angekleidet hatte. Doch als sie schließlich vorsichtig die Treppe hinunterstieg, ähnelte sie der braven jungen Magd, die sie bis vor ein paar Wochen gewesen war. Sie mied die Gaststube, aus der Stimmengewirr drang, und ließ sich stattdessen von ihrer Nase in die Küche führen, wo sie den Wirt, seine Magd und ein halbwüchsiges Küchenmädchen antraf. Der Wirt war gerade dabei, ein Gericht abzuschmecken, das in einem großen Kessel vor sich hin simmerte. Madlens Erscheinen ließ ihn in der Bewegung innehalten, der Löffel verharrte vor seinem halb geöffneten Mund.

»O lieber Herr Jesus!«, rief die rundliche Magd und starrte Madlen an, als wäre sie von den Toten auferstanden. Verwirrt sah Madlen, wie sie sich bekreuzigte. Das Küchenmädchen tat es ihr eilig nach.

Der Wirt reagierte gefasster. »Du bist wieder erwacht, junge Frau. Das freut uns! Wir hatten schon das Schlimmste befürchtet.« Er legte den Löffel beiseite und trat mit einem freundlichen Lächeln auf sie zu. »Hast du Hunger? Gertrud kann dir gleich einen Teller Eintopf bringen, das wird dich stärken.«

»Später«, erwiderte Madlen. »Zuvor muss ich zu den Hauptleuten. Könnt Ihr mir sagen, wo ich sie finde?«

Der Wirt und seine Mägde wechselten einen raschen Blick. Madlen spürte, wie ihr Magen sich zusammenkrampfte. Es lag nicht am Hunger.

»Nicht mehr hier in Neckarsulm«, antwortete der Wirt. »Sie sind am frühen Morgen aufgebrochen nach Weinsberg.«

»Nach Weinsberg«, wiederholte Madlen dumpf. Der Schwindel kehrte zurück. »Wie lange habe ich geschlafen?«

»Es ist kurz vor dem Mittagsläuten«, erklärte die Magd, und der Blick, mit dem sie Madlen bedachte, war voller Misstrauen. »Die Ostermesse ist lang vorüber. Du warst seit gestern Abend ohnmächtig – und zwischendurch, da …«, sie bekreuzigte sich wieder, »… hast du wirres Zeug geredet! Von Blut und Tod und …«

»Genug!«, fiel der Wirt ihr ins Wort. »Du hattest Albträume, das ist es, was sie sagen will.«

»Albträume!«, höhnte die Magd, verstummte aber unter dem zornigen Blick des Wirtes.

»Du bist totenbleich, Mädchen«, befand er. Er nahm ihren Arm und führte sie zu einem Hocker. »Das ist kein Wunder. Du musst etwas essen! Gertrud, geschwind, bring ihr eine Schale Eintopf.«

»Sie sollte nicht hier sein«, murrte die Magd leise, aber sie tat wie ihr geheißen und drückte Madlen eine dampfende Schüssel und einen Löffel in die Hand. Am liebsten hätte Madlen das Essen zurückgewiesen, doch die Vernunft riet ihr, etwas zu sich zu nehmen.

War sie tatsächlich ohnmächtig gewesen und hatte fantasiert? Verunsichert tastete sie nach dem Verband um ihren Kopf. Was hatte dieser Huftritt mit ihrem Kopf gemacht?

»Mach dir keine Sorgen«, suchte sie der Wirt zu beruhigen. »Der Bader war noch einmal da. Er meint, es sei nichts Ungewöhnliches nach so einer Kopfverletzung. Er wollte dich zur Ader lassen, doch du …«

»… du hast die Augen aufgerissen und das Blut gesehen. Dann hast du geschrien wie am Spieß!«, ergänzte Gertrud giftig.

»Du bist erschrocken.« Der Wirt warf der Magd erneut einen bösen Blick zu. »Geh hinüber in die Stube und kümmere dich um unsere Gäste!«

Madlen tauchte den Löffel in den Eintopf und zwang sich

Kapitel 55

Am späten Nachmittag endlich traf Kunde vom Bauernheer in Neckarsulm ein, und es dauerte nicht lang, bis die Nachricht im Gasthaus »Zum Roten Ross« ankam. Madlen hörte, wie jemand die Treppe heraufeilte, und riss die Tür auf, in der Erwartung, Fulk zu sehen, doch es war das Küchenmädchen, das Gesicht kalkweiß, die Augen vor Schreck geweitet. »Sie haben sie alle getötet!«

Madlen tastete nach dem Türrahmen, um sich abzustützen. »Wen?«

Als das Mädchen stumm blieb, rief sie lauter: »Wen haben sie getötet?«

»Den Grafen und seine Ritter.«

Eine seltsame Starre ergriff Besitz von Madlen. Sie ließ das verstörte Mädchen stehen und ging langsam hinunter in die Gaststube. Dort saß der Bote aus Weinsberg, ein flaumbärtiger Junge, sein Gesicht war leichenblass. Man hatte ihm einen Becher Wein gereicht, und als er trank, sah Madlen, dass seine Hand zitterte.

»Gütiger Gott, das kann nicht wahr sein!«, hörte sie einen Mann sagen.

Sie selbst hatte keinen Zweifel daran. Es war der Tod des Helfensteiners, den sie gesehen hatte. Nun, da das Traumbild Wirklichkeit geworden war, verspürte sie keinen Schock, nur dumpfe Gewissheit.

»Rede, Bursche!«, rief ein graubärtiger Mann ungeduldig. Er war in Wams und Schaube eines wohlhabenden Bürgersmannes gewandet und lief aufgeregt vor dem Boten auf und ab.

»Lasst ihn trinken! Ihr seht doch, wie ihm zumute ist!«, schimpfte ein anderer.

Der Junge setzte den Becher ab und wischte sich über den Mund.

»Erzähl von Beginn an«, forderte der Wirt. Er sprach ruhig, aber Madlen hörte die Anspannung in seiner Stimme.

Der Bote begann zu erzählen, stockend erst, dann immer schneller. Niemand unterbrach ihn, denn das, was er zu berichten hatte, klang so unfassbar, so grausig, dass es allen die Sprache verschlug.

Die Bauern hatten zum Sturm auf Weinsberg angesetzt, nachdem einer der Ritter Helfensteins auf die Unterhändler des Bauernheeres hatte schießen lassen. Florian Geyer und die Seinen erstürmten die Burg Weibertreu, die etwas oberhalb der Stadt lag und nur von wenigen Reisigen verteidigt wurde. Jäcklein Rohrbach und Georg Metzler führten den Angriff auf die Stadt und schlugen die unteren Tore ein. Zunächst leisteten die Einwohner gemeinsam mit den Kriegsknechten des Grafen Widerstand, doch als Unterstützer der Bauern eines der Seitentore öffneten, brach Panik in der Stadt aus. Die Bürger fürchteten um Leib und Leben und wandten sich selbst gegen die Ritter, die zur Verteidigung aufriefen. Schließlich wollten der Helfensteiner und seine Reiter die Flucht ergreifen, aber die erbosten Bürger selbst hinderten sie daran. In der Zwischenzeit fielen die Tore und ein gewaltiger Strom mordlustiger Bauern ergoss sich in die Stadt. Alles, was Sporen trug, solle erschlagen werden, brüllten sie und forderten die Bürger und ihre Familien auf, sich in ihren Häusern zu verbergen, dann werde ihnen nichts geschehen. Die Ritter und Reisigen aber jagten und töteten sie, sobald sie ihrer habhaft wurden. Tote und Verwundete lagen auf den Straßen und Plätzen der Stadt.

Der Graf selbst und ein Teil seiner Ritter flüchteten sich in die Kirche und von dort auf den Kirchturm. Sie flehten um Gnade und boten eine ungeheure Summe für ihr Leben, doch es half ihnen nichts. Die Bauern drangen in den Turm, erstachen mehrere Waffenknechte und warfen einige vom Turmkranz hinunter auf den Kirchhof, bevor Georg Metzler und andere Hauptleute ihnen Einhalt geboten und weiteres Morden verhinderten. Die überlebenden Ritter, sechzehn an der Zahl und alle verwundet, darunter der Graf Ludwig selbst, wurden in Gefangenschaft geführt.

»Man gab die Gefangenen in die Obhut von Jäcklein Rohrbach«, fuhr der Bote fort. Er schwieg einen Moment lang, als sammelte er Kraft für das, was folgen würde. »Der Rohrbach beriet sich mit seinen Männern. Sie verurteilten die Ritter – jeden einzelnen – zum Tode.« Er hob den Kopf und sein Blick begegnete dem von Madlen. Seine Augen waren seltsam leblos in dem bleichen Gesicht. »Zum Tod in den Spießen«, schloss er dumpf.

Madlen hörte jemanden aufstöhnen und begriff im nächsten Moment, dass sie selbst es gewesen war. Niemand sagte ein Wort. Alle wussten, dass eine solche Art der Hinrichtung nur unter den Landsknechten üblich war. Für einen Grafen war es der schimpflichste Tod, den man sich vorstellen konnte.

»Ich habe alles mit angesehen«, flüsterte der Bote. Tränen liefen über seine Wangen, dennoch sprach er weiter, wie von einem inneren Zwang getrieben. Er schilderte, wie die junge Gräfin mit ihrem weinenden Kind auf dem Arm sich vor Rohrbach auf die Knie warf und vergeblich um Gnade für ihren Gatten flehte, wie Melchior Nonnenmacher, der frühere Pfeifer des Grafen, ihm hohnlachend »zum letzten Tanz« aufspielte, wie die Ritter, ihrer Harnische beraubt, einer nach dem anderen in die Gasse aus mörderischen Lanzen gestoßen wurden, wie die stählernen Spitzen sich in die schutzlosen Körper bohrten, wie das Blut aus unzähligen Wunden lief und den Boden rund um die Linde am Untertor tränkte. »Und die Hexe war bei allem in der vordersten Reihe. Das schwarze Weib!«, stammelte er. »Sie lachte und jubelte und stieß ihr Messer dem sterbenden Grafen in den Bauch.« Er schlug die Hände vors Gesicht und sank in sich zusammen.

Eine erschütterte Stille erfüllte den Raum, die nur unterbrochen wurde von den Schluchzern des Boten und dem leisen Wimmern der dicken Magd. Madlen war auf einen der Stühle gesunken, sie fühlte sich kraftlos. Diesmal war nicht ihr Kopf der Grund. Es war das Grauen über das Gehörte.

»Sie haben bekommen, was sie verdienten!«, knurrte irgendwann ein junger Mann. »Wie viele von uns haben unter ihrer Knute gelitten, wie viele sind den Hungertod gestorben? Wie viele hat der elende Graf in den letzten Tagen erschlagen lassen?«

»Schweig, Kaspar!«, fuhr der Wirt den Mann an. »Dieser Frevel wird Unheil bringen! Solche Grausamkeit ist eines Christenmenschen unwürdig. Der Rohrbach muss von Sinnen sein!«

»Ein wildes Tier ist er!«, rief ein anderer. »Erschlagen gehört er, und der Rest des Bauerngesindels gleich dazu!«

Die letzten Worte kamen bei den Umstehenden nicht gut an, von denen offenbar die meisten der Bauernsache zugeneigt waren, obwohl der Bericht des Boten auch sie schockiert hatte. Ein zorniges Gemurmel erhob sich, einer ballte gar die Faust gegen den Sprecher.

»Wie konnten sie das zulassen?« Madlen hatte laut gedacht und die Gesichter wandten sich ihr zu. »Wie konnten die Hauptleute das nur zulassen!«, wiederholte sie fassungslos. Sie dachte an Florian und konnte es nicht glauben. Warum hatte er diese grausige Tat nicht verhindert?

Die gleichen Worte schleuderte sie Fulk entgegen, der nach Einbruch der Dunkelheit im Gasthaus auftauchte. Er wirkte erschöpft, und sie wusste, dass es nicht an dem zweistündigen Ritt von Weinsberg nach Neckarsulm lag, ebenso wie sie wusste, dass er nicht verdient hatte, dass sie ihren Zorn und ihre Verbitterung an ihm ausließ. Doch sie konnte nicht anders.

»Er wusste es nicht, Madlen.« Fulk ließ sich auf einen Stuhl sinken und fuhr sich mit beiden Händen durchs Haar. »Niemand von uns wusste es.«

Madlen starrte ihn ungläubig an.

Der Wirt trat heran und stellte unaufgefordert einen vollen Weinbecher vor Fulk auf den Tisch. Sein Blick glitt neugierig von Madlen zu dem Hauptmann. Er sagte nichts.

Fulk nahm einen großen Schluck und wartete, bis der Wirt außer Hörweite war. »Als wir es erfuhren, waren sie schon alle tot. Jäcklein, der verfluchte Bastard, stolzierte im blutbefleckten Wams des Helfensteiners umher, neben ihm der Nonnenmacher mit dem Federhut des Grafen auf dem Kopf! Gott helfe mir, Madlen, es fehlte nicht viel und ich hätte ihnen den Hals umgedreht!« Sein Gesicht war rot vor Wut. Es war ihm offensichtlich ernst.

»Aber wo waren die Hauptleute?«, stammelte Madlen. »Wie konnte er unbemerkt so etwas tun?«

»Nach dem Fall der Stadt saßen die obersten Hauptleute im Gasthaus zusammen und berieten sich. Wie du dir vorstellen kannst, gab es Uneinigkeit. Florian wollte … ach, was soll's!« Er presste die Fingerknöchel gegen die Stirn, wie man es tat, wenn der Kopf schmerzte. »Jedenfalls verließ Jäcklein nach kurzer Zeit die Runde. Wir waren überrascht, doch ahnten wir nicht, warum. Er hielt offenbar Kriegsrat mit seinen Getreuen in der Mühle, unten am Fluss, wo die Gefangenen festgehalten wurden. Man hatte ihm die Aufsicht übertragen. Metzler, dieser Narr, hatte das entschieden. Verdammt, es war, als gäbe man dem Wolf die Aufsicht über die Schafherde, verstehst du?« Er leerte den Rest des Bechers in einem Zug und stellte ihn mit einem Knall zurück auf den Holztisch.

Madlen sah aus dem Augenwinkel, dass der Wirt zusammenzuckte und Anstalten machte, mit dem Weinkrug herüberzukommen. Sie wies ihn mit einer abwehrenden Handbewegung zurück. Wenn Fulk sich betrinken wollte, mochte er das tun, aber später. Erst musste sie erfahren, was geschehen war. Musste versuchen, es zu begreifen. »Und Florian?«, stieß sie hervor.

Fulk starrte sie einige Herzschläge lang an, und ihr wurde einmal mehr klar, dass er in ihrem Gesicht lesen konnte wie in einem Buch. Es kümmerte sie nicht.

»Er war so angewidert wie die meisten von uns«, knurrte Fulk. »Wir stellten den Rohrbach zur Rede, doch er spottete nur. Hieß uns Memmen und Schlappschwänze. Florian ging ihm in rasender Wut an die Kehle. Ich habe noch nie zuvor erlebt, dass er derart die Fassung verloren hat. Metzler und ein paar andere mussten dazwischengehen.«

Madlen wurde flau im Magen. Jäcklein Rohrbach war ein roher, brutaler Mann, und die Vorstellung, dass es beinah zu einem Kampf zwischen ihm und Florian gekommen wäre, erschreckte sie zutiefst.

»Die Schwarze Hofmännin bedachte Florian mit den übelsten Verwünschungen.« Fulk hatte den Blick gesenkt und drehte den leeren Weinbecher zwischen seinen Händen. »Die Männer behaupten, sie hätte Zauberkräfte. Zu Beginn des Angriffs sprach sie einen Segen über die Kämpfer, versicherte ihnen, die Kugeln und Schwerter der Feinde könnten sie nicht verletzen. Himmel, was für ein Unsinn!«

Ein Frösteln überlief Madlen, als sie sich an ihre eigene Vision erinnerte. Wer war sie, dass sie sich anmaßte, über die

Schwarze Hofmännin zu urteilen? Wenn diese Frau eine Hexe war, war Madlen dann nicht auch eine? »Hat es … gewirkt?«, flüsterte sie.

Fulk sah sie verwundert an. »Natürlich nicht. Auch wir haben Männer verloren! Allerdings weit weniger als der Helfensteiner.«

Madlen schaute beschämt zu Boden. Er musste sie für ein abergläubisches Weib halten.

»Sie ist keine Hexe, Madlen«, sagte er eindringlich. »Sie ist ein rachsüchtiges, hasserfülltes Weib und Rohrbach hört auf sie. Weiß der Himmel, was für eine Macht sie über ihn hat!«

Madlen erinnerte sich an die Szene im Klostergarten, an die Lust, die die Hofmännin Rohrbach verschafft hatte, und sie spürte, wie ihr die Röte in die Wangen stieg. »Was wird nun geschehen?«

»Florian und seine Männer werden das Bauernheer verlassen«, kam die Antwort.

»Verlassen?«, wiederholte Madlen ungläubig.

»Er wird nicht mit einem ehrlosen Mörder und Schlächter gemeinsame Sache machen, hat er gesagt. Wendel Hipler und der Metzler haben versucht, ihn davon abzubringen, aber du kennst ihn: Wenn er eine Entscheidung trifft, steht er dazu.«

Madlen bezweifelte das keinen Augenblick. Es war eine von Florian Geyers hervorstechendsten Eigenschaften: Seinen Prinzipien blieb er stets treu. *Nicht immer*, flüsterte es in ihr, und sie meinte, wieder seine zärtlichen Hände auf ihrer Haut zu spüren.

»Darüber hinaus versuchen Hipler und Metzler noch immer, Götz von Berlichingen als obersten Anführer des Haufens zu gewinnen, und Florian wird niemals unter dem Berlichinger dienen, ganz gewiss nicht!«

»Warum?«

»Madlen, bitte frag mir keine Löcher in den Bauch!«, stöhnte Fulk. »Der Götz und Florian kennen sich von früher und sie sind keine Freunde. Mehr kann ich dir nicht sagen, vielleicht fragst du ihn selbst.«

»Werde ich ihn sehen?«, fragte Madlen ein wenig atemlos.

Fulk schüttelte den Kopf. »Das Bauernheer wird sich nach Heilbronn wenden, sie hoffen, die Stadt auf ihre Seite zu ziehen. Florian schlägt den Weg neckaraufwärts ein, da gibt es eine ganze Reihe von Schlössern und Klöstern, die es lohnt niederzubrennen. Früher oder später wird er sich zweifellos gen Würzburg und den Fürstbischof richten und in die Heimat zurückkehren. Vielleicht wirst du ihm dann wieder begegnen.«

»Und du?«, fragte Madlen vorsichtig. »Bleibst du bei ihm?«

Fulk blieb einen Moment still und betrachtete seinen Becher.

In Madlen zog sich etwas zusammen. *Bitte bleib bei ihm*, dachte sie verzweifelt. *Er braucht Männer wie dich, Männer, denen er vertrauen kann. Sonst ist er verloren auf dem Weg, der vor ihm liegt …*

»Das werde ich«, sagte Fulk langsam. Er sah Madlen ins Gesicht.

Sie musste sich zusammenreißen, um nicht erleichtert aufzustöhnen.

»Die Sache, für die er sich einsetzt, ist eine gute Sache. Wert, dafür zu kämpfen … und dafür zu sterben.«

Ein eisiger Schauer überlief Madlen. »Sag nicht so etwas«, flehte sie. »Sprich nicht vom Sterben, bitte!« Sie kniff die Augen zusammen, voller Furcht, eine erneute Vision könnte sie überkommen. Im nächsten Moment spürte sie Fulks Hand an ihrem Arm.

»Was ist es, Madlen? Was … siehst du?«

Sie öffnete die Lider und blickte in sein besorgtes Gesicht. »Gestern Abend …«, begann sie stockend, »… habe ich die Ritter sterben sehen. Ich sah das Blut und die Lanzen …« Sie brach ab, erschrocken über sich selbst. Wie konnte sie davon sprechen? Würde er sie nicht für eine Hexe halten oder für eine Wahnsinnige?

Fulk runzelte die Stirn. »Willst du damit sagen … du hattest eine Vision?«

»Ich weiß es nicht. Das ist nie zuvor geschehen.« Hilfe suchend schaute sie ihn an. Ihre Hände fanden sich, ihre Finger umschlossen einander. »Ich weiß nur, dass ich es gesehen habe, genau so, wie es geschehen ist.«

Fulk blieb eine Weile stumm. In seiner Miene fand Madlen keine Abscheu, kein Misstrauen, und plötzlich war sie froh, dass sie es ihm gesagt hatte. *Er weiß so vieles von mir,* dachte sie. *Und er hat mich nie verurteilt.*

»Sprich mit niemandem darüber«, murmelte er und drückte mahnend ihre Hand. »Wenn du tatsächlich … Dinge sehen kannst, ist das eine Gabe, die mehr Fluch als Segen ist.«

Er gab ihre Hand frei, um den Wirt heranzuwinken, der die ganze Zeit in sicherem Abstand gewartet hatte.

»Bring uns Wein, Rosswirt«, befahl er. »Und einen zweiten Becher.«

Kapitel 56

»Das wird kein gutes Ende nehmen«, murmelte der Wirt und blickte in den leeren Weinkrug. Es war der dritte, den er ihnen gebracht hatte. Es hatte nicht lange gedauert, bis auch er geleert worden war.

»Er ist betrunken«, stellte Madlen fest und sah zu Fulk, der sich an die hölzerne Wandvertäfelung zurückgelehnt hatte, die Augen geschlossen. Sein Mund stand leicht offen, und sie nahm an, dass er eingeschlafen war.

»Das meine ich nicht«, gab der Wirt zurück. »Ich meine das alles. Den Aufstand. Die Erhebung der gemeinen Leute.« Er seufzte. »Ich sage dir, Mädchen, es wird kein gutes Ende nehmen.«

Madlen wusste nicht, was sie erwidern sollte. Schweigend betrachtete sie Fulk, dessen narbiges Gesicht selbst im Schlaf angespannt wirkte.

Der Wirt folgte ihrem Blick. »Geh schlafen«, sagte er gutmütig zu ihr. »Der wird seinen Rausch ausschlafen, dann wird er auf seinen Gaul klettern und zurück zu seinem Haufen reiten. Er braucht dich nicht, und du siehst auch aus, als ob du für heute genug hättest.«

Damit lag er nicht falsch. Madlen hatte für ihre Verhältnisse viel von dem süßen roten Wein getrunken und konnte nicht sagen, ob ihre Benommenheit vom Wein oder von ihrer Kopfverletzung herrührte. Dennoch schüttelte sie den Kopf. »Helft mir, ihn hochzubringen«, bat sie den Wirt.

»Der schläft hier so gut wie anderswo«, brummte er. »Seinesgleichen braucht kein Bett.«

Seine Worte machten Madlen zornig. »Wenn Ihr mir nicht helft, tu ich es allein!«, fauchte sie, und der Wirt runzelte überrascht die Stirn.

Als sie an Fulks Schulter rüttelte, kam er ihr zu Hilfe, und gemeinsam schafften sie es mit viel Mühe, den schwankenden Placker die schmale Treppe hinauf bis in die Dachkammer zu bugsieren.

»Was wollt ihr …«, murrte Fulk, ehe er auf der Strohmatratze niedersank.

Der Wirt warf Madlen einen zweifelnden Blick zu. »So viel Mühe, um einen volltrunkenen Kerl in dein Bett zu schaffen?« Er schüttelte den Kopf.

Madlen stellte die Öllampe, die sie getragen hatte, vorsichtig auf den Tisch. »Ich danke Euch, allein hätte ich es nicht geschafft.« Als er ein undefinierbares Schnauben von sich gab, fügte sie hinzu: »Ich verdanke diesem Mann viel. Er hat mir das Leben gerettet.« *Möglicherweise sogar zweimal.* »Er hat heute Morgen in Weinsberg gekämpft und hat es verdient, eine Nacht in einem richtigen Bett zu schlafen.«

»Solange er keiner dieser Schlächter ist«, knurrte der Wirt und wandte sich achselzuckend ab.

Als die Tür hinter ihm ins Schloss fiel, kroch ein leichtes Unbehagen durch die weinselige Benommenheit in Madlens Kopf. Warum hatte sie das getan? Der Wirt würde sie für eine Dirne halten oder zumindest für Fulks Liebchen. Alle würden sie mit noch abfälligeren Blicken bedenken, als sie es bislang ohnehin taten.

Sie trat an das Bett und betrachtete den schlafenden Mann mit einer Mischung aus Besorgnis und Zuneigung. Er hatte leise zu schnarchen begonnen, mit jedem Atemzug entwich ihm eine Wolke von Alkoholdunst. Dennoch fühlte sich Madlen nicht abgestoßen. Sie ließ sich auf die Knie sinken und betrachtete sein Gesicht, die hässliche, lange Narbe, die sich von seinem Augenwinkel bis hinab zum Kinn zog, den dichten schwarzen Bart, der mittlerweile wieder ungezähmt wucherte. Nun, da er die Augen geschlossen hatte, bemerkte sie mit Staunen, dass er dichte, lange Wimpern hatte, was seinem Gesicht etwas von der Härte nahm.

Madlen musste lächeln. Und da begriff sie, warum sie darauf gedrängt hatte, Fulk in ihre Kammer zu schaffen. Es hatte mit Geborgenheit zu tun, mit Vertrauen. Bei Fulk fühlte sie sich so sicher wie bei niemandem sonst, nicht einmal bei Florian. *Schon gar nicht* bei Florian.

Es mochte töricht sein, doch es kam ihr vor, als könne ihr nichts geschehen, solange Fulk da war, als hielte seine bloße Gegenwart alles Schlechte von ihr fern.

Der Überfall der Reisigen, Hänschens Tod, ihre Kopfverletzung und die Gräueltat an den Rittern in Weinsberg … so viel Schreckliches hatte sich in so kurzer Zeit ereignet, dass sie sich mit einer fast schmerzlichen Heftigkeit nach Ruhe und Geborgenheit sehnte.

Sie streckte die Hand aus und legte sie an seine Wange. Er bewegte sich nicht – der schwere Wein hatte sein Werk getan. Mit etwas Mühe zog sie ihm die schlammverkrusteten Stiefel aus und öffnete sein Wams. Und nach kurzem Zögern tat sie etwas Unerhörtes, völlig Unvernünftiges.

Sie schlüpfte aus ihren Schuhen und streifte ihr Obergewand ab, ehe sie sich zu ihm legte.

Das Bett war nicht breit, und sie musste sich eng an ihn drücken, ihn ein Stück beiseiteschieben. Er rührte sich und brummte etwas Unverständliches. Dann schlang er den Arm um sie und presste sie so fest gegen seinen Körper, dass ihr kurz der Atem stockte.

Gerade als sie begann, sich zu entspannen, die Nähe zu genießen, fühlte sie, wie er sein Gesicht in ihr Haar drückte.

Sie lag mit dem Rücken zu ihm, sein Atem kitzelte ihren Nacken, und sie hörte ihn murmeln. Diesmal verstand sie, was er sagte.

»Mein Liebes …«

Madlen erstarrte. Dann wurde sein Atem wieder schwer und gleichmäßig, und sie spürte, dass er weiterschlief.

»Zur Hölle, Madlen! Was tust du hier?«

Einige Herzschläge lang begriff Madlen nichts. Sie versuchte, ihre Lider zu öffnen, doch auch als es ihr gelang, blieb es dunkel. Ein Gesicht war dicht vor dem ihren, sie fühlte es mehr, als dass sie es sah. Weingeschwängerter Atem streifte ihre Haut. Sie lag in ihrem Bett … in Fulks Armen. »Bis gerade eben habe ich geschlafen«, murmelte sie matt.

»In meinem Bett?«

Ein schwacher Streifen fahlen Morgenlichtes drang durch das unverglaste Fenster herein, und sie konnte Fulks Gesicht erkennen, den schwarzen Bart, die dunklen Augen, die sie anstarrten.

Er war wütend.

Warum ist er wütend?, dachte sie schlaftrunken. Dann fühlte sie es. Seine Hand, die sich unter ihr Hemd geschoben hatte und ihre Brust berührte … und etwas Hartes, das gegen ihren Oberschenkel drückte.

Erschrocken stemmte sie sich hoch. Beinah berührten sich ihre Gesichter. Fulk wich zurück.

»Das ist mein Bett«, sagte Madlen hilflos. Als ob das irgendeinen Unterschied machte.

Fulk runzelte die Stirn, zumindest meinte sie, das zu sehen. »Und wie komme ich in dein Bett?«, wollte er wissen.

Sie rang nach Luft, und er zog seine Hand zurück. Es fühlte sich an wie ein Streicheln, und ob sie es wollte oder nicht, es jagte einen erregten Schauer durch ihren Körper. »Du warst betrunken … und ich …«, stammelte sie. *Ich war es auch. Ich bin es womöglich immer noch, warum sonst fühlt sich seine Berührung so gut an?*

Fulk blieb einen Moment still. Dann sagte er: »Das war sehr leichtfertig von dir.« Er neigte sich ihr zu und begann sie zu küssen.

Sie war so verwirrt und erregt zugleich, dass sie vergaß, sich zu wehren. Ihr Mund und ihre Zunge erwiderten seinen Kuss, sanft zuerst, dann hungriger und leidenschaftlicher. Sein Körper drückte sie zurück auf das Bett, und sie spürte seine raue Hand, die ihr Unterkleid hochschob und an ihrem Bein nach oben glitt. Sie war bereit für seine Berührung, für ihn …

Wie ist das möglich? Ich will ihn. Ich begehre ihn …

»Nicht … bitte …«, flüsterte sie an seinem Mund, während ihre verräterische Zunge sie Lügen strafte, sehnend nach seiner suchte. »Nicht …« Endlich schaffte sie es, ihren Mund von seinem zu lösen. »Ich kann nicht!«, stieß sie hervor. »Ich kann nicht! Es tut mir leid!«

Fulk hielt inne. Für einige Augenblicke, die Madlen wie eine Ewigkeit vorkamen, bewegte sich keiner von ihnen. Nur das Geräusch ihrer erregten Atemzüge war zu hören. Madlens Verstand war wie benebelt. Nur langsam bahnte sich eine Erkenntnis ihren Weg durch das Wirrwarr ihrer Gedanken. Wenn er so weitermachte, hätte sie keine Kraft mehr, sich gegen ihrer beider Verlangen zu wehren. Wenn er fortfuhr, sie so zu küssen und zu berühren, würde sie ihm gehören, und sie würde es voller Leidenschaft tun. Bis der neue Tag anbrach und sie es bereuen würde.

»Ich liebe ihn«, sagte sie in die Stille hinein.

Fulk antwortete nicht. Er setzte sich auf und schwang die Beine vom Bett. Ein Scharren auf dem Holzboden verriet ihr, dass er seine Stiefel anzog. Eine Mischung aus Erleichterung und Schmerz durchflutete sie und schnürte ihr die Kehle zu.

»Verzeih«, flüsterte sie. Zum zweiten Mal hatte sie ihn zurückgewiesen. Sie hatte ihn aufs Neue verletzt, obwohl es das Letzte war, was sie wollte. Vielleicht liebte sie ihn sogar … auf eine andere Weise. »Verzeih mir«, sagte sie abermals.

Fulk blickte sie eine Weile an. Es war zu dunkel, um den Ausdruck in seinem Gesicht zu deuten. »In seinem Leben ist kein Platz für eine Frau«, sagte er dumpf.

»Ich weiß.«

»Er wird dir das Herz brechen.«

»Ich weiß«, sagte sie noch einmal.

Fulk atmete schwer. »Madlen, es steht mir nicht zu, dir etwas zu raten. Ich könnte dich ebenso wenig glücklich machen, das weiß ich wohl. Du verdienst mehr als einen Placker und auch mehr als einen Junker, der zum Anführer eines Bauernhaufens geworden ist. Geh zurück nach Würzburg, sobald du kannst. Dort ist dein Zuhause. Ich bin gewiss, du wirst einen guten Mann finden, einen, der deine Liebe verdient.«

Madlen bewegte sich nicht. Stumm sah sie zu, wie er sich erhob und zur Tür hinaus ging, ohne sie noch einmal zu berühren. Ihr Herz fühlte sich an wie ein starrer, kalter Klumpen in ihrer Brust. Er hatte recht mit allem, was er gesagt hatte. Bis auf den letzten Satz.

Epilog

Die Magd trat ein, ohne zu anzuklopfen, und Madlen, die damit beschäftigt gewesen war, die kleine Dachkammer zu fegen, fuhr erschrocken zusammen. Sie verbiss sich die ärgerliche Bemerkung, die ihr auf der Zunge lag.

Es war nicht das erste Mal, dass die dicke Gertrud ohne Vorankündigung in Madlens Kammer trat, und manchmal fragte sie sich, ob die Magd hoffte, sie bei etwas Verdächtigem zu ertappen. *Was sollte es da schon geben?*, fragte sich Madlen. Dann fielen ihr Fulks Goldgulden ein, die sie stets gut verwahrt bei sich trug. Sieben waren übrig. Sie hatte sich den Luxus gestattet, zwei Mal das Badehaus aufzusuchen, und sich zudem einen guten Mantel gekauft.

»Ein Bote war hier und hat das für dich abgegeben«, sagte Gertrud in dem mürrischen Ton, den sie stets anschlug, wenn sie mit Madlen sprach. Sie hielt ein gefaltetes Papier in der Hand, das sie Madlen hinstreckte.

»Was für ein Bote?«, wollte Madlen wissen.

Gertrud schnaufte verächtlich. »Ein verlotterter Kerl, sagte, er käme vom Schwarzen Haufen. Musste gleich weiter.« Sie beobachtete Madlen aus zusammengekniffenen Augen. »Meinte, es sei eine Nachricht für dich vom Hauptmann.«

»Vom Hauptmann?« Mit ein, zwei Schritten war Madlen bei der Magd und riss ihr das Schreiben aus der Hand, ehe sie reagieren konnte.

Vom Hauptmann!, hämmerte es in ihrem Kopf. *Von welchem?*

Da die Magd keine Anstalten machte, den Raum zu verlassen, und Madlen den Brief nicht in ihrer Gegenwart lesen wollte, sagte sie: »Ich danke dir, Gertrud. Nun lass mich bitte allein.«

»Hört, hört«, gab die Magd höhnisch zurück. »Man könnte glauben, da spricht eine edle Dame! Kannst du überhaupt lesen?«

Ein paar Herzschläge lang starrten sie sich an, dann wandte die Magd sich mit einem verächtlichen Knurren um und verließ die Kammer. Madlen schloss die Tür hinter ihr und lehnte sich für einen Moment gegen das Holz, ehe sie mit bebenden Fingern das Schreiben entfaltete. Es war kurz, wenige Sätze, und noch bevor sie zu lesen begann, flog ihr Blick zum Ende, wo der Verfasser seinen Namen gesetzt hatte.

Fulk.

Madlen atmete aus. Hatte sie ernstlich erwartet, Florian selbst würde sich die Mühe machen, ihr eine Nachricht zu senden? Gewiss verschwendete er keinen Gedanken an sie.

Sie schüttelte die trübe Vorstellung ab und besah Fulks Zeilen, die er offenbar in Eile geschrieben hatte. Tintenkleckse zierten den Zettel, und Madlen musste lächeln, bei dem Gedanken daran, wie er beim Schreiben vor sich hin fluchte.

Sie las: *Die Kunde, die uns auf dem Weg von Mergentheim erreichte, ist von großer Wichtigkeit für dich. Burg Vogtsberg wurde von aufständischen Bauern zerstört und niedergebrannt. Wie es scheint, konnten der Ritter und seine Familie mit knapper Not fliehen. Wohin, weiß niemand. Er wird dich nicht mehr verfolgen. Die Zeit ist gekommen, da du nach Würzburg heimkehren kannst.*

Es dauerte eine ganze Weile, bis die Bedeutung dieser Nachricht völlig in ihr Bewusstsein gedrungen war. Sie las das Schreiben ein zweites und ein drittes Mal – dann schloss sie die Lider und atmete tief durch.

Burg Vogtsberg war zerstört, ihr Leibherr verschwunden. Sie konnte heimkehren nach Würzburg. Sie war frei.

»Frei«, sagte sie laut zu sich selbst, spürte, schmeckte das Wort auf den Lippen.

Botho von Vogtsberg war geflüchtet, seine Burg zerstört.

Die neue Zeit war gekommen. Die Schranken zerbrachen und die Tyrannen wurden vertrieben, wie Florian es angekündigt hatte.

Madlen war frei.

Doch während sie Fulks Brief an ihre Lippen presste, erschien Florian Geyers lächelndes Gesicht vor ihrem inneren Auge. Ein schmerzhaftes Ziehen erfüllte sie und sie begriff, dass sie irrte.

Sie mochte frei sein von ihrem Leibherrn … doch ihr Herz, dieses schmerzende, sehnsuchtsvolle Herz, war nicht frei.

ENDE

Fakt und Fiktion

500 Jahre ist es her, dass der sogenannte Bauernkrieg Südwestdeutschland und Teile Mitteldeutschlands erschütterte. Historiker bezeichnen die Ereignisse heute als »die erste Revolution auf deutschem Boden«.

Dabei ist die Bezeichnung »Bauernkrieg« irreführend, denn tatsächlich handelte es sich um eine Reihe von Aufständen, die sich zeitlich versetzt ereigneten. So waren in manchen Gegenden die Erhebungen bereits niedergeschlagen, als sie andernorts erst begannen. Auch waren es mitnichten nur »Bauern«, die sich erhoben. Zu den Aufständischen zählten auch Handwerker und Kleinbürger, Tagelöhner und Knechte und je nach Region auch Weinhäcker und Bergknappen, zahlreiche lutherisch gesinnte Geistliche und sogar Adelige, wie der Reichsritter Florian Geyer, von dem in diesem Buch erzählt wird.

Während die Motive dieser Menschen unterschiedlich waren, so einte doch die allermeisten von ihnen eine tiefe Unzufriedenheit mit den gesellschaftlichen Zuständen und ihrer wirtschaftlichen und rechtlichen Situation. Die allgemein verhasste Leibeigenschaft ist ein Beispiel dafür, genauso wie die Chancenlosigkeit der einfachen Menschen vor den Gerichten und die immer drückendere Abgabenlast. Luthers Lehre, die sich dank des Buchdrucks rasch verbreitete, insbesondere seine berühmte Schrift »Von der Freiheit eines Christenmenschen«, hatte großen Einfluss auf die Bewegung, auch wenn der Reformator sich nach den Ereignissen von Weinsberg mehr als deutlich von den Aufständischen distanzierte.

In dieses hochspannende und sehr komplizierte Geflecht von Ereignissen, Hintergründen und Motiven tauchte ich ein, als bei einem Besuch auf der Wartburg der Name »Florian Geyer« fiel und ich ihn aus Neugierde in die Suchmaschine eingab. Von diesem Moment an war ich gefesselt …

Ich habe versucht, mich, soweit es für den Verlauf der Romanhandlung möglich war, an die tatsächlichen historischen Ereignisse zu halten.

Die Anführer der Bauern, Georg Metzler, Wendel Hipler und Jäcklein Rohrbach wie auch der »lange Lienhart aus Schwarzenbronn« sind historische Personen, ebenso wie Margarethe Renner aus Böckingen, die »Schwarze Hofmännin«.

Götz von Berlichingen, der Ritter mit der eisernen Hand, ist sicherlich den meisten seit Goethes gleichnamigem Drama ein Begriff. Laut eigener Bekundung wurde er gezwungen, sich den Bauern anzuschließen und ihr oberster Hauptmann zu werden, allerdings lässt sein Lebenslauf und das daraus resultierende Charakterbild vermuten, dass auch eine gewisse Portion Eigennutz mitgespielt hat.

Großer Gegenspieler der Bauern war Truchsess Georg von Waldburg, ein ebenso fähiger wie skrupelloser und grausamer Feldhauptmann. Er »verdiente« sich schon zu Lebzeiten den Beinamen »Bauernjörg«. Unter seiner Führung gelang es den Truppen der Obrigkeit, die Bauernhaufen in mehreren Schlachten vernichtend zu schlagen.

Der Spielmann und Spengler Hans Bermeter war einer der Hauptanführer der Aufstandsbewegung in der Stadt Würzburg.

Die Burg Vogtsberg bei Gaukönigshofen ist historisch belegt und wurde im Bauernkrieg zerstört. Heute sind nur noch kärgliche Mauerreste zu finden. Ein Rittergeschlecht derer von Vogtsberg gab es jedoch nicht, Ritter Botho und seine Familie so wie alle anderen Personen aus Vogtsberg entstammen meiner Fantasie, sie sollen exemplarisch stehen für den zu jener Zeit bereits verarmenden fränkischen Niederadel.

Erfunden habe ich auch den Placker und Landsknecht Fulk von Weilingen und seine Gefährten. Tatsache ist, dass sich in den Reihen der Landsknechte häufig auch verarmte Adelige, nachgeborene Söhne und nicht selten Männer, die bereits mit dem Gesetz in Konflikt gekommen waren, befanden.

Eine Stern-Apotheke in Würzburg ist damals nicht belegt, es ist jedoch ein Apotheker in der Marktstraße dokumentiert. Meister Konrad Veltlin, sein Hausstand, die Nachbarn und auch die Kaufleute sowie der Medicus sind Produkte meiner Fantasie ebenso wie die Kräuterfrau Grethe.

Das trifft ebenfalls auf meine Protagonistin Magdalena Böckler zu. In den Berichten, Büchern und Chroniken über den Bauernkrieg, die ich zur Recherche verwendet habe, tauchen so gut wie keine Frauen auf. Und doch muss es sie gegeben haben: Mütter, Ehefrauen, Töchter und Schwestern, die hofften, bangten und litten, die gekämpft haben für ihre Familien, ihr Zuhause und ihre Freiheit – auf ihre eigene Weise, ohne in den Geschichtsbüchern aufzutauchen und ohne eine Stimme, die die Jahrhunderte überdauert hat. »Meine« Madlen soll gewissermaßen stellvertretend stehen für diese namenlosen Frauen aus den unteren Schichten.

Die Fürstenpredigt von Thomas Müntzer datiert auf den 13. Juli 1524 – das hätte allerdings mit dem Kilianimarkt dieses Jahres nicht zusammengepasst. Daher habe ich die Daten etwas verschoben.

Zu guter Letzt Florian Geyer: Über ihn ist viel erzählt worden, viel romantisiert und viel erfunden. Literaturnobelpreisträger Gerhart Hauptmann hat ihm ein literarisches Denkmal gesetzt und ihm wurde die zweifelhafte Ehre zuteil, dass die

Nationalsozialisten eine SS-Division nach ihm benannten. Ob er die idealistische Heldengestalt war, die frühere Bauernkriegsforscher, allen voran Wilhelm Zimmermann, aus ihm machten, lässt sich heute nicht mehr sagen. Der Mensch Florian Geyer ist kaum greifbar und doch eine der spannendsten Gestalten aus dem Bauernkrieg: ein wohlhabender Ritter, der sich offenbar aus freien Stücken und tiefer Überzeugung den Aufständischen anschloss. Vieles aus seinem Leben liegt im Dunkeln, genauso seine Todesumstände.

Laut neuesten Erkenntnissen der Geschichtsforschung gibt es keinen Beleg für Florian Geyers (von früheren Historikern angenommene) Teilnahme am Zug nach Schöntal und Neuenstein, ebenso wenig wie für eine Beteiligung am Kampf um Weinsberg. Wo er sich in diesem Zeitraum genau aufhielt, ist unbekannt – aus dramaturgischen Gründen hat Florian im Roman an beiden Ereignissen teilgenommen. Man möge mir verzeihen, dass ich außerdem die eine oder andere Legende um seine Person aufgegriffen und in die Handlung verflochten habe.

Danksagung

Dieses Buch wäre vermutlich eine unvollendete Geschichte geblieben, hätte es nicht eine ganze Reihe von Menschen gegeben, die mich bestärkt und unterstützt, mir Mut gemacht, mir Feedback zu meinen Texten gegeben und mir ab und zu den Kopf zurechtgerückt haben, wenn ich wieder einmal von Selbstzweifeln geplagt wurde.

Mein innigster Dank gilt meinen beiden besten Freundinnen: meiner lieben Ina, die nicht nur meine allererste Leserin war, sondern mir auch mit ihren wertvollen historischen Kenntnissen zur Seite stand. Sie hat mir von Anfang an versichert, dass aus meinem »Geschreibsel« ein Buch werden würde. Und meiner treuen Freundin Karin, die mit mir auf den Spuren des Bauernkriegs kreuz und quer durch Unterfranken und Schwaben gereist ist. Gemeinsam sind wir durch alle möglichen alten Gemäuer gestapft und haben anschließend bei einem guten Gläschen Wein und einem leckeren Abendessen die Expeditionsergebnisse ausgewertet!

Nicht zu vergessen meine liebe Barbara, leidenschaftliche Leserin und »Expertin« für Historien- und Liebesromane, deren Begeisterung mich immer wieder angetrieben hat (»was – schon wieder ein Cliffhanger!!??«).

Danken möchte ich auch all denen, die mir viele Fragen beantwortet haben, Gästeführern wie auch Historikern, darunter Frau Maria Schabel, die mir eine thematische Einzelführung in Würzburg gegeben hat, und Herrn Christoph Pitz, den ich mit zahlreichen Fragen zur Bauernkriegshistorie in Würzburg gelöchert habe. Herzlichen Dank auch meiner »Probe«-Lektorin Bettina Lausen, deren positives Feedback und wertvolle Tipps ich gerne im Gedächtnis behalte.

Meiner Familie (allesamt nicht unbedingt Leser von historischen Romanen!), die meine Schreiberei zuerst mit wohlwollender Gleichgültigkeit, dann mit Staunen und zuletzt, wie mir scheint, mit Stolz beobachtet hat, danke ich für die Geduld, mit der sie mein Abtauchen in die Vergangenheit so lange ertragen hat.

Zu guter Letzt gilt ein riesengroßes Dankeschön dem Gmeiner Verlag für das Vertrauen, das in meinen Roman gesetzt wurde, und für die fantastische Chance, die man mir als Neu-Autorin eröffnet hat.

Silvia Heid, April 2025

Literaturverzeichnis (Auswahl):

Baumann, F. L., *Akten zur Geschichte des deutschen Bauernkrieges aus Oberschwaben,* Freiburg 1877.

Baumann, F. L., *Quellen zur Geschichte des Bauernkriegs aus Rotenburg an der Tauber,* Tübingen 1878.

Bensen, H. W., *Geschichte des Bauernkrieges in Ostfranken,* 1840.

Blickle, P., *Der Bauernkrieg. Die Revolution des Gemeinen Mannes,* München 1998.

Breuers, D., *Versklavt und verraten. Der Aufstand der Bauern zu Anfang des 16. Jahrhunderts,* Bergisch Gladbach 2005.

Funcken, L.; Funcken, F., *Historische Waffen und Rüstungen,* München 2018.

Gräter, C., *Der Bauernkrieg in Franken,* Würzburg 1975.

Laube A.; Seiffert H. W., *Flugschriften der Bauernkriegszeit,* Berlin 1975.

Lehnart, U., *Kleidung und Waffen der Dürerzeit,* Berlin 2023.

Pantle C., *Der Bauernkrieg. Deutschlands großer Volksaufstand*, Berlin 2024.

Sander, J., *Kiliansdom zu Würzburg*, Regensburg 2023.

Schreiber, U., *Würzburg und sein Ratsherr Tilman Riemenschneider*, Würzburg 2023.

Winzlmaier, H., *Leben und Sterben des Reichsritters Wilhelm von Grumbach und seiner Gefährten*, Würzburg 2023.

Wohlfahrt J., *Der 2. Juni 1525 in Quellenzeugnissen*, *Bauernkriegs-Landschaft Tauber-Franken*, sowie *Die Bauernkriegsschlacht von Ingolstadt/Sulzdorf 4. Juni 1525*, www.traumaland.de (Internetseite des Vereins Traum-a-Land e.V.).

Zimmermann W., *Geschichte des großen Bauernkrieges*, Essen 1856/Stuttgart 1891.

Weitere Titel finden Sie auf den folgenden Seiten und im Internet:

WWW.GMEINER-VERLAG.DE